第七八册　大乘論（一）

金剛般若波羅蜜經論
隋南天竺三藏法師達摩岌多　譯

清刻龍藏佛說法變相圖

金剛般若波羅蜜經論卷上 亦名金剛能斷般若

無著菩薩造

隋南天竺三藏法師達摩笈多譯

出生佛法無與等　顯了法界最第一
金剛難壞句義聚　一切聖人不能入
此小金剛波羅蜜　以如是名顯勢力
智者所說教及義　聞已轉爲我等說
歸命彼類及此輩　皆以正心而頂禮
我應精勤立彼義　解釋相續爲自他

論曰成立七種義句已此般若波羅蜜即得成立七義句者一種性不斷二發起行相三行所住處四對治五不失六地七立名此等七義於般若波羅蜜經中成立故名義句於中前六義句顯示菩薩所作究竟第七義句顯示成立此法門故應如是知此般若波羅

蜜爲佛種不斷故流行於世爲顯此當得佛種不斷義故上座須菩提最初經云白佛言希有世尊如來應供正徧知善護念諸菩薩善付囑諸菩薩如是等

二發起行相者如經云何菩薩大乘中發阿耨多羅三藐三菩提心如是等

三行所住處者謂彼發起行相所住處也此復有十八種應知

一發心經言諸菩薩生如是心所有一切衆生如是等二波羅蜜相應行經言不住於事行於布施如是等三欲得色身經言須菩提於意云何可以相成就見如來不如是等四欲得法身經言須菩提白佛言世尊頗有衆生於未來世如是等五於修道得勝中無慢經言須陀洹能作是念如是等六不離佛出時經言於意云何如來昔在然燈佛所如是等七願淨佛土經言須菩提若菩薩作是言我莊嚴佛國土如是等八成熟衆生經言須菩提譬如有人身如須彌山王如是等九遠離隨順外論散亂經言須菩提於意云何如恒河中所有沙數如是等十色及衆生身搏取中觀破相應行經言須菩提於意云何三千大千世界所有微塵如是等十一供養給侍如來經言須菩提於意云何可以三十二大人相見如來不如是等十二遠離利養及疲乏熱惱故不起精進及退失等經言須菩提若善男子善女人以恒河沙等身如是等十三忍苦經言如來說忍波羅蜜如是等十四離寂靜味經言須菩提若善男子善女人能於此法門受持讀誦修行如是等十五於

證道時遠離喜動經言世尊云何菩薩發阿耨多羅三藐三菩提心如是等十六求教授經言於意云何如來於然燈佛所有法得阿耨多羅三藐三菩提如是等十七證道經言譬如有人其身妙大如是等十八上求佛地經言須菩提若菩薩作是言我莊嚴佛國土是不名菩薩如是等

彼住處等略爲八種亦得滿足一攝住處二波羅蜜淨住處三欲住處四離障礙住處五淨心住處六究竟住處七廣大住處八甚深住處於中攝住處者謂發心波羅蜜淨住處者謂波羅蜜相應行欲住處者謂欲得色身法身離障礙住處者謂餘十二種淨心住處者謂證道究竟住處者謂上求佛地廣大及甚深住處者通一切住處於初住處中若說菩薩應生如是心所有衆生如是等此爲廣大又復說言若菩薩有衆生相如是等此爲甚深於第二住處中若說菩薩不住於事行於布施如是等此爲甚深若復說言彼所有福聚不可思量如是等此爲廣大如是於餘住處中廣大甚深等隨所相應應知已說住處四對治者彼如是相應行相行諸住處時有二種對治應知一邪行二共見正行此中見者謂分別也於初住處中若說菩薩應生如是心所有衆生等此是邪行對治生如是心是菩薩邪行若復說言若菩薩有衆生想等此爲共見正行對治此分別執菩薩亦應斷謂我應滅度衆生故於第二住處中若說應行布施此爲邪行對治非於布施是菩薩邪行若復說言住於事等此是共見正行對

治此分別執菩薩亦應斷謂應行布施故五不失者謂離二邊云何二邊謂增益邊損減邊若於如言辭法中分別執有自性是增益邊若於法無我事中而執爲無是損減邊於中若說言世尊若福聚非聚此遮增益邊以無彼福聚分別自性故若復說言是故如來說福聚此遮損減邊彼不如言辭有自性而有可說事以如來說福聚故此得顯示如是須菩提佛法佛法者如來說非佛法者此遮增益邊是名佛法者此遮損減邊於中如來說非佛法者顯示不失義是名佛法者顯示相應義何者是相應若佛法如說有自性者則如來不說佛法以雖不說亦自知故是故無有自性爲世諦故如來說名佛法如是於一切處顯示不共及相應義應知復次佛法者攝波羅蜜事及念處等菩提分應知菩薩離此二邊故於彼對治不復更失故名不失

六地者此地有三種謂信行地淨心地如來地於中前十六處顯示信行地證道住處是淨心地後上求佛地

七立名名金剛能斷者此名有二義相應知如說入正見行入邪見行故金剛者細牢故細者智因故牢者不可壞故能斷者般若波羅蜜中聞思修所斷如金剛斷處而斷故是名金剛能斷

又如畫金剛形初後闊中則狹如是般若波羅蜜中狹者謂淨心地初後闊者謂信行地如來地此顯示不共義也彼五種義句上上依止應知彼等皆依止地故說

經曰如是我聞一時婆伽婆在舍婆提城祇樹給孤獨園與大比丘衆千二百五十人俱爾時世尊食時著衣持鉢入舍婆提大城乞食於其城中次第乞食已還至本處飯食訖收衣鉢洗足已如常敷坐結跏趺坐端身而住正念不動爾時諸比丘來詣佛所到已頂禮佛足右遶三帀退坐一面爾時慧命須菩提在大衆中即從坐起偏袒右肩右膝著地向佛合掌恭敬而立白佛言希有世尊如來應供正徧知善護念諸菩薩善付囑諸菩薩

論曰修多羅身相續此義句今當說世尊何故以寂靜者威儀而坐也顯示唯寂靜者於法能覺能說故經言善攝第一菩薩摩訶薩者謂已熟菩薩於佛證正覺轉法輪時以五種義中菩薩法而建立故諸菩薩有七種大故此大衆生名摩訶薩埵何者七種大一法大二心大三信解大四淨心大五資糧大六時大七果報大如菩薩地持中說於諸菩薩所何者善攝何者第一也利樂相應爲善攝第一有六種應知一時二差別三高大四牢固五普徧六異相何者時現見法及未來故彼菩薩善攝中樂者是現見法利者是未來世何者差別於世間三摩鉢帝及出世聖者聲聞獨覺等善攝中差別故何者高大此善攝無有上故何者牢固謂畢竟故何者普徧自然於自他身善攝何者異相於未淨菩薩善攝中勝上故經言第一付囑者彼已得善攝菩薩等於佛般涅槃時亦以彼五義如是建立故何者第一付囑有六種因緣一入處二法爾得三轉教四不失五悲六尊重何者

入處於善友所善付囑故何者法爾彼已得善攝菩薩於他所法爾善攝何者轉教汝等於餘菩薩應當善攝是名轉教此等三種如其次第即是不失及悲尊重等應知此善攝付囑二種顯示種性不斷

經曰世尊云何菩薩大乘中發阿耨多羅三藐三菩提心應云何住云何修行云何降伏其心

爾時佛告須菩提善哉善哉須菩提如汝所說如來善護念諸菩薩善付囑諸菩薩汝今諦聽當爲汝說如菩薩大乘中發阿耨多羅三藐三菩提心應如是住如是修行如是降伏其心須菩提白佛言世尊如是願樂欲聞

論曰此下第二發起行相何故上座須菩提問也有六因緣一爲斷疑故二爲起信解故三爲入甚深義故四爲不退轉故五爲生喜故六爲正法久住故亦即是般若波羅蜜令佛種不斷云何以此令佛種不斷也若有疑者得斷故有樂福德而心未成熟諸菩薩等聞多福德於般若波羅蜜起信解故已成熟心者入甚深義故已得不輕賤者由貪受持修行有多功德不復退轉故已得順攝及淨心者於法自入及見生歡喜故能令未來世大乘教久住故者若略說疑者令見故樂福德及已成熟諸菩薩等攝受故已得不輕賤者令精勤心故已得淨心者令歡喜故經言應云何住者謂欲願故應修行者謂相應三摩鉢帝故應降伏心者謂折伏散亂故於中欲者正求也願者爲所求故作心思念也相應三摩鉢帝者無分別三摩提也折伏散亂

者若彼三摩鉢帝心散制令還住也第一者顯示攝道第二者顯示成就道第三者顯示不失道何故唯問發行菩薩乘爲三種菩提差別故以善問故於上座須菩提所應稱善哉

經曰佛告須菩提諸菩薩生如是心所有一切衆生衆生所攝若卵生若胎生若濕生若化生若有色若無色若有想若無想若非有想非無想所有衆生界衆生所攝我皆令入無餘涅槃而滅度之如是滅度無量無邊衆生實無衆生得滅度者何以故須菩提若菩薩有衆生相即非菩薩何以故非須菩提若菩薩起衆生相人相壽者相則不名菩薩

論曰自下第三行所住處訖盡經末有十八門具如前說此中第一初明發心經言所有衆生衆生所攝者總相說也卵生等者差別說也又受生依止境界所攝差別應知卵生乃至化生者受生別也若有色若無色者依止別也若有想若無想若非有想非無想者境界所攝別故所有衆生界衆生所攝者謂上種種想住衆生界佛施設說也我皆令入無餘涅槃者何故願此不可得義生所攝故無過以皆是生故如所說卵生等生並入願數故彼卵生濕生無想及非有想非無想等則不能云何能令一切衆生入涅槃也有三因緣故一難處生者得時故二非難處生未成熟者成熟之故三已成熟者解脫之故何故說無餘涅槃界不直說涅槃若如是便與世尊所說初禪等方便涅槃不別故彼自以丈夫力故無佛亦得但非究竟何故不說有

餘涅槃界彼共果故自以宿業又值佛說而得果故又非一向身苦有餘故如是涅槃及有餘涅槃等丈夫力果故共果故非究竟果故非一向果故是故說無餘如是無量衆生入涅槃已者顯示卵生等生一一無量故無有衆生得涅槃者此何義如菩薩自得涅槃無別衆生何以故若菩薩有衆生相即非菩薩者此何義若菩薩於衆生所他想轉非自體想不名菩薩故何以故若菩薩起衆生想人想壽者想則不名菩薩者此何義若以煩惱取衆主命人想轉彼則有我想及於衆生中有衆生想轉菩薩於彼不轉已斷我見故得自行（行者謂五陰行）平等相故信解自他平等彼菩薩非衆生命人取見者此是其義復次經言諸菩薩生如是心等者顯示菩薩應如是住中欲願也若菩薩有衆生想即非菩薩者顯示應如是修行中相應三摩鉢帝時也若菩薩起衆生相人相壽者相則不名菩薩者顯示應如是降伏心中攝散時也如菩薩相應三摩鉢帝散時衆生想亦不轉如彼爾焰相住故是故無有衆生得涅槃者此得成就彼欲願者攝諸住處爲最勝彼相應行相行餘住處時依止欲願決定得故此欲願義不復重釋

經曰復次須菩提不住於事行於布施無所住行於布施不住色布施不住聲香味觸法布施須菩提菩薩應如是布施不住於相想何以故若菩薩不住相布施其福德聚不可思量須菩提於汝意云何東方虛空可思量不須菩提言不也世尊佛言如是須菩提南

西北方四維上下虛空可思量不須菩提言不也世尊佛言如是如是須菩提菩薩無住相布施福德聚亦復如是不可思量佛復告須菩提菩薩但應如是行於布施

論曰此下第二波羅蜜相應行自此後餘住處中有五種隨所相應而解釋應知

一依義二說相三攝持四安立五顯現住處對治爲依義即彼住處爲說相欲願爲攝持住處第一義爲安立相應三摩提及攝散心爲顯現於波羅蜜淨住處中經言菩薩不住於事行於布施此爲依義顯示對治住著故經言應行施者此爲說相六波羅蜜六攝一切檀那體性故檀那有三種一資生施者謂檀那波羅蜜二無畏施者謂尸羅波羅蜜羼提波羅蜜三法施者謂毗梨耶波羅蜜禪那波羅蜜般若波羅蜜等若無精進於受法人所爲說法時疲倦故不能說法若無禪定則貪於信敬供養及不能忍寒熱逼惱故染心說法若無智慧便顛倒說法多有過故不離此三得成法施彼諸波羅蜜有二種果謂未來現在未來果者檀那波羅蜜得大福報尸羅波羅蜜得自身具足謂釋梵等羼提波羅蜜得大伴助大眷屬毗離耶波羅蜜得果報等不斷絕禪那波羅蜜得生身不可損壞般若波羅蜜得諸根猛利及多諸悅樂於大人衆中得自在等現在果者得一切信敬供養及現法涅槃等於中若菩薩求未來果故行施爲住事行施如所施物還得彼物果是故經言不住於事行於布施若求未來尸羅等果故行施爲有所住行施是故經言無所住

應行布施尸羅等果有衆多不可分別故總名有所住若求現在果信敬供養故行施爲住色聲香味觸行施故經言不住色等若求現法涅槃故行施爲住法行施故經言不住於法應行布施又經言應行布施者即說攝持施之欲願故經言不住行施者即此不住爲安立第一義故於中以不住故顯示如所有事第一義不住物等是所有事經言菩薩應如是行施不住於相想者此爲顯示謂相應三昧及攝散心於此二時不住相想如是建立不住已或有菩薩貪福德故於此不堪爲令堪故世尊顯示不住行施福聚甚多猶如虛空有三因緣一徧一切處謂於住不住相中福生故二寬廣高大殊勝故三無盡究竟不窮故

經曰須菩提於意云何可以相成就見如來不須菩提言不也世尊不可以相成就得見如來何以故如來所說相即非相佛告須菩提凡所有相皆是妄語若見諸相非相則非妄語如是諸相非相則見如來

論曰此下第三欲得色身住處經言須菩提於意云何可以相成就見如來不者此爲依義應如顯示對治如來色身慢故經言相成就者此爲說相顯示如來色身故上座須菩提言不也爲成滿此義故世尊說須菩提凡所有相皆是妄語即顯欲願於如是義中應攝持故及即是安立第一義於第一義中相成就爲虛妄非相成就不虛妄經言如是諸相非相則見如來者此爲顯現謂相應三昧及攝亂心時於彼相中非相見故

經曰須菩提白佛言世尊頗有衆生於未來世末世得聞如是修多羅章句生實相不佛告須菩提莫作是說頗有衆生於未來世末世得聞如是修多羅章句生實相不佛復告須菩提有未來世末世有菩薩摩訶薩法欲滅時有持戒修福德智慧者於此修多羅章句能生信心以此爲實佛復告須菩提當知彼菩薩摩訶薩非於一佛二佛三四五佛所修行供養非於一佛二佛三四五佛所而種善根佛復告須菩提巳於無量千萬諸佛所修行供養無量百千萬諸佛所種諸善根聞是修多羅乃至一念能生淨信須菩提如來悉知是諸衆生如來悉見是諸衆生須菩提是諸菩薩生如是無量福德聚取如是無量福德何以故須菩提是諸菩薩無復我相衆生相人相壽者相須菩提是諸菩薩無法相亦非無法相無相亦非無相何以故須菩提是諸菩薩若取法相則爲著我人衆生壽者須菩提若是菩薩有法相即著我相人相衆生相壽者相何以故須菩提不應取法非不取法以是義故如來常說栰喻法門是法應捨何況非法

論曰此下第四爲欲得法身住處於中二種一言說法身二證得法身爲欲得此言說法身故經言世尊頗有衆生於未來世末世得聞如是修多羅章句等於中修多羅章句者謂所有義應知何者爲句如上所說七種義句於不顛倒義想是謂實相應知如言執義彼非實相上座須菩提作是念於未來世無有生實相者爲遮此故世尊言有正法欲滅

時者謂修行漸滅時應知次後世尊爲如是義顯示五種一顯示修行二顯示集因三顯示善友攝受四顯示攝福德相應五顯示實相中當得實想故經言有持戒修福德智慧者此增上戒等三學顯示修行功德少欲等功德爲初乃至三摩提等經言已得供養無量百千諸佛乃至一心淨信等此顯示集因一心淨信尚得如是何況生實想也經言如來悉知悉見是諸衆生者此顯示善友所攝知者知名身見者見色身謂一切行住所作中知其心見其依止故經言生取無量福聚者此顯示攝福德生者福正起時故取者即彼滅時攝持種子故經言是諸菩薩無復我相衆生相乃至若是菩薩有法想即著我相人相衆生相壽者相者此顯示實想對治五種邪取故何者五邪取一外道二内法凡夫及聲聞三增上慢菩薩四世間共想定五無想定第一者我等想轉第二法相轉第三者無淨想轉此猶有法取有法取者謂取無法故第四者有想轉第五者無想轉是諸菩薩於彼皆不轉也此中顯了有戒乃至當生無量福聚等經言何以故者此言是中邪取但法及非法想轉非我等想以我想及依止不轉故然於我想中隨眠不斷故則爲有我取是故經言是諸菩薩若取法想則爲著我等取若無法想轉則爲有我取等此我等想轉中餘義猶未說經言若是菩薩有法相即著我等者於中取自體相續爲我想我所取爲衆生想謂我乃至壽住取爲命想展轉取餘趣取爲人想應知於中言當生實想者此爲

依義應知顯示對治不實想故言於此修多羅章句說中者此爲說相顯示言說法身故即彼當生實想中言當生者是故顯攝持故是諸菩薩無復我想轉等者是安立第一義須菩提不應取法非不取法者是顯了謂相應三摩鉢帝及散心時不應取法者於法體及法無我並不分別又言說法身要義者經言以是義故如來常說栰喻法門若解此者法尚應捨何況非法故法尚應捨實想生故何況非法者理不應故略說顯示菩薩欲得言說法身不應作不實想故

經曰復次佛告慧命須菩提須菩提於意云何如來得阿耨多羅三藐三菩提耶如來有所說法耶須菩提言如我解佛所說義無有定法如來得阿耨多羅三藐三菩提亦無有定法如來可說何以故如來所說法皆不可取不可說非法非非法何以故一切聖人皆以無爲法得名

論曰此下證得法身復有二種一智相法身二福相法身爲欲得智相至得法身住處故經言須菩提於意云何如來得阿耨多羅三藐三菩提耶此爲依義顯示翻於正覺菩提取故說法者正覺所攝故經言有法可說阿耨多羅三藐三菩提者是爲說相顯示至得法身故無有定法者上座須菩提道佛意故世諦故有菩提及得是爲欲顯攝持以方便故二俱爲有若如世尊意說者二俱無有爲顯此故經言如我解世尊所說義等又經言何以故如來所說法不可取不可說非法非非法者是安立第一儀由說法故知得菩提

故於說法中安立第一義於中不可取者謂正聞時不可說者謂演說時非法者分別性非非法者法無我故經言何以故以無爲故得名聖人者無爲者無分別義也是故菩薩有學得名無起無作中如來轉依名爲清淨是故如來無學得名於中初無爲義者三摩鉢帝相應及折伏散亂時顯了故第二無爲唯第一義者無上覺故自此已後一切住處中皆顯以無爲故得名聖人應知前諸住處中未說無爲得名於此說阿耨多羅三藐三菩提中無爲已竟

經曰須菩提於意云何若滿三千大千世界七寶以用布施須菩提於意云何是善男子善女人所得福德寧爲多不須菩提言甚多婆伽婆甚多修伽陀彼善男子善女人得福甚多何以故世尊是福德聚即非福德聚是故如來說福德聚佛言須菩提若善男子善女人以滿三千大千世界七寶持用布施若復於此經中受持乃至四句偈等爲他人說其福勝彼無量不可數何以故須菩提一切諸佛阿耨多羅三藐三菩提法皆從此經出一切諸佛如來皆從此經生須菩提所謂佛法者即非佛法是名佛法

論曰此下福相法身爲欲得福相至得法身住處故經言於意云何若人滿三千大千世界七寶以用布施等云何顯示即彼所有言說法身出生如來福相至得法身於彼乃至說一四句偈生福甚多況復如來所有福相至得法身以何因緣於言說法身中如是說一四句偈能生多福爲成就此義故經言何

以故如來阿耨多羅三藐三菩提從此出者於中普集十法行阿含故諸佛世尊從此生者世諦故言佛出生以有菩提故即此二並故名爲佛法以菩提及佛故經言須菩提佛法者即非佛法

復次經言其所生福勝彼無量阿僧祇者此爲依義顯示對治福不生故於中其福者此爲說相顯示福相法身故勝彼者顯示欲顯攝持故經言世尊是福聚即非福聚是故如來說福聚及言須菩提佛法佛法者即非佛法是名佛法者以此福聚及佛法爲攝取如來福相法身中安立第一義爲隨順無爲得名故相應三摩鉢帝及折伏散亂不復顯了言甚多婆伽婆甚多修伽陀二語者顯示攝心持心以攝自心故言受持爲他說者解釋句味故無量者過譬喻故阿僧祇者顯多故

已說欲住處竟

金剛般若波羅蜜經論卷上

金剛般若波羅蜜經論卷中

無著菩薩造

隋南天竺三藏法師達摩笈多譯

經曰須菩提於意云何須陀洹能作是念我得須陀洹果不須菩提言不也世尊何以故實無有法名須陀洹不入色聲香味觸法是名須陀洹佛言須菩提於意云何斯陀含能作是念我得斯陀含果不須菩提言不也世尊何以故實無有法名斯陀含是名斯陀含須菩提於意云何阿那含能作是念我得阿那含果不須菩提言不也世尊何以故實無有法名阿那含是名阿那含須菩提於意云何阿羅漢能作是念我得阿羅漢果不須菩提言不也世尊何以故實無有法名阿羅漢世尊若阿羅漢作是念我得阿羅漢即爲著我人衆生壽者世尊佛說我得無諍三昧最爲第一世尊說我是離欲阿羅漢世尊我不作是念我是離欲阿羅漢世尊我若作是念我得阿羅漢世尊則不記我無諍行第一以須菩提實無所行而名須菩提無諍無諍行

論曰此下第五爲修道得勝中無慢如前略爲八種住處已下十二總名離障礙住處對治應知何者十二障礙一慢二無慢而少聞三多聞而小攀緣作念修道四不小攀緣作念修道而捨衆生五不捨衆生而樂隨外論散動六雖不散動而破影像相中無巧便七雖有巧便而福資糧不具八雖具福資糧而樂味懈怠及利養等九雖離懈怠利養而不能忍苦十雖能忍苦而智資糧不具十一雖具智資糧而不自攝十二雖能自攝而無教

授此中爲離慢故經言須陀洹能作是念我得須陀洹果不等此爲依義顯示對治我得慢故又復須陀洹能作是念者即爲說相顯示無慢故亦即是欲願攝持經言世尊實無有法不入色聲香味觸者此爲安立第一義若須陀洹如是念我得須陀洹果即爲有我想若有我想則爲有慢應知如是乃至阿羅漢亦爾上座須菩提自顯無諍行第一及離欲阿羅漢共有功德者以已所證爲令信故以無有法得阿羅漢及無所行故說無諍無諍行此中即爲安立第一義

經曰佛告須菩提於意云何如來昔在然燈佛所得阿耨多羅三藐三菩提法不須菩提言不也世尊如來在然燈佛所於法實無所得阿耨多羅三藐三菩提

論曰此下第六爲不離佛出時依離障礙十二種中爲離少聞故經言如來昔在然燈佛所得阿耨多羅三藐三菩提法不等謂彼佛出世承事供養時有法可取離此分別故依義等及對治等隨義相應應知

經曰佛告須菩提若菩薩作是言我莊嚴佛國土彼菩薩不實語何以故須菩提如來所說莊嚴佛土者則非莊嚴是名莊嚴佛土是故須菩提諸菩薩摩訶薩應如是生清淨心而無所住不住色生心不住聲香味觸法生心應無所住而生其心

論曰此下第七爲願淨佛土依離障礙十二種中爲離小攀緣作念修道故經言須菩提若菩薩作是言我莊嚴佛國土等若念嚴淨土者則於色等事分別生味著爲離此故經

言是故須菩提諸菩薩摩訶薩應如是生清淨心而無所住不住色聲香味觸法等

經曰須菩提譬如有人身如須彌山王須菩提於意云何是身爲大不須菩提言甚大世尊何以故佛説非身是名大身彼身非身是名大身

論曰此下第八爲成熟衆生依離障礙十二種中爲離捨衆生故經言須菩提譬如有人身如須彌山王如是等此何所顯示爲成熟欲界衆生故彼羅睺阿脩羅王等一切大身量如須彌尚不應見其自體何况餘者經言如來説爲非體者顯示法無我故彼體非體者顯示法體無生無作故此即顯示自性與相及差别故

經曰佛言須菩提如恒河中所有沙數如是沙等恒河於意云何是諸恒河沙寧爲多不須菩提言甚多世尊但諸恒河尚多無數何况其沙佛言須菩提我今實言告汝若有善男子善女人以七寶滿爾數恒沙數世界以施諸佛如來須菩提於意云何彼善男子善女人得福多不須菩提言甚多世尊彼善男子善女人得福甚多佛言須菩提以七寶滿爾數恒河沙世界持用布施若善男子善女人於此法門乃至受持四句偈等爲他人説而此福德勝前福德無量阿僧祇復次須菩提隨所有處説是法門乃至四句偈等當知此處一切世間天人阿脩羅皆應供養如佛塔廟何况有人盡能受持讀誦此經須菩提當知是人成就最上第一希有之法若是經典所在之處則爲有佛若尊重似佛爾時須

菩提白佛言世尊當何名此法門我等云何奉持佛告須菩提是法門名爲金剛般若波羅蜜以是名字汝當奉持何以故須菩提佛説般若波羅蜜則非般若波羅蜜須菩提於意云何如來有所説法不須菩提言世尊如來無所説法

論曰此下第九爲遠離隨順外論散亂依離障礙十二種中爲離樂外離散亂故經説四種因緣顯示此法勝異也一攝取福德二天等供養三難作四起如來等念經言須菩提如恒河中所有沙數等者是攝取福德經言須菩提隨所有處説是法門等者是天等供養經言須菩提當知是人成就最上第一希有等者是難作經言若是經典所在之處等者是起如來等念於中説者爲他直説故授者教授他故顯示此樂外論散亂對治法勝異已於如是法中或起如言執義爲對治彼未來罪故經言佛説般若波羅蜜則非般若波羅蜜故如般若波羅蜜非波羅蜜如是亦無有餘法如來説者爲顯此義故經言須菩提於意云何如來有所説法不此顯示自相及平等相法門第一義也

經曰須菩提於意云何三千大千世界所有微塵是爲多不須菩提言彼微塵甚多世尊須菩提是諸微塵如來説非微塵是名微塵如來説世界非世界是名世界

論曰此下第十明色及衆生身摶取中觀破相應行依離障礙十二種中爲離於影像相自在中無巧便故經言須菩提於意云何三千大千世界所有微塵如是等彼不限量攀

緣作意菩薩恒於世界攀緣作意修習故說三千大千世界於中爲破色身影像相故顯示二種方便一細作方便如三千大千世界所有微塵寧爲多不等二不念方便如經是諸微塵如來說非微塵是名微塵故爲破衆生身影像相故經言如來說世界非世界是名世界故於中世界顯衆生世也但以名身名爲衆生世不念名身方便即是顯示故彼影像相不復說細作方便也

經曰佛言須菩提於意云何可以三十二大人相見如來不須菩提言不也世尊何以故如來說三十二大人相即是非相是名三十二大人相

論曰此下第十一明供養給侍如來依離障礙十二種中爲離不具福資糧故經言於意云何可以三十二大人相見如來不者顯示爲福資糧故親近供養如來時不應以相成就見如來云何見應見第一義法身故

經曰佛言須菩提若善男子善女人以恒河沙等身命布施若復有人於此法門中乃至受持四句偈等爲他人說其福甚多無量阿僧祇

爾時須菩提聞說是經深解義趣涕淚悲泣抆淚而白佛言希有婆伽婆希有修伽陀佛說如是甚深法門我從昔來所得慧眼未曾得聞如是法門何以故須菩提佛說般若波羅蜜即非般若波羅蜜世尊若復有人得聞是經信心清淨則生實相當知是人成就第一希有功德世尊是實相者則是非相是故如來說名實相實相世尊我今得聞如是法

門信解受持不足爲難若當來世其有衆生得聞是法門信解受持是人則爲第一希有何以故此人無我相人相衆生相壽者相何以故我相即是非相人相衆生相壽者相即是非相何以故離一切諸相則名諸佛佛告須菩提如是如是若復有人得聞是經不驚不怖不畏當知是人甚爲希有何以故須菩提如來說第一波羅蜜非第一波羅蜜如來說第一波羅蜜者彼無量諸佛亦說波羅蜜是名第一波羅蜜

論曰此下第十二遠離利養及疲乏熱惱故不起精進及退失等依離障礙十二種中爲離懈怠利養等樂味故經言須菩提若有善男子善女人以恒河沙等身命布施如是等於中身有疲乏心有熱惱以此二種於彼精進若退若不發此何所顯示如此捨爾許身自所有福不及此福云何以一身著懈怠等故而爲障礙何故此中上座須菩提流淚而言我未曾聞如是等法門也以聞此勝福甚多過於捨無量身更不說餘勝福故若聞如是勝福故發起精進已若於此法中生如義想爲離此過故經言若復有人得聞是經信心清淨則生實相當知是人成就第一希有功德等即於如是實相中爲離實相分別故經言是實相者即是非相如是等經言世尊我今得聞如是法門信解受持不足爲難若當來世其有衆生得聞是法門信解受持是人則爲第一希有如是等此何義爲令味著利養過懈怠諸菩薩生慚愧故於未來正法滅時尚有菩薩於此法門受持故無人等取

及法取云何汝等於正法與時遠離修行不生慚愧也經言此人無我相人相衆生相壽者相者顯示無人取也我相即非相等者顯示無法取也經言何以故離一切諸相即名諸佛者顯示諸菩薩順學相諸佛世尊離一切相是故我等亦應如是學此等經文爲離退精進故說於中言若分別若信解者後句釋前句也受者受文字也持者持義也爲離不發起精進故經言若復有人得聞是經不驚不怖不畏等者以驚等故不發起精進也於聲聞乘中世尊說有法及有空於聽聞此經時聞法無有故驚聞空無有故怖於思量時於二不有理中不能相應故畏更有别釋爲三種無自性故應知謂相生第一義等無自性故經言何以故須菩提如來說第一波羅蜜非第一波羅蜜者此有何義復說第二生慚愧處故言此法如是勝上汝等不應放逸於中以於餘波羅蜜中勝故名第一波羅蜜又經言如來說第一波羅蜜者彼無量諸佛亦說波羅蜜者此言顯示一切諸佛同說第一是故名第一

經曰須菩提如來說忍辱波羅蜜即非忍辱波羅蜜何以故須菩提如我昔爲歌利王割截身體我於爾時無我相無衆生相無人相無壽者相無相亦非無相何以故須菩提我於往昔節節支解時若有我相衆生相人相壽者相應生瞋恨須菩提又念過去於五百世作忍辱仙人於爾所世無我相無衆生相無人相無壽者相是故須菩提菩薩應離一切相發阿耨多羅三藐三菩提心何以故若

心有住則爲非住不應住色生心不應住聲香味觸法生心應生無所住心是故佛說菩薩心不住色布施須菩提菩薩爲利益一切衆生應如是布施須菩提言世尊一切衆生相即非相何以故如來說一切衆生即非衆生須菩提如來是真語者實語者如語者不異語者須菩提如來所得法所說法無實無妄語須菩提譬如有人入闇則無所見若菩薩心住於事而行布施亦復如是須菩提譬如人有目夜分已盡日光明照見種種色若菩薩不住於事行於布施亦復如是

論曰此下第十三明忍苦依離障礙十二種中爲離不能忍苦故經言須菩提如來說忍辱波羅蜜等於中有二一能忍二離不能忍能忍有三一如所能忍二忍相三種類忍於中如所能忍以何相生忍處如忍差別顯示對治彼因緣故何者能忍謂達法無我故云何得顯示如經言如來說忍辱波羅蜜即非忍辱波羅蜜故云何應知忍相若他於已起惡等時由無有我等相故不生瞋想亦不於羼提波羅蜜中生有想於非波羅蜜中生無想此云何顯示經言如我昔爲歌利王割截身體我於爾時無有我等相及無相亦非無相等故何者種類忍亦有二種一極苦忍二相續苦忍此云何顯示經言須菩提我於往昔節節支解時若有我相應生瞋恨等云何相續苦忍經言須菩提又念過去於五百世作忍辱仙人等不忍因緣者有三種苦一流轉苦二衆生相違苦三乏受用苦於中經言是故須菩提菩薩應離一切相發阿耨多羅

三藐三菩提心等此爲顯示流轉苦忍因緣對治發菩提心者以三種苦相故則不欲發心故說應離一切相等此中一切相者爲顯如是等三苦相也若著色等則於流轉苦中疲乏之故菩提心不生故經言不住色生心等如前說不住非法者謂非法無我也於非法及法無我中皆不住故爲成就彼諸不住故說遮餘事經言應生無所住心何以故若有心住即爲非住等經言須菩提菩薩爲利益一切衆生應如是布施乃至一切衆生即非衆生等此顯示對治衆生相違苦忍即爲一切衆生而行於捨云何於彼應生瞋也由不能無衆生及衆生想以此因緣故衆生相違時即生疲乏之故顯示人無我法無我等經言須菩提如來是眞語者等此何所顯示欲令

信如來故能忍於中眞語者爲顯世諦相故實語者爲顯世諦修行有煩惱及清淨相故於中實者此行煩惱此行清淨故如語者爲第一義諦相故不異語者爲第一義諦修行有煩惱及清淨相故說此眞語等已於此中如言說性起執著爲遣此故經言須菩提如來所得法所說法無實無妄語故無實者如言說性非有故無妄者不如言說自性有故經言須菩提譬如有人入闇如是等顯示乏受用苦忍因緣對治若爲果報布施便著於事而行捨施於彼喜於欲樂若受中不解出離猶如入闇不知我何所趣彼喜欲樂亦爾若不著於事而行布施如有眼丈夫夜過日出見種種色隨意所趣應如是見彼無明夜過慧日出已種種爾焰如實見之彼不知解

出離欲樂苦受故喜樂欲樂

經曰復次須菩提若有善男子善女人能於此法門受持讀誦修行則爲如來以佛智慧悉知是人悉見是人悉覺是人皆得成就無量無邊功德聚須菩提若有善男子善女人初日分以恒河沙等身布施中日分復以恒河沙等身布施後日分復以恒河沙等身布施如是捨恒河沙等無量身如是百千萬億那由他劫以身布施若復有人聞此法門信心不謗其福勝彼無量阿僧祇何況書寫受持讀誦修行爲人廣說須菩提以要言之是經有不可思議不可稱量無邊功德此法門如來爲發大乘者說爲發最上乘者說若有人能受持讀誦修行此經廣爲人說如來悉知是人悉見是人皆成就不可思議不可稱無有邊無量功德聚如是人等則爲荷擔如來阿耨多羅三藐三菩提何以故須菩提若樂小法者則於此經不能受持讀誦修行爲人解說若有我見衆生見人見壽者見於此法門能受持讀誦修行爲人解說者無有是處須菩提在在處處若有此經一切世間天人阿脩羅所應供養當知此處則爲是塔皆應恭敬作禮圍遶以諸華香而散其處

復次須菩提若善男子善女人受持讀誦此經爲人輕賤何以故是人先世罪業應墮惡道以今世人輕賤故先世罪業則爲消滅當得阿耨多羅三藐三菩提須菩提我念過去無量阿僧祇阿僧祇劫於然燈佛前得值八千四億那由他百千萬諸佛我皆親承供養無空過者須菩提如是無量諸佛我皆親承

供養無空過者若復有人於後世末世能受持讀誦修行此經所得功德我所供養諸佛功德於彼百分不及一千萬億分乃至筭數譬喻所不能及須菩提若有善男子善女人於後世末世有受持讀誦修行此經所得功德若我具說者或有人聞心則狂亂疑惑不信須菩提當知是法門不可思議果報亦不可思議

論曰此下第十四離寂靜味依離障礙十二種中爲離闕少智資糧故經言復次須菩提若有善男子善女人能於此法門受持讀誦修行等此中爲離三摩提攀緣顯示與法相應有五種勝功德一如來憶念親近二攝福德三讚歎法及修行四天等供養五滅罪何者如來憶念親近經言受持讀誦等如來以佛智知彼如來以佛眼見彼等於中受者習誦故持者不妄故若讀若誦者此說受持因故爲欲受故讀爲欲持故誦又復讀者習誦故持者總覽義故何者攝福德經言皆得成就無量無邊功德聚等何者讚歎法及修行經言須菩提以要言之是經有不可思議不可稱量等此爲讚歎法於中不可思者唯自覺故不可稱者無有等及勝故經言此法門如來爲發大乘者說爲發最上乘者說者此成就不可稱義於中餘乘不及故最上煩惱障智障淨故最勝應知經言若有人能受持讀誦修行此經廣爲人說等者此爲讚歎修行於中如來知見成就無量功德聚者是總說也不可思不可稱不可量者解釋故如是人等則爲荷擔如來阿耨多羅三藐三菩提

者謂肩負菩提重擔故經言須菩提若樂小法者則於此經不能受持讀誦修行爲人解說者謂聲聞獨覺乘者故經言若有我等見乃至受持無有是處者謂有人我見衆生而自謂菩薩者故何者天等供養經言須菩提在在處處若有此經一切世間天人阿脩羅所應供養等者於中以華鬘燒香熏香塗香末香衣蓋幢旛等供養恭敬禮拜右遶故名支提何者滅罪經言若善男子善女人受持讀誦此經爲人輕賤等故者此毀辱事有無量門爲顯示此故說輕賤經言當得阿耨多羅三藐三菩提者顯示滅罪故前所說以此因緣出生無量阿僧祇多福者今當解釋彼無量阿僧祇義應知威力者成熟熾然故多者具足故於中經言須菩提我念過去無量阿僧祇阿僧祇劫等者此顯示威力故即是福聚威力以彼所有福聚遠絶高勝故此中阿僧祇劫者乃至然燈佛故應知過阿僧祇者更過前故親承者供養故不空過者常不離供養故經言須菩提若有善男子善女人於後末世有受持讀誦修行此經所得功德若我具說者或有人聞心則狂亂如是等此顯示多故或爲狂因或得亂心果應知此之彼威力及彼多等何人能說是故經言須菩提當知是法門不可思議果報亦不可思議此顯示彼福體及果不可測量故

經曰爾時須菩提白佛言世尊云何菩薩發阿耨多羅三藐三菩提心云何住云何修行云何降伏其心佛告須菩提菩薩發阿耨多羅三藐三菩提心者當生如是心我應滅度

一切衆生令入無餘涅槃界如是滅度一切衆生已而無一衆生實滅度者何以故須菩提若菩薩有衆生相人相壽者相則非菩薩何以故須菩提實無有法名爲菩薩發阿耨多羅三藐三菩提心者

論曰此下第十五於證道時遠離喜動依離障礙十二種中爲遠離自取故經言須菩提白佛言世尊云何菩薩發菩提心住修行等何故復發起此初時問也將入證道菩薩自見得勝處作是念我如是住如是修行如是降伏心我滅度衆生爲對治此故須菩提問當於彼時如所應住如所修行如所應降伏心及世尊答當生如是心等又經言須菩提若菩薩有衆生等者爲顯我執取或隨眠故若言我正行菩薩乘此爲我取對治彼故經言須菩提實無有法名爲菩薩發阿耨多羅三藐三菩提心者

經曰須菩提於意云何如來於然燈佛所有法得阿耨多羅三藐三菩提不須菩提白佛言不也世尊如我解佛所說義佛於然燈佛所無有法得阿耨多羅三藐三菩提佛言如是如是須菩提實無有法如來於然燈佛所得阿耨多羅三藐三菩提須菩提若有法如來得阿耨多羅三藐三菩提者然燈佛則不與我授記汝於來世當得作佛號釋迦牟尼以實無有法得阿耨多羅三藐三菩提是故然燈佛與我授記作如是言摩那婆汝於來世當得作佛號釋迦牟尼何以故須菩提言如來者即實眞如須菩提若有人言如來得阿耨多羅三藐三菩提者是人不實語須菩

提實無有法佛得阿耨多羅三藐三菩提須菩提如來所得阿耨多羅三藐三菩提於是中不實不妄語是故如來說一切法皆是佛法須菩提所言一切法一切法者即非一切法是故名一切法

論曰此下第十六求故授依離障礙十二種中爲離無教授故經言須菩提於意云何如來於然燈佛所有法得阿耨多羅三藐三菩提不如是等又經言須菩提若有法如來得阿耨多羅三藐三菩提者然燈佛則不與我授記汝於來世當得作佛等此有何意若菩提法可說如彼然燈如來所說者我於彼時便得菩提然燈如來則不授記言我得等以彼法不可說故我於彼時不得菩提是故與我授記此是其義應知又何故彼法不可說

經言須菩提言如來者即實眞如故如清淨故名爲如來以如不可說故作此說清淨如名爲眞如猶如眞金或言然燈如來所於法不得菩提世尊後時自得菩提爲離此取故經言須菩提若有人言如來得阿耨多羅三藐三菩提者是人不實語等故又經言須菩提如來所得阿耨多羅三藐三菩提於是中不實不妄語者顯示眞如無二故云何不實謂言說故不妄者謂彼菩提不無世間言說故經言是故如來說一切法皆是佛法者此何義顯一切法法如清淨故如者遍一切法故此是其義又彼一切法法體不成就爲安立第一義故經言須菩提所言一切法一切法者即非一切法是名一切法故

金剛般若波羅蜜經論卷中

音釋

睺胡鉤切　剖居曷切斷也

金剛般若波羅蜜經論卷下

無著菩薩造

隋南天竺三藏法師達摩笈多譯

經曰須菩提譬如有人其身妙大須菩提言世尊如來說人身妙大則非大身是故如來說名大身佛言須菩提菩薩亦如是若作是言我當滅度無量衆生則非菩薩佛言須菩提於意云何頗有實法名爲菩薩不須菩提言不也世尊實無有法名爲菩薩是故佛說一切法無衆生無人無壽者

論曰此下第十七爲入證道故經言須菩提譬如有人其身妙大如是等顯示入證道時得智慧故離慢云何得智有二種智故一攝種性智二平等智若得智已得生如來家得決定紹佛種此爲攝種性智得此已能得妙身於中妙身者謂至得身成就身得畢竟轉依故大身者一切衆生身攝身故若於此家長夜願生既得生已便得彼身是名妙身平等智復有五種平等因緣一麤惡平等二法無我平等三斷相應平等四無希望心相應平等五一切菩薩證道平等得此等故得爲大身攝一切衆生大身故於彼身中安立非自非他故經言世尊如來說人身妙大則非大身是故如來說名大身等者於此妙身等中安立第一義如是等是爲得智慧云何離慢經言須菩提菩薩亦如是若作是言我當滅度無量衆生等此云何可知若作是念我滅度衆生我是菩薩應知此是慢者非實義菩薩爲顯示此故經言是故佛說一切法無衆生等若菩薩有衆生念則不得妙身大身

故

經曰須菩提若菩薩作是言我莊嚴佛國土是不名菩薩何以故如來說莊嚴佛土莊嚴佛土者即非莊嚴是名莊嚴佛國土須菩提若菩薩通達無我無我法者如來說名眞是菩薩菩薩

論曰此下第十八上求佛地應知彼地復有六種具足攝轉依具足一國土淨具足二無上見智淨具足三福自在具足四身具足五語具足六心具足爲國土淨具足三摩鉢帝故經言須菩提若菩薩作是言我莊嚴佛國土是不名菩薩如是等此義爲於共見正行中轉故爲斷彼故安立第一義經言即非莊嚴是名莊嚴國土等又經言須菩提若菩薩通達無我無我法者此言爲二種無我故謂人無我法無我又經言如來說名菩薩菩薩者爲於彼二種無我中二種正覺故此等云何顯示若言我成就即爲人我取莊嚴國土者是法我取此非菩薩

經曰須菩提於意云何如來有肉眼不須菩提言如是世尊如來有肉眼佛言須菩提於意云何如來有天眼不須菩提言如是世尊如來有天眼佛言須菩提於意云何如來有慧眼不須菩提言如是世尊如來有慧眼佛言須菩提於意云何如來有法眼不須菩提言如是世尊如來有法眼佛言須菩提於意云何如來有佛眼不須菩提言如是世尊如來有佛眼佛言須菩提於意云何如恒河中所有沙佛說是沙不須菩提言如是世尊如來說是沙佛言須菩提於意云何如一恒河

中所有沙有如是等恒河是諸恒河所有沙數佛世界如是世界寧爲多不須菩提言彼世界甚多世尊佛告須菩提爾所世界中所有衆生若干種心住如來悉知何以故如來說諸心住皆爲非心住是名爲心住何以故須菩提過去心不可得現在心不可得未來心不可得

論曰此下第二爲無上見智淨具足故經言須菩提於意云何如來有肉眼不如是等於中二種一爲見淨二爲智淨如來不唯有慧眼爲令知見淨勝故顯示有五種眼若異此則唯求慧眼見淨故於中略說有四種眼謂色攝第一義諦攝世諦攝一切種一切應知攝色攝復有二種謂法界修果此爲五眼麤境界故是初色攝第一義智力故世智不顛倒轉是故第一義諦攝在先於中爲人說法若彼法爲彼人施設此智說名法眼一切應知中一切種無功用智說名佛眼此等名爲見淨如經須菩提於意云何如恒河中所有沙如是等此爲智淨於中心住者謂三世心若干種者應知有二種謂染及淨即是共欲心離欲心等世者說過去等分於此二中安立第一義故經言如來說諸心住皆爲非心住乃至過去心不可得等於中過去心不可得者已滅故未來者未有故現在者第一義故爲應知中證故安立見爲教彼彼衆生寂靜心故安立智於此智淨中說心住即非心住如是見淨中何故不說眼即非也以一住處故見智淨後安立第一義故初亦得成就

經曰須菩提於意云何若有人以滿三千大

千世界七寶持用布施是善男子善女人以是因緣得福多不須菩提言如是世尊此人以是因緣得福甚多佛言如是如是須菩提彼善男子善女人以是因緣得福德聚多須菩提若福德聚有實如來則不說福德聚福德聚

論曰此下第三爲福自在具足故經言須菩提於意云何若有人以滿三千大千世界等於中亦安立第一義故經言須菩提若福德聚有實等

經曰須菩提於意云何佛可以具足色身見不須菩提言不也世尊如來不應以色身見何以故如來說具足色身即非具足色身是故如來說名具足色身佛言須菩提於意云何如來可以具足諸相見不須菩提言不也世尊如來不應以具足諸相見何以故如來說諸相具足即非具足是故如來說名諸相具足

論曰此下第四爲身具足故於中復有二種一爲好具足二爲相具足爲好具足故經言須菩提於意云何佛可以具足色身見不如是等於中亦以安立第一義故經言如來說非具足等爲相身具足故經言須菩提於意云何如來可以具足諸相見不如是等

經四佛言須菩提於意云何汝謂如來作是念我當有所說法耶須菩提莫作是念何以故若人言如來有所說法則爲謗佛不能解我所說故何以故須菩提如來說法說法者無法可說是名說法

論曰此下第五爲語具足故經言須菩提於

意云何汝謂如來作是念我當有所說法耶如是等於中安立第一義故經言如來說法說法者等

經曰爾時慧命須菩提白佛言世尊頗有衆生於未來世聞說是法生信心不佛言須菩提彼非衆生非不衆生何以故須菩提衆生衆生者如來說非衆生是名衆生

論曰此下第六心具足於心具足中復有六種一爲念處二爲正覺三爲施設大利法四爲攝取法身五爲不住生死涅槃六爲行住淨應知於心具足中爲念處故經言世尊頗有衆生於未來世聞說是法生信心不如是等此處於諸衆生中顯示如世尊念處故彼非衆生者第一義故非不衆生者世諦故是人即爲希有第一者顯示說第一義是不共及相應故此文如前說

經曰佛言須菩提於意云何如來得阿耨多羅三藐三菩提耶須菩提言不也世尊世尊無有少法如來得阿耨多羅三藐三菩提佛言如是如是須菩提我於阿耨多羅三藐三菩提乃至無有少法可得是名阿耨多羅三藐三菩提復次須菩提是法平等無有高下是名阿耨多羅三藐三菩提以無衆生無人無壽者得平等阿耨多羅三藐三菩提修一切善法得阿耨多羅三藐三菩提須菩提所言善法善法者如來說非善法是名善法

論曰此下第二於彼心具足中爲正覺故經言須菩提於意云何如來得阿耨多羅三藐三菩提耶如是等於中無有法者爲離有見過已顯示菩提及菩提道故彼復顯示菩提

有二種因緣謂阿耨多羅三藐三佛陀語故於中經言無有少法如來得阿耨多羅者此爲阿耨多羅語故此顯示菩提自相故菩提解脫相故彼中無微塵許法有體是故亦不可得亦無所有應知經言復次須菩提是法平等者爲三藐三佛陀語故顯示菩提者人平等相於中平等者以菩提法故得知是佛此中經言無有高下者顯示一切諸佛第一義中壽命等無高下故經言以無衆生無人無壽者得平等阿耨多羅三藐三菩提者顯示菩提於生死法平等相故經言一切善法得阿耨多羅三藐三菩提者顯示菩提道故經言所言善法善法者如來說非善法是名善法等者此安立第一義相故

經曰須菩提三千大千世界中所有諸須彌山王如是等七寶聚有人持用布施若人以此般若波羅蜜經乃至四句偈等受持讀誦爲他人說於前福德百分不及一千分不及一百千萬分不及一歌羅分不及一數分不及一優波尼沙陀分不及一乃至筭數譬喻所不能及須菩提於意云何汝謂如來作是念我度衆生耶須菩提莫作是見何以故實無有衆生如來度者佛言須菩提若有實衆生如來度者如來則有我人衆生壽者相須菩提如來說有我者則非有我而毛道凡夫生者以爲有我須菩提毛道凡夫生者如來說名非生是故言毛道凡夫生

論曰此下第三於彼心具足中爲施設大利法故經言三千大千世界中所有諸須彌山王如是等於中爲安立第一義教授故經言

汝謂如來作是念我度衆生耶如是等又經言如來則有我人衆生壽者相等者此有何義如來如爾焰而知是故若有衆生如來則爲有我取若實無我而言有我取爲離此著故經言須菩提如來說有我者則非有我如是等是故但小兒凡夫有如是取故經言須菩提毛道凡夫生者如來說名非生是故言毛道凡夫生故

經曰須菩提於意云何可以相成就得見如來不須菩提言如我解如來所說義不以相成就得見如來佛言如是如是須菩提不以相成就得見如來佛言須菩提若以相成就觀如來者轉輪聖王應是如來是故非以相成就得見如來爾時世尊而說偈言

若以色見我　以音聲求我　是人行邪道　不能見如來　彼如來妙體　即法身諸佛　法體不可見　彼識不能知

須菩提於意云何如來可以相成就得阿耨多羅三藐三菩提耶須菩提莫作是念如來以相成就得阿耨多羅三藐三菩提

論曰此下第四於彼心具足中爲攝取法身故經言須菩提於意云何可以相成就得見如來不如是等於中初偈顯示如所不應見不可見故云何不可見諸見世諦故是人行邪靜者定名爲靜以得禪者說名寂靜說名寂靜者故又復禪名思惟修故於中思者意所攝修者識所攝言寂靜者即說覺及識此世諦所攝應知彼不能見者謂彼世諦行者第二偈顯示如彼不應見及不應因緣謂初分次分於中偈言以法應見佛者法者謂眞

如義也此何因緣偈言導師法爲身故以如爲緣故出生諸佛淨身此不可見但應見法故彼不應見復何因緣故不可見以彼法眞如相故非如言說而知唯自證知故不如言說者非見實不能知故爲顯示此義故偈言法體不可見彼識不能知故於此住處中得顯示以法身應見如來非以相具足故若爾如來雖不應以相具足見應相具足爲因得阿耨多羅三藐三菩提爲離此著故經言須菩提於意云何如來可以相成就得阿耨多羅三藐三菩提須菩提莫作是念等者此義明相具足體非菩提亦不以相具足爲因也以相是色自性故

經曰須菩提汝若作是念菩薩發阿耨多羅三藐三菩提心者說諸法斷滅相須菩提莫作是念菩薩發阿耨多羅三藐三菩提心說諸法斷滅相何以故菩薩發阿耨多羅三藐三菩提心者於法不說斷滅相須菩提若善男子善女人以滿恒河沙等世界七寶持用布施若有菩薩知一切法無我得無生法忍此功德勝前所得福德須菩提以諸菩薩不取福德故須菩提白佛言世尊菩薩不取福德佛言須菩提菩薩受福德不取福德是故菩薩取福德

論曰此下第五於彼心具足中爲不住生死涅槃故於中有二一爲不住涅槃二爲不住生死爲不住涅槃故須菩提汝若作是念菩薩發阿耨多羅三藐三菩提心者說諸法斷滅相如是等於中經言於法不說斷滅者謂如所住法而通達不斷一切生死影像法於

涅槃自在行利益衆生事此中爲遮一向寂靜故顯示不住涅槃若不住涅槃應受生死苦惱爲離此著顯示不住流轉故經言須菩提若善男子善女人以滿恒河沙等世界七寶持用布施如是等於中經言無我無生法忍者何義如來於有爲法得自在故無彼生死法我又非業煩惱力生故無生故名無我無生者此中云何得顯示如說攝取餘福尚於生死中不受苦惱何況菩薩於無我無生法中得忍已所生福德勝多於彼經言須菩提以諸菩薩不取福德者此顯示不住生死故若住生死即受福聚又經言須菩提白佛言世尊菩薩不取福德者此有何義以世尊於餘處說應受福聚故經言佛言須菩提菩薩受福德不取福德是故菩薩取福德者此顯示以方便應受而不應取故受者說有故取者修彼道故如福聚及果中皆不應著

經曰須菩提若有人言如來若去若來若住若坐若卧是人不解我所說義何以故如來者無所至去無所從來故名如來

論曰此下第六於心具足中爲行住淨於中復有三種一威儀行住二名色觀破自在行住三不染行住應知爲威儀行住故經言須菩提若有人言如來若去若來等於中行者謂去來住者謂餘威儀

經曰須菩提若善男子善女人以三千大千世界微塵復以爾許微塵世界碎爲微塵阿僧祇須菩提於意云何是微塵衆寧爲多不須菩提言彼微塵衆甚多世尊何以故若是微塵衆實有者佛則不說是微塵衆何以故

佛說微塵衆則非微塵衆是故佛說微塵衆世界如來所說三千大千世界則非世界是故佛說三千大千世界何以故若世界實有者則是一合相如來說一合相則非一合相是故佛說一合相佛言須菩提一合相者則是不可說但凡夫之人貪著其事何以故須菩提若人如是言佛說我見人見衆生見壽者見須菩提於意云何是人所說爲正語不須菩提言不也世尊何以故世尊如來說我見人見衆生見壽者見即非我見人見衆生見壽者見是名我見人見衆生見壽者見須菩提菩薩發阿耨多羅三藐三菩提心者於一切法應如是知如是見如是信如是不住法相何以故須菩提所言法相法相者如來說即非法相是名法相

論曰此下第二爲破名色身自在行住故經言須菩提若善男子善女人以三千大千世界微塵如是等於中細末方便乃無所見方便等此破如前說應知經言彼微塵衆甚多世尊者是細末方便經言若是微塵衆實有者佛則不說是微塵衆等者是爲無所見方便此說有何義若微塵衆第一義是有者世尊則不說非聚經言佛說微塵衆則非微塵衆是故佛說微塵衆以此聚體不成故若異此者雖不說亦自知是聚何義須說經言如來所說三千大千世界等者此是無所見方便此破名身亦如前說應知於中世界者謂明衆生世故彼唯名身得名故經言若世界實有者則是一合相者於中爲並說若世界若微塵界故有二種摶取謂一摶取及差別

摶取衆生類衆生世界有者此爲一摶取微塵有者此爲差別摶取以取微塵衆集故經言如來說一合相則非一合相等者此上座須菩提安立第一義故世尊爲成就如是義故經說一合相者即是不可說等此何所顯示世言說故有彼摶取第一義故彼法不可說彼小兒凡夫如言說取非第一義已說無所見方便破義未說無所見中入相應三昧時不分別謂如所不分別及何人何法何方便云何不分別此後具說經言須菩提若人如是言佛說我見等以等顯示如所不分別云何得顯示如外道說我如來說爲我見故安置人無我又爲說有此我見故安置法無我若有彼我見是見所攝如是觀察菩薩入相應三昧時不復分別即此觀察爲入方便

經言須菩提菩薩發阿耨多羅三藐三菩提心者此顯示無分別人經言於一切法者此顯示於何法不分別經言應如是知如是見如是信者此顯示增上心增上智故於無分別中知見勝解於中若智依止奢摩他故知依止毗鉢舍那故見此二依止三摩提故勝解以三摩提自在故解內攀緣影像彼名勝解經言如是不住法相者此正顯示無分別經言所言法相法相者如來說即非法相是名法相者此顯示法相中不共義及相應義如前已說如是一切住處中相應三摩提方便亦爾應知欲顯及攝散二種如前所說更無別義是故不復說其方便

經曰須菩提若有菩薩摩訶薩以滿無量阿僧祇世界七寶持用布施若有善男子善女

人發菩薩心者於此般若波羅蜜經乃至四句偈等受持讀誦爲他人說其福德勝彼無量阿僧祇

云何爲人演說而不名說是名爲說

一切有爲法　如星翳燈幻　露泡夢電雲

應作如是觀

論曰此下第三爲不染行住於中二種一爲說法不染二爲流轉不染爲說法不染故經言須菩提若有菩薩摩訶薩以滿無量阿僧祇世界七寶如是等此何所顯示以有如是大利益故決定應演說如是演說而無所染經言云何爲人演說而不名說是名爲說者此有何義顯示不可言說故不演說彼法有可說體應如是演說若異此者則爲染說以顛倒義故又如是說時不求信敬等亦爲無染說法爲流轉無染故經說偈言一切有爲法如星翳燈幻等此偈顯示四種有爲相一自性相二者所住味相三隨順過失相四隨順出離相於中自性相者共相見識此相如星應如是見何以故無智闇中有彼光故有智明中無彼光故人法我見如翳應如是見何以故以取無義故識如燈應如是見何以故渴愛潤取緣故熾然於中著所住味相者味著顛倒境界故彼如幻應如是見何以故以顛倒見故於中隨順過失相者無常等隨順故彼露譬喻者顯示相體無有以隨順無常故彼泡譬喻者顯示隨順苦體以受如泡故若有受皆是苦以三苦故隨有應知彼苦生故是苦苦破滅故是壞苦不相離故是行苦復於第四禪及無色中立不苦不樂受以

勝故於中隨順出離相者隨順人法無我以
攀緣故得出離故說無我以爲出離也隨順
者謂過去等行以夢等譬喻顯示彼過去行
以所念處故如夢現在者不久時住故如電
未來者彼麤惡種子似虛空引心出故如雲
如是知三世行轉生已則通達無我此顯示
隨順出離相故

經曰佛說是經已長老須菩提及諸比丘比
丘尼優婆塞優婆夷菩薩摩訶薩一切世間
天人阿脩羅乾闥婆等聞佛所說皆大歡喜
信受奉行

論曰偈言

若聞如是義　於大乘無覺　我念過於石
究竟無因故　下人於深法　不能覺及信
世人多如此　是故法荒廢

金剛般若波羅蜜經論卷下

金剛般若波羅蜜經論
元魏三藏法師菩提留支奉　詔譯

清刻龍藏佛說法變相圖

金剛般若波羅蜜經論卷上

天親菩薩造

元魏三藏法師菩提留支奉　詔譯

法門句義及次第　世間不解離明慧
大智通達教我等　歸命無量功德身
應當敬彼如是等　頭面禮足而頂戴
以能荷佛難勝事　攝受衆生利益故

如是我聞一時婆伽婆在舍婆提城祇樹給孤獨園與大比丘衆千二百五十人俱爾時世尊食時著衣持鉢入舍婆提大城乞食於其城中次第乞食已還至本處飯食訖收衣鉢洗足已如常敷座結跏趺坐端身而住正念不動爾時諸比丘來詣佛所到已頂禮佛足右繞三帀退坐一面爾時慧命須菩提在大衆中即從座起偏袒右肩右膝著地向佛

合掌恭敬而立白佛言希有世尊如來應供正遍知善護念諸菩薩善付囑諸菩薩

論曰善護念者依根熟菩薩說善付囑者依根未熟菩薩說云何善護念諸菩薩云何善付囑諸菩薩偈言

巧護義應知　加彼身同行　不退得未得
是名善付囑

云何加彼身同行謂於菩薩身中與智慧力令成就佛法故又彼菩薩攝取衆生與教化力是名善護應知云何不退得未得謂於得未得功德中懼其退失付授智者又得不退者不捨大乘故未得不退者於大乘中欲令勝進故是名善付囑應知

經曰世尊云何菩薩大乘中發阿耨多羅三藐三菩提心應云何住云何修行云何降伏其心爾時佛告須菩提善哉善哉須菩提如汝所說如來善護念諸菩薩善付囑諸菩薩汝今諦聽當爲汝說如菩薩大乘中發阿耨多羅三藐三菩提心應如是住如是修行如是降伏其心須菩提白佛言世尊如是願樂欲聞佛告須菩提諸菩薩生如是心所有一切衆生衆生所攝若卵生若胎生若濕生若化生若有色若無色若有想若無想若非有想非無想所有衆生界衆生所攝我皆令入無餘涅槃而滅度之如是滅度無量無邊衆生實無衆生得滅度者何以故須菩提若菩薩有衆生相即非菩薩何以故非須菩提若菩薩起衆生相人相壽者相則不名菩薩

論曰云何菩薩大乘中住問答示現此義偈言

廣大第一常　其心不顛倒　利益深心住
此乘功德滿

此偈說何等義若菩薩有四種深利益菩提心此是菩薩大乘住處何以故此深心功德滿足是故四種深利益攝取心生能住大乘中何等爲四種心一廣二第一三常四不顛倒云何廣心利益如經諸菩薩生如是心所有一切衆生衆生所攝乃至所有衆生界衆生所攝故云何第一心利益如經我皆令入無餘涅槃而滅度之故云何常心利益如經如是滅度無量無邊衆生實無衆生得滅度者何以故須菩提若菩薩有衆生相即非菩薩故此義云何菩薩取一切衆生猶如我身以此義故菩薩自身滅度無異衆生得滅度者若菩薩於衆生起衆生想不生我想者則不應得菩薩名如是取衆生如我身常不捨離是名常心利益云何不顛倒心利益如經何以故非須菩提若菩薩起衆生相人相壽者相則不名菩薩故此示現遠離依止身見衆生等相故

論曰自此已下說菩薩如大乘中住修行此事應知

經曰復次須菩提菩薩不住於事行於布施無所住行於布施不住色布施不住聲香味觸法布施須菩提菩薩應如是布施不住於相想何以故若菩薩不住相布施其福德聚不可思量須菩提於汝意云何東方虛空可思量不須菩提言不也世尊佛言如是如是須菩提南西北方四維上下虛空可思量不須菩提言不也世尊佛言如是如是須菩提

菩薩無住相布施福德聚亦復如是不可思量佛復告須菩提菩薩但應如是行於布施

論曰偈言

檀義攝於六　資生無畏法　此中一二三名爲修行住

何故唯檀波羅蜜名說六波羅蜜一切波羅蜜檀波羅蜜相義示現故一切波羅蜜檀相義者謂資生無畏法檀波羅蜜應知此義云何資生者即一檀波羅蜜體名故無畏檀波羅蜜者有二謂尸波羅蜜羼提波羅蜜於已作未作惡不生怖畏故法檀波羅蜜者有三謂毗利耶波羅蜜等不疲惓善知心如實說法故此即是菩薩摩訶薩修行住如向說三種檀攝六波羅蜜是名菩薩摩訶薩修行住云何菩薩不住於事行於布施如是等偈言

自身及報恩　果報斯不著　護存已不施防求於異事

不住於事者謂不著自身無所住者謂不著報恩報恩者謂供養恭敬種種等門如經無所住故不住色等者謂不著果報何故如是不住行於布施偈言護存已不施防求於異事若著自身不行布施爲護此事於身不著若著報恩果報捨佛菩提爲異義行於布施爲防是行於事不著

自此已下說云何菩薩降伏其心此事應知云何降伏心名之降伏偈言

調伏彼事中　遠離取相心　及斷種種疑亦防生成心

此文說何義所謂不見施物受者及施者偈言調伏彼事中遠離取相心故如經須菩提

菩薩應如是布施不住於相想故次說布施利益何以故此中有疑若離施等相想云何能成施福彼人如是布施其福轉多故次說布施利益如經何以故若菩薩不住相布施其福德聚不可思量須菩提於意云何東方虛空可思量不須菩提言不也世尊如是等何故說修行後次顯布施利益以得降伏心故是以次說布施利益此義云何不住相想行於布施成就義故

自此巳下一切修多羅示現斷生疑心云何生疑若不住於法行於布施云何為佛菩提行於布施斷彼疑心

經曰須菩提於意云何可以相成就見如來不須菩提言不也世尊不可以相成就得見如來何以故如來所說相即非相佛告須菩提凡所有相皆是妄語若見諸相非相則非妄語如是諸相非相則見如來

論曰偈言

分別有為體　防彼成就得　三相異體故離彼是如來

此義云何若分別有為體是如來以有為相為第一義以相成就見如來身為防彼相成就得如來身如經不可以相成就得見如來故何以故如來名無為法身故如經何以故如來所說相即非相偈言三相異體故離彼是如來彼相成就即非相成就何以故三相異如來體故如經佛告須菩提凡所有相皆是妄語若見諸相非相則非妄語如是諸相非相則見如來此句顯有為虛妄故偈言離彼是如來示現彼處三相無故相非相相對

故彼處生滅住異體不可得故此句明如來體非有爲故菩薩如是知如來爲佛菩提行於布施彼菩薩不住於法行於布施成如是斷疑故

自此巳下尊者須菩提生疑致問

經曰須菩提白佛言世尊頗有衆生於未來世末世得聞如是修多羅章句生實相不佛告須菩提莫作是說頗有衆生於未來世末世得聞如是修多羅章句生實相不佛復告須菩提有未來世末世有菩薩摩訶薩法欲滅時有持戒修福德智慧者於此修多羅章句能生信心以此爲實佛復告須菩提當知彼菩薩摩訶薩非於一佛二佛三四五佛所修行供養非於一佛二佛三四五佛所而種善根佛復告須菩提巳於無量百千萬諸佛所修行供養無量百千萬諸佛所種諸善根聞是修多羅乃至一念能生淨信須菩提如來悉知是諸衆生如來悉見是諸衆生須菩提是諸菩薩生如是無量福德聚取如是無量福德何以故須菩提是諸菩薩無復我相衆生相人相壽者相須菩提是諸菩薩無法相亦非無法相無相亦非無相何以故須菩提是諸菩薩若取法相則爲著我人衆生壽者須菩提若是菩薩有法相即著我相人相衆生相壽者相何以故須菩提不應取法非不取法以是義故如來常說栰喻法門是法應捨非捨法故

論曰此義云何向依波羅蜜說不住事行於布施說因深義向依如來非有爲體說果深義若爾未來惡世人不生信心云何不空說

爲斷彼疑佛答此義如經佛告須菩提莫作是說乃至非捨法故此義云何偈言

說因果深義　於彼惡世時　不空以有實
菩薩三德備

此義云何彼惡世時菩薩具足持戒功德智慧故能生信心以此義故名不空說又偈言

修戒於過去　及種諸善根　戒具於諸佛
亦說功德滿

如經佛復告須菩提當知彼菩薩摩訶薩非於一佛二佛三四五佛所修行供養非於一佛二佛三四五佛所而種善根佛告須菩提已於無量百千萬諸佛所修行供養無量百千萬諸佛所種諸善根故此經文明於過去諸佛具足持戒供養彼佛亦種諸善根如是次第彼持戒具足功德具足故又偈言

彼壽者及法　遠離於取相　亦說知彼相
依八八義別

此義云何復說般若義不斷故說何等義明彼菩薩離於壽者相離於法相故以對彼相故說此義偈言依八八義別故此復云何依四種壽者相有四種義故依四種法相有四種義故是故依八相有八種義差別故此義復云何偈言

差別相續體　不斷至命住　復趣於異道
是我相四種

此義云何明壽者相義故何者是四種一者我相二者衆生相三者命相四者壽者相我相者見五陰差別一一陰是我如是妄取是名我相衆生相者見身相續不斷是名衆生相命相者一報命根不斷住故是名命相壽

者相者命根斷滅復生六道是名壽者相如經何以故須菩提是諸菩薩無復我相衆生相人相壽者相故云何及法偈言

一切空無物　實有不可說　依言辭而說是法相四種

句者是四種一者法相二者非法相三者相四者非相此義云何有可取能取一切法無故言無法相以無物故彼法無我空實有故言亦非無法相彼空無物而此不可說有無故言無相依言辭而說故言亦非無相何以故以於無言處依言相說是故依八種差別義離八種相所謂離人相離法相是故說有智慧如經須菩提是諸菩薩無法相亦非無法相無相亦非無相故有智慧便足何故復說持戒功德爲示現生實相差別義故云何示現偈言

彼人依信心　恭敬生實相　聞聲不正取正說如是取

此義云何彼人有持戒功德依信心恭敬能生實相是以說彼義故次言聞說如是修多羅章句乃至一念生淨信者是故不但說般若又有智慧者不如聲取義隨順第一義智正說如是取能生實相是以說此義故次言須菩提不應取法非不取法不應取法者不應如聲取法非不取法者隨順第一義智正說如是取彼菩薩聞說如是修多羅章句生實相故又經復言須菩提如來悉知是諸衆生如來悉見是諸衆生如是等此明何義偈言

佛不見果知　願智力現見　求供養恭敬

彼人不能説

此義云何彼持戒等人諸佛如來非見果比知云何知偈言願智力現見故如來悉知是諸衆生便足何故復説如來悉見是諸衆生若不説如來悉見是諸衆生或謂如來以比智知恐生如是心故若爾但言如來悉見是諸衆生便足何故復説如來悉知是諸衆生若不説如來悉知是諸衆生或謂如來以肉眼等見爲防是故何故如是説以有二語故又何故如來如是説偈言求供養恭敬彼人不能説故此義云何若有人欲得供養恭敬自歎有持戒等功德彼人則不能説是人自知故諸佛如來善知彼何等人有何等行是故彼人不能自説又是諸菩薩生如是無量福德聚取如是無量福德者此義云何生者能生因故取者熏修自體果義故又何以故須菩提是諸菩薩若取法相則爲著我人衆生壽者此義云何但有無明使無現行麤煩惱示無我見故又經言以是義故如來常説栰喻法門是法應捨非捨法者有何次第偈言

彼不住隨順　於法中證智　如人捨船栰
法中義亦然

此義云何示修多羅等法中證智不住故以得證智捨法故如到彼岸捨栰故隨順者隨順彼證智法彼法應取如人未到彼岸取栰故自此已下説何等義爲遮異疑故云何異疑向説不可以相成就得見如來何以故如來非有爲相得名故若如是云何釋迦牟尼佛得阿耨多羅三藐三菩提説名爲佛云何

說法是名異疑爲斷此疑云何斷疑
經曰復次佛告慧命須菩提須菩提於意云何如來得阿耨多羅三藐三菩提耶如來有所說法耶須菩提言如我解佛所說義無有定法如來得阿耨多羅三藐三菩提亦無有定法如來可說何以故如來所說法皆不可取不可說非法非非法何以故一切聖人皆以無爲法得名
論曰以是義故釋迦牟尼佛非佛亦非說法者此義云何偈言
應化非真佛　亦非說法者　說法不二取
無說離言相
此義云何佛有三種一者法身佛二者報佛三者化佛又釋迦牟尼名爲佛者此是化佛此佛不證阿耨多羅三藐三菩提亦不說法如經無有定法如來得阿耨多羅三藐三菩提亦無有定法如來可說若爾何故經言何以故如來所說法皆不可取不可說如是等有人謗言如來一向不說法爲遮此故偈言應化非真佛亦非說法者故說法不二故無說離言相者聽者不取法不取非法故說者亦不二說法非法故何以故彼法非法非非法依何義說依真如義說非法者一切法無體相故非非法者彼真如無我相實有故何故唯言說不言證有言說者即成證義故若不證者則不能說如經何以故一切聖人皆以無爲法得名此句明何義彼法是說因故何以故一切聖人依真如法清淨得名以無爲法得名故以此義故彼聖人說彼無爲法復以何義如彼聖人所證法不可如是說何

況如是取何以故彼法遠離言語相非可說事故何故不但言佛乃說一切聖人以一切聖人依眞如清淨得名故如是具足清淨如分清淨故

經曰須菩提於意云何若滿三千大千世界七寶以用布施須菩提於意云何是善男子善女人所得福德寧爲多不須菩提言甚多婆伽婆甚多修伽陀彼善男子善女人得福甚多何以故世尊是福德聚即非福德聚是故如來說福德聚即非福德聚佛言須菩提若善男子善女人以滿三千大千世界七寶持用布施若復有人於此經中受持乃至四句偈等爲他人說其福勝彼無量不可數何以故須菩提一切諸佛阿耨多羅三藐三菩提法皆從此經出一切諸佛如來皆從此經生須菩提所謂佛法佛法者即非佛法是名佛法

論曰此說勝福德譬喻校量示現何義法雖不可取不可說而不空故偈言

受持法及說　不空於福德　福不趣菩提
二能趣菩提

何故說言世尊是福德聚即非福德聚者偈言福不趣菩提二能趣菩提故此義云何彼福德不趣大菩提二能趣大菩提故何者爲二一者受持二者演說如經受持乃至四句偈等爲他人說故何故名福德聚聚義有二種一者積聚義二者進趣義如人擔重說名爲聚如是彼福德聚以有積聚義故說名爲聚於菩提不能進趣故名爲非福德聚此二能趣大菩提是故於彼福德中此福爲勝云

何此二能得大菩提如經何以故須菩提一切諸佛阿耨多羅三藐三菩提法皆從此經出一切諸佛如來皆從此經生故云何說一切諸佛菩提法皆從此經出云何說一切諸佛如來皆從此經生偈言

於實名了因　亦爲餘生因　唯獨諸佛法
福成第一體

此義云何菩提者名爲法身彼體實無爲是故於彼法身此二能作了因不能作生因餘者受報相好莊嚴佛化身相好佛於此爲生因以能作菩提因是故名因顯彼福德中此福勝故如經何以故須菩提乃至皆從此經生故云何成此義偈言唯獨諸佛法福成第一體故須菩提所謂佛法佛法者即非佛法者彼諸佛法餘人不得是故彼佛法名爲佛法是故言唯獨諸佛法第一不共義以能作第一法因是故彼福德中此福爲勝如是成福德多故

經曰須菩提於意云何須陀洹能作是念我得須陀洹果不須菩提言不也世尊何以故實無有法名須陀洹不入色聲香味觸法是名須陀洹佛言須菩提於意云何斯陀含能作是念我得斯陀含果不須菩提言不也世尊何以故實無有法名斯陀含是名斯陀含須菩提於意云何阿那含能作是念我得阿那含果不須菩提言不也世尊何以故實無有法名阿那含是名阿那含須菩提於意云何阿羅漢能作是念我得阿羅漢不須菩提言不也世尊何以故實無有法名阿羅漢世尊若阿羅漢作是念我得阿羅漢即爲著我

人衆生壽者世尊佛說我得無諍三昧最爲第一世尊說我是離欲阿羅漢世尊我不作是念我是離欲阿羅漢世尊我若作是念我得阿羅漢世尊則不說我無諍行第一以須菩提實無所行而名須菩提無諍無諍行

論曰向說聖人無爲法得名以是義故彼法不可取不可說若須陀洹等聖人取自果云何言彼法不可取既如證如說云何成不可說自下經文爲斷此疑成彼法不可取不可說故偈言

不可取及說　自果不取故　依彼善吉者

說離二種障

此義云何以聖人無爲法得名是故不取一法不取者不取六塵境界以是義故名不取逆流者如經不入色聲香味觸法是名須陀洹故乃至阿羅漢不取一法以是義故名爲阿羅漢然聖人非不取無爲法以取自果故若聖人起如是心我能得果即爲著我等者此義云何以有使煩惱非行煩惱何以故彼於證時離取我等煩惱是故無如是心我能得果何故尊者須菩提自歎身得受記以自身證果爲於彼義中生信心故何故唯說無諍行爲明勝功德故爲生深信故何故言以須菩提實無所行而名須菩提無諍無諍行者偈言依彼善吉者說離二種障故二種障者一者煩惱障二者三昧障離彼二種障故言無所行以是義故說名二種障離彼二種障故名爲無諍無諍行

經曰佛告須菩提於意云何如來昔在然燈佛所得阿耨多羅三藐三菩提法不須菩提

言不也世尊如來在然燈佛所於法實無所得阿耨多羅三藐三菩提

論曰復有疑釋迦如來昔於然燈佛所受法彼佛爲此佛說法若如是云何彼法不可說不可取爲斷此疑說彼佛所無法可取如經不也世尊如來在然燈佛所於法實無所得阿耨多羅三藐三菩提故何故如是說偈言

佛於然燈語　不取理實智　以是眞實義
成彼無取說

此義云何釋迦如來於然燈佛所言語所說不取證法故以是義故顯彼證智不可說不可取偈言以是眞實義成彼無取說故又若聖人無爲法得名是法不可取不可說云何諸菩薩取莊嚴淨佛國土云何受樂報佛取自法王身云何餘世間復取彼是法王身自下經文爲斷此疑

經曰佛告須菩提若菩薩作是言我莊嚴佛國土彼菩薩不實語何以故須菩提如來所說莊嚴佛土者則非莊嚴是名莊嚴佛土是故須菩提諸菩薩摩訶薩應如是生清淨心而無所住不住色生心不住聲香味觸法生心應無所住而生其心須菩提譬如有人身如須彌山王須菩提於意云何是身爲大不須菩提言甚大世尊何以故佛說非身是名大身彼身非身是名大身

論曰此義如是應知云何知偈言

智習唯識通　如是取淨土　非形第一體
非嚴莊嚴意

此義云何諸佛無有莊嚴國土事唯諸佛如來眞實智慧習識通達是故彼土不可取若

人取彼國土形相作是言我成就清淨佛國土彼菩薩不實說如經何以故須菩提如來所說莊嚴佛土者則非莊嚴是名莊嚴佛土故何故如是說偈言非形第一體非嚴莊嚴意故莊嚴有二種一者形相二者第一義相是故說莊嚴莊嚴又非莊嚴佛土者無有形相故非莊嚴如是無莊嚴即是第一莊嚴何以故以一切功德成就莊嚴故若人分別佛國土是有爲形相而言我成就清淨佛國土彼菩薩住於色等境界中生如是心爲遮此故如經是故須菩提諸菩薩摩訶薩應如是生清淨心而無所住不住色生心不住聲香味觸法生心應無所住而生其心故前言云何受樂報佛取自法王身云何餘世間復取彼是法王身爲除此疑說受樂報佛體同彼須彌山王鏡像義故此義云何偈言

如山王無取　受報亦復然　遠離於諸漏及有爲法故

此義云何如須彌山王勢力高遠故名爲大而不取彼山王體我是山王以無分別故受樂報佛亦如是以得無上法王體故名爲大而不取彼法王體我是法王以無分別故何故無分別以無分別故如經何以故佛說非身是名大身彼身非身是名大身故何故如是說偈言遠離於諸漏及有爲法故彼受樂報佛體離於諸漏若如是即無有物若如是即名有物以唯有清淨身故以遠離有爲法故以是義故實有我體以不依他緣住故

金剛般若波羅蜜經論卷上

金剛般若波羅蜜經論卷中

天親菩薩造

元魏三藏法師菩提留支奉詔譯

經曰佛言須菩提如恒河中所有沙數如是沙等恒河於意云何是諸恒河沙寧爲多不須菩提言甚多世尊但諸恒河尚多無數何況其沙佛言須菩提我今實言告汝若有善男子善女人以七寶滿爾數恒河沙數世界以施諸佛如來須菩提於意云何彼善男子善女人得福多不須菩提言甚多世尊彼善男子善女人得福甚多佛告須菩提以七寶滿爾數恒河沙世界持用布施若善男子善女人於此法門乃至受持四句偈等爲他人說而此福德勝前福德無量阿僧祇

論曰前已說多福德譬喻何故此中復說偈言

說多義差別　亦成勝校量　後福過於前
故重說勝喻

此義云何前說三千世界譬喻明福德多今重說無量三千世界故何故不先說此喻爲漸化衆生令生信心上妙義故又前未顯以何等勝功德能得大菩提故以此喻成彼功德是故重說勝喻

經曰復次須菩提隨所有處說是法門乃至四句偈等當知此處一切世間天人阿修羅皆應供養如佛塔廟何況有人盡能受持讀誦此經須菩提當知是人成就最上第一希有之法若是經典所在之處則爲有佛若尊重似佛爾時須菩提白佛言世尊當何名此法門我等云何奉持佛告須菩提是法門名

爲金剛般若波羅蜜以是名字汝當奉持何以故須菩提佛說般若波羅蜜則非般若波羅蜜須菩提於意云何如來有所說法不須菩提言世尊如來無所說法須菩提於意云何三千大千世界所有微塵是爲多不須菩提言彼微塵甚多世尊何以故須菩提是諸微塵如來說非微塵是名微塵如來說世界非世界是名世界佛言須菩提於意云何可以三十二大人相見如來不須菩提言不也世尊何以故如來說三十二大人相即是非相是名三十二大人相

論曰云何成彼勝福偈言

尊重於二處　因習證大體　彼因習煩惱　此降伏染福

此義云何尊重於二處者一者所說處隨何等處說此經令生尊重奇特想故二者能說人隨何等人能受持及說以尊重經論故非十寶等隨何處捨隨何人能捨如是生敬重故此法門與一切諸佛如來證法作勝因故如經須菩提言世尊如來無所說法故此義云何無有一法唯獨如來說餘佛不說故彼珍寶布施福德是染煩惱因以能成就煩惱事故此因示現遠離煩惱因故是故說地微塵喻如經須菩提是諸微塵如來說非微塵是名微塵如來說世界非世界是名世界故何故如是說彼微塵非貪等煩惱體以是義故名爲地微塵故彼世界非煩惱染因界是故說世界此明何義彼福德是煩惱塵染因是故於外無記塵彼福德善根爲近何況此福德能成佛菩提故及成就大丈夫相福德

中勝故是故受持演說此法門能成佛菩提勝彼福德何以故彼相於佛菩提非相故以彼非法身故是故說大丈夫相以彼相故此受持及說福德能成佛菩提是故彼非勝故又彼福德能降伏珍寶等福何況此福故能降伏是故此福最近最勝如是彼檀等福德中此福德最勝如是成已

經曰佛言須菩提若有善男子善女人以恒河沙等身命布施若復有人於此法門中乃至受持四句偈等爲他人說其福甚多無量阿僧祇爾時須菩提聞說是經深解義趣涕淚悲泣捫淚而白佛言希有婆伽婆希有修伽陀佛說如是甚深法門我從昔來所得慧眼未曾得聞如是法門何以故須菩提佛說般若波羅蜜即非般若波羅蜜世尊若復有人得聞是經信心清淨則生實相當知是人成就第一希有功德世尊是實相者則是非相是故如來說名實相實相世尊我今得聞如是法門信解受持不足爲難若當來世其有衆生得聞是法門信解受持是人則爲第一希有何以故此人無我相人相衆生相壽者相何以故我相即是非相人相衆生相壽者相即是非相何以故離一切諸相則名諸佛佛告須菩提如是如是若復有人得聞是經不驚不怖不畏當知是人甚爲希有何以故須菩提如來說第一波羅蜜非第一波羅蜜如來說第一波羅蜜者彼無量諸佛亦說波羅蜜是名第一波羅蜜

論曰自下經文重明彼福德中此福轉勝此義云何偈言

苦身勝於彼　希有及上義　彼智岸難量
亦不同餘法　堅實解深義　勝餘修多羅
大因及清淨　福中勝福德

此二偈說何義捐捨身命重於捨資生珍寶等彼如是捨無量身命果報福德此福勝彼福何以故彼捨身命苦身心故何況爲法捨故念彼身苦慧命須菩提尊重法故悲泣流淚如經爾時須菩提聞說是經深解義趣涕淚悲泣故此法門希有何以故尊者須菩提雖有智眼昔來未曾得聞是故希有如經我從昔來所得慧眼未曾得聞如是法門故又此法門第一以說名般若波羅蜜故此云何成以上義故如經何以故須菩提佛說般若波羅蜜即非般若波羅蜜故何故如是說彼智岸故彼智岸無人能量是故非波羅蜜又此法門不同何以故此中有實相故餘者非實相除佛法餘處無實故以彼處未曾有未曾生信以是義故如經世尊若復有人得聞是經信心清淨則生實相當知是人成就第一希有功德故又此法門堅實深妙何以故受持此經思量修習不起我等相故又不起我等相者亦可取境界不倒相故我等相即非相者亦能取可取境界不倒相故此二明我空法空無我智故如是次第如經何以故此人無我相人相衆生相壽者相何以故我相即是非相人相衆生相壽者相即是非相何以故離一切諸相則名諸佛故如來爲須菩提說如是義驚者謂非處生懼是故名驚以可訶故如非正道行故怖者心體怖故以起不能斷疑心故畏者一向怖故其心畢竟

驚怖墮故遠離彼處如經不驚不怖不畏故又此法門勝餘修多羅如經何以故須菩提如來說第一波羅蜜非第一波羅蜜故又此法門名爲大因如經如來說第一波羅蜜者故又此法門名爲清淨以無量佛說故如經彼無量諸佛亦說波羅蜜是名第一波羅蜜故彼珍寶檀等無如是功德是故彼福德中此福爲勝如是成已

論曰自下經文復爲斷疑云何疑向說彼身苦以彼捨身苦身果報而彼福是劣若爾依此法門受持演說諸菩薩行苦行彼苦行亦是苦果云何於此法門不成苦果爲斷此疑故

經曰須菩提如來說忍辱波羅蜜即非忍辱波羅蜜何以故須菩提如我昔爲歌利王割截身體我於爾時無我相無人相無衆生相無壽者相無相亦非無相何以故須菩提我於往昔節節支解時若有我相人相衆生相壽者相應生瞋恨須菩提又念過去於五百世作忍辱仙人於爾所世無我相無人相無衆生相無壽者相是故須菩提菩薩應離一切相發阿耨多羅三藐三菩提心何以故若心有住則爲非住不應住色生心不應住聲香味觸法生心應生無所住心是故佛說菩薩心不住色布施須菩提菩薩爲利益一切衆生應如是布施須菩提言世尊一切衆生相即是非相何以故如來說一切衆生即非衆生

論曰此示何義偈言

能忍於苦行　以苦行有善　彼福不可量

如是最勝義　離我及恚相　實無於苦惱
共樂有慈悲　如是苦行果
此二偈說何義雖此苦行同於苦果而此苦行不疲倦以有羼提波羅蜜名爲第一故彼岸有二種義一者波羅蜜清淨善根體二者彼岸功德不可量如經即非波羅蜜故非波羅蜜者無人知彼功德岸故言非波羅蜜是故爲得第一法此苦行勝彼捨身何況離我相瞋恚相故又此行無苦不但無苦及有樂以有慈悲故如經我於爾時無我相乃至無相亦非無相故此明慈悲心相應故如是說若有菩薩不離我相等彼菩薩見苦行苦亦欲捨菩提心爲彼故說如經是故須菩提菩薩應離一切相等此明何義未生第一菩提心者有如是過爲防此過偈言
爲不捨心起　修行及堅固　爲忍波羅蜜
習彼能學心
此義云何爲何等心起行相而修行爲何等心不捨相偈言爲忍波羅蜜習彼能學心故又第一義心者已入初地得羼提波羅蜜故此名不住心如經是故須菩提菩薩應離一切相發阿耨多羅三藐三菩提心故何以故示不住生心義故若心住於色等法彼心不住佛菩提此明不住心行於布施此經文說不住心起行方便以檀波羅蜜攝六波羅蜜故云何爲利益衆生修行而不名住於衆生事爲斷此疑如經須菩提菩薩爲利益一切衆生應如是布施故此明何義偈言
修行利衆生　如是因當識　衆生及事相
遠離亦應知

此義云何利益是因體故彼修行利益衆生
非取衆生相事故何者是衆生事偈言
假名及陰事　如來離彼相　諸佛無彼二
以見實法故
此說何義名相衆生及彼陰事故云何彼修
行遠離衆生事相即彼名相想非相以無彼
實體故以是義故衆生即非衆生以何等法
謂五陰名衆生彼五陰無衆生體以無實故
如是明法無我人無我何以故一切諸佛如
來遠離一切相故此句明彼二相不實偈言
如來離彼相諸佛無彼二以見實法故此說
何義若彼二實有者諸佛如來應有彼二相
何以故諸佛如來實見故
經曰須菩提如來是眞語者實語者如語者
不異語者須菩提如來所得法所說法無實
無妄語
論曰此中有疑於證果中無道云何彼於果
能作因爲斷此疑如經須菩提如來是眞語
者實語者如語者不異語者故此四句說何
等義偈言
果雖不住道　而道能爲因　以諸佛實語
彼智有四種
此義云何彼境界有四種是故如來有四種
實語云何四種偈言
實智及小乘　說摩訶衍法　及一切受記
以不虛說故
此明何義以如來實智不妄說佛菩提及小
乘大乘受記之事皆不妄說以是四境故次
第說四語如經須菩提如來是眞語者實語
者如語者不異語者故不妄說小乘者說小

乘菩諦等唯是諦故不妄說大乘者說法無我眞如故眞如者即是眞如故不妄說受記者一切過去未來現在受記故如彼義如是說不顛倒故經復言須菩提如來所得法所說法無實無妄語何以故如是說偈言

隨順彼實智　說不實不虛　如聞聲取證
對治如是說

此義云何諸佛所說法此法不能得彼法而隨順義故以所說法不能得彼證法何以故如所聞聲無如此義故是故無實以此所說法隨順彼證法是故無妄語若爾何故說如來所得法所說法以依字句說故何故如來前說如來是眞語者復言所說法無實無妄語偈言如聞聲取證對治如是說故

經曰須菩提譬如有人入闇則無所見若菩薩心住於事而行布施亦復如是須菩提譬如人有目夜分已盡日光明照見種種色若菩薩不住於事行於布施亦復如是

論曰復有疑若聖人以無爲眞如法得名彼眞如一切時一切處有云何不住心得佛菩提則非不住若一切時一切處實有眞如何故有人能得有不得者爲斷此疑故說入闇等喻此明何義偈言

時及處實有　而不得眞如　無智以住法
餘者有智得

此義云何一切時者謂過現未來一切處者謂三世衆生實有眞如法何故不得偈言無智以住法故彼無智以心住法故此復何義不清淨故以有智者心不住法是故能得以是義故諸佛如來清淨眞如得名是故住心

不得佛菩提又此譬喻明於何義偈言
闇明愚無智　明者如有智　對法及對治
得滅法如是
此義云何彼闇明喻者相似法故闇者示現
無智日光明者示現有智有目者明何義偈
言對法及對治得滅法如是故
如是次第又有目者如得對治法故夜分已
盡者如所治闇法盡故日光明照者如能治
法現前故如經須菩提譬如有人入闇則無
所見如是等故
經曰復次須菩提若有善男子善女人能於
此法門受持讀誦修行則爲如來以佛智慧
悉知是人悉見是人悉覺是人皆得成就無
量無邊功德聚須菩提若有善男子善女人
初日分以恒河沙等身布施中日分復以恒

河沙等身布施後日分復以恒河沙等身布
施如是捨恒河沙等無量身如是百千萬億
那由他劫以身布施若復有人聞此法門信
心不謗其福勝彼無量阿僧祇何況書寫受
持讀誦修行爲人廣說
論曰自下復說何義偈言
於何法修行　得何等福德　復成就何業
如是說修行
於何法修行者示現彼行云何示現偈言
名字三種法　受持聞廣說　修從他及內
得聞是修智
此說何義於彼名字得成聞慧此有三種一
者受二者持三者讀誦此云何知偈言受持
聞廣說故受持修行依總持法故讀誦修行
依聞慧廣故廣多讀習亦名聞慧此是名字

中三種修行如經復次須菩提若有善男子善女人能於此法門受持讀誦故彼修行云何得偈言修從他及內得聞是修智故此義云何爲修得相於他及自身云何於他及自身謂聞及修如是次第從他聞法內自思惟爲得修行故向說名字及以修行此爲自身偈言

此爲自淳熟　餘者化衆生　以事及時大福中勝福德

此義云何彼名字聞慧修行爲自身淳熟故餘者化衆生廣說法故得何等福德者示現勝校量福德故偈言以事及時大福中勝福德故此捨身福德勝於前捨身福德云何勝以事勝故以時大故即一日時多捨身故復多時故如經須菩提若善男子善女人初日分以恒河沙等身布施乃至若復有人聞此法門信心不謗其福勝彼無量阿僧祇何況書寫受持讀誦修行爲人廣說故

經曰須菩提以要言之是經有不可思議不可稱量無邊功德此法門如來爲發大乘者說爲發最上乘者說若有人能受持讀誦修行此經廣爲人說如來悉知是人悉見是人皆成就不可思議不可稱無有邊無量功德聚如是人等則爲荷擔如來阿耨多羅三藐三菩提何以故須菩提若樂小法者則於此經不能受持讀誦修行爲人解說若有我見衆生見人見壽者見於此法門能受持讀誦修行爲人解說者無有是處須菩提在在處處若有此經一切世間天人阿修羅所應供養當知此處則爲是塔皆應恭敬作禮圍繞

以諸華香而散其處復次須菩提若善男子善女人受持讀誦此經爲人輕賤何以故是人先世罪業應墮惡道以今世人輕賤故先世罪業則爲消滅當得阿耨多羅三藐三菩提須菩提我念過去無量阿僧祇劫於然燈佛前得值八十四億那由他百千萬諸佛我皆親承供養無空過者須菩提如是無量諸佛我皆親承供養無空過者若復有人於後末世能受持讀誦修行此經所得功德我所供養諸佛功德於彼百分不及一千萬億分乃至筭數譬喻所不能及須菩提若有善男子善女人於後世末世有受持讀誦修行此經所得功德若我具說者或有人聞心則狂亂疑惑不信須菩提當知是法門不可思議果報亦不可思議

論曰復成就何業修行者今顯彼修行業偈言

非餘者境界　唯依大人說　及希聞信法
滿足無上界　受持眞妙法　尊重身得福
及遠離諸障　復能速證法　成種種勢力
得大妙果報　如是等勝業　於法修行知

此三行偈說何等義有不可思議者示不可思議境界故不可稱量者謂唯獨大人不共聲聞等以爲住第一大乘衆生說故此示依止大人故又說大乘者最妙大乘修行勝故以信小乘等則不能聞此示希聞而能信法故如經以要言之是經有不可思議不可稱量無邊功德如來爲發大乘者說爲發最上乘者說故希聞者謂不可思議等文句得不可思議等福德顯滿足性故以福德善根滿

足故此說不可思議等文句如經皆成就不可思議不可稱無有邊無量功德聚故如是人等則爲荷擔如來阿耨多羅三藐三菩提者示現受持眞妙法故受持法者即是荷擔大菩提如經如是人等則爲荷擔如來阿耨多羅三藐三菩提故在在處處供養者當知是人必定成就無量功德如經在在處處若有此經一切世間天人阿修羅所應供養當知此處則爲是塔皆應恭敬作禮圍繞以諸華香而散其處故受持讀誦此經爲人輕賤者示現遠離一切諸障故何故爲人輕賤而離諸障以有大功德故如經是人先世罪業則爲消滅故於然燈佛前供養諸佛功德於後末世受持此法門功德福多於彼者此示速證菩提法故以多福德莊嚴速疾滿足故如經若復有人於後世末世能受持讀誦修行此經所得功德我所供養諸佛功德於彼百分不及一千萬億分乃至筭數譬喻所不能及故當知是法門不可思議果報亦不可思議者此明何義偈言成種種勢力得大妙果報故所謂攝受四天王釋提桓因梵天王等成就勢力故若聞此事其心迷亂者以彼果報不可思議甚爲勝妙示非思量智境界故住彼修行中成如是等功德是故彼修行等業應知如經當知是法門不可思議果報亦不可思議故

經曰爾時須菩提白佛言世尊云何菩薩發阿耨多羅三藐三菩提心云何住云何修行云何降伏其心佛告須菩提菩薩發阿耨多羅三藐三菩提心者當生如是心我應滅度

一切衆生令入無餘涅槃界如是滅度一切衆生已而無一衆生實滅度者何以故須菩提若菩薩有衆生相人相壽者相則非菩薩何以故須菩提實無有法名爲菩薩發阿耨多羅三藐三菩提心者

論曰何故前説三種修行今復重説此有何勝偈言

於内心修行　存我爲菩薩　此即障於心
違於不住道

此義云何若菩薩於自身三種修行生如是心我住於菩薩大乘我如是修行我如是降伏其心菩薩生此分別則障於菩提行偈言於内心修行存我爲菩薩此即障於心故障何等心偈言違於不住道故如經何以故須菩提實無有法名爲菩薩發阿耨多羅三藐三菩提心者故

經曰須菩提於意云何如來於然燈佛所有法得阿耨多羅三藐三菩提不須菩提白佛言不也世尊如我解佛所説義佛於然燈佛所無有法得阿耨多羅三藐三菩提佛言如是如是須菩提實無有法如來於然燈佛所得阿耨多羅三藐三菩提須菩提若有法如來得阿耨多羅三藐三菩提者然燈佛則不與我受記汝於來世當得作佛號釋迦牟尼以實無有法得阿耨多羅三藐三菩提是故然燈佛與我受記作如是言摩那婆汝於來世當得作佛號釋迦牟尼何以故須菩提言如來者即實眞如須菩提若有人言如來得阿耨多羅三藐三菩提者是人不實語須菩提實無有法佛得阿耨多羅三藐三菩提須

菩提如來所得阿耨多羅三藐三菩提於是中不實不妄語是故如來說一切法皆是佛法須菩提所言一切法一切法者即非一切法是故名一切法

論曰此中有疑若無菩薩云何釋迦如來於然燈佛所行菩薩行爲斷此疑如經須菩提於意云何如來於然燈佛所有法得阿耨多羅三藐三菩提不不也世尊如是等此明何義偈言

以後時授記　然燈行非上　菩提彼行等
非實有爲相

此義云何於然燈佛時非第一菩薩行何以故我於彼時所修諸行無有一法得阿耨多羅三藐三菩提若我於彼佛所已證菩提則後時諸佛不授我記是故我於彼時行未成佛故偈言以後時授記然燈行非上故若無菩提即無諸佛如來有如是謗謂一向無諸佛如來爲斷此疑如經何以故須菩提言如來者即實眞如故實者非顛倒義故眞如者不異不變故須菩提若有人言如來得阿耨多羅三藐三菩提者此是何義偈言菩提彼行等故此義云何彼菩薩行若人言有實者此則虛妄如是如來得阿耨多羅三藐三菩提若人言得者此亦虛妄故言菩提彼行等故若如是有人謗言如來不得阿耨多羅三藐三菩提爲斷此疑如經須菩提如來所得阿耨多羅三藐三菩提法不實不妄語故此義云何以如來得彼菩提故偈言非實有爲相故有爲相者謂五陰相彼菩提法無色等相故此復云何偈言

彼即非相相　以不虛妄說　是法諸佛法
一切自體相

此義云何彼即於色等非相非色等相故彼即菩提相故是故偈言彼即非相相以不虛妄說故是故如來說一切法佛法如是等此義云何以如來得如是法偈言是法諸佛法一切自體相故自體相者非體自體故此明何義一切法眞如體故彼法如來所證是故言一切法佛法故彼處色等相不住故彼一切色等諸法非法如是諸法非法即是諸法法以無彼法相常不住持彼法相故

經曰須菩提譬如有人其身妙大須菩提言世尊如來說人身妙大則非大身是故如來說名大身

論曰大身譬喻示現何義偈言

依彼法身佛　故說大身喻　身離一切障
及遍一切境　功德及大體　故即說大身
非身即是身　是故說非身

此二偈示何義畢竟遠離煩惱障智障畢竟具足法身故此復云何有二種義一者遍一切處二者功德大是故名大身偈言功德及大體故遍一切處者眞如一切法不差別故偈言非身即是身是故說非身故如經世尊如來說人身妙大則非大身是故如來說名大身故此說何義非身者無有諸相是名非身大者有眞如體如是即名妙大身如經是名妙大身故

經曰佛言須菩提菩薩亦如是若作是言我當滅度無量衆生則非菩薩佛言須菩提於意云何頗有實法名爲菩薩須菩提言不也

世尊實無有法名爲菩薩是故佛說一切法無我無人無衆生無壽者須菩提若菩薩作是言我莊嚴佛國土是不名菩薩何以故如來說莊嚴佛土莊嚴佛土者即非莊嚴是名莊嚴佛國土須菩提若菩薩通達無我無我法者如來說名眞是菩薩

論曰此中有疑若無菩薩者諸佛亦不成大菩提衆生亦不入大涅槃亦無清淨佛國土若如是爲何義故諸菩薩摩訶薩發心欲令衆生入涅槃起心修行清淨佛國土自下經文爲斷此疑云何斷疑偈言

不達眞法界　起度衆生意　及清淨國土
生心即是倒

此義云何若起如是心即是顚倒非菩薩者起何等心名爲菩薩如經須菩提若菩薩通達無我無我法者如來說名眞是菩薩菩薩故此示何義偈言

衆生及菩薩　知諸法無我　非聖自智信
及聖以有智

此明何義知無我無我法者謂衆生及菩薩何等衆生何等菩薩於彼法若能自智信若世間智出世間智所謂凡夫聖人是人名爲菩薩此言攝世諦菩薩出世諦菩薩是故重說菩薩菩薩如經如來說名眞是菩薩菩薩故

金剛般若波羅蜜經論卷中

音釋

捫（謨奔切摸也）　割（居曷切斷也）　羼（初限切）

金剛般若波羅蜜經論卷下

天親菩薩造

元魏三藏法師菩提留支奉詔譯

經曰須菩提於意云何如來有肉眼不須菩提言如是世尊如來有肉眼佛言須菩提於意云何如來有天眼不須菩提言如是世尊如來有天眼佛言須菩提於意云何如來有慧眼佛言須菩提言如是世尊如來有慧眼佛言須菩提於意云何如來有法眼不須菩提言如是世尊如來有法眼佛言須菩提於意云何如來有佛眼不須菩提言如是世尊如來有佛眼佛言須菩提於意云何如恒河中所有沙佛說是沙不須菩提言如是世尊如來說是沙佛言須菩提於意云何如一恒河中所有沙有如是等恒河是諸恒河所有沙數佛世界如是世界寧爲多不須菩提言彼世界甚多世尊佛告須菩提爾所世界中所有衆生若干種心住如來悉知何以故如來說諸心住皆爲非心住是名爲心住何以故須菩提過去心不可得現在心不可得未來心不可得須菩提於意云何若有人以滿三千大千世界七寶持用布施是善男子善女人以是因緣得福多不須菩提言如是世尊此人以是因緣得福甚多佛言如是如是須菩提彼善男子善女人以是因緣得福德聚多須菩提若福德聚有實如來則不說福德聚福德聚

論曰復有疑前說菩薩不見彼是衆生不見我爲菩薩不見清淨佛國土何以故以不見諸法名爲諸佛如來若如是或謂諸佛如來

不見諸法自下經文爲斷此疑故說五種眼偈言

雖不見諸法　非無了境眼　諸佛五種實

以見彼顛倒

何故說彼非顛倒爲顯斷疑譬喻是故說我知彼種種心住如是等此示何義彼非顛倒以見顛倒故何者是顛倒偈言

種種顛倒識　以離於實念　不住彼實智

是故說顛倒

此義云何種種顛倒者彼種種心緣住是名種種識以六種識差別顛倒何故彼心住名爲顛倒偈言以離於實念不住彼實智是故說顛倒故如來說諸心住皆爲非心住者此句示現遠離四念處故此以何義心住者住彼念處以離彼念處故云不住又住不動根本名異義一若如是不住是故說心住此明不住相續不斷行因是故不住示彼相續顛倒如經何以故須菩提過去心不可得現在心不可得未來心不可得以過去未來故不可得現在心虛妄分別故不可得如是示彼心住顛倒諸識虛妄以無世觀故何故依福德重說譬喻偈言

佛智慧根本　非顛倒功德　以是福德相

故重說譬喻

此說何義復有疑向說心住顛倒若如是福德亦是顛倒若是顛倒何名善法爲斷此疑示現心住雖顛倒福德非顛倒何以故偈言佛智慧根本故云何示現根本如經須菩提若福德有實如來則不說福德聚福德聚故此義云何明有漏福德聚是其顛倒以此福

德聚是有漏故所以如來不說福德聚又福德聚者即福德聚何以故若非福德聚者如來則不說爲智慧根本是故福德聚者即福德聚

經曰須菩提於意云何佛可以具足色身見不須菩提言不也世尊如來不應以色身見何以故如來說具足色身即非具足色身是故如來說名具足色身佛言須菩提於意云何如來可以具足諸相見不須菩提言不也世尊如來不應以具足諸相見何以故如來說諸相具足即非具足是故如來說名諸相具足

論曰復有疑若諸佛以無爲法得名云何諸佛成就八十種好三十二相而名爲佛爲斷此疑是故說非成就色身非成就諸相得見如來又色身攝得八十種好三十二相如經何以故如來說具足色身即非具足色身是故如來說名具足色身何以故如來說諸相具足即非具足是故如來說名諸相具足故何故如是說偈言

法身畢竟體　非彼相好身　以非相成就
非彼法身故　不離於法身　彼二非不佛
故重說成就　亦無二及有

此二偈說何義彼法身畢竟體非色身成就亦非諸相成就以非彼身故非彼身者以非彼法身相故此二非不彼即彼如來身有故何者是二一者色身成就二者諸相成就以此二法不離於法身是故彼如來身成就相好亦得說有云何說有經言色身成就諸相成就故是故偈言彼二非不佛故是故此二

亦得言無故說非身成就非相成就亦得言有故說色身成就諸相成就故偈言亦無二及有何故如是說以彼法身中無即於是義說如來色身成就諸相成就以不離彼身故而法身不如是說以法身非彼體故

經曰佛言須菩提於意云何汝謂如來作是念我當有所說法耶須菩提莫作是念何以故若人言如來有所說法則爲謗佛不能解我所說故何以故須菩提如來說法說法者無法可說是名說法

論曰復有疑若如來具足色身成就不可得見若相成就不可得見云何言如來說法自下經文爲斷此疑如經若人言如來有所說法則爲謗佛不能解我所說故此義云何偈言

如佛法亦然　所說二差別　不離於法界說法無自相

何故重言說法說法者偈言所說二差別故何者是二一者所說法二者所有義何故言無法可說是名說法者偈言不離於法界說法無自相故此以何義所說法離於眞法界不可得自相見故

經曰爾時慧命須菩提白佛言世尊頗有衆生於未來世聞說是法生信心不佛言須菩提彼非衆生非不衆生何以故須菩提衆生衆生者如來說非衆生是名衆生

論曰復有疑若言諸佛說者是無所說法不離於法身亦是其無有何等人能信如是甚深法界自下經文爲斷此疑偈言

所說說者深　非無能信者　非衆生衆生

非聖非不聖

何故言須菩提非衆生非不衆生者偈言非衆生衆生非聖非不聖故

此以何義若有信此經彼人非衆生非衆生者非無聖體非無聖體者非凡夫體故非不衆生者以有聖體故彼人非凡夫衆生非不是聖體衆生如經何以故須菩提衆生衆生者如來説非衆生是名衆生故如來説非衆生者非凡夫衆生是故説衆生衆生以聖人衆生是故説非衆生

經曰佛言須菩提於意云何如來得阿耨多羅三藐三菩提耶須菩提言不也世尊世尊無有少法如來得阿耨多羅三藐三菩提佛言如是如是須菩提我於阿耨多羅三藐三菩提乃至無有少法可得是名阿耨多羅三藐三菩提復次須菩提是法平等無有高下是名阿耨多羅三藐三菩提以無衆生無人無壽者得平等阿耨多羅三藐三菩提修一切善法得阿耨多羅三藐三菩提須菩提所言善法善法者如來説非善法是名善法

論曰復有疑若如來不得一法名阿耨多羅三藐三菩提者云何離於上上證轉轉得阿耨多羅三藐三菩提自下經文爲斷此疑示現非證法名爲得阿耨多羅三藐三菩提此義云何偈言

彼處無少法　知菩提無上　法界不增減
淨平等自相　有無上方便　及離於漏法
是故非淨法　即是清淨法

此明何義彼菩提處無有一法可證名爲阿耨多羅三藐三菩提如經世尊無有少法如

來得阿耨多羅三藐三菩提法故彼復有義偈言法界不增減不增減者是法平等是故名無上以更無上上故如經復次須菩提是法平等無有高下是名阿耨多羅三藐三菩提故又諸佛如來清淨法身平等無差別於彼處無有勝者是故說無上如經以無衆生無人無壽者得平等阿耨多羅三藐三菩提故又彼法無我自體眞實更無上上故名阿耨多羅三藐三菩提故又彼法有無上方便以一切善法滿足故說阿耨多羅三藐三菩提餘菩提者善法不滿足更有上方便如經一切善法得阿耨多羅三藐三菩提故須菩提所言善法善法者如來說非善法是名善法者何故如是說偈言及離於漏法是故彼漏非是淨法此即是清淨法故此以何義彼法無有漏法故名非善法以無有漏法故是故名爲善法以決定無漏善法故

經曰須菩提三千大千世界中所有諸須彌山王如是等七寶聚有人持用布施若人以此般若波羅蜜經乃至四句偈等受持讀誦爲他人說於前福德百分不及一千分不及一百千萬分不及一歌羅分不及一數分不及一優波尼沙陀分不及一乃至筭數譬喻所不能及

論曰復有疑若一切善法滿足得阿耨多羅三藐三菩提者則所說法不能得大菩提何以故以所說法無記法故爲斷此疑重說勝福譬喻示現何義偈言

雖言無記法　而說是彼因　是故一法寶

勝無量珍寶

此義云何雖言所說法是無記而能得大菩提何以故以遠離所說法不能得大菩提以是義故此法能爲菩提因又言無記者此義不然何以故汝法是無記而我法是記偈言是故一法寶勝無量珍寶故是故此所說法勝彼阿僧祇須彌等珍寶故如經若人以此般若波羅蜜經乃至一四句偈等受持讀誦爲他人說於前福德百分不及一如是等此示何義偈言

數力無似勝　無似因亦然　一切世間法不可得爲喻

此說何等義示於前福德此福爲勝云何爲勝一者數勝二者力勝三者不相似勝四者因勝是故偈言一切世間法不可得爲喻故數勝者如經百分不及一乃至筭數譬喻所不能及故以數無限齊故攝得餘數應知力勝者如經不及一歌羅分故無似勝者此福德中數不相似以此福德不可數故如經數不能及故因勝者因果不相似此因果勝彼因果故如經乃至優波尼沙陀分不及一故又此法最勝無有世間法可喻此法故偈言一切世間法不可得爲喻故如是此福德中彼福微少是故無法可喻

經曰須菩提於意云何汝謂如來作是念我度衆生耶須菩提莫作是見何以故實無有衆生如來度者佛言須菩提若有實衆生如來度者如來則有我人衆生壽者相須菩提如來說有我者則非有我而毛道凡夫生者以爲有我須菩提毛道凡夫生者如來說名非生是故言毛道凡夫生

論曰復有疑若是法平等相無有高下者云何如來名爲度衆生自下經文爲斷此疑云何斷疑偈言

平等眞法界　佛不度衆生　以名共彼陰
不離於法界

此義云何衆生假名與五陰共故彼名共陰不離於法界偈言不離於法界故彼法界無差別故偈言平等眞法界故是故如來不度一衆生偈言佛不度衆生故如經何以故實無有衆生如來度者故佛言須菩提若有實衆生如來度者如來則有我人衆生壽者相者此明何義偈言

取我度爲過　以取彼法是　取度衆生故
不取彼應知

此義云何若　來有如是心五陰中有衆生可度者此是取相過以著彼法故偈言取我度爲過故以取彼法是者以取五陰中是衆生故取度衆生故者欲令衆生得解脱有如是相故經復言須菩提如來說有我者則非有我而毛道凡夫生者以爲有我者此義云何偈言不取彼應知故此以何義以彼不實義是故彼不取以不取者即是毛道凡夫取而即是不取故言不取取故又須菩提毛道凡夫生者如來說名非生者不生聖人法故言非生

經曰須菩提於意云何可以相成就得見如來不須菩提言如我解如來所說義不以相成就得見如來佛言如是如是須菩提不以相成就得見如來佛言須菩提若以相成就觀如來者轉輪聖王應是如來是故非以相

成就得見如來

論曰復有疑雖相成就不可得見如來以非彼體以如來法身爲體而如來法身以見相成就此智則知如來法身爲福相成就自下經文爲斷此疑云何斷疑偈言

非是色身相　可比知如來　諸佛唯法身轉輪王非佛

此義云何有人言福德能成是相果報以成是相故則知福德力得大菩提若如是如來則以相成就得阿耨多羅三藐三菩提爲遮此故如經若以相成就觀如來者轉輪聖王應是如來是故非以相成就得見如來故此義云何偈言

非相好果報　依福德成就　而得眞法身方便異相故

此明何義法身者是智相身福德者是異相身故

經曰爾時世尊而說偈言

若以色見我　以音聲求我　是人行邪道不能見如來　彼如來妙體　即法身諸佛法體不可見　彼識不能知

論曰此二偈說何義偈言

唯見色聞聲　是人不知佛　以眞如法身非是識境故

此示何義如來法身不應如是見聞不應如是見聞者不應如是見色聞聲以何等人不能見謂凡夫不能見故偈言唯見色聞聲是人不知佛故如經是人行邪道不能見如來故是人者是凡夫人不能見眞如法身如經彼如來妙體即法身諸佛法體不可見彼識

不能知故

經曰須菩提於意云何如來可以相成就得阿耨多羅三藐三菩提耶須菩提莫作是念如來以相成就得阿耨多羅三藐三菩提須菩提汝若作是念菩薩發阿耨多羅三藐三菩提心者說諸法斷滅相須菩提莫作是念菩薩發阿耨多羅三藐三菩提心說諸法斷滅相何以故菩薩發阿耨多羅三藐三菩提心者於法不說斷滅相須菩提若善男子善女人以滿恒河沙等世界七寶持用布施若有菩薩知一切法無我得無生法忍此功德勝前所得福德須菩提以諸菩薩不取福德故須菩提白佛言世尊菩薩不取福德佛言須菩提菩薩受福德不取福德是故菩薩取福德

論曰有人起如是心若不依福德得大菩提如是諸菩薩摩訶薩則失福德及失果報自下經文爲斷此疑云何斷疑偈言

不失功德因　及彼勝果報　得勝忍不失
以得無垢果　示勝福德相　是故說譬喻
是福德無報　如是受不取

此義云何雖不依福德得眞菩提而不失福德及彼果報何以故以能成就智慧莊嚴功德莊嚴故何故依彼福德重說譬喻偈言得勝忍不失以得無垢果故此義云何有人起如是心諸菩薩摩訶薩得無生法忍以得出世間智失彼福德及以果報爲遮此故示現福德不失而更得清淨殊勝功德是故不失如經何以故菩薩發阿耨多羅三藐三菩提心者於法不說斷滅相故

若復有菩薩知一切法無我得無生法忍者有二種無我不生二種無我相是故受而不取如經佛言須菩提菩薩受福德不取福德是故菩薩取福德故云何菩薩受福德不取福德偈言

是福德無報

如是受不取故此義云何取者彼福德得有漏果報以有漏果報故彼福德可訶如是取者名之爲取如取非道故此福德無報無報者無彼有漏報是故此福德受而不取

經曰須菩提若有人言如來若去若來若住若坐若卧是人不解我所說義何以故如來者無所至去無所從來故名如來

論曰若諸菩薩不受彼果報云何諸菩薩福德衆生受用偈言

是福德應報　爲化諸衆生　自然如是業　諸佛現十方

此義云何明諸佛化身有用彼法身諸佛不去不來故偈言自然如是業諸佛現十方故此復何義偈言

去來化身佛　如來常不動　於是法界處　非一亦不異

此明不去不來義故如經何以故如來者無所至去無所從來故此義云何若如來有去來差别即不得言常如是住常如是住者不變不異故

經曰須菩提若善男子善女人以三千大千世界微塵復以爾許微塵世界碎爲微塵阿僧祇須菩提於意云何是微塵衆寧爲多不須菩提言彼微塵衆甚多世尊何以故若是微塵衆實有者佛則不說是微塵衆何以故

佛說微塵衆則非微塵衆是故佛說微塵衆世尊如來所說三千大千世界則非世界是故佛說三千大千世界何以故若世界實有者則是一合相如來說一合相則非一合相是故佛說一合相佛言須菩提一合相者則是不可說但凡夫之人貪著其事何以故須菩提若人如是言佛說我見人見衆生見壽者見須菩提於意云何是人所說爲正語不須菩提言不也世尊何以故世尊如來說我見人見衆生見壽者見即非我見人見衆生見壽者見是名我見人見衆生見壽者見須菩提菩薩發阿耨多羅三藐三菩提心者於一切法應如是知如是見如是信如是不住法相何以故須菩提所言法相法相者如來說即非法相是名法相須菩提若有菩薩摩訶薩以滿無量阿僧祇世界七寶持用布施若有善男子善女人發菩薩心者於此般若波羅蜜經乃至四句偈等受持讀誦爲他人說其福勝彼無量阿僧祇云何爲人演說而不名說是名爲說

論曰碎微塵譬喻者示現何義偈言

世界作微塵　此喻示彼義　微塵碎爲末

示現煩惱盡

此明何義偈言於是法界處非一亦非異故彼諸佛如來於眞如法界中非一處住亦非異處住爲示此義故說世界碎微塵喻此喻示現何義偈言微塵碎爲末示現煩惱盡故此喻非聚集微塵衆示現非一喻此義云何偈言

非聚集故集　非唯是一喻　聚集處非彼

非是差別喻

此義云何如微塵碎爲末非一處住以無有聚集物故亦非異處差別以聚集微塵差別不可得故以差別不住故如是諸佛如來遠離煩惱障住彼法界中非一處住亦非異處住如是三千世界一合相喻非聚集故此以何義如經如來說一合相則非一合相是故如來說一合相故若實有一物聚集如來則不說微塵聚集如是若實有一世界如來則不說三千大千世界如經若世界實有者則是一合相故但凡夫之人貪著其事者以彼聚集無物可取虛妄分別是故凡夫妄取若有實者即是正見故知妄取何故凡夫無物而取物如經佛言須菩提一合相者則是不可說但凡夫之人貪著其事如是等此示何義偈言

但隨於音聲　凡夫取顛倒　非無二得道

遠離於我法

如經何以故須菩提若人如是言佛說我見人見衆生見壽者見如是乃至是名我見人見衆生見壽者見故此復何義偈言非無二得道遠離於我法故此義云何非無我無法離此二事而得菩提云何得菩提遠離彼二見故得於菩提偈言遠離於我法故此復何義偈言

見我即不見　無實虛妄見　此是微細障

見真如遠離

是故見即不見無其實義以虛妄分別以是無我是故如來說彼我見即是不見以其無實無實者即是無物以是義故說我見即是

虚妄見如是示現我見不見故見法者亦是不見如經須菩提菩薩發阿耨多羅三藐三菩提心者於一切法應如是知如是見如是信如是不住法相故此復何義以見法相即不見相如彼我見即非見故何故此二見說名不見偈言此是微細障見眞如遠離故此復云何彼見我見法此是細障以不見彼二故是以見法而得遠離偈言見眞如遠離故又如是知如是見如是信者此示何義偈言

二智及三昧　如是得遠離

此義云何示現世智第一義智及依止三昧得遠離彼障是故重說勝福譬喻此示何義偈言

化身示現福　非無無盡福

雖諸佛自然化身作業而彼諸佛化身說法有無量無盡無漏功德故云何爲人演說而不名說是名爲說者何故如是說偈言

諸佛說法時　不言是化身　以不如是說　是故彼說正

此義云何若化身諸佛說法時不言我是化身是故彼所說是正說若不如是說者可化衆生不生敬心何以故以不能利益衆生即彼說是不正說是故不說我是化佛

經曰爾時世尊而說偈言

一切有爲法　如星翳燈幻　露泡夢電雲　應作如是觀

論曰復有疑若諸佛如來常爲衆生說法云何言如來入涅槃爲斷此疑是故如來即說偈喻此義云何偈言

非有爲非離　諸如來涅槃　九種有爲法

妙智正觀故

此義云何諸佛涅槃非有爲法亦不離有爲法何以故以諸佛得涅槃化身說法示現世間行爲利益衆生故此明諸佛以不住涅槃以不住世間故何故諸佛示現世間行而不住有爲法中偈言九種有爲法妙智正觀故此以何義如星宿等相對法九種正觀故此九種正觀於九種境界應知觀何境界偈言

見相及於識　器身受用事　過去現在法
亦觀未來世

云何觀九種法譬如星宿爲日所映有而不現能見心法亦復如是又如目有翳則見毛輪等色觀有爲法亦復如是以顚倒見故又如燈識亦如是依止貪愛法住故又如幻所依住處亦如是以器世間種種差別無一體實故又如露身亦如是以少時住故又如泡所受用事亦如是以受想因三法不定故又如夢過去法亦如是以惟念故又如電現在法亦如是以剎那不住故又如雲未來法亦如是以於子時阿黎耶識與一切法爲種子根本故觀如是九種法得何等功德成就何智偈言

觀相及受用　觀於三世事　於有爲法中
得無垢自在

此義云何觀有爲法三種一者觀有爲法以觀見相識二者觀受用以觀器世間等以何處住以何等身受用何等三者觀有爲行以何等法三世轉差別如是觀一切法於世間法中得自在故偈言於有爲法中得無垢自在故

經曰佛說是經已長老須菩提及諸比丘比丘尼優婆塞優婆夷菩薩摩訶薩一切世間天人阿脩羅乾闥婆等聞佛所說皆大歡喜信受奉行

諸佛希有總持法　不可稱量深句義
從尊者聞及廣說　迴此福德施群生

金剛般若波羅蜜經論卷下

音釋

翳（於計切蔽也）泡（披交切水漚）梨（鄰溪切）

大智度論
姚秦三藏法師鳩摩羅什譯

清刻龍藏佛説法變相圖

摩訶般若波羅蜜經釋論序

長安釋僧叡述

夫萬有本於生生而生生者無生變化兆於物始而始始者無始然則無生無始物之性也生始不動於性而萬有陳於外悔吝生於内者其唯邪思乎正覺有以見邪思之自起故阿含爲之作知滯有之由惑故般若爲之照然而照本希夷津涯浩汗理超文表趣絶思境以言求之則乖其深以智測之則失其旨二乘所以顛沛於三藏雜學所以曝鱗於龍門者不其然乎是以馬鳴起於正法之餘龍樹生於像法之末正餘易弘故直振其遺風瑩拂而已像末多端故乃寄跡凡夫示悟物以漸又假照龍宫以朗搜玄之慧託聞幽祕以窮微言之妙爾乃憲章智典作茲釋論

其開夷路也則令大乘之駕方軌而直入其辯實相也則使妄見之惑不遠而自復其爲論也初辭擬之必標衆異以盡美卒成之終則舉無執以盡善釋所不盡則立論以明之論其未辯則寄折中以定之使靈篇無難喻之章千載悟作者之旨信若人之功矣有鳩摩羅耆婆法師者少播聰慧之聞長集奇拔之譽才舉則亢標萬里言發則英辯榮枯常杖兹論焉淵鏡憑高致以明宗以秦弘始三年歲次星紀十二月二十日自姑臧至長安秦王虛襟既已蘊在昔見之心豈徒則悅而巳晤言相對則淹留終日研微造盡則窮年忘倦又以晤言之功雖深而恨獨符之心不曠造盡之要雖玄而惜津梁之勢未普遂以莫逆之懷相與弘兼忘之慧乃集京師義業

沙門命公卿賞契之士五百餘人集於渭濱逍遥園堂鑾輿佇駕於洪涘禁禦息警於林間躬覽玄章考正名於梵本諮通津要坦夷路於來踐經本既定乃出此釋論論之略本有十萬偈偈有三十二字并三百二十萬言梵夏既乖又有煩簡之異三分除二得此百卷於大智三十萬言玄章婉旨朗然可見歸途直達無復惑趣之疑以文求之無間然矣故天竺傳云像正之末微馬鳴龍樹道學之門其淪胥溺喪矣其故何耶寔由二末契微邪法用盛虛言與實教並興嶮徑與夷路爭轍始進者化之而流離向道者惑之而播越非二匠其孰與正之是以天竺諸國爲之立廟宗之若佛又稱而詠之曰智慧日已頹斯人令再曜世昏寢已久斯人悟令覺若然者

真可謂功格十地道侔補處者矣傳而稱之
不亦宜乎幸哉此中鄙之外忽得全有此論
梵文委曲皆如初品法師以秦人好簡故裁
而略之若備譯其文將近千有餘卷法師於
秦語大格唯譯一往方言殊好猶隔而未通
苟言不相喻則情無由比不比之情則不可
以託悟懷於文表不喻之言亦何得委殊塗
於一致理固然矣進欲停筆爭是則交競終
日卒無所成退欲簡而便之則負傷於穿鑿
之譏以二三唯案譯而書都不備飾幸冀明
悟之賢略其文而挹其玄也

大智度論卷第一

龍　樹　菩　薩　造

姚秦三藏法師鳩摩羅什譯

緣起論

智度大道佛善來　智度大海佛窮底
智度相義佛無礙　稽首智度無子佛
有無二見滅無餘　諸法實相佛所說
常住不壞淨煩惱　稽首佛所尊重法
聖衆大海行福田　學無學人以莊嚴
後有愛種永已盡　我所既滅根已除
已捨世間諸事業　種種功德所住處
一切衆中最爲上　稽首眞淨大德僧
一心恭敬三寶已　及諸救世彌勒等
智慧第一舍利弗　無諍空行須菩提
我今如力欲演說　大智彼岸實相義
願諸大德聖智人　一心善順聽我說

問曰佛以何因緣故說摩訶般若波羅蜜經諸佛法不以無事及小因緣而自發言譬如須彌山王不以無事及小因緣而動今有何等大因緣故佛說摩訶般若波羅蜜經答曰佛於三藏中廣引種種諸喻爲聲聞說法不說菩薩道唯中阿含本末經中佛記彌勒菩薩汝當來世當得作佛號字彌勒亦不說種種菩薩行佛今欲爲彌勒等廣說諸菩薩行是故說摩訶般若波羅蜜經復次有菩薩修念佛三昧佛爲彼等欲令於此三昧得增益故說般若波羅蜜經如般若波羅蜜初品中說佛現神足放金色光明遍照十方如恒河沙等世界示現大身清淨光明種種妙色滿虛空中佛在衆中端正殊妙無能及者譬如

須彌山王處於大海諸菩薩見佛神變於念佛三昧倍復增益以是事故說摩訶般若波羅蜜經復次菩薩初生時放大光明普遍十方行至七步觀察四方作師子吼而說偈言

我生胎分盡　是最末後身　我已得解脫
當復度衆生

作是誓已身漸長大欲捨親屬出家修道中夜起觀見諸妓直妃后婇女狀若臭屍即命車匿令鞁白馬夜半踰城行十二由旬到跋伽婆仙人所住林中以刀剃髮持上妙寶衣貿麤布僧伽棃於尼連禪河側六年苦行日食一麻或食一米等而自念言是處非道爾時菩薩捨苦行處到菩提樹下坐金剛處魔王將十八億萬衆來壞菩薩菩薩以智慧功德力故降魔衆已即得阿耨多羅三藐三菩提是時三千大千世界主梵天王名式棄及色界諸天等釋提桓因及欲界諸天等并四天王皆詣佛所勸請世尊初轉法輪亦是菩薩念本所願及大慈大悲故受請說法諸法甚深者般若波羅蜜是故佛說摩訶般若波羅蜜經復次有人疑佛不得一切智所以者何諸法無量無數云何一人能知一切法佛住般若波羅蜜實相清淨如虛空無量無數般若波羅蜜法中自發誠言我是一切智人欲斷一切衆生疑以是故說摩訶般若波羅蜜經復次有衆生應得度者以佛大功德智慧無量難知難解故爲惡師所惑心沒邪法不入正道爲是輩人起大慈心以大悲手拔之令入佛道是故自現最妙功德出大神力如般若波羅蜜初品中說佛入三昧王三

昧從三昧起以天眼觀十方世界舉身毛孔皆笑從其足下千輻輪相放六百千萬億種種色光明從足指上至肉髻處處各放六百千萬億種種色光明普照十方無量無數如恒河沙等諸佛世界皆令大明佛欲宣示一切諸法實相斷一切衆生疑結故說摩訶般若波羅蜜經復次有惡邪人懷嫉妬意誹謗言佛智慧不出於人但以幻術惑世斷彼貢高邪慢意故現無量神力無量智慧力於般若波羅蜜中自說我神德無量三界特尊爲一切覆護若一發惡念獲罪無量發一淨信受人天樂必得涅槃果復次欲令人信受法故言我是大師有十力四無所畏安立聖主住處心得自在能師子吼轉妙法輪於一切世界最尊最上復次佛世尊欲令衆生歡喜故說是般若波羅蜜經言汝等應生大喜何以故一切衆生入邪見網爲異學惡師所惑我於一切惡師邪網中得出十力大師難可值見汝今已遇我隨時開發三十七品等諸深法藏恣汝採取復次一切衆生爲結使病所煩惱自有生死已來無人能治此病者常爲外道惡師所誤我今出世爲大醫王集諸法藥汝等當服是故佛說摩訶般若波羅蜜經復次有人念言佛與人同亦有生死實受飢渴寒熱老病佛欲斷彼意故說是摩訶般若波羅蜜經示言我身不可思議梵天王等諸天祖父於恒河沙等劫中欲思量我身尋究我聲不能測度況我智慧三昧如偈說

諸法實相中　諸梵天王等　一切天地主
迷惑不能了　此法甚深妙　無能測量者

佛出悉開解　其明如日照
又如佛初轉法輪時應持菩薩從他方來欲量佛身上過虛空無量佛刹到華上世界見佛身如故而說偈言
虛空無有邊　佛功德亦爾　設欲量佛身唐勞不能盡　上過虛空界　無量諸佛土見釋師子身　如故而不異　佛身如金山演出大光明　相好自莊嚴　猶如春華敷
如佛身無量光明音響亦復無量戒定慧等諸佛功德皆悉無量如密跡經中三密此中應廣說復次佛初生時墮地行七步口自發言言竟便默如諸嬰孩不行不語乳哺三年諸母養育漸次長大然佛身無數過諸世間爲衆生故現如凡人凡人生時身分諸根及其意識未成就故身四威儀坐卧行住言談語默種種人法皆悉未了日月歲過漸漸習學能具人法今佛云何生便能語能行後更不能此事可怪當知但以方便力故現行人法如人威儀令諸衆生信於深法若菩薩生便能行語世人當作是念今見此人世未曾有必是天龍鬼神其所學法必非我等所及何以故我等生死肉身爲結使業所牽不得自在如此深法誰能及之以此自絕不得成賢聖法器爲是人故於嵐毗尼園中生雖即能至菩提樹下成佛以方便力故而現作孩童幼稚少年成人於諸時中次第而受嬉戲術藝服御五欲具足人法漸見老病死苦生猒患心於夜中半踰城出家到鬱特伽阿羅羅仙人所現作弟子而不行其法雖以常用神通自念宿命迦葉佛時持戒行道而今現

修苦行六年求道菩薩雖主三千大千世界而現破魔軍成無上道隨順世法故現是衆變令於般若波羅蜜中現大神通智慧力故諸人當知佛身無數過諸世間復次有人應可度者或墮二邊或以無智故但求身樂或有爲道故修著苦行如是人等於第一義中失涅槃正道佛欲拔此二邊令入中道故説摩訶般若波羅蜜經復次分别生身法身供養果報故説摩訶般若波羅蜜經如舍利塔品中説復次欲説阿鞞跋致阿鞞跋致相故復次欲説魔幻魔僞魔事故復次爲當來世人供養般若波羅蜜因緣故又欲授三乘記莂故説是般若波羅蜜經如佛告阿難我般涅槃後此般若波羅蜜當至南方從南方至西方後五百歲當至北方是中多有信法善男子善女人種種華香瓔珞幢旛妓樂燈明珍寶以財物供養若自書若教人書若讀誦聽説正憶念修行以法供養是人以是因緣故受種種世間樂末後世時得三乘入無餘涅槃如是等觀諸品中因緣事故説般若波羅蜜經復次佛欲説第一義悉檀相故説是般若波羅蜜經有四種悉檀一者世界悉檀二者各各爲人悉檀三者對治悉檀四者第一義悉檀四悉檀中總攝一切十二部經八萬四千法藏皆是實無相違背佛法中實有以世界悉檀故實有以各各爲人悉檀故實有以對治悉檀故實有以第一義悉檀故實有云何名世界悉檀有法從因緣和合故有無别性譬如車轅輻軸輞等和合故有無别車也人亦如是五衆和合故有無别人也問

曰如佛說我以清淨天眼見諸衆生死此生彼隨善惡業受果報善業者生天人中惡業者墮三惡道復次經言一人出世多人蒙慶福樂饒益佛世尊也如法句中說神自能救神他人安能救神自行善智是最能自救如瓶沙王迎經中佛說凡人不聞法凡人著於我又佛二夜經中說佛從得道夜至般涅槃夜是兩夜中間所說經教一切皆實不顚倒若實無人者佛云何說人等答曰人等世界故有第一義故無如如法性實際世界故無第一義故有人等亦如是第一義故無世界故有所以者何五衆因緣有故有人譬如乳色香味觸因緣有故有若乳實無乳因緣亦應無今乳因緣實有故乳亦應有非如一人第二頭第三手無因緣而有假名如是等相名爲世界悉檀相云何名各各爲人悉檀觀人心行而爲說法於一事中或聽或不聽如經中所說雜報業故雜生世間得雜觸得雜受更有破群邪經中說無人得觸無人得受問曰此二經云何通答曰以有人疑後世不信罪福作不善行墮斷滅見欲斷彼疑捨彼惡行欲拔彼斷見故說雜生世間得雜觸得雜受是破群邪計有我有神墮計常中破群邪經問佛言大德誰受若佛說其甲其甲受便墮計常中其人我見倍復牢固不可移轉是以不說有受者觸者如是等相名爲各各爲人悉檀云何名對治悉檀有法對治則有實性則無譬如重熱病膩酢鹹藥草飲食等於風病中名爲藥於餘病非藥若輕冷甘苦澀藥草飲食等於熱病名爲藥於餘病非藥

若輕辛苦澀熱藥草飲食等於冷病中名爲藥於餘病非藥佛法中治心病亦如是不淨觀思惟於貪欲病中名爲善對治法於瞋恚病中不名爲善非對治法所以者何觀身過失名不淨觀若瞋恚人觀過失者則增益瞋恚火故思惟慈心於瞋恚病中名爲善對治法於貪欲病中不名爲善非對治法所以者何慈心於衆生中求好事觀功德若貪欲人求好事觀功德者則增益貪欲故因緣觀法於愚癡病中名爲善對治法於貪欲瞋恚病中不名爲善非對治法所以者何先邪觀故生邪見邪見即是愚癡問曰佛法中說十二因緣甚深如說佛告阿難是因緣法甚深難見難解難覺難觀細心巧慧人乃能解愚癡人於淺近法猶尚難解何況甚深因緣今云何言愚癡人應觀因緣法答曰愚癡人者非謂如牛羊等愚癡是人欲求實道邪心觀故生種種邪見如是愚癡人當觀因緣是名爲善對治法若行瞋恚貪欲人欲求樂欲惱他於此人中非善非對治法不淨慈心思惟是二人中是善是對治法何以故是二觀能拔瞋恚貪欲毒刺故復次著常顛倒衆生不知諸法相似相續有如是人觀無常是對治悉檀法非第一義何以故一切諸法自性空故如偈說言

無常見有常　是名爲顛倒　空中無無常

何處見有常

問曰一切有爲法皆無常相應是第一義所以者何一切有爲法生住滅相前生次住後滅故云何言無常非實答曰有爲法不應有

三相何以故三相不實故若諸法生住滅是有爲相者今生中亦應有三相生是有爲法故如是一一處亦應有三相是則無窮住滅亦如是若諸生住滅各更無生住滅者不應名有爲法何以故有爲法相無故以是故諸法無常非第一義悉檀復次若一切實性無常則無行業報何以故無常名生滅失故譬如腐種子不生果如是則無行業無行業云何有果報今一切賢聖法有果報善智之人所可信受不應言無以是故諸法非無常性如是等無量因緣說不得言諸法無常性一切有爲法無常苦無我等亦如是如是等相名爲對治悉檀云何名第一義悉檀一切法性一切論議語言一切是法非法一一可分別破散諸佛辟支佛阿羅漢所行眞實法不可破不可散上三悉檀不通此則通問曰云何通答曰所謂通者離一切過失不可變易不可勝何以故除第一義悉檀諸餘論議諸餘悉檀皆可破故如衆義經中偈說

各各自依見　戲論起諍競　知此爲知實
不知爲謗法　不受他法故　是則無智人
諸有戲論者　悉皆是無智　若依自見法
而生諸戲論　若是爲淨智　無非淨智者

於此三偈中佛說第一義悉檀相所謂世間衆生自依見自依法自依論議而生諍競戲論即諍競本戲論依諸見生如偈說

有受法故有諸論　若無有受何所論
有受無受諸見等　是人於此悉已除

行者能如實知此者於一切法一切戲論不受不著不見是實不共諍競能知佛法甘露

味若不爾者則謗法若不受他法不知不取是無智人如是則諸有戲論者皆是無智何以故各各不相受法故所謂有人自謂法第一實淨餘人法妄語不淨譬如世間治法刑罰殺戮種種不淨世間人信受行之以爲眞淨於餘出家善聖人中是最爲不淨外道出家人法五熱中一脚立拔髮等尼揵子輩以爲妙慧餘人説此爲癡法如是等種種外道出家白衣婆羅門法各各自以爲好餘皆妄語是佛法中亦有犢子比丘説如四大和合有眼法如是五衆和合有人法犢子阿毗曇中説五衆不離人人不離五衆不可説五衆是人離五衆是人人是第五不可説法藏中所攝説一切有道人輩言神人一切種一切時一切法門中求不可得譬如兔角龜毛常無復次十八界十二入五衆實有自性而人此中不攝更有佛法中方廣道人言一切法不生不滅空無所有譬如兔角龜毛常無如是等一切論議師輩自守其法不受餘法此是實餘者妄語若自受其法自供養法自修行法他法不受不供養爲作過失若以是爲清淨得第一義利者則一切無非清淨何以故彼一切自受法故問曰若諸見皆有過失者第一義悉檀何者是答曰一切語言道斷心行處滅遍無所依不示諸法無初無中無後不盡不壞是名第一義悉檀如摩訶衍義偈中説

語言盡竟　心行亦訖　不生不滅　法如涅槃

説諸行處　名世界法　説不行處　名第一義

一切實一切非實　及一切實亦非實

一切非實非不實　是名諸法之實相
如是等處處經中說第一義悉檀是義甚深難見難解佛欲說是義故說摩訶般若波羅蜜經復次欲令長爪梵志等大論議師於佛法中生信故說是摩訶般若波羅蜜經有梵志號名長爪更有名先尼婆蹉衢多羅更有名薩遮加摩揵提等是閻浮提大論議師輩言一切論可破一切語可壞一切執可轉故無有實法可信可恭敬者如舍利弗本末經中說舍利弗舅摩訶俱絺羅與姊舍利論議不如俱絺羅思惟念言非姊力也必懷智人寄言毋口未生乃爾及生長大當如之何思惟是已生憍慢心爲廣論議故出家作梵志入南天竺國始讀經書諸人問言汝志何求學習何經長爪答言十八種大經盡欲讀之諸人語言盡汝壽命猶不能知一何況能盡長爪自念昔作憍慢爲姊所勝今此諸人復見輕辱爲是二事故自作誓言我不翦爪要讀十八種經盡人見爪長因號爲長爪梵志是人以種種經書智慧力種種譏刺是法是非法是應是不應是實是不實是有是無破他論議譬如大力狂象搪揬蹴蹹無能制者如是長爪梵志以論議力摧伏諸論師已還至摩伽陀國王舍城那羅聚落至本生處問人言我姊生子今在何處有人語言汝姊子者適生八歲讀一切經書盡至年十六論議勝一切人有釋種道人姓瞿曇與作弟子長爪聞之即起憍慢生不信心而作是言如我姊子聰明如是彼以何術誘誑剃頭作弟子說是語已直向佛所爾時舍利弗初受戒半

月佛邊侍立以扇扇佛長爪梵志見佛問訊訖一面坐作是念一切論可破一切語可壞一切執可轉是中何者是諸法實相何者是第一義何者性何者相不顛倒如是思惟譬如大海水欲盡其涯底求之既久不得一法實可以入心者彼以何論議道而得我姊子作是思惟已而語佛言瞿曇我一切法不受佛問長爪汝一切法不受是見受不佛所質義汝已飲邪見毒今出是毒氣言一切法不受是見毒汝受不爾時長爪梵志如好馬見鞭影即覺便著正道長爪梵志亦如是得佛語鞭影入心即棄捐貢高慚愧低頭如是思惟佛置我著二處負門中若我說是見我受是負處門麤故多人知云何自言一切法不受今言是見我受此現前妄語是麤負處門

多人所知第二負處門細我不受之以不多人知故作是念已答佛言瞿曇一切法不受是見亦不受佛語梵志汝不受一切法是見亦不受則無所受與衆人無異何用貢高而生憍慢如是長爪梵志不能得答自知墮負處即於佛一切智中起恭敬生信心自思惟我墮負處世尊不彰我負不言是非不以爲意佛心柔輭是第一清淨處一切語論處滅得大甚深法是可恭敬處心淨第一無過佛者佛說法斷其邪見故即於坐處得遠塵離垢於諸法中得法眼淨是時舍利弗聞是語得阿羅漢是長爪梵志便出家作沙門得大力阿羅漢若長爪梵志不聞般若波羅蜜氣分離四句第一義相應法小信尚不得何況得出家道果如欲導引如是等大論議師利

根人故說是般若波羅蜜經復次諸佛有二種說法一者觀人心隨可度二者觀諸法相今佛欲說諸法實相故說摩訶般若波羅蜜經如說相不相品中諸天子問佛是般若波羅蜜甚深云何作相佛告諸天子空則是相無相無作相無生滅相無行之相常不生如性相寂滅相等復次有二種說法一者諍處二者不諍處諍處如餘經中已說今欲說無諍處故說般若波羅蜜經有相無相有物無物有依無依有對無對有上無上世界非世界如是等二種法門亦如是問曰佛大慈悲心但應說無諍法何以說諍法答曰無諍法皆是無相常寂滅不可說今說布施等及無常苦空等諸法皆爲寂滅無戲論故利根者知佛意不起諍鈍根者不知佛意取相著心起諍故名諍此般若波羅蜜諸法畢竟空故無諍處若畢竟空可得可諍者不名畢竟空畢竟空有無二事皆滅故是故般若波羅蜜名無諍處復次餘經中多以三種門說諸法所謂善門不善門無記門今欲說非善門非不善門非無記門諸法相故說摩訶般若波羅蜜經學法無學法非學非無學法見諦斷法思惟斷法無斷法可見有對不可見有對不可見無對上中下法小大無量法如是等三法門亦如是復次餘經中隨聲聞法說四念處於是比丘觀内身三十六物除欲貪病如是觀外身觀内外身今欲以異法門說四念處故說般若波羅蜜經如所說菩薩觀内身於身不生覺觀不得身以無所得故如是觀外身觀内外身於身不生覺觀不得身以

無所得故於身念處中觀身而不生覺觀是事甚難三念處亦如是四正勤四如意足四禪四諦如是等種種四法門亦如是復次餘經中佛說五衆無常苦空無我相今欲以異法門說五衆故說般若波羅蜜經如佛告須菩提菩薩色是常行不行般若波羅蜜受想行識是常行不行般若波羅蜜色無常行不行般若波羅蜜受想行識無常行不行般若波羅蜜五受衆五道如是等種種五法亦如是餘六七八等乃至無量門等種種法門亦如是如摩訶般若波羅蜜無量無邊說般若波羅蜜因緣亦無量無邊是事廣故今略說摩訶般若波羅蜜因緣竟

釋序品第一

【經】如是我聞一時

【論】問曰諸佛經何以故初稱如是語答曰佛法大海信爲能入智爲能度如是者即是信也若人心中有信清淨是人能入佛法若無信是人不能入佛法不信者言是事不如是信者言是事如是譬如牛皮未柔不可屈折無信人亦如是譬如牛皮已柔隨用可作有信人亦如是復次經中說信爲手如人有手入寶山中自在能取若無手不能有所取有信人亦如是入佛法無漏根力覺道禪定寶山中自在所取無信如無手無手人入寶山中則不能有所取無信亦如是入佛法寶山都無所得佛自念言若人有信是人能入我大法海中能得沙門果不空剃頭染衣若無信是人不能入我法海中如枯樹不生華實不得沙門果雖剃頭染衣讀種種經能難能

答於佛法中空無所得以是故如是義在佛法初善信相故復次佛法深遠更有佛乃能知人有信雖未作佛以信力故能入佛法如梵天王請佛初轉法輪以偈請曰

閻浮提先出　多諸不淨法　願開甘露門
說諸清淨道

佛以偈答

我法甚難得　能斷諸結使　三有愛著心
是人不能解

梵天王白佛大德世界中智有上中下善輭直心者易可得度是人若不聞法者退墮諸惡難中譬如水中蓮華有生有熟有水中未出者若不得日光則不開佛亦如是佛以大慈悲憐愍衆生故爲說法佛念過去未來現在三世諸佛法皆度衆生爲說法我亦應爾如是思惟竟受梵天王等諸天請說法以偈答曰

我今開甘露味門　若有信者得歡喜
於諸人中說妙法　非惱他故而爲說

佛此偈中不說布施人得歡喜亦不說多聞持戒忍辱精進禪定智慧人得歡喜獨說信人佛意如是法第一甚深微妙無量無數不可思議不動不倚不著無所得法非一切智人則不能解是故佛法中信力爲初信力能入非布施持戒等能初入佛法如偈曰

世間人心動　愛著福果報　而不好福因
求有不求滅　先聞邪見法　心著而深入
我是甚深法　無信云何解

如提婆達大弟子俱迦離等無信法故墮惡道中是人無信於佛法自以智慧求不能得

何以故佛法甚深故如梵天王教俱迦離說
偈
欲量無量法　智者豈應量　無量法欲量
此人自覆沒
復次如是義者若人心善直信是人可聽法
若無是相則不解如所說
　尊視聽法如渴飲　一心入於語義中
　踊躍聞法心悲喜　如是之人應爲說
復次如是義在佛法初現世利後世利涅槃
利諸利根本信爲大力復次一切諸外道出
家心念我法微妙第一清淨如是人自歎所
行法毀呰他人法是故現世鬬諍相打後世
墮地獄受種種無量苦如偈說
自法愛染故　毀呰他人法　雖持戒行人
不脫地獄苦

是佛法中棄捨一切愛一切見一切吾我憍
慢悉斷不著如栰喻經言汝等若解我栰喻
法是時善法應棄捨何況不善法佛自於般
若波羅蜜不念不倚何況餘法有倚著者以
是故佛法初稱如是佛意如是我弟子無愛
法無染法無朋黨但求離苦解脫不戲論諸
法相如說阿陀婆耆經摩揵提難偈言
決定諸法中　橫生種種想　悉捨内外滅
云何當得道
佛答曰
非見聞覺知　非持戒所得　亦非不見聞
非不持戒得　如是論悉捨　亦捨我我所
不取諸法相　如是可得道
摩揵提問曰
若不見聞等　非持戒所得　亦非不見聞

非不持戒得　如我心觀察　持啞法得道

佛答曰

汝依邪見門　我知汝癡道　汝不見妄想

汝爾時自啞

復次我法眞實餘法妄語我法第一餘法不實是爲鬪諍本今如是義示人無諍法聞他所說說人無咎以是故諸佛經初稱如是略說如是義竟我者今當說問曰若佛法中言一切法空一切無有吾我云何佛經初言如是我聞答曰佛弟子輩等雖知無我隨俗法說我非實我也譬如以金錢買銅錢人無笑者何以故賣買法應爾故言我者亦如是於無我法中而說我隨世俗故不應難如天問經中偈說

阿羅漢比丘　諸漏已永盡　於最後邊身

能言吾我不

佛答曰

阿羅漢比丘　諸漏已永盡　於最後邊身

能言有吾我

世界法中說我非第一義以是故諸法空無我而說我無咎復次世界語言有三根本一者邪二者慢三者名字是中二種不淨一種淨一切凡人三種語邪慢名字見道學人二種語慢名字諸漏盡人用一種語名字內心雖不違實法而隨世界人共傳是語故除世邪見順俗無諍復次若人著無我相言是實餘妄語是人應難汝一切法實相無我云何言如是我聞今諸佛弟子於一切法空無所有是中心亦不著亦不著諸法實相何況無我法中心著以是故不應難言何以說我如

中論中偈說

若有所不空　應當有所空　不空尚不得
何況得於空　凡人見不空　亦復見於空
不見見無見　是實名涅槃　不二安隱門
能破諸邪見　諸佛所行處　是名無我法

略說我義竟

聞者今當說問曰聞者云何聞用耳根聞耶用耳識聞耶用意識聞耶若耳根聞耳根無覺知故不應聞若耳識聞耳識一念不能分別亦不應聞若意識聞意識亦不能聞何以故先五識識五塵然後意識識意識不能識現在五塵唯識過去未來五塵若意識能識現在五塵者盲聾人亦應識聲色何以故意識不破故答曰非耳根能聞聲亦非耳識亦非意識是聞聲事從多因緣和合故得聞聲不得言一法能聞聲何以故耳根無覺故不應聞聲識無色無對無處故亦不應聞聲聲無覺亦無根故不能知聲爾時耳根不破聲在可聞處意欲聞情塵意和合故耳識生隨耳識即生意識能分別種種因緣得聞聲以是故不應作是難雖聞聲佛法中亦無有一法能作能見能知如偈說

有業亦有果　無作業果者　此第一甚深
是法佛所說　雖空亦不斷　相續亦不常
罪福亦不失　如是法佛說

略說聞法竟

一者今當說問曰佛法中數時等法實無陰入界所不攝故何以言一時答曰隨世俗故有一時無有咎如畫泥木等作天像念天故禮拜無咎說一時亦如是雖實無一時隨俗說一時無咎問曰不應無一時佛自說言一

人出世間多人得樂是者何人佛世尊也亦如偈說

我行無師保　志一無等侶　積一行得佛　自然通聖道

如是等佛處處說一應當有一復次一法和合故物名爲一若實無一法何以故一物中一心生非二非三二物中二心生非一非三三物中三心生非二非一若實無諸數一物中應二心生二物中應一心生如是等三四五六皆爾以是故定知一物中有一法是法和合故一物中一心生答曰若一與物一若一與物異二俱有過問曰若一有何過答曰若一瓶是一義如因提棃釋迦亦是一義若爾者在在有一處處應皆是瓶譬如在在有因提棃亦應處處有釋迦今衣等諸物皆應是瓶一瓶一故如是處處一皆是瓶如瓶衣等悉是一物無有分别復次一是數法瓶亦應是數法瓶體有五法一亦應有五法瓶有色有對一亦應有色有對若在在一不名爲瓶合不應瓶一一若說一不攝瓶若說瓶亦應不攝瓶瓶一不異故又復欲說一應說瓶欲說瓶應說一如是則錯亂問曰一中過如是異中有何咎答曰若一與瓶異瓶則非一若瓶與一異一則非瓶若瓶與一合瓶名一者今一與瓶合何以不名一爲瓶是故不得言瓶異一問曰雖瓶與一合故瓶爲一然一不作瓶答曰諸數初一一與瓶異以是故瓶不作一一無故多亦無何以故先一後多故如是異中一亦不可得以是故二門中求一法不可得不可得故云何陰界入攝但佛弟

子隨俗語名爲一心實不著知數法名字有以是故佛法中言一時一人一師不墮邪見略說一竟時者今當說問曰天竺說時名有二種一名迦羅二名三摩耶佛何以不言迦羅而言三摩耶答曰若言迦羅俱亦有疑問曰輕易說故應言迦羅迦羅二字三摩耶三字重語難故答曰除邪見故說三摩耶不言迦羅有人言一切天地好醜皆以時爲因如時經中偈說

時來衆生熟　時去則催促　時能覺悟人
是故時爲因　世界如車輪　時變如輪轉
人亦如車輪　或上而或下

更有人言雖天地好醜一切物非時所作然時是不變因是實有時法細故不可見不可知以華實等果故可知有時往年今年久近遲疾見此相雖不見時可知有時何以故見果知有因故以是故有時法時法不壞故常答曰如泥丸是現在時塵土是過去時瓶是未來時時相常故過去時不作未來時如經書法時是一物以是故過去時不作未來時亦不作現在時雜過去過去時中亦無未來時以是故無未來時現在時亦如是問曰汝受過去塵土時若有過去時必應有未來時以是故實有時法答曰汝不聞我先說未來時瓶過去時塵土未來時不作過去時未來時相中是未來時云何名過去時以是故過去時亦無問曰何以故無時必應有時現在有現在相過去有過去相未來有未來相答曰若爾一切三世時有自相應盡是現在時無過去未來時若有未來不名未來應名巳

來以是故是語不然問曰過去時未來時非現在相行過去時過去相行未來時未來相行以是故各各法相有時答曰若過去過去則破過去相若過去不過去則無過去相未來時亦如是以是故時法不實云何能生天地好醜及華果等諸物如是等種種除邪見故不說迦羅時說三摩耶見陰界入生滅假名爲時無別時所謂方時離合一異長短等名字出凡人心著謂是實有法以是故故除捨世界名字語言法問曰若無時云何聽時食遮非時食是戒答曰我先已說世界名字法有時非實法汝不應難亦是毗尼中結戒法是世界中實非第一實法相吾我法相實不可得故亦爲衆人嗔呵故亦欲護佛法使久存定弟子禮法故諸佛世尊結諸戒是中不應求有何實有何名字等何者相應何者不相應何者是法如是相何者是法不如是相以是故是事不應難問曰若非時食時藥時衣何以不言三摩耶而說迦羅答曰此毗尼中說白衣不得聞外道何由得聞而生邪見餘經通皆得聞故說三摩耶三摩耶者假名令其不生邪見又佛法中多說三摩耶少說迦羅少故不應難略說如是我聞一時五字别義竟

大智度論卷第一

音釋

序

曝 步木切日乾也　亢 口浪切高也　標 卑遥切表也　晤 五故切對也　研 倪堅切窮究也　鑾 落官切　輿 以諸切鑾輿人君所乘之車也　涘 事几切水涯也　嶮 虛儉切嶮巇也　轍 直列切車輪所輾跡也　頹 徒回切　墜

也

論

鞁平義切鞁馬也　踰雲俱切越也　嵐曾甘切　阿鞞跋致梵語也亦云阿惟越致此云不退轉鞞頻脂切跋蒲末切　輮雨元切車前曲木上勾衡者　輻方六切輪輮也　輞文紡切車輞也　戮力竹切刑也辱也　絺丑知切　姊蔣兕切女兄也　搪揬搪徒郎切揬徒骨切搪揬抵觸也　蹴蹋蹴子六切蹋徒合切蹴蹋躡踐也　栰房越切韠也

大智度論卷第二

龍樹菩薩造
姚秦三藏法師鳩摩羅什譯

釋初品中總說如是我聞一時

如是我聞今當總說聞曰若諸佛一切智人自然無師不隨他教不受他法不用他道不從他聞而說法何以言如是我聞答曰如汝所言佛一切智人自然無師不應從他聞法而說佛法非但佛口說者是一切世間眞實善語微妙好語皆出佛法中如佛毗尼中說何者是佛法佛法有五種人說一者佛自口說二者佛弟子說三者仙人說四者諸天說五者化人說復次如釋提桓因得道經佛告憍尸迦世間眞實善語微妙好語皆出我法如讃佛偈中說

諸世善語　皆出佛法　善說無失　無過佛語
餘處雖有　善無過語　一切皆是　佛法之餘
諸外道中　設有好語　如蟲食木　偶得成字
初中下法　自共相破　如鐵出金　誰當信者
如伊蘭中　牛頭栴檀　如苦種中　生甘美菓
設能信此　是人則信　外經書中　自出好語
諸好實語　皆從佛出　如栴檀香　出摩梨山
除摩梨山　無出栴檀　如是除佛　無出實語

復次如是我聞是阿難等佛大弟子輩說入佛法相故名爲佛法如佛般涅槃時於俱夷那竭國薩羅雙樹間北首卧將入涅槃爾時阿難親屬愛未除未離欲故心沒憂海不能自出爾時長老阿尼盧豆語阿難汝守佛法藏人不應如凡人自沒憂海一切有爲法是無常相汝莫愁憂又佛手付汝法汝今愁悶

失所受事汝當問佛佛涅槃後我曹云何行道誰當作師惡口車匿云何共住佛經初首作何等語如是種種未來事應問佛阿難聞是事悶心小醒得念道力助於佛末後卧床邊以此事問佛佛告阿難若今現前若我過去後自依止法依止不餘依止云何比丘自依止法依止不餘依止於是比丘觀内身常念一心智慧勤修精進除世間貪愛外身内外身觀亦如是受心法念處亦復如是是名比丘自依止法依止不餘依止從今日解脱戒經即是大師如解脱戒經説身業口業應如是行車匿比丘我涅槃後如梵天法治若心濡伏者應敎那陀迦旃延經即可得道我三阿僧祇劫所集法寶藏是藏初應作是説如是我聞一時佛在某方某國土某處林中何以故過去諸佛經初皆稱是語未來諸佛經初亦稱是語現在諸佛末後般涅槃時亦教稱是語今我般涅槃後經初亦應稱如是我聞一時是故當知是佛所教非佛自言如是我聞佛一切智人自然無師故不應言我聞若佛自説如是我聞有所不知者可有此難阿難問佛佛教是語是弟子所言如是我聞我無有咎復次欲令佛法久住世間故長老摩訶迦葉等諸阿羅漢問阿難佛初何處説法説何等法阿難答如是我聞一時佛在波羅柰國仙人鹿林中爲五比丘説是苦聖諦我本不從他聞法中正憶念得眼智明覺是經是中應廣説如集法經中説佛入涅槃時地六種動諸河反流疾風暴發黒雲四起惡雷掣電雹雨驟墮處處星流師子惡獸哮

吼喚呼諸天世人皆大號咷諸天人等皆發是言佛取涅槃一何疾哉世間眼滅當是時間一切草木藥樹華葉一時剖裂諸須彌山王盡皆傾搖海水波揚地大震動山崖崩落諸樹摧折四面煙起甚大可畏陂池江河盡皆擾濁彗星晝出諸人啼哭諸天憂愁諸天女等啷咿哽咽涕淚交流諸學人等嘿然不樂諸無學人念有爲諸法一切無常如是天人夜叉羅刹揵闥婆甄陀羅摩睺羅伽及諸龍等皆大憂愁諸阿羅漢度老病死海心念言

已度凡人恩愛河　老病死券已裂破
見身篋中四大蛇　今入無餘滅涅槃

諸大阿羅漢各各隨意於諸山林流泉谿谷處處捨身而般涅槃更有諸阿羅漢於虛空中飛騰而去譬如鴈王現種種神力令衆人心信清淨然後般涅槃六欲天乃至遍淨天等見諸阿羅漢皆取滅度各心念言佛日既沒種種禪定解脫智慧弟子先亦滅度是諸衆生有種種婬怒癡病是法藥師輩今疾滅度誰當治者無量智慧大海中生弟子蓮華今已乾枯法樹摧折法雲散滅大智象王既逝象子亦隨去法商人過去從誰求法寶如偈說

佛已永寂入涅槃　諸滅結衆亦過去
世界如是空無智　癡冥道增智燈滅

爾時諸天禮摩訶迦葉足說偈言

耆年欲恚慢已除　其形譬如紫金柱
上下端嚴妙無比　目明清淨如蓮華

如是讚已白大迦葉言大德迦葉仁者知不

佛法船欲破法城欲頹法海欲竭法幢欲倒法燈欲滅說法人欲去行道人漸少惡人力轉盛當以大慈建立佛法爾時大迦葉心如大海澄靜不動良久而答汝等善說實如所言世間不久無智盲冥於是大迦葉嘿然受請爾時諸天禮大迦葉足忽然不現各自還去是時大迦葉思惟我今云何使是三阿僧祇劫難得佛法而得久住如是思惟竟我知是法可使久住應當結集修妒路阿毗曇毗尼作三法藏如是佛法可得久住未來世人可得受行所以者何佛世世勤苦慈愍衆生故學得是法爲人演說我曹亦應承用佛教宣揚開化是時大迦葉作是語竟住須彌山頂撾銅揵椎說此偈言

佛諸弟子　若念於佛　當報佛恩　莫入涅槃

是揵椎音大迦葉語聲遍至三千大千世界皆悉聞知諸有弟子得神力者皆來集會大迦葉所爾時大迦葉告諸會者佛法欲滅佛從三阿僧祇劫種種勤苦慈愍衆生學得是法佛般涅槃已諸弟子知法持法誦法者皆亦隨佛滅度法今欲滅未來衆生甚可憐愍失智慧眼愚癡盲冥佛大慈悲愍傷衆生我曹應當承用佛教須待結集經藏竟隨意滅度諸來衆會皆受教住爾時大迦葉選得千人除去阿難盡皆阿羅漢得六神通得共解脫無疑解脫悉得三明禪定自在能逆順行諸三昧皆悉無礙誦讀三藏知內外經書諸外道家十八種大經盡亦讀知皆能論議降伏異學問曰是時有如是等無數阿羅漢何以止選取千人不多取耶答曰頻婆娑羅王

得道八萬四千官屬亦各得道是時王教勑宮中常設飯食供養千人阿闍世王不斷是法爾時大迦葉思惟言若我等常乞食者當有外道強來難問廢闕法事今王舍城常設飯食供給千人是中可住結集經藏以是故選取千人不得多取是時大迦葉與千人俱到王舍城耆闍崛山中告語阿闍世王給我等食日日送來今我等結集經藏不得他行是中夏安居三月初十五日說戒時集和合僧大迦葉入禪定以天眼觀今是衆中誰有煩惱未盡應逐出者唯有阿難一人不盡餘九百九十九人諸漏已盡清淨無垢大迦葉從禪定起衆中手牽阿難出言今清淨衆中結集經藏汝結未盡不應住此是時阿難慚恥悲泣而自念言我二十五年隨侍世尊供給左右未曾得如是苦惱佛實大德慈悲含忍念已白大迦葉言我能有力久可得道但諸佛法阿羅漢者不得供給左右使令以是故我留殘結不盡斷耳大迦葉言汝更有罪佛意不欲聽女人出家以汝慇懃勸請佛聽爲道以是故佛之正法五百歲而衰微是汝突吉羅罪阿難言我憐愍瞿曇彌又三世諸佛法皆有四部衆我釋迦文佛云何獨無大迦葉復言佛欲涅槃時近俱夷那竭城背痛四疊漚多羅僧敷卧語汝言我須水汝不供給是汝突吉羅罪阿難答言是時五百乘車截流而渡令水渾濁以是故不取大迦葉復言正使水濁佛有大神力能令大海濁水清淨汝何以故不與是汝之罪汝去作突吉羅懺悔大迦葉復言佛問汝若有人四神足好

修可住壽一劫若減一劫佛四神足好修欲住壽一劫若減一劫汝默然不答問汝至三汝故默然汝若答佛佛四神足好修應住一劫若減一劫由汝故令佛世尊早入涅槃是汝突吉羅罪阿難言魔蔽我心是故無言我非惡心而不答佛大迦葉復言汝與佛疊僧伽棃衣以足蹈上是汝突吉羅罪阿難言爾時有大風起無人助我捉衣時風吹來墮我脚下非不恭敬故蹈佛衣大迦葉復言佛陰藏相般涅槃後以示女人是何可恥是汝突吉羅罪阿難言爾時我思惟若諸女人見佛陰藏相者便自羞恥女人形欲得男子身修行佛相種福德根以是故我示女人不為無恥而故破戒大迦葉言汝有六種突吉羅罪盡應僧中悔過阿難言諾隨長老大迦葉及僧所教是時阿難長跪合手偏袒右肩脫革屣六種突吉羅罪懺悔大迦葉於僧中手牽阿難出語阿難言斷汝漏盡然後來入殘結未盡汝勿來也如是語竟便自閉門爾時諸阿羅漢議言誰能結集毗尼法藏者長老阿泥盧豆言舍利弗是第二佛有好弟子字憍梵鉢提柔軟和雅常處閑居住心寂宴能知毗尼法藏今在天上尸利沙樹園中住遣使請來大迦葉語下座比丘汝次應僧使下座比丘言僧有何使大迦葉言僧使汝至天上尸利沙樹園中憍梵鉢提阿羅漢住處是比丘歡喜踊躍受僧勑命白大迦葉言我到憍梵鉢提阿羅漢所陳說何事大迦葉言到已語憍梵鉢提大迦葉等漏盡阿羅漢皆會閻浮提僧有大法事汝可疾來是下座比丘頭

面禮僧右遶三帀如金翅鳥飛騰虛空往到憍梵鉢提所頭面作禮語憍梵鉢提言輭善六德少欲知足常在禪定大迦葉問訊有語今僧有大法事可疾下來觀衆寶聚是時憍梵鉢提心疑語是比丘言僧將無鬪諍事喚我耶無有破僧者不佛日滅度耶是比丘言實如所言大師佛已滅度憍梵鉢提言佛滅度太疾世間眼滅能逐佛轉法輪將我和尚舍利弗今在何所答曰先入涅槃憍梵鉢提言大師法將各自別離當可柰何摩訶目伽連今在何所是比丘言是亦滅度憍梵鉢提言佛法欲散大人過去衆生可愍問長老阿難今何所作是比丘言長老阿難佛滅度後憂愁啼哭迷悶不能自喻憍梵鉢提言阿難愽惱由有愛結別離生苦羅睺羅復云何答言羅睺羅得阿羅漢故無憂無愁但觀諸法無常相憍梵鉢提言難斷愛已斷是以無憂愁憍梵鉢提言我失離欲大師於是尸利沙樹園中住亦何所爲我和尚大師皆已滅度我今不能復下閻浮提住此般涅槃說是言已入禪定中踊在虛空身放光明又出水火手摩日月現種種神變自心出火燒身身中出水四道流下至大迦葉所水中有聲說此偈言

憍梵鉢提稽首禮　妙衆第一大德僧
聞佛滅度我隨去　如大象去象子隨

爾時下座比丘持衣鉢還僧是時中間阿難思惟諸法求盡殘漏其夜坐禪經行慇懃求道是阿難智慧多定力少是故不即得道定智等者乃可速得後夜欲過疲極偃息却卧

就枕頭未至枕廓然得悟如電光出暗者見道阿難如是入金剛定破一切諸煩惱山得三明六神通共解脫作大力阿羅漢即夜到僧堂門敲門而喚大迦葉問言敲門者誰答言我是阿難大迦葉言汝何以來阿難言我今夜得盡諸漏大迦葉言不與汝開門汝從門鑰孔中來阿難答言可爾即以神力從門鑰孔中入禮拜僧足懺悔大迦葉莫復見責大迦葉手摩阿難頭言我故爲汝使汝得道汝無嫌恨我亦如是以汝自證譬如手畫虛空無所染著阿羅漢心亦如是一切法中得無所著復汝本坐是時僧復議言憍梵鉢提已取滅度更有誰能結集經藏長老阿泥盧豆言是長老阿難於佛弟子常侍近佛聞經能持佛常歎譽是阿難能結集經藏是時長老大迦葉摩阿難頭言佛囑累汝令持法藏汝應報佛恩佛在何處最初說法佛諸大弟子能守護法藏者皆以滅度唯汝一人在汝今應隨佛心憐愍衆生故集佛法藏是時阿難禮僧已坐師子座時大迦葉說此偈言

佛聖師子王　阿難是佛子　師子座處坐
觀衆無有佛　如是大德衆　無佛失威神
如夜無月時　虛空不明淨　汝大智人說
汝佛子當演　何處佛初說　今汝當布現

是時長老阿難一心合掌向佛涅槃方如是說

佛初說法時　爾時我不見　如是展轉聞
佛在波羅柰　佛爲五比丘　初開甘露門
說四眞諦法　苦集滅道諦　阿若憍陳如
最初得見道　八萬諸天衆　皆亦入道跡

是千阿羅漢聞是語已上昇虚空高七多羅樹皆言無常力大如我等眼見佛説法今乃言我聞便説偈言

我見佛身相　猶如紫金山　妙相衆德滅
唯有名獨存　是故當方便　求出於三界
勤集諸善根　涅槃最爲樂

爾時長老阿泥盧豆説此偈言

咄世間無常　如水月芭蕉　功德滿三界
無常風所壞

爾時大迦葉復説此偈

無常力甚大　愚智貧富貴　得道及未得
一切無能免　非巧言妙寶　非欺誑力諍
如火燒萬物　無常相法爾

大迦葉語阿難從轉法輪經至大般涅槃集作四阿含增一阿含中阿含長阿含相應阿含是名修妬路法藏諸阿羅漢更問誰能明了集毗尼法藏皆言長老憂波利於五百阿羅漢中持律第一我等今請即請言起就師子座處坐佛在何處初説毗尼結戒憂波利受僧教師子座處坐説如是我聞一時佛在毗舍離爾時須鄰那迦蘭陀長者子初作婬欲以是因緣故結初大罪二百五十戒義作三部七法八法比丘尼毗尼增一憂波利問雜部善部如是等八十部作毗尼藏諸阿羅漢等復思惟誰能明了集阿毗曇藏念言長老阿難於五百阿羅漢中解修妬路義第一我等今請即請言起就師子座處坐佛在何處初説阿毗曇阿難受僧教師子座處坐説如是我聞一時佛在舍婆提城爾時佛告諸比丘諸有五怖五罪五怨不除不滅是因緣

故此生中身心受無量苦復後世墮惡道中諸有無此五怖五罪五怨是因緣故今生種種身心受樂後世生天上樂處何等五怖應遠一者殺生二者盜三者邪婬四者妄語五者飲酒如是等名爲阿毗曇藏三法藏集竟諸天鬼神諸龍天女種種供養雨天華香幢蓋天衣供養法故於是說偈

憐愍世界故　集結三法藏　十力一切智
說智無明燈

問曰八乾度阿毗曇六分阿毗曇等從何處出答曰佛在世時法無違錯佛滅度後初集法時亦如佛在佛後百年阿輸迦王作般闍于瑟大會諸大法師論議異故有別部名字從是以來展轉至姓迦旃延婆羅門道人智慧利根盡讀三藏內外經書欲解佛法故作發智經八乾度初品是世間第一法後諸弟子爲後人不能盡解八乾度故作鞞婆沙有人言六分阿毗曇中分別世處分（此是樓炭經作六分中第三分）是目揵連作六分中初分八品四品是婆須蜜菩薩作四品是罽賓阿羅漢作餘五分是諸論議師所作有人言佛在時舍利弗解佛語故作阿毗曇後犢子道人等讀誦乃至今名爲舍利弗阿毗曇摩訶迦旃延佛在時解佛語作蜫勒（蜫勒秦言篋藏也）乃至今行於南天竺諸論議師皆是廣解佛語故如說五戒五戒幾有色幾無色幾可見幾不可見幾有對幾無對幾有漏幾無漏幾有爲幾無爲幾有報幾無報幾善幾不善幾有記幾無記七使欲染使瞋恚使有愛使憍慢使無明使見使疑使是七使幾欲界繫幾色界繫幾無色

界繫幾見諦斷幾思惟斷幾見苦斷幾見集斷幾見盡斷幾見道斷幾遍使幾不遍使十智法智比智世智他心智苦智集智滅智道智盡智無生智是十智幾有漏幾無漏幾有爲幾無爲幾有漏緣幾無漏緣幾有爲緣幾無爲緣幾欲界緣幾色界緣幾無色界緣幾不繫緣幾無礙道中修幾解脫道中修四果得時幾得幾失如是等分別一切法亦名阿毗曇爲阿毗曇三種一者阿毗曇身及義略說三十二萬言二者六分略說三十二萬言三者蜫勒略說三十二萬言是爲阿毗曇略說如是我聞總義竟

釋初品中婆伽婆

【經】婆伽婆

【論】釋曰云何名婆伽婆天竺語婆伽秦言德婆言有是名有德復次婆伽名分別婆名巧巧分別諸法總相別相故名婆伽婆復次婆伽名名聲婆名有是名有名聲無有得名聲如佛者轉輪聖王釋梵護世者無有及佛何況諸餘凡庶所以者何轉輪聖王與結相應佛已離結轉輪聖王沒在生老病死泥中佛已得度轉輪聖王爲恩愛奴僕佛已永離轉輪聖王處在世間曠野災患佛已得離轉輪聖王處在無明暗中佛處第一明中轉輪聖王若極多領四天下佛領無量諸世界轉輪聖王財自在佛心自在轉輪聖王貪求天樂佛乃至有頂樂亦不貪著轉輪聖王從他求樂佛內心自樂以是因緣佛勝轉輪聖王諸餘釋梵護世者亦復如是但於轉輪聖王小勝復次婆伽名破婆名能是人能破婬怒癡

故稱爲婆伽婆問曰如阿羅漢辟支佛亦破婬怒癡與佛何異答曰阿羅漢辟支佛雖破三毒氣分不盡譬如香在器中香雖去餘氣故在又如草木薪火燒煙出炭灰不盡火力薄故佛三毒永盡無餘譬如劫盡火燒須彌山一切地都盡無煙無炭如舍利弗瞋恚餘習難陀婬欲餘習畢陵伽婆蹉慢餘習譬如人被鎖初脫時行猶不便時佛從禪起經行羅睺羅從佛經行佛問羅睺羅何以羸瘦羅睺羅說偈答佛

若人食油則得力　若食酥者得好色
食麻滓菜無色力　大德世尊自當知

佛問羅睺羅是衆中誰爲上座羅睺羅答和尚舍利弗佛言舍利弗食不淨食爾時舍利弗轉聞是語即時吐食自作誓言從今日不復受人請是時波斯匿王長者須達多等來詣舍利弗所語舍利弗佛不以無事而受人請大德舍利弗復不受請我等白衣云何當得大信清淨舍利弗言我大師佛言舍利弗食不淨食今不得受人請於是波斯匿等至佛所白佛言佛不常受人請舍利弗復不受請我等云何心得大信願佛勅舍利弗還受人請佛言此人心堅不可移轉佛爾時引本生因緣昔有一國王爲毒蛇所齧王時欲死呼諸良醫令治蛇毒時諸醫言還令蛇嗽毒氣乃盡是時諸醫各設呪術所齧王蛇即來王所諸醫積薪然火勅蛇還嗽汝毒若不爾者當入此火毒蛇思惟我既吐毒云何還嗽此事劇死思惟定心即時入火爾時毒蛇舍利弗是世世心堅不可動也復次長老畢陵

伽婆蹉常患眼痛是人乞食常渡恒水到恒水邊彈指言小婢住莫流水即兩斷得過乞食是恒神到佛所白佛佛弟子畢陵伽婆蹉當罵我言小婢住莫流佛言畢陵伽婆蹉懺謝恒神畢陵伽婆蹉即時合手語恒神言小婢莫瞋今懺謝汝是時大衆笑之云何懺謝而復罵耶佛語恒神汝見畢陵伽婆蹉合手懺謝不懺謝無慢而有此言當知非惡此人五百世來常生婆羅門家常自憍貴輕賤餘人本來所習口言而已心無憍也如是諸阿羅漢雖斷結使猶有餘氣如諸佛世尊若人以刀割一臂若人以栴檀香泥一臂如左右眼心無憎愛是以永無習氣旃闍婆羅門女帶盂謗佛於大衆中言汝使我有身何以不憂與我衣食爲爾無羞誑惑餘人是時五百婆羅門師等皆舉手唱言是是我曹知此事是時佛無異色亦無慚色此事即時彰露地爲大動諸天供養散衆名華讚歎佛德佛無喜色復次佛食馬麥亦無憂慼天王獻食百味具足不以爲悅一心無二如是等種種飲食衣服卧具讚訶輕敬等種種事中心無異也譬如眞金燒鍛打磨都無增損以是故阿羅漢雖斷結得道猶有習氣不得稱婆伽婆問曰婆伽婆止有此一名更有餘名答曰佛功德無量名號亦無量此名取其大者以人多識故復有名多陀阿伽陀云何名多陀阿伽陀如法相解如法相說如諸佛安隱道來佛亦如是來更不去至後有中是故名多陀阿伽陀復名阿羅訶云何名阿羅訶阿羅名賊訶名殺是名殺賊如偈說

佛以忍爲鎧　精進爲鋼鉀　持戒爲大馬
禪定爲良弓　智慧爲好箭　外破魔王軍
内滅煩惱賊　是名阿羅訶
復次阿名不羅訶名生是名不生佛心種子後世田中不生無明糠脱故復次阿羅訶名應受供養佛諸結使除盡得一切智慧故應受一切天地衆生供養以是故佛名阿羅訶復名三藐三佛陀云何名三藐三佛陀三藐名正三名徧佛名知是言正徧知一切法問曰云何正徧知答曰
知苦如苦相　知集如集相　知滅如滅相
知道如道相
是名三藐三佛陀復次知一切諸法實不壞相不增不減云何名不壞相心行處滅言語道斷過諸法如涅槃相不動以是故名三藐三佛陀復次一切十方諸世界名號六道所攝衆生名號衆生先世因緣未來世生處一切十方衆生心相諸結使諸善根諸出要如是等一切諸法悉知是名三藐三佛陀復名鞞侈遮羅那三般那秦言明行足云何名明行足宿命天眼漏盡名爲三明問曰神通明有何等異答曰直知過去宿命事是名通知過去因緣行業是名明直知死此生彼是名通知行因緣際會不失是名明直盡結使不知更生不生是名通若知漏盡更不復生是名明是三明大阿羅漢大辟支佛所得問曰若爾者與佛有何等異答曰彼雖得三明明不滿足佛悉滿足是爲異問曰云何不滿足云何滿足答曰諸阿羅漢辟支佛宿命智知自身及他人亦不能遍有阿羅漢知一世或

二世三世十百千萬劫乃至八萬劫過是以往不能復知是故不滿天眼明未來世亦如是佛一念中生住滅時諸結使分生時如是住時如是滅時如是苦法忍苦法智中所斷結使悉覺了知如是結使解脫得爾所有爲法解脫得爾所無爲法解脫乃至道比忍見諦道十五心中諸聲聞辟支佛所不覺知時少疾故如是知過去衆生因緣漏盡未來現在亦如是行名身業口業唯佛身口業具足餘皆有失是故名明行足復名修伽陀修秦言好伽陀或言去或言說是名好去好說好去者於種種諸深三摩提無量諸大智慧中去如偈說

佛一切智爲大車　八正道行入涅槃

是名好去好說者如諸法實相說不著法愛說觀弟子智慧力是人正使一切方便神通智力化之亦無如之何是人可度是疾是遲是人應是處度是人應說布施或說持戒或說涅槃是人應說五衆十二因緣四諦等諸法則能入道如是等種種知弟子智力而爲說法是名好說復名路迦憊路迦秦言世憊名知是名知世間問曰云何知世間答曰知二種世間一衆生二非衆生及如實相知世間世間因世間滅出世間道復次知世間非如世俗知亦非外道知知世間無常故苦苦故無我復次知世間非有常非無常非有邊非無邊非去非不去如是相亦不著清淨常不壞相如虛空是名知世間復名阿耨多羅秦言無上問曰云何無上答曰涅槃法無上佛自知是涅槃不從他聞亦將導衆生令至

涅槃如諸法中涅槃無上衆生中佛亦無上復次持戒禪定智慧教化衆生一切無有與等者何況能過故言無上復次阿名無耨多羅名上答一切外道法可答可破非實清淨故佛法不可答不可破出一切語言道亦實清淨故以是故名無上答復名富樓沙曇藐婆羅提富樓沙泰言丈夫曇藐泰言可化婆羅提言調御師是名可化丈夫調御師佛以大慈大智故有時輭美語有時苦切語有時雜語以此調御令不失道如偈說

佛法爲車弟子馬　實法寶主佛調御
若馬出道失正轍　如是當治令調伏
若小不調輕法治　好善成立爲上道
若不可治便棄捨　以是調御爲無上

復次調御師有五種初父母兄姊親里中官法下師法今世三種法治後世閻羅王治佛以今世樂後世樂及涅槃樂利益故名師上四種法治人不久畢壞不能常實成就佛成人以三種道常隨道不失如火自相不捨乃至滅佛令人得善法亦如是至死不捨以是故佛名可化丈夫調御師問曰女人佛亦化令得道何以獨言丈夫答曰男尊女卑故女從男故男爲事業主故復次女人有五礙不得作轉輪王釋天王魔天王梵天王佛佛以是故不說復次若言佛爲女人調御師爲不尊重若說丈夫一切都攝譬如王來不應獨來必有侍從如是說丈夫二根無根及女盡攝以是故說丈夫用是因緣故佛名可化丈夫調御師復名舍多提婆魔嵬舍喃舍多泰言教師提婆言天魔嵬舍喃言人是名天人

教師云何名天人教師佛示導是應作是不應作是善是不善是人隨教行不捨道法得煩惱解脫報是名天人師問曰佛能度龍鬼神等墮餘道中生者何以獨言天人師答曰度餘道中生者少度天人中生者多如白色人雖有黑黶子不名黑人黑少故復次人中結使薄猒心易得天中智慧利以是故二處易得道餘道中不爾復次言天則攝一切天言人則攝一切地上生者何以故天上則天大地上則人大是故說天則天上盡攝說人則地上盡攝復次人中得受戒律儀見諦道思惟道及諸道果或有人言餘道中不得或有人言多少得天人中易得多得以是故佛爲天人師復次人中行樂因多天中樂報多善法是樂因樂是善法報餘道中因報少以是故佛爲天人師復名佛陀秦言知者知何等法知過去未來現在衆生數非衆生數有常無常等一切諸法菩提樹下了了覺知故名爲佛陀問曰餘人亦知一切諸法如摩醯首羅天秦言大自在八臂三眼騎白牛如韋紐天秦言遍聞四臂捉貝持輪騎金翅鳥如鳩摩羅天秦言童子是天擎雞持鈴捉赤旛騎孔雀皆是諸天大將如是等諸天各各言大皆稱一切智有人作弟子學其經書亦受其法言是一切智答曰此不應一切智何以故瞋恚憍慢心著故如偈說

若彩畫像及泥像　聞經中天及讚天
如是四種諸天等　各各手執諸兵仗
若力不如畏怖他　若心不善恐怖他
此天定必若怖他　若少力故畏於他

是天一切常怖畏　不能除却諸衰苦
有人奉事恭敬者　現世不免没憂海
有人不敬不供養　現世不妨受福樂
當知虛誑無實事　是故智人不屬天
若世間中諸衆生　業因緣故如循環
福德緣故生天上　雜業因緣生人中
世間行業屬因緣　是故智者不依天

復次是三天愛之則欲令得一切願惡之則欲令七世滅佛不爾菩薩時若怨家賊來欲殺尚自以身肉頭目髓腦而供養之何況得佛佛不惜身時以是故獨佛應當受佛名字應當歸命佛以佛爲師不應事天復次佛有二事一者大功德神通力二者第一淨心諸結使滅諸天雖有福德神力諸結使不滅故心不清淨心不清淨故神力亦少聲聞辟支佛雖結使滅心善清淨福德薄故力勢少佛二法滿足故勝一切人餘人不勝一切人婆伽婆名有德先巳說復名阿娑摩秦言無等復名阿娑摩娑摩秦言無等等復名路迦那他秦言世尊復名波羅伽秦言度彼岸復名婆檀陀秦言大德復名尸梨伽那秦言厚德如是等無量名號父母名字悉達陀秦言成利得道時知一切諸法是名爲佛應受諸天世人供食如是得名大德厚德如是種種隨德立名問曰汝愛利利種淨飯王子字悉達陀以是故汝而大稱讚言一切智一切智人無也答曰不爾汝惡邪故妬瞋佛作妄語實有一切智人何以故佛一切衆生中身色顏貌端正無比相德明具勝一切人小人見佛身相亦知是一切智人何況大人如放牛譬

喻經中說摩伽陀國王頻婆娑羅請佛三月及五百弟子王須新乳酪酥供養佛及比丘僧語諸放牛人來近處住日日送新乳酪酥竟三月王憐愍此放牛人語言汝往見佛還出放牛諸放牛人往詣佛所於道中自共論言我等聞人說佛是一切智人我等是下劣小人何能別知實有一切智人諸婆羅門好喜酥酪常常來往諸放牛人所作親厚放牛人由是聞婆羅門種種經書名字故言四韋陀經中治病法鬬戰法星宿法祠天法歌舞論議難問法是等六十四種世間技藝淨飯王子廣學多聞若知此事不足為難其從生已來不放牛我等以放牛秘法問之若能解者實是一切智人作是論已前入竹園見佛光明照於林間進前見佛見坐樹下狀似金山如酥投火熖煥大明有似鎔金散竹林間上紫金光色視之無厭心大歡喜自相謂言

今此釋師子　一切智有無　見之無不喜
此事亦已足　光明第一照　顔貌甚貴重
身相威德備　與佛名相稱　相相皆分明
威神亦滿足　福德自纏絡　見者無不愛
圓光身處中　觀者無厭足　若有一切智
必有是功德　一切諸彩畫　寶飾莊嚴像
欲比此妙身　不可以為喻　能滿諸觀者
令得第一樂　見之發淨信　必是一切智

如是思惟已禮佛而坐問佛言放牛人有幾法成就能令牛群蕃息有幾法不成就令牛群不增不得安隱佛答言有十一法放牛人能令牛群蕃息何等十一知色知相知刮刷知覆瘡知作煙知好道知牛所宜處知好度

濟知安隱處知留乳知養牛主若放牛人知此十一法能令牛群蕃息比丘亦如是知十一法能增長善法云何知色知黑白雜色比丘亦如是知一切色皆是四大四大造云何知相牛吉不吉相與他群合因相則識比丘亦如是見善業相知是智人見惡業相知是愚人云何刮刷爲諸蟲飲血則增長諸瘡刮刷則除害則悅澤比丘亦如是惡邪覺觀蟲飲善根血增長心瘡除則安隱云何覆瘡若衣草葉以防蚊䖟惡刺比丘亦如是以正觀法覆六情瘡不令煩惱貪欲瞋恚惡蟲刺棘所傷云何知作煙除諸蚊䖟牛遥見煙則來趣向屋舍比丘亦如是所聞而說除諸結使蚊蝎以說法煙引衆生入於無我實相空舍中云何知道知牛所行來去好惡道比丘亦如是知八聖道能至涅槃離斷常惡道云何知牛所宜處能令牛蕃息少病比丘亦如是說佛法時得清淨法喜諸善根增盛云何知度濟知易入易渡無波浪惡蟲處比丘亦如是能至多聞比丘所問法說法者知前人心利鈍煩惱輕重令人好濟安隱得度云何知安隱處知所住處無虎狼師子惡蟲毒獸比丘亦如是知四念處安隱無煩惱惡魔毒獸比丘入此則安隱無患云何留乳犢母愛念犢子故與乳以留殘乳故犢母歡喜則續有不竭牛主及放牛人日日有益比丘亦如是居士白衣給施衣食當知節量不令罄竭則檀越歡喜信心不絕受者無乏云何知養牛主護大特牛能守牛群故應養護不令羸瘦飲以麻油飾以瓔珞標以鐵角摩刷稱差等

比丘亦如是衆僧中有威德大人護益佛法摧伏外道能令八衆得種諸善根隨其所宜恭敬供養等放牛人聞此語已如是思惟我等放牛人所知不過三四事放牛師輩遠不過五六事今聞此說歎未曾有若知此事餘亦皆爾實是一切智人無復疑也是經此中應廣說以是故知有一切智人問曰世間不應有一切智人何以故無見一切智人者答曰不爾不見有二種不可以不見故便言無一者事實有以因緣覆故不見譬如人姓族初及雪山斤兩恒水邊沙數有而不可知二者實無故不見譬如第二頭第三手無因緣覆而不可見如是一切智人因緣覆故汝不見非無一切智人何等是覆因緣未得四信心著惡邪汝以是因緣覆故不見一切智人問曰所知處無量故無一切智人諸法無量無邊多人和合尚不能知何況一人以是故無一切智人答曰如諸法無量智慧亦無量無數無邊如函大蓋亦大函小蓋亦小問曰佛自說佛法不說餘經若藥方星宿筭經世典如是等法若是一切智人何以不說以是故知非一切智人答曰雖知一切法用故說不用故不說有人問故說不問故不說復次一切法略說有三種一者有爲法二者無爲法三者不可說法此三已攝一切法問曰十四難不答故知非一切智人何等十四難世界及我常世界及我無常世界及我亦有常亦無常世界及我亦非有常亦非無常世界及我有邊無邊亦有邊亦無邊亦非有邊亦非無邊死後有神去後世無神去後世亦有

神去亦無神去死後亦非有神去亦非無神去後世是身是神身異神異若佛一切智人此十四難何以不答答曰此事無實故不答諸法有常無此理諸法斷亦無此理以是故佛不答譬如人問搆牛角得幾斗乳是爲非問不應答復次世界無窮如車輪無初無後答復次答此無利有失墮惡邪中佛知十四難常覆四諦諸法實相如度處有惡蟲不應將人度安隱無患處可示人令度復次有人言是事非一切智人不能解以人不能知故佛不答復次若人無言有有言無是名非一切智人一切智人有言有無言無佛有不言無無不言有但說諸法實相云何不名一切智人譬如日不作高下亦不作平地等一而照佛亦如是非有作無非無作有常說實智慧光照諸法如一道人問佛言大德十二因緣佛作耶他作耶佛言我不作十二因緣餘人亦不作有佛無佛生因緣老死是法常定住佛能說是生因緣老死乃至無明因緣諸行復次十四難中若答有過罪若人問石女黃門兒長短好醜何類此不應答以無兒故復次此十四難邪見非實佛常以真實以是故置不答復次置不答是爲答有四種答一決定答如佛第一涅槃安隱二解義答三反問答四置答此中佛以置答汝言無一切智人有是言而無義是大妄語實有一切智人何以故得十力知處非處故知因緣業報故知諸禪定解脫故知衆生根善惡故知種種欲解故知種種世間無量性故知一切住處道故先世行處憶念知故天眼分明得故知

一切漏盡故淨不淨分別知故說一切世界中上法故得甘露味故得中道故知一切法若有爲若無爲實相故永離三界欲故如是種種因緣故佛爲一切智人問曰有一切智人何等人是答曰是第一大人三界尊名曰佛如讚佛偈說

頂生轉輪王　若日月燈明　釋迦貴族種
淨飯王太子　生時動三千　須彌山海水
爲破老病死　哀愍故生世　生時行七步
光明滿十方　四觀發大音　我生胎分盡
成佛說妙法　大音振法鼓　以此覺衆生
世間無明睡　如是等種種　希有事已出
諸天及世人　見之皆歡喜　佛相莊嚴身
大光滿月面　一切諸男女　視之無猒足
生身乳哺力　勝萬億香象　神足力無上
智慧力無量　佛身大光明　照耀佛身表
佛在光明中　如月在光裏　種種惡毀佛
佛亦無惡想　種種稱譽佛　佛亦無喜想
大慈視一切　怨親等無異　一切有識類
咸皆知此事　忍辱慈悲力　故能勝一切
爲度衆生故　世世受勤苦　其心常一定
爲衆作利益　智慧力有十　無畏力有四
不共有十八　無量功德藏　如是等無數
希有功德力　如師子無畏　破諸外道法
轉無上梵輪　度脫諸三界

是名爲婆伽婆婆伽婆義無量若廣說則廢餘事以是故略說

大智度論卷第二

音釋

濡乳究切柔也掣昌列切撓也哮許交切歇驚聲也剖普后切破
也陂波為切障澤曰陂彗徐醉切妖星也嘟咿嘟乙六切噢同咿因
脂切嘟咿悲也券去願切契也篋苦協切箱篋也撾陟瓜切擊也蹈
徒到切跣也屣所綺切履屬廓苦郭切開朗貌敲丘交切叩也籥
以灼切與鑰同關籥也蜫古魂切羸倫為切瘦也滓壯任切齧
五結切噬也嗽音朔劇奇戟切甚也鍛丁貫切冶金也鎧苦亥切甲
也鋼鉀鋼古郎切堅鐵也鉀古洽切鎧也憊步拜切黶於琰切黑
子也蕃符袁切滋也刮古滑切剔也蚊蛸蛟無分切蛸莫耕切罄
苦定切器空也

大智度論卷第三

龍樹菩薩造

姚秦三藏法師鳩摩羅什譯

釋初品中住王舍城

(經)住王舍城

(論)問曰何以不直說般若波羅蜜法而說佛住王舍城答曰說方時人令人心生信故云何名住四種身儀坐卧行住是名住王舍城又以怖魔軍衆自令弟子歡喜入種種諸禪定故在是中住復次三種住天住梵住聖住六欲天住法是爲天住梵天等乃至非有想非無想天住法是名梵住諸佛辟支佛阿羅漢住法是名聖住是三住法中住聖住法憐愍衆生故住王舍城復次布施持戒善心三事故名天住慈悲喜捨四無量心故名梵住空無相無作是三三昧名聖住聖住法佛於中住復次四種住天住梵住聖住佛住三住如前說佛住者首楞嚴等諸佛無量三昧十力四無所畏十八不共法一切智等種種諸慧及八萬四千法藏度人門如是等種種諸佛功德是佛所住處佛於中住略說住竟王舍城者問曰如舍婆提迦毗羅波羅柰大城皆有諸王舍何以故獨名此城爲王舍答曰有人言是摩伽陀國王有子一頭兩面四臂時人以爲不祥王即裂其身首棄之曠野羅刹女鬼名闍羅還合其身而乳養之後大成人力能并兼諸國王有天下取諸國王萬八千人置此五山中以大力勢治閻浮提閻浮提人因名此山爲王舍城復次有人言摩伽陀王先所住城城中失火一燒一作如是至

七國人疲役王大憂怖集諸智人問其意故有言應易處王即更求住處見此五山周帀如城即作宮殿於中止住以是故名王舍城復次往古世時此國有王名婆藪心猒世法出家作仙人是時居家婆羅門與諸出家仙人共論議居家婆羅門言經書云天祀中應殺生噉肉諸出家仙人言不應天祀中殺生噉肉共諍云云諸出家婆羅門言此有大王出家作仙人汝等信不諸居家婆羅門言信諸出家仙人言我以此人爲證後日當問諸居家婆羅門即以其夜先到婆藪仙人所種種問已語婆藪仙人明日論議汝當助我如是明旦論時諸出家仙人問婆藪仙人天祀中應殺生噉肉不婆藪仙人言婆羅門法天祀中應殺生噉肉諸出家仙人言於汝實心云何應殺生噉肉不婆藪仙人言爲天祀故應殺生噉肉此生在天祀中死故得生天上諸出家仙人言汝大不是汝大妄語即唾之言罪人滅去是時婆藪仙人尋陷入地沒踝是初開大罪門故諸出家仙人言汝應實語若故妄語者汝身當陷入地中婆藪仙人言我知爲天故殺生噉肉無罪即復陷入地至膝如是漸漸稍沒至腰至頸諸出家仙人言汝今妄語得現世報更以實語者雖入地下我能出汝令得免罪爾時婆藪仙人自思惟言我貴重人不應兩種語又婆羅門四韋陀法中種種因緣讚祀天法我一人死當何足計一心言應天祀中殺生噉肉無罪諸出家仙人言汝重罪人擯去不用見汝於是舉身沒地中從是以來乃至今日常用婆藪仙人

王法於天祀中殺生當下刀時言婆藪殺汝婆藪之子名曰廣車嗣位爲王後亦猒世法而復不能出家如是思惟我父先王出家生入地中若治天下復作大罪我今當何以自處如是思惟時聞空中聲言汝若行見難值希有處汝應是中作舍住作是語已便不復聞聲未經幾時王出田獵見有一鹿走疾如風王便逐之而不可及遂逐不止百官侍從無能及者轉前見有五山周帀峻固其地平正生草細軟好華遍地種種林木華果茂盛溫泉浴池皆悉清淨其地莊嚴處處有散天華天香聞天妓樂爾時乾闥婆伎適見王來各自還去是處希有未曾所見今我正當在是中作舍住如是思惟已群臣百官尋跡而到王告諸臣我前所聞空中聲言汝行若見希有難值之處汝應是中作舍住我今見此希有之處我應是中作舍住即捨本城於此山中住是王初始在是中住從是已後次第止住是王先起造立宮舍故名王舍城略說王舍城竟

【經】耆闍崛山中

【論】耆闍名鷲崛名頭問曰何以名鷲頭山答曰是山頂似鷲王舍城人見其似鷲故共傳言鷲頭山因名之爲鷲頭山復次王舍城南尸陀林中多諸死人諸鷲常來噉之還在山頭時人便名鷲頭山是山五山中最高大多好林水聖人住處問曰已知耆闍崛山義佛何以故住王舍城諸佛法普慈一切如日照萬物無不蒙明如漚祇尼大城富樓那跋檀大城阿藍車多羅大城弗迦羅婆多大城如

是等大城多人豐樂而不住何故多住王舍城舍婆提少於波羅奈迦毗羅婆瞻婆婆翅多拘睒鞞鳩樓城等雖有住時多住王舍城舍婆提云何知多住二處見佛諸經多在二城說少在餘城答曰佛雖大慈等及以漚祇尼等諸大城是邊國故不住又彌離車地弊惡人多善根未熟故如偈說

如日光等照　華熟則時開　若華未應敷
則亦不強開　佛亦復如是　等心而說法
善根熟則敷　未熟則不開　以是故世尊
住三種人中　利智善根熟　結使煩惱薄

復次知恩故多住王舍城舍婆提城問曰云何知恩故多住二城答曰憍薩羅國是佛所生地如佛答頻婆娑羅王偈說

有妙好國土　在於雪山邊　豐樂多異寶
名曰憍薩羅　日種釋諸子　我在是中生
心厭老病死　出家求佛道

又是憍薩羅國主波斯匿王住舍婆提大城中佛爲法主亦住此城二主應住一處故多住舍婆提復次是憍薩羅國佛生身地知恩故多住舍婆提問曰若知恩故多住舍婆提者迦毗羅婆城近佛生處何不多住答曰佛諸結盡無復餘習近諸親屬亦無異想然釋種弟子多未離欲若近親屬則染著心生問曰何以不護舍婆提弟子而多住舍婆提答曰迦毗羅婆弟子多佛初還國迦葉兄弟千比丘本修婆羅門法苦行山間形容憔悴父王見之以此諸比丘不足光飾世尊即選諸釋貴人子弟兼人少壯户遣一人強令出家其中有善心樂道有不樂者此諸比丘不應

令還本生處舍婆提弟子輩不爾以是故佛多住舍婆提不多住迦毗羅婆復次出家法應不近親屬親屬心著如火如蛇居家婆羅門子爲學問故尚不應在生處何況出家沙門復次舍婆提城大迦毗羅婆不爾舍婆提城九億家是中若少時住者不得度多人以是故多住復次迦毗羅婆城中佛生處是中人已久習行善根熟利智慧是中佛少時說法不須久住度已而去舍婆提人或初習行或久習行或善根熟或善根未熟或利根或不利根多學種種經書故研心令利入種種邪見網中事種種師屬種種天雜行人多以是故佛住此久如治癰師知癰已熟破出膿與藥而去若癰未熟是則久住塗慰佛亦如是若弟子善根熟教化已更至餘處若可度弟子善根未熟則須久住佛出世間正爲欲度衆生著涅槃境界安隱樂處是故多住舍婆提不多住迦毗羅婆佛於摩伽陀國尼連禪河側漚樓頻螺聚落得阿耨多羅三藐三菩提成就法身故多住王舍城問曰已知多住王舍城舍婆提因緣於此二城何以多住王舍城答曰以報生地恩故多住舍婆提一切衆生皆念生地如偈說

一切論議師　自愛所知法　如人念生地
雖出家猶諍

以報法身地恩故多住王舍城諸佛皆愛法身如偈說

過去未來　現在諸佛　皆供養法　師敬尊重

法身於生身勝故二城中多住王舍城復次以坐禪精舍多故餘處無有如竹園鞞婆羅

跋恕薩多般那求呵因陀世羅求呵薩𪐏恕䰟直迦鉢婆羅耆闍崛五山中有五精舍竹園在平地餘國無此多精舍舍婆提一處祇洹精舍更有一處摩伽羅母堂更無第三處波羅柰斯國一處鹿林中精舍名棃師槃陀那毗耶離二處一名摩訶槃二名獼猴池岸樓舍鳩睒彌一處名劬師羅園如是諸國或一處有精舍或空樹林以王舍城多精舍坐禪人所宜故多住此復次是中有富那羅等六師自言我是一切智人與佛爲對及長爪梵志婆蹉姓拘迦那大等皆外道大論議師及長者尸利崛多提婆達多阿闍世等是佛怨家不信佛法各懷妬嫉有是人輩故佛多住此譬如毒草生處近邊必有良藥又如偈說

譬如師子　百獸之王　爲小蟲吼　爲衆所笑
若在虎狼　猛獸之中　奮迅大吼　智人所可
諸論議師　如猛虎　在此衆中　無所畏
大智慧人　多見聞　在此衆中　最第一

以是大智多聞人皆在王舍城故佛多住王舍城復次頻婆娑羅王到伽耶祀舍中迎佛及除結髮千阿羅漢是中佛爲王說法得須陀洹道即請佛言願佛及僧就我王舍城盡形壽受衣被飯食卧具醫藥給所當得佛即受請是故多住王舍城復次閻浮提四方中東方爲數始以日出故次第南方西方北方東方之中摩伽陀國最勝摩伽陀國中王舍城最勝是中有十二億家佛涅槃後阿闍世王以人民轉少故捨王舍大城其邊更作一小城廣長一由旬名波羅利弗多羅猶尚於

諸城中最大何況本王舍城復次是中人多聰明皆廣學多識餘國無此復次佛豫知有人應得度者待時待處待人乃能得道是釋提桓因及八萬諸天應在摩伽陀石室中得道是故佛多住王舍城復次摩伽陀國豐樂乞食易得餘國不如以三因緣故一者頻婆娑羅王約勑宮中當作千比丘食二者樹提伽雖人中生常受天樂又多富貴諸優婆塞三者阿波羅羅龍王善心受化作佛弟子除世饑饉故常降好雨是故國豐如佛涅槃後長老摩訶迦葉欲集法思惟何國豐樂乞食易得疾得集法如是思惟已憶王舍城中頻婆娑羅王約勑常設千比丘食頻婆娑羅王雖死此法不斷是中食易得易可集法餘處無如是常供若行乞食時諸外道來共論議若共論議集法事廢若不共論便言諸沙門不如我如是思惟擇取最上千阿羅漢將就耆闍崛山集結經藏如阿含及毗尼中說言毗耶離國時亦有飢餓如降難陀婆難陀龍王經中說舍婆提國飢餓餘諸國亦時時有飢餓摩伽陀國中無是事以是故知摩伽陀國豐樂乞食易得復次王舍城在山中閑靜餘國精舍平地故多雜人入出來往易故不閑靜又此山中多精舍諸坐禪人諸聖人皆樂閑靜多得住山佛是聖人坐禪人主是故多住王舍城問曰若住王舍城可爾何以不多住竹園而多住耆闍崛山答曰我已答聖人坐禪人樂閑靜處問曰餘更有四山鞞婆羅跋恕等何以不多住而多在耆闍崛山答曰耆闍崛山於五山中最勝故云何勝耆闍

崛山精舍近城而山難上以是故雜人不來近城故乞食不疲以是故佛多在耆闍崛山中不在餘處復次長老摩訶迦葉於耆闍崛山集三法藏可度衆生度竟欲隨佛入涅槃清朝著衣持鉢入王舍城乞食已上耆闍崛山語諸弟子我今日入無餘涅槃如是語已入房結跏趺坐諸無漏禪定自熏身摩訶迦葉諸弟子入王舍城語諸貴人知不尊者摩訶迦葉今日入無餘涅槃諸貴人聞是語皆大愁憂言佛已滅度摩訶迦葉持護佛法今日復欲入無餘涅槃諸貴人諸比丘晡時皆共集耆闍崛山長老摩訶迦葉晡時從禪起入衆中坐讚說無常說一切有爲法因緣生故無常本無今有已有還無故無常因緣生故無常無常故苦苦故無我無我故有智者不應著我我所若著我我所得無量憂愁苦惱一切世界中心應猒求離欲如是種種說世界中苦開導其心令入涅槃說此語竟即著從佛所得僧伽梨持衣鉢捉杖如金翅鳥現上昇虛空四種身儀坐卧行住一身現無量身滿東方世界於無量身還爲一身身上出火身下出水身上出水身下出火南西北方亦如是衆心猒世皆歡喜已於耆闍崛山頭與衣鉢俱作是願言令我身不壞彌勒成佛我是骨身還出以此因緣度衆生如是思惟已直入耆闍崛山石頭中如入軟泥入已山還合後人壽八萬四千歲身長八十尺時彌勒佛出佛身長百六十尺佛面二十四尺圓光十里是時衆生聞彌勒佛出無量人逐佛出家佛在大衆中初說法時九十九億人

得阿羅漢道六通具足第二大會九十六億人得阿羅漢道第三大會九十三億人得阿羅漢道自是已後度無數人爾時人民久後懈猒彌勒佛見衆人如是以足指扣開耆闍崛山是時長老摩訶迦葉骨身著僧伽棃而出禮彌勒足上昇虛空現變如前即於空中滅身而般涅槃爾時彌勒佛諸弟子怪而問言此是何人似人而小身著法衣能作變化彌勒佛言此人是過去釋迦文尼佛弟子名摩訶迦葉行阿蘭若少欲知足行頭陀比丘中第一得六神通共解脫大阿羅漢彼時人壽百年少出多減以是小身能辦如是大事汝等大身利根云何不作如是功德是時諸弟子皆慚愧發大猒心彌勒佛隨衆生心爲說種種法有人得阿羅漢阿那含斯陀含須陀洹有種辟支佛善根有得無生法忍不退菩薩有得生天人中受種種福樂以是故知是耆闍崛山福德吉處諸聖人喜住處佛爲諸聖人主是故佛多住耆闍崛山復次耆闍崛山是過去未來現在諸佛住處如富樓那經中說佛語富樓那若使三千大千世界劫燒若更生我常在此山中住一切衆生以結使纏縛不作見佛功德以是故不見我復次耆闍崛山清淨鮮潔處三世佛及諸菩薩更無是處是故多住耆闍崛山復次諸摩訶衍經多在耆闍崛山中說餘處說少何以故是中清淨有福德閑靜故一切三世諸佛行處十方諸菩薩亦讃歎恭敬此處諸天龍夜叉阿脩羅迦留羅乾闥婆甄陀羅摩睺羅伽等大力衆神守護供養恭敬是處如偈說

是耆闍崛山　諸佛所住處　聖人所止息
覆蔭一切故　衆苦得解脱　唯有眞法存
復次是中十方無量智慧福德力大菩薩常
來見釋迦牟尼佛禮拜恭敬聽法故佛說諸
摩訶衍經多在耆闍崛山諸摩訶衍經般若
爲大云何不住耆闍崛山略說耆闍崛山竟
釋初品中共摩訶比丘僧

【經】共摩訶比丘僧

【論】共名一處一時一心一戒一見一道一解
脱是名爲共摩訶比丘僧摩訶秦言大或多
或勝云何大一切衆中上故一切障礙斷故
天王等大人恭敬故是名爲大云何多數至
五千故名爲多云何勝一切九十六種外道
論議能破故名勝云何名比丘比丘名乞士
清淨活命故名爲乞士如經中說舍利弗入
城乞食得已向壁坐食是時有梵志女名淨
目來見舍利弗問舍利弗言沙門汝食耶答
言食淨目言汝沙門下口食耶答言不仰口
食耶不方口食耶不四維口食耶不淨目言
食法有四種我問汝汝言不我不解汝當說
舍利弗言有出家人合藥種穀植樹等不淨
活命者是名下口食有出家人觀視星宿日
月風雨雷電霹靂不淨活命者是名仰口食
有出家人曲媚豪勢通使四方巧言多求不
淨活命者是名方口食有出家人學種種呪
術卜筭吉凶如是等種種不淨活命者是名
四維口食姊我不墮是四不淨食中我用清
淨乞食活命是時淨目聞說清淨法食歡喜
信解舍利弗因爲說法得須陀洹道如是清
淨乞食活命故名乞士復次比名破丘名煩

惱能破煩惱故名比丘復次出家人名比丘譬如胡漢羌虜各有名字復次受戒時自言我是某甲比丘盡形壽持戒故名比丘復次比名怖丘名能怖魔王及魔人民當出家剃頭著染衣受戒是時魔怖何以故怖魔王言是人必得入涅槃如佛說有人能剃頭著染衣一心受戒是人漸漸斷結離苦入涅槃云何名僧伽僧伽秦言衆多比丘一處和合是名僧伽譬如大樹叢聚是名爲林一一樹不名爲林除一一樹亦無林如是一一比丘不名爲僧除一一比丘亦無僧諸比丘和合故僧名生是僧四種有羞僧無羞僧啞羊僧實僧云何名有羞僧持戒不破身口清淨能別好醜未得道是名有羞僧云何名無羞僧破戒身口不淨無惡不作是名無羞僧云何名啞羊僧雖不破戒鈍根無慧不別好醜不知輕重不知有罪無罪若有僧事二人共諍不能斷決默然無言譬如白羊乃至人殺不能作聲是名啞羊僧云何名實僧若學人若無學人住四果中行四向道是名實僧是中二種僧可共百一羯磨說戒受歲種種得作是中實聲聞僧六千五百菩薩僧二種有羞僧實僧聲聞一種謂實僧以是實僧故餘皆得名僧以是故名僧

【經】大數五千分

【論】云何名大數少過少減是名爲大數云何名分多衆邊取一分是名分是諸比丘千萬衆中取一分五千人以是故名五千分

【經】皆是阿羅漢

【論】云何名阿羅漢阿羅名賊漢名破一切煩

惱賊破是名阿羅漢復次阿羅漢一切漏盡故應得一切世間諸天人供養復次阿名不羅漢名生後世中更不生是名阿羅漢

【經】諸漏已盡

【論】三界中三種漏已盡無餘故言漏盡也

【經】無復煩惱

【論】一切結使流愛扼縛蓋見纏等斷除故名無煩惱也

【經】心得好解脫慧得好解脫

【論】問曰何以說心得好解脫慧得好解脫答曰外道離欲人一處一道心得解脫非於一切障法得解脫以是故阿羅漢名心得好解脫慧得好解脫復次諸阿羅漢二道心得解脫見諦道思惟道以是故名心得好解脫學人心雖得解脫非好解脫何以故有殘結使故復次諸外道等助道法不滿若行一功德若行二功德求道不能得如人但布施求清淨如人祀天言能脫憂衰能得常樂國中生亦更有言八清淨道一自覺二聞三讀經四畏內苦五畏大衆生苦六畏人天苦七得好師八布施但說第八名清淨道復次有外道但布施持戒說清淨有但布施禪定說清淨有但布施求智慧說清淨如是等種種道不具足若無功德若少功德說清淨是人雖一處心得解脫不名好解脫涅槃道不滿足故如偈說

無功德人不能渡　生老病死之大海
少功德人亦不渡　善行道法佛所說

是中應說須跋陀梵志經須跋陀梵志年百二十歲得五神通阿那跋達多池邊住夜夢

見一切人失眼躶形冥中立日墮地破大海水竭大風起吹須彌山破散覺已恐怖思惟言何以故爾我命欲盡若天地主欲墮猶豫不能自了以有此惡夢故先世有善知識天從上來下語須跋陀言汝莫恐怖有一切智人名佛後夜半當入無餘涅槃是故汝夢不爲汝身是時須跋陀明日到拘夷那竭國樹林中見阿難經行語阿難言我聞汝師說新涅槃道今日夜半當取滅度我心有疑請欲見佛決我所疑阿難答言世尊身極汝若難問勞擾世尊須跋陀如是重請至三阿難答如初佛遥聞之勑語阿難聽須跋陀梵志來前自在難問是吾末後共談最後得道弟子是時須跋陀得前見佛問訊世尊已於一面坐如是念諸外道輩捨恩愛財寶出家皆不得道獨瞿曇沙門得道如是念竟即問佛言是閻浮提地六師輩各自稱言我是一切智人是語實不爾時世尊以偈答曰

我始年十九　出家學佛道　我出家已來
已過五十歲　淨戒禪智慧　外道無一分
少分尚無有　何況一切智

若無八正道是中無第一果第二第三第四果若有八正道是中有第一果第二第三第四果須跋陀是我法中有八正道是中有第一道果第二第三第四道果餘外道法皆空無道無果無沙門無婆羅門如是我大衆中實作師子吼須跋陀梵志聞是法得阿羅漢道思惟言我不應佛後般涅槃如是思惟竟在佛前結跏趺坐自以神力身中出火燒身而取滅度以是故佛言無功德少功德是助

道法不滿皆不得度佛說一切功德具足故能度弟子譬如小藥師以一種藥二種藥不具足故不能差重病大藥師輩具足衆藥能差諸病問曰若一切三界煩惱離故心得解脫何以故佛言染愛離心得解脫答曰愛能繫閉心有大力以是故說不說餘煩惱愛斷餘則斷復次若人言王來知必有將從染愛亦如是又如捉巾一頭餘則盡隨愛染亦如是愛斷則知餘煩惱皆已斷復次諸結使皆屬愛見屬愛煩惱覆心屬見煩惱覆慧如是愛離故屬愛結使亦離得心解脫如是無明離故屬見結使亦離得慧解脫復次是五千阿羅漢應不退法得無生智以是故言心得好解脫慧得好解脫不退故退法阿羅漢得時解脫如劬提迦等雖得解脫非好解脫以退法故

經其心調順

論若有恭敬供養瞋恚罵詈撾打者心等無異若得珍寶瓦石視之一等若有持刀斫截手足有持栴檀塗身亦等無異復次婬欲瞋恚憍慢疑見根本已斷故是謂心調柔輭復次是諸阿羅漢欲染處不染應瞋處不瞋癡處不癡守護六情以是故名心調柔輭如偈說

人守護六情　如好馬善調　如是實智人

諸天所敬視

諸餘凡人輩不能守護六情欲瞋慢癡疑見不斷故不調柔如惡弊馬以是故諸阿羅漢名心調順

經摩訶那伽

論摩訶言大那名無伽名罪阿羅漢諸煩惱斷以是故名大無罪復次那伽或名龍或名象是五千阿羅漢諸阿羅漢中最大力以是故言如龍如象水行中龍力大陸行中象力大復次如善調象王能破大軍直入不迴不畏刀杖不難水火不走不退死至不避諸阿羅漢亦復如是修禪定智慧故能破魔軍及諸結使賊罵詈撾打不悔不恚老死水火不畏不難復次如大龍王從大海出起於大雲遍覆虛空放大電光明照天地注大洪雨潤澤萬物諸阿羅漢亦復如是禪定智慧大海水中出起慈悲雲潤及可度現大光明種種變化說實法相雨弟子心令生善根

經所作已辦

論問曰云何名所作云何名已辦答曰信戒定捨等諸善法得故名爲所作智慧精進解脫等諸善法得故是名已辦二法具足滿故名所作已辦復次諸煩惱有二種一種屬愛一種屬見屬愛煩惱斷故名所作屬見煩惱斷故名已辦復次色法善見故名所作無色法善見故名已辦可見不可見有對無對等二法亦如是復次不善無記法斷故名所作善法思惟故名已辦聞思慧成就故名所作修慧成就故名已辦種種三法亦如是復次煖法頂法忍法世間第一法得故名所作苦法忍等諸無漏善根得故名已辦見諦道得故名所作思惟道得故名已辦學道得故名所作無學道得故名已辦心解脫得故名所作慧解脫得故名已辦漏盡故名所作得共解脫故名已辦一切結使除故名所作得非

時解脱故名已辦自益利竟故名所作利益他人故名已辦如是等所作已辦義自在説

經棄擔能擔

論五衆麤重常惱故名爲擔如佛所説何謂擔五衆是擔諸阿羅漢此擔已除以是故言棄擔能擔者是佛法中二種功德擔應擔一種自益利二種益利他一切諸漏盡不悔解脱等諸功德是名自利益信戒捨定慧等諸功德能與他人是名利益他人是諸阿羅漢自擔他擔能擔故名能擔復次譬如大牛壯力能勝重載此諸阿羅漢亦復如是得無漏根力覺道能擔佛法大事擔以是故諸阿羅漢名能擔

經逮得已利

論云何名已利云何非已利行諸善法是名已利諸餘非法是名非已利復次信戒捨定慧等諸功德一切財寶勝故今世後世常得樂故能到甘露城故三因緣故是名已利如信品中偈説

若人得信慧　是寶最第一　諸餘世財利　不及是法寶

復次若人今世得樂後世得樂及得涅槃常樂是名已利餘非已利如偈説

世知種種無道法　與諸禽獸等無異
當求正智要道法　得脱老死入涅槃

復次八正道及沙門果是名諸阿羅漢已利是五千阿羅漢得道及果二事俱得故名已利以是故言逮得已利

經盡諸有結

論三種有欲有色有無色有云何欲有欲界

繫業取因緣後世能生亦是業報是名欲有色有無色有亦如是是名爲有結盡者結有九結愛結恚結慢結癡結疑結見結取結慳結嫉結是結使盡及有是有盡及結使以是故名有結盡問曰諸阿羅漢結使應永盡得一切煩惱離故有不應盡何以故阿羅漢未滅度時眼根等五陰十二入十八界諸有成就故答曰無所妨是果中說因如佛語檀越施食時與五事命色力樂膳食不能令人得五事有人大得飲食而死有人得少許食而活食爲五事因是故佛言施食與五事如偈說

斷食死無疑　食者死未定　以是故佛說
施食與五事

亦如人食百斤金金不可食金是食因故言食金佛言女人爲戒垢女人非戒垢是戒垢因故言女人爲戒垢如人從高處墮未至地言此人死雖未死知必死故言此人死如是諸阿羅漢結使已盡知有必當盡故言有結盡

【經】以正智得解脫

【論】如摩揵提梵志弟子舉其尸著床上舁行城市中多人處唱言若有眼見摩揵提尸者是人皆得清淨道何況禮拜供養者多有人信其言諸比丘聞是語白佛言世尊是事云何佛說偈言

小人眼見求清淨　如是無智無實道
諸結煩惱滿心中　云何眼見得淨道
若有眼見得清淨　何用智慧功德寶
眼見求淨無是事　智慧功德乃爲淨

以是故言正智得解脱問曰諸阿羅漢所作已辦更不求進何以故常在佛邊不餘處度衆生答曰一切十方衆生雖盡應供養佛阿羅漢受恩重故應倍供養所以者何是阿羅漢從佛得成受無量功德知結使斷信心轉多是故諸大德阿羅漢佛邊受功德樂味供養恭敬報佛恩故在佛邊住諸阿羅漢圍遶佛故佛德益尊如梵天人遶梵天王如三十三天遶釋提桓因如諸鬼神遶毗沙門王如諸小王遶轉輪聖王如病人病愈住大醫邊如是諸阿羅漢住在佛邊諸阿羅漢圍遶供養故佛德益尊問曰若諸阿羅漢所作已辦逮得已利不須聽法何以故説般若波羅蜜時共五千阿羅漢答曰諸阿羅漢雖所作已辦佛欲以甚深智慧法試如佛問舍利弗如波羅延經阿耆陀難中偈説

種種諸學人　及諸數法人　是人所行法

願爲如實説

是中云何學人云何數法人爾時舍利弗默然如是三問三默佛示義端告舍利弗有生不舍利弗答大德有生有生者欲爲滅有爲生法故名學人以智慧得無生法故名數法人是經此中應廣説復次若有漏若無漏諸禪定未得故欲得已得欲令堅深故諸阿羅漢佛邊聽法復次現前樂故如難陀迦經中説以今世樂故聽法復次諸阿羅漢在佛邊聽法心無猒足如蜫盧提迦經中説舍利弗語蜫盧提迦我法中聽法無猒復次如佛大師自一心從弟子邊聽法不應難言阿羅漢所作已辦何以聽法譬如飽滿人得好食猶

尚更食云何飢渴人而言不應食以是故諸阿羅漢雖所作已辦常在佛邊聽法復次佛住解脱法中諸阿羅漢亦住解脱法中住法相應眷屬莊嚴如栴檀譬喻經中説有栴檀林伊蘭圍之有伊蘭林栴檀圍之有栴檀栴檀以爲叢林有伊蘭伊蘭自相圍遶佛諸阿羅漢亦復如是佛住善法解脱中諸阿羅漢亦住善法解脱中住法相應眷屬莊嚴佛以大衆圍遶如須彌山王十寶山圍遶如白香象王白香象圍遶如師子王師子衆圍遶佛亦如是佛爲世間無上福田與諸弟子圍遶共住

【經】唯除阿難在學地得須陀洹

【論】問曰何以言唯除阿難答曰上所讚諸阿羅漢阿難不在其數何以故以在學地未離欲故問曰大德阿難第三師大衆法將種涅槃種已無量劫常近佛持法藏大德利根何以至今未離欲作學人答曰大德阿難本願如是我於多聞衆中最第一亦以諸佛法阿羅漢所作已辦不應作供給供養人以其於佛法中能辦大事煩惱賊破共佛在解脱床上坐故復次長老阿難種種諸經聽持誦利觀故智慧多攝心少二功德等者可得漏盡道以是故長老阿難是學人須陀洹復次貪供給世尊故是阿難爲佛作供給人如是念若我早取漏盡道便遠世尊不得作供給人以是故阿難雖能得阿羅漢道自制不取復次處時人未合故何等處能集法千阿羅漢未在耆闍崛山是爲處世尊過去時未到長老婆耆子不在以是故長老阿難漏不盡要

在世尊過去集法衆令婆耆子說法譏諫三事合故得漏盡道復次大德阿難猒世法少不如餘人是阿難世世王者種端正無比福德無量世尊近親常侍從佛必有此念我佛近侍知法寶藏漏盡道法我不畏失以是事故不大懃懃盡漏問曰大德阿難名以何因緣是先世因緣是父母作字是依因緣立名答曰先世因緣亦父母作名亦依因緣立字問曰云何先世因緣答曰釋迦文佛先世作瓦師名大光明爾時有佛名釋迦文弟子名舍利弗目揵連阿難佛與弟子俱到瓦師舍一宿爾時瓦師布施草坐燈明石蜜漿三事供養佛及比丘僧便發願言我於當來老病死惱五惡之世作佛如今佛名釋迦文我弟子名字亦如今佛弟子以佛願故得字阿難

復次阿難世世立願我在釋迦文佛弟子多聞衆中願最第一字阿難復次阿難世世忍辱除瞋以是因緣故生便端正父母以其端正見者皆歡喜故字阿難阿難者秦言歡喜是爲先世因緣字云何父母作字昔有日種王名師子頰其王有四子其第一名淨飯二名白飯三名斛飯四名甘露飯有一女名甘露味淨飯王有二子悉達陀難陀白飯王有二子跋提提沙斛飯王有二子提婆達多阿難甘露飯王有二子摩訶男阿泥盧豆甘露味女有一子名施婆羅是中悉達多菩薩漸漸長大棄轉輪聖王位夜半出家往漚樓鞞羅國中尼連禪河邊六年苦行是時淨飯王愛念子故常遣使問訊欲知消息我子得道不若病若死使來白王菩薩唯有皮骨筋相

連持身命甚微弱若今日若明日不復久也
王聞其言甚大愁念没憂惱海我子既不作
轉輪王又不得作佛一何衰苦無所得而死
如是憂惱荒迷憒塞是時菩薩棄苦行處食
百味乳糜身體充滿於尼連禪水中洗浴已
至菩提樹下坐金剛處而自誓言要不破此
結跏趺坐成一切智不得一切智終不起也
是時魔王將八十億衆到菩薩所敢與菩薩
決其得失菩薩智慧力故大破魔軍魔不如
而退自念菩薩叵勝當惱其父至淨飯王所
詭言汝子今日後夜已死了王聞此語驚怖
墮床如熱沙中魚王哭而言

阿夷陀虚言　瑞應亦無驗　得利之吉名
一切無所獲

是時菩提樹神大歡喜持天曼陀羅華至淨
飯王所說偈言

汝子已得道　魔衆已破散　光明如日出
普照十方土　歡喜得大利　解脫一切苦
今得轉法輪　無所不清淨

王言前有天來言汝子已死汝今來言壞魔
得道二語相違誰可信者樹神又言實不妄
語前天者詭言已死是魔懷嫉故來相惱今
日諸天龍神華香供養空中懸繒汝子身出
光明遍照天地王聞其言於一切苦惱心得
解脫王言我子雖捨轉輪聖王今得法轉輪
王定得大利無所失也心大歡喜是時斛飯
王家使來白淨飯王言貴弟生男王心歡喜
言今日大吉是歡喜日語來使言是兒當字
爲阿難是爲父母作字云何依因緣立名阿
難端正清淨如好明鏡老少好醜容貌顏狀

皆於身中現其身明淨女人見之欲心即動是故佛聽阿難著覆肩衣是阿難能令他人見者心眼歡喜故名阿難於是造論者讚言

面如淨滿月　眼若青蓮華　佛法大海水
流入阿難心　能令人心眼　見者心歡喜
諸來求見佛　通現不失宜

如是阿難雖能得阿羅漢道以供養佛故自不盡漏以此大功德故雖非無學在無學數中雖未離欲在離欲數中以是故數爲五千以實未是阿羅漢故言唯除阿難

別釋三衆義

【經】復有五百比丘尼優婆塞優婆夷皆見聖諦者

【論】問曰何以諸比丘五千餘三衆各五百答曰女人多短智慧煩惱垢重但求喜樂愛行多故少能斷結使得解脫證如佛說是因緣起法第一甚深難得一切煩惱盡離欲得涅槃倍復難見以是故女人不能多得不如比丘優婆塞優婆夷有居家故心不淨不能盡漏正可得四聖諦作學人如偈說

孔雀雖有色嚴身　不如鴻鴈能遠飛
白衣雖有富貴力　不如出家功德勝

以是故諸比丘尼雖出家棄世業智慧短是故有五百阿羅漢比丘尼白衣二衆居家事遽故得道者少亦各五百問曰如五千阿羅漢皆讚三衆何以不讚答曰大衆已讚則知餘亦讚復次若別讚外道輩當訶言何以讚比丘尼生誹謗故若讚白衣當言爲供養故以是故不讚問曰諸餘摩訶衍經佛與大比丘衆俱或八千人或六萬十萬人俱是摩訶

般若波羅蜜經諸經中第一大如囑累品中說餘經悉忘失其罪小少失般若波羅蜜一句其罪大多以是故知般若波羅蜜經第一大是第一經中當第一大會何以故聲聞衆數少止有比丘五千比丘尼優婆塞優婆夷各五百答曰以是大經甚深難解故聲聞衆少譬如王有眞寶不示凡人示大人信愛者如王謀議時與諸大臣信愛智人共論諸餘小臣則不得入復次是六千五百人盡得道雖不盡解甚深般若波羅蜜皆能信得無漏四信故餘經聲聞衆雖大多雜不盡得道復次是中先讚千萬阿羅漢中擇取最勝五千人比丘尼優婆塞優婆夷亦爾勝者難得故不多

大智度論卷第三

音釋

踝胡瓦切足骨也 頸居郢切頭莖也 峻私閏切高也 睒失冉切 熨紆勿切火熨也 皺補過切 媚明秘切嫵媚也 羗虜羗去羊切西夷名虜郎古切酋虜也 扼於革切 筋舉欣切骨絡也 憒古對切心亂也 詭古委切詐也

大智度論卷第四

龍樹菩薩造

姚秦三藏法師鳩摩羅什譯

釋初品中菩薩

【經】復有菩薩摩訶薩

【論】問曰若從上數應先菩薩次第比丘比丘尼優婆塞優婆夷菩薩次佛故若從下數應先優婆夷次第優婆塞比丘尼比丘菩薩今何以先說比丘次三衆後說菩薩答曰菩薩雖應次佛以諸煩惱未盡故先說阿羅漢諸阿羅漢智慧雖少而已成熟諸菩薩智慧雖多而煩惱未盡是故先說阿羅漢佛法有二種一祕密二顯示顯示中佛辟支佛阿羅漢皆是福田以其煩惱盡無餘故祕密中說諸菩薩得無生法忍煩惱已斷具六神通利益衆生以顯示法故前說阿羅漢後說菩薩復次菩薩以方便力現入五道受五欲引導衆生若在阿羅漢上諸天世人當生疑怪是故後說問曰在阿羅漢後可爾何以乃在優婆塞優婆夷後答曰四衆雖漏未盡盡在不久故通名聲聞衆若於四衆中間說菩薩者則不便如比丘尼得無量律儀故應次比丘後在沙彌前佛以儀法不便故在沙彌後此諸菩薩亦如是雖應在學人三衆上以不便故在後說復次有人言菩薩功德智慧超殊阿羅漢辟支佛是故別說問曰聲聞經中但說四衆此中何以別說菩薩衆答曰有二種道一聲聞道二菩提薩埵道比丘比丘尼優婆塞優婆夷若說四衆當知是求聲聞道者若別說菩薩摩訶薩衆當知是求佛道者以是

故聲聞法中經初無佛在其處其處住爾所菩薩俱但言佛其處其處住與爾所比丘俱如說佛在波羅㮈與五比丘俱佛在伽耶國中與千比丘俱佛在舍婆提與五百比丘俱如是種種經初不說與菩薩若干人俱問曰諸菩薩二種若出家若在家在家菩薩總說在優婆塞優婆夷中出家菩薩總說在比丘比丘尼中今何以故別說答曰雖總在四衆中應當別說何以故是菩薩必墮四衆中有四衆不墮菩薩中何者是有聲聞人辟支佛人有求生天人有求樂自活人此四種人不墮菩薩中何以故是人不發心言我當作佛故復次菩薩得無生法忍故一切名字生死相斷出三界不墮衆生數中何以故聲聞人得阿羅漢道滅度已尚不墮衆生數中何況菩薩如波羅延經優波尸難中偈說

已滅無處更出不　若已永滅不出不
既入涅槃常住不　唯願大智說其實

佛答

滅者即是不可量　破壞因緣及名相
一切言語道已過　一時都盡如火滅

如阿羅漢一切名字尚斷何況菩薩能破一切諸法知實相得法身而不斷耶以是故摩訶衍四衆中別說菩薩問曰何以故大乘經初菩薩衆聲聞衆兩說聲聞經獨說比丘衆不說菩薩衆答曰欲辯二乘義故佛乘及聲聞乘聲聞乘狹小佛乘廣大聲聞乘自利自爲佛乘益一切復次聲聞乘多說衆生空佛乘說衆生空法空如是等種種分別三乘分別說是二道故摩訶衍經聲聞衆菩薩衆兩

說如讚摩訶衍偈中說

得此大乘人　能與一切樂　利益以實法
令得無上道　得此大乘人　慈悲一切故
頭目以布施　捨之如草木　得此大乘人
護持清淨戒　如犛牛愛尾　不惜身壽命
得此大乘人　能得無上忍　若有割截身
視之如斷草　得此大乘人　精進無猒惓
力行不休息　如抒大海者　得此大乘人
廣修無量定　神通聖道力　清淨得自在
得此大乘人　分別諸法相　無壞實智慧
是中已具足　不可思議智　無量悲心力
不入二法中　等觀一切法　驢馬駝象乘
雖同不相匹　菩薩及聲聞　大小亦如是
大慈悲爲軸　智慧爲兩輪　精進爲快馬
戒定以爲衡　忍辱心爲鎧　總持爲轡勒
摩訶衍人乘　能度於一切

問曰如聲聞經初但說比丘衆摩訶衍經初何以不但說菩薩衆答曰摩訶衍廣大諸乘諸道皆入摩訶衍聲聞乘狹小不受摩訶衍譬如恒河不受大海以其狹小故大海能受衆流以其廣大故摩訶衍法亦如是如偈說

摩訶衍如海　小乘牛跡水　小故不受大
其喻亦如是

以是故小乘衆不受菩薩問曰何等名菩提何等名薩埵答曰菩提名諸佛道薩埵名成衆生或大心是人諸佛道功德盡欲得其心不可斷不可破如金剛山是名大心如偈說

一切諸佛法　智慧及戒定　能利益一切
是名爲菩提　其心不可動　能忍成道事
不斷亦不破　是心名薩埵

復次稱讚好法名爲薩好法體相名爲埵菩薩心自利利他故度一切衆生故知一切法實性故行阿耨多羅三藐三菩提道故爲一切聖賢之所稱讚故是名菩提薩埵所以者何一切諸法中佛法最第一是人欲取是法故爲賢聖所讚歎復次如是人爲一切衆生脫生老死故索佛道是名菩提薩埵復次三種道皆是菩提一者佛道二者聲聞道三者辟支佛道辟支佛道聲聞道雖得菩提而不稱爲菩提佛功德中菩提稱爲菩提是名菩提薩埵問曰齊何來名菩提薩埵答曰有大誓願心不可動精進不退以是三事名爲菩提薩埵復次有人言初發心作願我當作佛度一切衆生從是巳來名菩提薩埵如偈說

若初發心時　誓願當作佛　巳過諸世間　應受世供養

從初發心到第九無礙入金剛三昧中是中間名爲菩提薩埵是菩提薩埵有兩種有鞞跋致有阿鞞跋致如退法不退法阿羅漢阿鞞跋致菩提薩埵是名實菩薩以是實菩薩故諸餘退轉菩薩皆名菩薩譬如得四道人是名實僧以實僧故諸未得道者皆得名僧問曰云何知是菩薩鞞跋致阿鞞跋致答曰般若波羅蜜阿鞞跋致品中佛自說阿鞞跋致相如是相是退轉如是相是不退轉復次若菩薩一法得好修好念是名阿鞞跋致菩薩何等一法常一心集諸善法如說諸佛一心集諸善法故得阿耨多羅三藐三菩提復次有菩薩得一法是阿鞞跋致相何等一法正直精進如佛問阿難阿難汝說精進如是

世尊阿難汝讚精進如是善逝阿難常行常修常念精進乃至令人得阿耨多羅三藐三菩提如經廣說復次若得二法是時是阿鞞跋致相何等二法一切法實知空亦念不捨一切衆生如是人名爲阿鞞跋致菩薩復次得三法一者若一心作願欲成佛道如金剛不可動不可破二者於一切衆生悲心徹入骨髓三者得般舟三昧能見現在諸佛是時名阿鞞跋致復次阿毗曇中迦旃延尼子弟子輩言何名菩薩自覺復能覺他是名菩薩必當作佛是名菩薩菩提名漏盡人智慧是人從智慧生智慧人所護智慧人所養故是名菩薩又言發阿鞞跋致心從是已後名菩薩又言若離五法得五法是名菩薩何謂五法離三惡道常生天上人間離貧窮下賤常

得尊貴離非男法常得男子身離諸形殘缺陋諸根具足離捨喜忘常憶宿命得是宿命智慧常離一切惡法遠捨惡人常求道法攝取弟子如是名爲菩薩又言從種三十二相業已來是名菩薩問曰何時種三十二相業因緣答曰過三阿僧祇劫然後種三十二相業因緣問曰幾時名阿僧祇答曰天人中能知算數法極數不能知是名一阿僧祇如一一名二二二名四三三名九十十名百十百名千十千名萬千萬名億千萬億名那由他千萬那由他名頻婆千萬頻婆名迦他過迦他名阿僧祇如是數三阿僧祇若行一阿僧祇滿行第二阿僧祇第二阿僧祇滿行第三阿僧祇譬如算數法算一乃至算百百算竟還至一如是菩薩一阿僧祇過還從一起初

阿僧祇中心不自知我當作佛不作佛二阿僧祇中心雖能知我必作佛而口不稱我當作佛三阿僧祇中心了了自知得作佛口自發言無所畏難我於來世當作佛釋迦文佛從過去釋迦文佛到罽那尸棄佛爲初阿僧祇是中菩薩永離女人身從罽那尸棄佛至然燈佛爲二阿僧祇是中菩薩七枚青蓮華供養然燈佛敷鹿皮衣布髮掩泥是時然燈佛便授其記汝當來世作佛名釋迦牟尼從然燈佛至毗婆尸佛爲第三阿僧祇若過三阿僧祇劫是時菩薩種三十二相業因緣問曰三十二相業何處可種答曰欲界中非色無色界於欲界五道在人道中種於四天下閻浮提中種非拘耶尼鬱怛羅越弗婆提唯在閻浮提於男子身種非女人佛出世時種佛不出世不得種緣佛身得種緣餘不得種問曰是三十二相業於身業口業意業何業種答曰意業種非身口業何以故是意業利故問曰意業有六識是三十二相業爲是意識種是五識種答曰是意識非五識何以故五識不能分別以是故意識種問曰何相初種答曰有人言足安立相先種何以故先安立然後能種餘相有人言紺青眼相初種得此眼相大慈觀衆生雖有是語不必爾也若相因緣和合時便是初種問曰一思種爲多思種答曰三十二思種三十二相一一思種一一相一一相百福德莊嚴問曰幾許名一福德答曰有人言業報轉輪聖王於四天下受福樂得自在是名一福德如是百福成一相復有人言作釋提桓因於二天中得自在

是名一福復有人言作他化自在天王於欲界中得自在是名一福復有人言除補處菩薩餘一切衆生所得福報是名一福復有人言天地劫盡一切衆生共福德故三千大千世界報立是名一福復有人言是福不可量不可以譬喻知如三千大千世界一切衆生皆盲無目有一人能治令差是爲一福一切人皆被毒藥一人能治令差一切人應死一人能救之令脱一切人破戒破正見一人能教令得淨戒正見如是等爲一福復有人言是福不可量不可譬喻是菩薩入第三阿僧祇中心思大行種是三十二相因縁以是故是福無能量唯佛能知問曰菩薩幾時能種三十二相答曰極遲百劫極疾九十一劫釋迦牟尼菩薩九十一大劫行辦三十二相如經中言過去久遠有佛名弗沙時有二菩薩一名釋迦牟尼一名彌勒弗沙佛欲觀釋迦牟尼菩薩心純淑未即觀見之知其心未純淑而諸弟子心皆純淑又彌勒菩薩心已純淑而弟子未純淑是時弗沙佛如是思惟一人之心易可速化衆人之心難可疾治如是思惟竟弗沙佛欲使釋迦牟尼菩薩疾得成佛上雪山上於寶窟中入火定是時釋迦牟尼菩薩作外道仙人上山採藥見弗沙佛坐寶窟中入火定放光明見已心歡喜信敬翹一脚立叉手向佛一心而觀目未曾眴七日七夜以一偈讚佛

天上天下無如佛　十方世界亦無比
世界所有我盡見　一切無有如佛者

七日七夜諦觀世尊目未曾眴超越九劫於

九十一劫中得阿耨多羅三藐三菩提問曰若釋迦牟尼菩薩聰明多識能作種種好偈何以故七日七夜一偈讚佛答曰釋迦牟尼菩薩貴其心思不貴多言若更以餘偈讚佛心或散亂是故七日七夜以一偈讚佛問曰釋迦牟尼菩薩何以心未純淑而弟子純淑彌勒菩薩心純淑而弟子未純淑答曰釋迦牟尼菩薩饒益衆生心多自爲身少故彌勒菩薩多爲己身少爲衆生故從鞞婆尸佛至迦葉佛於其中間九十一大劫種三十二相業因緣竟六波羅蜜滿何等六檀波羅蜜尸羅波羅蜜羼提波羅蜜毗棃耶波羅蜜禪波羅蜜般若波羅蜜問曰檀波羅蜜云何滿答曰一切能施無所遮礙乃至以身施時心無所惜譬如尸毗王以身施鴿釋迦牟尼佛本身作王名尸毗是王得歸命救護陀羅尼大精進有慈悲心視一切衆生如母愛子時世無佛釋提桓因命欲終自念言何處有佛一切智人處處問難不能斷疑知盡非佛即還天上愁憂而坐巧變化師毗首羯磨天問曰天主何以愁憂答曰我求一切智人不可得以是故愁憂毗首羯磨言有大菩薩布施持戒禪定智慧具足不久當作佛帝釋以偈答曰

菩薩發大心　魚子菴樹華　三事因時多

成果時甚少

毗首羯磨答曰是優尸那種尸毗王持戒精進大慈大悲禪定智慧不久作佛釋提桓因語毗首羯磨當往試之知有菩薩相不汝作鴿我作鷹汝便佯怖入王腋下我當逐汝毗

首羯磨言此大菩薩云何以此事惱釋提桓
因說偈言
我亦非惡心　如真金應試　以此試菩薩
知其心定不
說此偈竟毗首羯磨即自變身作一赤眼赤
足鴿釋提桓因自變身作一鷹急飛逐鴿鴿
直來入王腋底舉身戰怖動眼促聲
是時衆多人　相與而語曰　是王大慈仁
一切宜保護　如是鴿小鳥　歸之如入舍
菩薩相如是　作佛必不久
是時鷹在近樹上語尸毗王還與我鴿此我
所受王時語鷹我前受此非是汝受我初發
意時受此一切衆生皆欲度之鷹言王欲度
一切衆生我非一切耶何以獨不見愍而奪
我今日食王答言汝須何食我作誓願其有
衆生來歸我者必救護之汝須何食亦當相
給鷹言我須新殺熱肉王念言如此難得自
非殺生何由得也我當云何殺一與一思惟
心定即自說偈
是我此身肉　恒屬老病死　不久當臭爛
彼須我當與
如是思惟已呼人持刀自割股肉與鷹鷹語
王言王雖以熱肉與我當用道理令肉輕重
得與鴿等勿見欺也王言持稱來以肉對鴿
鴿身轉重王肉轉輕王令人割二股亦輕不
足次割兩踹兩髖兩乳頸脊舉身肉盡鴿身
猶重王肉故輕是時近臣內戚安施帳幔却
諸看人王令如此無可觀也尸毗王言勿遮
諸人聽令入看而說偈言
天人阿脩羅　一切來觀我　大心無上志

以求成佛道　若有求佛道　當忍此大苦
不能堅固心　則當息其意
是時菩薩以血塗手攀稱欲上定心以身盡
以對鴿鷹言大王此事難辦何用如此以鴿
還我王言鴿來歸我終不與汝我喪身無量
於物無益今欲以身求易佛道以手攀稱爾
時菩薩肉盡筋斷不能自制欲上而墮自責
心言汝當自堅勿得迷悶一切衆生墮憂苦
大海汝一人立誓欲渡一切何以怠悶此苦
甚少地獄苦多以此相比於十六分猶不及
一我今有智慧精進持戒禪定猶患此苦何
況地獄中人無智慧者是時菩薩一心欲上
復更攀稱語人扶我是時菩薩心定無悔諸
天龍王阿脩羅鬼神人民皆大讚言爲小鳥
乃爾是事希有即時天地爲六種震動大海
波揚枯樹生華天降香雨及散名華天女歌
讚必得成佛是時四方神仙皆來讚言是眞
菩薩必早成佛鷹語鴿言衆試如此不惜身
命是眞菩薩即說偈言
慈悲地中生　一切智樹牙　我曹當供養
不應施憂惱
毗首羯磨語釋提桓因言天主汝有神力可
令此王身得平復釋提桓因言不須我也此
王自作誓願大心歡喜不惜身命感發一切
令求佛道帝釋語人王言汝割肉辛苦心不
惱没耶王言我心歡喜不惱不没帝釋言誰
當信汝心不没者是時菩薩作實誓願我割
肉血流不瞋不惱一心不悶以求佛道者我
身當即平復如故即出語時身復如本人天
見之皆大悲喜歎未曾有此大菩薩必當作

佛我曹應當盡一心供養願令早成佛道當念我等是時釋提桓因毗首羯磨各還天上如是等種種相是檀波羅蜜滿問曰尸羅波羅蜜云何滿答曰不惜身命護持淨戒如須陀須摩王以劫磨沙波陀大王故乃至捨命不犯禁戒昔有須陀須摩王是王精進持戒常依實語晨朝乘車將諸婇女入園遊戲出城門時有一婆羅門來乞語王言王是大福德人我身貧窮當見愍念賜匃少多王語言諾敬如來告當相布施須我出還作此語已入園澡浴嬉戲時有兩翅王名曰鹿足空中飛來於婇女中捉王將去譬如金翅鳥海中取龍諸女啼哭號慟一園驚城內外擾擾悲惶鹿足負王騰躍虛空至所住山置九十九諸王中須陀須摩王涕零如雨鹿足語言大刹利王汝何以啼如小兒人生有死合會有離須陀須摩王答言我不畏死自恨失信我從生已來初不妄語今日晨朝出門時有一婆羅門來從我乞我時許言還當布施不慮無常孤負彼心自招欺罪是故啼耳鹿足王言汝意欲爾畏此妄語聽汝還去七日布施婆羅門訖便來還若過七日不還我有翅力取汝不難須陀須摩王得還本國恣意布施立太子爲王大會人民懺謝之言我智不周物治多不如法當見忠恕如我今日身非已有正爾還去舉國人民及諸親戚叩頭留之願王留意慈廕此國勿以鹿足鬼王爲慮也當設鐵舍奇兵鹿足雖神不畏之也王言不得爾也而說偈言

實語第一戒　實語昇天梯　實語爲大人

妄語入地獄　我今守實語　寧棄身壽命
心無有悔恨
如是思惟已王即發去到鹿足王所鹿足遥
見歡喜而言汝是實語人不失信要一切人
皆惜身命汝從死得脱還來赴信汝是大人
爾時須陀須摩王讚實語實語是爲人非實
語非人如是種種讚實語呵妄語鹿足聞之
信心清淨語須陀須摩王言汝好説此令相
放捨汝得解脱九十九王亦布施汝隨意各
還本國如是語已百王各得還去如是等種
種相是爲尸羅波羅蜜滿問曰羼提波羅蜜
云何滿答曰若人來罵撾捶割剥支解奪命
心不起瞋如羼提比丘爲迦梨王截其手足
耳鼻心堅不動問曰毗梨耶波羅蜜云何滿
答曰若有大心勤力如大施菩薩爲一切故
以此一身誓抒大海令其乾盡定心不懈亦
如讚弗沙佛七日七夜翹一脚目不眴問曰
禪波羅蜜云何滿答曰如一切外道禪定中
得自在又如尚闍梨仙人坐禪時無出入息
鳥於螺髻中生子不動不摇乃至鳥子飛去
問曰般若波羅蜜云何滿答曰菩薩大心思
惟分别如劬嬪陀婆羅門大臣分閻浮提大
地作七分若干大城小城聚落村民盡作七
分般若波羅蜜如是是菩薩六波羅蜜滿在
迦葉佛所作弟子持淨戒行功德生兜率天
上問曰菩薩何以生兜率天上而不在上生
不在下生是大有福德應自在生答曰有人
言因緣業熟應在是中生復次下地中結使
厚濁上地中結使利兜率天上結使不厚不
利智慧安隱故復次不欲過佛出世時故若

於下地生命短壽終時佛未出世若於上地生命長壽未盡復過佛出時兜率天壽與佛出時會故復次佛常居中道故兜率天於六天及梵之中上三下三於彼天下生中國中夜降神中夜出迦毗羅婆國行中道得阿耨多羅三藐三菩提中道爲人說法中夜入無餘涅槃好中法故中天上生如是菩薩兜率天上生竟以四種觀人間一者觀時二者觀土地三者觀種姓四者觀生處云何觀時時有八種佛出其中第一人長壽八萬四千歲時第二人壽七萬歲第三人壽六萬歲第四人壽五萬歲第五人壽四萬歲第六人壽三萬歲第七人壽二萬歲第八人壽百餘歲菩薩如是念人壽百歲佛出時到是名觀時云何觀土地諸佛常在中國生多金銀寶物飲食豐美其土清淨云何觀種姓佛生二種姓中若剎利若婆羅門剎利種勢力大故婆羅門種智慧大故隨時所貴者佛於中生云何觀生處何等母人能懷那羅延力菩薩亦能自護淨戒如是觀竟唯中國迦毗羅婆淨飯王后能懷菩薩如是思惟已於兜率天下不失正慧入於母胎問曰何以故一切菩薩末後身從天上來不從人中來答曰乘上道故六道之中天道最上復次天上下時種種瑞應未曾所有若從人道人道不能有此復次人敬重天故問曰一切人以垢心有相續入母胎一切邪慧相應云何名菩薩正慧入母胎答曰有人言有相續時一切衆生邪慧心入母胎菩薩憶念不失故名正慧入母胎中陰中住則知中陰住入胎時知入胎歌羅邏

時知住歌羅邏（受胎七日赤白精和合時也）頞浮陀（二七日時如癰胞狀名也）時知住頞浮陀伽那時知住伽那（三十日時如凝酪名也）五皰時知住五皰出生時知出生是中憶念不失是名正慧入母胎復次餘人在中陰住時若男於母生欲染心此女人與我從事於父生瞋恚若女於父生染欲心此男子與我從事於母生瞋恚如是瞋恚心染欲心菩薩無此菩薩先已了知是父是母是父母能長養我身我依父母生身得阿耨多羅三藐三菩提是淨心念父母相續入胎是名正慧入母胎是菩薩滿十月正慧不失念出胎行七歩發口言是我末後身乃至將示相師汝觀我子實有三十二大人相不若有三十二相具足者是應有二法若在家當爲轉輪聖王若出家當成佛諸相師言地天太子實有三十二大人相若在家者當作轉輪王若出家者當成佛王言何等三十二相師答言一者足下安平立相足下一切著地間無所受不容一鍼二者足下二輪相千輻輞轂三事具足自然成就不待人工諸天工師毗首羯磨不能化作如是妙相問曰何以故不能答曰是毗首羯磨諸天工師不隱沒智慧是輪相善業報天工師生報得智慧是輪相行善根智慧得是毗首羯磨一世得是智慧是輪相從無量劫智慧生以是故毗首羯磨不能化作何況餘工師三者長指相指纖長端直次第傭好指節參差四者足跟廣平相五者手足指縵網相如鴈王張指則現不張則不現六者手足柔軟相如細劫波毳勝餘身分七者足趺高滿相以足蹈地不廣不

狹足下色如赤蓮華足指間網及足邊色如眞珊瑚指爪如淨赤銅足趺上眞金色足趺上毛青毗瑠璃色其足嚴好譬如雜寶屐種種莊飾八者伊泥延腨相如伊泥延鹿王腨隨次䐑纖九者正立手摩膝相不俯不仰以掌摩膝十者陰藏相譬如調善象寶馬寶問曰若菩薩得阿耨多羅三藐三菩提時諸弟子何因緣見陰藏相答曰爲度衆人決衆疑故示陰藏相復有人言佛化作馬寶象寶示諸弟子言我陰藏相亦如是十一者身廣長等相如尼拘盧陀樹菩薩身齊爲中四邊量等十二者毛上向相身有諸毛生皆上向而靡十三者一一孔一毛生相毛不亂青瑠璃色毛右旋上向十四者金色相問曰何等金色答曰若鐵在金邊則不現今現在金比佛在時金則不現佛在時金比閻浮那金則不現閻浮那金比大海中轉輪聖王道中金沙則不現金沙比金山則不現金山比須彌山金則不現須彌山金比三十三諸天瓔珞金則不現三十三諸天瓔珞金比炎摩天金則不現炎摩天金比兜率陀天金則不現兜率陀天金比化自在天金則不現化自在天金比他化自在天金則不現他化自在天金比菩薩身色則不現如是色是名金色相十五者丈光相四邊皆有一丈光佛在是光中端嚴第一如諸天諸王寶光明淨十六者細薄皮相塵土不著身如蓮華葉不受塵水若菩薩在乾土山中經行土不著足隨藍風來吹破土山令散爲塵乃至一塵不著佛身十七者七處平滿相兩手兩足兩肩項中七處皆

平滿端正色淨勝餘身體十八者兩腋下平滿相不高不深十九者上身如師子相二十者大身直身相於一切人中身最大而直二十一者肩圓好相一切治肩無如是者二十二者四十齒相不多不少餘人三十二齒身三百餘骨頭骨有九菩薩四十齒頭有一骨菩薩齒骨多頭骨少餘人齒骨少頭骨多以是故異於人身二十三者齒齊相諸齒等無麤無細不出不入齒密相人不知者謂為一齒齒間不容一毫二十四者牙白相乃至勝雪山王光二十五者師子頰相如師子獸中王平廣頰二十六者味中得上味相有人言佛以食著口中一切食皆作最上味何以故是一切食中有最上味因故無是相人不能發其因故不得最上味復有人言若菩薩舉食著口中是時咽喉邊兩處流注甘露和合諸味是味清淨故名味中得上味二十七者大舌相是菩薩大舌從口中出覆一切面分乃至髮際若還入口口亦不滿二十八者梵聲相如梵天王五種聲從口出一甚深如雷二清徹遠聞聞者悅樂三入心敬愛四諦了易解五聽者無猒菩薩聲音亦如是五種聲從口中出迦陵毗伽聲相如迦陵毗伽鳥聲可愛鼓聲相如大鼓音深遠二十九者真青眼相如好青蓮華三十者牛眼睫相如牛王眼睫長好不亂三十一者頂髻相菩薩有骨髻如拳等在頂上三十二者白毛相白毛眉間生不高不下白淨右旋舒長五尺相師言地天太子三十二大人相如是菩薩具有此相問曰轉輪聖王有三十二相菩薩亦有三

十二相有何差別答曰菩薩相者有七事勝轉輪聖王相菩薩相者一淨好二分明三不失處四具足五深入六隨智慧行不隨世間七隨遠離轉輪聖王相不爾問曰云何名相答曰易知故名相如水異火以相故知問曰菩薩何以故三十二相不多不少答曰有人言佛以三十二相莊嚴身者端正不亂故若少者身不端正若多者佛身相亂是三十二相端正不亂不可益不可減猶如佛法不可增不可減身相亦如是問曰菩薩何以故以相嚴身答曰有人見佛身相心得淨信以是故以相嚴身復次諸佛以一切事勝故身色威力種姓家屬智慧禪定解脫衆事皆勝若佛不莊嚴身相是事便少復次有人言阿耨多羅三藐三菩提住是身中若身相不端嚴阿耨多羅三藐三菩提不住此身中譬如人欲取豪貴家女其女遣使語彼人言若欲娶我者當先莊嚴房室除却汙穢塗治香熏安施床榻被褥綩綖幃帳幄幔旛蓋華香必令嚴飾然後我當到汝舍阿耨多羅三藐三菩提亦復如是遣智慧使未來世中到菩薩所言若欲得我先修相好以自莊嚴然後我當住汝身中若不莊嚴身者我不住也以是故菩薩修三十二相自莊嚴身爲得阿耨多羅三藐三菩提故是時菩薩漸漸長大見老病死苦猒患心生夜半出家六年苦行食難陀婆羅門女益身十六功德石蜜乳糜食竟菩提樹下破萬八千億鬼兵魔衆已得阿耨多羅三藐三菩提問曰得何功德故名爲佛答曰得盡智無生智故名爲佛復有人言得佛

十力四無所畏十八不共法三達無礙三意止一者受教敬重佛無喜二者不受教不敬重佛無憂三者敬重不敬重心無異大慈大悲三十七道品一切諸法總相别相悉知故故名爲佛問曰何以故未得佛道名爲菩薩得佛道不名爲菩薩答曰未得佛道心愛著求欲取阿耨多羅三藐三菩提以是故名菩薩已成佛道更得佛種種異大功德故更有異名名爲佛譬如王子未作王名爲王子已作王不復名王子既爲王雖是王子不名王子菩薩亦如是未得佛道名爲菩薩已得佛道名爲佛聲聞法中迦旃延尼子弟子輩說菩薩相義如是摩訶衍人言是迦旃延尼子弟子輩是生死人不誦不讀摩訶衍經非大菩薩不知諸法實相自以利根智於佛法中作論議諸結使智定根等於中作義尚處處有失何况欲作菩薩論議譬如少力人跳小渠尚不能過何况大河於大河中則知没失問曰云何失答曰上言三阿僧祇劫過名爲菩薩三阿僧祇中頭目髓腦布施心無有悔是阿羅漢辟支佛所不能及如昔菩薩爲大薩陀婆渡大海水惡風壞船語衆賈人捉我頭髮手足當渡汝等衆人捉已以刀自殺大海水法不停死尸即時疾風吹至岸邊大慈如是而言非者誰是菩薩第二阿僧祇劫行滿未入第三阿僧祇時於然燈佛所受記爲佛即時上昇虛空見十方佛於虛空中立讃然燈佛然燈佛言汝過一阿僧祇劫當得作佛名釋迦牟尼得記如是而言爾時未是菩薩豈非大失迦旃延尼子弟子輩言三阿僧

祇劫中未有佛相亦無種佛相因緣云何當知是菩薩一切法先有相然後可知其實若無相則不知摩訶衍人言受記爲佛上昇虚空見十方佛此非大相耶爲佛所記當得作佛得作佛者此是大相捨此大相而取三十二相三十二相轉輪聖王亦有諸天魔王亦能化作此相難陀提婆達等皆有三十相婆跋捺婆羅門有三相摩訶迦葉婦有金色相乃至今世人亦各各有一相二相若青眼長臂上身如師子如是等種種或多或少汝何以重此相何經中言三阿僧祇劫中菩薩不種相因緣如難陀澡浴鞞婆尸佛願得清淨端正於辟支佛塔青黛塗壁作辟支佛像因而作願願我恒得金色身相又作迦葉佛塔中級以此三福因緣世世受樂處處所生恒得端嚴是福之餘生迦毗羅婆釋種中爲佛弟子得三十大人相清淨端正出家得阿羅漢道佛說於五百弟子中難陀比丘端正第一此相易得云何言於九十一大劫中種餘一生中得是爲大失汝言初阿僧祇劫中不知當作佛不作佛二阿僧祇劫中知當作佛不自稱說三阿僧祇劫中知得作佛能爲人說佛何處說是語何經中有是語若聲聞法三藏中說若摩訶衍中說迦旃延尼子弟子輩言雖佛口三藏中不說義理應爾阿毗曇鞞婆沙菩薩品中如是說答曰摩訶衍中說初發心是時知我當作佛如阿遮羅菩薩於長手佛邊初發心時乃至金剛坐處成佛道於其中間顛倒不淨心不生如首楞嚴三昧中四種菩薩四種受記有未發心而授記有

適發心而授記有於前授記他人盡知巳身不知有於前授記他人巳身盡知汝云何言於二阿僧祇劫知受記而不自稱說復次佛言無量阿僧祇劫作功德欲度衆生何以故言於三阿僧祇劫三阿僧祇劫有量有限問曰摩訶衍中雖有此語我亦不都信答曰是爲大失是佛眞法佛口所說汝無反復汝從摩訶衍中出生云何言我不都信復次摩訶衍論議此中應廣說復次說是三十二相業因緣欲界中種非色無色界中種無色界以無身無色是三十二相是身莊嚴故無色界中不得種可爾色界中何以不得種色界中大有諸梵王常請佛初轉法輪是智慧清淨能求佛道何以言不得種三十二相因緣又言人中得種非餘道如婆伽度龍王十住菩薩阿那婆達龍王七住菩薩羅睺阿脩羅王亦是大菩薩復何以言餘道不得種三十二相因緣汝言人中閻浮提種鬱怛羅越不可種有義彼中人無吾我著樂不利根故勑陀尼弗婆提二處福德智慧壽命勝閻浮提何以不得種復次汝言一思種一相是心彈指頃六十生滅一心中不住是一心中無力不住不能分別云何能種大人相此大人相不應不了心得種以是故多思和合能種一相如重物一人不能擔必須多人力如是種相要得大心多思和合爾乃得種以是故名百福相百大心思種是名百福相不應一思種一相餘事尚不得一思種一事何況百福相何以故言釋迦文尼菩薩心未純淑弟子心純淑彌勒菩薩心純淑弟子心未純淑是語

何處說三藏中摩訶衍中無是事此言自出汝心汝但見釋迦文尼菩薩於寶窟中見弗沙佛七日七夜以一偈讚彌勒菩薩亦種種讚弗沙佛但阿波陀經中不說汝所不知無因緣故汝便謂彌勒弟子心未純淑如是皆爲違失汝言菩薩一切物能施無所愛惜如尸毗王爲鴿故割肉與鷹心不悔恨如以財寶布施是名下布施以身布施是名中布施種種施中心不著是爲上布施汝何以讚中布施爲檀波羅蜜滿此施雖心大多慈悲有知智慧有不知智慧如人爲父母親屬不惜身或爲主不惜身以是故知爲鴿不惜身是中布施問曰菩薩爲一切衆生爲父爲主者爲一切人故以是故非直不惜身爲檀波羅蜜滿答曰雖爲一切衆生是心不清淨不知

已身無吾我不知取者無人無主不知所施物實性不可說一不可說異於是三事心著是爲不清淨於世界中得福報不能直至佛道如說般若波羅蜜中三事不可得亦不著是爲具足檀波羅蜜滿如是乃至般若波羅蜜能分大地城郭聚落作七分是爲般若波羅蜜滿是般若波羅蜜無量無邊如大海水諸天聖人阿羅漢辟支佛乃至初行菩薩尚不能知其邊涯十地住菩薩乃能知云何汝言能分大地城郭聚落作七分是名般若波羅蜜滿是事是筭數法能分地是世俗般若波羅蜜中少許分譬如大海水中一渧兩渧實般若波羅蜜名三世諸佛母能示一切法實相是般若波羅蜜無來處無去處一切處求不可得如幻如響如水中月見便失諸聖

人憐愍故雖一相以種種名字說是般若波羅蜜諸佛智慧寶藏汝言大失汝言四種觀觀時觀土地觀種族觀生處人壽八萬歲佛出七六五四三二萬歲中佛出世人壽百歲是佛出時若諸佛常憐愍衆生何以止八種時中出世餘時不出佛法不待時如好藥服時便差病佛法亦如是不待時問曰雖菩薩憐愍衆生諸佛不待時過八萬歲人長壽多樂染愛等結使厚根鈍非可化時若百歲後人短壽苦多瞋恚等諸結使更厚此樂時若時非得道時以是故佛不出世答曰諸天壽出千萬歲有先世因緣雖多樂染愛厚能得道何況人中不大樂三十六種不淨易可教化以是故人壽過八萬歲佛應出是中人無病心樂故人皆利根福德福德利根故應易

得道復次師子鼓音王佛時人壽十萬歲明王佛時人壽七百阿僧祇劫阿彌陀佛國人壽無量阿僧祇劫汝云何言過八萬歲佛不出世問曰摩訶衍經有此事我法中無十方佛唯過去釋迦文尼拘陳若等一百佛未來彌勒等五百佛答曰摩訶衍論中種種因緣說三世十方佛何以故十方世界有老病死婬怒癡等以是故佛應出其國如經中說無老病死煩惱者諸佛則不出世復次多病人應有多藥師汝等聲聞法長阿含中毗沙門王以偈白佛稽首去來現在諸佛亦復歸命釋迦文佛汝經說過去未來現在諸佛言稽首釋迦文尼佛言歸命以此故知現在有餘佛若無餘國佛何以故前稽首三世佛後別歸命釋迦文尼佛此王未離欲在釋迦文尼

佛所得道敬愛心重故歸命於餘佛所直稽首問曰佛口說一世間無一時二佛出亦不得一時二轉輪王出以是故不應現在有餘佛答曰雖有此言汝不解其義佛說一三千大千世界中無一時二佛出非謂十方世界無現在佛也如四天下世界中無一時二轉輪聖王出此大福德人無怨敵共世故以是故四天下一轉輪聖王佛亦如是於三千大千世界中亦無二佛出及轉輪聖三經說一種汝何以信餘四天下更有轉輪聖王而不信餘三千大千世界中更有佛復次一佛不能得度一切衆生若一佛能度一切衆生者可不須餘佛但一佛出如諸佛法度可度衆生巳而滅如燭盡火滅有爲法無常性空故以是故現在應更有餘佛復次衆生無量苦亦無量是故應有大心菩薩出亦應有無量佛出世度諸衆生問曰如經中說無量歲中佛時時出譬如漚曇婆羅樹華時時一出若十方佛充滿佛便易出易得不名爲難值答曰不爾爲一大千世界中佛無量歲時時出不言一切十方世界中難亦爲罪人不知恭敬不勤精進求道以是故語言佛無量歲時時一出又此衆生衆多罪報故墮惡道中無量劫尚不聞佛何況見佛以是人故言佛出世難問曰若現在十方多有諸佛菩薩今一切衆生罪惡苦惱何以不來度之答曰衆生無量阿僧祇劫罪垢深厚雖有種種餘福無見佛功德故不見佛如偈說

好福報未近　衰罪未除却　現前不能見
大德有力人　大德諸聖人　心亦無分別

慈悲一切人　一時欲令度　衆生福德熟
智慧根亦利　若爲現度縁　即時得解脱
譬如大龍王　隨願雨衆雨　罪福隨本行
各各如所受

問曰若自有福德自有智慧如是人佛能度若無福德智慧佛不度若爾者自有福德智慧不待佛度答曰此福德智慧從佛因縁出若佛不出世諸菩薩以十善因縁四無量意後世罪福報種種因縁教導若無菩薩有種種經中説人得此法行福德因縁復次人雖有福德智慧若佛不出世是世界中受報不能得道若佛出世乃能得道是爲大益譬如人雖有目日不出時不能有所見要須日明得有所見不得言我有眼何用日爲如佛説内外因緣能生正見一從他聞法二内自如法思惟福德事故能生善心利根智慧故能如法思惟以是知從佛得度如是等種種多有違錯欲作般若波羅蜜論議故不能復廣論餘事

大智度論卷第四

音釋

犛莫交切長髦牛也　抒丈呂切挹也　銜胡讒切馬勒口也　轡彼義切馬纏也　枚莫柸切　眴輸閏切目動也　踹市兗切腓腸也　髖苦官切股骨也　句居大切乞也　搔蘇曹切動也　頞烏葛切　皰匹貌切　鍼職深切同針　轂古祿切車轂也　臃丑凶切圓直也　跟古痕切足踵也　毳此芮切　屐奇戟切木屐也　腨與踹同　頰古協切面旁也　蓐如欲切薦也　幄於角切惟帳也

大智度論卷第五

龍樹菩薩造

姚秦三藏法師鳩摩羅什譯

釋初品中摩訶薩埵

【經】摩訶薩埵

【論】問曰：云何名摩訶薩埵？答曰：摩訶名大，薩埵名衆生，或名勇心。此人心能爲大事，不退不還，大勇心故，名爲摩訶薩埵。復次，摩訶薩埵者，於多衆生中最爲上首，故名爲摩訶薩埵。復次，多衆生中起大慈大悲，成立大乘，能行大道，得最大處，故名摩訶薩埵。復次，大人相成就故，名摩訶薩埵。摩訶薩埵相者，如讚佛偈中說：

唯佛一人獨第一　三界父母一切智
於一切等無與等　稽首世尊希有比
凡人行惠爲己利　求報以財而給施
佛大慈仁無此事　怨親憎愛以等利

復次，必能說法破一切衆生及己身大邪見、大愛慢、大我心等諸煩惱，故名爲摩訶薩埵。復次，衆生如大海，無初無中無後，有明知算師，於無量歲計算，不能盡竟。如佛語無盡意菩薩：譬如十方一切世界，乃至虛空邊際，合爲一水，令無數無量衆生共持一髮，取一渧而去；更有無央數衆生，如前共持一髮，取一渧而去；如是令彼大水悉盡無餘，衆生故不盡。以是衆生等無邊無量，不可數，不可思議。盡能救濟，令離苦惱，著於無爲安隱樂中。有此大心，欲度多衆生，故名摩訶薩埵。如不可思議經中，漚舍那優婆夷語須達那菩薩言：諸菩薩摩訶薩輩，不爲度一人故發阿耨多

羅三藐三菩提心亦非爲二三乃至十人故非百非千非萬非十萬非百萬非一億十百千萬乃至億億非爲阿由他億衆生故發心非那由他億非阿耶陀衆生故非頻婆羅非歌歌羅非阿歌羅非簸婆羅非摩婆羅非波陀非多婆非鞞婆訶非怖摩非念摩非阿婆迦非摩伽婆非毗羅伽非僧伽摩非毗薩羅非謂闍婆非鞞闍迦非鞞盧呵非鞞跋帝非鞞迦多非兜羅非阿婆羅那非他婆羅非鞞婆那婆非藐寫非鈍那耶寫非醯婆羅非鞞婆羅非薩遮多非阿跋伽陀非鞞施陀非泥婆羅非醯梨浮陀非波摩陀夜非比初婆非阿犂浮陀非阿犂薩寫非醯云迦非度于多非呵樓那非摩樓陀非叉夜非烏羅多非末殊夜摩非三摩陀非毗摩陀非波摩陀非阿滿陀羅非婆滿多羅非摩多羅非醯兜末多羅非鞞摩多羅非波羅多羅非尸婆多羅非醯羅非爲羅非提羅非怯羅非翅羅非尸羅非斯羅非波羅非彌羅非婆羅羅非迷樓非企盧非摩居羅非三牟羅非阿婆夜非劔摩羅非摩摩羅非阿達多非醯樓非鞞樓婆非迦羅跋非呵婆跋非鞞婆跋非婆婆非阿羅婆非娑婆婆羅非迷羅浮羅非摩遮羅非陀摩羅非婆摩陀非尼伽摩非阿跋多非泥提舍非阿叉夜非三浮陀非婆摩摩非阿婆陀非漚波羅非波頭摩非僧佉非伽提非漚波伽摩非阿僧祇非阿僧祇阿僧祇非無量非無量無量非無邊非無邊無邊非無等非無等無等非無數非無數無數非不可計非不可計不可計非不可思議非不可思議不可

思議非不可說非不可說不可說非爲一國土微塵等衆生故發心非爲二三至十百千萬億千萬億阿由他那由他乃至不可說不可說國土微塵等衆生故發心非爲一閻浮提微塵等衆生故發心非爲拘陀尼鬱怛羅越弗婆提微塵等衆生故發心非爲小千世界中千世界大千世界微塵等衆生故發心非爲二三至十百千萬億阿由他那由他乃至不可說不可說三千大千世界微塵等衆生故發心非爲供養供給一佛故發心乃至非供養供給不可說不可說諸佛故發心非爲供養供給一國土微塵等諸佛故發心乃至非爲供養供給不可說不可說三千大千世界微塵等諸佛故發心非爲淨一佛土故發心乃至非爲淨不可說不可說三千大千世界微塵等佛土故發心非爲受持一佛法故發心乃至非爲受持不可說不可說三千大千世界微塵等佛法故發心非爲令一三千大千世界中佛種不斷故發心乃至非爲令不可說不可說三千大千世界微塵等三千大千世界中佛種不斷故發心非爲分別知一佛願故發心乃至非爲分別知不可說不可說三千大千世界微塵等佛願故發心非爲莊嚴一佛土故發心乃至非爲莊嚴不可說不可說三千大千世界微塵等佛土故發心非爲分別知一佛會弟子衆故發心乃至非爲分別知不可說不可說三千大千世界微塵等佛會弟子衆故發心非爲持一佛法輪故發心乃至非爲持不可說不可說三千大千世界微塵等佛法輪故發心非爲知

一人諸心故非爲知一人諸根故非爲知一三千大千世界中諸劫次第相續故非爲分別斷一人諸煩惱故發心乃至非爲分別斷不可說不可說三千大千世界微塵等人諸煩惱故發心是諸菩薩摩訶薩願言盡教化一切十方衆生盡供養供給一切十方諸佛願令一切十方諸佛土清淨心堅受持一切十方諸佛法分別知一切諸佛土故盡知一切諸佛弟子衆故分別知一切衆生諸心故知斷一切衆生諸煩惱故盡知一切衆生諸根故諸菩薩發心住阿耨多羅三藐三菩提如是等十門爲首乃至百千萬億阿僧祇門是爲道法門菩薩應知應入略說如是諸菩薩實道一切諸法皆入皆知智慧知故一切佛土菩薩道中莊嚴故漚舍那言善男子我願如是自有世界已來一切衆生盡清淨一切煩惱悉斷須達那言是何解脫漚舍那答言是名無憂安隱幢我知此一解脫門不知諸菩薩大心如大海水一切諸佛法能持能受諸菩薩心不動如須彌山諸菩薩如藥王能除一切諸煩惱諸菩薩如日能除一切暗諸菩薩如地能含受一切衆生諸菩薩如風能益一切衆生諸菩薩如火能燒一切外道諸煩惱諸菩薩如雲能雨法水諸菩薩如月福德光明能照一切諸菩薩如釋提桓因守護一切衆生是菩薩道法甚深我云何能盡知以是諸菩薩生大願欲得大事欲至大處故名摩訶薩埵復次是般若波羅蜜經中摩訶薩埵相佛自說如是如是相是摩訶薩埵相舍利弗須菩提富樓那等諸大弟子各各

說彼品此中應廣說

釋初品中菩薩功德

【經】皆得陀羅尼及諸三昧行空無相無作已得等忍

【論】問曰何以故以此三事次第讚菩薩摩訶薩答曰欲出諸菩薩實功德故應讚則讚應信則信以一切衆生所不能信甚深清淨法讚菩薩復次先說菩薩摩訶薩名字未說所以爲菩薩摩訶薩以得諸陀羅尼三昧及忍等諸功德故名爲菩薩摩訶薩問曰已知次第義何以名陀羅尼云何陀羅尼答曰陀羅尼秦言能持或言能遮能持者集種種善法能持令不散不失譬如完器盛水水不漏散能遮者惡不善根心生能遮令不生若欲作惡罪持令不作是名陀羅尼是陀羅尼或心相應或心不相應或有漏或無漏無色不可見無對一持一入一陰攝（法持法入行陰）九智知（除盡智）一識識（一意識）阿毗曇法陀羅尼義如是復次得陀羅尼菩薩一切所聞法以念力故能持不失復次是陀羅尼法常逐菩薩譬如間日瘧病是陀羅尼不離菩薩譬如鬼著是陀羅尼常隨菩薩如善不善律儀復次是陀羅尼持菩薩不令墮二地坑譬如慈父愛子子欲墮坑持令不墮復次菩薩得陀羅尼力故一切魔王魔民魔人無能動無能破無能勝譬如須彌山凡人口吹不能令動問曰是陀羅尼有幾種答曰是陀羅尼甚多有聞持陀羅尼得是陀羅尼者一切語言諸法耳所聞者皆不忘失復有分別知陀羅尼得是陀羅尼者諸衆生諸法大小得醜分別悉知如偈

說
諸象馬金 木石諸衣 男女及水 種種不同
諸物名一 貴賤理殊 得此總持 悉能分別
復有入音聲陀羅尼菩薩得此陀羅尼者聞
一切語言音不喜不瞋若一切衆生如恒河
沙等劫惡言罵詈心不憎恨問曰菩薩諸漏
未盡云何能如恒河沙等劫忍此諸惡荅曰
我先言得此陀羅尼力故能爾復次是菩薩
雖未盡漏大智利根能思惟除遣瞋心作是
念若耳根不到聲邊惡聲著誰又如罵聲聞
便直過若不分別誰當瞋者凡人心著吾我
分別是非而生恚恨復次若人能知語言隨
生隨滅前後不俱則無瞋恚亦知諸法內無
有主誰罵誰瞋若有人聞殊方異語此言爲
好彼以爲惡好惡無定雖罵不瞋若有人知
語聲無定則無瞋喜如親愛罵之雖罵不恨
非親惡言聞則生恚如遭風雨則入舍持蓋
如地有刺則著鞾鞋大寒然火熱時求水如
是諸患但求遮法而不瞋之罵詈諸惡亦復
如是但以慈悲息此諸惡不生瞋心復次菩
薩知諸法不生不滅其性皆空若人瞋恚罵
詈若打若殺如夢如化誰瞋誰罵復次若有
人如恒河沙等劫衆生讚歎供養衣食卧具
醫藥華香瓔珞得忍菩薩其心不動不喜不
著問曰已知菩薩種種不瞋因緣未知實讚
功德而亦不喜荅曰知種種供養恭敬是皆
無常今有因緣故來讚歎供養後更有異因
緣則瞋恚若打若殺是故不喜復次以我有
功德智慧故來讚歎供養是爲讚歎功德非
讚我也我何以喜復次是人自求果報故於

我所作因緣供養我作功德譬如人種穀溉灌修理地亦不喜復次若人供養我我若喜受者我福則薄於他亦少是故不喜復次菩薩觀一切法如夢如響誰讚誰喜我於三界中未得脫諸漏未盡未得佛道云何得讚而喜若應喜者唯佛一人何以故一切功德都已滿故是故菩薩得種種讚歎供養供給心不生喜如是等相名爲入音聲陀羅尼復有名寂滅陀羅尼無邊旋陀羅尼隨地觀陀羅尼威德陀羅尼華嚴陀羅尼淨音陀羅尼虚空藏陀羅尼海藏陀羅尼分别諸法地陀羅尼明諸法義陀羅尼如是等略說五百陀羅尼門若廣說則無量以是故言諸菩薩皆得陀羅尼諸三昧者三三昧空無作無相有人言觀五陰無我無我所是名爲空住是空三昧不爲後世故起三毒是名無作緣離十相法五塵男女生住滅故是名無相有人言住是三昧中知一切諸法實相所謂畢竟空是名空是名空三昧知是空已無作云何無作不觀諸法若空若不空若有若無等如佛說法句中偈

見有則恐怖　見無亦恐怖　是故不著有
亦復不著無

是名無作三昧云何無相三昧一切法無有相一切法不受不著是名無相三昧如偈說

言語已息　心行亦滅　不生不滅　如涅槃相

復次十八空是名空三昧種種有（五道生有本有死有中有業有）中心不求是名無作三昧一切諸相破壞不憶念是名無相三昧問曰有種種禪定法何以故獨稱此三三昧答曰是三三昧中

思惟近涅槃故令人心不高不下平等不動餘處不爾以是故獨稱是三三昧餘定中或愛多或慢多或見多是三三昧中第一實義實利能得涅槃門以是故諸禪定法中以是三定法爲三解脫門亦名爲三三昧是三三昧實三昧故餘定亦得名定復次除四根本禪從未到地乃至有頂地名爲定亦名三昧非禪四禪亦名定亦名禪亦名三昧諸餘定亦名定亦名三昧如四無量四辯六通八背捨八勝處九次第定十一切處等諸定法復有人言一切三昧法有二十三種有言六十五種有言五百種摩訶衍最大故無量三昧所謂遍法性莊嚴三昧能照一切三世法三昧不分別知觀法性底三昧入無底佛法三昧如虛空無底無邊照三昧如來力行觀三昧佛無畏莊嚴力嚬呻三昧法性門旋藏三昧一切世界無礙疾遍月三昧遍莊嚴法雲光三昧菩薩得如是等無量三昧復次般若波羅蜜摩訶衍義品中略說則有一百八三昧初名首楞嚴三昧乃至虛空不著不染三昧廣說則無量三昧以是故說諸菩薩得諸三昧行空無相無作者問曰前言菩薩得諸三昧何以故復言行空無相無作答曰前說三昧名未說相今欲說相是故言行空無作無相若有人行空無相無作是名得實相三昧如偈說

若持戒清淨　是名實比丘　若有能觀空
是名得三昧　若有能精進　是名行道人
若有得涅槃　是名爲實樂

已得等忍者問曰云何等云何忍答曰有二

種等衆生等法等忍亦二種衆生忍法忍云何衆生等一切衆生中等心等念等愛等利是名衆生等問曰慈悲力故於一切衆生中應等念不應等觀何以故菩薩行實道不顛倒如法相云何於善人不善人大人小人及畜生一等觀不善人中實有不善相善人中實有善相大人小人人及畜生亦爾如牛相牛中住馬相馬中住牛相非馬中馬相非牛中馬不作牛故衆生各各相云何一等觀而不墮顛倒答曰若善相不善相是實菩薩應墮顛倒何以故破諸法故以諸法非實善相非實不善相非多相非少相非人非畜生非一非異以是故汝難非也如說諸法相偈

不生不滅　不斷不常　不一不異　不去不來
因緣生法　滅諸戲論　佛能說是　我今當說

復次一切衆生中不著種種相衆生相空相一等無異如是觀是名衆生等若人是中心等無礙直入不退是名得等忍得等忍菩薩於一切衆生不瞋不惱如慈母愛子如偈說

觀聲如呼響　身行如鏡像　如此得觀人
云何而不忍

是名衆生等忍云何名法等忍善法不善法有漏無漏有爲無爲等法如是諸法入不二法門入實法相門如是入竟是中深入諸法實相時心忍直入無諍無礙是名法等忍如偈說

諸法不生不滅　非不生非不滅
亦不生滅　非不生滅
亦非不生滅　非非不生滅
已得解脫（於邪見得離故言解脫）　空非空（於空不取故言非）是

等悉捨滅諸戲論言語道斷深入佛法心通無礙不動不退名無生忍是助佛道初門以是故說已得等忍

【經】得無礙陀羅尼

【論】問曰前已說諸菩薩得陀羅尼今何以復說得無礙陀羅尼答曰無礙陀羅尼最大故如一切三昧中三昧王三昧最大如人中之王如諸解脫中無礙解脫如是一切諸陀羅尼中無礙陀羅尼大以是故重說復次先說諸菩薩得陀羅尼不知是何等陀羅尼有小陀羅尼如轉輪聖王仙人等所得聞持陀羅尼分別衆生陀羅尼歸命救護不捨陀羅尼如是等小陀羅尼餘人亦有是無礙陀羅尼外道聲聞辟支佛新學菩薩皆悉不得唯無量福德智慧大力諸菩薩獨有是陀羅尼以是故別說復次是菩薩輩自利已具足但欲益彼說法教化無盡以無礙陀羅尼爲根本以是故諸菩薩常行無礙陀羅尼

【經】悉是五通

【論】如意天眼天耳他心智自識宿命云何如意如意通有三種能到轉變聖如意能到有四種一者身能飛行如鳥無礙二者移遠令近不往而到三者此沒彼出四者一念能至轉變者大能作小小能作大一能作多多能作一種種諸物皆能轉變外道輩轉變極久不過七日諸佛及弟子轉變自在無有久近聖如意者外六塵中不可愛不淨物能觀令淨可愛淨物能觀令不淨是聖如意法唯佛獨有是如意通從四如意足生是如意足通等色緣故次第住不可一時得天眼通者於

眼得色界四大造清淨色是名天眼天眼所見自地及下地六道中衆生諸物若近若遠若麤若細諸色無不能照是天眼有二種一者從報得二者從修得是五通中天眼從修得非報得何以故常憶念種種光明得故有人言是諸菩薩輩得無生法忍力故六道中不攝但爲教化衆生故以法身現於十方三界中未得法身菩薩或修得或報得問曰是諸菩薩功德勝阿羅漢辟支佛何以故讚凡夫所共小功德天眼不讚諸菩薩慧眼法眼佛眼答曰有三種天一假號天二生天三清淨天轉輪聖王諸餘大王等是名假號天從四天王天乃至有頂生處是名生天諸佛法身菩薩辟支佛阿羅漢是名清淨天是清淨天修得天眼是謂天眼通佛法身菩薩清淨天眼一切離欲五通凡夫所不能得聲聞辟支佛亦所不得所以者何小阿羅漢小用心見一千世界大用心見二千世界大阿羅漢小用心見二千世界大用心見三千大千世界辟支佛亦爾是名天眼通云何名天耳通於耳得色界四大造清淨色能聞一切聲天聲人聲三惡道聲云何得天耳通修得常憶念種種聲是名天耳通云何識宿命通本事常憶念日月年歲至胎中乃至過去世中一世十世百世千萬億世乃至大阿羅漢辟支佛知八萬大劫諸大菩薩及佛知無量劫是名識宿命通云何名知他心通知他心若有垢若無垢自觀心生住滅時常憶念故得復次觀他人喜相瞋相怖相畏相見此相已然後知心是爲他心智初門是五通略說

【經】言必信受

【論】天人龍阿脩羅等及一切大人皆信受其語是不綺語報故諸綺語報者雖有實語一切人皆不信受如偈說

有墮餓鬼中　火焰從口出　四向發大聲
是爲口過報　雖復多聞見　在大衆說法
以不誠信業　人皆不信受　若欲廣多聞
爲人所信受　是故當至誠　不應作綺語

【經】無復懈怠

【論】懈怠破在家人財利福利破出家人生天樂涅槃樂在家出家名聲俱滅大失大賊無過懈怠如偈說

懈怠没善心　癡暗破智明　妙願皆爲滅
大業亦已失

以是故說無復懈怠

【經】已捨利養名聞

【論】是利養法如賊壞功德本譬如天雹傷害五穀利養名聞亦復如是壞功德苗令不增長如佛說譬喻如毛繩縛人斷膚截骨貪利養人斷功德本亦復如是如偈說

得入栴檀林　而但取其葉　既入七寶山
而更取水精　有人入佛法　不求涅槃樂
反求利供養　是輩爲自欺　是故佛弟子
欲得甘露味　當棄捨雜毒　勤求涅槃樂
譬如惡雹雨　傷害於五穀　若著利供養
破慚愧頭陀　今世燒善根　後世墮地獄
如提婆達多　爲利養自没

以是故言已捨利養名聞

【經】說法無所悕望

【論】大慈憐愍爲衆說法不爲衣食名聲勢力

故說大慈悲故心清淨故得無生法忍故如偈說

多聞辯慧巧言語　美說諸法轉人心
自不如法行不正　譬如雲雷而不雨
博學多聞有智慧　訥口拙言無巧便
不能顯發法寶藏　譬如無雷而小雨
不廣學問無智慧　不能說法無好行
是弊法師無慚愧　譬如小雲無雷雨
多聞廣智美言語　巧說諸法轉人心
行法心正無所畏　如大雲雷澍洪雨
法之大將持法鏡　照明佛法智慧藏
持誦廣宣振法鈴　如海中船渡一切
亦如蜂王集諸味　說如佛言隨佛意
助佛明法度衆生　如是法師甚難值

【經】度甚深法忍

【論】云何甚深法十二因緣是名甚深法如佛告阿難是十二因緣法甚深難解難知復次說法破過去未來世六十二邪見網是名甚深法如佛語比丘凡夫無聞若欲讚佛所讚甚少所謂若讚戒清淨若讚離諸欲若能讚是甚深難解難知法是為實讚佛是中梵網經應廣說復次三解脫門是名甚深法如佛說般若波羅蜜中諸天讚言世尊是法甚深佛言甚深法者空則是義無作無相則是義復次解一切諸法相實不可破不可動是名甚深法復次除內心想智力但定心諸法清淨實相中住譬如熱氣盛非黄見黄心想智力故於諸法轉觀是名淺法譬如人眼清淨無熱氣如實見黄是黄如是除內心想智力慧眼清淨見諸法實相譬如眞水精黄物著

中則隨作黃色青赤白色皆隨色變心亦如是凡夫人内心想智力故見諸法異相觀諸法實相非空非不空不有非不有是法中深入不轉無所罣礙是名度深法忍度名得甚深法具足滿無所礙得度彼岸是名爲度

經 得無畏力

論 諸菩薩四無所畏力成就問曰如菩薩所作未辦未得一切智何以故說得四無所畏答曰無所畏有二種菩薩無所畏佛無所畏是諸菩薩雖未得佛無所畏得菩薩無所畏是故名爲得無畏力問曰何等爲菩薩四無所畏答曰一者一切聞能持故得諸陀羅尼故常憶念不忘故衆中說法無所畏二者知一切衆生欲解脫因緣諸根利鈍隨其所應而爲說法故菩薩在大衆中說法無所畏三者不見若東方南西北方四維上下有來難問令我不能如法答者不見如是少許相故於衆中說法無所畏四者一切衆生聽受問難隨意如法答能巧斷一切衆生疑故菩薩在大衆中說法無所畏

經 過諸魔事

論 魔有四種一者煩惱魔二者陰魔三者死魔四者他化自在天子魔是諸菩薩得菩薩道故破煩惱魔得法性身故破陰魔得道得法性身故破死魔常一心故一切處心不著故入不動三昧故破他化自在天子魔以是故說過諸魔事復次是般若波羅蜜覺魔品中佛自說魔業魔事是魔業魔事盡已過故是名已過魔事復次除諸法實相餘殘一切法盡名爲魔如諸煩惱結使欲縛取纏陰界

入魔王魔民魔人如是等盡名爲魔問曰何處說欲縛等諸結使名魔答曰雜藏經中佛說偈語魔王

欲是汝初軍　憂愁軍第二　飢渴軍第三
愛軍在第四　第五眠睡軍　怖畏軍第六
疑爲第七軍　含毒軍第八　第九軍利養
著虛妄名聞　第十軍自高　輕慢於他人
汝軍等如是　一切世間人　及諸一切天
無能破之者　我以智慧箭　修定智慧力
摧破汝魔軍　如坏瓶没水　一心修智慧
以度於一切　我弟子精進　常念修智慧
隨順如法行　必得至涅槃　汝雖不欲放
到汝不到處　是時魔王聞　愁憂即滅去
是魔惡部黨　亦復没不現

是名諸結使魔問曰五衆十八界十二入何處說是魔答曰莫拘羅山中佛教弟子羅陀色衆是魔受想行識亦如是復次若欲作未來世作色身是爲動處若欲作無色身是亦爲動處若欲作有想無想非有想非無想身是爲一切動處動是魔縛不動則不縛從惡得脱此中說衆界入是魔自在天子魔魔民魔人即是魔不須說問曰何以名魔答曰奪慧命壞道法功德善本是故名爲魔諸外道人輩言是名欲主亦名華箭亦名五箭破種種善事佛法中名爲魔羅是業是事名爲魔事是何等魔事如覺魔品中說復次人展轉世間受苦樂結使因緣亦魔王力因緣是魔名諸佛怨讎一切聖人賊破一切逆流人事不喜涅槃是名魔是魔有三事戲笑語言歌舞邪視如是等從愛生縛打鞭拷刺割斫截

如是等從瞋生炙身自凍拔髮自餓入火赴淵投巖如是等從愚癡生又大過失不淨染著世間皆是魔事憎惡無益不用涅槃及涅槃道亦是魔事沒大苦海不自覺知如是等無量皆是魔事已棄已捨是爲過諸魔事

【經】一切業障悉得解脱

【論】一切惡業得解脱是名業障得解脱問曰若三種障煩惱障業障報障何以捨二障但說業障答曰三障中業力最大故積集諸業乃至百千萬劫中不失不燒不壞與果報合時不忘是諸業能久住和合時與果報如穀草子在地中得時節而生不失不壞是諸佛一切智第一尊重如須彌山王尚不能轉是諸業何況凡人如偈說

生死輪載人　諸煩惱結業　大力自在轉
無人能禁止　先世業自作　轉爲種種形
業力爲最大　世界中無比　先世業自在
將人受果報　業力故輪轉　生死海中迴
大海水乾竭　須彌山地盡　先世因緣業
不燒亦不盡　諸業久和集　造者自逐去
譬如債物主　追逐人不置　是諸業果報
無有能轉者　亦無逃避處　非求哀可免
三界中衆生　追之不蹔離　如珂棃羅剌
是業佛所說　如風不入實　水流不仰行
虛空不受害　無業亦如是　諸業無量力
不逐非造者　果報時節來　不忘亦不失
從地飛上天　從天入雪山　從雪山入海
一切處不離　常恒隨逐我　無一時相捨
直至無失時　如星流趣月

以是故說一切諸業障悉得解脱

經巧說因緣法

論十二因緣生法種種法門能巧說煩惱業事次第展轉相續生是名十二因緣是中無明愛取三事名煩惱行有二事名業餘七分名事是十二因緣初二過去世攝後二未來世攝中八現前世攝是略說三事煩惱業苦是三事展轉更互爲因緣是煩惱業因緣業苦因緣苦苦因緣苦煩惱因緣煩惱業因緣業苦因緣苦苦因緣是名展轉更互爲因緣過去世一切煩惱是名無明從無明生業能作世界果故名爲行從行生垢心初身因如犢子識母自相識故名爲識是識共生無色四陰及是所住色是名名色是名色中生眼等六情是名六入情塵識合是名爲觸從觸生受受中心著是名渴愛渴愛因緣求是名取從取後世因業是名有從有還受後世五衆是名生從生五衆熟壞是名老死老死生憂悲哭泣種種愁惱衆苦和合集若一心觀諸法實相清淨則無明盡無明盡故行盡乃至衆苦和合集皆盡是十二因緣相如是能方便不著邪見爲人演說是名爲巧復次是十二因緣觀中斷法愛心不著知實相是名爲巧如說般若波羅蜜不可盡品中佛告須菩提癡如虛空不可盡行如虛空不可盡乃至衆苦和合集如虛空不可盡菩薩當作是知作是知者爲捨癡際應無所入作是觀十二因緣起者則爲坐道場得薩婆若

經從阿僧祇劫已來發大誓願

論阿僧祇義菩薩義品中已說劫義佛譬喻說四十里石山有長壽人百歲過持細軟衣

一來拂拭令是大石山盡劫故未盡四十里大城滿中芥子不槩令平有長壽人百歲過一來取一芥子芥子盡劫故不盡菩薩如是無數劫發大正願度脫衆生願名大心要誓必度一切衆生斷諸結使成阿耨多羅三藐三菩提是名爲願

經 顏色和悅常先問訊所語不麤

論 瞋恚本拔故嫉妬除故常修大慈大悲大喜大捨故四種邪語斷故得顏色和悅如偈說

若見乞道人　能以四種待　初見好眼視
迎逆敬問訊　床座好供養　充滿施所欲
布施心如是　佛道如在掌　若能除四邪
口過妄語毒　兩舌惡綺語　得大美果報
善輭人求道　欲度諸衆生　除四邪口業
譬如馬有轡

經 於大衆中得無所畏

論 大德故堅實功德智慧故得最上辯陀羅尼故於大衆中得無所畏如偈說

內心智德薄　外善以美言　譬如竹無內
但示有其外　內心智德厚　外善以法言
譬如妙金剛　中外力具足

復次無畏法成就故端正貴族大力持戒禪定智慧語議等皆成就是故無所畏以是故於大衆中無所畏如偈說

少德無智慧　不應處高座　如豺見師子
竄伏不敢出　大智無所畏　應處師子座
譬如師子吼　衆獸皆怖畏

無量無邊智慧福德力集故無所畏如偈說

若人滅衆惡　乃至無小罪　如是大德人

無願而不滿　是人大智慧　世界中無惱
是故如此人　生死涅槃一
復次獨得菩薩無所畏故如毗邪婆那王經
中說菩薩獨得四無所畏如先說
【經】無數億劫說法巧出
【論】不放逸等諸善根自身好修是諸菩薩非
一世二三世乃至無量阿僧祇劫集功德智
慧如偈說
為衆生故發大心　若有不敬而慢者
其罪甚大不可說　何況而復加惡者
復次是菩薩無數無量劫中修身修戒修心
修慧生滅縛解中自了了知諸法實相有三
種解聞解義解得解種種說法門中無所罣
礙皆得說法方便智慧波羅蜜是諸菩薩所
如聖人語皆應信受如偈說
有慧無多聞　是不知實相　譬如大暗中
有目無所見　多聞無智慧　亦不知實相
譬如大明中　有燈而無目　多聞利智慧
是所說應受　無聞亦無智　是名人身牛
問曰應言無數億劫巧說法復何以言出答
曰於無智人中及弟子中說法易若多聞利
智善論議人中說法難若小智法師是中退
縮若大學多聞問難中大膽欣豫一切衆中
有大威德如天會經中偈說
面目齒光明　普照於大會　映奪諸天光
種種皆不現
以是故名為無數億劫巧說法中能得出

大智度論卷第五

音釋

醢呼雞切　忮職吏切　企去智切　瘧魚灼切寒熱病也　漑灌漑古代切灌古玩切　摧昨回切挫也　坏芳杯切未燒陶器也　拷苦老切打也　斫之若切刀斫也　拭設職切　槩古代切平斗斛木也　竄七亂切匿也

大智度論卷第六

龍樹菩薩造

姚秦三藏法師鳩摩羅什譯

釋初品中十喻

【經】解了諸法如幻如焰如水中月如虛空如響如揵闥婆城如夢如影如鏡中像如化

【論】是十喻爲解空法故問曰若一切諸法空如幻何以故諸法有可見可聞可齅可甞可觸可識者若實無所有不應有可見乃至可識復次若無而妄見者何以不見聲聞色若皆一等空無所有何以有可見不可見者如一指第一甲無第二甲亦無何以不見第二甲獨見第一甲以是故知第一甲實有故可見第二甲實無故不可見答曰諸法相雖空亦有分別可見不可見譬如幻化象馬及種種諸物雖知無實然色可見聲可聞與六情相對不相錯亂諸法亦如是雖空而可見可聞不相錯亂如德女經說德女白佛言世尊如無明內有不佛言不外有不佛言不內外有不佛言不世尊是無明從先世來不佛言不從此世至後世不佛言不是無明有生者滅者不佛言不有一法定實性是名無明不佛言不爾時德女復白佛言若無明無內無外亦無內外不從先世至今世今世至後世亦無眞實性者云何從無明緣行乃至衆苦集世尊譬如有樹若無根者云何得生莖節枝葉華果佛言諸法相雖空凡夫無聞無智故而於中生種種煩惱煩惱因緣作身口意業因緣作後身身因緣受苦受樂是中無有實作煩惱亦無身口意業亦無有受苦樂者

譬如幻師幻作種種事於汝意云何是幻所作内有不答言不外有不答言不内外有不答言不從先世至今世今世至後世不答言不幻所作有生者滅者不答言不實有一法是幻所作不答言不佛言汝頗見頗聞幻所作妓樂不答言我亦聞亦見佛問德女若幻空欺誑無實云何從幻能作妓樂德女白佛言世尊是幻相法爾雖無根本而可聞見佛言無明亦如是雖不内有不外有不内外有不先世至今世今世至後世亦無實性無有生者滅者而無明因緣諸行生乃至衆苦集盡如幻息幻所作亦息無明亦爾無明盡行亦盡乃至衆苦集皆盡復次是幻譬喻示衆生一切有爲法空不堅固如說一切諸行如幻欺誑小兒屬因緣不自在不久住是故說諸菩薩知諸法如幻如焰者焰以日光風動塵故曠野中如野馬無智人初見謂爲水男相女相亦如是結使煩惱日光諸行塵邪憶念風生死曠野中轉無智慧者謂爲一相爲男爲女是名如焰復次若遠見焰想爲水近則無水相無智人亦如是若遠聖法不知無我不知諸法空於陰界入性空法中生人相男相女相近聖法則知諸法實相是時虚誑種種妄想盡除以是故說諸菩薩知諸法如焰如水中月者月在虚空中影現於水實法相月在如法性實際虚空中凡人心水中有我我所相現以是故名如水中月復次如小兒見水中月歡喜欲取大人見之則笑無智人亦如是身見故見有吾我無實智故見種種法見已歡喜欲取諸相男相女相等諸得道

聖人笑之如偈說

如水中月焰中水　夢中得財死求生
有人於此實欲得　是人癡惑聖所笑

復次譬如靜水中見月影擾水則不見無明心靜水中見吾我憍慢諸結使影實智慧杖擾心水則不見吾我等諸結使影以是故說諸菩薩知諸法如水中月如虛空者但有名而無實法虛空非可見法遠視故眼光轉見縹色諸法亦如是空無所有人遠無漏實智慧故棄實相見彼我男女屋舍城郭等種種雜物心著如小兒仰視青天謂有實色有人飛上極遠而無所見以遠視故謂爲青色諸法亦如是以是故說如虛空復次如虛空性常清淨人謂陰曀爲不淨諸法亦如是性常清淨婬欲瞋恚等曀故人謂爲不淨如偈說

如夏月天雷電雨　陰雲覆曀不清淨
凡夫無智亦如是　種種煩惱常覆心
如冬天日時一出　常爲昏氣雪陰曀
雖得初果第二道　猶爲欲染之所蔽
若如春天日欲出　時爲陰雲所覆曀
雖離欲染第三果　餘殘癡慢猶覆心
若如秋日無雲曀　亦如大海水清淨
所作已辦無漏心　羅漢如是得清淨

復次虛空無初無中無後諸法亦如是復次如摩訶衍中佛語須菩提虛空無前世亦無中世亦無後世諸法亦如是彼經此中應廣說是故說諸法如虛空問曰虛空實有法何以故若虛空無實法者若舉若下若來若往若屈若申若出若入等有所作應無有以無動處故答曰若虛空法實有虛空應有住處

何以故無住處則無法若虛空在孔中住是爲虛空在虛空中住以是故不應孔中住若在實中住是實非空則不得住無所受故復次汝言住處是虛空如石壁實中無有住處若無住處則無虛空以虛空無住處故無虛空復次無相故無虛空諸法各各有相相有故知有法如地堅相水濕相火熱相風動相識識相慧解相世間生死相涅槃永滅相是虛空無相故無問曰虛空有相汝不知故言無無色處是虛空相答曰不爾無色是名破色更無異法如燈滅以是故無有虛空相復次是虛空法無何以故汝因色故以無色處是虛空相若爾者色未生時則無虛空相復次汝謂色是無常法虛空是有常法色未有時應先有虛空法以有常故若色未有則無無色處若無無色處則無虛空相若無相則無法以是故虛空但有名而無實諸法亦如是但有假名而無實以是故諸菩薩知諸法如虛空　如響者若深山狹谷中若深絕澗中若空大舍中若語聲若打聲從聲有聲名爲響無智人謂爲有人語聲智者心念是聲無人作但以聲觸故名爲響響事空能誑耳根如人欲語時口中風名憂陀那還入至臍觸臍響出響出時觸七處退是名語言如偈說

風名憂陀那　觸臍而上去　是風七處觸
項及斷齒脣　舌咽及以胷　是中語言生
愚人不解此　惑著起瞋癡　中人有智慧
不瞋亦不著　亦復不愚癡　但隨諸法相
曲直及屈伸　去來現語言　都無有作者
是事是幻耶　爲機關木人　爲是夢中事

我爲熱氣悶　有是爲無是　是事誰能知
是骨人筋纏　能作言語聲　如鎔金投水
以是故言諸菩薩知諸法如響如揵闥婆城者日初出時見城門樓櫓宫殿行人出入日轉高轉滅此城但可眼見而無有實是名揵闥婆城有人初不見揵闥婆城晨朝東向見之意謂實樂疾行趣之轉近轉失日高轉滅飢渴悶極見熱氣如野馬謂之爲水疾走趣之轉近轉滅疲極困厄至窮山狹谷中大喚啼哭聞有響應謂有居民求之疲極而無所見思惟自悟渴願心息無智人亦如是空衆界入中見吾我及諸法婬瞋心著四方狂走求樂自滿顛倒欺誑窮極懊惱若以智慧知無我無實法者是時顛倒願息復次揵闥婆城非城人心想爲城凡夫亦如是非身想爲身非心想爲心問曰一事可知何以多喻答曰我先已答是摩訶衍如大海水一切法盡攝摩訶衍多因緣故多譬喻無咎復次是菩薩甚深利智故種種法門種種因緣種種喻壞諸法爲人解故應多引喻復次一切聲聞法中無揵闥婆城喻有種種餘無常喻色如聚沫受如泡想如野馬行如芭蕉識如幻及幻網經中空譬喻以是揵闥婆城喻異故此中說問曰聲聞法中以城喻身此中何以說揵闥婆城喻答曰聲聞法中城喻衆緣實有但城是假名揵闥婆城衆緣亦無如旋火輪但惑人目聲聞法中爲破吾我故以城爲喻此中菩薩利根深入諸法空中故以揵闥婆城爲喻以是故說如揵闥婆城如夢者如夢中無實事謂之有實覺已知無而還自笑人

亦如是諸結使眠中實無而著得道覺時乃知無實亦復自笑以是故言如夢復次夢者眠力故無法而見人亦如是無明眠力故種種無而見有所謂我我所男女等復次夢中無喜事而喜無瞋事而瞋無怖事而怖三界衆生亦如是無明眠故不應瞋而瞋不應喜而喜不應怖而怖復次夢有五種若身中不調若熱氣多則多夢見火見黃見赤若冷氣多則多見水見白若風氣多則多見飛見黑又復所聞見事多思惟念故則夢見或天與夢欲令知未來事故是五種夢皆無實事而妄見人亦如是五道中衆生身見力因緣故見四種我色陰是我色是我所我中色色中我如色受想行識亦如是四五二十得道實智慧覺已知無實問曰不應言夢無實何以故識心得因緣便生夢中識有種種緣若無此緣云何生識答曰無也不應見而見夢中見人頭有角或夢見身飛虛空人實無角身亦不飛是故無實問曰實有人頭餘處亦實有角以心惑故見人頭有角實有虛空亦實有飛者以心惑故自見身飛非無實也答曰雖實有人頭雖實有角但人頭生角者是妄見問曰世界廣大先世因緣種種不同或有餘國人頭生角或一手一足有一尺人有九尺人人有角何所怪答曰若餘國人有角可爾但夢見此國所識人有角則不可得復次若人夢見虛空邊方邊時邊是事云何有實何處無虛空無方無時以是故夢中無而見有汝先言無緣云何生識雖無五塵緣自思惟念力轉故法緣生若人言有二頭因語生

想夢中無而見有亦復如是諸法亦爾諸法雖無而可見可聞可知如偈說

如夢如幻 如揵闥婆 一切諸法 亦復如是

以是故說諸菩薩知諸法如夢如影者影但可見而不可捉諸法亦如是眼情等見聞覺知實不可得如偈說

是實智慧 四邊叵捉 如大火聚 亦不可觸
法不可受 亦不應受

復次如影映光則現不映則無諸結煩惱遮正見光則有我相法相影復次如影人去則去人動則動人住則住善惡業影亦如是後世去時亦去今世住時亦住報不斷故罪福熟時則出如偈說

空中亦逐去 山石中亦逐 地底亦隨去
海水中亦入 處處常隨逐 業影不相離

以是故說諸法如影復次如影空無求實不可得一切法亦如是空無有實問曰影空無有實是事不然何以故阿毗曇說云何名色入青黃赤白黑縹紫光明影等及身業三種作色是名可見色入汝云何言無復次實有影有因緣故因爲樹緣爲明是二事合有影生云何言無若無影餘法因緣有者亦皆應無復次是影色可見長短大小麤細曲直形動影亦動是事皆可見以是故應有答曰影實空無汝言阿毗曇中說者是釋阿毗曇義人所作說一種法門人不體其意執以爲實如鞞婆沙中說微塵至細不可破不可燒是則常有復有三世中法未來中出至現在從現在入過去無所失是則爲常又言諸有爲法新新生滅不住若爾者是則爲斷滅相何

以故先有今無故如是等種種異說違背佛語不可以此爲證影今異於色法色法生必有香味觸等影則不爾是爲非有如瓶二根知眼根身根影若有亦應二根知而無是事以是故影非有實物但是誑眼法如捉火㯶疾轉成輪非實若影是有物應可破可滅若形不滅影終不壞以是故空復次影屬形不自在故空雖空而心生眼見以是故說諸法如影如鏡中像者如鏡中像非鏡作非面作非執鏡者作亦非自然作亦非無因緣何以非鏡作若面未到鏡則無像以是故非鏡作何以非面作無鏡則無像何以非執鏡者作無鏡無面則無像何以非自然作若未有鏡未有面則無像像待鏡待面然後有以是故非自然作何以非無因緣若無因緣應常有若常有若除鏡除面亦應自出以是故非無因緣諸法亦如是非自作非彼作非共作非無因緣云何非自作我不可得故一切因生法不自在故諸法屬因緣故是以非自作亦非他作者自無故他亦無若他作則失罪福力他作有二種若善若不善若善應與一切樂若不善應與一切苦若苦樂雜以何因緣故與樂以何因緣故與苦若共有二過故自過他過若無因緣生苦樂人應常樂離一切苦若無因緣人不應作樂因除苦因一切諸法必有因緣愚癡故不知譬如人從木求火從地求水從扇求風如是等種種各有因緣是苦樂和合因緣生先世業因今世若好行若邪行緣從是得苦樂是苦樂種種因緣以實求之無人作無人受空五衆作空五衆受

無智人得樂婬心愛著得苦生瞋恚是樂滅時更欲求得如小兒見鏡中像心樂愛著失已破鏡求索智人笑之失樂更求亦復如是亦爲得道聖人所笑以是故說諸法如鏡中像復次如鏡像實空不生不滅誑惑人眼一切諸法亦復如是空不實不生不滅誑惑凡夫人眼問曰鏡中像從因緣生有面有鏡有持鏡人有明是事和合故像生因是像生憂喜亦作因亦作果云何言實空不生不滅答曰從因緣生不自在故空若法實有是不應從因緣生何以故若因緣中先有因緣無所用若因緣中先無因緣亦無所用譬如乳中若先有酪是乳非酪因酪先有故若先無酪如水中無酪是乳亦非因若無因而有酪者水中何以不生酪若乳是酪因緣乳亦不自在亦從因緣生乳從牛有牛從水草有如是無邊皆有因緣以是故因緣中果不得言有不得言無不得言有無不得言非有非無諸法從因緣生無自性如鏡中像如偈說

若法因緣生　是法性實空
若此法不空　不從因緣有
譬如鏡中像　非鏡亦非面
亦非持鏡人　非自非無因
非有亦非無　亦復非有無
此語亦不受　如是名中道

以是故說諸法如鏡中像如化者十四變化心初禪二欲界初禪二禪三欲界初禪二禪三禪四欲界初禪二禪三禪四禪五欲界初禪二禪三禪四禪是十四變化心作八種變化一者能作小乃至微塵二者能作大乃至滿虛空三者能作輕乃至如鴻毛四者能作自在能以大爲小以長爲短如是種種五者

能有主力有大力人無所下故言有主力六者能遠到七者能動地八者隨意所欲盡能得一身能作多多身能作一石壁皆過履水蹈虛手捫日月能轉四大地作水水作地火作風風作火石作金金作石是變化復有四種欲界藥草寶物幻術能變化諸物諸神通人力故能變化諸物天龍鬼神輩得生報力故能變化諸物色界生報修定力故能變化諸物如化人無生老病死無苦無樂亦異於人生以是故空無實一切諸法亦如是皆無生住滅以是故說諸法如化復次化生先無定物但以心生便有所作皆無有實人身亦如是本無所因但從先世心生今世身皆無有實以是故說諸法如化如變化心滅則化滅諸法亦如是因緣滅果亦滅不自在如化事雖實空能令衆生生憂苦瞋恚喜樂癡惑諸法亦如是雖空無實能令衆生起歡喜瞋恚憂怖等以是故說諸法如化復次如變化生法無初無中無後諸法亦如是如變化生時無所從來滅亦無所去諸法亦如是復次如變化相清淨如虛空無所染著不爲罪福所汙諸法亦如是如法性如如如眞際自然常淨譬如閻浮提四大河一河有五百小河屬是水種種不淨入大海水中皆清淨問曰不應言變化事空何以故變化心亦從修定得從此心作種種變化若人若法是化有因有果云何空答曰如影中已答今當更答此因緣雖有變化果空如口言無所有雖心生口言不可以心口有故所言無所有便是有若言有第二頭第三手雖從心口生不可言有頭有手如佛

說觀無生從有生得脫依無爲從有爲得脫雖觀無生法無而可作因緣無爲亦爾變化雖空亦能生心因緣譬如幻焰等九譬喻雖無能生種種心復次化事於六因四緣中求不可得是中六因四緣不相應故空復次空不以不見爲空以其無實用故言空以是故言諸法如化問曰若諸法十譬喻皆空無異者何以但以十事爲喻不以山河石壁等爲喻答曰諸法雖空而有分別有難解空有易解空今以易解空喻難解空復次諸法有二種有心著處有心不著處以心不著處解心著處問曰此十譬喻何以是心不著處答曰是十事不久住易生易滅以是故是心不著處復次有人知十喻誑惑耳目法不知諸法空故以此喻諸法若有人於十譬喻中心著不解種種難論以此爲有是十譬喻不爲其用應更爲說餘法門問曰若諸法都空不生不滅是十譬喻等種種譬喻種種因緣論議我已悉知爲空若諸法都空不應說是喻若說是喻是爲不空答曰我說空破諸法有今所說者若說有先已破若說無不應難譬如執事比丘舉手唱言衆皆寂靜是爲以聲遮聲非求聲也以是故雖說諸法空不生不滅愍念衆生故雖說非有也以是故說諸法如化

經得無礙無所畏

論種種衆界入因緣中心無礙無盡無滅是爲無礙無所畏問曰如先說諸菩薩於無量衆中無所畏今何以更說無礙無所畏答曰先說無所畏因今說無所畏果於諸大衆乃

至菩薩衆中說法無盡論議無減心無疑難已得無礙無所畏故復次如先說於無量衆中無所畏不知以何等力故無畏以是故更說無所畏以得無礙力故問曰若諸菩薩亦有無礙無所畏佛與菩薩有何等異答曰如我先說諸菩薩自有無所畏力故於諸法中無所畏非佛無所畏復次無礙法有二種一者一切處二者非一切處非一切處者如人一經書乃至百千經書中無礙若入一衆若入百千衆中無所畏諸菩薩亦如是自智慧中無礙非佛智慧如佛放鉢時五百阿羅漢及彌勒等諸菩薩皆不能取諸菩薩亦如是自力中無礙佛智慧力中有礙以是故說諸菩薩得無礙無所畏

【經】悉知衆生心行所趣以微妙慧而度脫之

【論】問曰云何悉知衆生心行答曰知衆生心種種法中處處行如日光遍照菩薩悉知衆生心行有所趣向而教之言一切衆生趣有二種一者心常求樂二者智慧分別能知好惡汝莫隨著心當隨智慧當自責心汝無數劫來集諸雜業而無猒足而但馳逐世樂不覺爲苦汝不見世間貪樂致患五道受生皆心所爲誰使爾者汝如狂象蹈蹹殘害無所拘制誰調汝者若得善調則離世患當知處胎不淨苦厄猶如地獄既生在世老病死苦憂悲萬端若生天上當復墮落三界無安汝何以樂著如是種種呵責其心誓不隨汝是爲菩薩知衆生心行問曰云何名以微妙慧而度脫之是中妙慧名微妙慧云何名麤智慧答曰世界巧慧是名麤智慧行施戒定是

名微妙慧復次布施智是爲麤慧戒定智是名微妙慧復次施戒智是爲麤慧禪定智是名微妙慧復次禪定智是爲麤慧無猗禪是名微妙慧復次取諸法相是爲麤慧於諸法相不取不捨是名微妙慧復次破無明等諸煩惱得諸法相是名麤慧入如法相者譬如眞金不損不失亦如金剛不破不壞又如虛空無染無著是名微妙慧如是等無量微妙慧菩薩自得復教衆生以是故說諸菩薩悉知衆生心行所趣以微妙慧而度脫之

經意無罣礙

論云何名意無罣礙菩薩於一切怨親非怨非親人中等心無有礙復次一切世界衆生中若來侵害心不恚恨若種種恭敬亦不喜悅如偈說

諸佛菩薩　心不愛著　外道惡人　心不憎恚

如是清淨心名爲意無罣礙復次於諸法中心無礙問曰是菩薩未得佛道未得一切智云何於諸法中心無礙答曰是菩薩得無量清淨智慧故於諸法中心無礙問曰諸菩薩未得佛道故不應有無量智有殘結故不應有清淨智答曰是諸菩薩非三界中結業肉身皆得法身自在過老病死憐愍衆生故在世界中行爲莊嚴佛土教化衆生已得自在欲成佛能成問曰如法身菩薩則與佛無異何以名爲菩薩何以禮佛聽法若與佛異云何有無量清淨智答曰是菩薩雖爲法身無老病死與佛小異譬如月十四日衆人生疑若滿若不滿菩薩亦如是雖能作佛能說法然未實成佛佛如月十五日滿足無疑復次

無量清淨有二種一者實有量於不能量者謂之無量譬如海水如恒河沙等人不能量名為無量於諸佛菩薩非為無量菩薩無量清淨智亦復如是於諸天人及聲聞辟支佛所不能量名為無量智菩薩得無生道時諸結使斷故得清淨智問曰若爾時已斷諸結成佛時復何所斷答曰是清淨有二種一者得佛時餘結都盡得實清淨二者菩薩捨肉身得法身時斷諸結清淨譬如一燈能除諸暗得有所作更有大燈倍復明了佛及菩薩斷諸結使亦復如是菩薩所斷雖曰已斷於佛所斷猶為未盡是名得無量清淨智故於諸法中意無罣礙

經大忍成就

論問曰先已說等忍法忍今何以故復說大忍成就答曰此二忍增長名為大忍復次等忍在衆生中一切能忍柔順法忍於深法中忍此二忍增長作證得無生忍最後肉身悉見十方諸佛化現在前於空中坐是名大忍成就譬如聲聞法中煖法增長名為頂法頂法增長名為忍法更無異法增長為異等忍大忍亦復如是復次有二種忍生忍法忍生忍名衆生中忍如恒河沙劫等衆生種種加惡心不瞋恚種種恭敬供養心不歡喜復次觀衆生無初若有初則無因緣若有因緣則無初若無初亦應無後何以故初後相待故若無初後中亦應無如是觀時不墮常斷二邊用安隱道觀衆生不生邪見是名生忍甚深法中心無罣礙是名法忍問曰何等甚深法答曰如先逮深法忍中說復次甚深法者

於十二因緣中展轉生果因中非有果亦非無果從是中出是名甚深法復次入三解脫門空無相無作則得涅槃常樂故是名甚深法復次觀一切法非空非不空非有相非無相非有作非無作如是觀中心亦不著是名甚深法如偈說

因緣生法　是名空相　亦名假名　亦說中道
若法實有　不應還無　今無先有　是名為斷
不常不斷　亦不有無　心識處滅　言說亦盡

於此深法信心無礙不悔不沒是名大忍成就

【經】如實巧度

【論】有外道法雖度衆生不如實度何以故種種邪見結使殘故二乘雖有所度不如所應度何以故無一切智方便心薄故唯有菩薩能如實巧度譬如渡師一人以浮囊草栰渡之一人以方舟而渡二渡之中相降懸殊菩薩巧渡衆生亦如是復次譬如治病苦藥針炙痛而得差如有妙藥名蘇陀扇陀病人眼見衆疾皆愈除病雖同優劣法異聲聞菩薩教化度人亦復如是苦行頭陀初中後夜勤心坐禪觀苦而得道聲聞教也觀諸法相無縛無解心得清淨菩薩教也如文殊師利本緣文殊師利白佛大德昔我先世過無量阿僧祇劫爾時有佛名師子音王佛及衆生壽十萬億那由他歲佛以三乘而度衆生國名千光明其國中諸樹皆七寶成樹出無量清淨法音空無相無作不生不滅無所有之音衆生聞之心解得道時師子音王佛初會說法九十九億人得阿羅漢道菩薩衆亦復如

是是諸菩薩一切皆得無生法忍入種種法門見無量諸佛恭敬供養能度無量無數衆生得無量陀羅尼門能得無量種種三昧初發心新入道門菩薩不可稱數是佛土無量莊嚴說不可盡時佛教化已訖入無餘涅槃法住六萬歲諸樹法音亦不復出爾時有二菩薩比丘一名喜根二名勝意是喜根法師容儀質直不捨世法亦不分別善惡喜根弟子聰明樂法好聞深義其師不讚少欲知足不讚戒行頭陀但說諸法實相清淨語諸弟子一切諸法婬欲相瞋恚相愚癡相此諸法相即是諸法實相無所罣礙以是方便教諸弟子入一相智時諸弟子於諸人中無瞋無悔心不悔故得生忍得生忍故得法忍於實法中不動如山勝意法師持戒清淨行十二頭陀得四禪四無色定勝意諸弟子鈍根多求爲分別是淨是不淨心即動轉勝意異時入聚落中至喜根弟子家於坐處坐讚說持戒少欲知足行頭陀行閑處禪寂呰毀喜根言是人說法教人入邪見中是說婬欲瞋恚愚癡無所罣礙相是雜行人非純清淨是弟子利根得法忍問勝意言大德是婬欲法名何等相答言婬欲是煩惱相問言是婬欲煩惱在內耶在外耶答言是婬欲煩惱不在內不在外若在內不應待外因緣生若在外於我無事不應惱我居士言若婬欲煩惱非內非外非東西南北四維上下來遍求實相不可得是法即不生不滅若無生滅空無所有云何能作煩惱勝意聞是語已其心不悅不能加答從座而起說如是言喜根多誑衆人

著邪道中是勝意菩薩未學音聲陀羅尼聞佛說便歡喜聞外道語便瞋恚聞三不善則不歡悅聞三善則大歡喜聞說生死則憂聞涅槃則喜從居士家至林樹間入精舍中語諸比丘當知喜根菩薩虛誑多令人入惡邪中何以故其言婬恚癡相及一切諸法皆無礙相是時喜根作是念此人大瞋為惡業所覆當墮大罪我今當為說甚深法雖今無所得為作後世佛道因緣是時喜根集僧一心說偈

婬欲即是道　恚癡亦如是　如此三事中
無量諸佛道　若有人分別　婬怒癡及道
是人去佛遠　譬如天與地　道及婬怒癡
是一法平等　若人聞怖畏　去佛道甚遠
婬法不生滅　不能令心惱　若人計吾我
婬將入惡道　見有無法異　是不離有無
若知有無等　超勝成佛道

說如是等七十餘偈時三萬諸天子得無生法忍萬八千聲聞人不著一切法故皆得解脫是時勝意菩薩身即陷入地獄受無量千萬億歲苦出生人中七十四萬世常被誹謗無量劫中不聞佛名是罪漸薄得聞佛法出家為道而復捨戒如是六萬二千世常捨戒無量世中作沙門雖不捨戒諸根暗鈍是喜根菩薩於今東方過十萬億佛土作佛其土號寶嚴佛號光踰日明王文殊師利爾時勝意比丘我身是也我觀爾時受是無量苦文殊師利復白佛若有人求三乘道不欲受諸苦者不應破諸法相而懷瞋恚佛問文殊師利汝聞諸偈得何等利答言我聞此偈得畢

衆苦世世得利根智慧能解深法巧說深義於諸菩薩中最爲第一如是等名巧說諸法相是名如實巧度

大智度論卷第六

音釋

縹 匹沼切青白色也 曀 於計切暗曀也 𪗋 祖奚切與臍同 齗 魚斤切齒本也 櫓 郎古切城上屋也 𤒎 作勞切火餘木也 捫 莫奔切撫持也 蹈 徒到切 蹐 秦昔切與踖同蹈蹐踐也

大智度論卷第七

龍樹菩薩造
姚秦三藏法師鳩摩羅什譯

釋初品中佛世界願

【經】願受無量諸佛世界

【論】諸菩薩見諸佛世界無量嚴淨發種種願有佛世界都無衆苦乃至無三惡之名者菩薩見已自發願言我作佛時世界無衆苦乃至無三惡之名亦當如是有佛世界七寶莊嚴晝夜常有清淨光明無有日月便發願言我作佛時世界常有嚴淨光明亦當如是有佛世界一切衆生皆行十善有大智慧衣被飲食應念而至便發願言我作佛時世界中衆生衣被飲食亦當如是有佛世界純諸菩薩如佛色身三十二相光明徹照乃至無有聲聞辟支佛名亦無女人一切皆行深妙佛道遊至十方教化一切便發願言我作佛時世界中衆生亦當如是如是等無量佛世界種種嚴淨願皆得之以是故名願受無量諸佛世界問曰諸菩薩行業清淨自得淨報何以要須立願然後得之譬如田家得穀豈復待願答曰作福無願無所標立願爲導御能有所成譬如銷金隨師而作金無定也如佛所說有人修少施福修少戒福不知禪法聞人中有富樂人心常念著願樂不捨命終之後生富樂人中復有人修少施福修少戒福不知禪法聞有四天王天處三十三天夜摩天兜率陀天化樂天（專念色欲化來從已）他化自在天（此天他化色欲與之行欲展轉如是故名他化自在）心常願樂命終之後各生其中此皆願力所得菩薩亦如是修

淨世界願然後得之以是故知因願受勝果復次莊嚴佛界事大獨行功德不能成故要須願力譬如牛力雖能挽車要須御者能有所至淨世界願亦復如是福德如牛願如御者問曰若不作願不得福耶答曰雖得不如有願願能助福常念所行福德增長問曰若作願得報如人作十惡不願地獄亦不應得地獄報答曰罪福雖有定報但作願者修少福有願力故得大果報如先說罪中報苦一切衆生皆願得樂無願苦者是故不願地獄以是故福有無量報罪報有量有人言最大罪在阿鼻地獄一劫受報最大福在非有想非無想處受八萬大劫報諸菩薩淨世界願亦無量劫入道得涅槃是爲常樂問曰如泥棃品中謗般若波羅蜜罪此間劫盡復至他方泥棃中何以言最大罪受地獄中一劫報答曰佛法爲衆生故有二道教化一者佛道二者聲聞道聲聞道中作五逆罪人佛說受地獄一劫菩薩道中破佛法人說此間劫盡復至他方受無量罪聲聞法最第一福受八萬劫菩薩道中大福受無量阿僧祇劫以是故福德須願是名願受無量諸佛世界

【經】念無量佛土諸佛三昧常現在前

【論】無量佛土名十方諸佛土念佛三昧名十方三世諸佛常以心眼見如現在前問曰云何爲念佛三昧答曰念佛三昧有二種一者聲聞法中於一佛身心眼見滿十方二者菩薩道於無量佛土中念三世十方諸佛以是故言念無量佛土諸佛三昧常現在前問曰如菩薩三昧種種無量何以故讚是菩薩念

佛三昧常現在前答曰是菩薩念佛故得入佛道中以是故念佛三昧常現在前復次念佛三昧能除種種煩惱及先世罪餘諸三昧有能除婬不能除瞋有能除瞋不能除婬有能除癡不能除婬恚有能除三毒不能除先世罪是念佛三昧能除種種煩惱種種罪復次念佛三昧有大福德能度衆生是諸菩薩欲度衆生諸餘三昧無如此念佛三昧福德能速滅諸罪者如說昔有五百估客入海採寶值摩伽羅魚王開口海水入中船去駛疾船師問樓上人汝見何等答言見三日出白山羅列水流奔趣如入大坑船師言是摩伽羅魚王開口一是實日兩日是魚眼白山是魚齒水流奔趣是入其口我曹了矣各各求諸天神以自救濟是時諸人各各求其所事都無所益中有五戒優婆塞語衆人言吾等當共稱南無佛佛爲無上能救苦厄衆人一心同聲稱南無佛是魚先世是佛破戒弟子得宿命智聞稱佛聲心自悔悟即便合口船人得脫以念佛故能除重罪濟諸苦厄何況念佛三昧復次佛爲法王菩薩爲法將所尊所重唯佛世尊是故應常念佛復次常念佛得種種功德利譬如大臣特蒙恩寵常念其主菩薩亦如是知種種功德無量智慧皆從佛得知恩重故常念佛汝言云何常念佛不行餘三昧者今言常念亦不言不行餘三昧行念佛三昧多故言常念復次先雖說空無相無作三昧未說念佛三昧是故今說

【經】能請無量諸佛

【論】請有二種一者佛初成道菩薩夜三晝三

六時禮請偏袒右肩合掌言十方佛土無量諸佛初成道時未轉法輪我某甲請一切諸佛爲衆生轉法輪度脫一切二者諸佛欲捨無量壽命入涅槃時菩薩亦夜三時晝三時偏袒右肩合掌言十方佛土無量諸佛我某甲請令久住世間無央數劫度脫一切利益衆生是名能請無量諸佛問曰諸佛之法必應說法廣度衆生其法自應爾何以須請若於目前面請諸佛則可今十方無量佛土諸佛亦不目見云何可請答曰諸佛雖必應說法不待人請請者亦應得福如大國王雖多美膳有人請者必得恩福録其心故又如慈心念諸衆生令得快樂衆生雖無所得念者大得其福請佛說法亦復如是復次有諸佛無人請者便入涅槃而不說法如法華經中多寶世尊無人請故便入涅槃後化佛身及七寶塔證說法華經故一時出現亦如須扇多佛弟子本行未熟便捨入涅槃留化佛一劫以度衆生今是釋迦文尼佛得道後五十七日寂不說法自言我法甚深難解難知一切衆生縛著世法無能解者不如默然入涅槃樂是時諸菩薩及釋提桓因梵天王諸天合掌敬禮請佛爲諸衆生初轉法輪佛時默然受請後到波羅柰鹿林中轉法輪如是云何言請無所益復次佛法等視衆生無貴無賤無輕無重有人請者爲其請故便爲說法雖衆生不見佛佛常見其心亦聞彼請假令諸佛不聞不見請佛亦有福德何況佛悉聞見而無所益問曰既知請佛有益何以正以二事請答曰餘不須請此二事要必須請若

不請而說有外道輩言體道常定何以著法多言多事以是故須請而說若有人言若知諸法相不應貪壽久住世間而不早入涅槃以是故須請若不請而說人當謂佛愛著於法欲令人知以是故要待人請而轉法輪諸外道輩自著於法若請若不請而自爲人說佛於諸法不著不愛爲憐愍衆生故有請佛說者佛便爲說諸佛不以無請而初轉法輪如偈說

諸佛說何實　何者是不實　實之與不實
二事不可得　如是眞實相　不戲於諸法
憐愍衆生故　方便轉法輪

復次佛若無請而自說法者是爲自顯自執法應必答十四難今諸天請佛說法但爲斷老病死無戲論處是故不答十四難無咎以是因緣須請而轉法輪復次佛在人中生用大人法故雖有大悲不請不說若不請而說外道所譏以是故初要須請又復外道宗事梵天梵天自請則外道心伏復次菩薩法晝三時夜三時常行三事一者清旦偏袒右肩合掌禮十方佛言我某甲若今世若過世無量劫身口意惡業罪於十方現在佛前懺悔願令滅除不復更作中暮夜三亦如是二者念十方三世諸佛所行功德及弟子衆所有功德隨喜勸助三者勸請現在十方諸佛初轉法輪及請諸佛久住世間無量劫度脫一切菩薩行此三事功德無量轉近得佛以是故須請

【經】能斷種種見纏及諸煩惱

【論】見有二種一者常二者斷常見者見五衆

常心忍樂斷見者見五衆滅心忍樂一切衆生多墮此二見中菩薩自斷此二亦能除一切衆生二見令處中道復有二種見有見無見復有三種見一切法忍一切法不忍一切法亦忍亦不忍復有四種見世間常世間無常世間亦常亦無常世間亦非常亦非無常我及世間有邊無邊亦如是有死後如去有死後不如去有死後如去不如去有死後亦不如去亦不不如去復有五種見身見邊見邪見見取戒取如是等種種諸見乃至六十二見斷如是諸見種種因緣生種種智門觀種種師邊聞如是種種相能爲種種結使作因能與衆生種種苦是名種種見見義後當廣說纏者十纏瞋纏覆罪纏睡纏眠纏戲纏掉纏無慚纏無愧纏慳纏嫉纏復次一切煩惱結繞心故盡名爲纏煩惱者能令心煩能作惱故名爲煩惱煩惱有二種內著外著內著者五見疑慢等外著者婬瞋等無明內外共復有二種結一屬愛二屬見復有三種屬婬屬瞋屬癡是名煩惱纏者有人言十纏有人言五百纏煩惱名一切結使結有九使有七合爲九十八結如迦旃延子阿毗曇義中說十纏九十八結爲百八煩惱犢子兒阿毗曇中結使亦同纏有五百如是諸煩惱菩薩能種種方便自斷亦能巧方便斷他人諸煩惱如佛在時三人爲伯仲季聞毗耶離國婬女人名菴羅婆利舍婆提有婬女人名須蔓那王舍城婬女人名優鉢羅槃那有三人各各聞人讚三女人端正無比晝夜專念心著不捨便於夢中夢與從事覺已心念彼女不

來我亦不往而婬事得辦因是而悟一切諸法皆如是耶於是往到颰陀婆羅菩薩所問是事颰陀婆羅答言諸法實爾皆從念生如是種種爲此三人方便巧説諸法空是時三人即得阿鞞跋致是諸菩薩亦復如是爲諸衆生種種巧説法斷諸見纏煩惱是名能斷種種見纏及諸煩惱

經遊戲出生百千三昧

論諸菩薩禪定心調清淨智慧方便力故能生種種諸三昧何等爲三昧善心一處住不動是名三昧復有三種三昧有覺有觀無覺有觀無覺無觀三昧復有四種三昧欲界繫三昧色界繫三昧無色界繫三昧不繫三昧是中所用菩薩三昧如先説於佛三昧中未滿勤行勤修故言能出生問曰諸菩薩何以故出生遊戲是百千種三昧答曰衆生無量心行不同有利有鈍於諸結使有厚有薄是故菩薩行百千種三昧斷其塵勞譬如爲諸貧人欲令大富當備種種財物一切備具然後乃能濟諸貧者又復如人欲廣治諸病當備種種衆藥然後能治菩薩亦如是欲廣度衆生故行種種百千三昧問曰但當出生此三昧何以故復遊戲其中答曰菩薩心生諸三昧欣樂出入自在名之爲戲非結愛戲也戲名自在如師子在鹿中自在無畏故名爲戲是諸菩薩於諸三昧有自在力能出能入亦復如是餘人於三昧中能自在入不能自在住自在出有自在住不能自在入自在出有自在出不能自在住自在入有自在入自在住不能自在出有自在住自在出不能自

在入是諸菩薩能三種自在故言遊戲出生百千三昧

【經】諸菩薩如是等種種無量功德成就

【論】諸菩薩如是等無量功德成就者是諸菩薩共佛住欲讚其功德無量億劫不可得盡以是故言無量功德成就

【經】其名曰颰陀婆羅菩薩（秦言善守）剌那那伽羅菩薩（秦言寶積）導師菩薩那羅達菩薩星得菩薩水天菩薩主天菩薩大意菩薩益意菩薩增意菩薩不虛見菩薩善進菩薩勢勝菩薩常勤菩薩不捨精進菩薩日藏菩薩不缺意菩薩觀世音菩薩文殊尸利菩薩（秦言妙德）執寶印菩薩常舉手菩薩彌勒菩薩如是等無量百千萬億那由他諸菩薩摩訶薩皆是補處紹尊位者

【論】如是等諸菩薩共佛住王舍城耆闍崛山中問曰如是菩薩衆多何以獨說二十二菩薩名答曰諸菩薩無量千萬億說不可盡若都說者文字所不能載復次是中二種菩薩居家出家善守等十六菩薩是居家菩薩颰陀婆羅居士菩薩是王舍城舊人寶積王子菩薩是毗耶離國人星得長者子菩薩是瞻波國人導師居士菩薩是舍婆提國人那羅達婆羅門菩薩是彌梯羅國人水天優婆塞菩薩慈氏妙德菩薩等是出家菩薩觀世音菩薩等從他方佛土來若說居家攝一切居家菩薩出家他方亦如是問曰善守菩薩有何殊勝最在前說若最大在前應說遍吉觀世音得大勢菩薩等若最小在前應說肉身初發意菩薩等答曰不以大不以小以善守

菩薩是王舍城舊人白衣菩薩中最大佛在王舍城欲說般若波羅蜜以是故最在前說復次是善守菩薩無量種種功德如般舟三昧中佛自現前讚其功德問曰若彌勒菩薩應稱補處諸餘菩薩何以復言紹尊位者答曰是諸菩薩於十方佛土皆補佛處

釋初品中三昧

【經】爾時世尊自敷師子座結跏趺坐直身繫念在前入三昧王三昧一切三昧悉入其中

【論】問曰佛有侍者及諸菩薩何以故自敷師子座答曰此是佛所化成欲以可適大衆以是故阿難不能得敷復次佛心化作故言自敷問曰何以名師子座爲佛化作師子爲實師子來爲金銀木石作師子耶又師子非善獸故佛所不須亦無因緣故不應來答曰是號名師子非實師子也佛爲人中師子佛所坐處若牀若地皆名師子座譬如今者國王坐處亦名師子座復次王呼健人亦名人師子人稱國王亦名人師子又如師子四足獸中獨步無畏能伏一切佛亦如是於九十六種道中一切降伏無畏故名人師子問曰多有坐法佛何以故唯用結跏趺坐答曰諸坐法中結跏趺坐最安隱不疲極此是坐禪人坐法攝持手足心亦不散又於一切四種身儀中最安隱此是禪坐取道法坐魔王見之其心憂怖如此坐者出家人法在林樹下結跏趺坐衆人見之皆大歡喜知此道人必當取道如偈說

若結跏趺坐　身安入三昧　威德人敬仰
如日照天下　除睡嬾覆心　身輕不疲懈

覺悟亦輕便 安坐如龍蟠 見畫跏趺坐
魔王亦愁怖 何況入道人 安坐不傾動
以是故結跏趺坐復次佛教弟子應如是坐有外道輩或常翹足求道或常立或荷足如是狂狷心没邪海形不安隱以是故佛教弟子結跏趺直身坐何以故直身心易正故其身直坐則心不嬾端心正意繫念在前若心馳散攝之令還欲入三昧故種種馳念皆亦攝之如此繫念入三昧王三昧云何名三昧王三昧是三昧於諸三昧中最第一自在能緣無量諸法如諸人中王第一王中轉輪聖王第一一切天上天下佛第一此三昧亦如是於諸三昧中最第一問曰若以佛力故一切三昧皆應第一何以故獨稱三昧王爲第一答曰雖應以佛神力故佛所行諸三昧皆第一然諸法中應有差降如轉輪聖王衆寶雖勝一切諸王寶然此珍寶中自有差別貴賤懸殊是三昧王三昧何定攝何等相有人言三昧王三昧名爲自在相善五衆攝在第四禪中何以故一切諸佛於第四禪中行見諦道得阿那含即時十八心中得佛道在第四禪中捨壽於第四禪中起入無餘涅槃第四禪中有八生住處背捨勝處一切入多在第四禪中第四禪名不動無遮禪定法欲界中諸欲遮禪定心初禪中覺觀心動二禪中大喜動三禪中大樂動四禪中無動復次初禪火所燒二禪水所及三禪風所至四禪無此三患無出入息捨念清淨以是故王三昧應在第四禪中如好寶物置之好藏更有人言佛三昧誰能知其相一切諸佛法一相無

相無量無數不可思議諸餘三昧尚不可量不可數不可思議何況三昧王三昧如此三昧唯佛能知如佛神足持戒尚不可知何況三昧王三昧復次三昧王三昧一切諸三昧皆入其中故名三昧王三昧譬如閻浮提衆川萬流皆入大海亦如一切人民皆屬國王問曰佛一切智無所不知何以故入此三昧王三昧然後能知答曰欲明智慧從因緣生故止外道六師輩言我等智慧一切時常有常知故以是故言佛入王三昧故知不入則不知問曰若如是者佛力減劣答曰入是三昧王三昧時不以爲難應念即得非如聲聞辟支佛諸小菩薩方便求入復次入是三昧王三昧中令六神通通徹十方無限無量復次佛入三昧王三昧種種變化現大神力若不入三昧王三昧而現神力者有人心念佛用幻力呪術力或是大力龍神或是天非是人何以故一身出無量身種種光明變化故謂爲非人斷此疑故佛入三昧王三昧復次佛若入餘三昧中諸天聲聞辟支佛或能測知雖言佛神力大而猶可知敬心不重以是故入三昧王三昧中一切諸衆聖乃至十住菩薩不能測知不知佛心何所依何所緣以是故佛入三昧王三昧復次佛有時放大光明現大神力如生時得道時初轉法輪時諸天聖人大集和合時若破外道時皆放大光明今欲現其殊特故放大光明令十方一切天人衆生及諸阿羅漢辟支佛菩薩皆得見知以是故入三昧王三昧復次光明神力有下中上呪術幻術能作光明變化下也諸天

龍神報得光明神力中也入諸三昧以今世功德心力放大光明現大神力上也以是故佛入三昧王三昧問曰如諸三昧各各相云何一切三昧悉入其中答曰得是三昧王三昧時一切三昧悉得故言悉入其中是三昧力故一切諸三昧皆得無量無數不可思議以是故名爲入復次入是三昧王三昧中一切三昧欲入即入復次入是三昧王三昧能觀一切三昧相如山上觀下復次佛入是三昧王三昧中能觀一切十方世界亦能觀一切衆生以是故入三昧王三昧

經爾時世尊從三昧安詳而起以天眼觀視世界舉身微笑

論問曰云何世尊入三昧王三昧無所施作而從定起觀視世界答曰佛入是三昧王三昧一切佛法寶藏悉開悉看是三昧王三昧中觀已自念我此法藏無量無數不可思議然後從三昧安詳而起以天眼觀衆生知衆生貧苦此法藏者從因緣得一切衆生皆亦可得但坐癡冥不求不索以是故舉身微笑問曰佛有佛眼慧眼法眼勝於天眼何以用天眼觀視世界答曰肉眼所見不遍故慧眼知諸法實相法眼見是人以何方便行何法得道佛眼名一切法現前了了知今天眼緣世界及衆生無障無礙餘眼不爾慧眼法眼佛眼雖勝非見衆生法欲見衆生唯以二眼肉眼天眼以肉眼不遍有所障故用天眼觀問曰今是眼在佛何以名爲天眼答曰此眼多在天中天眼所見不礙山壁樹木若人精進持戒禪定行力得非是生分以是故名爲

天眼復次人多貴天以天爲主佛隨人心以是故名爲天眼復次天有三種名天生天淨天名天天王天子是也生天釋梵諸天是也淨天佛辟支佛阿羅漢是也淨天中尊者是佛今言天眼亦無咎也天眼觀視世界者以世界衆生常求安樂而更得苦心著吾我是中實無吾我衆生常畏苦而常行苦如盲人求好道反墮深坑如是等種種觀已舉身微笑問曰笑從口出或時眼笑今云何言一切身笑答曰佛世界中尊得自在能令一切身如口如眼故皆能笑復次一切毛孔皆開故名爲笑由口笑歡喜故一切毛孔皆開問曰佛至尊重何以故笑答曰如大地不以無事及小因緣而動佛亦如是若無事及小因緣則不笑今大因緣故一切身笑云何爲大佛欲說摩訶般若波羅蜜無央數衆生當續佛種是爲大因緣復次佛言我世世曾作小蟲惡人漸漸集諸善本得大智慧今自致作佛神力無量最上最大一切衆生亦可得爾云何空受勤苦而墮小處以是故笑復次有小因大果小緣大報如求佛道讃一偈一稱南無佛燒一捻香必得作佛何況聞知諸法實不生不滅不不生不不滅而行因緣業亦不失以是事故笑復次般若波羅蜜相清淨如虛空不可與不可取佛種種方便光明神德欲教化一切衆生令心調柔然後能信受般若波羅蜜以是故因笑放光笑有種種因緣有人歡喜而笑有人瞋恚而笑有輕人而笑有見異事而笑有見可羞恥事而笑有見殊方異俗而笑有見希有難事而笑今是第一

希有難事諸法相不生不滅具空無字無名無言無說而欲作名立字爲衆生說令得解脫是第一難事譬如百由旬大火聚有人負乾草入火中過不燒一葉是爲甚難佛亦如是持八萬法衆名字草入諸法實相中不爲染著火所燒直過無礙是爲甚難以是難事故笑如是種種希有難事故舉身微笑

釋初品中放光

經從足下千輻相輪中放六百萬億光明

論問曰佛何以故先放身光答曰上笑因緣中已答今當更說有人見佛無量身放大光明心信清淨恭敬故知非常人復次佛欲現智慧光明初相故先出身光衆生知佛身光既現智慧光明亦應當出復次一切衆生常著欲樂五欲中第一者色見此妙光心必愛著捨本所樂令其心漸離欲然後爲說智慧問曰其餘天人亦能放光佛放光明有何等異答曰諸天人雖能放光有限有量日月所照唯四天下佛放光明滿三千大千世界三千大千世界中出遍至下方餘人光明唯能令人歡喜而已佛放光明能令一切聞法得度以是爲異問曰如一身中頭爲最上何以故先從足下放光答曰身得住處皆由於足復次一身中雖頭貴而足賤佛不自貴光不爲利養以是故於賤處放光復次諸龍大蛇鬼神從口中出光毒害前物若佛口放光明衆生怖畏是何大光復恐被害是故從足下放光問曰足下六百萬億光明乃至肉髻是皆可數三千大千世界尚不可滿何況十方答曰此身光是諸光之本從本枝流無量無

數譬如迦羅求羅蟲其身微細得風轉大乃至能吞食一切光明亦如是得可度衆生轉增無限

【經】足十指兩踝兩踹兩膝兩髀腰脊腹背臍心胷德字肩臂手十指項口四十齒鼻兩孔兩眼兩耳白毫相肉髻各各放六百萬億光明

【論】問曰足下光明能照三千大千及十方世界何用身分各各放六百萬億光明答曰我先言足下光明照下方餘方不滿是故更放身分光明有人言一切身分足爲立處故最大餘不爾是故佛初放足下六百萬億光明以示衆生如三十二相中初種足下安住相一切身分皆有神力問曰依何三昧依何神通依何禪定中放此光明答曰三昧王三昧中放此光明六通中如意通四禪中第四禪放此光明第四禪中火勝處火一切入此中放光明復次佛初生時初成佛時初轉法輪時皆放無量光明滿十方何況說摩訶般若波羅蜜時而不放光譬如轉輪聖王珠寶常有光明照王軍衆四邊各一由旬佛亦如是衆生緣故若不入三昧恒放常光何以故佛衆法寶成故

【經】從是諸光出大光明遍照三千大千世界從三千大千世界遍照東方如恒河沙等諸世界南西北方四維上下亦復如是若有衆生遇斯光者必得阿耨多羅三藐三菩提

【論】問曰如火相上炎水相下潤風相旁行是光明火氣應當上去云何遍滿三千大千世界及十方世界答曰光明有二種一者火氣

二者水氣日珠火氣月珠水氣火相雖焰上而人身中火上下遍到日火亦爾是故夏月地水盡熱以是故知火不皆上復次是光明佛力故遍至十方譬如強弓遣箭隨所向至問曰何以先照東方南西北後答曰以日出東方為上故佛隨衆生意先照東方復次俱有一難若先照南方當言何以不先照東西北方若先照西方北方亦爾問曰光明幾時當滅答曰佛用神力欲住便住捨神力便滅佛光如燈神力如脂若佛不捨神力光不滅也

經光明出過東方如恒河沙等世界乃至十方亦復如是

論問曰云何為三千大千世界答曰佛雜阿含中分別說千日千月千閻浮提千瞿陀尼千鬱怛羅越千弗婆提千須彌山千四天王天處千三十三天千夜摩天千兜率陀天千化自在天千他化自在天千梵世天千大梵天是名小千世界名周利以周利千世界為一一數至千名二千中世界以二千中世界為一一數至千名三千大千世界初千小二千中第三名大千千千重數故名大千二過復十故言三千是合集名百億日月乃至百億大梵天是名三千大千世界一時生一時滅有人言住時一劫滅時一劫還生時一劫是三千大千世界大劫亦三種破水火風小劫亦三種破刀病飢此三千大千世界在虛空中風上水水上地地上人須彌山有二天處四天處三十三天處餘殘夜摩天等福德因緣七寶地風舉空中乃至大梵天皆七寶

地皆在風上是三千大千世界光明遍照照竟餘光過出照東方如恒河沙等諸世界南西北方四維上下亦復如是問曰是光遠照云何不滅答曰光明以佛神力爲本本在故不滅譬如龍泉龍力故水不竭是諸光明以佛心力故遍照十方中間不滅問曰如閻浮提中種種大河亦有過恒河者何以常言恒河沙等答曰恒河沙多餘河不爾復次是恒河是佛生處遊行處弟子眼見故以爲喻復次佛出閻浮提閻浮提四大河北邊出入四方大海中北邊雪山中有阿那婆達多池是池中有金色七寶蓮華大如車蓋阿那婆達多龍王是七住大菩薩是池四邊有四水流東方象頭南方牛頭西方馬頭北方師子頭東方象頭出恒河底有金沙南方牛頭出辛頭河底亦有金沙西方馬頭出婆叉河底亦有金沙北方師子頭出私陀河底亦有金沙是四河皆出北山恒河出北山入東海辛頭河出北山入南海婆叉河出北山入西海私陀河出北山入北海是四河中恒河最大四遠諸人經書皆以恒河爲福德吉河若入中洗者諸罪垢惡皆悉除盡以人敬事此河皆共識知故以恒河沙爲喻復次餘河名字喜轉此恒河世世不轉以是故以恒河沙爲喻不取餘河問曰恒河中沙爲有幾許答曰一切筭數所不能知唯有佛及法身菩薩能知其數佛及法身菩薩一切閻浮提中微塵生滅多少皆能數知何况恒河沙如佛在祇桓外林中樹下坐有一婆羅門來到佛所問佛此樹林有幾葉佛即時便答有若干數婆羅

門心疑誰證知者婆羅門去至一樹邊取一樹上少葉藏還問佛此樹林定有幾葉即答今少若干葉如其所取語之婆羅門知已心大敬信求佛出家後得阿羅漢道以是故知佛能知恒河沙數問曰有幾許人值佛光明必得阿耨多羅三藐三菩提若值光明便得道者佛有大慈何以不常放光明令一切得道何須持戒禪定智慧然後得道答曰衆生種種因縁得度不同有禪定得度者有持戒說法得度者有光明觸身而得度者譬如城有多門入處各各至處不異有人光明觸身而得度者有若見光明若觸身不得度者

(經)爾時世尊舉身毛孔皆亦微笑而放諸光遍照三千大千世界復至十方如恒河沙等世界若有衆生遇斯光者必得阿耨多羅三藐三菩提

(論)問曰上已舉身微笑今何以故復一切毛孔皆笑答曰舉身微笑是麤分今一切毛孔皆笑是細分復次先舉身微笑光明有數今一切毛孔皆笑有光明而無數復次先舉身光明所未度者今值毛孔光明即便得度譬如搖樹取果熟者前墮若未熟者更復後搖又如捕魚前網不盡後網乃得笑因縁如上說

大智度論卷第七

音釋

挽 武綰切引也　颰 蒲撥切　蟠 蒲官切曲也伏也　狷 古縣切　捻 奴結切捐捻也　踹 市兗切腓腸也　髀 傍禮切股也

大智度論卷第八

龍樹菩薩造
姚秦三藏法師鳩摩羅什譯

釋初品中放光之餘

【經】爾時世尊以常光明遍照三千大千世界，亦至東方如恒河沙等諸佛世界，乃至十方亦復如是，若有衆生遇斯光者，必得阿耨多羅三藐三菩提。

【論】問曰：上已舉身微笑及放毛孔光明，今何以復放常光而照十方？答曰：有人見異光明，謂非佛光，見佛常光，轉大心則歡喜，此實佛光，便必至阿耨多羅三藐三菩提。問曰：云何爲常光？答曰：佛身四邊各一丈光明，菩薩生便有此，是三十二相之一，名爲丈光相。問曰：佛何以故光常一丈而不多？答曰：一切諸佛常光無量，常照十方世界。釋迦牟尼佛神通身光無量，或一丈、百丈、千丈、萬億，乃至滿三千大千世界，乃至十方，如諸佛常法。但於五濁世，爲衆生少德少智故，受一丈光明。若受多光，今衆生薄福鈍根，目不堪其明，如人見天身，眼則失明，以光盛眼微故。若衆生利根福重，佛則爲之現無量光明。復次，有人見佛常光，歡喜得度。譬如國王以常食之餘賜諸羣下，得者大喜。佛亦如是，有人見佛種種餘光，心不歡喜；見佛常光，必至阿耨多羅三藐三菩提。

【經】爾時世尊出廣長舌相，遍覆三千大千世界，熙怡微笑，從其舌根出無量千萬億光，是一一光化成千葉金色寶華，是諸華上皆有化佛，結跏趺坐，說六波羅蜜，衆生聞者必得

阿耨多羅三藐三菩提，復至十方如恒河沙等諸佛世界，皆亦如是。

論問曰：如佛世尊大德尊重，何以故出廣長舌似如輕相？答曰：上三種放光照十方衆生，令得度脫；今欲口說摩訶般若波羅蜜。摩訶般若波羅蜜甚深難解，難知難可信受，是故出廣長舌爲證。舌相如是，語必眞實。如昔一時佛於舍婆提國受歲竟，阿難從佛遊行諸國，欲到婆羅門城。婆羅門城王知佛神德能化衆生，感動羣心，今來到此誰復樂我，便作制限：若有與佛食、聽佛語者，輸五百金錢。作制限後，佛到其國，將阿難持鉢入城乞食。城中衆人皆閉門不應，佛空鉢而出。是時一家有一老使人，持破瓦器盛臭潘澱，出門棄之，見佛世尊空鉢而來。老使人見佛相好金色，白毫肉髻，丈光，鉢空無食，見已思惟：如此神人應食天廚，今自降身持鉢行乞，必是大慈愍一切故。信心清淨，欲好供養無由如願，慚愧白佛：思欲設供更不能得，今此弊食，佛須者可取。佛知其心信敬清淨，伸手以鉢受其施食。佛時即笑，出五色光，普照天地，還從眉間相入。阿難合掌長跪白佛：唯然世尊，今笑因緣，願聞其意。佛告阿難：汝見老女人信心施佛食不？阿難言：見。佛言：是老女人施佛食故，十五劫中天上人間受福快樂，不墮惡道，後得男子身，出家學道，成辟支佛，入無餘涅槃。爾時佛邊有一婆羅門立說偈言：

汝是日種剎利姓　淨飯國王之太子
而以食故大妄語　如此臭食報何重

是時佛出廣長舌覆面上至髮際，語婆羅門

言汝見經書頗有如此舌人而作妄語不婆羅門言若人舌能覆鼻言無虚妄何况乃至髮際我心信佛必不妄語不解小施報多如是佛告婆羅門汝頗曾見世所希有難見事不婆羅門言見我曾共婆羅門道中行見一尼拘盧陀樹蔭覆賈客五百乘車蔭猶不盡是謂希有難見事也佛言此樹種子其形大小答言大如芥子三分之一佛言誰當信汝言者樹大乃爾而種子甚小婆羅門言實爾世尊我眼見之非虚妄也佛言我亦如是見老女人淨信心施得大果報亦如此樹因少報多又是如來福田良美之所致也婆羅門心開意解五體投地悔過向佛我心無狀愚不信佛佛爲種種説法得初道果即時舉手大發聲言一切衆人甘露門開如何不出城中一切諸婆羅門皆送五百金錢與王迎佛供養皆言得甘露味誰當惜此五百金錢衆人皆去制限法破是婆羅門王亦共臣民歸命佛法城中人一切皆得淨信如是佛出廣長舌相爲不信者故問曰如爲婆羅門出舌相覆面今舌相光明何以乃至三千大千世界答曰覆面髮際爲小信故今爲般若波羅蜜大事與故廣長舌相覆三千大千世界問曰是一城中人盡得見此覆面舌相猶尚爲難何况今説摩訶般若波羅蜜一切大會此及他方無量衆集而得盡見又以人目所覩不過數里今言遍三千大千世界無乃大而難信答曰佛以方便借其神力能令一切皆見舌相覆此三千大千世界若不加神力雖復十住亦不知佛心若加神力乃至畜生能

知佛心如般若波羅蜜後品中說一切衆人皆見阿閦佛會與眼作對亦如佛說阿彌陀佛世界種種嚴淨阿難言唯願欲見佛時即令一切衆會皆見無量壽佛世界嚴淨見佛舌相亦復如是佛以廣長舌相遍覆三千大千世界已然後便笑笑因緣如上說問曰前已出舌相光明今何以故舌根復放光明答曰欲令一切得重信故又以舌相色如珊瑚金光明淨共相發起故復放光復次是諸光明變成千葉金色寶華從舌相出此千葉金色寶華光明徹照如日初出問曰何以故光明中變化作此寶華答曰佛欲坐故問曰諸床可坐何必蓮華答曰床爲世界白衣坐法又以蓮華軟淨欲現神力能坐其上令不壞故又以莊嚴妙法座故又以諸華皆小無如此華香淨大者人中蓮華大不過尺漫陀耆尼池及阿那婆達多池中蓮華大如車盖天上寶蓮華復大於此是則可容結跏趺坐佛所坐華復勝於此百千萬倍又如此蓮華臺嚴淨香妙可坐復次劫盡燒時一切皆空衆生福德因緣力故十方風至相對相觸能持大水水上有一千頭人二千手足名爲韋紐是人齊中出千葉金色妙寶蓮華其光大明如萬日俱照華中有人結跏趺坐此人復有無量光明名曰梵天王此梵天王心生八子八子生天地人民是梵天王於諸婬瞋已盡無餘以是故言若有人修禪淨行斷除婬欲名爲行梵道佛轉法輪或名法輪或名梵輪是梵天王坐蓮華上是故諸佛隨世俗故於寶華上結跏趺坐說六波羅蜜聞此法者必

至阿耨多羅三藐三菩提問曰釋迦文尼佛化作無量千萬億諸佛云何一時能説法耶如阿毗曇説一時無二心若化佛語時化主應默化主語時化亦應默云何一時皆説六波羅蜜答曰如此説者外道及聲聞變化法耳如佛變化無量三昧力不可思議是故佛自語時無量千萬億化佛亦一時皆語又諸外道及聲聞化不能作化如佛世尊化復作化諸外道及聲聞滅後不能留化如佛世尊身滅度後復能留化如佛無異復次阿毗曇中一時無二心今佛亦如是當化語時亦不有心佛心念化欲令化語即便皆語問曰佛今欲説般若波羅蜜何以令化佛説六波羅蜜答曰是六波羅蜜及般若波羅蜜一法無異是五波羅蜜不得般若波羅蜜不名波羅蜜如檀波羅蜜不得般若波羅蜜没在世界有盡法中或得阿羅漢辟支佛道般涅槃若得般若波羅蜜共合是名波羅蜜能至佛道以是故般若波羅蜜與六波羅蜜一法無異般若波羅蜜有二種一者莊嚴二者未莊嚴如人著好瓔珞莊嚴其身有人不著名未莊嚴亦如國王將諸營從是名王來若無營從是名獨身如是東方如恒河沙等世界乃至十方亦爾問曰若佛有如是大神力無數千萬億化佛乃至十方説六波羅蜜度脱一切應盡得度不應有殘答曰有三障三惡道中衆生不能解知人中天上若大小若大老若大病及上無色無想天皆不能聞不能知問曰諸能聞能知者何以不皆得道答曰是亦不應盡得道何以故結使業障故有人於結

使重常爲結使覆心以是故不盡得道問曰當今十方諸佛亦應遣化說六波羅蜜我等亦無三障何以不聞答曰當今衆生生在惡世則入三障中生在佛後不善業報或有世界惡罪業障或有厚重結使障墮在佛後人多爲厚重結使所障或婬欲薄而瞋恚厚瞋恚薄而婬欲厚婬欲薄而愚癡厚愚癡薄而瞋恚厚如是等展轉互有厚薄是結使障故不聞不知化佛說法不見諸佛光明何況得道譬如日出盲人不見便謂世間無有日月日有何咎又如雷電震地聾人不聞聲聲有何過今十方諸佛常說經法常遣化佛至十方世界說六波羅蜜罪業盲聾故不聞法聲以是故不盡聞見雖復聖人有大慈心不能令皆聞皆見若罪欲滅福將生者是時乃得見佛聞法

【經】爾時世尊故在師子座入師子遊戲三昧以神通力感動三千大千世界六種震動

【論】問曰此三昧何以名師子遊戲答曰譬如師子搏鹿自在戲樂佛亦如是入此三昧能種種迴轉此地令六反震動復次師子遊戲譬如師子戲日諸獸安隱佛亦如是入是三昧時震動三千大千世界能令三惡衆生一時得息皆得安隱復次佛名人師子師子遊戲三昧是佛戲三昧也入此三昧時令此大地六種震動一切地獄惡道衆生皆蒙解脫得生天上是名爲戲問曰佛何以入此三昧答曰欲動三千大千世界出三惡道衆生著二善道中故復次上三種變化出自佛身人或信心不深今動大地欲令衆生知佛神力

無量能令外物皆動信淨心喜皆得離苦問曰有諸阿羅漢及諸天亦能動地何以獨言是佛神力答曰諸阿羅漢及諸天不能具足動唯佛世尊能令大地六種震動問曰佛何以故震動三千大千世界答曰欲令衆生知一切皆空無常故有諸人言大地及日月須彌大海是皆有常是以世尊六種動地示此因縁令知無常復次如人欲染衣先去塵土佛亦如是先令三千世界衆生見佛神力敬心柔軟然後説法是故六種動地云何六種動

經 東涌西没西涌東没南涌北没北涌南没邊涌中没中涌邊没

論 問曰何以故正有六種動答曰地動有上中下下者二種動或東涌西没或南北或邊中中者有四或東西南北或東西邊中或南北邊中上者六種動有種種因縁令地大動如佛告阿難八因八縁令地震動如别説復次有人言四種地動火動龍動金翅鳥動天王動二十八宿日月一周繞若月至昴宿張宿氐宿婁宿室宿胃宿是六種宿中爾時地動若崩是動屬火神是時無雨江河枯竭年不宜麥天子凶大臣受殃若柳宿尾宿箕宿壁宿奎宿危宿是六種宿中爾時地動若崩是動屬龍神是時無雨江河枯竭年不宜麥天子凶大臣受殃若參宿鬼宿星宿軫宿亢宿翼宿是六種宿中爾時若地動若崩是動屬金翅鳥是時無雨江河枯竭年不宜麥天子凶大臣受殃若心宿角宿房宿女宿虛宿井宿畢宿觜宿斗宿是九種宿中爾時地動

若崩是動屬天帝是時安隱風雨宜五穀天子吉大臣受福萬民安隱復次地動因緣有小有大有動一閻浮提有動四天下一千二千三千大千世界小動以小因緣故若福德人若生若死一國地動是爲小動大動大因緣故如佛初生時初成佛時將滅度時三千大千世界皆爲震動是爲大動今佛欲大集衆生故令此地六種震動復次般若波羅蜜中授諸菩薩記當得作佛佛爲天地大主是時地神大喜我今得主是故地動譬如國主初立臣民喜慶皆稱萬歲踊躍歌舞復次三千大千世界衆生福德因緣故有此大地山河樹木一切衆物而衆生不知無常是故佛以福德智慧大力動此世界衆生福德令知微薄一切磨滅皆歸無常

【經】地皆柔軟令衆生和悅

【論】問曰地動云何能令衆生心得和悅答曰心隨身故身得樂事心則欣悅悅者共住之人及便身之具能令心悅今以是三千大千世界雜惡衆生其心麤獷無有善事是故世尊動此大地令皆柔軟心得利益譬如三十三天王歡樂園中諸天入者心皆柔軟歡樂和悅麤心不生若阿脩羅起兵來時都無鬬心是時釋提婆那民將諸天衆入麤澀園中以此園中樹木華實氣不和悅麤澀惡故諸天人衆鬬心即生佛亦如是以此大地麤澀弊惡故變令柔軟使一切衆生心得喜悅又如呪術藥草熏人鼻時恚心便生即時鬬諍復有呪術藥草令人心和悅歡喜敬心相向呪術草藥尚能如此何況三千大千世界地

皆柔輭

經是三千大千世界中地獄餓鬼畜生及八難處即時解脱得生天上從四天王天處乃至他化自在天

論問曰若佛入師子遊戲三昧能令地獄餓鬼畜生及餘八難皆得解脱生四天處乃至他化自在天者復何用修福行善乃得果報答曰此如上説福德多者見光得度罪垢深者地動乃度譬如日出照蓮華池熟者先開生者未敷佛亦如是先放光明福熟智利先得解脱其福未熟智心不利是故未得佛大慈悲等度一切無憎愛也亦如樹果人動其樹熟者先墮佛亦如是是三千大千世界如樹動之者佛先度者果熟未度者果生問曰何以故善心因緣生欲界天不生色界及無色界答曰佛欲度此衆生令得道證無色界中以無身故不可爲説法色界中則無猒心難可得道禪樂多故慧心則鈍復次佛以神通感動令此三千大千世界地皆柔輭衆生心信得歡喜故生欲界天不得四禪及四空定故不得生色無色界問曰五陰無常空無我云何生天人中誰死誰生者答曰是事讃菩薩品中已廣説今當略答汝言五衆無常空無我者是般若波羅蜜中五陰無有常無常有空無空有我無我若如外道求索實我是不可得但有假名種種因緣和合而有有此名字譬如幻人相殺人見其死幻術令起人見其生生死名字有而無實世界法中實有生死實相法中無有生死復次生死人有生死不生死人無生死何以故不生死人以

大智慧能破生相如說

佛法相雖空　亦復不斷滅　雖生亦非常
諸行業不失　諸法如芭蕉　一切從心生
若知法無實　是心亦復空　若有人念空
是則非道行　諸法不生滅　念有故失相
有念墮魔網　無念則得出　心動故非道
不動是法印

【經】是諸天人自識宿命皆大歡喜來詣佛所頭面禮佛足却住一面

【論】問曰諸天生時有三事自知知所來處知所修福田處知本所作福德是人生時無此三事云何識宿命答曰人道不定或有識者或不識者復次假佛神力則識宿命問曰諸天有報五神通自識宿命能到佛所人雖蒙佛神力得知宿命所住處遠云何能至佛所答曰或有人生報得神通如轉輪王聖人等或有人假佛神力問曰人生十月三年乳哺十歲後能自出今蒙佛威神三惡八難皆得解脫生天人中即至佛所天則可爾人法未成云何得來答曰五道生法各各不同諸天地獄皆化生餓鬼二種生若胎若化生人道畜生四種生卵生濕生化生胎生卵生者如毗舍佉彌伽羅母三十二子（毗舍佉母人生三十二卵卵剖生三十二男皆爲力士彌伽羅大兒字也此母人得三道）如是等名卵生人濕生者如揜羅婆利婬女頂生轉輪聖王如是等名濕生化生者如佛與四衆遊行比丘尼衆中有比丘尼名阿羅婆地中化生及劫初生時人皆化生如是等名爲化生胎生者如常人生化生人即時長大能到佛所有人報得神通故能到佛所復次佛借神力故

能到佛所

【經】如是十方如恒河沙等世界地皆六種震動一切地獄餓鬼畜生及餘八難處即時解脱得生天上齊第六天

【論】問曰三千大千世界無量無數衆生甚多何以復及十方如恒河沙等世界衆生答曰佛力無量雖度三千大千世界衆生猶以爲少以是故復及十方問曰若釋迦文尼佛以大神力廣度十方復何須餘佛答曰衆生無量不一時熟故又衆生因緣各各不同如聲聞法中說舍利弗因緣弟子除舍利弗諸佛尚不能度何況餘人復次今但說東方一恒河沙等不說若二三四乃至千萬億恒河沙等諸世界又以世界無邊無量若有邊有量衆生可盡以是故十方無量世界諸佛應度

【經】爾時三千大千世界衆生盲者得視聾者得聽瘂者能言狂者得正亂者得定躶者得衣飢渴者得飽滿病者得愈形殘者得具足

【論】問曰衆生苦患有百千種若佛神力何以不遍令得解脱答曰一切皆救今但略說麤者如種種結使略說爲三毒問曰但言盲者得視則足何以故言生盲答曰生盲者先世重罪故重罪者猶尚能令得視何況輕者問曰云何先世重罪而今生盲答曰若破衆生眼若出衆生眼若破正見眼言無罪福是人死墮地獄罪畢爲人從生而盲若復盜佛塔中火珠及諸燈明若阿羅漢辟支佛塔珠及燈明若餘福田中奪取光明如是等種種先世業因緣故失眼今世若病若打故失眼是今世因緣復次九十六種眼病闍那迦藥王

所不能治者唯佛世尊能令得視復次先令得視復令得智慧眼聾者得聽亦如是問曰若有生盲何以不說生聾答曰多有生盲生聾者少是故不說問曰以何因緣故聾答曰聾者是先世因緣師父教訓不受不行而反瞋恚以是罪故聾復次截衆生耳若破衆生耳若盜佛塔僧塔諸善人福田中揵椎鈴貝及鼓故得此罪如是等種種先世業因緣今世因緣若病若打如是等是今世因緣得聾問曰瘂者不能言作何等罪故瘂答曰先世截他舌或塞其口或與惡藥令不得語或聞師教父母教勑斷其語非其教或作惡邪人不信罪福破正語受地獄罪出生世爲人瘂不能言如是種種因緣故瘂問曰狂者得正云何爲狂答曰先世作罪破他坐禪破坐禪舍以諸呪術呪人令瞋鬬諍婬欲今世諸結使厚重如婆羅門失其稻田其婦復死即時狂發躶形而走又如翅舍伽憍曇比丘尼本白衣時七子皆死大憂愁故失心發狂有人大瞋不能自制成大癡狂有愚癡人惡邪故以灰塗身拔髮躶形狂癡食糞有人若風病若熱病病重成狂有人惡鬼所著或有人癡飲雨水而狂如是失心如是種種名爲狂得見佛故狂即得正問曰亂者得定狂則是亂以何事別答曰有人不狂而心多散亂志如獼猴不能專住是名亂心復有遽務忽忽心著衆事則失心力不堪受道問曰亂心有何因緣答曰善心轉薄隨逐不善是名心亂復次是人不觀無常不觀死相不觀世空愛著壽命計念事務種種馳散是故心亂復次不

得佛法中内樂外求樂事隨逐樂因是故心亂如是亂人得見佛故其心得定問曰先言狂者得正今言躶者得衣除狂云何更有躶答曰狂有二種一者人皆知狂二者惡邪故自躶人不知狂如說南天竺國中有法師高座說五戒義是衆中多有外道來聽是時國王難曰若如所說有人施酒及自飲酒得狂愚報當今世人應狂者多正者少而今狂者更少不狂者多何以故爾是時諸外道輩言善哉斯難甚深是禿高座必不能答以王利智故是時法師以指指諸外道而更說餘事王時即解諸外道語王言王難甚深是不知答恥所不知而但舉指更說餘事王語外道高座法師指答已訖將護汝故不以言說向者指汝言汝等是狂狂不少也汝等以灰塗身躶形無恥以人髑髏盛糞而食拔頭髮臥刺上倒懸熏鼻冬則入水夏則火炙如是種種所行非道皆是狂相復次汝等法以賣肉賣鹽即時失婆羅門法於天祠中得牛布施即時賣之自言得法牛則是肉是誑惑人豈非失耶又言入吉河水中罪垢皆除是爲罪福無因無緣賣肉賣鹽此有何罪入吉河水中言能除罪若能除罪亦能除福誰有吉者如是此諸事無因無緣強爲因緣是則爲狂如是種種狂相皆是汝等法師將護汝故指而不說是名爲躶形狂復次有人貧窮無衣或弊衣繿縷以佛力故令其得衣問曰飢者得飽渴者得飲云何飢渴答曰福德薄故先世無因今世無緣是故飢渴復次是人先世奪佛阿羅漢辟支佛食及父母所親食雖值

佛世猶故飢渴以罪重故問曰今有惡世生人得好飲食值佛世生而更飢渴若罪人不應生值佛世若福人不應生惡世何以故爾答曰業報因緣各各不同或有人有見佛因緣無飲食因緣或有飲食因緣無見佛因緣譬如黑蛇而抱摩尼珠卧有阿羅漢人乞食不得又如迦葉佛時有兄弟二人出家求道一人持戒誦經坐禪一人廣求檀越修諸福業至釋迦文佛出世一人生長者家一人作大白象力能破賊長者子出家學道得六神通阿羅漢而以薄福乞食難得他日持鉢入城乞食遍不能得到白象廐見王供象種種豐足語此象言我之與汝俱有罪過象既感結三日不食守象人怖求覓道人見而問言汝作何呪令王白象病不能食答言此象是我先身時弟共於迦葉佛時出家學道我但持戒誦經坐禪不行布施弟但廣求檀越作諸布施不持戒不學問以其不持戒誦經坐禪故今作此象大修布施故飲食備具種種豐足我但行道不修布施故今雖得道乞食不能得以是事故因緣不同雖值佛世猶故飢渴問曰此諸衆生云何飽滿答曰有人言佛以神力變作食令得飽滿復有人言佛光觸身令不飢渴譬如如意摩尼珠有人心念則不飢渴何況值佛病者得愈病有二種先世行業報故得種種病今世冷熱風發故亦得種種病今世病有二種一者內病五臟不調結堅宿疾二者外病奔車逸馬堆壓墜落兵刃刀仗種種諸病問曰以何因緣得病答曰先世好行鞭杖拷掠閉繫種種惱故今世

得病現世病不知將身飲食不節卧起無常以是事故得種種諸病如是有四百四病以佛神力故令病者得愈如說佛在舍婆提國有一居士請佛及僧於舍飯食佛住精舍迎食有五因緣一者欲入定二者欲爲諸天說法三者欲遊行觀諸比丘房四者看諸病比丘五者若未結戒欲爲諸比丘結戒是時佛持戶排入諸比丘房見一比丘病苦無人瞻視卧大小便不能起居佛問比丘汝何所苦獨無人看比丘答言大德我性嬾他人有病初不看視是故我病他亦不看佛言善男子我當看汝時釋提婆那民盥水佛以手摩其身摩其身時一切苦痛即皆除愈身心安隱是時世尊安徐扶此病比丘起將出房澡洗著衣安徐將入更與敷蓐令坐佛語病比丘汝久來不勤求未得事令得未到事令到未識事令識受諸苦患如是方當更有大苦痛比丘聞已心自思念佛恩無量神力無數以手摩我苦痛即除身心快樂以是故佛以神力令病者得愈形殘者得具足云何名形殘若有人先世破他身截其頭斬其手足破種種身分或壞佛像毀佛像鼻及諸賢聖形像或破父母形像以是罪故受形多不具足復次不善法報受身醜陋若今世被賊或被刑戮種種因緣以致殘毀或風寒熱病身生惡瘡體分爛壞是名形殘蒙佛大恩皆得具足譬如祇洹中奴字犍抵（犍抵此言續）是波斯匿王兒子端正勇健心性和善王大夫人見之心著即微呼之欲令從已犍抵不從夫人大怒向王讒之反狀其罪王聞即節節解之棄於

塚間命未絶頃其夜虎狼羅剎來欲食之時佛到其邊光明照之身即平復其心大喜佛爲説法即得三道佛牽其手將至祇洹是人言我身已破已棄佛續我身今當盡此形壽以身布施佛及比丘僧明日波斯匿王聞如是事來至祇洹語揵坻言向汝悔過汝實無罪枉相刑害今當與汝分國半治揵坻言我已猒矣王亦無罪我宿世殃咎罪報應爾我今以身施佛及僧不復還也如是若有衆生形殘不具足者蒙佛光明即時平復是故言乃至形殘皆得具足蒙佛光明即時平復

【經】一切衆生皆得等心相視如父如母如兄如弟如姊如妹亦如親親及善知識是時衆生等行十善業道淨修梵行無諸瑕穢恬然快樂譬如比丘入第三禪皆得好慧持戒自守不嬈衆生

【論】問曰是諸衆生未離欲無禪定不得四無量心云何得等心答曰是等非禪中等是於一切衆生中無怨無恚以此等故善心相視復次等心者經中有言云何等心相視如父如母是名等心問曰視一切衆生便是父母兄弟姊妹不答曰不也見老者如父母長者如兄少者如弟姊妹亦爾等心力故皆如親親問曰云何非父母言父母乃至非親親言親親不墮妄語耶答曰一切衆生無量世中無非父母兄弟姊妹親親者復次實相法中無父母兄弟人著吾我顛倒計故名爲父母兄弟今以善心力故相視如父如母非妄語也復次如人以義相親非父事之爲父非母事之爲母兄弟兒子亦復如是如人有子行

惡黜而棄之他姓善行養以爲子如是相視則爲等心如說偈

視他婦如母　見他財如火　一切如親親　如是名等見

是時衆生等行十善業道者身業道三種不殺不盜不邪婬口業道四種不妄語不兩舌不惡口不綺語意業道三種不貪不惱害不邪見自不殺生不教他殺讚不殺者見人不殺代其歡喜乃至邪見亦有四種問曰後三業道非業前七業道亦業云何言十善業道答曰沒少從多故通名業道後三雖非業能起業又復爲業故生是故總名業道淨修梵行無諸瑕穢問曰上說行十善業道此理巳定今何以復言淨修梵行答曰有人行十善業道不斷婬今更讚此行梵天行斷除婬欲故言淨修梵行無諸瑕穢者行婬之人身惡名臭以是故讚斷婬人言無諸瑕穢恬然快樂者問曰此何等樂答曰是樂二種內樂涅槃樂是樂不從五塵生譬如石泉水自中出不從外來心樂亦如是行等心修梵行得十善業道清淨無穢是名內樂問曰此樂何界繫欲界繫色界無色界繫耶答曰是樂欲界繫亦不繫非色無色界繫今言譬如比丘入第三禪若是色界繫不應言譬如比丘得第三禪以是事故知非色界繫此欲界心生喜樂一切滿身譬如煗蘇漬身柔軟和樂不繫者得般若波羅蜜相觀諸法不生不滅得實智慧心無所著無相之樂是爲不繫問曰佛言涅槃第一樂何以言第三禪樂答曰二種樂有受樂有受盡樂受盡樂一切五陰盡更

不生是無餘涅槃樂能除憂愁煩惱心中歡喜是名樂受如是樂受滿足在第三禪中以是故言譬如第三禪樂問曰初禪二禪亦有樂受何以故但言第三禪答曰樂有上中下下者初禪中者二禪上者三禪初禪有二種樂根喜根五識相應樂根意識相應喜根二禪中意識相應喜根三禪意識相應樂根一切三界中除三禪更無意識相應樂根是五識不能分別不知名字相眼識生如彈指頃意識已生以是故五識相應樂根不能滿足樂意識相應樂根能滿足樂以是故三禪中諸功德少樂多故無背捨勝處一切入過是三禪更無樂以是故言譬如比丘入第三禪一切衆生皆得好慧持戒自守不嬈衆生者問曰何以故次樂後言皆得好慧答曰人未得樂能作功德既得樂已心著樂多故不作功德是故樂後次第心得好慧好慧者持戒自守不嬈衆生問曰持戒是名自守亦名不嬈衆生何以故復言自守不嬈衆生耶答曰身口善是名持戒撿心就善是名自守亦名不嬈衆生一切諸功德皆戒身定身慧身所攝言好持戒是戒身攝好自守是定身攝不嬈衆生禪中慈等諸功德是慧身攝問曰亦無有人言不好持戒者今何以言好持戒答曰有如婆羅門著世界法者言捨家好持戒是爲斷種人又以自力得財廣作功德如是有福出家乞食自身不給何能作諸功德如是爲呵好持戒亦有著世界治道人呵好自守者言人當以法治世賞善罰惡法不可犯不捨尊親立法濟世所益者大何用獨善其

身自守無事世亂而不理人急而不救如是名爲呵好自守亦有人呵好不嬈衆生者言有怨不能報有賊不能擊惡人不能治有罪無以肅不能却患救難嘿然無益何用此爲如是爲呵好不嬈衆生如説偈

人而無勇健　何用生世間　親難而不救
如木人在地

如是等種種不善語名爲呵不嬈衆生是諸天人皆得好慧持戒自守不嬈衆生行是善法身心安隱無所畏難無熱無惱有好名善譽人所愛敬是爲向涅槃門命欲終時見福心喜無憂無悔若未得涅槃生諸佛世界若生天上以是故言得好慧持戒自守不嬈衆生

大智度論卷第八

音釋

潘澱 潘孚袁切淅米汁也澱當線切滓垽也　搏 補各切擊也　觜 將支切星名　獷 古猛切麤惡也　哺 薄故切口飼也　佉 丘伽切　揜 烏感切　瘂 烏下切瘖也　遽 居御切急倅也　繿縷 繿魯甘切縷力主切繿縷無緣衣也　廐 居祐切馬舍也　拷掠 拷苦老切打也掠離灼切笞也　盥 古玩切澡手也　揵坻 梵語也此云續揵音乾坻音池　讒 鋤銜切譖也　黜 丑律切貶斥也　燸 乃管切與煖同溫也　漬 疾智切浸潤也

大智度論卷第九

龍樹菩薩造

姚秦三藏法師鳩摩羅什譯

釋初品中現普身

【經】爾時世尊在師子座上坐於三千大千世界中其德特尊光明色像威德巍巍遍至十方如恒河沙等諸佛世界譬如須彌山王光色殊特衆山無能及者

【論】問曰佛以何力故於一切衆生中其德特尊光明威德巍巍乃如是耶如轉輪聖王諸天聖人亦有大力光明威德何以獨言佛德特尊答曰此諸賢聖雖有光明威德有量有限譬如衆星日光既出則沒不現佛從無量阿僧祇劫集大功德一切具足因緣大故果報亦大餘人無此復次佛世世修諸苦行無量無數頭目髓腦常施衆生豈唯國財妻子而已一切種種戒種種忍種種精進種種禪定及無比清淨不可壞不可盡智慧世世修行已具足滿此果力故得不可稱量殊特威神以是故言因緣大故果報亦大問曰若佛神力無量威德巍巍不可稱說何以故受九罪報一者梵志女孫陀利謗五百阿羅漢亦被謗二者旃遮婆羅門女繫木盂作腹謗佛三者提婆達推山壓佛傷足大指四者迸木刺脚五者毗樓璃王興兵殺諸釋子佛時頭痛六者受阿耆達多婆羅門請而食馬麥七者冷風動故脊痛八者六年苦行九者入婆羅門聚落乞食不得空鉢而還復有冬至前後八夜寒風破竹索三衣禦寒又復患熱阿難在後扇佛如是等世界小事佛皆受之若

佛神力無量三千大千世界乃至東方恒河沙等諸世界南西北方四維上下光明色像威德巍巍何以故受諸罪報答曰佛在人中生有父母受人身力一指節力勝千萬億那由他白象力神通力無量無數不可思議是淨飯王子猒老病死苦出家得佛道是人豈受罪報爲寒熱等所困如佛神力不可思議不可思議法中何有寒熱諸患復次佛有二種身一者法性身二者父母生身是法性身滿十方虛空無量無邊色像端正相好莊嚴無量光明無量音聲聽法衆亦滿虛空（此衆亦是法性身非生死人所得見）常出種種身種種名號種種生處種種方便度衆生常度一切無須臾息時如是法性身佛能度十方衆生受諸罪報者是生身佛生身佛次第說法如人法以有二種佛故受諸罪無咎復次佛即得道時一切不善法盡斷一切善法皆成就云何今實有不善法報可受但憐愍未來世衆生故現方便受此諸罪復次如阿泥盧豆與一辟支佛食故受無量世樂心念飲食應意即得何況佛世世割肉出髓以施衆生而乞食不得空鉢而還以是事故知佛方便爲度衆生故受此諸罪云何方便憐愍未來世五衆佛弟子施福薄故乞種種自活之具不能得諸白衣言汝衣食不能得有病不能除何能得道以益於人是五衆當答我等雖無活身小事有行道福德我等今日衆苦是先身罪報今之功德利在將來我等大師佛入婆羅門聚落乞食尚亦不得空鉢而還佛亦有諸病釋子畢罪時佛亦頭痛何況我等薄福下人諸白

衣聞已瞋心則息便以四種供養佛供給比丘身得安隱坐禪得道是爲方便故非實受罪如毗摩羅詰經中說佛在毗耶離國是時佛語阿難我身中熱風氣發當用牛乳汝持我鉢乞牛乳來阿難持佛鉢晨朝入毗耶離至一居士門下立是時毗摩羅詰在是中行見阿難持佛鉢而立問阿難汝何以晨朝持鉢立此阿難答曰佛身小疾當用牛乳故我到此毗摩羅詰言止止阿難勿謗如來佛爲世尊已過一切諸不善法當有何病勿使外道聞此麤語彼當輕佛便言佛自疾不能救安能救人阿難言此非我意面受佛勑當須牛乳毗摩羅詰言此雖佛勑是爲方便以今五惡之世故以是像度脫一切若未來世有諸病比丘當從白衣求諸湯藥白衣言汝自疾不能救安能救餘人諸比丘言我等大師猶尚有病況我等身如草芥能不病耶以是事故諸白衣等以諸湯藥供給比丘使得安隱坐禪行道有外道仙人能以藥草呪術除他人病何況如來一切智德自身有病而不能除汝且嘿然持鉢取乳勿令餘人異學得聞知也以是故知佛爲方便非實病也諸罪因緣皆亦如是以是故言佛其德特尊光明色像威德巍巍

【經】爾時世尊以常身示此三千大千世界一切衆生是時首陀會天梵衆天他化自在天化自樂天兜率陀天夜摩天三十三天四天王天及三千大千世界人與非人以諸天華天瓔珞天澤香天末香天青蓮華赤蓮華白蓮華紅蓮華天樹葉香持詣佛所

論問曰佛何以故以常身示此三千大千世界中一切衆生答曰佛欲說摩訶般若波羅蜜入三昧王三昧從足下相輪光明上至肉髻光炎大明譬如劫盡燒時諸須彌山王隨次然盡是光明遍滿三千大千世界乃至十方恒河沙等諸佛世界皆悉大明衆生見者畢至阿耨多羅三藐三菩提時佛欲說般若波羅蜜初神力第二一切毛孔皆悉微笑第三放常光明面各一丈第四舌相遍覆三千大千世界而笑第五入師子遊戲三昧三千大千世界六反震動第六佛坐師子座現最勝身光明色像威德巍巍以此神力感動衆生其有信者皆至阿耨多羅三藐三菩提其中疑者示常身使得信解而各說言今所見者是佛眞身以佛力故此三千大千世界中人見佛常身遠近無礙是時三千大千世界衆生皆大歡喜言此眞是佛身佛初生時初成佛時初轉法輪時皆以此身如是思惟此眞是佛身問曰何以故名爲淨居天梵世天答曰四禪有八種五種是阿那含住處是名淨居三種凡夫聖人共住過是八處有十住菩薩住處亦名淨居號大自在天王梵世天者生處有三種一者梵衆天諸小梵生處二者梵輔天貴梵生處三者大梵天是名中間禪生處問曰離欲是同何以故有貴賤異處答曰初禪三種下中上若修下禪生梵衆若修中禪生梵輔若修上禪生大梵天慈行亦如是如妙眼師念言我爲衆人說法皆生梵天中我今不應與弟子同處當修上慈修上慈故生大梵天中復次第一清淨心故生大梵

天中問曰何以故於四禪中但說初後不說中間答曰初門離欲難故最後微妙難得故中間易入故不說復次言梵世已攝色界以第四禪第一妙故別說復次以人多識梵天不識餘天是故但說梵天以淨居天常憐愍衆生常勸請佛故復次佛說法聲至梵天佛得道時諸天展轉唱告乃至淨居天以是故說初後不說中復次梵天近欲界故應聞淨居天是色界主是故應聞譬如守門人識客客至其主主則識之中間無事故不說復次二禪大喜三禪大樂喜樂放逸是故不說問曰何以名他化自在答曰此天奪他所化而自娛樂故言他化自在化自樂者自化五塵而自娛樂故言化自樂兜率名知足天夜摩名善分天第二名三十三天最下天是四天王諸天須彌山高八萬四千由旬上有三十三天城須彌山邊有山名由揵陀羅高四萬二千由旬此山有四頭頭各有城四天王各居一城夜摩等諸天七寶地在虛空中有風持之令住乃至淨居亦復如是如是諸天見佛身清淨大光明淨持諸供具水陸諸華陸地生華須曼提爲第一水中生華青蓮華爲第一若樹生華若蔓生華是諸名華種種異色種種香熏各持天華來詣佛所以此諸華色好多香柔輭細滑是故以此爲供養具云何爲天華天華芬熏香氣逆風諸天瓔珞懸在佛上天澤香以塗佛地天末香以散佛上天蓮華青赤紅白何以無黃黃屬火火非水華所宜故天寶蓮華瑠璃爲莖金剛爲臺閻浮那陀金爲葉柔輭且香犿天樹葉香持詣

佛所問曰若諸天供養應持天華人及非人云何得天華答曰佛以神足放大光明地六種震動諸天雨種種妙華滿三千大千世界以供養佛是人非人或取此華而以供養復次天竺國法名諸好物皆名天物是人華非人華雖非天上華以其妙好故名爲天華是故言人非人持諸天華是則無咎

【經】是諸天華乃至天樹葉香以散佛上

【論】問曰何以以華散佛身上答曰恭敬供養故又佛光照皆遥見佛心大歡喜供養佛故皆以諸華而散佛上復次佛於三界第一福田以是故華散佛上

【經】所散寶華於此三千大千世界上在虚空中化成大臺

【論】問曰何以化作此臺在虚空中答曰所散華少而化爲大臺以示衆生因少果多問曰何以故臺在虚空中住而不墮落答曰佛以神力欲示衆生令知佛爲福田得報不失乃至成佛其福不滅

【經】是華臺四邊垂諸瓔珞雜色華蓋五色繽紛是諸華蓋瓔珞遍滿三千大千世界

【論】問曰若佛自有神力何以因所散華而變爲臺答曰欲令人心信清淨故是人見所供養變成此臺心大歡喜因歡喜故大得福德

【經】以是華蓋瓔珞嚴飾故此三千大千世界皆作金色及十方如恒河沙等諸佛世界皆亦如是

【論】有人言轉輪聖王四世界主梵天王千世界主佛三千大千世界主是語非實以是故佛所變化乃至十方恒河沙等諸佛世界

經爾時三千大千世界及十方衆生各各自念佛獨爲我說法不爲餘人

論問曰佛以一身示三千大千世界及十方令諸衆生何以各各見佛在前說法答曰佛有二種神力一者一處坐說法令諸衆生遠處皆見遠處皆聞二者佛在一處說法能令一一衆生各自見佛在前說法譬如日出影現衆水復次衆生不同有人見佛身遍三千大千世界而得淨信有人各各見佛在前說法得心清淨信樂歡喜以是故佛令各各在前而爲說法

經爾時世尊在師子座熙怡而笑笑光遍照三千大千世界以此光故此間三千大千世界中衆生皆見東方如恒河沙諸佛及僧彼問如恒河沙等世界中衆生皆見此間三千大千世界中釋迦牟尼佛及諸大衆南西北方四維上下亦復如是

論問曰佛上已多放光明今以何故復放斯光答曰先放光明各各有事如先說今以彼此衆會兩未相見故以光明神力令彼此世界一切大會兩得相見問曰如弟子中天眼第一大阿羅漢長老阿泥盧豆暫觀見小千世界諦觀見二千世界大辟支佛暫觀見二千世界諦觀見三千大千世界今一切人云何能見東方恒河沙等諸佛世界答曰是佛神力令彼得見非衆生力也設阿羅漢及餘處辟支佛等亦以佛力故所見無限譬如轉輪聖王飛行一切營從及諸象馬衆畜皆亦隨去今佛神力故衆生雖在遠處亦得相見又如般舟三昧力故雖不得天眼而見十方

佛眼耳無礙亦如劫盡燒時一切衆生自然皆得禪定得天眼天耳佛以神力令一切衆生皆得遠見亦復如是爾時世尊在師子座而笑笑如先說餘未說者今當說問曰此間衆生遠見彼方是佛神力彼間衆生亦見此方是誰力耶答曰是釋迦牟尼佛力令彼得見此間三千大千世界及見釋迦牟尼佛并一切衆會南西北方四維上下亦復如是

釋初品中十方諸菩薩來

【經】是時東方過如恒河沙等諸佛世界其世界最在邊世界名多寶佛號寶積今現在爲諸菩薩摩訶薩說般若波羅蜜

【論】問曰如佛所說一切世界無量無邊云何言其世界最在邊最在邊者是墮有邊相若世界有邊衆生應盡何以故無量諸佛一一佛度無量阿僧祇衆生令入無餘涅槃更無新衆生故者應盡答曰佛經雖言世界無量此方便說非是實教如實無神方便故說言有神此十四難世界有邊無邊俱爲邪見若無邊佛不應有一切智何以故智慧普知無物不盡是名一切智若世界無邊是有所不盡若有邊如先說咎此二俱邪見何以故依無邊以破有邊故是多寶世界非一切世界邊是釋迦牟尼佛因緣衆生可應度者最在邊譬如一國中最在邊不言一閻浮提最在邊若無邊佛不應一切知者如上佛義中答佛智無量故應知譬如函大故蓋亦大問曰世界名多寶寶有二種財寶法寶何等寶多名爲多寶世界答曰二種皆有又多菩薩照法性等諸寶（言此寶大菩薩所有以爲寶冠寶冠中皆見諸佛又了達一切）

諸法之性多故名爲多寶是中有佛名寶積以無漏根力覺道等法寶集故名爲寶積問曰若爾者一切佛皆應號寶積何以獨稱彼佛爲寶積答曰雖一切諸佛皆有此寶但彼佛即以此寶爲名如彌勒名爲慈氏諸佛雖皆有慈但彌勒即以慈爲名復次如寶華佛生時一切身邊有種種華色光明故名寶華太子如然燈佛生時一切身邊如燈故名然燈太子作佛亦名然燈舊名錠光佛寶積佛亦如是應當初生時不多諸寶物生或地生或天雨種種寶集故名爲寶積問曰唯有釋迦牟尼一佛無十方佛何以故是釋迦牟尼佛無量威力無量神通能度一切衆生更無餘佛如說阿難一心思惟過去諸佛寶華然燈等皆生好世壽命極長能度一切衆生今釋迦牟尼佛惡世生壽命短將無不能度一切弟子耶如是心疑佛時即知阿難心之所念即以日出時入日出三昧爾時佛身一切毛孔出諸光明亦如日邊出諸光明其光遍照閻浮提内其明滿已照四天下照四天下滿已照三千大千世界三千大千世界滿已照十方無量世界爾時世尊從齋邊出諸寶蓮華如偈說

青光瑠璃莖　千葉黄金色　金剛爲華臺
琥珀爲華飾　莖軟不麤曲　其高十餘丈
眞青瑠璃莖　在佛齋中立　其葉廣而長
白光間妙色　無量寶莊嚴　其華有千葉
妙華色如是　從佛齋中出　是四華臺上
寶座曜天日　一一諸寶座　座各有坐佛
如金山四首　光曜等如一　從四佛齋中

各出妙寶華　華上有寶座　其座各有佛
從是佛臍中　展轉出寶華　華華皆有座
座座各有佛　如是展轉化　乃至淨居天
若欲知近遠　當以譬喻說　有一大方石
縱廣如大山　從上放令下　直過無所礙
萬八千三百　八十有三歲　如是年歲數
爾乃得到地　於是兩中間　化佛滿其中
其光大盛明　踰於火日月　有佛身出水
亦有身出火　或復現經行　有時靜嘿坐
有佛行乞食　以此福衆生　或復說經法
有時放光明　或到三惡趣　氷暗火地獄
和氣濟寒氷　光明照暗獄　熱處施涼風
隨事救其苦　安之以無患　度之以法樂
如是種種方便一時頓能度十方無量衆生
度衆生已還入本處住佛臍中爾時世尊從

日出三昧起問阿難言汝見此三昧神通力不阿難白佛唯然已見重白佛言若佛住世一日之中所度弟子可滿虛空何況在世八十餘年以是故言一佛功德神力無量現化十方無異佛也復次如佛所言女人不得作轉輪聖王不得作天帝釋魔天王梵天王不得作佛轉輪聖王不得一處並治十力世尊亦無一世二佛又佛說言佛言不虛世無二佛法難值是佛世尊也無量億劫時時一有是九十一劫中三劫有佛賢劫之前九十一劫初有佛名鞞婆尸（此言種種見）第三十一劫中有二佛一名尸棄（此言火）二名鞞恕婆附（此言一切勝）是賢劫中有四佛一名迦羅鳩飡陀二名迦那伽牟尼（此言金仙人也）三名迦葉四名釋迦牟尼除此餘劫皆空無佛甚可憐愍若有十方

佛何以故言餘刧無佛甚可憐愍答曰雖釋迦牟尼佛有無量神力能變化作佛在十方說法放光明度衆生亦不能盡度一切衆生墮有邊故則無未來世佛故然衆生不盡以是故應更有餘佛復次汝言佛自說女人不得作五事二轉輪聖王不得同時出世佛亦如是同時一世亦無二佛汝不解此義佛經有二義有易了義有深遠難解義如佛欲入涅槃時語諸比丘從今日應依法不依人應依義不依語應依智不依識應依了義經不依未了義依法者法有十二部應隨此法不應隨人依義者義中無諍好惡罪福虛實故語以得義義非語也如人以指指月以示惑者惑者視指而不視月人語之言我以指指月令汝知之汝何看指而不視月此亦如是語爲義指語非義也是以故不應依語依智者智能籌量分別善惡識常求樂不入正要是故言不應依識依了義經者有一切智人佛第一一切諸經書中佛法第一一切衆中比丘僧第一布施得大富持戒得生天如是等是了義經如說法師說法有五種利一者大富二者人所愛三者端正四者名聲五者後得涅槃是爲未了義云何未了施得大富是爲了了可解說法無財施而言得富得富者說法人種種讃施破人慳心亦自除慳以是因緣得富是故言未了是多持經方便說非實義是經中佛雖言世無二佛俱出不言一切十方世界雖言世無二轉輪聖王亦不言一切三千大千世界無但言四天下世界中無二轉輪聖王作福清淨故獨王一世無

諸怨敵若有二王不名清淨雖佛無嫉妒心然以行業世世清淨故亦不一世界有二佛出百億須彌山百億日月名爲三千大千世界如是十方恒河沙三千大千世界是名爲一佛世界是中更無餘佛實一釋迦牟尼佛是一佛世界中常化作諸佛種種法門種種身種種因緣種種方便以度衆生以是故多持經中一時一世界無二佛不言十方無佛復次如汝言佛言一事難值是佛世尊又言九十一劫三劫有佛餘劫皆空無佛甚可憐愍佛爲此重罪不種見佛善根人說言佛世難值如優曇波羅樹華時時一有如是罪人輪轉三惡道或在人天中佛出世時其人不見如說舍衛城中九億家三億家眼見佛三億家耳聞有佛而眼不見三億家不聞不見佛在舍衛二十五年而此衆生不聞不見何況遠者復次佛與阿難入舍衛城乞食是時有一貧老母立在道頭阿難白佛此人可愍佛應當度佛語阿難是無因緣阿難言佛往近之此人見佛相好光明發歡喜心爲作因緣佛往近之迴身背佛佛從四邊往便四向背佛仰面上向佛從上來低頭下向佛從地出兩手覆眼不肯視佛佛語阿難復欲作何因緣有如是人無度因緣不得見佛以是故佛言阿難佛難得值如優曇波羅樹華譬如水雨雖多處處易得餓鬼常渴不能得飲汝言九十一劫三劫有佛爲一佛世界故不爲一切餘諸世界是處劫空無有佛出甚可憐愍者亦是此間一佛世界非爲一切餘諸世界也以是故知有十方佛復次聲聞法中有

十方佛汝自不解如雜阿含經中說譬如大雨連注渧渧無間不可知數諸世界亦如是我見東方無量世界有成有住有壞其數甚多不可分別如是乃至十方是十方世界中無量衆生有三種身苦老病死三種心苦婬瞋癡三種後世苦地獄餓鬼畜生一切世界皆有三種人下中上下人著現世樂中人求後世樂上人求道有慈悲心憐愍衆生有因緣云何無果報佛言若無老病死佛不出世是人見老病死苦惱衆生心中作願我當作佛以度脫之拔其心病濟後世苦如是十方世界皆有佛出因緣何以故獨言此間有佛餘處無耶譬如有人言有木無火有濕地而無水是不可信佛亦如是衆生身有老病死苦心有婬瞋癡病佛為斷此三苦令得三乘故出世一切世界中皆有此苦云何無佛復次盲人無量而言唯須一醫此亦不然以是故應更有十方佛復次長阿含中有經言有鬼神王守北方與衆多百千萬鬼神後夜到佛所頭面禮佛足一面住放清淨光普照祇洹皆令大明合掌讚佛說此二偈

大精進人我歸命　佛二足中尊最上
智慧眼人能知見　諸天不解此慧事
過去未來今諸佛　一切我皆稽首禮
如是我今歸命佛　亦如恭敬三世尊

如是偈中有十方佛鬼神王稽首三世佛然後別歸命釋迦牟尼佛若無十方現在佛當應但歸命釋迦牟尼佛不應言過去未來現在諸佛是故知有十方佛復次過去世有無量佛未來世亦有無量佛以是故現在亦應

有無量佛復次若佛於聲聞法中言有十方無數無量佛衆生當言佛易可遇不勤求脫若不值此佛當遇彼佛如是懈怠不勤求度譬如鹿未被箭時不知怖畏既被箭已踔圍而出人亦如是有老病死苦聞唯有一佛甚難可遇心便怖畏勤行精進疾得度苦以是故佛於聲聞法中不言有十方佛亦不言無若有十方佛汝言無得無限罪若無十方佛而我言有生無量佛想得恭敬福所以者何善心因緣福德力大故譬如慈心三昧力觀一切衆生皆見受樂雖無實益以慈觀故是人得無量福十方佛想亦復如是若實有十方佛而言無得破十方佛無量重罪何以故破實事故肉眼人雖俱不知但心信言有其福無量若實有佛而意謂無其罪甚重人自用心尚應信有何況佛自說摩訶衍中言實有十方佛而不信耶問曰若有十方無量諸佛及諸菩薩今此衆生多墮三惡道中何以不來答曰衆生罪重故諸佛菩薩雖來不見又法身佛常放光明常說法而以罪故不見不聞譬如日出盲者不見雷霆振地聾者不聞如是法身常放光明常說法衆生有無量劫罪垢厚重不見不聞如明鏡淨水照面則見垢翳不淨則無所見如是衆生心清淨則見佛若心不淨則不見佛今雖實有十方佛及諸菩薩來度衆生而不得見復次如釋迦牟尼佛在閻浮提中生在迦毗羅國多遊行東天竺六大城有時飛到南天竺億耳居士舍受供養有時蹔來北天竺月氏國降阿波羅羅龍王又至月氏國西降女羅刹佛在彼

石窟中一宿于今佛影猶在有人就內看之則不見出孔遥觀光明相如佛有時蹔飛至罽賓隸跋陀仙人山上住虛空中降此仙人仙人言我樂住此中願佛與我佛髮佛爪起塔供養塔于今現存此山下有離越寺離越應云隸跋陀也人與佛同國而生猶不遍見何況異處以是故不可以不見十方佛故而言無也復次彌勒菩薩有大慈悲而在天宮不來此間可以不來故便謂無彌勒耶彌勒近而不來不以為怪十方佛遠何足怪也復次十方佛不來者以衆生罪垢深重不種見佛功德是故不來復次佛知一切衆生善根熟結使薄然後來度如說

諸佛先觀知有人　一切方便不可度
或有難度或易化　或復有遲或有疾
或以光明或神足　種種因緣度衆生
有欲作逆佛慈除　或欲作逆佛不遮
剛強難化用麤言　心柔易度用軟言
雖有慈悲平等心　知時智慧用方便

以是故十方佛雖不來不應言無復次佛智慧力方便神通舍利弗等大阿羅漢大菩薩彌勒等尚不能知何況凡人復次諸佛大菩薩有時衆生恐懼急難一心念或時來度之如大月氏西佛肉髻住處國一佛圖中有人癩風病來至遍吉菩薩像邊一心自歸念遍吉菩薩功德願除此病是時遍吉菩薩像即以右手寶渠光明摩其身病即除愈復一國中有一阿蘭若比丘大讀摩訶衍其國王常布髮令蹈上而過有比丘語王言此人摩訶羅不多讀經何以大供養如是王言我一日

夜半欲見此比丘即往到其住處見此比丘在窟中讀法華經見一金色光明人騎白象合掌供養我轉近便滅我即問大德以我來故金色光明人滅此丘言此即遍吉菩薩遍吉菩薩自言若有人讀誦法華經者我當乘白象來教導之我誦法華經故遍吉自來（遍吉法華經名為普賢）復一國有一比丘誦阿彌陀佛經及摩訶般若波羅蜜是人欲死時語弟子言阿彌陀佛與彼大衆俱來即時動身自歸須臾命終命終之後弟子積薪燒之明日灰中見舌不燒誦阿彌陀佛經故見佛自來誦般若波羅蜜故舌不可燒此皆今世現事如經中說諸佛菩薩來者甚多如是處處有人罪垢結薄一心念佛信淨不疑必得見佛終不虛也以是諸因緣故知實有十方佛

【經】爾時彼世界有菩薩名曰普明

【論】菩薩義如讚菩薩品中已說問曰云何名普明答曰其明常照一切世界是故名普明

【經】見此大光見地大動又見佛身到寶積佛所白佛言世尊今何因緣有此光明照於世間地大震動又見佛身

【論】地動佛身光明如先說問曰是普明菩薩於諸菩薩中最尊第一應自知因緣何以問佛答曰是普明菩薩雖大不能知諸佛智慧神力譬如月光雖大日出則滅以是故問佛復次菩薩常欲見佛心無猒足無因緣尚欲見佛何況有大因緣復次是事不應疑譬如犢子隨母未足怪也又如小王朝宗大王法應爾故諸大菩薩亦如是得利大故常欲隨佛是菩薩見是事心即覺知是必大事見無

數無量世界皆得相見以是故問復次有人言是菩薩自有神力能知亦是釋迦牟尼佛力令知但爲諸小菩薩不知故問佛諸小菩薩怖難未除不能問佛是故爲之發問是普明菩薩發其世界與諸小男子小女人俱以是故知不能問佛譬如大象能蹴大樹令諸小象得食枝葉是故問佛大德何因何緣有此大光明大地震動又見佛身

大智度論卷第九

音釋

壓烏甲切　迸比孟切涌也　禦牛倨切扞也　詰去吉切　踔敕救切越也　月氏氏章移切國名　癩落蓋切惡疾也

大智度論卷第十

龍樹菩薩造

姚秦三藏法師鳩摩羅什譯

釋初品中十方諸菩薩來之餘

【經】寶積佛報普明言善男子西方度如恒河沙等世界有世界名娑婆是中有佛號釋迦牟尼今現在欲爲諸菩薩摩訶薩說般若波羅蜜是其神力

【論】問曰佛譬如須彌山不爲大海水波所動今何以答普明是則動相攝心則無語散心則有說說法從覺觀生覺觀麤事佛不應有此麤事答曰佛雖入深禪定不爲世事所動今以大慈悲心憐愍衆生爲之說法斷疑如須彌山王小風則不能動若隨藍風至則大動散佛亦如是有大慈悲風來憐愍心動散身無數入五道教化衆生或作天身乃至畜生復次佛實不動常入禪定先世福德因緣故身遍出聲應物如響如天妓樂自然發聲又如摩尼珠隨人所欲種種與之若欲衣被飲食醫藥自恣所須自然皆得佛亦如是從其身邊諸毛孔中自然有聲隨心說法是中佛無憶想亦無分别如說密迹金剛經中佛有三密身密語密意密一切諸天人皆不解不知有一會衆生或見佛身黄金色白銀色諸雜寶色有人見佛身一丈六尺或見一里十里百千萬億乃至無邊無量遍虛空中如是等名身密語密者有人聞佛聲一里有聞十里百千萬億無數無量遍虛空中有一會中或聞說布施或有聞說持戒或聞說忍辱精進禪定智慧如是乃至十二部經八萬法

聚各各隨心所聞是名語密是時目連心念欲知佛聲近遠即時以已神足力去無量千萬億佛世界而息聞佛音聲如近不異所息世界其佛與大衆方食彼土人大目連立其鉢緣彼佛弟子問其佛言此人頭蟲從何所來著沙門被服而行其佛報言勿輕此人此是東方過無量佛界有佛名釋迦牟尼此是彼佛神足弟子彼佛問目伽路子度汝何以來此目連答言我尋佛音聲故來至此彼佛告目連汝尋佛聲過無量億劫不能得其邊際復次佛出世爲斷衆生疑故爲說法此不應難汝不應問曰何以除暗佛亦如是不應問佛何以故答問曰諸佛等故名爲等覺今何以稱言是彼神力答曰示無吾我彼此滅嫉慢故復次世界有天常求尊勝憍慢法故自言天地人物是我化作如梵天王謂諸梵言我作汝等毗紐天言世間有大富貴名聞人皆是我身威德力分我能成就世間亦能破壞世間世間威德皆是我作有如是天破因緣法相諸佛實語不壞因緣法相故言是彼佛神力

【經】是時普明菩薩白寶積佛言世尊我今當往見釋迦牟尼佛禮拜供養及見彼諸菩薩摩訶薩紹尊位者皆得陀羅尼及諸三昧於諸三昧中而得自在

【論】問曰若諸佛持戒禪定智慧度人皆等是普明菩薩何以欲來見釋迦牟尼佛答曰諸菩薩常欲見佛無猒足聽法無猒足見諸菩薩僧無猒足諸菩薩於世間法皆以猒患於上三事心無猒足如手居士從淨居天來欲

見佛其身微細没失譬如消蘇不得立地佛語手居士汝化作麤身觀此地相居士即如佛言化作麤身觀念地相頭面禮佛足一面立佛問居士汝幾事無猒生淨居天答言我三事無猒生淨居天一見佛供養無猒二聽法無猒三供給僧無猒如佛在閻浮提四部衆常隨逐佛聽法問法是我淨居諸天亦常從我聽法問法聲聞猶尚聽法無猒足何況法性身菩薩以是故普明菩薩來見釋迦牟尼佛及見此間諸菩薩摩訶薩紹尊位者皆得陀羅尼及諸三昧如先讚菩薩品中說於諸三昧而得自在者問曰如佛一人一切三昧中得自在何以言菩薩亦一切三昧中得自在答曰有二種三昧一者佛三昧二者菩薩三昧是諸菩薩於菩薩三昧中得自在非佛三昧中如說諸佛要集經中文殊尸利欲見佛集不能得到諸佛各還本處文殊尸利到諸佛集處有一女人近彼佛坐入三昧文殊尸利入禮佛足已白佛言云何此女人得近佛坐而我不得佛告文殊尸利汝覺此女人令從三昧起汝自問之文殊尸利即彈指覺之而不可覺以大聲喚亦不可覺捉手牽亦不可覺又以神足動三千大千世界猶亦不覺文殊尸利白佛言世尊我不能令覺是時佛放大光明照下方世界是中有一菩薩名棄諸蓋即時從下方出來到佛所頭面禮佛足一面立佛告棄諸蓋菩薩汝覺此女人即時彈指此女從三昧起文殊尸利白佛以何因緣我動三千大千世界不能令此女起棄諸蓋菩薩一彈指便從三昧起佛告文殊

尸利汝因此女人初發阿耨多羅三藐三菩提意是女人因棄諸蓋菩薩初發阿耨多羅三藐三菩提意以是故汝不能令覺汝於諸佛三昧中功德未滿是棄諸蓋菩薩三昧中得自在佛三昧中少多入而未得自在故耳

經佛告普明欲往隨意宜知是時爾時寶積佛以千葉金色蓮華與普明菩薩而告之曰善男子汝以此華散釋迦牟尼佛上生彼娑婆世界諸菩薩難勝難及汝當一心遊彼世界

論問曰佛何以言欲往隨意宜知是時答曰佛於弟子愛斷故於弟子中心不著故復次是菩薩未得一切智未得佛眼故心中少多有疑謂釋迦牟尼佛功德大所益或勝是故語言欲往隨意復次是菩薩遥見釋迦牟尼佛身小心生小慢言彼佛不如是故佛語汝往莫觀佛身勿念世界但聽佛說法復次是世界離娑婆世界極遠最在東邊是菩薩聞釋迦牟尼佛所說諸法相與寶積佛說諸法相正同便言世界雖遠法相不異增益大信心轉堅固復次先世因緣故雖遠處生應來聽法譬如繩繫雀脚雖復遠飛攝之則還復次是娑婆世界中菩薩見普明遠來聽法便作是念彼從遠來況我生此世界中而不聽法如是種種因緣是故佛言欲往隨意宜知是時問曰諸佛力等更不求福何故以華爲信答曰隨世間法行故如二國王力勢雖同亦相贈遺復次示善軟心故以華爲信世間法中使從遠來必應有信佛隨世法是故致信復次諸佛恭敬法故供養於法以法爲師

何以故三世諸佛皆以諸法實相為師問曰何以不自供養身中法而供養他法答曰隨世間法如比丘欲供養法寶不自供養身中法而供養餘持法知法解法者佛亦如是雖身中有法而供養餘佛法問曰如佛不求福德何以故供養答曰佛從無量阿僧祇劫中修諸功德常行諸善不但求報敬功德故而作供養如佛在時有一盲比丘眼無所見而以手縫衣時針袵脫便言誰愛福德為我袵針是時佛到其所語比丘我是愛福德人為汝袵來是比丘識佛聲疾起著衣禮佛足白佛言佛功德已滿云何言愛福德佛報言我雖功德已滿我深知功德因功德果報功德力今我於一切衆生中得最第一由此功德是故我愛佛為此比丘讚功德已次為隨意說法是比丘得法眼淨肉眼更明復次佛雖功德已滿更無所須為教化弟子故語之言我尚作功德汝云何不作如技家百歲老公而舞有人呵之言老公年已百歲何用是舞公答我不須舞但欲教子孫故耳佛言如是功德雖滿為教弟子作功德故而作供養問曰若爾者佛何以不自遙散釋迦牟尼佛上而遣人供養答曰為此間諸菩薩信普明故復次佛所遣使水火兵毒百千種害終不能傷道里懸遠欲令安隱故問曰何故不以好寶深經若佛菩薩寶（言此寶諸天所不見能出種種妙物如摩尼珠故名佛寶也）為信而以蓮華蓮華小物何足為信答曰佛不須物佛寶天寶尚亦不須何況人寶以不須故不遺亦以佛自等有故不遺深經亦爾復次諸經於佛則無甚深甚深之稱

出自凡人凡人所疑於佛無礙凡人所難佛皆易之復次華香清妙宜爲供養如人獻贈必以異物問曰何故止以蓮華不以餘物答曰供養唯以華香旛蓋華有二事有色有香問曰餘華亦有香有色何故唯以蓮華供養答曰如華手經中說十方佛皆以華供養釋迦文佛復次蓮華有三種一者人華二者天華三者菩薩華人華大蓮華十餘葉天華百葉菩薩華千葉彼世界中多有金色光明千葉蓮華娑婆世界中雖有化華千葉無水生者以是故遣是蓮華千葉金色如上舌相中說問曰佛何以令普明以華散佛上答曰供養法華香旛蓋旛蓋應上乾香應燒濕香應塗地末香及華應散問曰何以不供奉而已而自散上答曰自手供養是身業輙言問訊是口業能起身口業是意業是三業得功德牢固與佛道作因緣問曰何以言汝當一心敬慎娑婆世界中諸菩薩難及難勝答曰佛辟支佛阿羅漢一切諸賢聖皆一心敬慎魔若魔民及內身結使種種先世罪報皆是賊近此諸賊故應一心敬慎譬如入賊中行不自慎護爲賊所得以是故言一心敬慎以遊彼界復次以人心多散如狂如醉一心敬慎則是諸功德初門攝心得禪便得實智慧得實智慧便得解脫得解脫便得盡苦如是事皆從一心得如佛般涅槃後一百歲有一比丘名憂波毱得六神通阿羅漢當爾時世爲閻浮提大導師彼時有一比丘尼年百二十歲此比丘尼年少時見佛憂波毱來入其舍欲問佛容儀先遣弟子弟子語比丘尼我大

師憂波毱欲來見汝問佛容儀是時比丘尼以鉢盛滿麻油著户扇下試之知其威儀詳審以不憂波毱入徐排户扇麻油小棄坐已問比丘尼汝見佛不容貌何似爲我說之比丘尼答我爾時年少見佛來入聚落衆人言佛來我亦隨衆人出見光明便禮頭上金釵墮地在大暗床下佛光明照之幽隱皆見即時得釵我自是後乃作比丘尼憂波毱更問佛在世時比丘威儀禮法何如答曰佛在時六羣比丘無羞無恥最是弊惡威儀法則勝汝今日何以知之六羣比丘入户不令油棄此雖弊惡如比丘儀法行住坐卧不失法則汝雖是六神通阿羅漢不如彼也憂波毱聞是語大自慚愧以是故言一心敬慎一心敬慎善人相也復次何以故言一心敬慎是菩薩難勝難及難破難近譬如大師子王難勝難破亦如白象王及龍王如大火炎皆難可近是菩薩大福德智慧力故若人欲勝欲破是不可得正可自破是故言難近問曰一切大菩薩皆大功德智慧利根一切難近何以獨言娑婆世界中菩薩難近答曰實如所言但以多寶世界中菩薩遠來見此世界不如石沙穢惡菩薩身小一切衆事皆亦不如必生輕慢是故佛言一心敬慎彼諸菩薩難近復次樂處生人多不勇猛不聰明少智慧如欝怛羅越人以大樂故無出家無受戒諸天中亦爾是娑婆世界中是樂因緣少有三惡道老病死土地自活法難以是故易得猒心見老病死至心大猒患見貧窮人知先世因緣所致心生大猒以是故智慧利根彼間菩

薩七寶世界種種寶樹心念飲食應意即得如是生猒心難是故智慧不能大利譬如利力著好飲食中刀便生垢飲食雖好而與刀不相宜若以石磨之脂灰瑩治垢除刀利是菩薩亦如是生雜世界中利智難近如人少小勤苦多有所能亦多有所堪又如養馬不乘則無所任復次是娑婆世界中菩薩多方便故難近餘處不爾如佛說我自憶念宿世一日施人千命度衆生故雖諸功德六波羅蜜一切佛事具足而不作佛恒以方便度脱衆生以是事故是娑婆世界中菩薩難近

(經)爾時普明菩薩從寶積佛受千葉金色蓮華與無數出家在家菩薩及諸童男童女俱共發引

(論)問曰是普明菩薩大力神通故應能來是出家在家菩薩及諸童男童女云何自致多寶世界最在東邊道里悠遠是自用力行爲寶積佛力是普明菩薩力耶爲釋迦牟尼佛力答曰盡是四種人力是出家居家菩薩或是不退五通成就菩薩四如意足好修先世釋迦牟尼佛因緣亦自用巳力亦是普明菩薩力何以故是中力勢薄者是普明菩薩力故得來如轉輪聖王飛上天時四種兵及諸宮觀畜獸一切皆飛轉輪聖王功德大故能令一切隨而飛從此亦如是力勢薄者以普明菩薩力故皆亦得來亦是寶積佛力及釋迦牟尼光明照之若自無力但釋迦牟尼佛光明照之亦應能來何況有三問曰是普明菩薩何不獨來而多將衆人答曰翼從所宜故譬如國王出時必有營從復次是普明菩

薩及釋迦牟尼佛因緣人故所以者何彼大衆中二衆共來是故知有因緣者來無因緣者住問曰是菩薩何以故與諸居家出家童男童女俱來答曰佛弟子七衆比丘比丘尼學戒尼沙彌沙彌尼優婆塞優婆夷優婆塞優婆夷是居家餘五衆是出家出家在家中更有二種若大若小小者童男童女餘者爲大問曰大者應行小者何以能來答曰在功德不在大小若失功德利行不善法雖老而小若有功德利行善法雖小而大復次見此小者遠來人見則歎小而能爾爲法遠來亦顯佛法小大皆得奉行外道法中婆羅門得行其法非婆羅門不得行佛法無大無小無內無外一切皆得修行譬如服藥以除病爲主不擇貴賤大小

【經】皆供養恭敬尊重讃歎東方諸佛

【論】問曰若皆供養東方諸佛諸佛甚多何時當訖得來此間答曰是諸菩薩非作人天法供養自行菩薩供養法菩薩供養法身入禪定其身直進從其身邊出無量身化作種種供養之物滿諸佛世界譬如龍王行時從身出水普雨天下問曰此諸菩薩欲詣釋迦牟尼佛何以中道供養諸佛答曰諸佛第一福田若供養者得大果報譬如人廣修田業爲多得穀故諸菩薩見諸佛供養得佛果報是故供養復次菩薩常敬重於佛如人敬重父母諸菩薩蒙佛說法得種種三昧種種陀羅尼種種神力知恩故廣供養如法華經中藥王菩薩從佛得一切變現色身三昧作是思惟我當云何供養佛及法華三昧即時飛到

天上以三昧力雨七寶華香旛蓋供養於佛出三昧已意猶不足於千二百歲服食衆香飲諸香油然後以天白氎纏身而燒自作誓言使我身光明照八十恒河沙等佛世界是八十恒河沙等世界中諸佛讚言善哉善哉善男子以身供養是爲第一勝以國財妻子供養百千萬倍不可以譬喻爲比於千二百歲身然不滅復次是供養佛得無量名聞福德利益諸不善事皆悉滅除諸善根得增長今世後世常得供養報久後得作佛如是供養佛得種種無量利以是故諸菩薩供養佛

經持諸華香瓔珞末香澤香燒香塗香衣服幢蓋向釋迦牟尼佛所到已頭面禮佛足一面立

論問曰應言禮何以名頭面禮足答曰人身中第一貴者頭五情所著而最在上故足第一賤履不淨處最在下故是故以所貴禮所賤貴重供養故復次有下中上禮下者揖中者跪上者稽首頭面禮足是上供養以是故佛毗尼中下座比丘兩手捉上座兩足以頭面禮問曰四種身儀若坐若立若行若臥何以故一面立答曰爲來故不應行爲恭敬供養故不應臥此事易明何足問耶應問或坐或立坐者於供養不重立者恭敬供養法重復次佛法中諸外道出家及一切白衣來到佛所皆坐外道他法輕佛故坐白衣如客是故坐一切五衆身心屬佛是故立若得道諸阿羅漢如舍利弗目連須菩提等所作已辦是故聽坐餘雖得三道亦不聽坐大事未辦結賊未破故譬如王臣大有功勳故得坐是

諸菩薩中雖有白衣以從遠來供養佛故立

【經】白佛言寶積如來致問世尊少惱少患興居輕利氣力安樂不又以此千葉金色蓮華供養世尊

【論】問曰寶積佛一切智何以方問訊釋迦牟尼佛少惱少患興居輕利氣力安樂不答曰諸佛法爾知而故問如毗尼中達貳迦比丘作赤色瓦窟佛見已知而故問阿難此作何物阿難白佛是陶家子出家字達貳迦作小草舍常爲放牛人所壞三作三破是故作此瓦舍佛語阿難破此瓦窟何以故外道輩當言佛大師在時漏處法出如是等處處知而故問復次佛雖一切智隨世界法世人問訊佛亦問訊佛人中生受人法寒熱生死與人等問訊法亦應等復次世界中大貴大賤不應相問訊佛力等故應相問訊復次是多寶世界清淨莊嚴佛身色像光明亦大若不問訊人謂輕慢又復欲示佛世界身色光明種種雖勝智慧神力俱等無異是故問訊問曰何以問少惱少病不答曰有二種病一者外因緣病二者內因緣病外者寒熱飢渴兵刃刀杖墜落推壓如是等種種外患名爲惱內者飲食不節臥起無常四百四病如是等種種名爲內病如此二病有身皆苦是故問少惱少患不問曰何以不問無惱無病而問少惱少患答曰聖人實知身爲苦本無不病時何以故是四大合而爲身地水火風性不相宜各各相害譬如疽瘡無不痛時若以藥塗可得少差而不可得愈人身亦如是常病常治治故得活不治則死以是故不得問無惱

無病外患常有風雨寒熱爲惱復有身四儀坐卧行住久坐則極惱久卧久住久行皆惱以是故問少惱少患問曰問少惱少患則足何以復言興居輕利答曰人雖病差未得平復以是故問興居輕利問曰何以故言氣力安樂不答曰有人病差雖能行步坐起氣力未足不能造事施爲携輕舉重故問氣力安樂不者有人雖病得差能舉重携輕而未受安樂是故問安樂不問曰若無病有力何以未受安樂答曰有人貧窮恐怖憂愁不得安樂以是故問得安樂不復次有二種問訊法問訊身問訊心若言少惱少患興居輕利氣力是問訊身若言安樂不是問訊心種種内外諸病名爲身病婬欲瞋恚嫉妬慳貪憂愁怖畏等種種煩惱九十八結五百纏種種欲願等名爲心病是二病問訊故言少惱少病興居輕利氣力安樂不問曰人問訊則應爾諸天尚不應如此問訊何況於佛答曰佛身二種一神通變化身二父母生身父母生身受人法故不如天是故應如人法問訊問曰一切賢聖心無所著不貪身不惜壽不惡死不悅生若如是者何用問訊答曰隨世界法故受人法問訊遣問訊亦以人法千葉金色蓮華如上說

【經】爾時釋迦牟尼佛受是千葉金色蓮華已散東方如恒河沙等諸世界中佛

【論】問曰佛無勝如今何以故向東方諸佛散華供養如佛初得道時自念人無所尊則事業不成今十方天地誰可尊事者我欲師而事之是時梵天王等諸天白佛佛爲無上無

過佛者佛亦自以天眼觀三世十方天地中無勝佛者心自念言我行摩訶般若波羅蜜今自致作佛是我所尊即是我師我當恭敬供養尊事是法譬如有樹名爲好堅是樹在地中百歲枝葉具足一日出生高百丈是樹出已欲求大樹以蔭其身是時林中有神語好堅樹言世中無大汝者諸樹皆當在汝蔭中佛亦如是無量阿僧祇劫在菩薩地中生一日於菩提樹下金剛坐處坐實知一切諸法相得成佛道是時自念誰可尊事以爲師者我當承事恭敬供養時梵天王等諸天白佛言佛爲無上無過佛者今何以故復供養東方諸佛荅曰佛雖無上三世十方天地中無過佛者而行供養供養有上中下下於已者而供養之是下供養供養勝已是上供養供養與已等者是中供養諸佛供養是中供養如大愛道比丘尼與五百阿羅漢比丘尼一日中一時入涅槃是時諸得三道優婆塞舉五百床四天王舉佛乳母大愛道床佛自在前擎香鑪燒香供養佛語比丘汝等助我供養乳母身爾時諸阿羅漢比丘各各以神足力到摩梨山上取牛頭栴檀香薪助佛作積是爲下供養以是故雖不求果而行等供養復次唯佛應供養佛餘人不知佛德如偈說

智人能敬智　智論則智喜　智人能知智

如蛇知蛇足

以是故諸佛一切智能供養一切智復次是十方佛世世勸助釋迦牟尼佛如七住菩薩觀諸法空無所有不生不滅如是觀已於一

切世界中心不著欲放捨六波羅蜜入涅槃譬如人夢中作栰渡大河水手足疲勞生患猒想在中流中夢覺自念言何許有河而可渡者是時勤心都放菩薩亦如是立七住中得無生法忍心行皆止欲入涅槃爾時十方諸佛皆放光明照菩薩身以右手摩其頭語言善男子勿生此心汝當念汝本願欲度衆生汝雖知空衆生不解汝當集諸功德教化衆生莫入涅槃汝未得金色身三十二相八十種隨形好無量光明三十二業汝今始得一無生法門莫便大喜是時菩薩聞諸佛教誨還生本心行六波羅蜜以度衆生如是等初得佛道時得是佐助又佛初得道時心自思惟是法甚深衆生愚蒙薄福我亦五惡世生念當云何念已我當於一法中作三分分爲三乘以度衆生作是思惟時十方諸佛皆現光明讚言善哉善哉我等亦在五惡世中分一法作三分以度衆生是時佛聞十方諸佛語聲即大歡喜稱言南無佛如是十方佛處處勸助爲作大利知恩重故以華供養十方佛最上福德無過此德何以故是華實積佛功德力所生非是水生華普明是十住法身菩薩送此華來上釋迦牟尼佛釋迦牟尼佛知十方佛是第一福田故以供養是福倍多何以故佛自供養佛故佛法中有四種布施一施者清淨受者不淨二施者不淨受者清淨三施者清淨受者亦淨四施者不淨受者不淨今施東方諸佛是爲二俱清淨是福最大以是故佛自供養十方佛問曰一切聖人不受報果後更不生云何言是施福最大

答曰是福雖無人受其相自大若有人受者其報無量諸聖人知有爲法皆無常空故捨入涅槃是福亦捨譬如燒金丸雖眼見其好不可以手觸燒人手故復次如人有瘡則須藥塗若無瘡者藥無所施人有身亦如是常爲飢渴寒熱所逼亦如瘡發以衣被飲食温煖將適如藥塗瘡如愚癡人爲貪藥故不用塗瘡若其無瘡藥亦無用諸佛以身爲瘡捨放身瘡故亦不受報藥以是故雖有大福亦不受報

【經】所散蓮華滿東方如恒河沙等諸佛世界

【論】問曰華少而世界多云何滿答曰佛神通力故如上八種自恣變化法大能令小小能令大輕能令重重能令輕自在無礙隨意所到能動大地所願能辦諸大聖人皆得是八種自在是故佛能以小華滿東方如恒河沙等世界又復以示衆生未來福報如此少華滿東方世界又勸東方菩薩言植福於佛田中所得果報亦如此華彌滿無量汝雖遠來應當歡喜遇此大福田果報無量

【經】一一華上皆有菩薩結跏趺坐說六波羅蜜聞此法者必至阿耨多羅三藐三菩提

【論】問曰上佛以舌相光明化作千葉寶華一一華上皆有坐佛今何以故一一華上皆有坐菩薩答曰上是佛所化華故有坐佛此是普明菩薩所供養華是故有坐菩薩復次上諸衆生應見坐佛得度今此衆生應見坐菩薩得度結跏趺坐說六波羅蜜聞此法者必至阿耨多羅三藐三菩提如先說

【經】諸出家在家菩薩及諸童男童女頭面禮

釋迦牟尼佛足各以供養具供養恭敬尊重讚歎釋迦牟尼佛

論是諸出家在家菩薩及諸童男童女各各以善根福德力故得供養釋迦牟尼多陀阿伽度阿羅訶三藐三佛陀如說偈

諸聖所來道　佛亦如是來　實相及所去
佛亦爾無異　諸聖如實語　佛亦如實說
以是故名佛　多陀阿伽度　忍鎧心堅固
精進弓力強　智慧箭勁利　破憍慢諸賊
應受天世人　一切諸供養　以是故名佛
以爲阿羅訶　正知苦實相　亦實知苦集
知苦滅實相　亦知苦滅道　眞正解四諦
定實不可變　是故十方中　號三藐三佛
得微妙三明　清淨行亦具　是故號世尊
鞞闍遮羅那　解知一切法　自得妙道去
或時方便說　愍念一切故　滅除老病死
令到安隱處　以是故名佛　以爲修伽陀
知世所從來　亦知世滅道　以是故名佛
爲路迦鞞陀　禪戒智等眼　無及況出上
以是故名佛　爲阿耨多羅　大悲度衆生
輭善教調御　以是故名佛　富樓沙曇藐
智慧無煩惱　說最上解脫　以是故名佛
提婆摩菟舍　三世動不動　盡及不盡法
道樹下悉知　是故名爲佛

經南方度如恒河沙等諸佛世界其世界最在邊世界名離一切憂佛號無憂德菩薩名離憂西方度如恒河沙等諸佛世界其世界最在邊世界名滅惡佛號寶山菩薩名義意北方度如恒河沙等諸佛世界其世界最在邊世界名勝佛號勝王菩薩名得勝下方度

如恒河沙等諸佛世界其世界最在邊世界名善佛號善德菩薩名華上上方度如恒河沙等諸佛世界其世界最在邊世界名喜佛號喜德菩薩名德喜如是一切皆如東方

【論】問曰如佛法中實無諸方名何以故諸五衆十二入十八界中所不攝四法藏中亦無說方是實法因緣求亦不可得今何以故此中說十方諸佛十方菩薩來答曰隨世俗法所傳故說方求方實不可得問曰何以言無方汝四法藏中不說我六法藏中說汝衆入界中不攝我陀羅驃中攝是方法常相故有相故亦有亦常如經中說日出處是東方日没處是西方日行處是南方日不行處是北方日有三分合若前合若今合若後合隨方日分初合是東方南方西方亦如是日不行處是無分彼間此此間彼是方相若無方無彼此彼此是方相而非方答曰不然須彌山在四域之中日繞須彌照四天下鬱怛羅越日中是弗婆提日出於弗婆提人是東方弗婆提日中是閻浮提日出於閻浮提人是東方是實無初何以故一切方皆東方皆南方皆西方皆北方汝言日出處是東方日行處是南方日没處是西方日不行處是北方是事不然復次有處日不合是爲非方無方相故問曰我說一國中方相汝以四國爲難以是故東方非無初答曰若一國中日與東方合是爲有邊有邊故無常無常故是不遍以是故方但有名而無實

【經】爾時是三千大千世界皆成爲寶華遍覆地懸繒旛蓋香樹華樹皆悉莊嚴

【論】問曰：此誰神力令地爲寶答曰是佛無量神力變化所爲有人呪術幻法及諸鬼神龍王諸天等能變少物令三千大千世界皆爲珍寶餘人及梵天王皆所不能佛入四禪中十四變化心能令三千大千世界華香樹木一切土地皆悉莊嚴一切衆生皆悉和同心轉爲善何以故莊嚴此世界爲説般若波羅蜜故亦爲十方諸菩薩客來及諸天世人故莊嚴如人請貴客若一家請則莊嚴一家一國主則莊嚴一國轉輪聖王則莊嚴四天下梵天王莊嚴三千大千世界佛爲十方無量恒河沙等諸世界中主是諸他方菩薩及諸天世人客來故亦爲此彼衆人見此變化莊嚴則生大心生清淨歡喜心從大心發大業從大業得大報受大報時更生大心如是展轉增益得成阿耨多羅三藐三菩提以是故變此世界皆悉爲寶云何名寶寶有四種金銀毗瑠璃玻瓈更有七種寶金銀毗瑠璃玻瓈硨磲碼碯赤真珠(此珠極貴非珊瑚也)更復有寶摩羅伽陀(此珠金翅鳥口邊出綠色能辟一切毒也)因陀尼羅(天青珠)摩訶尼羅(大青珠)鉢摩羅伽(赤光珠)越闍(金剛)龍珠如意珠玉貝珊瑚琥珀等種種名爲寶是寶有三種有人寶天寶菩薩寶人寶力少唯有清淨光色除毒除鬼除暗亦除飢渴寒熱種種苦事天寶亦大亦勝常隨逐天身可使令可共語輕而不重菩薩寶勝於天寶能兼有人寶天寶事又能令一切衆生知死此生彼因緣本末譬如明鏡見其面像復次菩薩寶能出種種法音若爲首飾寶冠則雨十方無量世界諸佛上幢旛華蓋種種供養之具以

供養佛又雨衣被臥具生活之物種種衆事隨衆生所須皆悉雨之給施衆生如是等種種衆寶以除衆生貧窮苦厄問曰是諸珍寶從何處出答曰金出山石沙赤銅中眞珠出魚腹中竹中蛇腦中龍珠出龍腦中珊瑚出海中石樹玉貝出蟲甲中銀出燒石餘瑠璃玻瓈等皆出山窟中如意珠出自佛舍利若法沒盡時諸舍利皆變爲如意珠譬如過千歲氷化爲玻瓈珠如是等諸寶是人中常寶佛所莊嚴一切世界是最殊勝諸天所不能得何以故是從大功德所生種種華旛如先說香樹者名阿伽樓(蜜香)樹多伽樓(木香)樹栴檀如是等種種香樹華樹名瞻蔔(黄花)樹阿輸迦(無憂花)樹婆訶迦羅(赤花)樹如是等種種華樹

【經】譬如華積世界普華世界妙德菩薩善住意菩薩及餘大威神諸菩薩皆在彼住

【論】問曰何以言譬如華積世界答曰彼世界常有淨華此世界變化一時故以喻也譬喻法以小喻大如人面好譬如滿月問曰更有十方諸清淨世界如阿彌陀佛安樂世界等何故但以普華世界爲喻答曰阿彌陀佛世界不如華積世界何以故法積比丘佛雖將至十方觀清淨世界功德力薄不能得見上妙清淨世界以是故世界不如復次當佛變化此世界時正與華積世界相似以是故言譬如華積世界問曰更有餘大菩薩如毗摩羅鞊觀世音遍吉菩薩等何以不言此諸菩薩在彼住而但言文殊尸利善住意菩薩答曰是遍吉菩薩一一毛孔常出諸佛世界及諸佛菩薩遍滿十方以化衆生無適住處文

殊尸利分身變化入五道中或作聲聞或作緣覺或作佛身如首楞嚴三昧經中說文殊尸利菩薩過去世作龍種尊佛七十二億世作辟支迦佛是可言可說遍吉菩薩不可量不可說住處不可知若住應在一切世界中住是故不說復次及諸大威神菩薩亦應總說遍吉等諸大菩薩

【經】爾時佛知一切世界若天世界若魔世界若梵世界若沙門婆羅門若天若揵闥婆人阿脩羅等及諸菩薩摩訶薩紹尊位者皆集

【論】問曰佛神力無量一切十方衆生若盡來在會者一切世界應空若不來者佛無量神力有所不能答曰不應盡來何以故諸佛世界無邊無量若盡來者便爲有邊又復十方各各有佛亦說般若波羅蜜如般若波羅蜜四十三品中十方面各千佛現皆說般若波羅蜜以是故不應盡來問曰若有十方諸佛皆說般若波羅蜜十方諸菩薩何以故來答曰如普明菩薩來章中已說與釋迦牟尼佛因緣故來復次是諸菩薩本願故若有說般若波羅蜜處我當聽受供養是以遠來欲以身力積功德故亦以示諸衆生我從遠來供養法故云何汝在此世界而不供養問曰佛於法不著何以故七現神力而令衆生大集答曰是般若波羅蜜甚深難知難解不可思議是故廣集諸大菩薩令新發意者心得信樂譬如小人所語不爲人信貴重大人人必信受問曰何以故言若天世界若魔世界若梵世界但應言天世界人世界則足何以故十號中言天人師以是故應言天人而已答

曰諸天有天眼天耳利根智慧多自知來以是故言天世界問曰若天世界已攝魔梵何以別說若魔若梵答曰天中有三天主釋提婆那民二處天主魔王六欲天主梵世界中梵天王爲主問曰如夜摩天兜率陀天化樂天皆有主何以但有三主答曰釋提婆那民依地住佛亦依地住常來佛所大有名稱人多識故魔王常來嬈佛又是一切欲界中主夜摩天兜率陀天化樂天皆屬魔王復次天世界則三界天皆攝是天中一切欲界魔爲主是故別說復次魔常嬈佛今來聽般若波羅蜜餘人增益信故問曰色界中大有天何以但言梵世界集答曰上諸天無覺觀不喜散心又難聞故梵世界有四識易聞故又梵世界近故復次梵名離欲清淨今言梵世界已總說色界諸天復次餘天未有人民劫初生時梵天王獨在梵宮寂寞無人其心不悅而自生念此間何以不生人民是時光音天命盡者應念來生梵王便自生念此諸天先無隨我念故生我能生此諸天諸天是時亦各自念我從梵王生梵王是我父也以是故但說梵世界復次二禪三禪四禪天於欲界見佛聽法若勸助菩薩眼識耳識身識皆在梵世界中取以是故別說梵世界問曰何以故獨說諸沙門婆羅門不說國王及長者諸餘人衆答曰智慧人有二分沙門婆羅門出家名沙門在家名婆羅門餘人心存世樂是故不說婆羅門多學智慧求福出家人一切求道是故但說沙門婆羅門在家中七世清淨生滿六歲皆受戒名婆羅門是沙門婆羅

門中有道德智慧以是故說問曰先以說天世界今何以復說天答曰天世界是四天王忉利天魔是他化自在天梵是色界今說天是欲界中夜摩兜率陀化樂愛身天等愛身在六天上形色絕妙故言愛身問曰何以但說揵闥婆不說諸餘鬼神及龍王答曰是揵闥婆是諸天妓人隨逐諸天其心柔輭福德力小減諸天諸鬼神鬼神道中攝龍王畜生道中攝甄陀羅亦是天妓皆屬天與天同住共坐飲食妓樂皆與天同是揵闥婆王名童籠磨秦言是揵闥婆甄陀羅恒在二處住常所居止在十寶山間有時天上爲諸天作樂此二種常番休上下人在四天下生生有四種極長壽乃至無量歲極短壽乃至十歲阿脩羅惡心鬬諍而不破戒大修施福生在大海邊住亦有城郭宮殿是阿脩羅王名毗摩質多婆梨羅睺羅如是等名阿脩羅王如說一時羅睺羅阿脩羅王欲噉月月天子怖疾到佛所說偈

大智精進佛世尊　我今歸命稽首禮
是羅睺羅惱亂我　願佛憐愍見救護

佛與羅睺羅而說偈言

月能照闇而清凉　是虛空中天燈明
其色白淨有千光　汝莫吞月疾放去

是時羅睺羅怖懅流汗即疾放月婆梨阿脩羅王見羅睺羅惶怖放月說偈問曰

汝羅睺羅何以故　惶怖戰慄疾放月
汝身流汗如病人　心怖不安乃如是

羅睺羅爾時說偈答曰

世尊以偈而勑我　我不放月頭七分

設得生活不安隱　以故我今放此月
波利阿脩羅王說此偈言
諸佛甚難值　久遠乃出世　說此清淨偈
羅睺即放月
問曰何以不說地獄畜生餓鬼答曰地獄大苦心亂不能受法畜生愚癡覆心不能受化餓鬼爲飢渴火燒身故不得受法復次畜生餓鬼中少多有來聽法者生福德心而已不堪受道是故不說問曰若爾者揵闥婆阿脩羅亦不應說何以故鬼神道中已攝故答曰佛不說攝今何以言攝此是迦旃延子等說如阿脩羅力與天等或時戰鬬勝天揵闥婆是諸天妓與天同受福樂有智慧能別好醜何以故不得受道法如雜阿含天品中說富那婆藪鬼神母佛遊行宿其處爾時世尊說上妙法甘露女男二人啼泣母爲說偈止之
汝鬱怛羅勿作聲　富那婆藪亦莫啼
我今聞法得道證　汝亦當得必如我
以是事故知鬼神中有得道者復次摩訶衍中密迹金剛力士於諸菩薩中勝何況餘人如屯崙摩甄陀羅王揵闥婆王至佛所彈琴讚佛三千世界皆爲震動乃至摩訶迦葉不安其坐如此人等云何不能得道如諸阿脩羅王龍王皆到佛所問佛深法佛隨其問而答深義何以言不能得道問曰於五道衆生中佛是天人師不說三惡道以其無福無受道分故是諸龍鬼皆墮惡道中答曰佛亦不分明說五道說五道者是一切有部僧所說婆蹉佛妬路部僧說有六道復次應有六道何以故三惡道一向是罪處若福多罪少是

名阿脩羅揵闥婆等生處應別以是故應言六趣復次三惡道亦有受道福少故言無及諸菩薩紹尊位者如先說

大智度論卷第十

音釋

縫符容切紩也　袵汝禁切衣襟也　毱渠竹切　翼從翼遈織切衞也從才仲切侍從也　疽七余切癰也　積資四切聚也　勁居正切堅也道也　菟同都切　驃毗召切　蓄蒲北切　鞊苦吉切　懅其據切懼也　慄良質切竦縮也　崘盧昆切　蹉七何切

大智度論卷第十一

龍樹菩薩造

姚秦三藏法師鳩摩羅什譯

釋初品中舍利弗因緣

【經】告舍利弗

【論】問曰般若波羅蜜是菩薩摩訶薩法佛何以故告舍利弗而不告菩薩答曰舍利弗於一切弟子中智慧最第一如佛偈說

一切衆生智　唯除佛世尊　欲比舍利弗
智慧及多聞　於十六分中　猶尚不及一

復次舍利弗智慧多聞有大功德年始八歲誦十八部經通解一切經書義理是時摩伽陀國有龍王兄弟一名姞利二名阿伽和羅降雨以時國無荒年人民感之常以仲春之月一切大集至龍住處爲設大會作樂談義終此一日自古及今斯集未替遂以龍名以名此會此日常法數四高座一爲國王二爲太子三爲大臣四爲論士爾時舍利弗以八歲之身問衆人言此四高座爲誰敷之衆人答曰爲國王太子大臣論士是時舍利弗觀察時人婆羅門等神情瞻向無勝已者便昇論牀結跏趺坐衆人疑怪或謂愚小無知或謂智量過人雖復嘉其神異而猶各懷自矜恥其年小不自與語皆遣年少弟子傳言問之其答酬旨趣辭理超絶時諸論師歎未曾有愚智大小一切皆伏王大歡喜即命有司封一聚落常以給之王乘象輦振鈴告言宣示一切十六大國六大城中無不慶悅是時吉占師子名拘律陀姓大目揵連舍利弗友而親之舍利弗才明見貴目揵連豪爽取重

此二人者才智相比德行互同行則俱遊住則同止少長纏綣結要終始後俱猒世出家學道作梵志弟子精求道門久而無徵以問於師師名删闍耶而答之言自我求道彌歷年歲不知爲道果無耶我非其人耶而亦不得他日其師寢疾舍利弗在頭邊立大目連在足邊立喘喘然其命將終乃愍爾而笑二人同心俱問笑意師答之言世俗無眼爲恩愛所侵我見金地國王死其大夫人自投火積求同一處而此二人行報各異生處殊絶是時二人筆受師意欲以驗其虚實後有金地商人遠來摩伽陀國二人以疏驗之果如師語乃憮然歎曰我等非其人耶爲是師隱我耶二人相與誓曰若先得甘露要必同味是時佛度迦葉兄弟千人次遊諸國到王舍城頻止竹園二梵志師聞佛出世俱入王舍城欲知消息爾時有一比丘名阿說示（五人之一）著衣持鉢入城乞食舍利弗見其儀服異容諸根靜默就而問言汝誰弟子師是何人答言釋種太子猒老病死苦出家學道得阿耨多羅三藐三菩提是我師也舍利弗言汝師教授爲我說之即答偈曰

我年既幼稚　受戒日初淺　豈能演至真
廣說如來義

舍利弗言略說其要爾時阿說示比丘說此偈言

諸法因緣生　是法說因緣　是法因緣盡
大師如是言

舍利弗聞此偈已即得初道還報目連目連見其顔色和悅迎謂之言汝得甘露味耶爲

我說之舍利弗即爲其說向所聞偈目連言更爲重說即復爲說亦得初道二師與二百五十弟子俱到佛所佛遥見二人與弟子俱來告諸比丘汝等見此二人在諸梵志前者不諸比丘言已見佛言是二人者是我弟子中智慧第一神足第一弟子大衆俱來以漸近佛既到稽首在一面立俱白佛言世尊我等於佛法中欲出家受戒佛言善來比丘即時鬚髮自落法服著身衣鉢具足受成就戒過半月後佛爲長爪梵志說法時舍利弗得阿羅漢道所以半月後得道者是人當作逐佛轉法輪師應在學地現前自入諸法種種具知是故半月後得阿羅漢道如是等種種功德甚多是故舍利弗雖是阿羅漢佛以是般若波羅蜜甚深法爲舍利弗說問曰若爾者何以初少爲舍利弗說後多爲須菩提說若以智慧第一故應爲多說復何以爲須菩提說答曰舍利弗佛弟子中智慧第一須菩提於弟子中得無諍三昧最第一無諍三昧相常觀衆生不令心惱多行憐愍諸菩薩者弘大誓願以度衆生憐愍相同是故命說復次是須菩提好行空三昧如佛在忉利天夏安居受歲已還下閻浮提爾時須菩提於石窟中住自思惟佛從忉利天來下我當至佛所耶不至佛所耶又念言佛常說若人以智慧眼觀佛法身則爲見佛中最是時以佛從忉利天下故閻浮提中四部衆集諸天見人人亦見天坐中有佛及轉輪聖王諸天大衆衆會莊嚴先未曾有須菩提心念今此大衆雖復殊特勢不久停磨滅之法皆歸無常因

此無常觀之初門悉知諸法空無有實作是觀時即得道證爾時一切衆人皆欲求先見佛禮敬供養有華色比丘尼欲除女名之惡便化爲轉輪聖王及七寶千子衆人見之皆避座起去化王到佛所已還復本身爲比丘尼最初禮佛是時佛告比丘尼非汝初禮須菩提最初禮我所以者何須菩提觀諸法空是爲見佛法身得眞供養供養中最非以致敬生身爲供養也以是故言須菩提常行空三昧與般若波羅蜜空相相應是故佛命令說般若波羅蜜復次佛以衆生信敬阿羅漢諸漏已盡命之爲說衆得淨信故諸菩薩漏未盡若以爲說諸人不信以是故與舍利弗須菩提共說般若波羅蜜問曰何以名舍利弗爲是父母所作字爲是依行功德立名答曰是父母所作名字於閻浮提中第一安樂有摩伽陀國是中有大城名王舍王名頻婆娑羅有婆羅門論議師名摩陀羅王以其人善能論故賜封一邑去城不遠是摩陀羅遂有居家婦生一女眼似舍利鳥眼即名此女爲舍利次生一男膝骨麤大名拘絺羅(拘絺羅此言大膝)是婆羅門既有居家畜養男女所學經書皆已陳故不復業新是時南天竺有一婆羅門大論議師字提舍於十八種大經皆悉通利是人入王舍城頭上戴火以鐵鍱鍱腹人問其故便言我所學經書甚多恐腹破裂是故鍱之又問頭上何以戴火答言以大闇故衆人言日出照明何以言闇答言闇有二種一日日光不照二者愚癡闇蔽今雖有日明而愚癡猶黑衆人言汝但未見婆羅門摩

陀羅汝若見者腹當縮明當闇是婆羅門經至鼓邊打論議鼓國王聞之問是何人衆臣答言南天竺有一婆羅門名提舍大論議師欲求論處故打論鼓王大歡喜即集衆人而告之曰有能難者與之論議摩陀羅聞之自疑我以陳故不復業新不知我今能與論不僶俛而來於道中見二特牛方相觝觸心中作想此牛是我彼牛是彼以此爲占知誰得勝此牛不如便大愁憂而自念言如此相者我將不如欲入衆時見有母人挾一瓶水正在其前蹎地破瓶復作是念是亦不吉甚大不樂既入衆中見彼論師顏貌意色勝相具足自知不如事不獲已與共論議論議既交便墮負處王大歡喜大智明人遠入我國復欲爲之封一聚落諸臣議言一聰明人來便封一邑功臣不賞但寵語論恐非安國全家之道今摩陀羅論議不如應奪其封以與勝者若更有勝人復以與之王用其言即奪與後人是時摩陀羅語提舍言汝是聰明人我以女妻汝男兒相累今欲遠出他國以求本志提舍納其女爲婦其婦懷妊夢見一人身披甲冑手執金剛摧破諸山而在大山邊立覺已白其夫言我夢如是提舍言汝當生男摧伏一切諸論議師唯不勝一人當與作弟子舍利懷妊以其子故母亦聰明大能論議其弟拘絺羅與姊談論每屈不如知姊所懷子必大智慧未生如是何況出生即捨家學問至南天竺不暇剪爪讀十八種經書皆令通利是故時人名爲長爪梵志姊子既生七日之後裹以白氎以示其父其父思惟我名

提舍逐我名字字爲憂波提舍憂波此言逐提舍星名是爲父母作字衆人以其舍利所生皆共名之爲舍利弗復次舍利弗世世本願於釋迦文尼佛所作智慧第一弟子字舍利弗是爲本願因緣名字以是故名舍利弗問曰若爾者何以不言憂波提舍而但言舍利弗答曰時人貴重其母於衆女人中聰明第一以是因緣故稱舍利弗

【經】菩薩摩訶薩欲以一切種智知一切法當習行般若波羅蜜

【論】菩薩摩訶薩義如先讚菩薩品中說問曰云何名一切種云何名一切法答曰智慧門名爲種有人以一智慧門觀有人以二三十百千萬乃至恒河沙等阿僧祇智慧門觀諸法今以一切智慧門入一切種觀一切法是名一切種如凡夫人三種觀欲離欲離色故觀欲色界麤惡誑惑濁重佛弟子八種觀無常苦空無我如病如癰如箭入體惱患是八種聖觀入四聖諦中爲十六行之四十六者觀苦四種無常苦空無我觀苦因四種集因緣生觀苦盡四種盡滅妙出觀道四種道正行跡出入息中復有十六行一觀入息二觀出息三觀息長息短四觀息遍身五除諸身行六受喜七受樂八者受諸心行九作喜十心作攝十一心作解脫十二觀無常十三觀散壞十四觀離欲十五觀滅十六觀棄捨復有六種念念佛者佛是多陀阿伽度阿羅呵三藐三佛陀如是等十號五念如後說世智出世智阿羅漢辟支佛菩薩佛智如是等智慧知諸法名爲一切種一切法者識所緣法

是一切法所謂眼識緣色耳識緣聲鼻識緣香舌識緣味身識緣觸意識緣法緣眼緣色緣眼識乃至緣意緣法緣意識是名一切法是爲識所緣法復次智所緣法是一切法所謂苦智知苦集智知集盡智知盡道智知道世智知苦集盡道及虛空非數緣滅是爲智所緣法復次二法攝一切法色法無色法可見法不可見法有對法無對法有漏無漏有爲無爲心相應心不相應業相應業不相應（心法中除思餘盡相應業即是思故除）近法遠法等如是種種二法攝一切法（現在及無爲是爲近法未來過去是名遠法）復次三種法攝一切法善不善無記學無學非學非無學見諦斷思惟斷不斷復有三種法五衆十二入十八界持如是等種種三法攝一切法復有四種法過去未來現在法非過去未來現在法欲界繫法色界繫法無色界繫法不繫法從善因法從不善因法從無記因法從非善非不善無記因法緣緣法緣不緣法緣緣不緣法非緣緣非緣不緣法如是等四種法攝一切法有五種法色心心相應心不相應無爲法如是等種種五法攝一切法有六種法見苦斷法見集盡道斷法思惟斷法不斷法如是等種種六法乃至無量法攝一切法是爲一切法問曰諸法甚深微妙不可思議一切衆生尚不能得知何況一人欲盡知一切法譬如有人欲量大地及數大海水渧欲稱須彌山欲知虛空邊際如是等皆不可知云何欲以一切種知一切法答曰愚癡闇蔽甚大苦智慧光明最爲樂一切衆生皆不用苦但欲求樂是故菩薩求一切第一

大智慧觀一切種欲知一切法是菩薩發大心普爲一切衆生求大智慧是故欲知一切種一切法如醫爲一人二人用一種二種藥則足若欲治一切衆生病者當須一切種藥菩薩亦如是欲度一切衆生故欲知一切種一切法如諸法甚深微妙無量菩薩智慧亦甚深微妙無量先答破一切智人中已廣說如函大蓋亦大復次若不以理求一切法則不可得若以理求之則無不得譬如鑽火以木則火可得析薪求火火不可得如大地有邊際非一切智人無大神力則不能知若神通力大則知三千大千世界地邊際今此大地在金剛上三千大千世界四邊則虛空如是名地邊欲稱須彌山亦如是欲量虛空非不能量虛空無法故不可量

【經】舍利弗白佛言世尊菩薩摩訶薩云何欲以一切種知一切法當習行般若波羅蜜

【論】問曰佛欲說般若波羅蜜故種種現神變現已應即說何以故令舍利弗問而後說答曰問而後答佛法應爾復次舍利弗知般若波羅蜜甚深微妙無相之法難解難知自以智力種種思惟若觀諸法無常是般若波羅蜜耶不是耶不能自了以是故問復次舍利弗非一切智於佛智慧中譬如小兒如說阿婆檀那經中佛在祇桓住晡時經行舍利弗從佛經行是時有鷹逐鴿鴿飛來佛邊住佛經行過之影覆鴿上鴿身安隱怖畏即除不復作聲後舍利弗影到鴿便作聲顫怖如初舍利弗白佛言佛及我身俱無三毒以何因緣佛影覆鴿鴿便無聲不復恐怖我影覆上

鴿便作聲顫慄如初佛言汝三毒習氣未盡以是故汝影覆時恐怖不除汝觀此鴿宿世因緣幾世作鴿舍利弗即時入宿命智三昧觀見此鴿從鴿中來如是一二三世乃至八萬大劫常作鴿身過是已往不能復見舍利弗從三昧起白佛言是鴿八萬大劫中常作鴿身過是已前不能復知佛言汝若不能盡知過去世試觀未來世此鴿何時當脫舍利弗即入願智三昧觀見此鴿一二三世乃至八萬大劫未脫鴿身過是已往亦不能知從三昧起白佛言我見此鴿從一世二世乃至八萬大劫未免鴿身過此已往不復能知我不知過去未來齊限不審此鴿何時當脫佛告舍利弗此鴿除諸聲聞辟支佛所知齊限復於恒河沙等大劫中常作鴿身罪訖得出輪轉五道中後得為人經五百世中乃得利根是時有佛度無量阿僧祇衆生然後入無餘涅槃遺法在世是人作五戒優婆塞從比丘聞讚佛功德於是初發心願欲作佛然後於三阿僧祇劫行六波羅蜜十地具足得作佛度無量衆生已而入涅槃是時舍利弗向佛懺悔白佛言我於一鳥尚不能知其本末何況諸法我若知佛智慧如是者為佛智慧故寧入阿鼻地獄受無量劫苦不以為難如是等於諸法中不了故問

釋初品中檀波羅蜜義

【經】佛告舍利弗菩薩摩訶薩以不住法住般若波羅蜜中以無所捨法應具足檀波羅蜜施者受者及財物不可得故

【論】問曰般若波羅蜜是何等法答曰有人言

無漏慧根是般若波羅蜜相何以故一切慧中第一慧是名般若波羅蜜無漏慧根是第一以是故無漏慧根名般若波羅蜜問曰若菩薩未斷結云何得行無漏慧答曰菩薩雖未斷結行相似無漏般若波羅蜜是故得名行無漏般若波羅蜜譬如聲聞人行暖法頂法忍法世間第一法先行相似無漏法後易得生苦法智忍有人言菩薩有二種有斷結使清淨有未斷結不清淨斷結清淨菩薩能行無漏般若波羅蜜問曰若菩薩斷結清淨復何以行般若波羅蜜答曰雖斷結使十地未滿未莊嚴佛土未教化衆生是故行般若波羅蜜復次斷結有二種一者斷三毒心不著人天中五欲二者雖不著人天中五欲於菩薩功德果報五欲未能捨離如是菩薩應行般若波羅蜜譬如長老阿泥盧豆在林中坐禪時淨愛天女等以淨妙之身來試阿泥盧豆阿泥盧豆言諸姊作青色來不用雜色欲觀不淨不能得觀黃赤白色亦復如是時阿泥盧豆閉目不視語言諸姊遠去是時天女即滅不現天福報形猶尚如是何況菩薩無量功德果報五欲又如甄陀羅王與八萬四千甄陀羅來到佛所彈琴歌頌以供養佛爾時須彌山王及諸山樹木人民禽獸一切皆舞佛邊大衆乃至大迦葉皆於座上不能自安是時天鬚菩薩問長老大迦葉耆年舊宿行十二頭陀法之第一何以在座不能自安大迦葉言三界五欲不能動我是菩薩神通功德果報力故令我如是非我有心不能自安也譬如須彌山四邊風起不能令動至

大劫盡時毗藍風起如吹爛草以是事故知二種結中一種未斷如是菩薩等應行般若波羅蜜是阿毗曇中説復有人言般若波羅蜜是有漏慧何以故菩薩至道樹下乃斷結先雖有大智慧有無量功德而諸煩惱未斷是故言菩薩般若波羅蜜是有漏智慧復有人言從初發意乃至道樹下於其中間所有智慧是名般若波羅蜜成佛時是般若波羅蜜轉名薩婆若復有人言菩薩有漏無漏智慧總名般若波羅蜜何以故菩薩觀涅槃行佛道以是事故菩薩智慧應是無漏以未斷結使事未成辦故應名有漏復有人言菩薩般若波羅蜜無漏無為不可見無對復有人言是般若波羅蜜不可得相若有若無若常若無常若空若實是般若波羅蜜非陰界入所攝非有為非無為非法非非法無取無捨不生不滅出有無四句適無所著譬如火燄四邊不可觸以燒手故般若波羅蜜相亦如是不可觸以邪見火燒故問曰上種種人説般若波羅蜜何者為實答曰有人言各各有理皆是實如經説五百比丘各各説二邊及中道義佛言皆有道理有人言末後答者為實所以者何不可破不可壞故若有法無毫釐許者皆有過失可破若言無亦可破此般若中有亦無無無亦無非有非無亦無如是言説亦無是名寂滅無量無戲論法是故不可破不可壞是名真實般若波羅蜜最勝無過者如轉輪聖王降伏諸敵而不自高般若波羅蜜亦如是能破一切語言戲論亦不有所破復次從此已後品品中種種義門説般若

波羅蜜皆是實相如是不住法住般若波羅蜜中能具足六波羅蜜問曰云何名不住法住般若波羅蜜中能具足六波羅蜜答曰如是菩薩觀一切法非常非無常非苦非樂非空非實非我非無我非生滅非不生滅如是住甚深般若波羅蜜中於般若波羅蜜相亦不取是名不住法住若取般若波羅蜜相是爲住法住問曰若不取般若波羅蜜相心無所著如佛所言一切諸法欲爲其本若不取者云何得具足六波羅蜜答曰菩薩憐愍衆生故先立誓願我必當度脱一切衆生以精進波羅蜜力故雖知諸法不生不滅如涅槃相復行諸功德具足六波羅蜜所以者何不住法住般若波羅蜜中故是名不住法住般若波羅蜜

釋讃檀波羅蜜義

問曰檀有何等利益故菩薩住般若波羅蜜中檀波羅蜜具足滿答曰檀有種種利益檀爲寶藏常隨逐人檀爲破苦能與人樂檀爲善御開示天道檀爲善符攝諸善人施攝善人與爲因緣故言攝檀爲安隱臨命終時心不怖畏檀爲慈相能濟一切檀爲集樂能破苦賊檀爲大將能伏慳敵檀爲妙果天人所愛檀爲淨道賢聖所遊檀爲積善福德之門檀爲立事聚衆之緣檀爲善行受果之種檀爲福業善人之相檀破貧窮斷三惡道檀能全獲福樂之果檀爲涅槃之初緣入善人聚中之要法稱譽讃歎之淵府入衆無難之功德心不悔恨之窟宅善法道行之根本種種歡樂之林藪富貴安隱之福田得道涅槃之津梁聖人大

士智者之所行餘人儉德寡識之所效復次譬如失火之家黠慧之人明識形勢及火未至急出財物舍雖燒盡財物悉在更修室宅好施之人亦復如是知身危脆財物無常修福及時如火中出物後世受樂亦如彼人更修宅業福慶自慰愚惑之人但知惜屋怱怱營救狂愚失智不量火勢猛風絶焰土石為焦翕響之間蕩然夷滅屋既不救財物亦盡飢寒凍餓憂苦畢世慳惜之人亦復如是不知身命無常須臾叵保而更聚斂守護愛惜死至無期忽焉逝沒形與土木同流財與委物俱棄亦如愚人憂苦失計復次大慧之人有心之士乃能覺悟知身如幻財不可保萬物無常唯福可恃將人出苦津通大道復次大人大心能大布施能自利已小人小心不能益他亦不自厚復次譬如勇士見敵必期吞滅智人慧心深得悟理慳賊雖強亦能挫之必令如意遇良福田值好時節（時應施之時也遇而不作是名失時）覺事應心能大布施復次好施之人為人所敬如月初出無不愛者好名善譽周聞天下人所歸仰一切皆信好施之人貴人所念賤人所敬命欲終時其心不怖如是果報今世所得譬如樹華大果無量後世福也生死輪轉往來五道無親可恃唯有布施若生天上人中得清淨果皆由布施象馬畜生得好櫪養亦是布施之所得也布施之德富貴歡樂持戒之人得生天上禪智心淨無所染著得涅槃道布施之福是涅槃道之資粮也念施故歡喜歡喜故一心觀生滅無常故得道如人求蔭故種樹或求華或求果故種

樹布施求報亦復如是今世後世樂如求薩聲聞辟支佛道如華成佛如果是爲檀種種功德

釋檀相義

問曰云何名檀答曰檀名布施心相應善思是名爲檀有人言從善思起身口業亦名爲檀有人言有信有福田有財物三事和合時心生捨法能破慳貪是名爲檀譬如慈法觀衆生無樂心生慈布施心數法亦復如是三事和合心生捨法能破慳貪檀有三種或欲界繫或色界繫或不繫（聖人行施故名不繫）心相應法隨心行共心生非色法能作緣非業業相應隨業行共業生非先世業報生二種修應修行修得修二種證身證慧證若思惟斷若不斷二見斷（欲界色界盡斷）有覺有觀法凡夫聖人共行如是等阿毗曇中廣分別說復次施有二種有淨有不淨不淨施者愚癡施無所分別或有爲求財故施或愧人故施或爲嫌責故施或畏懼故施或欲求他意故施或畏死故施或誑人令喜故施或自以富貴故應施或諍勝故施或妬瞋故施或憍慢自高故施或爲名譽故施或爲呪願故施或解除衰求吉故施或爲聚衆故施或輕賤不敬施如是等種種名爲不淨施淨施者與上相違名爲淨施復次爲道故施清淨心生無諸結使不求今世後世報恭敬憐愍故是名淨施淨施是趣涅槃道之資粮是故言爲道故施若未得涅槃時施是人天報樂之因如華瓔珞初成未壞香潔鮮明爲涅槃淨施得果報香亦復如是如佛說世有二人爲難得一者出家中

非時解脱比丘二者在家白衣能清淨布施是淨施相乃至無量世世世不失譬如券要終無失時是布施果因緣和合時便有譬如樹得時節會便有華葉果實若時節未至有因而無果是布施法若以求道能與人道何以故結使滅名涅槃當布施時諸煩惱薄故能助涅槃於所施物中不惜故除慳敬念受者故除嫉妬直心布施故除諂曲一心施故除掉深思惟施故除悔觀受者功德故除不恭敬自攝心故除不慚知人好功德故除不愧不著財物故除愛慈愍受者故除瞋恭敬受者故除憍慢知行善法故除無明信有果報故除邪見知決定有報故除疑如是等種種不善諸煩惱布施時悉皆薄種種善法悉皆得布施時六根清淨善欲心生善欲心生故内心清淨觀果報功德故信心生身心柔輭故喜樂生喜樂生故得一心得一心故實智慧生如是等諸善法悉皆得復次布施時心中生相似八正道信布施果故得正見正見中思惟不亂故得正思惟清淨説故得正語淨身行故得正業不求報故得正命勤心施故得正方便念施不廢故得正念心住不散故得正定如是等相似三十七品善法心中生復次有人布施是三十二相因緣所以者何施時與心堅固得足下安立相布施時五事圍遶受者是眷屬業因緣故得足下輪相大勇猛力施故得足跟廣平相施攝人故得手足縵網相美味飲食施故得手足柔輭七處滿相施以益命故得長指身不曲大直相施時言我當相與施心轉增故得足趺高

毛上向相施時受者求之一心好聽慇懃約勑令必疾得故得伊泥延腨相不瞋不輕求者故得臂長過膝相如求者意施不待言故得陰藏相好衣服卧具金銀珍寶施故得金色身相薄皮相布施時適可前人意起自在業因緣故得一一孔一毛生眉間白毫相乞者求之即言當與以是業故得上身如師子肩圓相病者施藥飢渴者與飲食起少病業因緣故得兩腋下滿相最上味相施時勸人行施而安慰之開布施道故得肉髻相身圓如尼拘盧相有乞求者意欲與時柔輭實語必與不虛故得廣長舌相梵音聲相如迦陵毗伽鳥聲相施時如實語利益語故得師子頰相施時供養受者心清淨故得牙白齒齊相施時實語和合語故得齒密相四十齒相施時不瞋不著等心視彼故得青眼相眼睫如牛王相是爲種三十二相因緣復次以七寶人民車乘金銀燈燭房舍香華布施故得作轉輪王七寶具足復次施得時故報亦增多如佛說施遠行人遠來人病人看病人風寒衆難時施是爲時施復次布施時隨土地所須施故得報增多復次曠路中施故得福增多常施不廢故得報增多如求者所欲施故得福增多施物重故得福增多如以精舍園林浴池等若施善人故得報增多若施僧故得報增多若施者受者俱有德故得報增多種種將迎恭敬受者故得福增多難得物施故得福增多隨所有物盡能布施故得福增多譬如大月氏弗迦羅城中有一畫師名千那到東方多利陀羅國客畫十二年得三

十兩金持還本國於弗迦羅城中聞打鼓作大會聲往見衆僧信心清淨即問維那此衆中幾許物得作一日食維那答曰三十兩金足得一日食即以所有三十兩金付維那爲我作一日食我明日當來空手而歸其婦問曰十二年作得何等物答言我得三十兩金即問三十兩金今在何所答言已在福田中種婦言何等福田答言施與衆僧婦便縛夫送官治罪斷事大官問以何事故婦言我夫狂癡十二年作得三十兩金不憐愍婦兒盡以與他人依如官制輙縛送來大官問其夫汝何以不供給婦兒乃以與他答言我先世不行功德今世貧窮受諸辛苦今世遭遇福田若不種福後世復貧貧貧相續無得脱時我今欲頓捨貧窮以是故盡以金施衆僧大官是優婆塞信佛清淨聞是語已讚言是爲甚難勤苦得此少物盡以施僧汝是善人即脱身瓔珞及所乘馬并一聚落以施貧人而語之言汝始施衆僧衆僧未食是爲穀子未種芽已得生大果方在後耳以是故言難得之物盡用布施其福最多復次有世間檀有出世間檀有聖人所稱譽檀有聖人所不稱譽檀有佛菩薩檀有聲聞檀何等世間檀凡夫人布施亦聖人作有漏心布施是名世間檀復次有人言凡夫人布施是爲世間檀聖人雖有漏心布施以結使斷故名出世間檀何以故是聖人得無作三昧故復次世間檀者不淨出世間檀者清淨二種結使一種屬愛一種屬見爲二種結使所使是爲世間檀無此二種結使是爲出世間檀若三礙繫心

是爲世間檀何以故因緣諸法實無吾我而言我與彼取是故名世間檀復次我無定處我以爲彼彼以爲非彼以爲我我以爲非以是不定故無實我也所施財者從因緣合有無有一法獨可得者如絹如布衆緣合故成除絲除縷則無絹布諸法亦如是一相無相相常自空人作想念計以爲有顛倒不實是爲世間檀心無三礙實知法相心不顛倒是爲出世間檀出世間檀爲聖人所稱譽世間檀聖人所不稱譽復次清淨檀不雜諸垢如諸法實相是聖人所稱譽不清淨雜結使顛倒心著是聖人所不稱譽復次實相智慧和合布施是聖人所稱譽若不爾者聖人所不稱譽復次不爲衆生亦不爲知諸法實相故施但求脫生老病死是爲聲聞檀爲一切衆生故施亦爲知諸法實相故施是爲諸佛菩薩檀於諸功德不能具足但欲得少許分是爲聲聞檀一切諸功德欲具足滿是爲諸佛菩薩檀畏老病死故施是爲聲聞檀爲助佛道爲化衆生不畏老病死是爲諸佛菩薩檀是中應說菩薩本生經如說阿婆陀那經中昔閻浮提中有王名婆羅婆爾時有婆羅門菩薩名韋羅摩是國王師教王作轉輪聖王法韋羅摩財富無量珍寶具足作是思惟人謂我爲貴財富無量饒益衆生今正是時應當大施富貴雖樂一切無常五家所共令人心散輕躁不定譬如獼猴不能暫住人命逝速疾於電滅人身無常衆苦之藪以是之故應行布施如是思惟已自作手疏普告閻浮提諸婆羅門及一切出家人願各屈德來集

我舍欲設大施滿十二歲飯汁行船以酪爲池米麪爲山酥油爲渠衣服飲食卧具湯藥皆令極妙過十二歲欲以布施八萬四千白象犀甲金飾珞以名寶建大金幢四寶莊嚴八萬四千馬亦以犀甲金飾四寶校絡八萬四千車皆以金銀瑠璃玻瓈寶飾覆以師子虎豹之皮若白劒婆羅寶幰雜飾以爲莊嚴八萬四千四寶牀雜色綩綖種種茵蓐柔輭細滑以爲校飾丹枕錦被置牀兩頭妙衣盛服皆亦備有八萬四千金鉢盛滿銀粟銀鉢盛金粟瑠璃鉢盛玻瓈粟玻瓈鉢盛瑠璃粟八萬四千乳牛牛出乳一斛金飾其甲角衣以白氎八萬四千美女端正福德皆以白珠名寶瓔珞其身略舉其要如是種種不可勝記爾時婆羅婆王及八萬四千小國王幷諸臣民豪傑長者各以十萬舊金錢贈遺勸助設此法祠具足施已釋提婆那民來語韋羅摩菩薩說此偈言

天地難得物　能喜悅一切　汝今皆已得　爲佛道布施

爾時淨居諸天現身而讚說此偈言

開門大布施　汝所爲者是　憐愍衆生故　爲之求佛道

是時諸天作是思惟我當閉其金瓶令水不下所以者何有施者無福田故是時魔王語淨居天此諸婆羅門皆出家持戒清淨入道何以乃言無有福田淨居天言是菩薩爲佛道故布施今此諸人皆是邪見是故我言無有福田魔王語天言云何知是人爲佛道故布施是時淨居天化作婆羅門身持金瓶執

金杖至韋羅摩菩薩所語言汝大布施難捨能捨欲求何等欲作轉輪聖王七寶千子王四天下耶菩薩答言不求此事汝求釋提婆那民爲八十那由他天女主耶答言不汝求六欲天主耶答言不汝求梵天王主三千大千世界爲衆生祖父耶答言不汝欲何所求是時菩薩說此偈言

我求無欲處　離生老病死　能度諸衆生
求如是佛道

化婆羅門問言布施主佛道難得當大辛苦汝心輭串樂必不能求成辦此道如我先語轉輪聖王釋提婆那民六欲天王梵天王是易可得不如求此菩薩答言汝聽我一心誓

假令熱鐵輪　在我頭上轉　一心求佛道
終不懷悔恨　若使三惡道　人中無量苦
一心求佛道　終不爲此轉

化婆羅門言布施主善哉善哉求佛如是便讚偈言

汝精進力大　慈愍於一切　智慧無罣礙
成佛在不久

是時天雨衆華供養菩薩諸淨居天閉瓶水者即隱不現菩薩是時至婆羅門上座前以金瓶行水水閉不下衆人疑怪此種種大施一切具足布施主人功德亦大今何以故瓶水不下菩薩自念此非他事將無我心不清淨耶得無施物不具足乎何以致此自觀祠經十六種書清淨無瑕是時諸天語菩薩言汝莫疑悔汝無不辦是諸婆羅門惡邪不淨故也即說偈言

是人邪見網　煩惱破正智　離諸清淨戒

唐苦墮異道
以是故水閉不下如是語已忽然不現爾時
六欲天放種種光明照諸衆會語菩薩而說
偈言
惡邪海中行　不順汝正道　諸受施人中
無有如汝者
說是語已忽然不現是時菩薩聞說此偈自
念會中實自無有與我等者水閉不下其將
爲此即說偈言
若有十方天地中　諸有好人清淨者
我今歸命稽首禮　右手執瓶灌左手
而自立願我一人　應受如是大布施
是時瓶水涌在虛空從上來下而灌其左手
是時婆羅婆王見是感應心生恭敬而說偈
言
大婆羅門主　清瑠璃色水　從上流注下
來墮汝手中
是時大婆羅門衆恭敬心生合手作禮歸命
菩薩菩薩是時說此偈言
今我所布施　不求三界福　爲諸衆生故
以用求佛道
說此偈已一切大地山川樹木皆六反震動
韋羅摩本謂此衆應受供養故與既知無堪
受者今以憐愍故以所受物施之如是種種
檀本生因緣是中應廣說是爲外布施云何
名内布施不惜身命施諸衆生如本生因緣
說釋迦文佛本爲菩薩爲大國王時世無佛
無法無比丘僧是王四出求索佛法了不能
得時有一婆羅門言我知佛偈供養我者當
以與汝王即問言索何等供養答曰汝能就

汝身上破肉爲燈炷供養我者當以與汝王心念言今我此身危脆不淨世世受苦不可復數未曾爲法今始得用甚不惜也如是念已喚旃陀羅遍割身上以作燈炷而以白氎纏肉酥油灌之一時遍燒舉身火然乃與一偈又復釋迦文佛本作一鴿在雪山中時大雨雪有一人失道窮厄辛苦飢寒并至命在須臾鴿見此人即飛求火爲其聚薪然之又復以身投火施此飢人如是等頭目髓腦給施衆生種種本生因緣經此中應廣說如是等種種是名內布施如是內外布施無量是名檀相

釋初品中檀波羅蜜法施

問曰云何名法布施答曰有人言常以好語有所利益是爲法施復次有人言以諸佛語妙善之法爲人演說是爲法施復次有人言以三種法教人一修妒路二毗尼三阿毗曇是爲法施復次有人言以四種法藏教人一修妒路藏二毗尼藏三阿毗曇藏四雜藏是爲法施復次有人言略說以二種法教人一聲聞法二摩訶衍法是爲法施問曰如提婆達呵多等亦以三藏四藏聲聞法摩訶衍法教人而身入地獄是事云何答曰提婆達邪見罪多呵多妄語罪多非是爲道清淨法施但求名利恭敬供養惡心罪故提婆達生入地獄呵多死墮惡道復次非但言說名爲法施常以淨心善心以教一切是名法施譬如財施不以善心不名福德法施亦爾不以淨心善思則非法施復次說法者能以淨心善思讚歎三寶開罪福門示四眞諦教化衆生

令入佛道是爲眞淨法施復次略說法有二種一者不惱衆生善心慈愍是爲佛道因緣二者觀知諸法眞空是爲涅槃道因緣在大衆中興愍哀心說此二法不爲名聞利養恭敬是爲清淨佛道法施如說阿輸伽王一日作八萬佛圖雖未見道於佛法中少有信樂日日請諸比丘入宮供養日日次第留法師說法有一三藏年少法師聰明端正次應說法在王邊坐口有異香王甚疑恠謂爲不端欲以香氣動王宮人語比丘言口中何等開口看之即爲開口了無所有與水令漱香氣如故王問大德新有此香舊有之耶比丘答言如此久有非適今也又問有此久如以偈答曰

迦葉佛時　集此香法　如是久久　常若新出

王言大德略說未解爲我廣演答曰王當一心善聽我說我昔於迦葉佛法中作說法比丘常在大衆之中歡喜演說迦葉世尊無量功德諸法實相無量法門慇懃讚講教誨一切自是以來常有妙香從口中出世世不絕恒如今日而說此偈

草木諸華香　此香氣超絕　能悅一切心　世世常不滅

于時國王愧喜交集白比丘言未曾有也說法功德大果乃爾比丘言此名爲華未是果也王言其果云何願爲演說答言果略說有十王諦聽之即爲說偈

大名聞端正　得樂及恭敬　威光如日明　爲一切所愛　辯才有大智　能盡一切結　苦滅得涅槃　如是名爲十

王言大德讚佛功德云何而得如是果報爾時比丘以偈答曰

讚佛諸功德　令一切普聞　以此果報故
而得大名譽　讚佛實功德　令一切歡喜
以此功德故　世世常端正　爲人說罪福
令得安樂所　以此之功德　受樂常歡豫
讚佛功德力　令一切心伏　以此功德故
常獲恭敬報　顯現說法燈　照悟諸衆生
以此之功德　威光如日曜　種種讚佛德
能悅於一切　以此功德故　常爲人所愛
巧言讚佛德　無量無窮已　以此功德故
辯才不可盡　讚佛諸妙法　一切無過者
以此功德故　大智慧清淨　讚佛功德時
令人煩惱薄　以此功德故　結盡諸垢滅
二種結盡故　涅槃身已畢　譬如澍大雨
火滅無餘熱

重告王言若有未悟今是問時當以智箭破汝疑軍王白法師我心悅悟無所疑也大德福人善能讚佛如是等種種因緣說法度人名爲法施問曰財施法施何等爲勝答曰如佛所言二施之中法施爲勝所以者何財施果報在欲界中法施果報或在三界或出三界復次財施有量法施無量財施有盡法施無盡譬如以薪益火其明轉多復次財施之報淨少垢多法施之報垢少淨多復次若作大施必待衆力法施出心不待他心復次財施能令四大諸根增長法施能令無漏根力覺道具足復次財施之法有佛無佛世間常有如法施者唯有佛世乃當有耳是故當知法施甚難云何爲難乃至有相辟支佛不能

說法直行乞食飛騰變化而以度人復次從法施中能出生財施及諸聲聞辟支佛菩薩及佛復次法施能分別諸法有漏無漏法色法無色法有爲無爲法善不善無記法常法無常法有法無法一切諸法實相清淨不可破不可壞如是等法略說則八萬四千法藏廣說則無量如是等種種皆從法施分別了知以是故法施爲勝是二施和合名爲檀行是二施願求作佛則能令人得至佛道何況其餘問曰四種捨名爲檀所謂財捨法捨無畏捨煩惱捨此中何以不說二種捨答曰無畏捨與尸羅無別故不說有般若故不說煩惱捨若不說六波羅蜜則應具說四捨

大智度論卷第十一

音釋

姞渠乙切　繾綣繾詰戰切綣苦遠切繾綣不離散也　喘昌兖切疾息也　積資四切聚也　憮無甫切悵也　鍱以輒切與葉同　僶俛僶弭盡切俛美辯切僶俛勉強爲之也　觗都禮切角觸也　躃房益切倒也　姙汝鴆切孕也　渧都計切滴也　鑽借官切穿也　顫慄顫之膳切慄呂質切顫慄恐懼也　甄居延切　蠡呂支切十毫曰蠡　翕許及切動也　叵普火切不可也　挫則卧切摧也　櫪郎擊切牛馬皁也　券去願切契也　跟古痕切足踵也　縵謨官切　趺方無切足背也　膞市兖切腓腸也　腋羊益切左右肘脅之間也　頰古協切面頰也　睫子葉切目旁毛也　氏氏音支　藪蘇后切　幰許偃切車上張繒也　綩綖綩音宛綖音延綩綖坐褥也　茵蓐茵於真切褥也蓐如欲切薦也　瑕胡加切瑕玷也　炷之戍切燼所著者　脆此芮切物易斷也

大智度論卷第十二

龍樹菩薩造
姚秦三藏法師鳩摩羅什譯

釋初品中檀波羅蜜法施之餘

問曰：云何名檀波羅蜜？答曰：檀義如上說。波羅（此言彼岸）蜜（此言到），是名渡布施河得到彼岸。問曰：云何名不到彼岸？答曰：譬如渡河未到而還，名為不到彼岸。如舍利弗於六十劫中行菩薩道，欲渡布施河。時有乞人來乞其眼，舍利弗言：「眼無所住，何以索之？若須我身及財物者，當以相與。」答言：「不須汝身及以財物，唯欲得眼。若汝實行檀者，以眼見與。」爾時舍利弗出一眼與之。乞者得眼，於舍利弗前嗅之，嫌臭唾而棄地，又以脚蹹。舍利弗思惟言：「如此弊人等難可度也。眼實無用而強索之，既得而棄，又以脚蹹，何弊之甚！如此人輩不可度也。不如自調，早脫生死。」思惟是已，於菩薩道退迴向小乘，是名不到彼岸。若能直進不退，成辦佛道，名到彼岸。復次，於事成辦亦名到彼岸（天竺俗法，凡造事成辦，皆言到彼岸）。復次，此岸名慳貪，檀名河中，彼岸名佛道。復次，有無見名此岸，破有無見智慧名彼岸，勤修布施是名河中。復次，檀有二種：一者魔檀，二者佛檀。若為結使賊所奪，憂惱怖畏，是為魔檀，名曰此岸。若有清淨布施，無結使賊，無所怖畏，得至佛道，是為佛檀，名曰到彼岸，是為波羅蜜。如佛說毒蛇喻經中：有人得罪於王，王令掌護一篋，篋中有四毒蛇。王勑罪人令看視養育。此人思惟：四蛇難近，近則害人，一猶叵養，而況於四？便棄篋而走。王令五人拔刀追之。復有一

人口言附順心欲中傷而語之言養之以理此亦無苦其人覺之馳走逃命至一空聚有一善人方便語之此聚雖空是賊所止處汝今住此必為賊害慎勿住也於是復去至一大河河之彼岸即是異國其國安樂坦然清淨無諸患難於是集衆草木縛以為栰進以手足竭力求渡既到彼岸安樂無患王者魔王篋者人身四毒蛇者四大五拔刀賊者五陰一人口善心惡者是染著空聚是六情賊是六塵一人愍而語之是為善師大河是愛栰是八正道手足勤渡是精進此岸是世間彼岸是涅槃度者漏盡阿羅漢菩薩法中亦如是若施有三礙我與彼受所施者財是為墮魔境界未離衆難如菩薩布施三種清淨無礙為諸佛所讚是名到彼岸此六波羅蜜能令人度慳貪等煩惱染著大海到於彼岸以是故名波羅蜜問曰阿羅漢辟支佛亦能到彼岸何以不名波羅蜜答曰阿羅漢辟支佛渡彼岸與佛渡彼岸名同而實異彼以生死為此岸涅槃為彼岸而不能度檀之彼岸所以者何不能以一切物一切時一切種布施設能布施亦無大心或以無記心或有漏善心或無漏心施無大悲心不能為一切衆生施菩薩施者知布施不生不滅無漏無為如涅槃相為一切衆生故施是名檀波羅蜜復次有人言一切物一切種內外物盡以布施不求果報如是布施名檀波羅蜜復次不可盡故名檀波羅蜜所以者何知所施物畢竟空如涅槃相以是心施衆生是故施報不可盡名檀波羅蜜如五通仙人以好寶物藏

著石中欲護此寶磨金剛塗之令不可破菩薩布施亦復如是以涅槃實相智慧磨塗布施令不可盡復次菩薩爲一切衆生故布施衆生數不可盡故布施亦不可盡復次菩薩爲佛法布施佛法無量無邊布施亦無量無邊以是故阿羅漢辟支佛雖俱到彼岸不名波羅蜜問曰云何名具足滿答曰如先說菩薩能一切布施内外大小多少麤細著不著用不用如是等種種物一切能捨心無所惜等與一切衆生不作是觀大人應與小人不應與出家人應與不出家人不應與人應與禽獸不應與於一切衆生平等心施施不求報又得施實相是名具足滿亦不觀時無晝無夜無冬無夏無吉無衰一切時常等施心無悔惜乃至頭目髓腦施而無悋是爲具足

滿復次有人言菩薩從初發心乃至菩提樹下三十四心於是中間名爲布施具足滿復次七住菩薩得一切諸法實相智慧是時莊嚴佛土教化衆生供養諸佛得大神通能分一身作無數身一一身皆雨七寶華香旛蓋化作大燈如須彌山供養十方佛及菩薩僧復以妙音讃頌佛德禮拜供養恭敬將迎復次是菩薩於一切十方無量餓鬼國中雨種種飲食衣被令其充滿得滿足已皆發阿耨多羅三藐三菩提心復至畜生道中令其自善無相害意除其畏怖隨其所須各令充足得滿足已皆發阿耨多羅三藐三菩提心於地獄無量苦中能令地獄火滅湯冷罪息心善除其飢渴得生天上人中以此因緣故皆發阿耨多羅三藐三菩提心若十方人貧窮

者給之以財富貴者施以異味異色令其歡喜以此因緣故皆發阿耨多羅三藐三菩提心若至欲天中令其除却天上欲樂施以妙寶法樂令其歡喜以此因緣故皆發阿耨多羅三藐三菩提心若至色天中除其樂著以菩薩禪法而娛樂之以此因緣故皆發阿耨多羅三藐三菩提心如是乃至十住是名檀波羅蜜具足滿復次菩薩有二種身一者結業生身二者法身是二種身中檀波羅蜜滿是名具足檀波羅蜜問曰云何名結業生身檀波羅蜜滿答曰未得法身結使未盡能以一切寶物頭目髓腦國財妻子內外所有盡以布施心不動轉如須提拏太子以其二子布施婆羅門次以妻施其心不轉又如薩婆達王爲敵國所滅身竄窮林見有遠國婆羅門來欲從已乞自以國破家亡一身藏竄愍其辛苦故從遠來而無所得語婆羅門言我是薩婆達王新王募人求我甚重即時自縛以身施之送與新王大得財物亦如月光太子出行遊觀癩人見之要車白言我身重病辛苦懊惱太子嬉遊獨自歡耶大慈愍念願見救療太子聞之以問諸醫醫言當須從生長大無瞋之人血髓塗而飲之如是可愈太子念言設有此人貪生惜壽何可得耶自除我身無可得處即命旃陀羅令除身肉破骨出髓以塗病人以血飲之如是等種種身及妻子施而無悋如棄草木觀所施物知從緣有推求其實都無所得一切清淨如涅槃相乃至得無生法忍是爲結業生身行檀波羅蜜滿云何法身菩薩行檀波羅蜜滿菩薩

末後肉身得無生法忍捨肉身得法身於十方六道中變身應適以化衆生種種珍寶衣服飲食給施一切又以頭目髓腦國財妻子内外所有盡以布施譬如釋迦文佛曾爲六牙白象獵者伺便以毒箭射之諸象競至欲來蹈殺獵者白象以身捍之擁護其人愍之如子喻遣羣象徐問獵人何故射我答曰我須汝牙即時以六牙内石孔中血肉俱出以鼻舉牙授與獵者雖曰象身用心如是當知此象非畜生行報阿羅漢法中都無此心當知此爲法身菩薩有時閻浮提人不知禮敬耆舊有德以言化之未可得度是時菩薩自變其身作迦頻闍羅鳥是鳥有二親友一者大象二者獼猴共在必鉢羅樹下住自相問言我等不知誰應爲大象言我昔見此樹在我腹下今大如是以此推之我應爲長獼猴言我曾蹲地手挽樹頭以此推之我應爲長鳥言我於必鉢羅林中食此樹果子隨糞出此樹得生以是推之我應最大象復說言先生宿舊禮應供養即時大象背負獼猴鳥在猴上周遊而行一切禽獸見而問之何以如此答曰以此恭敬供養長老禽獸受化皆行禮敬不侵民田不害物命衆人疑恠一切禽獸不復爲害獵師入林見象負獼猴復戴鳥行敬化物物皆修善傳告國人人各慶曰時將太平鳥獸而仁人亦効之皆行禮敬自古及今化流萬世當知是爲法身菩薩復次法身菩薩一時之頃化作無央數身供養十方諸佛一時能化無量財寶給足衆生能隨一切上中下聲一時之頃普爲說法乃至坐佛樹

下如是等種種名爲法身菩薩行檀波羅蜜滿復次檀有三種一者物施二者供養恭敬施三者法施云何物施珍寶衣食頭目髓腦如是等一切内外所有盡以布施是名物施恭敬施者信心清淨恭敬禮拜將送迎逆讚遶供養如是等種種名爲恭敬施法施者爲道德故語言論議誦讀講說除疑問答授人五戒如是等種種爲佛道故施是名法施是三種施滿是名檀波羅蜜滿復次三事因緣生檀一者信心清淨二者財物三者福田心有三種若憐愍若恭敬若憐愍恭敬施貧窮下賤及諸畜生是爲憐愍施施佛及諸法身菩薩等是爲恭敬施施諸老病貧乏阿羅漢辟支佛是爲恭敬憐愍施施物清淨非盜非刼以時而施不求名譽不求利養或時從心大得福德或從福田大得功德或從妙物大得功德第一從心如四等心念佛三昧以身施虎如是名從心大得功德福田有二種一者憐愍福田二者恭敬福田憐愍福田能生憐愍心恭敬福田能生恭敬心如阿輸伽王（此言無憂）以土上佛復次物施中如一女人酒醉没心以七寶瓔珞布施迦葉佛塔以福德故生三十三天如是種種名爲物施問曰檀名捨財何以言具足無所捨法答曰檀有二種一者出世間二者不出世間今說出世間檀無相無相故無所捨是故言具足無所捨法復次財物不可得故名爲無所捨是物未來過去空現在分別無一定法以是故言無所捨復次行者捨財時心念此施大有功德倚是而生憍慢愛結等以是故言無所捨以無

所捨故無憍慢無憍慢故愛結等不生復次施者有二種一者世間人二者出世間人世間人能捨財不能捨施出世間人能捨財能捨施何以故以財物施心俱不可得故以是故言具足無所捨法復次檀波羅蜜中言財施受者三事不可得問曰三事和合故名爲檀今言三事不可得云何名檀波羅蜜具足滿令有財有施有受者云何三事不可得如所施氎實有何以故氎有名則有氎法若無氎法亦無氎名以有名故應實有氎復次氎有長有短麤細白黑黃赤有因有縁有作有破有果報隨法生心十尺爲長五尺爲短縷大爲麤縷小爲細隨染有色有縷爲因織具爲縁是因縁和合故爲氎人成爲作人毀爲破禦寒暑蔽身體名果報人得之大喜失之大憂以之施故得福助道若盜若劫戮之都市死入地獄如是等種種因縁故知有此氎是名氎法云何言施物不可得答曰汝言有名故有是事不然何以知之名有二種有實有不實不實名如有一草名株利株利（此言賊）草亦不盜不劫實非賊而名爲賊又如兔角龜毛亦但有名而無實氎雖不如兔角龜毛無然因縁會故有因縁散故無如林如軍是皆有名而無實譬如木人雖有人名不應求其人法氎中雖有名亦不應求氎眞實氎能生人心念因縁得之便喜失之便憂是爲念因縁心生有二因縁有從實而生有從不實而生如夢中所見如水中月如夜見杌樹謂爲人如是名從不實中能令心生是縁不定不應言心生有故便是有若心生因縁故有

更不應求實有如眼見水中月心生謂是月若從心便是月者則無復眞月復次有三種一者相待有二者假名有三者法有相待者如長短彼此等實無長短亦無彼此以相待故有名長因短有短亦因長彼亦因此此亦因彼若在物東則以爲西在西則以爲東一物未異而有東西之别此皆有名而無實也如是等名爲相待有是中無實法不如色香味觸等假名有者如酪有色香味觸四事因緣合故假名爲酪雖有不同因緣法有雖無亦不如兔角龜毛無但以因緣合故假名有酪氎亦如是復次有極微色香味觸故有毛分毛分因緣故有毛毛因緣故有毳毳因緣故有縷縷因緣故有氎氎因緣故有衣若無極微色香味觸因緣亦無毛分毛分無故亦無毛毛無故亦無毳毳無故亦無縷縷無故亦無氎氎無故亦無衣問曰亦不必一切物皆從因緣和合故有如微塵至細故無分無分故無和合氎麤故可破微塵中無分云何可破答曰至微無實強爲之名何以故麤細相待因麤故有細是細復應有細復次若有極微色則有十方分若有十方分是不名爲極微若無十方分則不名爲色復次若有極微則應有虛空分齊若有分者則不名極微復次若有極微是中有色香味觸作分色香味觸作分是不名極微以是推求微塵則不可得如經言色若麤若細若內若外總而觀之無常無我不言有微塵是名分破空復有觀空是氎隨心如坐禪人觀氎或作地或作水或作火或作風或青或黃或白或赤或都

空如十一切入觀如佛在耆闍崛山中與比丘僧俱入王舍城道中見大木佛於木上敷尼師壇坐告諸比丘若比丘入禪心得自在能令大木作地即成實地何以故是木中有地分故如是水火風金銀種種寶物即皆成實何以故是木中皆有其分復次如一美色婬人見之以爲淨妙心生染著不淨觀人視之種種惡露無一淨處等婦見之妬瞋增惡目不欲見以爲不淨婬人觀之爲樂妬人觀之爲苦淨行人觀之得道無豫之人觀之無所適莫如見土木若此美色實淨四種人觀皆應見淨若實不淨四種人觀皆應不淨以是故知好醜在心外無定也觀空亦如是復次是氈中有十八空相故觀之便空空故不可得如是種種因緣財物空決定不可得云何施人不可得如氈因緣和合故有分分推之氈不可得施者亦如是四大圍虛空名爲身是身識動作來往坐起假名爲人分分求之亦不可得復次一切衆界入中我不可得我不可得故施人不可得何以故我有種種名字人天男女施人受人受苦人受樂人畜生等是但有名而實法不可得問曰若施者不可得云何有菩薩行檀波羅蜜答曰因緣和合故有名字如屋如車實法不可得問曰云何我不可得答曰如上我聞一時中已說今當更說佛說六識眼識及眼識相應法共緣色不緣屋舍城郭種種諸名耳鼻舌身識亦如是意識及意識相應法知眼知色知眼識乃至知意知法知意識是識所緣法皆空無我生滅故不自在故無爲法中亦不計我

苦樂不受故是中若强有我法應當有第七識識我而今不爾以是故知無我問曰何以說無我一切人各各自身中生計我不於他身中生我若自身中無我而妄見爲我者他身無我亦應於他身而妄見爲我復次若内無我色識念念生滅云何分別知是色青黄赤白復次若無我今現在人識新新生滅身命斷時亦盡諸行罪福誰隨誰受誰受苦樂誰解脱者如是種種因緣故知有我答曰此俱有難若於他身生計我者復當言何以不自身中生計我復次五衆因緣生故空無我從無明因緣生二十身見是我見自於五陰相續生以從此五衆緣生故即計此五衆爲我不在他身以其習故復次若有神者可有彼我汝神有無未了而問彼我其猶人問兔角答似馬角馬角若實有可以證兔角馬角猶尚未了而欲以證兔角復次自於身生我故便自謂有神汝言神遍亦應計他身爲我以是故不應言自身中生計我心於他身不生故知有神復次有人於他物中我心生如外道坐禪人用地一切入觀時見地則是我我則是地水火風空亦如是顛倒故於他身中亦計我復次有時於他身生我如有一人受使遠行獨宿空舍夜中有鬼擔一死人來著其前復有一鬼逐來瞋罵前鬼是死人是我物汝何以擔來先鬼言是我物我自持來後鬼言是死人實我擔來二鬼各捉一手爭之前鬼言此中有人可問後鬼即問是死人誰擔來是人思惟此二鬼力大若實語亦當死若妄語亦當死俱不免死何爲妄語言前

鬼擔來後鬼大瞋捉人手拔出著地前鬼取死人一臂附之即著如是兩臂兩脚頭脅舉身皆易於是二鬼共食所易人身拭口而去其人思惟我父母生身眼見二鬼食盡今我此身盡是他肉我今定有身耶爲無身耶若以爲有盡是他身若以爲無今現有身如是思惟其心迷悶譬如狂人明朝尋路而去到前國土見有佛塔衆僧不論餘事但問已身爲有爲無諸比丘問汝是何人答言我亦不自知是人非人即爲衆僧廣說上事諸比丘言此人自知無我易可得度而語之言汝身從本已來恒自無我非適今也但以四大和合故計爲我身如汝本身與今無異諸比丘度之爲道斷諸煩惱即得阿羅漢是爲有時他身亦計爲我不可以有彼此故謂有神復次是神實性決定不可得若常相非常相自在相不自在相作相不作相色相非色相如是等種種皆不可得若有相則有法無相則無法神今無相則知無神若神是常不應有殺罪何以故身可殺非常故神不可殺常故問曰神雖常故不可殺但殺身則有殺罪答曰若殺身有殺罪者毗尼中言自殺無殺罪罪福從惱他益他生非自供養身自殺身故有罪有福以是故故毗尼中言自殺身無殺罪有愚癡貪欲瞋恚之咎若神常者不應死不應生何以故汝等法神常一切遍滿五道中云何有死生死名此處失生名彼處出以是故不得言神常若神常者亦應不受苦樂何以故苦來則憂樂至則喜若爲憂喜所變者則非常也若常應如虛空雨不能濕熱不

能乾亦無今世後世不應有後世生今世死若神常者則常有我見不應得涅槃若神常者則無起無滅不應有忘失以其無神識無常故有忘有失是故神非常也如是等種種因緣可知神非常相若神無常相者亦無罪無福若身無常神亦無常二事俱滅則墮斷滅邊墮斷滅則無到後世受罪福者若斷滅則得涅槃不須斷結亦不用後世罪福因緣如是等種種因緣可知神非無常若神自在相作相者則應隨所欲得皆得今所欲更不得非所欲更得若神自在亦不應有作惡行墮畜生惡道中復次一切衆生皆不樂苦誰當好樂而更得苦以是故知神不自在亦不自作又如人畏罪故自强行善若自在者何以畏罪而自强修福又諸衆生不得如意常爲煩惱愛縛所牽如是等種種因緣知神不自在不自作若神不自在不自作者是爲無神相汝言我者即是識更無異事復次若不作者云何閻羅王問罪人誰使汝作此罪者罪人答言是我自作以是故知非不自作若神色相者是事不然何以故一切色無常故問曰人云何言色是我相答曰有人言神在心中微細如芥子清淨名爲淨色身更有人言如麥有言如豆有言半寸有言一寸初受身時最在前受譬如像骨及其成身如像已莊有言大小隨人身死壞時此亦前出如此事皆不爾也何以故一切色四大所造因緣生故無常若神是色色無常神亦無常若無常者如上所説問曰身有二種麤身及細身麤身無常細身是神世世常去入五道中答

曰此細身不可得若有細身應有處所可得如五藏四體一一處中求皆不可得問曰此細身微細初死時已去若活時則不可得求汝云何能見又此細身非五情能見能知唯有神通聖人乃能得見答曰若爾者與無無異如人死時捨此生陰入中陰中是時今世身滅受中陰身此無前後滅時即生譬如蠟印印泥泥中受印印即時壞成壞一時亦無前後是時受中陰中有捨此中陰受生陰有汝言細身即此中陰中陰身無出無入譬如然燈生滅相續不常不斷佛言一切色衆若過去未來現在若內若外若麤若細皆悉無常汝神微細色者亦應無常斷滅如是等種種因緣可知非色相神非無色相無色者四衆及無為四衆無常故不自在故屬因緣故

不應是神三無為中不計有神無所受故如是等種種因緣知神非無色相如是天地間若內若外三世十方求神不可得但十二入和合生六識三事和合名觸觸生受想思等心數法是法中無明力故身見生身見生故謂有神是身見見苦諦苦法智及苦比智則斷斷時則不見有神汝先言若內無神色識念念生滅云何分別知色青黃赤白汝若有神亦不能獨知要依眼識故能知若爾者神無用也眼識知色色生滅相似生相似滅然後心中有法生名為念是念相有為法雖滅過去而能知如聖人智慧力能知未來世事念念亦如是能知過去法若前眼識滅生後眼識後眼識轉利有力色雖暫有不住以念力利故能知以是事故雖念念生滅無常能

分別知色又汝言今現在人識新新生滅身命斷時亦盡諸行罪福誰隨誰受誰受苦樂誰解脫者今當答汝今未得實道是人諸煩惱覆心作生因緣業死時次第相續五陰生譬如一燈更然一燈又如穀子生有三因緣地水種子後世身生亦復如是有身有漏業有結使三事故後身生是中身業因緣不可斷不可破但諸結使可斷結使斷時雖有殘身殘業可得解脫如有穀子有地無水故不生如是雖有身有業無愛結水潤則不生是名雖無神亦名得解脫無明故縛智慧故解則神無用復次是名色和合假名爲人是人爲諸結所繫得無漏智慧爪解此諸結是時名人得解脫如繩結繩解繩即是結結無異法世界中說結繩解繩名色亦如是名色二法和合假名爲人是結使與名色不異但名爲名色結名色解受罪福亦如是雖無一法爲人空名色故受罪福果而人得名譬如車載物一一推之竟無車實然車受載物之名人受罪福亦如是名色受罪福而人受其名受苦樂亦如是如是種種因緣神不可得神即是施者受者亦如是汝以神爲人以是故施人不可得受人不可得如是種種因緣是名財物施人受人不可得問曰若諸佛但說如實法相於諸法無所破無所滅無所生無所作何以故言三事破析不可得答曰如凡夫人見施人見受人見財物是爲顛倒妄見生世間受樂福盡轉還是故佛欲令菩薩行實道得實果報實果報則是佛道佛爲破妄見故言三事不可得實無所破何以故諸法

從本已來畢竟空故如是等種種無量因緣不可得故名爲檀波羅蜜具足滿復次若菩薩行檀波羅蜜能生六波羅蜜是時名爲檀波羅蜜具足滿云何布施生檀波羅蜜檀有上中下從下生中從中生上若以飲食麤物輭心布施是名爲下習施轉增能以衣服實物布施是爲從下生中施心轉增無所愛惜能以頭目血肉國財妻子盡用布施是爲從中生上如釋迦牟尼佛初發心時作大國王名曰光明求索佛道少多布施轉受後身作陶師能以澡浴之具及石蜜漿布施異釋迦牟尼佛及比丘僧其後轉身作大長者女以燈供養憍陳若佛如是等種種名爲菩薩下布施如釋迦文尼佛本身作長者子以衣布施布施大音聲佛佛滅度後起九十塔後更轉身作大國王以七寶蓋供養師子佛後復受身作大長者供養妙因佛上好房舍及七寶妙華如是等種種名爲菩薩中布施如釋迦文尼佛本身作仙人見憍陳若佛端正殊妙便從高山上自投佛前其身安隱在一面立又如衆生喜見菩薩以身爲燈供養日月光德佛如是等種種不惜身命供養諸佛是爲菩薩上布施是名菩薩三種布施若有初發佛心布施衆生亦復如是初以飲食布施施心轉增能以身肉與之先以種種好漿布施後心轉增能以身血與之先以紙墨經書布施及以衣服飲食四種供養供養法師後得法身爲無量衆生說種種法而爲法施如是等種種從檀波羅蜜中生檀波羅蜜云何菩薩布施生尸波羅蜜菩薩思惟衆生不知

布施後世貧窮以貧窮故劫盜心生以劫盜故而有殺害以貧窮故不足於色色不足故而行邪婬又以貧故爲人下賤下賤畏怖而生妄語如是等貧窮因緣故行十不善道若行布施生有財物有財物故不爲非法何以故五欲充足無所乏短故如提婆達本生曾爲一虵與一蝦蟇一龜在一池中共結親友其後池水竭盡飢窮困乏無所控告時虵遣龜以呼蝦蟇蝦蟇說偈遣龜言

若遭貧窮失本心　不惟本義食爲先
汝持我聲以語虵　蝦蟇終不到汝邊

若修布施後生有福無所短乏則能持戒無此衆惡是爲布施能生尸羅波羅蜜復次布施時能令破戒諸結使薄益持戒心令得堅固是爲布施因緣增益於戒復次菩薩布施常於受者生慈悲心不著於財自物不惜何況劫盜慈悲受者何有殺意如是等能遮破戒是爲布施生戒若能布施以破慳心然後持戒忍辱等易可得行如文殊師利在昔過去久遠劫時曾爲比丘入城乞食得滿鉢百味歡喜丸城中一小兒追而從乞不即與之乃至佛圖手捉二丸而要之言汝若能自食一丸以一丸施僧者當以施汝即相然可以一歡喜丸布施衆僧然後於文殊師利許受戒發心作佛如是布施能令受戒發心作佛是爲布施生尸羅波羅蜜復次布施之報得四事供養好國善師無所乏少故能持戒又布施之報其心調柔心調柔故能生持戒能生持戒故從不善法中能自制心如是種種因緣從布施生尸羅波羅蜜云何布施生羼

提波羅蜜菩薩布施時受者逆駡若大求索若不時索或不應索而索是時菩薩自思惟言我今布施欲求佛道亦無有人使我布施我自爲故云何生瞋如是思惟已而行忍辱是名布施生羼提波羅蜜復次菩薩布施時若受者瞋惱便自思惟我今布施內外財物難捨能捨何況空聲而不能忍若我不忍所可布施則爲不淨譬如白象入池澡浴出已還復以土坌身布施不忍亦復如是如是思惟已行於忍辱如是等種種布施因緣生羼提波羅蜜云何布施生毗梨耶波羅蜜菩薩布施時常行精進何以故菩薩初發心時功德未大爾時欲行二施充滿一切衆生之願以物不足故勤求財法以給足之如釋迦文尼佛本身作大醫王療一切病不求名利爲

憐愍衆生故病者甚多力不周救憂念一切而不從心懊惱而死即生忉利天上自思惟言我今生天但食福報無所長益即自方便自取滅身捨此天壽生娑伽陀龍王宫中爲龍太子其身長大父母愛重欲自取死就金翅鳥王鳥即取此龍子於舍摩利樹上吞之父母號咷啼哭懊惱龍子既死生閻浮提中爲大國王太子名曰能施生而能言問諸左右今此國中有何等物盡皆持來以用布施衆人怖畏皆捨之走其母憐愛獨自守之語其母言我非羅刹衆人何以故走我本宿命常好布施我爲一切人之檀越母聞其言以語衆人衆人即還母好養育及年長大自身所有盡以施盡至父王所索物布施父與其分復以施盡見閻浮提人貧窮辛苦思惟給

施而財物不足便自啼泣問諸人言作何方便當令一切滿足於財諸宿人言我等曾聞有如意寶珠若得此珠則能隨心所索無不必得菩薩聞是語已白其父母欲入大海求龍王頭上如意寶珠父母報言我唯有汝一兒耳若入大海衆難難度一旦失汝我等亦當何用活爲不須去也我今藏中猶亦有物當以給汝兒言藏中有限我意無量我欲以財充滿一切令無乏短願見聽許得遂本心使閻浮提人一切充足父母知其志大不敢制之遂放令去是時五百賈客以其福德大人皆樂隨從知其行日集海道口菩薩先聞婆伽陀龍王頭上有如意寶珠問衆人言誰知水道至彼龍宮有一盲人名陀舍曾以七反入大海中具知海道菩薩即命共行答言我年既老兩目失明曾雖數入今不能去菩薩言我今此行不自爲身普爲一切求如意寶珠欲給足衆生令身無乏次以道法因緣而教化之汝是智人何得辭耶我願得成豈非汝力陀舍聞其要言欣然同懷語菩薩言我今共汝俱入大海我必不全汝當安我屍骸著大海之中金沙洲上行事都集斷第七繩船去如馳到衆寶渚衆賈競取七寶各各已足語菩薩言何以不取菩薩報言我所求者如意寶珠此有盡物我不須也汝等各當知足知量無令船重不自免也是時衆賈白菩薩言大德爲我呪願令得安隱於是辭去陀舍是時語菩薩言別留艇舟當隨是別道而去待風七日摶海南岸至一險處當有絕崖棗林枝皆覆水大風吹船船當摧覆汝當

仰攀棗枝可以自濟我身無目於此當死過此隘岸當有金沙洲可以我身置此沙中金沙清淨是我願也即如其言風至而去既到絶岸如陀舍語菩薩仰攀棗枝得以自免置陀舍屍安厝金地於是獨去如其先教深水中浮七日齊咽水中行七日齊腰水中行七日齊膝水中行七日塗泥中行七日見好蓮華鮮潔柔軟自思惟言此華軟脆當入虛空三昧自輕其身行蓮華上七日見諸毒蛇念言含毒之蟲甚可畏也即入慈心三昧行毒蛇頭上七日蛇皆擎頭授與菩薩令蹈上而過過此難已見有七重寶城有七重塹塹中皆滿毒蛇有二大龍守門龍見菩薩形容端正相好嚴儀能度衆難得來至此念言此非凡夫必是菩薩大功德人即聽令前徑得入

宮龍王夫婦喪兒未久猶故哀泣見菩薩來龍王婦有神通知是其子兩乳流出命之令坐而問之言汝是我子捨我命終生在何處菩薩亦自識宿命知是父母而答母言我生閻浮提上爲大國王太子憐愍貧人飢寒勤苦不得自在故來至此欲求如意寶珠母言汝父頭上有此寶珠以爲首飾難可得也必當將汝入珠寶藏隨汝所欲必欲與汝汝當報言其餘雜寶我不須也唯欲大王頭上寶珠若見憐愍願以與我如此可得即往見父父大悲喜欣慶無量愍憐其子遠涉艱難乃來至此指示妙寶隨意與汝須者取之菩薩言我從遠來願見大王求王頭上如意寶珠若見憐愍當以與我若不見與不須餘物龍王報言我唯有一珠常爲首飾閻浮提人薄

福下賤不應見也菩薩白言我以此故遠涉艱難冒死遠來爲閻浮提人薄福貧賤欲以如意寶珠濟其所願然後以佛道因緣而教化之龍王與珠而要之言今以此珠與汝汝既去世當以還我答言敬如王言菩薩得珠飛騰虛空如屈申臂頃到閻浮提人王父母見兒吉還歡悅踊躍抱而問言汝得何物答言得如意寶珠問言今在何許白言在此衣角裏中父母言何其太小白言在其神德不在大也白父母言當勑城中內外掃灑燒香懸繒播蓋持齋受戒明日清旦以長木爲表以珠著上菩薩是時自立誓願若我當成佛道度脫一切者珠當如我意願出一切寶物隨人所須盡皆備有是時陰雲普遍雨種種寶物衣服飲食卧具湯藥人之所須一切具

足至其命盡常爾不絕如是等名爲菩薩布施生精進波羅蜜云何菩薩布施生禪波羅蜜菩薩布施時能除慳貪除慳貪已因此布施而行一心漸除五蓋能除五蓋是名爲禪復次心依布施入於初禪乃至滅定禪云何爲依若施行禪人時心自念言我以此人行禪定故淨心供養我今何爲自替於禪即自檢心思惟行禪若施貧人念此宿命作諸不善不求一心不修福業今世貧窮以是自勉修善一心以入禪定如說喜見轉輪聖王八萬四千小王來朝皆持七寶妙物來獻王言我不須也汝等各可自以修福諸王自念大王雖不肯取我等亦復不宜自用即共造工立七寶殿植七寶行樹作七寶浴池於大殿中造八萬四千七寶樓樓中皆有七寶牀座

雜色被桄置牀兩頭懸繒旛蓋香熏塗地衆事備已白大王言願受法殿寶樹浴池王默然受之而自念言我今不應先處新殿以自娛樂當求善人諸沙門婆羅門等先入供養然後我當處之即集善人先入寶殿種種供養微妙具足諸人出已王入寶殿登金樓坐銀牀念布施除五蓋攝六情却六塵受喜樂入初禪次登銀樓坐金牀入二禪次登毗瑠璃樓坐玻瓈寶牀入三禪次登玻瓈寶樓坐毗瑠璃牀入四禪獨坐思惟終竟三月玉女寶后與八萬四千諸侍女俱皆以白珠名寶瓔珞其身來白大王久違親覲敢來問訊王告諸妹汝等各當端心當爲我知識勿爲我怨玉女寶后垂淚而言大王何爲謂我爲妹必有異心願聞其意云何見勑當爲知識勿爲我怨王告之言汝若以我爲世因緣共行欲事以爲歡樂是爲我怨若能覺悟非常知身如幻修福行善絕去欲情是爲知識諸玉女言敬如王勑說此語已各遣令還諸女出已王登金樓坐銀牀行慈三昧登銀樓坐金牀行悲三昧登毗瑠璃樓坐玻瓈牀行喜三昧登玻瓈寶樓坐毗瑠璃牀行捨三昧是爲菩薩布施生禪波羅蜜云何菩薩布施生般若波羅蜜菩薩布施時知此布施必有果報而不疑惑能破邪見無明是爲布施生般若復次菩薩布施時能分別知不持戒人若鞭打拷掠閉繫枉法得財而作布施生象馬牛中雖受畜生形負重鞭策羈靽乘騎而常得好屋好食爲人所重以人供給又知惡人多懷瞋恚心曲不端而行布施當墮龍中得七

寶宮殿妙食好色又知憍人多慢瞋心布施墮金翅鳥中常得自在有如意寶珠以爲瓔珞種種所須皆得自恣無不如意變化萬端無事不辦又知宰官之人枉濫人民不順治法而取財物以用布施墮鬼神中作鳩槃荼鬼能種種變化五塵自娛又知多瞋很戾嗜好酒肉之人而行布施墮地行夜叉鬼中常得種種歡樂音樂飲食又知有人剛愎强梁而能布施車馬代步墮虛空夜叉中而有大力所至如風又知有人妬心好諍而能以好房舍臥具衣服飲食布施故生宮觀飛行夜叉中有種種娛樂便身之物如是種種當布施時能分別知是爲菩薩布施生般若復次布施飲食得力色命樂瞻若布施衣服得生知慚愧威德端正身心安樂若施房舍則種種七寶宮觀自然而有五欲自娛若施井池泉水種種好漿所生則得無飢無渴五欲備有若施橋船及諸履屣生有種種車馬具足若施園林則得豪尊爲一切依止受身端正心樂無憂如是等種種人中因緣布施所得若人布施修作福德不好有爲作業生活則得生四天王處若人布施加以供養父母及諸伯叔兄姊無瞋無恨不好諍訟又不喜見諍訟之人得生忉利天上焰摩兜率化自在他化自在如是種種分別布施是爲菩薩布施生般若若人布施心不染著猒患世間求涅槃樂是爲阿羅漢辟支佛布施若人布施爲佛道爲衆生故是爲菩薩布施如是等種種布施中分別知是爲布施生般若波羅蜜復次菩薩布施時思惟三事實相如上說如

是能知是為布施生般若波羅蜜復次一切智慧功德因緣皆由布施如千佛始發意時種種財物布施諸佛或以華香或以衣服或以楊枝布施而以發意如是等種種布施是為菩薩布施生般若波羅蜜

大智度論卷第十二

音釋

蹹達合切踐也 篋苦協切箱篋也 栰房越切簰也 悋良刃切慳也 薩婆須提犁拏梵語亦云提黎拏此云好愛犁良脂切拏奴加切 薩婆達梵語亦云薩縛達此云一切施 竄七亂切匿也 療力憯切治病也 捍候旰切衛也 蹲徂尊切踞也 挽無遠切引也 戮力竹切刑也 杌五忽切木無枝也 毳此芮切細毛也 脅虛業切腋下也 蝦蟇蝦胡加切蟇莫霞切 控苦貢切告也 艇徒鼎切船小而長者 厝倉故切委置也 塹七豔切城池也 拷掠拷苦老切打也掠離灼切笞也 羈絆羈居宜切絡首曰羈絆博漫切縶足曰絆 愎毗亦切剛傲自用也 屣所綺切履屬

大智度論卷第十三

龍樹菩薩造

姚秦三藏法師鳩摩羅什譯

釋初品中尸羅波羅蜜

【經】罪不罪不可得故應具足尸羅波羅蜜

【論】尸羅（此言性善）好行善道不自放逸是名尸羅或受戒行善或不受戒行善皆名尸羅尸羅者略說身口律儀有八種不惱害不劫盜不邪婬不妄語不兩舌不惡口不綺語不飲酒及淨命是名戒若不護放捨是名破戒破此戒者墮三惡道中若下持戒生人中中持戒生六欲天中上持戒又行四禪四空定生色無色界清淨天中上持戒有三種下清淨持戒得阿羅漢中清淨持戒得辟支佛上清淨持戒得佛道不著不猗不破不缺聖所讚愛如是名爲上清淨持戒若慈愍衆生故爲度衆生故亦知戒實相故心不猗著如此持戒將來至佛道如是名爲得無上佛道戒若人求大善利當堅持戒如惜重寶如護身命何以故譬如大地一切萬物有形之類皆依地而住戒亦如是戒爲一切善法住處復次譬如無足欲行無翅欲飛無船欲度是不可得若無戒欲求好果亦復如是若人棄捨此戒雖山居苦行食果服藥與禽獸無異或有人但服水爲戒或服乳或服氣或剃髮或長髮或頂上留少許髮或著袈裟或著白衣或著草衣或木皮衣或冬入水或夏火炙若自墜高巖若於恒河中洗若日三浴再供養火種種祠祀種種呪願受行苦行以無此戒空無所得若有人雖處高堂大殿好衣美食而能

行此戒者得生好處及得道果若貴若賤若小若大能行此淨戒皆得大利若破此戒無貴無賤無大無小皆不得隨意生善處復次破戒之人譬如清涼池而有毒蛇不中澡浴亦如好花果樹而多逆刺若人雖在貴家生身體端正廣學多聞而不樂持戒無慈愍心亦復如是如偈說

貴而無智則爲衰　智而憍慢亦爲衰
持戒之人而毀戒　今世後世一切衰

人雖貧賤而能持戒勝於富貴而破戒者華香木香不能遠聞持戒之香周遍十方持戒之人具足安樂名聲遠聞天人敬愛現世常得種種快樂若欲天上人中富貴長壽取之不難持戒清淨所願皆得復次持戒之人見破戒人刑獄拷掠種種苦惱自知永離此事以爲欣慶若持戒之人見善人得譽名聞快樂心自念言如彼得譽我亦有分持戒之人壽終之時刀風解身筋脉斷絶自知持戒清淨心不怖畏如偈說

大惡病中　戒爲良藥　大恐怖中　戒爲守護
死暗冥中　戒爲明燈　於惡道中　戒爲橋梁
死海水中　戒爲大船

復次持戒之人常得今世人所敬養心樂不悔衣食無乏死得生天後得佛道持戒之人無事不得破戒之人一切皆失譬如有人常供養天其人貧窮一心供養滿十二歲求索富貴天愍此人自現其身而問之曰汝求何等答言我求富貴欲令心之所願一切皆得天與一器名曰德瓶而語之言所須之物從此瓶出其人得已應意所欲無所不得得如

意已具作好舍象馬車乘七寶具足供給賓客事事無乏客問之言汝先貧窮今日所由得如此富答言我得天瓶瓶能出此種種衆物故富如是客言出瓶見示并所出物即爲出瓶瓶中引出種種衆物其人憍泆立瓶上舞瓶即破壞一切衆物亦一時滅持戒之人亦復如是種種妙樂無願不得若人破戒憍泆自恣亦如彼人破瓶失利復次持戒之人名稱之香今世後世周滿天上及在人中復次持戒之人人所樂施不惜財物不修世利而無所乏得生天上十方佛前入三乘道而得解脱唯種種邪見持戒後無所得復次若人雖不出家但能修行戒法亦得生天若人持戒清淨禪定智慧欲求度脱老病死苦此願必得持戒之人雖無兵仗衆惡不加持戒之財無能奪者持戒親親雖死不離持戒莊嚴勝於七寶以是之故當護於戒如護身命如愛寶物破戒之人受苦萬端如向貧人破瓶失物復次持戒之人觀破戒人罪應自勉勵一心持戒云何名爲破戒人罪破戒之人人所不敬其家如塚人所不到破戒之人失諸功德譬如枯樹人不愛樂破戒之人如霜蓮華人不喜見破戒之人惡心可畏譬如羅刹破戒之人人不歸向譬如渴人不向枯井破戒之人心常疑悔譬如犯事之人常畏罪至破戒之人如田被雹不可依仰破戒之人譬如苦瓜雖形似甘種而不可食破戒之人如賊聚落不可依止破戒之人譬如大病人不欲近破戒之人不得免苦譬如惡道難可得過破戒之人不可共止譬如惡賊難可親

近破戒之人譬如火坑行者避之破戒之人難可共住譬如毒蛇破戒之人不可近觸譬如大火破戒之人譬如破船不可乘度破戒之人譬如吐食不可更敢破戒之人在好衆中譬如惡馬在善馬羣中破戒之人與善人異如驢在牛羣破戒之人在精進衆譬如儜兒在健人中破戒之人雖似比丘譬如死屍在眠人中破戒之人譬如僞珠在眞珠中破戒之人譬如伊蘭在栴檀林中破戒之人雖形似善人内無善法雖復剃頭染衣次第捉籌名爲比丘實非比丘破戒之人若著法衣則是熱銅鐵鍱以纏其身若持鉢盂則是盛洋銅器若所敢食則是呑燒鐵丸飲熱洋銅若受人供養供給則是地獄獄卒守人若入精舍則是入大地獄若坐衆僧牀榻是爲坐熱鐵牀上復次破戒之人常懷怖懅如重病人常畏死至亦如五逆罪人心常自念我爲佛賊藏覆避隈如賊畏人歲月日過常不安隱破戒之人雖得供養利樂是樂不淨譬如愚人供養莊嚴死屍智者聞之惡不欲見如是種種無量破戒之罪不可稱說行者應當一心持戒

釋戒相義

問曰已知如是種種功德果報云何名爲戒相答曰惡止不更作是名爲戒若心生若口言若從他受息身口惡是爲戒相云何名爲惡若實是衆生知是衆生發心欲殺而奪其命生身業有作色是名殺生罪其餘繫閉鞭打等是助殺法復次殺他得殺罪非自殺身心知衆生而殺是殺罪不如夜中見人謂爲

杌樹而殺者故殺生得殺罪非不故也快心殺生得殺罪非狂癡命根斷是殺罪非作瘡身業是殺罪非但口教勑口教是殺罪非但心生惡如是等名殺罪相不作是罪名爲戒若人受戒心生口言我從今日不復殺生若身不動口不言而獨心生自誓我從今日不復殺生是名不殺生戒有人言是不殺生戒或善或無記問曰如阿毗曇中說一切戒律儀皆善今何以言無記答曰如迦旃延子阿毗曇中言一切善如餘阿毗曇中言不殺戒或善或無記何以故若不殺戒常善者持此戒人應如得道人常不墮惡道以是故或時應無記無記無報故不生天上人中問曰不以戒無記故墮地獄更有惡心生故墮地獄答曰不殺生得無量善法作無作福常日夜生故若作少罪有限有量何以故隨有量而不隨無量以是故知不殺戒中或有無記復次有人不從師受戒而但心生自誓我從今日不復殺生如是不殺或時無記問曰是不殺戒何界繫答曰如迦旃延子阿毗曇中言一切受戒律儀皆欲界繫餘阿毗曇中言或欲界繫或不繫以實言之應有三種或欲界繫或色界繫或不繫殺生法雖欲界不殺戒應隨殺在欲界但色界不殺無漏不殺遠遮故是眞不殺戒復次有人不受戒而從生已來不好殺生或善或無記是名無記是不殺生法非心非心數法亦非心相應或共心生或不共心生迦旃延子阿毗曇中言不殺生是身口業或作色或無作色或隨心行或不隨心行非先世業報二種修應修二種證應

證思惟斷一切欲界最後得見斷時斷凡夫聖人所得是色法或可見或不可見法或有對法或無對法有報法有果法有漏法有爲法有上法非相應因如是等分别是名不殺戒問曰八直道中戒亦不殺生何以獨言不殺生戒有報有漏答曰此中但說受戒律儀不說無漏律儀復次餘阿毗曇中言不殺法常不逐心行非身口業不隨心業行或有報或無報或有漏或無漏是爲異法餘者皆同復有言諸佛賢聖不戲論諸法現前衆生各各惜命是故佛言莫奪他命奪他命世世受諸苦痛衆生有無後當說問曰人能以力勝人幷國殺怨或田獵皮肉所濟處大今不殺生得何等利答曰得無所畏安樂無怖我以無害於彼故彼亦無害於我以是故無怖無畏好殺之人雖復位極人王亦不自安如持戒之人單獨遊行無所畏難復次好殺之人有命之屬皆不喜見若不好殺一切衆生皆樂依附復次持戒之人命欲終時其心安樂無疑無悔若生天上若在人中常得長壽是爲得道因緣乃至得佛住壽無量復次殺生之人今世後世受種種身心苦痛不殺之人無此衆難是爲大利復次行者思惟我自惜命愛身彼亦如是與我何異以是之故不應殺生復次若殺生者爲善人所訶怨家所嫉負他命故常有怖畏爲彼所憎死時心悔當墮地獄若畜生中若出爲人常當短命復次假令後世無罪不爲善人所訶怨家所嫉尚不應故奪他命何以故善相之人所不應行何況兩世有罪弊惡果報復次殺爲罪中之

重何以故人有死急不惜重寶但以活命爲先譬如賈客入海採寶垂出大海其船卒壞珍寶失盡而自喜慶舉手而言幾失大寶衆人怪言汝失財物裸形得脫云何喜言幾失大寶答言一切寶中人命第一人爲命故求財不爲財故求命以是故佛說十不善道中殺最在初五戒中亦最在初若人種種修諸福德而無不殺生戒則無所益何以故雖在富貴處生勢力豪强而無壽命誰受此樂以是故知諸餘罪中殺罪最重諸功德中不殺第一世間中惜命爲第一何以知之一切世人甘受刑罰刑殘拷掠以護壽命復次若有人受戒心生口言從今日不殺一切衆生是於無量衆生中以所愛重物施與所得功德亦復無量如佛說有五大施何等五一者不殺生是爲最大施不盜不邪婬不妄語不飲酒亦復如是復次行慈三昧其福無量水火不害刀兵不傷一切惡毒所不能中以五大施故所得如是復次三世十方中尊佛爲第一如佛語難提迦優婆塞殺生有十罪何等爲十一者心常懷毒世世不絕二者衆生憎惡眼不喜見三者常懷惡念思惟惡事四者衆生畏之如見蛇虎五者睡時心怖覺亦不安六者常有惡夢七者命終之時狂怖惡死八者種短命業因緣九者身壞命終墮泥犁中十者若出爲人常當短命復次行者心念一切有命乃至蜫蟲皆自惜身云何以衣服飲食自爲身故而殺衆生復次行者當學大人法一切大人中佛爲最大何以故一切智慧成就十力具足能度衆生常行慈愍持不

殺戒自致得佛亦教弟子行此慈愍行者欲學大人行故亦當不殺問曰不侵我者殺心可息若爲侵害强奪逼迫是當云何答曰應當量其輕重若人殺巳先自思惟全戒利重全身爲重破戒爲失喪身爲失如是思惟巳知持戒爲重全身爲輕若苟免全身身何所得是身名爲老病死藪必當壞敗若爲持戒失身其利甚重又復思惟我前後失身世世無數或作惡賊禽獸之身但爲財利諸不善事今乃得爲持淨戒故不惜此身捨命持戒勝於毁禁全身百千萬倍不可爲喻如是定心應當捨身以護淨戒如一須陀洹人生屠殺家年向成人應當修其家業而不肯殺生父母與刀并一口羊閉著屋中而語之言若不殺羊不令汝出得見日月生活飲食兒自思惟言我若殺此一羊便當終爲此業豈以身故爲此大罪便以刀自殺父母開户見羊在一面立兒巳命絶當自殺時即生天上若如此者是爲不惜壽命全護淨戒如是等義是名不殺生戒不與取者知他物生盜心取物去離本處物屬我是名盜若不作是名不盜其餘方便校計乃至手捉未離地者是名助盜法財物有二種有屬他有不屬他取屬他物是盜罪屬他物亦有二種一者聚落中二者空地此二處物盜心取得盜罪若物在空地當撿校知是物近誰國是物應當有屬不應取如毗尼中說種種不盜是名不盜相問曰不盜有何等利答曰人命有二種一者内二者外若奪財物是爲奪外命何以故命依飲食衣被等故活若劫若奪是名奪外命

如偈說

一切諸衆生　衣食以自活　若奪若劫取
是名劫奪命

以是事故有智之人不應劫奪復次當自思惟劫奪得物以自供養雖身充足會亦當死死入地獄家室親屬雖共受樂獨自受罪亦不能救已得此觀應當不盜復次是不與取有二種一者偷二者劫此二共名不與取於不與取中盜爲最重何以故一切人以財自活而或穿窬盜取是最不淨何以故無力勝人畏死盜取故劫奪之中盜爲重罪如偈說

飢餓身羸瘦　受罪大苦處　他物不可觸
譬如大火聚　若盜取他物　其主泣懊惱
假使天王等　猶亦以爲苦

殺生人罪雖重然於所殺者是賊偷盜人於一切有物人中賊若犯餘戒於異國中有不以爲罪者偷盜人一切諸國無不治罪問曰劫奪之人今世有人讚美其健於此劫奪何以放捨答曰不與而偷盜是不善相劫盜之中雖有差降俱爲不善譬如美食雜毒惡食雜毒美惡雖殊雜毒不異亦如明闇蹈火晝夜雖異燒足一也今世愚人不識罪福二世果報無仁慈心見人能以力相侵强奪他財讚以爲强諸佛賢聖慈愍一切了達三世殃禍不朽所不稱譽以是故知劫盜之罪俱爲不善善人行者之所不爲如佛說不與取有十罪何等爲十一者物主常瞋二者重疑（重罪人疑）三者非時行不籌量四者朋黨惡人遠離賢善五者破善相六者得罪於官七者財物沒入八者種貧窮業因緣九者死入地獄十

者若出爲人勤苦求財五家所共若王若賊若火若水若不愛子用乃至藏埋亦失邪婬者若女人爲父母兄弟姊妹夫主兒子世間法王法守護若犯者是名邪婬若有雖不守護以法爲守云何法守一切出家女人在家受一日戒是名法守若以力若以財若誘誑若自有妻受戒有娠乳兒非道乃至以華鬘與婬女爲要如是犯者名爲邪婬如是種種不作名爲不邪婬問曰人守人瞋法守破法應名邪婬人自有妻何以爲邪答曰既聽受一日戒墮於法中本雖是婦今不自在過受戒時則非法守有娠婦人以其身重猒本所習又爲傷娠乳兒時婬其母乳則竭又以心著婬欲不復護兒非道之處則非女根女心不樂强以非理故名邪婬是事不作名爲不邪婬問曰若夫主不知不見不惱他有何罪答曰以其邪故既名爲邪是爲不正是故有罪復次此有種種罪過夫妻之情異身同體奪他所愛破其本心是名爲賊復有重罪惡名醜聲爲人所憎少樂多畏或畏刑戮又畏夫主傍人所知多懷妄語聖人所訶罪中之罪復次婬泆之人當自思惟我婦他妻同爲女人骨肉情態彼此無異而我何爲横生惑心隨逐邪意邪婬之人破失今世後世之樂好名善譽身心安樂今世得也生天得道涅槃之利後世得也復次廻已易處以自制心若彼侵我妻我則忿毒若我侵彼彼亦何異恕已自制故應不作復次如佛說邪婬之人後墮劒樹地獄衆苦備受得出爲人家道不穆常値婬婦邪僻殘賊邪婬爲患譬如蝮蛇亦如大火不急避之禍害將及

如佛所說邪婬有十罪一者常爲所婬夫主欲危害之二者夫婦不穆常共鬭諍三者諸不善法日日增長於諸善法日日損減四者不守護身妻子孤寡五者財産日耗六者有諸惡事常爲人所疑七者親屬知識所不愛喜八者種怨家業因緣九者身壞命終死入地獄十者若出爲女人多人共夫若爲男子婦不貞潔如是等種種因緣不作是名不邪婬妄語者不淨心欲誑他覆隱實出異語生口業是名妄語妄語之罪從言聲相解生若不相解雖不實語無妄語罪是妄語知言不知不知言知見言不見不見言見聞言不聞不聞言聞是名妄語若不作是名不妄語問曰妄語有何等罪答曰妄語之人先自誑身然後誑人以實爲虚以虚爲實虚實顛倒不受善法譬如覆瓶水不得入妄語之人心無慚愧閉塞天道涅槃之門觀知此罪是故不作復次觀知實語其利甚廣實語之利自從己出甚爲易得是爲一切出家人力如是功德居家出家人共有此利善人之相復次實語之人其心端直其心端直易得免苦譬如稠林曳木直者易出問曰若妄語有如是罪人何以故妄語答曰有人愚癡少智遭事苦厄妄語求脱不知事發今世得罪不知後世有大罪報復有人雖知妄語罪慳貪瞋恚愚癡多故而作妄語復有人雖不貪恚而妄證人罪心謂實爾死墮地獄如提婆達多弟子俱伽離常求舍利弗目揵連過失是時二人夏安居竟遊行諸國值天大雨到陶作家宿盛陶器舍此舍中先有一女人在暗中宿二

人不知此女人其夜夢失不淨晨朝趣水澡浴是時俱伽離偶行見之俱伽離能相知人交會情狀而不知夢與不夢是時俱伽離顧語弟子此女人昨夜與人情通即問女人汝在何處卧答言我在陶師屋中寄宿又問共誰答言二比丘是時二人從屋中出俱伽離見已又以相驗之意謂二人必為不淨先懷嫉妬既見此事遍諸城邑聚落告之次到祇洹唱此惡聲於是中間梵天王來欲見佛佛入靜室寂然三昧諸比丘衆亦各閉房三昧皆不可覺即自思惟我故來見佛佛入三昧且欲還去即復念言佛從定起亦將不久於是小住到俱伽離房前扣其戸而言俱伽離俱伽離舍利弗目揵連心淨柔輭汝莫謗之而長夜受苦俱伽離問言汝是何人答言我是梵天王問言佛說汝得阿那含道汝何以故來梵王心念而說偈言

無量法欲量　不應以相取　無量法欲量
是野人覆沒

說是偈已到佛所具說其意佛言善哉善哉快說此偈爾時世尊復說此偈

無量法欲量　不應以相取　無量法欲量
是野人覆沒

梵天王聽佛說已忽然不現即還天上爾時俱伽離到佛所頭面禮佛足却住一面佛告俱伽離舍利弗目揵連心淨柔輭汝莫謗之而長夜受苦俱伽離白佛言我於佛語不敢不信但自目見了了定知二人實行不淨佛如是三訶俱伽離亦三不受即從座起而去還其房中舉身生瘡始如芥子漸大如豆如

棗如柰轉大如瓜翕然爛壞如大火燒叫喚號咷其夜即死入大蓮華地獄有一梵天夜來白佛俱伽離已死復有一梵天言墮大蓮華地獄其夜過已佛命僧集而告之言汝等欲知俱伽離所墮地獄壽命長短不諸比丘言願樂欲聞佛言有六十斛胡麻有人過百歲取一胡麻如是至盡阿浮陀地獄中壽故未盡二十阿浮陀地獄中壽爲一尼羅浮陀地獄中壽如二十尼羅浮陀地獄中壽爲一呵羅邏地獄中壽二十呵羅邏地獄中壽爲一呵婆婆地獄中壽二十呵婆婆地獄中壽爲一休休地獄中壽二十休休地獄中壽爲一漚波羅地獄中壽二十漚波羅地獄中壽爲一分陀梨迦地獄中壽二十分陀梨迦地獄中壽爲一摩呵波頭摩地獄中壽俱伽離墮是摩呵波頭摩地獄中出其大舌以五百釘釘之五百具犁耕之爾時世尊說此偈言

夫士之生　斧在口中　所以斬身　由其惡言
應呵而讚　應讚而呵　口集諸惡　終不見樂
心口業生惡　墮尼羅浮獄　具滿百千世
受諸苦毒痛　若生阿浮陀　具滿三十六
別更有五世　皆受諸苦毒
心依邪見　破賢聖語　如竹生實　自毀其形

如是等心生疑謗遂至決定亦是妄語妄語人乃至佛語而不信受受罪如是以是故不應妄語復次如佛子羅睺羅其年幼稚未知慎口人來問之世尊在不詭言不在若不在時人問羅睺羅世尊在不詭言佛在有人語佛佛語羅睺羅澡盤取水與吾洗足洗足已語羅睺羅覆此澡盤如勑即覆佛言以水注

之注已問言水入中不答言不入佛告羅睺羅無慚愧人妄語覆心道法不入亦復如是如佛說妄語有十罪何等爲十一者口氣臭二者善神遠之非人得便三者雖有實語人不信受四者智人謀議常不參預五者常被誹謗醜惡之聲周聞天下六者人所不敬雖有教勑人不承用七者常多憂愁八者種誹謗業因緣九者身壞命終當墮地獄十者若出爲人常被誹謗如是種種不作是爲不妄語名口善律儀不飲酒者酒有三種一者穀酒二者果酒三者藥草酒果酒者蒲萄阿梨吒樹果如是等種種名爲果酒藥草酒者種種藥草合和米麴甘蔗汁中能變成酒同蹄畜乳酒一切乳熱者可中作酒略說若乾若濕若清若濁如是等能令人心動放逸是名爲酒一切不應飲是名不飲酒問曰酒能破冷益身令心歡喜何以故不飲答曰益身甚少所損甚多是故不應飲譬如美飲其中雜毒是何等毒如佛語難提迦優婆塞酒有三十五失何等三十五一者現在世財物虛竭何以故人飲酒醉心無節限用費無度故二者衆疾之門三者鬬諍之本四者裸露無恥五者醜名惡聲人所不敬六者覆没智慧七者應所得物而不得已所得物而散失八者伏匿之事盡向人說九者種種事業廢不成辦十者醉爲愁本何以故醉中多失醒已慚愧憂愁十一者身力轉少十二者身色壞十三者不知敬父十四者不知敬母十五者不敬沙門十六者不敬婆羅門十七者不敬伯叔及尊長何以故醉悶恍惚無所別故十八

者不尊敬佛十九者不敬法二十者不敬僧二十一者朋黨惡人二十二者踈遠賢善二十三者作破戒人二十四者無慚無愧二十五者不守六情二十六者縱色放逸二十七者人所憎惡不喜見之二十八者貴重親屬及諸知識所共擯棄二十九者行不善法三十者棄捨善法三十一者明人智士所不信用何以故酒放逸故三十二者遠離涅槃三十三者種狂癡因緣三十四者身壞命終墮惡道泥犂中三十五者若得爲人所生之處常當狂騃如是等種種過失是故不飲如偈說

酒失覺知相　身色濁而惡　智心動而亂
慚愧已被劫　失念增瞋心　失歡毀宗族
如是雖名飲　實爲飲死毒　不應瞋而瞋
不應笑而笑　不應哭而哭　不應打而打
不應語而語　與狂人無異　奪諸善功德
知愧者不飲

如是四罪不作是身善律儀妄言不作是口善律儀名爲優婆塞五戒律儀問曰若八種律儀及淨命是名爲戒何以故優婆塞於口律儀中無三律儀及淨命答曰白衣居家受世間樂兼修福德不能盡行戒法是故佛令持五戒復次四種口業中妄語最重復次妄語心生故作餘者或故作或不故作復次但說妄語已攝三事復次諸善法中實爲最大若說實語四種正語皆已攝得復次白衣處世當官理務家業作使是故難持不惡口法妄語故作重事故不應作是五戒有五種受名五種優婆塞一者一分行優婆塞二者少

分行優婆塞三者多分行優婆塞四者滿行優婆塞五者斷婬優婆塞一分行者於五戒中受一戒不能受持四戒少分行者若受二戒若受三戒多分行者受四戒滿行者盡持五戒斷婬者受五戒已師前更作誓言我於自婦不復行婬是名五戒如佛偈說

不殺亦不盜　亦不有邪婬　實語不飲酒
正命以淨心　若能行此者　二世憂畏除
戒福恒隨身　常與天人俱　世間六時華
榮耀色相發　以此一歲華　天上一日具
天樹自然生　華鬘及瓔珞　丹葩如燈照
衆色相間錯　天衣無央數　其色若干種
鮮白映天日　輕密無間壠　金色照文繡
斐亹如雲氣　如是上妙服　悉從天樹出
明珠天耳璫　寶磲耀手足　隨心所好服
亦從天樹出　金華瑠璃莖　金剛爲華鬚
柔輭香芬熏　悉從寶池出　琴瑟箏箜篌
七寶爲校飾　器妙故音清　皆亦從樹出
波綠質妬樹　天上樹中王　在彼歡喜園
一切無有比　持戒爲耕田　天樹從中出
天厨甘露味　飲食除飢渴　天女無監礙
亦無妊身難　熈怡縱逸樂　食無便利患
持戒常攝心　得生自恣地　無事亦無難
常得肆樂志　諸天得自在　憂苦不復生
所欲應念至　身光照幽冥　如是種種樂
皆由施與戒　若欲得此報　當勤自勉勵

問曰今說尸羅波羅蜜當以成佛何以乃讚天福答曰佛言三事必得報果不虛布施得大福持戒生好處修定得解脫若單行尸羅得生好處若修定智慧慈悲和合得三乘道

今但讚持戒現世功德名聞安樂後世得報如偈所讚譬如小兒蜜塗苦藥然後能服今先讚戒福然後人能持戒持戒已立大誓願得至佛道是爲尸羅生尸羅波羅蜜又以一切人皆著樂世間之樂天上爲最若聞天上種種快樂便能受行尸羅後聞天上無常猒患心生能求解脫更聞佛無量功德若慈悲心生依尸羅波羅蜜得至佛道以是故雖說尸羅報無咎問曰白衣居家唯此五戒更有餘法耶答曰有一日戒六齋日持功德無量若十二月一日至十五日受持此戒其福最多問曰云何受一日戒答曰受一日戒法長跪合掌應如是言我某甲今一日一夜歸依佛歸依法歸依僧如是二如是三歸依我某甲歸依佛竟歸依法竟歸依僧竟如是二如是三歸依竟我某甲若身業不善若口業不善若意業不善貪欲瞋恚愚癡故若今世若先世有如是罪今日誠心懺悔身清淨口清淨心清淨受行八戒是則布薩此言善宿如諸佛盡壽不殺生我某甲一日一夜不殺生亦如是如諸佛盡壽不盜我某甲一日一夜不盜亦如是諸佛盡壽不婬我某甲一日一夜不婬亦如是如諸佛盡壽不妄語我某甲一日一夜不妄語亦如是如諸佛盡壽不飲酒我某甲一日一夜不飲酒亦如是如諸佛盡壽不坐高大牀上我某甲一日一夜不坐高大牀上亦如是如諸佛盡壽不著華瓔珞不香塗身不著香熏衣我某甲一日一夜不著華瓔珞不香塗身不著香熏衣亦如是如諸佛盡壽不自歌舞作樂不往觀聽我某甲

一日一夜不自歌舞作樂不往觀聽亦如是已受八戒如諸佛盡壽不過中食我某甲一日一夜不過中食亦如是我某甲受行八戒隨學諸佛法名爲布薩願持是布薩福報生生不墮三惡八難我亦不求轉輪聖王梵釋天王世界之樂願諸煩惱盡逮薩婆若成就佛道問曰云何受五戒答曰受五戒法長跪合掌言我某甲歸依佛歸依法歸依僧如是二如是三我某甲歸依佛竟歸依法竟歸依僧竟如是二如是三我是釋迦牟尼佛優婆塞證知我某甲從今日盡壽歸依戒師應言汝優婆塞聽是多陀阿伽度阿羅訶三藐三佛陀知人見人爲優婆塞說五戒如是汝盡壽持何等五盡壽不殺生是優婆塞戒是中盡壽不應故殺生是事若能當言諾盡壽不盜是優婆塞戒是中盡壽不應盜是事若能當言諾盡壽不邪婬是優婆塞戒是中盡壽不應邪婬是事若能當言諾盡壽不妄語是優婆塞戒是中盡壽不應妄語是事若能當言諾盡壽不飲酒是優婆塞戒是中盡壽不應飲酒是事若能當言諾是優婆塞五戒盡壽受持當供養三寶佛寶法寶比丘僧寶勤修福德以求佛道問曰何以故六齋日受八戒修福德答曰是日惡鬼逐人欲奪人命疾病凶衰令人不吉是故劫初聖人教人持齋修善作福以避凶衰是時齋法不受八戒直以一日不食爲齋後佛出世教語之言汝當一日一夜如諸佛持八戒過中不食是功德將人至涅槃如四天王經中佛說月六齋日使者太子及四天王自下觀察衆生布施持

戒孝順父母少者便上忉利以啓帝釋帝釋諸天心皆不悅說言阿脩羅種多諸天種少若布施持戒孝順父母多者諸天帝釋心皆歡喜說言增益諸天衆減損阿脩羅是時釋提婆那民見諸天歡喜說此偈言

六日神足月　受持清淨戒　是人壽終後
功德必如我

佛告諸比丘釋提桓因不應說如是偈所以者何釋提桓因五衰三毒未除云何妄言持一日戒功德福報必得如我若受持此戒必應如佛是則實說諸大尊天歡喜因緣故得福增多復次此六齋日惡鬼害人惱亂一切若所在丘聚郡縣國邑有持齋受戒善人者以此因緣惡鬼遠去住處安隱以是故六日持齋受戒得福增多問曰何以故諸惡鬼輩以此六日惱害於人答曰天地本起經說劫初成時有異梵天王子諸鬼神父修梵志苦行滿天上十二歲於此六日割肉出血以著火中以是故諸惡鬼神於此六日輙有勢力問曰諸鬼神父何以於此六日割身肉血以著火中答曰諸神中摩醯首羅神最大第一諸神皆有日分摩醯首羅一月有四日分八日二十三日十四日二十九日餘神一月有二日分月一日十六日月二日十七日其十五日三十日屬一切神摩醯首羅爲諸神主又得日多故數其四日爲齋二日是一切諸神日亦數以爲齋是故諸鬼神於此六日輙有力勢復次諸鬼神父於此六日割肉出血以著火中過十二歲已天王來下語其子言汝求何願答言我求有子天王言仙人供養

法以燒香甘果諸清淨事汝云何以肉血著火中如罪惡法汝破善法樂爲惡事令汝生惡子噉肉飲血當説是時火中有八大鬼出身黑如墨髮黄眼赤有大光明一切鬼神皆從此八鬼生以是故於此六日割身肉血以著火中而得勢力如佛法中日無好惡隨世惡日因緣故教持齋受戒問曰五戒一日戒何者爲勝答曰有因緣故二戒俱等但五戒終身持八戒一日持又五戒常持時多而戒少一日戒時少而戒多復次若無大心雖復終身持戒不如有大心人一日持戒也譬如輭夫爲將雖復持兵終身智勇不足卒無功名若如英雄奮發禍亂立定一日之勳功蓋天下是二種戒名居家優婆塞法居家持戒凡有四種有下中上有上上下人持戒爲今世樂故或爲怖畏稱譽名聞故或爲家法曲隨他意故或避苦役求離厄難故如是種種是下人持戒中人持戒爲人中富貴歡娛適意或期後世福樂克己自勉爲苦日少所得甚多如是思惟堅固持戒譬如商人遠出深入得利必多持戒之福令人受後世福樂亦復如是上人持戒爲涅槃故知諸法一切無常故欲求離苦常樂無爲故復次持戒之人其心不悔心不悔故得喜樂得喜樂故得一心得一心故得實智得實智故得猒心得猒心故得離欲得離欲故得解脫得解脫故得涅槃如是持戒爲諸善法根本復次持戒爲八正道初門入道初門必至涅槃

釋讚尸波羅蜜義

問曰如八正道正語正業在中正見正行在

初今何以言戒為八正道初門答曰以數言之大者為始正見最大是故在初復次行道故以見為先諸法次第故戒在前譬如作屋棟梁雖大以地為先上上人持戒憐愍衆生為佛道故以知諸法求實相故不畏惡道不求樂故如是種種是上上人持戒是四總名優婆塞戒出家戒亦有四種一者沙彌沙彌尼戒二者式叉摩那戒三者比丘尼戒四者比丘僧戒問曰若居家戒得生天上得菩薩道亦得至涅槃復何用出家戒答曰雖俱得度然有難易居家生業種種事務若欲專心道法家業則廢若欲專修家業道事則廢不取不捨乃應行法是名為難若出家離俗絕諸忿亂一向專心行道為易復次居家憒閙多事多務結使之根衆惡之府是為甚難若出家者譬如有人出在空野無人之處而一其心無思無慮內想既除外事亦去如偈說

閑坐林樹間　寂然滅衆惡　恬澹得一心
斯樂非天樂　人求富貴利　名衣好牀褥
斯樂非安隱　求利無厭足　納衣行乞食
動止心常一　自以智慧眼　觀知諸法實
種種法門中　皆以等觀入　解慧心寂然
三界無能及

以是故知出家修戒行道為易復次出家修戒得無量善律儀一切具足滿以是故白衣等應出家受戒復次佛法中出家法第一難修如閻浮呿提梵志問舍利弗於佛法中何者最難舍利弗答曰出家為難又問出家何等難答曰出家樂法為難既得樂法復何者為難修諸善法難以是故應出家復次若人

出家時魔王驚疑言此人諸結使欲薄必得涅槃墮僧寶數中復次佛法中出家人雖破形墮罪罪畢得解脱如鬱鉢羅華比丘尼本生經中説佛在世時此比丘尼得六神通阿羅漢入貴人舍常讃出家法語諸貴人婦女言姊妹可出家諸貴婦女言我等少壯容色盛美持戒爲難或當破戒比丘尼言但出家破戒便破問言破戒當墮地獄云何可破答言墮地獄便墮諸貴婦女皆笑之言地獄受罪云何可墮比丘尼言我自憶念本宿命時作戲女著種種衣服而説舊語或時著比丘尼衣以爲戲笑以是因縁故迦葉佛時作比丘尼自恃貴姓端正心生憍慢而破禁戒破戒罪故墮地獄受種種罪受罪畢竟值釋迦牟尼佛出家得六神通阿羅漢道以是故知出家受戒雖復破戒以戒因縁故得阿羅漢道若但作惡無戒因縁不得道也我乃昔時世世墮地獄地獄出爲惡人惡人死還入地獄都無所得今以此證知出家受戒雖復破戒以是因縁可得道果復次如佛在祇洹有一醉婆羅門來到佛所求作比丘佛勑阿難與剃頭著法衣醉酒既醒驚怪已身忽爲比丘即便走去諸比丘問佛何以聽此醉婆羅門作比丘佛言此婆羅門無量劫中初無出家心今因醉故暫發微心以是因縁故當出家得道如是種種因縁出家之利功德無量以是故白衣雖有五戒不如出家是出家律儀有四種沙彌沙彌尼式叉摩那比丘尼比丘云何沙彌沙彌尼出家受戒法白衣來欲求出家應求二師一和尚一阿闍黎和尚如

父阿闍黎如毋以棄本生父母當求出家父毋著袈裟衣剃除鬚髮應兩手急捉和尚兩足何以捉足天竺法以捉足爲第一恭敬供養阿闍黎應教十戒如受戒法沙彌尼亦如是唯以比丘尼爲和尚式叉摩那受六法二歲問曰沙彌十戒便受具足戒比丘尼法中何以有式叉摩那然後得受具足戒答曰佛在世時有一長者婦不覺懷妊出家受具足戒其後身大轉現諸長者譏嫌比丘因此制有二年學戒受六法然後受具足戒問曰若爲譏嫌式叉摩那豈不致譏答曰式叉摩那未受具足譬如小兒亦如給使雖有罪穢人不譏嫌是式叉摩那有二種一者十八歲童女受六法二者夫家十歲得受六法若受具足戒應二部僧中用五衣鉢盂比丘尼爲和尚及教師比丘爲戒師餘如受戒法略說則五百戒廣說則八萬戒第三羯磨訖即得無量律儀成就比丘尼比丘則有三衣鉢盂三師十僧如受戒法略說二百五十廣說則八萬第三羯磨訖即得無量律儀法是總名爲戒是爲尸羅

大智度論卷第十三

音釋

翅 式利切翼也　泆 夷質切淫放也　勵 力制切勉也　塚 知隴切墳也　雹 蒲角切雨水也　儜 泥耕切弱也　榻 託盍切狹而長者　懅 其據切懼　隈 烏回切曲隩也　裸 郎果切赤體也　窬 羊朱切小竇也　娠 失人切妊也　咷 徒刀切哭聲也　咤 丑亞切　恍惚 恍戶廣切惚呼骨切恍惚

不分明也騃五駭切癡也壠力踵切斐亹斐敷尾切文章貌亹無匪切與亹同璫都郎切充耳珠也熙怡熙許羈切怡弋支切熙怡和悅也

大智度論卷第十四

龍樹菩薩造

姚秦三藏法師鳩摩羅什譯

釋初品中尸羅波羅蜜之餘

問曰已知尸羅相云何爲尸羅波羅蜜答曰有人言菩薩持戒寧自失身不毀小戒是爲尸羅波羅蜜如上蘇陀蘇摩王經中說不惜身命以全禁戒如菩薩本身曾作大力毒龍若衆生在前身力弱者眼視便死身力強者氣往而死是龍受一日戒出家求靜入林樹間思惟坐久疲懈而睡龍法睡時形狀如蛇身有文章七寶雜色獵者見之驚喜言曰以此希有難得之皮獻上國王以爲服飾不亦宜乎便以杖按其頭以刀剥其皮龍自念言我力如意傾覆此國其如反掌此人小物豈能困我我今以持戒故不計此身當從佛語於是自忍眼目不視閉氣不息憐愍此人爲持戒故一心受剥不生悔意既以失皮赤肉在地時日大熱宛轉土中欲趣大水見諸小蟲來食其身爲持戒故不復敢動自思惟言今我此身以施諸蟲爲佛道故今以肉施以充其身後成佛時當以法施以益其心如是誓已身乾命終即生第二忉利天上爾時毒龍釋迦文佛是也時獵者提婆達等六師是也諸小蟲輩釋迦文佛初轉法輪八萬諸天得道者是菩薩護戒不惜身命決定不悔其事如是是名尸羅波羅蜜復次菩薩持戒爲佛道故作大要誓必度衆生不求今世後世之樂不爲名聞稱譽法故亦不自爲早求涅槃但爲衆生没在長流恩愛所欺愚惑所誤

我當渡之令到彼岸一心持戒爲生善處生善處故見善人見善人故生善智生善智故得行六波羅蜜行六波羅蜜故得佛道如是持戒名爲尸羅波羅蜜復次菩薩持戒心樂善清淨不爲畏惡道亦不爲生天但求善清淨以戒熏心令心樂善是爲尸羅波羅蜜復次菩薩以大悲心持戒得至佛道是名尸羅波羅蜜復次菩薩持戒能生六波羅蜜是則名爲尸羅波羅蜜云何持戒能生戒因五戒得沙彌戒因沙彌戒得律儀戒因律儀戒得禪定戒因禪定戒得無漏戒是爲戒生戒云何持戒能生於檀檀有三種一者財施二者法施三者無畏施持戒自檢不侵一切衆生財物是則財施衆生見者慕其所行又爲說法令其開悟又自思惟我當堅持淨戒與一切衆生作供養福田令諸衆生得無量福如是種種名爲法施一切衆生皆畏於死持戒不害是則無畏施復次菩薩自念我當持戒以此戒報爲諸衆生作轉輪聖王或作閻浮提王若作天王令諸衆生滿足於財無所乏短然後坐佛樹下降伏魔王破諸魔軍成無上道爲諸衆生說清淨法令無量衆生度老病死海是爲持戒因緣生檀波羅蜜云何持戒生忍辱持戒之人心自念言我今持戒爲治心故若持戒無忍當墮地獄雖不破戒以無忍故不免惡道何可縱忿不自制心但以心故入三惡趣是故應當好自勉強勤修忍辱復次行者欲令戒德堅強當修忍辱所以者何忍爲大力能牢固戒令不動搖復自思惟我今出家形與俗別豈可縱心如世人法

宜自勉勵以忍調心以身口忍心亦得忍若心不忍身口亦爾是故行者當令身口心忍絕諸忿恨復次是戒略說則有八萬廣說則無量我當云何能具持此無量戒法唯當忍辱衆戒自得譬如有人得罪於王王以罪人載之刀車六邊利刃間不容間奔逸馳走行不擇路若能持身不爲刀傷是則殺而不死持戒之人亦復如是戒爲利刀忍爲持身若忍心不固戒亦傷人又復譬如老人夜行無杖則躓忍爲戒杖扶人至道福樂因緣不能動摇如是種種名爲持戒生羼提波羅蜜云何持戒而生精進持戒之人除去放逸自力勤修習無上法捨世間樂入於善道志求涅槃以度一切大心不懈以求佛爲本是爲持戒能生精進復次持戒之人疲猒世苦老病死患心生精進必自求脱亦以度人譬如野干在林樹間依隨師子及諸虎豹求其殘肉以自存活時間空乏夜半踰城深入人舍求肉不得屛處睡息不覺夜竟惶怖無計走則慮不自免住則懼畏死痛便自定心詐死在地衆人來見有一人言我須野干耳即便截取野干自念截耳雖痛但令身在次有一人言我須野干尾便復截去野干復念截尾雖痛猶是小事次有一人言我須野干牙野干心念取者轉多儻取我頭則無活路即從地起奮其智力絕踊間關徑得自濟行者之心求脱苦難亦復如是若老至時猶故自寛不能懃懃決斷精進病亦如是以有瘥期未能決計死欲至時自知無冀便能自勉果敢懃懃大修精進從死地中得至涅槃復次持戒

之法譬如人射先得平地地平然後心安心安然後挽滿挽滿然後陷深戒爲平地定意爲弓挽滿爲精進箭爲智慧賊是無明若能如是展力精進必至大道以度衆生復次持戒之人能以精進自制五情不受五欲若心已去能攝令還是爲於戒能護諸根護諸根則生禪定生禪定則生智慧生智慧得至佛道是爲持戒生毗梨耶波羅蜜云何持戒生禪人有三業作諸善若身口業善意業自然入善譬如曲草生於麻中不扶自直持戒之力能羸諸結使云何能羸若不持戒瞋恚事來殺心即生若欲事至婬心即成若持戒者雖有微瞋不生殺心雖有婬念婬事不成是爲持戒能令諸結使羸諸結使羸禪定易得譬如老病失力死事易得結使羸故禪定易得復次人心未息常求實樂行者持戒棄捨世福心不放逸是故易得禪定復次持戒之人得生人中次生六欲天上次至色界破色相生無色界持戒清淨斷諸結使得阿羅漢道大心持戒愍念衆生是爲菩薩復次戒爲檢麤禪爲攝細復次戒攝身口禪止亂心如人上屋非梯不昇不得戒梯禪亦不立復次破戒之人結使風強散亂其心其心散亂則禪不可得持戒之人煩惱風輭心不大散禪定易得如是等種種因縁是爲持戒生禪波羅蜜云何持戒能生智慧持戒之人觀此戒相從何而有知從衆罪而生若無衆罪則亦無戒戒相如是從因縁有何故生著譬如蓮華出自淤泥色雖鮮好出處不淨以是悟心不令生著是爲持戒生般若波羅蜜復次持

戒之人心自思惟若我以持戒貴而可取破戒賤而可捨若有此心不應般若以智籌量心不著戒無取無捨是爲持戒生般若波羅蜜復次不持戒人雖有利智以營世務種種欲求生業之事慧根漸鈍譬如利刀以割泥土遂成鈍器若出家持戒不營世業常觀諸法實相無相先雖鈍根以漸轉利如是等種種因緣名爲持戒生般若波羅蜜如是等名爲尸羅波羅蜜生六波羅蜜復次菩薩持戒不以畏故亦非愚癡非疑非戒盜亦不自爲涅槃故持戒但爲一切衆生故爲得佛道故爲得一切佛法故如是相名爲尸羅波羅蜜復次若菩薩於罪不罪不可得是時名爲尸羅波羅蜜問曰若人捨惡行善是爲持戒云何言罪不罪不可得答曰非爲邪見麤心言不可得深入諸法相行空三昧慧眼觀故罪不可得罪無故不罪亦不可得復次衆生不可得故殺罪亦不可得罪不可得故戒亦不可得何以故以有殺罪故則有戒若無殺罪則亦無戒問曰今衆生現有云何言衆生不可得答曰肉眼所見是爲非見若以慧眼觀則不得衆生如上檀中說無施者無受者無財物此亦如是復次若有衆生是五衆耶離五衆耶若是五衆五衆有五衆生爲一如是者五不可爲一一不可爲五譬如市易物直五匹以一匹取之則不可得何以故一不可得作五故以是故知五衆不可得作一衆生復次五衆生滅無常相衆生法從先世來至後世受罪福於三界若五衆是衆生譬如草木自生自滅如是則無罪縛亦無解脫以是

故知非五衆是衆生若離五衆有衆生如先說神常遍中已破復次離五衆則我見心不生若離五衆有衆生是爲墮常若墮常者是則無生無死何以故生名先無今有死名已生便滅若衆生常者應遍五道中先已常有云何今復來生若不有生則無有死問曰定有衆生何以故言無五衆因緣有衆生法譬如五指因緣拳法生答曰此言非也若五衆因緣有衆生法者除五衆則別有衆生法然不可得眼自見色耳自聞聲鼻嗅香舌知味身知觸意知法空無我法離此六事更無衆生諸外道輩倒見故言眼能見色是爲衆生乃至意能知法是爲衆生又能憶念能受苦樂是爲衆生但作是見不知衆生實譬如一長老大德比丘人謂是阿羅漢多致供養其後病死諸弟子懼失供養故夜盜出之於其卧處安施被枕令如師在其狀如卧人來問疾師在何許諸弟子言汝不見牀上被枕耶愚者不審察之謂師病卧大送供養而去如是非一復有智人來而問之諸弟子亦如是答智人言我不問被枕牀褥我自求人發被求之竟無人可得除六事相更無我人知者見者亦復如是復次若衆生於五衆因緣有者五衆無常衆生亦無常何以故因果相似故若衆生無常則不至後世復次若如汝言衆生從本已來常有若爾者衆生應生五衆五衆不應生衆生今五衆因緣生衆生名字無智之人逐名求實以是故衆生實無若無衆生亦無殺罪無殺罪故亦無持戒復次是五衆深入觀之分別知空如夢所見如鏡中

像若殺夢中所見及鏡中像無有殺罪殺五陰空相衆生亦復如是復次若人不樂殺罪貪著無罪是人見破戒罪人則輕慢見持戒善人則愛敬如是持戒則是起罪因緣以是故言於罪不罪不可得故應具足尸羅波羅蜜

釋初品中羼提波羅蜜

【經】心不動故應具足羼提波羅蜜

【論】問曰云何名羼提答曰羼提此言忍辱忍辱有二種生忍法忍菩薩行生忍得無量福德行法忍得無量智慧福德智慧二事具足故得如所願譬如人有目有足隨意能到菩薩若遇惡口罵詈若刀杖所加思惟知罪福業因緣諸法內外畢竟空無我無我所以三法印印諸法故力雖能報不生惡心不起惡口業爾時心數法生名爲忍得是忍法故忍智牢固譬如畫彩得膠則堅著有人言善心有二種有麤有細麤名忍辱細名禪定未得禪定心樂能遮衆惡是名忍辱心得禪定樂不爲衆惡是名禪定是忍是心數法與心相應隨心行非業非業報隨業行有人言二界繫有人言但欲界繫或不繫色界無外惡可忍故亦有漏亦無漏凡夫聖人俱得故障已心他心不善法故名爲善善故或思惟斷或不斷如是等種種阿毗曇廣分別問曰云何名爲生忍答曰有二種衆生來向菩薩一者恭敬供養二者瞋罵打害爾時菩薩其心能忍不愛敬養衆生不瞋加惡衆生是名生忍問曰云何恭敬供養名之爲忍答曰有二種結使一者屬愛結使二者屬恚結使恭敬供

養雖不生恚令心愛著是名輭賊是故於此應當自忍不著不愛云何能忍觀其無常是結使生處如佛所說利養瘡深譬如斷皮至肉斷肉至骨斷骨至髓人著利養則破持戒皮斷禪定肉破智慧骨失微妙善心髓如佛初遊迦毗羅婆國與千二百五十比丘俱悉是梵志之身供養火故形容憔悴絕食苦行故膚體瘦黑淨飯王心念言我子侍從雖復心清淨絜並無容貌我當擇取累重多子孫者家出一人為佛弟子如是思惟已勑下國中揀擇諸釋貴族子弟應書之身皆令出家是時斛飯王子提婆達多出家學道誦六萬法聚精進修行滿十二年其後為供養利故來至佛所求學神通佛告憍曇以觀五陰無常可以得道亦得神通而不為說取通之法

出求舍利弗目揵連乃至五百阿羅漢皆不為說言汝當觀五陰無常可以得道可以得通不得所求涕泣不樂到阿難所求學神通是時阿難未得他心智以其兄故如佛所言以授提婆達多受學通法入山不久便得五神通得五神通已自念誰當與我作檀越者如王子阿闍世有大王相欲與為親厚到天上取天食還到鬱怛羅越取自然粳米至閻浮林中取閻浮果與王子阿闍世或時自變其身作象寶馬寶以惑其心或作嬰孩坐其膝上王子抱之嗚𠻘與唾時時自說已名令太子知之種種變態以動其心王子意惑於柰園中立大精舍四種供養并種種雜供無物不備以給提婆達多日日率諸大臣自為送五百釜羹飯提婆達多大得供養而徒衆

尠少自念我有三十相減佛未幾直以弟子未集若大衆圍遶與佛何異如是思惟已生心破僧得五百弟子舍利弗目揵連說法教化僧還和合爾時提婆達多便生惡心推山壓佛金剛力士以金剛杵而遥擲之碎石迸來傷佛足指華色比丘尼呵之復以拳打尼尼即時眼出而死作三逆罪與惡邪師富蘭那外道等爲親厚斷諸善根心無愧悔復以惡毒著指爪中欲因禮佛以中傷佛欲去未到於王舍城中地自然破裂火車來迎生入地獄提婆達多身有三十相而不能忍伏其心爲供養利故而作大罪生入地獄以是故言利養瘡深破皮至髓當應除却愛供養人心是爲菩薩忍心不愛著供養恭敬人復次供養有三種一者先世因緣福德故二者今世功德修戒禪定智慧故爲人敬養三者虛妄欺惑內無實德外如清白以誑時人而得供養於此三種供養中心自思惟若先世因緣勤修福德今得供養是爲勤身作之而自得耳何爲於此而生貢高譬如春種秋穫自以力得何足自憍如是思惟已忍伏其心不著不憍若今世功德故而得供養當自思惟我以智慧若知諸法實相若能斷結以此功德故是人供養於我無事如是思惟已自伏其心不自憍高此實愛樂功德不愛我也譬如罽賓三藏比丘行阿蘭若法至一王寺寺設大會守門人見其衣服麤弊遮門不前如是數數以衣服弊故每不得前便作方便假借好衣而來門家見之聽前不禁既至會坐得種種好食先以與衣衆人問言何以爾也

答言我比數來每不得入今以衣故得在此坐得種種好食實是衣故得之故以與衣行者以修行功德持戒智慧故而得供養自念此為功德非為我也如是思惟能自伏心是名為忍若虛妄欺偽而得供養是為自害不可近也當自思惟若我以此虛妄而得供養與惡賊劫盜得食無異是為墮欺妄罪如是於三種供養人中心不愛著亦不自高是名生忍問曰人未得道衣食為急云何方便能得忍心不著不愛給施之人答曰以智慧力觀無常相苦相無我相心常猒患譬如罪人臨當受戮雖復美味在前家室勸喻以憂死故雖欲飲食餚饍不覺滋味行者亦爾常觀無常相苦相雖得供養心亦不著又如麞鹿為虎搏逐追之不捨雖得好草美水飲食心無染著行者亦爾常為無常虎逐不捨須臾思惟猒惡雖得美味亦不染著是故行者於供養人中心得自忍復次若有女人來欲娛樂誑惑菩薩菩薩是時當自伏心忍不令起如釋迦文尼佛在菩提樹下魔王憂愁遣三玉女一名樂見二名悅彼三名渴愛來現其身作種種姿態欲壞菩薩菩薩是時心不傾動目不暫視三女念言人心不同好愛各異或有好少或愛中年或好長好短好白好黑如是衆好各有所愛是時三女各各化作五百美女一一化女作無量變態從林中出譬如黑雲電光暫現或揚眉頓睫嫈嫇細視作衆妓樂種種姿媚來迎菩薩欲以態身觸逼菩薩爾時密迹金剛力士瞋目叱之此是何人而汝妖媚敢來觸嬈爾時密迹說偈呵之

汝不知天帝　失好而黄鬚　大海水清美
今日盡苦鹹　汝不知月减　婆藪諸天墮
火本爲天口　而今一切噉
汝不知此事敢輕此聖人是時衆女逡巡小
退語菩薩言今此衆女端嚴無比可自娛意
端坐何爲菩薩言汝等不淨臭穢可惡去勿
妄談菩薩是時即説偈言
是身爲穢藪　不淨物腐積　是實爲行厠
何足以樂意
女聞此偈自念此人不知我等清淨天身而
説此偈即自變身還復本形光耀熀爚照林
樹間作天妓樂語菩薩言我身如是有何可
呵菩薩答言時至自知問曰此言何謂以偈
答言
諸天園林中　七寶蓮華池　天人相娛樂
失時汝自知　是時見無常　天上樂皆苦
汝當猒欲樂　愛樂正眞道
女聞偈已心念此人大智無量天樂清淨猶
知其惡不可當也即時滅去菩薩如是觀婬
欲樂能自制心忍不傾動復次菩薩觀欲種
種不淨於諸衰中女衰最重刀火雷電霹靂
怨家毒蛇之屬猶可暫近女人慳妬瞋諂妖
穢鬬諍貪嫉不可親近何以故女子小人心
淺智薄唯欲是親不觀富貴智德名聞專行
欲惡破人善根桎梏枷鎖閉繫囹圄雖曰難
解是猶易開女鏁繫人染固根深無智没之
難可得脱衆病之中女病最重如佛偈言
寧以赤鐵　宛轉眼中　不以散心　邪視女色
含笑作姿　憍慢羞慚　迴面攝眼　美言妬瞋
行步妖穢　以惑於人　婬羅彌網　人皆没身

坐卧行立　𢌞眄巧媚　薄智愚人　爲之心醉　執劍向敵　是猶可勝　女賊害人　是不可禁　蚖虵含毒　猶可手捉　女情惑人　是不可觸　有智之人　所不應視　若欲觀之　當如母姊　諦視觀之　不淨填積　婬火不除　爲之燒滅　復次女人相者若得敬待則令夫心高若敬待情捨則令夫心怖女人如是恒以煩惱憂怖與人云何可近親好乖離女人之罪巧察人惡女人之智大火燒人是猶可近清風無形是亦可捉蚖虵含毒猶亦可觸女人之心不可得實何以故女人之相不觀富貴端正名聞智德族姓技藝辯言親厚愛重都不在心唯欲是親譬如蛟龍不擇好醜唯欲殺人又復人不瞻視憂苦憔悴給養敬待憍奢叵制復次若在善人之中則自畜心高無智人中視之如怨富貴人中追之敬愛貧賤人中視之如狗常隨欲心不隨功德如說國王有女名曰拘牟頭有捕魚師名術波伽隨道而行遥見王女在高樓上窻中見面想像染著心不暫捨彌歷日月不能飲食母問其故以情答母我見王女心不能忘母諭兒言汝是小人王女尊貴不可得也兒言我心願樂不能暫忘若不如意不能活也母爲子故入王宫中常送肥魚鳥肉以遺王女而不取價王女怪而問之欲求何願母白王女願却左右當以情告我唯有一子敬慕王女情結成病命不云遠願垂愍念賜其生命王女言汝去月十五日於某甲天祠中住天像後母還語子汝願已得告之如上沐浴新衣在天像後住王女至時白其父王我有不吉須至天祠

以求吉福王言大善即嚴車五百乘出至天祠既到勅諸從者齊門而止獨入天祠天神思惟此不應爾王為施主不可令此小人毀辱王女即厭此人令睡不覺王女既入見其睡重推之不悟即以瓔珞直十萬兩金遺之而去去後此人得覺見有瓔珞又問衆人知王女來情願不遂憂恨懊惱婬火內發自燒而死以是證故知女人之心不擇貴賤唯欲是從復次昔有國王女逐旃陀羅共為不淨又有仙人女隨逐師子如是等種種女人之心無所選擇以是種種因緣於女人中除去情欲忍不愛著云何瞋惱人中而得忍辱當自思惟一切衆生有罪因緣更相侵害我今受惱亦本行因緣雖非今世所作是我先世惡報我今償之應當甘受何可逆也譬如負債債主索之應當歡喜償債不可瞋也復次行者常行慈心雖有惱亂逼身必能忍受譬如羼提仙人在大林中修忍行慈時迦利王將諸婇女入林遊戲飲食既訖王小睡息諸婇女輩採華林間見此仙人加敬禮拜在一面立仙人爾時為諸婇女讚說慈忍其言美妙聽者無猒久而不去迦利王覺不見婇女拔劍追蹤見在仙人前立憍妬隆盛瞋目奮劍而問仙人汝作何物仙人答言我今在此修忍行慈王言我今試汝當以利劍截汝耳鼻斬汝手足若不瞋者知汝修忍仙人言任意王即拔劍截其耳鼻斬其手足而問之言汝心動不答言我修慈忍心不動也王言汝一身在此無有勢力雖口言不動誰當信者是時仙人即作誓言若我實修慈忍血當為

乳即時血變爲乳王大驚喜將諸婇女而去是時林中龍神爲此仙人雷電霹靂王被毒害沒不還宮以是故言於惱亂中能行忍辱復次菩薩修行慈心一切衆生常有衆苦處胎逼隘受諸苦痛生時迫迮骨肉如破冷風觸身甚於劒戟是故佛言一切苦中生苦最重如是老病死苦種種困厄云何行人復加其苦是爲瘡中復以刀破復次菩薩自念我不應如諸餘人常隨生死水流我當逆流以求盡源入泥洹道一切凡人侵至則瞋益至則喜怖處則畏我爲菩薩不可如彼雖未斷結當自抑制修行忍辱惱害不瞋敬養不喜衆苦艱難不應怖畏當爲衆生興大悲心復次菩薩若見衆生來爲惱亂當自念言是爲我之親厚亦是我師益加親愛敬心待之何以故彼若不加衆惱我則不成忍辱以是故言是我親厚亦是我師復次菩薩心知如佛所說衆生無始世界無際徃來五道輪轉無量我亦曾爲衆生父母兄弟衆生亦皆曾爲我父母兄弟當來亦爾以是推之不應惡心而懷瞋害復次思惟衆生之中佛種甚多若我瞋意向之則爲瞋佛若我瞋佛則爲已了如說鴿鳥當得作佛今雖是鳥不可輕也復次諸煩惱中瞋爲最重不善報中瞋報最大餘結無此重罪如釋提婆那民問佛偈言

何物殺安隱　何物殺不悔　何物毒之根
呑滅一切善　何物殺而讃　何物殺無憂

佛答言

殺瞋心安隱　殺瞋心不悔　瞋爲毒之根
瞋滅一切善　殺瞋諸佛讃　殺瞋則無憂

菩薩思惟我今行悲欲令衆生得樂瞋爲呑滅諸善毒害一切我當云何行此重罪若有瞋恚自失樂利云何能令衆生得樂復次諸佛菩薩以大悲爲本從悲而出瞋爲滅悲之毒特不相宜若壞悲本何名菩薩菩薩從何而出以是故應修忍辱若衆生加諸瞋惱當念其功德今此衆生雖有一罪更自別有諸妙功德以其功德故不應瞋之復次此人若罵若打是爲治我譬如金師鍊金垢隨火去眞金獨在此亦如是若我有罪是從先世因緣今當償之不應瞋也當修忍辱復次菩薩慈念衆生有如赤子閻浮提人多諸憂愁少有歡日若來罵詈或加讒賊心得歡樂此樂難得恣汝罵之何以故我本發心欲令衆生得歡喜故復次世間衆生常爲衆病所惱又爲死賊常隨伺之譬如怨家恒伺人便云何善人而不慈愍復欲加苦苦未及彼先自受害如是思惟不應瞋彼當修忍辱復次當觀瞋恚其咎最深三毒之中無重此者九十八使中此爲最堅諸心病中第一難治瞋恚之人不知善不知非善不觀罪福不知利害不自憶念當墮惡道善言忘失不惜名稱不知他惱亦不自計身心疲惱瞋覆慧眼專行惱他如一五通仙人以瞋恚故雖修淨行殺害一國如旃陀羅復次瞋恚之人譬如虎狼難可共止又如惡瘡易發易壞瞋恚之人譬如毒蛇人不喜見積瞋之人惡心漸大至不可至殺父殺君惡意向佛如拘睒彌國比丘以小因緣瞋心轉大分爲二部若欲斷當終竟三月猶不可了佛來在衆舉相輪手遮而告

之言汝諸比丘勿起鬬諍惡心相續苦報甚重汝求涅槃棄捨世利在善法中云何瞋諍世人忿諍是猶可恕出家之人何可諍鬬出家心中懷毒自害如冷雲中火出燒身諸比丘白佛言佛爲法王願小默然是輩侵我不可不答佛念是人不可度也於衆僧中凌虛而去入林樹閒寂然三昧瞋罪如是乃至不受佛語以是之故應當除瞋修行忍辱復次能修忍辱慈悲易得得慈悲者則至佛道問曰忍辱法皆好而有一事不可小人輕慢謂爲怖畏以是之故不應皆忍答曰若以小人輕慢謂爲怖畏而欲不忍不忍之罪甚於此也何以故不忍之人賢聖善人之所輕賤忍辱之人爲小人所慢二輕之中寧爲無智所慢不爲賢聖所賤何以故無知之人輕所不輕賢聖之人賤所可賤以是之故當修忍辱復次忍辱之人雖不布施禪定而常得微妙功德生天上人中後得佛道何以故心柔輭故復次菩薩思惟若人今世惱我毀辱奪利輕罵繫縛且當含忍若我不忍當墮地獄鐵垣熱地受無量苦燒炙燔煑不可具說以是故知小人無智雖輕而貴不忍用威雖快而賤是故菩薩應當忍辱復次菩薩思惟我初發心誓爲衆生治其心病今此衆生爲瞋恚結使所病我當治之云何而復以之自病應當忍辱譬如藥師療治衆病若鬼狂病拔刀罵詈不識好醜醫知鬼病但爲治之而不瞋恚菩薩若爲衆生瞋惱罵詈知其爲瞋恚煩惱所病狂心所使方便治之無所嫌責亦復如是復次菩薩育養一切愛之如子若衆生

瞋惱菩薩菩薩愍之不瞋不責譬如慈父撫育子孫子孫幼稚未有所識或時罵詈打擲不敬不畏其父愍其愚小愛之逾至雖有過罪不瞋不恚菩薩忍辱亦復如是復次菩薩思惟若衆生瞋惱加我我當忍辱若我不忍今世心悔後入地獄受苦無量若在畜生作毒龍惡虵師子虎狼若爲餓鬼火從口出譬如人被火燒燒時痛輕後痛轉重復次菩薩思惟我爲菩薩欲爲衆生益利若我不能忍辱不名菩薩名爲惡人復次菩薩思惟世有二種一者衆生數二者非衆生數我初發心誓爲一切衆生若有非衆生數山石樹木風寒冷熱水雨侵害但求禦之初不瞋恚今此衆生是我所爲加惡於我我當受之云何而瞋復次菩薩知從久遠已來因緣和合假名爲人無實人法誰可瞋者是中但有骨血皮肉譬如壘墼又如木人機關動作有去有來知其如此不應有瞋若我瞋者是則愚癡自受罪苦以是之故應修忍辱復次菩薩思惟過去無量恒河沙等諸佛本行菩薩道時皆先行生忍然後修行法忍我今求學佛道當如諸佛法不應起瞋恚如魔境界法以是故應當忍辱如是等種種無量因緣故能忍是名生忍

大智度論卷第十四

音釋

剥（北角切裂也）蹶（居月切仆也）淤（依據切濁也）膠（古肴切黏膏也）嗽（色角切含吸也）尠（息淺切少也）迸（北諍切散也）穫（胡郭切刈禾也）搏（伯各切擊也）嫈嫇（嫈幺莖切嫇莫耕切嫈嫇婦人態也）髯（汝鹽切頰須也）逡（七倫切逡巡却退也）煜爚（煜余六切爚以灼切煜爚光明照燿也）

桎梏 桎之日切梏古沃切桎梏杻械也 囹圄 囹郎丁切圄魚巨切囹圄獄名也 眄 莫甸切邪視也 怵 丑律切 讒 鋤銜切譖毀也 睒 失冉切

炙煏 炙之石切燔炙也煏皮逼切火乾肉也 壘墼 壘力軌切墼古歷切土墼也

大智度論卷第十五

龍樹菩薩造

姚秦三藏法師鳩摩羅什譯

釋初品中羼提波羅蜜之餘

云何名法忍忍諸恭敬供養衆生及諸瞋惱婬欲之人是名生忍忍其供養恭敬法及瞋惱婬欲法是爲法忍復次法忍者於內六情不著於外六塵不受能於此二不作分別何以故內相如外外相如內二相俱不可得故一相故因緣合故其實空故一切法相常清淨故如眞際法性相故不二入故雖無二亦不一如是觀諸法心信不轉是名法忍如毗摩羅詰經中法作菩薩說生滅爲二不生不滅是不二入法門乃至文殊尸利說無聞無見一切心滅無說無語是不二入法門毗摩羅詰默然無言諸菩薩讃言善哉善哉是眞不二入法門復次一切法有二種一者衆生二者諸法菩薩於衆生中忍如先說今說法中忍法有二種心法非心法非心法中有內有外外有寒熱風雨等內有飢渴老病死等如是等種種名爲非心法心法中有二種一者瞋恚憂愁疑等二者婬欲憍慢等是二名爲心法菩薩於此二法能忍不動是名法忍問曰於衆生中若瞋惱害命得罪憐愍得福寒熱風雨無有增損云何而忍答曰雖無增損自生惱亂憂苦害菩薩道以是故應當忍復次非但殺惱衆生故得罪爲惡心作因緣故有罪所以者何雖殺衆生而無記心是便無罪慈念衆生雖無所與而大得福寒熱風雨雖無增損然以能生惡意故得罪以是故

應當忍復次菩薩自知宿罪因緣生此苦處此我自作我應自受如是思惟是故能忍復次菩薩思惟國土有二種有淨有不淨菩薩若生不淨國中受此辛苦飢寒衆惱自發淨願我成佛時國中無此衆苦此雖不淨乃是我利復次菩薩思惟世間八法賢聖所不能免何況於我以是故應當忍復次菩薩思惟知此人身無牢無強爲老病死所逐雖復天身清淨無老無病躭著天樂譬如醉人不得修行道福出家離欲以是故於此人身自忍修福利益衆生復次菩薩思惟我受此四大五衆身應有種種苦分無有受身而不苦者富貴貧賤出家在家愚智明暗無得免者何以故富貴之人常有怖畏守護財物譬如肥羊早就屠机如鳥銜肉衆鳥逐之貧賤之人有飢寒之苦出家之人今世雖苦後世受福得道在家之人今世雖樂後世受苦愚人先求今世樂無常對至後則受苦智人先思惟無常苦後則受樂如是等受身之人無不有苦是故菩薩應當行忍復次菩薩思惟一切世間皆苦我當云何於中而欲求樂復次菩薩思惟我於無量劫中常受衆苦無所利益未曾爲法今日爲衆生求佛道雖受此苦當得大利是故外內諸苦悉當忍受復次菩薩大心誓願若阿鼻泥犂苦我當忍之何況小苦而不能忍若小苦不忍何能忍大如是種種外法中忍名曰法忍問曰云何內心法中能忍答曰菩薩思惟我雖未得道諸結未斷若當不忍與凡人不異非爲菩薩復自思惟若我得道斷諸結使則無法可忍復次飢渴

寒熱是外魔軍結使煩惱是内魔賊當破此二軍以成佛道若不爾者佛道不成如說佛苦行六年魔王來言刹利貴人汝千分生中正有一分活耳速起還國布施修福可得今世後世人中天上之樂道不可得汝唐勤苦汝若不受輭言守迷不起我當將大軍衆來擊破汝菩薩言我今當破汝大力内軍何況外軍魔言何等是我内軍答曰

欲是汝初軍　憂愁爲第二　飢渴第三軍
渴愛爲第四　睡眠第五軍　怖畏爲第六
疑悔第七軍　瞋恚爲第八　利養虚稱九
自高憍慢十　如是等軍衆　猒没出家人
我以禪智力　破汝此諸軍　得成佛道已
度脫一切人

菩薩於此諸軍雖未能破著忍辱鎧捉智慧劍執禪定盾遮諸煩惱箭是名内忍復次菩薩於諸煩惱中應當修忍不應斷結何以故若斷結者所失甚多墮阿羅漢道中與根敗無異是故遮而不斷以修忍辱不隨結使問曰云何結使未斷而能不隨答曰正思惟故雖有煩惱而能不隨復次思惟觀空無常相故雖有妙好五欲不生諸結譬如國王有一大臣自覆藏罪人所不知王言取無脂肥羊來汝若不得者當與汝罪大臣有智繫一大羊以草穀好養日三以狼而畏怖之羊雖得養肥而無脂牽羊與王王遣人殺之肥而無脂王問云何得爾答以上事菩薩亦如是見無常苦空狼令諸結使脂消諸功德肉肥復次菩薩功德福報無量故其心柔輭諸結使薄易修忍辱譬如師子王在林中吼有人見

之叩頭求請則放令去虎豹小物不能爾也何以故師子王貴獸有智分別故虎豹賤蟲不知分別故又如壞軍得值大將則活遇小兵則死復次菩薩智慧力觀瞋恚有種種諸惡觀忍辱有種種功德是故能忍結使復次菩薩心有智力能斷結使爲衆生故久住世間知結使是賊是故忍而不隨菩薩繫此結賊不令縱逸而行功德譬如有賊以因緣故不殺堅閉一處而自修事業復次菩薩實知諸法相故不以諸結使爲惡不以功德爲妙是故於結不瞋功德不愛以此智力故能修忍辱如偈說

菩薩斷除諸不善　乃至極微滅無餘
大功德福無有量　所造事業無不辦
菩薩大智慧力故　於諸結使不能惱
是故能知諸法相　生死涅槃一無二

如是種種因緣雖未得道於諸煩惱法中能忍是名法忍復次菩薩於一切法知一相無二一切法可識相故言一眼識識色乃至意識識法是可識相法故言一復次一切法可知相故言一苦法智苦比智知苦諦集法智集比智知集諦滅法智滅比智知滅諦道法智道比智知道諦及善世智亦知苦集滅道虛空非智緣滅是可知相法故言一復次一切法可緣相故言一眼識及眼識相應法緣色耳識鼻識舌識身識亦如是意識及意識相應法亦緣眼亦緣色亦緣眼識乃至緣意緣法緣意識一切法可緣相故言一復次一切法各皆一一復有一名爲二三一名爲三如是乃至千萬皆是一而假名爲千萬復

次一切法中有相故言一一相故名爲一一切物名爲法法相故名爲一如是等無量一門破異相不著一是名法忍復次菩薩觀一切法爲二何等二二名内外相内外相故内非外相外非内相復次一切法有無相故爲二空不空常非常我非我色非色可見不可見有對非有對有漏無漏有爲無爲心法非心法心數法非心數法心相應法非心相應法如是無量二門破一不著二是名爲法忍復次菩薩觀一切法爲三何等爲三下中上善不善無記有無非有非無見諦斷思惟斷無斷學無學非學非無學報有報非報非有報如是無量三門破一不著異是名爲法忍復次菩薩雖未得無漏道結使未斷能信無漏聖法及三種法印一者一切有爲生法無常等印二者一切法無我印三者涅槃實法印得道賢聖人自得自知菩薩雖未得道能信能受是名法忍復次於十四難不答法中有常無常等觀察無礙不失中道是法能忍是爲法忍如一比丘於此十四難思惟觀察不能通達心不能忍持衣鉢至佛所白佛言佛能爲我解十四難使我意了者當作弟子若不能解我當更求餘道佛告癡人汝本共我要誓若答十四難汝作我弟子耶比丘言不也佛言汝癡人今何以言若不答我不作弟子我爲老病死人說法濟度此十四難是鬬諍法於法無益但是戲論何用問爲若爲汝答汝心不了至死不解不能得脱生老病死譬如有人身被毒箭親屬呼醫欲爲出箭除藥便言未可出箭我先當知汝姓字親里

父母年歲次欲知箭出在何山何木何羽作箭鏃者爲是何人是何等鐵復欲知弓何山木何蟲角復欲知藥是何處生是何種名如是等事盡了了知之然後聽汝出箭塗藥佛問比丘此人可得知此衆事然後出箭不比丘言不可得知若待盡知此則已死佛言汝亦如是爲邪見箭愛毒塗已入汝心欲拔此箭作我弟子而不欲出箭方欲求盡世間常無常邊無邊等求之未得則失慧命與畜生同死自投黑暗比丘慚愧深識佛語即得阿羅漢道復次菩薩欲作一切智人應推求一切法知其實相於十四難中不滞不礙知其是心重病能出能忍是名法忍復次佛法甚深清淨微妙演暢種種無量法門能一心信受不疑不悔是名法忍如佛所言諸法雖空亦不斷亦不滅諸法因緣相續生亦非常諸法雖無神亦不失罪福心一念頃身諸法諸根諸慧轉滅不停不至後念新新生滅亦不失無量世中因緣業諸衆界入中皆空無神而衆生輪轉五道中受生死如是等種種甚深微妙法雖未得佛道能信受不疑不悔是爲法忍復次阿羅漢辟支佛畏惡生死早求入涅槃菩薩未得成佛而欲求一切智憐愍衆生欲了了分別知諸法實相是中能忍是名法忍問曰云何觀諸法得實相答曰觀知諸法無有瑕隙不可破不可壞是爲實相問曰一切語皆可答可破可壞云何言不可破壞是爲實相答曰以諸法不可破故佛法中一切言語道過心行處滅常不生不滅如涅槃相何以故若諸法相實有後不應無若諸

法先有今無即是斷滅復次諸法不應是常何以故若常即無罪無福無所傷殺亦無施命亦無修行利益亦無縛無解世間則是涅槃如是等因緣故諸法不應常若諸法無常則是斷滅亦無罪無福亦無增損功業因緣果報亦失如是等因緣故諸法不應無常問曰汝言佛法中常亦不實無常亦不實是事不然何以故佛法中常亦實無常亦實常者數緣盡非數緣盡虛空不生不住不滅故是常相無常相者五衆生住滅故無常相汝何以言常無常皆不實答曰聖人有二種語一者方便語二者直語方便語者爲人爲因緣故爲人者爲衆生說是常是無常如對治悉檀中說若說無常欲拔衆生三界著樂佛思惟以何令衆生得離欲是故說無常法如偈

若觀無生法　於生法得離　若觀無爲法
於有爲得離

云何生生名因緣和合無常不自在屬因緣有者有老病死相欺誑相破壞相是名生生則是有爲法如對治悉檀說常無常非實相二俱過故若諸法非有常非無常是爲愚癡論所以者何若非有則破無若非無則破有若破此二事更有何法可說問曰佛法常空相中非有非無空以除有空空遮無是爲非有非無何以言愚癡論答曰佛法實相不受不著汝非有非無受著故是癡論若言非有非無則可說可破是心生處是鬬諍處佛法則不然雖因緣故說非有非無不生著不生著則不可壞不可破諸法若有邊若無邊若有無邊若非有無邊若死後有去若死後無

去若死後有去無去若死後非有去非無去是身是神身異神異亦如是皆不實於六十二見中觀諸法亦皆不實如是一切除却信佛法清淨不壞相心不悔不轉是名法忍復次有無二邊觀諸法生時住時則爲有見相觀諸法老時壞時則爲無見相三界衆生多著此二見相是二種法虛誑不實有相則不應無何以故今無先有則墮斷中若斷是則不然復次一切諸法名字和合故謂之爲有以是故名字和合所生法不可得問曰名字所生法誰不可得則有名字和合答曰若無法名字爲誰而和合是則無名字復次若諸法實有不應以心識故知有若以心識故有是則非有如地堅相以身根身識知故有若無身根身識知則無堅相問曰身根身識若知若不知而地常是堅相答曰若先自知有堅相若從他聞則知有堅相若先不知不聞則無堅相復次地若常是堅相不應捨其相如凝酥蠟蜜樹膠融則捨其堅相墮濕相中金銀銅鐵等亦爾如水爲濕相寒則轉爲堅相如是等種種悉皆捨相復次諸論議師輩有能令無無能令有諸賢聖人坐禪人能令地作水水作地如是等諸法皆可轉如十一切入中說復次是有見爲貪欲瞋恚愚癡結縛鬪諍故生若有生此欲恚等處是非佛法何以故佛法相善淨故以是故非實復次一切有法二種色法無色法色法分析乃至微塵散滅無餘如檀波羅蜜品破施物中說無色法五情所不知故意情生住滅時觀故知心有分有分故無常無常故空空故非有彈

指頃有六十時一一時中心有生滅相續生故知是貪心瞋心是癡心是信心清淨智慧禪定心行者觀心生滅如流水燈燄此名入空智門何以故若一時生餘時中滅者此心應常何以故此極少時中無滅故若一時中無滅者應終始無滅復次佛說有爲法皆有三相若極少時中生而無滅者是爲非有爲法若極少時中心生住滅者何以但先生而後滅不先滅而後生復次若先有心後有生則心不待生何以故先以有心故若先有生則生無所生又生滅性相違生則不應有滅滅時不應有生以是故一時不可得異亦不可得是即無生若無生則無住滅若無生住滅則無心數法無心數法則無心不相應諸行色無色法無故無爲法亦無何以故因有爲故有無爲若無有爲則亦無無爲復次見作法無常故知不作法常若然者今見作法是有法不作法應是無法以是故常法不可得復次外道及佛弟子說常法法有同有異同者虛空涅槃外道言有神時方微塵冥初如是等名爲異有佛弟子說非數緣滅常又言滅因緣法常因緣生法無常摩訶衍中常法法性如眞際如是種種名爲常法虛空涅槃如先讚菩薩品中說神及時方微塵亦如上說以是故不應言諸法有若諸法無者有二種一者常無二者斷滅故無若先有今無若今有後無是則斷滅若然者則無因緣無因緣者應一物中出一切物亦應一物中都無所出後世中亦如是若斷罪福因緣則不應有貪富貴賤之異及墮惡道畜生中若言

常無則無苦集盡道若無四諦則無法寶則無八賢聖道若無法寶僧寶則無佛寶若如是者則破三寶復次若一切法實空者則無罪福亦無父母亦無世間禮法亦無善無惡然則善惡同門是非一貫一切物盡無如夢中所見若言實無有如是失此言誰當信者若言顛倒故見有者當見一人時何以不見二三以其實無而顛倒見故若不墮此有無見得中道實相云何知實如過去恒河沙等諸佛菩薩所知所說未來恒河沙等諸佛菩薩所知所說現在恒河沙等諸佛菩薩所知所說信心大故不疑不悔信力大故能持能受是名法忍復次禪定力故心柔輭清淨闢諸法實相應心與會信著深入無疑無悔所以者何疑悔是欲界繫法麤惡故不入柔輭心中是名法忍復次智慧力故於一切諸法中種種觀無有一法可得者是法能忍能受不疑不悔是名法忍復次菩薩思惟凡夫人以無明毒故於一切諸法中作轉相非常作常想苦作樂想無我有我想空謂有實非有爲有有爲非有如是等種種法中作轉相得聖實智慧破無明毒知諸法實相得無常苦空無我智慧棄捨不著是法能忍是名法忍復次觀一切諸法從本已來常空今世亦空是法能信能受是爲法忍問曰若從本已來常空今世亦空是爲惡邪云何言法忍答曰若觀諸法畢竟空取相心著是爲惡邪見若觀空不著不生邪見是爲法忍如偈說

諸法性常空　心亦不著空　如是法能忍

是佛道初相

如是等種種入智慧門觀諸法實相心不退不悔不隨諸觀亦無所憂能得自利利他是名法忍是法忍有三種行清淨不見忍辱法不見已身不見罵辱人不戲諸法是時名清淨法忍以是事故說菩薩住般若波羅蜜中能具足羼提波羅蜜不動不退故云何名不動不退瞋恚不生不出惡言身不加惡心無所疑菩薩知般若波羅蜜實相不見諸法心無所著故若人來罵若加楚毒殺害一切能忍以是故說住般若波羅蜜中能具足羼提波羅蜜

【經】身心精進不懈怠故應具足毗梨耶波羅蜜

【論】問曰如精進是一切善法本應最在初今何以故第四答曰布施持戒忍辱世間常有如客主之義法應供給乃至畜生亦知布施或有人種種因緣故能布施若爲今世若爲後世若爲道故布施不須精進如持戒者見爲惡之人王法治罪便自畏懼不敢爲非或有性善不作諸惡有人聞今世作惡後世受罪而以怖畏故能持戒有人聞持戒因緣故得離生老病死是中心生口言我從今日不復殺生如是等即是戒豈須精進波羅蜜而能行耶如忍辱中若駡若打若殺或畏故不報或少力或畏罪或修善人法或爲求道故默然不報皆不必須精進波羅蜜乃能忍也今欲得知諸法實相行般若波羅蜜故修行禪定禪定是實智慧之門是中應勤修精進一心行禪復次布施持戒忍辱是大福德安

隱快樂有好名譽所欲者得既得知此福利之味今欲增進更得妙勝禪定智慧譬如穿井已見濕泥轉加增進必望得水又如鑽火巳得見煙倍復力勵必望得火欲成佛道凡有二門一者福德二者智慧行施戒忍是爲福德門知一切諸法實相摩訶般若波羅蜜是爲智慧門菩薩入福德門除一切罪所願皆得若不得願者以罪垢遮故入智慧門則不猒生死不樂涅槃二事一故今欲出生摩訶般若波羅蜜般若波羅蜜要因禪定門禪定門必須大精進力何以故欲界亂心不能得見諸法實相譬如風中然燈不能照物燈在密屋明必能照是禪定智慧不可以福願求亦非麤觀能得要須身心精勤急著不懈爾乃成辦如佛所說血肉脂髓皆使竭盡但令皮骨筋在不捨精進如是乃能得禪定智慧得是二事則衆事皆辦以是故精進第四名爲禪定實智慧之根上三中雖有精進少故不說問曰有人言但行布施持戒忍辱故得大福德福德力故所願皆得禪定智慧自然而至復何用精進波羅蜜答曰佛道甚深難得雖有布施持戒忍辱力要須精進得甚深禪定實智慧及無量諸佛法若不行精進則不生禪定禪定不生則不得生梵天王處何況欲求佛道復次有人如民大居士等欲得無量寶物則應意皆得如頂生王王四天下天雨七寶及所須之物釋提婆那民分座與坐雖有是福然不能得道如羅頻珠比丘雖得阿羅漢道乞食七日不得空鉢而還後以禪定火自燒其身而般涅槃以是故知非

但福德力故得道欲成佛道要須勤大精進問曰菩薩觀精進有何利益而勤修不懈答曰一切今世後世道德利益皆由精進得復次若人欲自度身尚當勤急精進何況菩薩誓願欲度一切如讚精進偈中說

人有不惜身　智慧心決定　如法行精進
所求事無難　如農夫勤修　所收必豐實
亦如涉遠路　勤行必能達　若得生天上
及得涅槃樂　如是之因緣　皆由精進力
非天非無因　自作故自得　誰有智慧人
而不自勉勵　三界火熾然　譬如大火焰
有智決斷人　乃能得免離　以是故佛告
阿難正精進　如是不懈怠　直至於佛道
勉強而勤修　穿地能通泉　精進亦如是
無求而不得　能如行道法　精進不懈者
無量果必得　此報終不失

復次精進法是一切諸善之根本能出生一切諸道法乃至阿耨多羅三藐三菩提何況小利如毗尼中說一切諸善法乃至阿耨多羅三藐三菩提皆從精進不放逸生復次精進能動發先世福德如雨潤種能令必生此亦如是雖有先世福德因緣若無精進則不能生乃至今世利尚不能得何況佛道復次諸大菩薩荷負衆生受一切苦乃至阿鼻泥犂中苦心亦不懈是爲精進復次一切衆事若無精進則不能成譬如下藥以巴豆爲主若除巴豆則無下力如是意止神足根力覺道必待精進若無精進則衆事不辦如戒唯在八道不在餘處信在根力餘處則無如精進者無處不有既總衆法而别自有門譬如

無明使遍在一切諸使中而别有不共無明問曰菩薩欲得一切佛法欲度一切衆生欲滅一切煩惱皆得如意云何增益精進而能得佛譬如小火不能燒大林火勢增益能燒一切答曰菩薩從初發心作誓願當令一切衆生得歡樂常爲一切不自惜身若惜身者於諸善法不能成辦以是故增益精進復次菩薩種種因緣呵懈怠心令樂著精進懈怠黑雲覆諸明慧吞滅功德增長不善懈怠之人初雖小樂後則大苦譬如毒食初雖香美久則殺人懈怠之心燒諸功德譬如大火燒諸林野懈怠之人失諸功德譬如被賊無復遺餘如偈說

應得而不得　已得而復失　既自輕其身
衆人亦不敬　常處大暗中　無有諸威德
尊貴智慧法　此事永以失　聞諸妙道法
不能以益身　如是之過失　皆由懈怠心
雖聞增益法　不能得上及　如是之過罪
皆由懈怠心　生業不修理　不入於道法
如是之過罪　皆由懈怠心　上智所棄遠
中人時復近　下愚爲之沒　如猪樂在溷
若爲世中人　三事皆廢失　欲樂及財利
福德亦復沒　若爲出家人　則不得二事
生天及涅槃　名譽二俱失　如是諸廢失
欲知其所由　一切諸賊中　無過懈怠賊
以是衆罪故　懶心不應作　馬井二比丘
懈怠墜惡道　雖見佛聞法　猶亦不自勉

如是等種種觀懈怠之罪精進增長復次觀精進之益今世後世佛道涅槃之利皆由精進復次菩薩知一切諸法皆空無所有而不

證涅槃憐愍衆生集諸善法是精進波羅蜜力復次菩薩一人獨無等侶以精進福德力故能破魔軍及結使賊得成佛道既得佛道於一切諸法一相無相其實皆空而爲衆生說諸法種種名字種種方便度脱衆生生老病死苦將滅度時以法身與彌勒菩薩摩訶迦葉阿難等然後入金剛三昧自碎身骨令如芥子以度衆生而不捨精進力復次如阿難爲諸比丘說七覺意至精進覺意佛問阿難汝說精進覺意耶阿難言說精進覺意如是三問三答佛即從座起告阿難人能愛樂修行精進無事不得得至佛道終不虛也如是種種因緣觀精進利而得增益如是精進佛有時說爲欲或時說精進有時說不放逸譬如人欲遠行初欲去時是名爲欲發行不住是爲精進能自勸勵不令行事稽留是爲不放逸以是故知欲生精進精進生故不放逸不放逸故能生諸法乃至得成佛道復次菩薩欲脱生老病死欲度脱衆生常應精進一心不放逸如人擎油鉢行大衆中現前一心不放逸故大得名利又如偏閣嶮道若懸繩若乘山崖此諸惡道以一心不放逸故身得安隱今世大得名利求道精進亦復如是若一心不放逸所願皆得復次譬如水流能決大石不放逸心亦復如是專修方便常行不廢能破煩惱諸結使山復次菩薩有三種思惟若我不作不得果報若我不自作不從他來若我作者終不失如是思惟當必精進爲佛道故勤修專精而不放逸如一小阿蘭若獨在林中坐禪而生懈怠林中有神是佛

弟子入一死屍骨中歌舞而來說此偈言
林中小比丘 何以生懈廢 晝來若不畏
夜復如是來
是比丘驚怖起坐內自思惟中夜復睡是神
復現十頭口中出火牙爪如劒眼赤如炎顧
語將從捉此懈怠比丘此處不應懈怠何以
故爾時比丘大怖即起思惟專精念法得阿
羅漢道是名自強精進不放逸力能得道果
復次是精進不自惜身而惜果報於身四儀
坐卧行立常勤精進寧自失身不廢道業譬
如失火以瓶水救之唯存滅火而不惜瓶如
仙人師教弟子說偈言
決定心悅豫 如獲大果報 如願事得時
乃知此最妙
如是種種因緣觀精進之利能令精進增益
復次菩薩修諸苦行若有人來求索頭目髓
腦盡能與之而自念言我有忍辱精進智慧
方便之力受之尚苦何況愚騃三塗衆生我
當爲此衆生故勤修精進早成佛道而度脫
之

大智度論卷第十五

音釋

詰（契吉切）
机（居矣切几案也）
盾（食尹切干櫓之屬）
鏃（作木切矢木也）

大智度論卷第十六

龍樹菩薩造　姚秦三藏法師鳩摩羅什譯

釋初品中毗梨耶波羅蜜之餘

問曰云何名精進相答曰於事必能起發無難志意堅強心無疲倦所作究竟如是等名精進相復次如佛所説精進相者身心不息故譬如釋迦文尼佛先世曾作賈客主將諸賈人入嶮難處是中有羅刹鬼以手遮之言汝住莫動不聽汝去賈客主即以右拳擊之拳即著鬼挽不可離復次左拳擊之亦不可離以右足蹴之足復黏著復以左足蹴之亦復如是以頭衝之頭即復著鬼問言汝今如是欲作何等心休息未答言雖復五事被繫我心終不爲汝伏也當以精進力與汝相擊要不懈退鬼時歡喜心念此人膽力極大即語人言汝精進力大必不休息放汝令去行者如是於善法中初夜中夜後夜誦經坐禪求諸法實相不爲諸結使所覆身心不懈是名精進相是精進名心數法勤行不住相隨心行共心生或有覺有觀或無覺有觀或無覺無觀如阿毗曇法廣説於一切善法中勤修不懈是名精進相於五根中名精進根根增長名精進力心能開悟名精進覺能到佛道涅槃城是名正精進四念處中能懃繫心是精進分四正懃是精進門四如意足中欲精進是精進六波羅蜜中名精進波羅蜜問曰汝先讚精進今説精進相是名何精進答曰是一切善法中精進相問曰今説摩訶般若波羅蜜論議中應説精進波羅蜜何以説一切善法中精進答曰初發心菩薩於一切

善法中精進漸漸次第得精進波羅蜜問曰一切善法中精進多今說精進波羅蜜已入一切善法精進中答曰爲佛道精進名爲波羅蜜諸餘善法中精進但名精進不名波羅蜜問曰一切善法中勤何以不名精進波羅蜜而獨名菩薩精進爲波羅蜜答曰波羅蜜名到彼岸世間人及聲聞辟支佛不能具足行精進是故不名爲波羅蜜復次是人無大慈大悲棄捨衆生不求十力四無所畏十八不共法一切智及無礙解脫無量身無量光明無量音聲無量持戒禪定智慧等諸善法以是故是人精進不名波羅蜜復次菩薩精進不休不息一心求佛道如是行者名爲精進波羅蜜如好施菩薩求如意珠抒大海水正使筋骨枯盡終不懈廢得如意珠以給衆生濟其身苦菩薩如是難爲能爲是爲菩薩精進波羅蜜復次菩薩以精進力爲首行五波羅蜜是時名爲菩薩精進波羅蜜譬如衆藥和合能治重病菩薩精進亦如是但行精進不能行五波羅蜜是不名菩薩精進波羅蜜復次菩薩精進不爲財利富貴力勢亦不爲身不爲生天轉輪聖王梵釋天王亦不自爲以求涅槃但爲佛道利益衆生如是相名爲菩薩精進波羅蜜復次菩薩精進修行一切善法大悲爲首如慈父母唯有一子而得重病一心求藥救療其疾菩薩精進以慈爲首亦復如是救療一切心無暫捨復次菩薩精進以實相智慧爲首行六波羅蜜是名菩薩精進波羅蜜問曰諸法實相無爲無作精進有爲有作相云何以實相爲首答曰雖知

諸法實相無爲無作以本願大悲欲度衆生故於無作中以精進力度脫一切復次若諸法實相無爲無作如涅槃相無一無二汝云何言實相與精進相異耶汝即不解諸法相復次菩薩得神通力以天眼見三界五道衆生以失樂爲苦無色界天樂定心著不覺命盡墮在欲界中受禽獸形色界諸天亦復如是從清淨處墮還受婬欲在不淨中欲界六天樂著五欲還墮地獄受諸苦痛見人道中以十善福貿得人身人身多苦少樂壽盡多墮惡趣中見諸畜生受諸苦惱鞭杖驅馳負重涉遠項領穿壞熱鐵燒烙此人宿行因緣以繫縛衆生鞭杖苦惱如是等種種因緣故受象馬牛羊麞鹿畜獸之形婬欲情重無明偏多受鵝鴨孔雀鴛鴦鳩鴿鷄鶩鸚鵡百舌之屬受此衆鳥種類百千婬行罪故身生毛羽隅諸細滑觜距麤觕不別觸味瞋恚偏多受毒虵蝮蠍蚑蜂百足含毒之蟲愚癡多故受蚓蛾蜣蜋蟻螻鵂鶹角鵄之屬諸騃蟲鳥憍慢瞋多故受師子虎豹諸猛獸身邪慢緣故受生驢猪駱駝之中慳貪嫉妬輕躁短促故受獼猴獝玃熊羆之形邪貪憎嫉業因緣故受猫狸土虎諸獸之身無愧無慚饕餮因緣故受烏鵲鵄鷲諸鳥之形輕慢善人故受鷄狗野干等身大作布施瞋恚曲心以此因緣故受諸龍身大修布施心高陵虐苦惱衆生受金翅鳥形如是等種種結使業因緣故受諸畜生禽獸之苦菩薩得天眼觀衆生輪轉五道迴旋其中天中死人中生人中死天中生天中死生地獄中地獄中死生天上天

上死生餓鬼中餓鬼中死還生天上天上死生畜生中畜生中死生天上天上死還生天上地獄餓鬼畜生亦如是欲界中死色界中生色界中死欲界中生欲界中死無色界中生無色界中死欲界中生欲界中死欲界中生色界無色界亦如是活地獄中死黑繩地獄中生黑繩地獄中死活地獄中生活地獄中死還生活地獄中合會地獄乃至阿鼻地獄亦如是炭坑地獄中死沸屎地獄中生沸屎地獄中死炭坑地獄中生炭坑地獄中死還生炭坑地獄中燒林地獄乃至摩訶波頭摩地獄亦如是展轉生其中卵生中死胎生中生胎生中死卵生中生卵生中死還生卵生中胎生濕生化生亦如是閻浮提中死弗婆提中生弗婆提中死閻浮提中生閻浮提

中死還生閻浮提中瞿陀尼鬱怛羅越亦如是四天處死忉利天中生忉利天中死四天處生四天處死還生四天處忉利天乃至他化自在天亦如是梵衆天中死梵輔天中生梵輔天中死梵衆天中生梵衆天中死還生梵衆天中梵輔天少光無量光光音少淨無量淨遍淨阿那跋羅伽得生大果虛空處識處無所有處非有想非無想處亦如是非有想非無想天中死阿鼻地獄中生如是展轉生五道中菩薩見是已生大悲心我於衆生爲無所益雖與世樂樂極則苦當以佛道涅槃常樂益於一切云何而益當勤大精進乃得實智慧得實智慧知諸法實相以餘波羅蜜助成以益衆生是爲菩薩精進波羅蜜見餓鬼中飢渴故兩眼陷毛髮長東西馳走若

欲趣水護水諸鬼以鐵杖逆打設無守鬼水自然竭或時天雨雨化爲炭或有餓鬼常被火燒如劫盡時諸山火出或有餓鬼羸瘦狂走毛髮鬔亂以覆其身或有餓鬼常食屎尿涕唾嘔吐盪滌餘汁或時至廁溷邊立伺求不淨或有餓鬼常求産婦藏血飲之形如燒樹咽如針孔若與其水千歲不足或有餓鬼自破其頭以手取腦而舐或有餓鬼形如黑山鐵鎖鎖頸叩頭求哀歸命獄卒或有餓鬼先世惡口好以麤語加被衆生衆生憎惡見之如讎以此罪故墮餓鬼中如是等種種罪故墮餓鬼趣中受無量苦痛見八大地獄苦毒萬端活大地獄中諸受罪人各各共鬬惡心瞋爭手捉利刀互相割剥以矟相刺鐵叉相叉鐵棒相棒鐵杖相捶鐵弗相貫而以利刀互相切膾又以鐵爪而相爴裂各把身血而相塗漫痛毒逼切悶無所覺宿業因緣冷風來吹獄卒喚之咄諸罪人還活以是故名活地獄即時平復復受苦毒此中衆生以宿行因緣好殺物命牛羊禽獸爲田業舍宅奴婢妻子國土錢財故而相殺害如是等種種殺業報故受此劇罪見黑繩大地獄中罪人爲惡羅剎獄卒鬼匠常以黑熱鐵繩拼度罪人以獄中鐵斧教人斫之長者令短短者令長方者使圓圓者使方斬截四支却其耳鼻落其手足以大鐵鋸解析剸截破其肉分臠臠稱之此人宿行因緣讒賊忠良妄語惡口兩舌綺語枉殺無辜或作姦吏酷暴侵害如是等種種惡口讒賊故受此罪見合會大地獄中惡羅剎獄卒作種種形牛馬猪羊麞

鹿狐狗虎狼師子六駮大象鵰鷲鶉鳥作此種種諸鳥獸頭而來吞噉齩齧齚掣罪人兩山相合大熱鐵輪轢諸罪人令身破碎熱鐵臼中擣之令碎如笮蒲萄亦如壓油譬如蹂場聚肉成積積頭如山血流成池鵰鷲虎狼各來爭掣此人宿業因緣多殺牛馬猪羊麞鹿狐兔虎狼師子六駮大象衆鳥多相殘賊如是等種種鳥獸故還受此衆鳥獸頭來害罪人又以力勢相陵枉押羸弱受兩山相合罪慳貪瞋恚愚癡怖畏故斷事輕重不以正理或破正道轉易正法受熱鐵輪轢熱鐵臼擣第四第五名叫喚大叫喚此大地獄其中罪人羅剎獄卒頭黃如金眼中火出著赭色衣身肉堅勁走疾如風手足長大口出惡聲捉三股叉箭墮如雨刺射罪人罪人狂怖叩頭求哀大將軍小見放捨小見憐愍即時將入熱鐵地獄縱廣百由旬驅打馳走足皆焦然脂髓流出如笮蘇油鐵棒棒頭頭破腦出如破酪瓶斫刺割剝身體糜爛而復將入鐵閣屋間黑煙來熏互相推壓更相怨毒皆言何以壓我纔欲求出其門已閉大聲號呼音常不絕此人宿行因緣皆由斗稱欺誑非法斷事受寄不還侵陵下劣惱諸窮貧令其號哭破他城郭壞人聚落傷害劫剝室家愁毒舉城叫呼有時譎詐欺誑誘之令出而復害之如是等種種因緣故受如此罪大叫喚地獄中人皆坐熏殺穴居之類幽閉囹圄或闇煙窟中而熏殺之或投井中劫奪他財如是等種種因緣受大叫喚地獄罪第六第七熱大熱地獄中有二大銅鑊一名難陀二名跋

難陀醎沸水滿中羅剎鬼獄卒以罪人投中如厨士烹肉人在鑊中脚上頭下譬如煑豆熟爛骨節解散皮肉相離知其已爛以叉叉出行業因緣冷風吹活復投炭坑或著沸灰中譬如魚出於水而著熱沙中又以膿血而自煎熬從炭坑中出投之炎牀强驅令坐眼耳鼻口及諸毛孔一切火出此人宿世惱亂父母師長沙門婆羅門於諸好人福田中惱令心熱以此罪故受熱地獄罪或有宿世煑生蟹或生爗猪羊或以木貫人而生炙之或焚燒山野及諸聚落佛圖精舍等或推衆生著火坑中如是等種種因緣生此地獄中見阿鼻地獄縱廣四千里周迴鐵壁於七地獄其處最深獄卒羅剎以大鐵椎椎諸罪人如鍛師打鐵從頭剝皮乃至其足以五百釘釘磔其身如磔牛皮互相掣挽應手破裂熱鐵火車以轢其身驅入火坑令抱炭出熱沸屎河驅令入中中有鐵觜毒蟲從鼻中入脚底出從足下入口中出竪劍道中驅令馳走足下破碎如厨膾肉利刀劍稍飛入身中譬如霜樹落葉隨風亂墜罪人手足耳鼻支節皆被斫剝割截在地流血成池二大惡狗一名賒摩二名賒婆羅鐵口猛毅破碎人筋骨力踰虎豹猛如師子有大刺林驅逼罪人强令上樹罪人上時刺便下向下時刺便上向大身毒虵蝮蠍惡蟲競來齧之大鳥長觜破頭瞰腦入醎河中隨流上下出則蹈熱鐵地行鐵刺上或坐鐵弋弋從下入以鉗開口灌以洋銅呑熱鐵丸入口口焦入咽咽爛入腹腹然五藏皆焦直過墮地但見惡色恒聞臭氣

常觸麤澀遭諸苦痛迷悶萎頓或狂逸搪揬或藏竄投擲或顛仆墮落此人宿行多造大惡五逆重罪斷諸善根法言非法非法言法實言非實非實言實破因破果憎嫉善人以是罪故入此地獄受罪最劇如是等種種八大地獄復有十六小地獄爲眷屬八寒氷八炎火其中罪毒不可見聞八炎火地獄者一名炭坑二名沸屎三名燒林四名劍林五名刀道六名鐵刺林七名鹹河八名銅橛是爲八八寒氷地獄者一名頞浮陀（少多有孔）二名尼羅浮陀（無孔）三名呵羅羅（寒顫聲也）四名阿婆婆（亦患寒聲）五名睺睺（亦患寒聲）六名漚波羅（此地獄外壁似青蓮花色）七名波頭摩（紅蓮花色罪人生中受苦也）八名摩訶波頭摩是爲八若破清淨戒出家法令白衣輕賤佛道或推衆生著火坑中或衆生命未盡頃於火上炙之如是等種種因緣墮炭坑地獄中大火炎炭至膝燒罪人身若沙門婆羅門福田食以不淨手觸或先噉或以不淨物著中或以熱沸屎灌他身破淨命以邪命自活如是等種種因緣墮沸屎地獄中沸屎深廣如大海水中有細蟲以鐵爲觜破罪人頭噉腦破骨食髓若焚燒草木傷害諸蟲或燒林大獵爲害彌廣如是等種種因緣墮燒林地獄中草木火然以燒罪人若執持刀劍鬪諍傷殺若斫樹壓人以報宿怨若人以忠信誠告而密相中陷如是等種種因緣墮劍林地獄中此地獄罪人入中風吹劍葉割截手足耳鼻皆令墮落是時林中有鳥鷲惡狗來食其肉若以利刀刺人若橛若鉾傷人若斷截道路發撤橋梁破正法道示以非法道如是

等種種因緣墮刀道地獄中刀道地獄中於絶壁狹道中竪利刀令罪人行上而過若犯邪婬侵他婦女貪受樂觸如是等種種因緣墮鐵刺林地獄中刺樹高一由旬上有大毒虵化作美女身喚此罪人上來共汝作樂獄卒驅之令上刺皆下向貫刺罪人身被刺害入骨徹髓旣至樹上化女還復虵身破頭入腹處處穿穴皆悉破爛忽復還活身體平復化女復在樹下喚之獄卒以箭仰射呼之令下刺復仰刺旣得到地化女身復作毒虵破罪人身如是久久從熱鐵刺林出遥見河水清涼快樂走往趣之入中變成熱沸醎水罪人在中須臾之頃皮肉離散骨立水中獄卒羅刹以叉鈎出持著岸上此人宿行因緣傷殺水性魚鼈之屬或時推人及諸衆生令没水中或投之沸湯或投之氷水如是等種種惡業因緣故受此罪若在銅橛地獄獄卒羅刹問諸罪人汝何處來答言我苦悶不知來處但患飢渴若言渴是時獄卒即驅逐罪人令坐熱銅橛上以鐵鉗開口灌以洋銅若言飢坐之銅橛吞以鐵丸入口口焦入咽咽爛入腹焦然五藏爛壞直過墮地此人宿行因緣劫盜他財以自供口諸出家人或時詐病多求酥油石蜜或無戒無禪無有智慧而多受人施或惡口傷人如是等種種宿業因緣墮銅橛地獄若人墮頞浮陀地獄中其處積氷毒風來吹令諸罪人皮毛裂落筋肉斷絶骨破髓出即復完堅受罪如初此人宿業因緣寒月剥人或劫盜凍人薪火或作惡龍瞋毒忿恚放大雹雨氷凍害人或輕賤謗毀若

佛及佛弟子持戒之人或口四業作衆重罪如是等種種因緣墮阿浮陀地獄中尼羅浮陀亦如是頞浮陀少時有間暫得休息尼羅浮陀無間無休息時阿婆婆呵羅羅睺睺此三地獄寒風噤顫口不能開因其呼聲而以名獄漚波羅獄中凍氷浹渫有似青蓮花波頭摩狀如此間赤蓮花摩呵波頭摩是中拘伽離住處有智之人聞是驚言咄以此無明恚愛法故乃受此苦出而復入無窮無已菩薩見此如是思惟此苦業因緣皆是無明諸煩惱所作我當精進勤修六度集諸功德斷除衆生五道中苦與發大哀增益精進如見父母幽閉囹圄拷掠搒笞憂毒萬端方便求救心不暫捨菩薩見諸衆生受五道苦念之如父亦復如是復次菩薩精進世世勤修求諸財寶給施衆生心無懈廢自有財物能盡施與心亦不懈復次精進持戒若大若小一切能受一切能持不毀不犯大如毛髮設有違失即時發露初不覆藏復次勤修忍辱若人刀杖打害罵詈毀辱及恭敬供養一切能忍不受不著於深法中其心不沒亦不疑悔復次專精一心修諸禪定能住能學得五神通及四無量心八勝處八背捨十一切處具諸功德得四念處及諸菩薩見佛三昧復次菩薩精進求法不懈身心勤力供養法師種種恭敬供給給使初不違失亦不廢退不惜身命以爲法故誦讀問答初中後夜思惟憶念籌量分別求其因緣選擇同異欲知實相一切諸法自相異相總相別相一相有相無相如實相諸佛菩薩無量智慧心不退不沒

是名菩薩精進如是等種種因緣能生能辦種種善法是故名爲精進波羅蜜波羅蜜義如先說復次菩薩精進名爲精進波羅蜜餘人精進不名波羅蜜問曰云何爲精進滿足答曰菩薩生身法性身能具功德是爲精進波羅蜜滿足滿足義如上說身心精進不廢息故問曰精進是心數法經何以名身精進答曰精進雖是心數法從身力出名爲身精進如受是心數法而有五識相應受是名身受意識相應受是爲心受精進亦如是身力勤修若手布施口誦法言若講說法如是等名爲身精進復次行布施持戒是爲身精進忍辱禪定智慧是名心精進復次外事勤修是爲身精進内自專精是爲心精進麤精進名爲身細精進名爲心爲福德精進名爲身爲智慧精進是爲心若菩薩初發心乃至得無生忍從是中間名身精進生身未捨故得無生忍捨肉身得法性身乃至成佛是爲心精進復次菩薩初發心時功德未足故種三福因緣布施持戒善心漸得福報以施衆生衆生未足更廣修福發大悲心一切衆生不足於財多作衆惡我以少財不能滿足其意其意不滿不能勤受教誨不受道教不能得脱生老病死我當作大方便給足於財令其充滿便入大海求諸異寶登山履危以求妙藥入深石窟求諸異物石汁珍寶以給衆生或作薩陀婆冐涉嶮道劫賊師子虎狼惡獸爲布施衆生故勤求財寶不以爲難藥草呪術能令銅變爲金如是種種變化致諸財物及四方無主物以給衆生是爲身精進得五

神通能自變作作諸美味或至天上取自然食如是等名爲心精進能集財寶以用布施是爲身精進以是布施之德得至佛道是爲心精進生身菩薩行六波羅蜜是爲身精進法性身菩薩行六波羅蜜是爲心精進（未得法身心則隨身已得法身則心不隨身身不累心也）復次一切法中皆能成辦不惜身命是爲身精進求一切禪定智慧時心不懈倦是爲心精進復次身精進者受諸勤苦終不懈廢如說波羅柰國梵摩達王遊獵於林中見二鹿羣羣各有主一主有五百羣鹿一主身七寶色是釋迦文菩薩一主是提婆達多菩薩鹿王見人王大衆殺其部黨起大悲心徑到王前王人競射飛矢如雨王見此鹿直進趣已無所忌憚勑諸從人攝汝弓箭無得斷其來意鹿王既至跪白王言君以嬉遊逸樂小事故羣鹿一時皆受死苦若以供饍當自差次日送一鹿以供王厨王善其言聽如其意於是二鹿羣主大集差次各當一日是提婆達多鹿羣中有一鹿懷子次至應送來白其主我身今日應當送死而我懷子子非次也乞垂料理使死者得次生者不濫鹿王怒之言誰不惜命次來但去何得辭也鹿母思惟我王不仁不以理恕不察我辭橫見瞋怒不足告也即至菩薩王所以情具白王問此鹿汝主何言鹿曰我主不仁不見料理而見瞋怒大王仁及一切故來歸命如我今日天地雖曠無所控告菩薩思惟此甚可愍若我不理枉殺其子若非次更差次未及之如何可遣唯有我當代之思之既定即自送身遣鹿母還我今代汝汝勿憂

也鹿王徑到王門衆人見之怪其自來以事白王王亦怪之而命令前問言諸鹿盡耶汝何以來鹿王言大王仁及羣鹿人無犯者但有滋茂何有盡時我以異部羣中有一鹿懷子以子垂產身當俎割子亦幷命歸告於我我以愍之非分更差是亦不可若歸而不救無異木石是身不久必不免死慈救苦厄功德無量若人無慈與虎狼亦何異王聞是言即從座起而說偈曰

我實是畜生　名曰人頭鹿　汝雖是鹿身
名爲鹿頭人　以理而言之　非以形爲人
若能有慈惠　雖獸實是人　我從今日始
不食一切肉　我以無畏施　且可安汝意

諸鹿得安王得仁信復次如愛法梵志十二歲遍閻浮提求知聖法而不能得時世無佛佛法亦盡有一婆羅門言我有聖法一偈若實愛法當以與汝答言實愛法婆羅門言若實愛法當以汝皮爲紙以身骨爲筆以血書之當以與汝即如其言破骨剥皮以血寫偈

如法應修行　非法不應受　今世及後世
行法者安隱

復次昔野火燒林林中有一雉勤身自力飛入水中漬其毛羽來滅大火火大水少往來疲乏不以爲苦是時天帝釋來問之言汝作何等答言我救此林愍衆生故此林蔭育處廣清涼快樂我諸種類及諸宗親幷諸衆生皆依仰此我有身力云何懈怠而不救之天帝問言汝乃精勤當至幾時雉言以死爲期天帝言汝心雖爾誰證知者即自立誓我心至誠信不虛者火即當滅是時淨居天知菩

薩弘誓即爲滅火自古及今唯有此林當獨蔚茂不爲火燒如是等種種宿世所行難爲能爲不惜身命國財妻子象馬七珍頭目髓腦勤施不倦如說菩薩爲諸衆生一日之中千死千生如檀尸忍禪般若波羅蜜中所行如是菩薩本生經中種種因緣相是爲身精進於諸善法修行信樂不生疑悔而不懈息從一切賢聖下至凡夫求法無猒如海吞流是爲菩薩心精進問曰心無猒足是事不然所以者何若所求事辦所願已成是則應足若理不可求事不可辦亦應捨廢云何恒無猒足如人穿井求泉用功轉多轉無水相則應止息亦如行道已到所在不應復行云何恒無猒足答曰菩薩精進不可以世間譬喻爲比如穿井力少則不能得水非無水也若此處無水餘處必有如有所至必求至佛至佛無猒誨人不倦故言無猒復次菩薩精進志願弘曠誓度一切衆生無盡是故精進亦不可盡汝言事辦應止是事不然雖得至佛衆生未盡不應休息譬如火相若不滅終無不燒菩薩精進亦復如是未入滅度終不休息以是故十八不共法中欲及精進二事常修復次菩薩不住法住般若波羅蜜中不廢精進是菩薩精進非佛精進復次菩薩未得菩薩道生死身以好事施衆生衆生及更以不善事加之或有衆生菩薩讚美反更毀辱菩薩恭敬而反輕慢菩薩慈念反求其過謀欲中傷此衆生等無有力勢來惱菩薩菩薩於此衆生發弘誓願我得佛道要當度此惡中之惡諸衆生輩於此惡中其心不懈生大

悲心譬如慈母憐其子病憂念不捨如是相是爲菩薩精進復次行布施波羅蜜時十方種種乞兒來欲求索不應索者皆來索之及索所重難捨之物語菩薩言與我兩眼與我頭腦骨髓愛重妻子及諸貴價珍寶如是等難捨之物乞者强索其心不動慳瞋不起見疑心不生一心爲佛道故布施譬如須彌山四方風吹所不能動如是種種相是名精進波羅蜜復次菩薩精進遍行五波羅蜜是爲精進波羅蜜問曰若行戒波羅蜜時若有人來乞三衣鉢盂若與之則毁戒何以故佛不聽故若不與則破檀波羅蜜精進云何遍行五事答曰若新行菩薩則不能一世一時遍行五波羅蜜如菩薩行檀波羅蜜時見餓虎飢急欲食其子菩薩是時興大悲心即以身施菩薩父母以失子故憂愁懊惱兩目失明虎殺菩薩亦應得罪而不籌量父母憂苦虎得殺罪但欲滿檀自得福德又如持戒比丘隨事輕重擯諸犯法被擯之人愁苦懊惱但欲持戒不愍其苦或時行世俗般若息慈悲心如釋迦文尼菩薩宿世爲大國王太子父王有梵志師詐以不食五穀衆人敬信以爲奇特太子思惟人有四體必資五穀而此人不食必是曲取人心非眞法也父母告子此人精進不食是世希有汝何愚甚而不敬之太子答言願小留意此人不久證驗自出是時太子求其住處至林樹間問林中牧牛人此人何所食啾牧牛者答言此人夜中少多服酥以自全命太子知已還宮欲出其證驗即以種種諸下藥草熏青蓮花清旦梵志入

宮坐王邊太子手執此華來供養之拜已授與梵志歡喜自念王及夫人內外大小皆服事我唯太子不見敬信今日以好華供養甚善無量得此好華敬所來處舉以向鼻嗅之華中藥氣入腹須臾腹內藥作欲求下處太子言梵志不食何緣向廁急捉之須臾便吐王邊吐中純酥證驗現已王與夫人乃知其詐太子言此人眞賊求名故以誑一國如是行世俗般若但求滿智寢憐愍心不畏人瞋或時菩薩行出世間般若於持戒布施心不染著何以故施者受者所施財物於罪不罪於瞋不瞋於進於怠攝心散心不可得故復次菩薩行精進波羅蜜於一切諸法不生不滅非常非無常非苦非樂非空非實非我非無我非一非異非有非無盡知一切諸法因緣和合但有名字實相不可得菩薩作如是觀知一切有爲皆是虛誑心息無爲欲滅其心唯以寂滅爲安隱爾時念本願憐愍衆生故還行菩薩法集諸功德菩薩自念我雖知諸法虛誑衆生不知是事於五道中受諸苦痛我今當具足行六波羅蜜菩薩得生報神通亦得佛道三十二相八十種好一切智慧大慈大悲無礙解脫十力四無所畏十八不共法三達等無量諸佛法得是法時一切衆生皆得信淨皆能受行愛樂佛法能辦是事皆是精進波羅蜜力是爲精進波羅蜜如佛所說菩薩精進不見身不見心身無所作心無所念身心一等而無分別所求佛道以度衆生不見衆生爲此岸佛道爲彼岸一切身心所作放捨如夢所爲覺無所作是名寂滅

諸精進故名爲波羅蜜所以者何知一切精進皆是邪僞故以一切作法皆是虛妄不實如夢如幻諸法平等是爲眞實平等法中不應有所求索是故知一切精進皆是虛妄雖知精進虛妄而常成就不退是名菩薩眞實精進如佛言我於無量劫中頭目髓腦以施衆生令其願滿持戒忍辱禪定時在山林中身體乾枯或持齋節食或絕諸色味或忍罵辱刀杖之患是故身體焦枯又常坐禪曝露勤苦以求智慧誦讀思惟問難講說一切諸法以智分別好惡麤細虛實多少供養無量諸佛慇懃精進求此功德欲具足五波羅蜜我是時未有所得不得檀尸羼精進禪智慧波羅蜜見然燈佛以五華散佛布髮泥中得無生法忍即時六波羅蜜滿於空中立讚然燈佛見十方無量諸佛是時得實精進身精進平等故得心平等心平等故得一切諸法平等如是種種因緣相名爲精進波羅蜜

大智度論卷第十六

音釋

貿莫候切易也　鶩莫卜切野鳧也　距其呂切雞距也　鞕魚孟切堅也　蚑渠宜切長蚑蠨蛸別名也　㹢玃㹢音哥玃居縛切㹢玃猿屬　熊羆熊胡弓切羆彼爲切　饕餮饕土刀切餮他結切饕餮並貪也　嘔烏后切吐也　盪徒朗切滌器也　溷胡困切圊也　舐神紙切以舌餂物也　矟所角切矛屬　丳初限切炙肉器也　⿰國瓜居縛切爪持也　拼補耕切繩拼也　鋸舉御切刀鋸也　剸朱緣切斷也　臠力兗切肉也　駁北角切六駁獸名　鶉殊倫切鶉鳥名鵪　齩齧齩五巧切齧五結切齩齧噬也　⿰齒查側加切牙齒不正也　轢郎擊切車踐也　搗都皓切築也　笮側華切壓也　蹂如又切踐也　赭章也切赤色也　譎古穴切詭也　詐側駕切欺也　燂徐鹽

切湯中淪肉也

鍛丁貫切冶金也

磔陟革切裂也張也

鉗巨鹽切

搪

揬搪徒郎切揬徒骨切搪揬偏也

仆芳遇切僵也

頞烏割切

鏘千羊切與槍同

噤巨禁切口閉也

浹渫浹即涉切渫達協切浹渫波貌

搒笞搒蒲庚切笞丑知切搒笞捶打也

漬疾智切浸潤也

大智度論卷第十七

龍樹菩薩造

姚秦三藏法師鳩摩羅什譯

釋初品中禪波羅蜜

【經】不亂不味故應具足禪波羅蜜

【論】問曰菩薩法以度一切衆生爲事何以故閑坐林澤靜默山閒獨善其身棄捨衆生答曰菩薩身雖遠離衆生心常不捨靜處求定獲得實智慧以度一切譬如服藥將身權息衆務氣力平健則修業如故菩薩宴寂亦復如是以禪定力服智慧藥得神通力還在衆生或作父母妻子或師徒宗長或天或人下至畜生種種語言方便開導復次菩薩行布施持戒忍辱三事名爲福德門於無量世中作天王釋提桓因轉輪聖王閻浮提王常施衆生七寶衣服五情所欲今世後世皆令具足如經中說轉輪聖王以十善教民後世皆生天上世世利益衆生令得快樂此樂無常還復受苦菩薩因此發大悲心欲以常樂涅槃利益衆生此常樂涅槃從實智慧生實智慧從一心禪定生譬如然燈燈雖能照在大風中不能爲用若置之密室其用乃全散心中智慧亦如是若無禪定靜室雖有智慧其用不全得禪定則實智慧生以是故菩薩雖離衆生遠在靜處求得禪定以禪定清淨故智慧亦淨譬如油炷淨故其明亦淨以是故欲得淨智慧者行此禪定復次若求世閒近事不能專心則事業不成何況甚深佛道而不用禪定禪定名攝諸亂心亂心輕飄甚於鴻毛馳散不停駛過疾風不可制止劇於獼

猴暫現轉滅甚於掣電心相如是不可禁止
若欲制之非禪不定如偈說
禪爲守智藏　功德之福田　禪爲清淨水
能洗諸欲塵　禪爲金剛鎧　能遮煩惱箭
雖未得無餘　涅槃分已得　得金剛三昧
摧碎結使山　得六神通力　能度無量人
囂塵蔽天日　大雨能淹之　覺觀風散心
禪定能滅之
復次禪定難得行者一心專求不廢乃當得
之諸天及神仙尚不能得何況凡夫懈怠者
如佛在尼拘盧樹下坐禪魔王三女說偈問
言
獨坐林樹間　六根常寂默　有若失重寶
無援愁苦痛　容貌世無比　而常閉目坐
我等心有疑　何求而在此

爾時世尊以偈答曰
我得涅槃味　不樂處染愛　內外賊已除
汝父亦滅退　我得甘露味　安樂坐林間
恩愛之衆生　爲之起悲心
是時三女心生慚愧而自說言此人離欲不
可動也即滅去不現問曰行何方便得禪波
羅蜜答曰却五事（五塵）除五法（五蓋）行五行（初禪五支）
云何却五事當呵責五欲哀哉衆生常爲五
欲所惱而猶求之不已此五欲者得之轉劇
如火炙疥五欲無益如狗齩骨五欲增爭如
鳥競肉五欲燒人如逆風執炬五欲害人如
踐惡蛇五欲無實如夢所得五欲不久如假
借須臾世人愚惑貪著五欲至死不捨爲之
後世受無量苦譬如愚人貪著好果上樹食
之不肯時下人伐其樹樹傾乃墮身首毀壞

痛惱而死又此五欲得時須臾樂失時爲大苦如蜜塗刀舐者貪甜不知傷舌五欲法者與畜生共有智者識之能自遠離如說有一優婆塞與衆估客遠出治生是時寒雪夜行失伴在一石窟中住時山神變爲一女來欲試之說此偈言

白雪覆山地　鳥獸皆隱藏　我獨無所恃
唯願見慈傷

優婆塞兩手掩耳而答偈言

無羞弊惡人　說此不淨言　水漂火燒去
不欲聞此聲　有婦心不欲　何況造邪婬
諸欲樂甚淺　大苦患甚深　諸欲得無猒
失之爲大苦　未得願欲得　得之爲所惱
諸欲樂甚少　憂苦毒甚多　爲之失身命
如蛾赴燈火

山神聞此偈已即擎此人送至伴中是爲智者呵欲不可著五欲者名爲妙色聲香味觸欲求禪定皆應棄之云何棄色觀色之患若人著色諸結使火盡皆熾然燒害人身如火燒金銀煑沸熱蜜雖有色味燒身爛口急應捨之若人染著妙色美味亦復如是復次好惡在人色無定也何以知之如遙見所愛之人即生喜愛心若遙見怨家惡人即生怨害心若見中人則無怒無喜若欲棄此喜怒當除邪念及色一時俱捨譬如洋金燒身若欲除之不得但欲棄火而留金要當金火俱棄如頻婆娑羅王以色故身入敵國獨在婬女阿梵婆羅房中憂填王以色染故截五百仙人手足如是等種種因緣是名呵色欲云何呵聲聲相不停暫聞即滅愚癡之人不解聲

相無常變失故於音聲中妄生好樂於已過之聲念而生著如五百仙人在山中住甄陀羅女於雪山池中浴聞其歌聲即失禪定心醉狂逸不能自持譬如大風吹諸林樹聞此細妙歌聲柔輭清淨生邪念想是故不覺心狂今世失諸功德後世當墮惡道有智之人觀聲念念生滅前後不俱無相及者作如是知則不生染著若斯智者諸天音樂尚不能亂何況人聲如是等種種因緣是名呵聲欲云何呵香人謂著香少罪染愛於香開結使門雖復百歲持戒能一時壞之如阿羅漢常入龍宮食已以鉢授沙彌令洗鉢中有殘飯數粒沙彌嗅之大香食之甚美便作方便入師繩牀下兩手捉繩牀脚其師去時與繩牀俱入龍宮龍言此未得道何以將來師言不覺沙彌得飯食又見龍女身體端正香妙無比心大染著即作要願我當作福奪此龍處居其宮殿龍言後莫將此沙彌來沙彌還已一心布施持戒專求所願願早作龍是時遶寺足下水出自知必得作龍徑至師本入處大池邊以袈裟覆頭而入即死變爲大龍福德大故即殺彼龍舉池盡赤未爾之前諸師及僧呵之沙彌言我心已定心相已出時師將諸衆僧就池觀之如是因緣由著香故復次有一比丘在林中蓮華池邊經行聞蓮華香鼻受心著池神語言汝何以捨彼林中禪淨坐處而偷我香以著香故諸結使卧者今皆覺起時更有一人來入池中多取其華掘挽根莖狼籍而去池神默無所言比丘言此人破汝池取汝華汝都無言我但池岸邊行

便見呵罵云我偷香池神言世間惡人常在罪垢糞中不淨沒頭我不共語也汝是禪行好人而著此香破汝好事是故呵汝譬如白氎鮮淨而有黑物點汙衆人皆見彼惡人者譬如黑衣點墨人所不見誰問之者如是等種種因緣是名呵香欲云何呵味當自覺悟我但以貪著美味故當受衆苦洋銅灌口噉燒鐵丸若不觀食嗜心堅著墮不淨蟲中如一沙彌心常愛酪諸檀越餉僧酪時沙彌每得殘分心中愛著樂喜不離命終之後生此殘酪瓶中沙彌師得阿羅漢道僧分酪時語言徐徐莫傷此愛酪沙彌諸人言此是蟲何以言愛酪沙彌答言此蟲本是我沙彌但坐貪愛殘酪故生此瓶中師得酪分蟲在中來師言愛酪人汝何以來即以酪與之復次如一國土王名月分王有太子愛著美味王守園者日送好果園中有一大樹樹上有鳥養子鳥母常飛至香山中取好香果以養其子衆子爭之一果墮地守園人晨朝見之奇甚非常即送與王王珍此果香色殊異太子見之便索王愛其子即以與之太子食果得其氣味染心深著日日欲得王即召園人問其所由守園人言此果無種從地得之不知所由來也太子啼泣不食王催責園人仰汝得之園人至得果處見有鳥巢知鳥銜來翳身樹上伺欲取之鳥母來時即奪得果送日日如是鳥母怒之於香山中取毒果其香味色全似前者園人奪得輸王王與太子食之未久身肉爛壞而死如是等種種因緣是名呵著味欲云何呵觸此觸是生諸結使之大因

繫縛心之根本何以故餘四情各當其分此則遍滿身識生處廣故多生染著此著難離何以知之如人著色觀身不淨三十六種則生猒心若於觸中生著雖知不淨貪其細輭觀無所益是故難離復次以其難捨故爲之常作重罪若墮地獄地獄有二部一名寒氷二名炎火此二獄中皆以身觸受罪苦毒萬端此觸名爲大黒暗處危難之嶮道也復次如羅睺羅母本生經中說釋迦文菩薩有二夫人一名瞿毗耶二名耶輸陀羅耶輸陀羅羅睺羅母也瞿毗耶是寶女故不孕子耶輸陀羅以菩薩出家夜自覺妊身菩薩出家六年苦行耶輸陀羅六年懷妊不產諸釋詰之菩薩出家何由有此耶輸陀羅言我無他罪我所懷子實是太子體胤諸釋言何以久而不產答言非我所知諸釋集議聞王欲如法治罪瞿毗耶白王願寬恕之我常與耶輸陀羅共住我爲其證知其無罪待其子生知似父不治之無晚王即寬置佛六年苦行旣滿初成佛時其夜生羅睺羅王見其似父愛樂忘憂語羣臣言我兒雖去今得其子與兒在無異耶輸陀羅雖免罪黙惡聲滿國耶輸陀羅欲除惡名佛成道已還迦毗羅婆度諸釋子時淨飯王及耶輸陀羅常請佛入宮食是時耶輸陀羅持一鉢百味歡喜丸與羅睺羅令持上佛是時佛神力以變五百阿羅漢令如佛身無有別異羅睺羅以七歲身持歡喜丸徑至佛前奉進世尊是時佛攝神力諸比丘身復如故皆空鉢而坐唯佛鉢中盛滿歡喜丸耶輸陀羅即白王言以此證驗我無罪

也耶輸陀羅即問佛言我有何因緣懷妊六年佛言汝子羅睺羅過去久遠世時曾作國王時有一五通仙人來入王國語王言王法治賊請治我罪王言汝有何罪答言我入王國犯不與取輒飲王水用王楊枝王言我以相與何罪之有我初登王位皆以水及楊枝施於一切仙人言王雖已施我心疑悔罪不除也願令見治無令後罪王言若必欲爾小停待我入還王入宮中六日不出此仙人在王園中六日飢渴仙人思惟此王正以此治我王過六日而出辭謝仙人我便相忘莫見咎也以是因緣故受五百世三惡道罪五百世常六年在母胎中以是證故耶輸陀羅無有罪也是時世尊食已出去耶輸陀羅心生悔恨如此好人世所希有我得遭遇而今永失世尊坐時諦視不眴世尊出時尋後觀之遠沒乃止心大懊恨每一思至躃地氣絕傍人以水灑之乃得穌息常獨思惟天下誰能善爲呪術能轉其心令復本意歡樂如初即以七寶名珠著金盤上以持募人有一梵志應之言我能呪之令其意轉當作百味歡喜丸以藥草和之以呪語禁之其心便轉必來無疑耶輸陀羅受其教法遣人請佛願與聖衆俱屈威神佛入王宮時耶輸陀羅即進百味歡喜丸著佛鉢中佛旣食之耶輸陀羅冀想如願歡娛如初佛食無異心自澄靜耶輸陀羅言今不動者藥力未行故耳藥勢發時必如我願佛飯食訖而呪願已從座起去耶輸陀羅冀藥力晡時日入當發必還宮中佛食如常身心無異諸比丘明日食時著衣持

鉢入城乞食具聞此事增益恭敬佛力無量神心難測不可思議耶輸陀羅藥歡喜丸其力甚大而世尊食之身心無異諸比丘食已出城以是事具白世尊佛告諸比丘汝欲聞不諦聽之此耶輸陀羅非但今世以歡喜丸惑我乃往過去世時亦以歡喜丸惑我爾時世尊爲諸比丘說本生因緣過去久遠世時波羅柰國山中有仙人以仲春之月於澡盤中小便見鹿麠麀合會婬心即動精流盤中麀鹿飲之即時有身滿月生子形類如人唯頭有一角其足似鹿鹿當產時至仙人菴邊而產見子是人以付仙人而去仙人出時見此鹿子自念本緣知是已兒取已養育及其年大勤教學問通十八種大經又學坐禪行四無量心得五神通一時上山值大雨泥滑其足不便躃地破其軍持又傷其足便大瞋恚以軍持盛水呪令不雨仙人福德諸龍鬼神皆爲不雨不雨故五穀五果盡皆不生人民窮乏無復生路波羅柰王憂愁懊惱命諸大臣集議雨事明者議言我傳聞仙人山中有一角仙人以足不便故上山躃地傷足瞋呪此雨令十二年不墮王思惟言若十二年不雨我國了矣無復人民王即開募其有能令仙人失五通屬我爲民者當與分國半治是波羅柰國有婬女名曰扇陀端正無雙來應王募問諸人言此是人非人衆人言是人耳仙人所生婬女言若是人者我能壞之作是語已取金盤盛好寶物語王言我當騎此仙人項來婬女即時求五百乘車載五百美女五百鹿車載種種歡喜丸皆以衆藥草和

之以彩畫令似雜果及持種種大力美酒色味如水服樹皮衣草衣行林樹間似像仙人於仙人庵邊作草庵而住一角仙人遊行見之諸女皆出迎逆好華妙香供養仙人仙人大喜諸女以美言敬辭問訊仙人將入房中坐好牀褥與好清酒以爲淨水與歡喜丸以爲果蓏食飲飽已語諸女言我從生已來初未得如此好果好水諸女言我一心行善故天與我願得此好水好果仙人問諸女汝何以故膚色肥盛答言我曹食此好果飲此美水故肥如此女白仙人言汝何以不在此間住答曰亦可住耳女言可共澡洗即亦可之女手柔軟觸之心動便復與諸女更互相洗欲心轉生遂成婬事即失神通天爲大雨七日七夜令得歡樂飲食七日以後酒食皆盡繼以山水木果其味不美更索前者答言已盡今當共行去此不遠有可得處仙人言隨意即便共出去城不遠女便在道中卧言我極不能復行仙人言汝不能行者騎我項上當擔汝去女先遣信白王王可觀我智能王勑嚴駕出而觀之問言何由得爾女白王言我以方便力故今已如此無所復能令住城中好供養恭敬之給足五欲拜爲大臣住城少日身轉羸瘦念禪定心樂猒此世欲王問仙人汝何不樂身轉羸瘦仙人答王我雖得五欲常自憶念林間閑靜諸仙遊處不能去心王自思惟若我強違其志違志爲苦苦極則死本以求除旱患今已得之當復何緣強奪其志即發遣之既還山中精進不久還得五通佛告諸比丘一角仙人我身是也婬女

者耶輸陀羅是爾時以歡喜丸惑我我未斷
結爲之所惑今復欲以藥歡喜丸惑我不可
得也以是事故知細輭觸法能動仙人何況
愚夫如是種種因緣是名呵細滑欲如是呵
五欲除五蓋復次貪欲蓋者去道甚遠所以
者何欲爲種種惱亂住處若心著貪欲無由
近道如除欲蓋偈所說
入道慚愧人　持鉢福衆生　云何縱塵欲
沉沒於五情　著鎧持刀仗　見敵而退走
如是怯弱人　舉世所輕笑　比丘爲乞士
除髮著袈裟　五情馬所制　取笑亦如是
又如豪貴人　盛服以嚴身　而行乞衣食
取笑於衆人　比丘除飾好　毀形以攝心
而更求欲樂　取笑亦如是　已捨五欲樂
棄之而不顧　如何還欲得　如愚自食吐
如是貪欲人　不知觀本願　亦不識好醜
狂醉於渴愛　慚愧尊重法　一切皆以棄
賢智所不親　愚騃所愛近　諸欲求時苦
得之多怖畏　失時懷熱惱　一切無樂時
諸欲患如是　以何當捨之　得諸禪定樂
則不爲所欺　欲樂著無猒　以何能滅除
若得不淨觀　此心自然無　著欲不自覺
以何悟其心　當觀老病死　爾乃出四淵
諸欲難放捨　何以能遠之　若能樂善法
此欲自然息　諸欲難可解　何以能釋之
觀身得實相　則不爲所縛　如是諸觀法
能滅諸欲火　譬如大澍雨　野火無不滅
如是等種種因緣滅除欲蓋瞋恚蓋者失諸
善法之本墮諸惡道之因法樂之怨家善心
之大賊種種惡口之府藏如佛教瞋弟子偈

言

汝當知思惟　受身及處胎　穢惡之幽苦
旣生之艱難　旣思得此意　而復不滅瞋
則當知此輩　則是無心人　若無罪果報
亦無諸呵責　猶尚應慈忍　何況苦果劇
當觀老病死　一切無免者　當起慈悲心
云何惡加物　衆生相怨賊　斫刺受苦毒
云何修善人　而復加惱害　常當行慈悲
定心修諸善　不當懷惡意　侵害於一切
若勤修道法　惱害則不行　善惡勢不並
如水火相背　瞋恚來覆心　不知別好醜
亦不識利害　不知畏惡道　不計他苦惱
不覺身心疲　先自受苦因　然後及他人
若欲滅瞋恚　當思惟慈心　獨處自清閑
息事滅因緣　當畏老病死　九種瞋惱除
如是思惟慈　則得滅瞋毒

如是等種種因緣除瞋恚蓋睡眠蓋者能破今世三事欲樂利樂福德能破今世後世究竟樂與死無異唯有氣息如一菩薩以偈訶睡眠弟子言

汝起勿抱臭身臥　種種不淨假名人
如得重病箭入體　諸苦痛集安可眠
一切世間死火燒　汝當求出安可眠
如人被縛將去殺　灾害垂至安可眠
結賊不滅害未除　如共毒蛇同室宿
亦如臨陣白刃間　爾時安可而睡眠
眠爲大闇無所見　日日欺誑奪人明
以眠覆心無所識　如是大失安可眠

如是等種種因緣訶睡眠蓋掉悔蓋者掉之爲法破出家心如人攝心猶不能住何況掉

散掉散之人如無鉤醉象穴鼻駱駝不可禁制如偈說

汝已剃頭著染衣　執持瓦鉢行乞食
云何樂著戲掉法　既無法利失世樂

悔者如犯大罪人常懷畏怖悔箭入心堅不可拔如偈說

不應作而作　應作而不作　悔惱火所燒
後世墮惡道　若人罪能悔　已悔則放捨
如是心安樂　不應常念著　若有二種悔
不作若已作　以是悔著心　是則愚人相
不以心悔故　不作而能作　諸惡事已作
不能令不作

如是等種種因緣訶掉悔蓋疑蓋者以疑覆故於諸法中不得定心定心無故於佛法中空無所得譬如人入寶山若無手者無所能取如說疑義偈言

如人在岐道　疑惑無所趣　諸法實相中
疑亦復如是　疑故不勤求　諸法之實相
是疑從癡生　惡中之弊惡　善不善法中
生死及涅槃　定實真有法　於中莫生疑
汝若生疑心　死王獄吏縛　如師子搏鹿
不能得解脫　在世雖有疑　當隨妙善法
譬如觀岐道　利好者應逐

如是等種種因緣故應捨疑棄是五蓋譬如負債得脫重病得瘥飢餓之地得至豐國如從獄得出如於惡賊中得自免濟安隱無患行者亦如是除却五蓋其心安隱清淨快樂譬如日月以五事覆曀煙雲塵霧羅睺阿脩羅手障則不能明照人心亦如是爲五蓋所覆自不能利亦不能益人若能呵五欲除五

蓋行五法欲精進念巧慧一心行此五法得五枝成就初禪欲名欲於欲界中出欲得初禪精進名離家持戒初夜後夜專精不懈節食攝心不令馳散念名念初禪樂知欲界不淨狂惑可賤初禪為尊重可貴巧慧名觀察籌量欲界樂初禪樂輕重得失一心名常繫心緣中不令分散復次專求初禪放捨欲樂譬如患怨常欲滅除則不為怨之所害也如佛為著欲婆羅門說我本觀欲欲為怖畏憂苦因緣欲為少樂多苦欲為魔網纏綿難出欲為燒熱乾竭諸樂譬如樹林四邊火起欲為如臨火坑甚可怖畏如逼毒蛇如怨賊拔刀如惡羅剎如惡毒入口如吞洋銅如三流狂象如臨大深坑如師子斷道如摩竭魚開口諸欲亦如是甚可怖畏若著諸欲令人惱苦著欲之人亦如獄囚如鹿在圍如鳥入網如魚吞鉤如豹搏狗如烏在鵰羣如蛇值野猪如鼠在猫中如羣盲臨坑如蠅著熱油如儜人在陣如躄人遭火如入沸鹹河如舐蜜塗刀如四衢臠肉如薄覆刀林如華覆不淨如蜜塗毒甕如毒蛇篋如夢虛誑如假借當歸如幻誑小兒如炎無實如沒大水如船入摩竭魚口如雹害穀如霹靂臨人諸欲亦如是虛誑無實無牢無強樂少苦多欲為魔軍破善功德常為劫害衆生故出如是等種種諸喻呵五欲除五蓋行五法得至初禪問曰八背捨八勝處十一切入四無量心諸定三昧如是等種種定不名波羅蜜何以但言禪波羅蜜答曰此諸定功德都是思惟修禪此言思惟修言禪波羅蜜一切皆攝復次禪最

大如王説禪則攝一切説餘定則不攝何以故是四禪中智定等而樂未到地中間地智多而定少無色界定多而智少是處非樂譬如車一輪强一輪弱則不安穩智定不等亦如是復次是四禪處有四等心五神通背捨勝處一切處無諍三昧願智頂禪自在定練禪十四變化心般舟般諸菩薩三昧首楞嚴等略説則百二十諸佛三昧不動等略説則百八及佛得道捨壽如是等種種功德妙定皆在禪中以是故禪名波羅蜜餘定不名波羅蜜問曰汝先言呵五欲除五蓋行五法得初禪修何事依何道能得初禪答曰依不淨觀安那般那等諸定門如禪經禪義偈中説

離欲及惡法　有覺幷有觀　離生得喜樂
是人入初禪　已得離婬火　則獲清涼定
如人大熱悶　入冷池則樂　如貧得寶藏
大喜覺動心　分別則爲觀　入初禪亦然
知二法亂心　雖善而應離　如大水澄靜
波蕩亦無見　譬如人大極　安隱睡卧時
若有喚呼聲　其心大惱亂　攝心入禪時
以覺觀爲惱　是故除覺觀　得入一識處
内心清淨故　定生得喜樂　得入此二禪
喜勇心大悦　攝心第一定　寂然無所念
患喜欲棄之　亦如捨覺觀　由受故有喜
失喜則生憂　離喜樂身受　捨念及方便
聖人得能捨　餘人捨爲難　若能知樂患
見不動大安　憂喜先已除　苦樂今亦斷
捨念清淨心　入第四禪中　第三禪中樂
無常動故苦　欲界中斷憂　初二禪除喜
是故佛世尊　第四禪中説　先已斷憂喜

今得除苦樂
復次持戒清淨閑居獨處守攝諸根初夜後夜專精思惟棄捨外樂以禪自娛離諸欲不善法依未到地得初禪初禪如阿毗曇說禪有四種一味相應二淨三無漏四初禪所攝報得五衆是中行者入淨無漏二禪三禪四禪亦如是如佛所說若有比丘離諸欲及惡不善法有覺有觀離生喜樂入初禪諸欲者所愛著色等五欲思惟分別呵欲如先說惡不善法者貪欲等五蓋離此內外二事故得初禪初禪相有覺有觀喜樂一心有覺有觀者得初禪中未曾所得善法功德故心大驚悟常爲欲火所燒得初禪時如入清涼池又如貧人卒得寶藏行者思惟分別欲界過罪知初禪利益功德甚多心大歡喜是名有覺有觀問曰有覺有觀爲一法爲是二法耶答曰二法麤心初念是名爲覺細心分別是名爲觀譬如撞鍾初聲大時名爲覺後聲細微名爲觀問曰如阿毗曇說欲界乃至初禪一心中覺觀相應今云何言麤心初念名爲覺細心分別名爲觀答曰二法雖在一心二相不俱覺時觀不明了觀時覺不明了譬如日出衆星不現一切心心數法隨時受名亦復如是如佛說若斷一法我證汝得阿那含一法者所謂慳貪實應說五下分結盡得阿那含云何言但斷一法以是人慳貪偏多諸餘結使皆從而生是故慳盡餘結亦斷覺觀隨時受名亦復如是行者知是覺觀雖是善法而嬈亂定心心欲離故呵是覺觀作是念覺觀嬈動禪心譬如清水波盪則無所見又如

疲極之人得息欲睡傍人喚呼種種惱亂攝心內定覺觀嬈動亦復如是如是等種種因緣呵覺觀覺觀滅內清淨繫心一處無覺無觀定生喜樂入二禪既得二禪得二禪中未曾所得無比喜樂覺觀滅者知覺觀過罪故滅內清淨者入深禪定信捨初禪覺觀所得利重所失甚少所獲大多繫心一緣故名內清淨行者觀喜之過亦如覺觀隨所喜處多喜多憂所以者何如貧人得寶歡喜無量一旦失之其憂亦深喜即轉而成憂是故當捨離此喜故行捨念智受身樂是樂聖人能得能捨一心在樂入第三禪捨者捨喜心不復悔念智者既得三禪中樂不令於樂生患受身樂者是三禪樂遍身皆受聖人能得能捨者此樂世間第一能生心著凡夫少能捨者以是故佛說行慈果報遍淨地中第一行者觀樂之失亦如觀喜知心不動處最爲第一若有動處是則有苦行者以第三禪樂動故求不動處以斷苦樂先滅憂喜故不苦不樂捨念清淨入第四禪是四禪中無苦無樂但有不動智慧以是故說第四禪捨念清淨第三禪樂動故說苦是故第四禪中說斷苦樂如佛說過一切色相不念別相滅有對相得入無邊虛空處行者作是念若無色則無飢渴寒熱之苦是身色麤重弊惡虛誑非實先世因緣和合報得此身種種苦惱之所住處云何當得免此身患當觀此身身中虛空常觀身空如籠如甑常念不捨則得度色不復見身如內空外色亦爾是時能觀無量無邊空得此觀已無苦無樂其心轉增如鳥閉著

缾中缾破得出是名空處定是空無量無邊以識緣之緣多則散能破於定行者觀虛空緣受想行識如病如癰如瘡如刺無常苦空無我欺誑和合則有非是實也如是念已捨虛空緣但緣識云何而緣現前識緣過去未來無量無邊識是識無量無邊如虛空無量無邊是名識處定是識無量無邊以識緣之識多則散能破於定行者觀是緣識受想行識如病如癰如瘡如刺無常苦空無我欺誑和合而有非實有也如是觀已則破識相是呵識處讚無所有處破諸識相繫心在無所有中是名無所有處無所有處緣受想行識如病如癰如瘡如刺無常苦空無我欺誑和合而有非實有也如是思惟無想處如癰有想處如病如癰如瘡如刺第一妙處是非有想非無想處問曰非有想非無想處有受想行識云何言非有想非無想答曰是中有想微細難覺故謂爲非有想有想故非無想凡夫心謂得諸法實相是爲涅槃佛法中雖知有想因其本名名爲非有想非無想處問曰云何是無想答曰無想有三種一無想定二滅受想定三無想天凡夫人欲滅心入無想定佛弟子欲滅心入滅受定是諸禪定有二種若有漏若無漏有漏即是凡夫所行如上說無漏行十六聖行若有漏道依上地邊離下地欲若無漏道離自地欲及上地以是故凡夫於有頂處不得離欲更無上地邊故若佛弟子欲離欲界欲欲界煩惱思惟斷九種上中下上上上中上下中上中中中中下下上下中下下斷此九種故佛弟子若依有漏道

欲得初禪是時於未到地九無礙道八解脫道中現在修有漏道未來修有漏無漏道第九解脫道中於未到地現在修有漏道未來修未到地有漏無漏道及初禪邊地有漏若無漏道欲得初禪亦如是若依有漏道離初禪欲於第二禪邊地九無礙道八解脫道中現在修二禪邊地有漏未來修二禪邊地有漏道亦修無漏初禪無漏及眷屬第九解脫道中於第二禪邊地現在修二禪邊地有漏道未來修二禪邊地初禪無漏及眷屬二禪淨無漏若無漏道離初禪欲九無礙道八解脫道中現在修自地無漏道未來修初禪及眷屬有漏無漏道第九解脫道中現在修自地無漏道未來修初禪及眷屬有漏無漏道及修二禪淨無漏乃至無所有處離欲時亦如是非有想非無想處離欲時九無礙道八解脫道中但修一切無漏道第九解脫道中修三界善根及無漏道除無心定修有二種一得修二行修得修名本所不得而今得未來世修自事亦修餘事行修名曾得於現前修未來亦爾不修餘如是等種種諸禪定中修

復次禪定相略說有二十三種八味八淨七無漏復有六因相應因共因相似因遍因報因名因一一無漏七無漏因是相似因自地中增相應共有因初味定初味定因乃至後味定後味定因淨亦如是四緣因緣次第緣緣緣增上緣因緣如上說初禪無漏定次第生六種定一初禪淨二無漏二禪三禪亦如是二禪無漏定次第生八種定自地淨無漏

初禪淨無漏三禪四禪亦如是三禪無漏定次第生十種自地二下地四上地四第四禪空處亦如是識處無漏定次第生九種自地二下地四上地三無所有處無漏定次第生七種自地二下地四上地一非有想非無想處次第生六心自地二下地四諸淨地亦如是又皆益自地味初禪味次第二種味淨乃至非想非非想處味亦如是淨無漏禪一切處緣味禪緣自地中味亦緣淨愛無無漏緣故不緣無漏淨無漏根本無色定不緣下地有漏名因增上緣通一切四無量心三背捨八勝處八一切處皆緣欲界五神通緣欲色界餘各隨所緣滅受想定無所緣四禪中有練法以無漏練有漏故得四禪心自在能以無漏第四禪練有漏第四禪然後第三第二第一禪皆以自地無漏練自地有漏問曰何以名練禪答曰諸聖人樂無漏定不樂有漏離欲時有漏不樂而自得今欲除其滓穢故以無漏練之譬如練金從無漏禪起入淨禪如是數數是名爲練復次諸禪中有頂禪何以故名頂有二種阿羅漢壞法不壞法不壞法阿羅漢於一切深禪定得自在能起頂禪得是頂禪能轉壽爲富轉富爲壽復有願智四辯無諍三昧願智者願欲知三世事隨所願則知此願智二處攝欲界第四禪四辯者法辯辭辯二處攝欲界初禪餘二辯九地攝欲界四禪四無色定無諍三昧者令他心不起諍五處攝欲界及四禪問曰得諸禪更有餘法耶答曰味定生亦得退亦得淨禪生時得離欲時得無漏離欲時得退時得九地無

漏定四禪三無色定未到地禪中間能斷結使未到地禪中間捨根相應若人成就禪下地變化心亦成就如初禪成就有種種變化心一者初禪二者欲界二禪三種三禪四種四禪五種若二禪三禪四禪中欲聞見觸時皆用梵世識識滅時則止四無量意五神通八背捨八勝處十一切入九次第定九想十想三三昧三解脫門三無漏根三十七品如是等諸功德皆禪波羅蜜中生是中應廣說問曰應說禪波羅蜜何以但說禪答曰禪是波羅蜜之本得是禪已憐愍衆生內心中有種種禪定妙樂而不知求乃在外法不淨苦中求樂如是觀已生大悲心立弘誓願我當令衆生皆得禪定內樂離不淨樂依此禪樂已次令得佛道樂是時禪得名波羅蜜復次於此禪中不受味不求報不隨報生爲調心故入禪以智慧方便還生欲界度脫一切衆生是時禪名爲波羅蜜復次菩薩入深禪定一切天人不能知其心所依所緣見聞覺知法中心不動如毗摩羅詰經中爲舍利弗說宴坐法不依身不依心不依三界於三界中不得身心是爲宴坐復次若人聞禪定樂勝於人天樂便捨欲樂求禪定是爲自求樂利不足奇也菩薩則不然但爲衆生故令慈悲心淨不捨衆生菩薩禪禪中皆發大悲心禪有極妙內樂而衆生捨之而求外樂譬如大富盲人多有伏藏不知不見而行乞求智者愍之其人自有妙物不能知見而從他乞衆生亦如是心中自有種種禪定樂而不知發反求外樂復次菩薩知諸法實相故入禪中

心安隱不著味諸餘外道雖入禪定心不安隱不知諸法實故著禪味問曰阿羅漢辟支佛俱不著味何以不得禪波羅蜜答曰阿羅漢辟支佛雖不著味無大悲心故不名禪波羅蜜又復不能盡行諸禪菩薩盡行諸禪麤細大小深淺內緣外緣一切盡行以是故菩薩心中名禪波羅蜜餘人但名禪復次外道聲聞菩薩皆得禪定而外道禪中有三種患或味著或邪見或憍慢聲聞禪中慈悲薄於諸法中不能以利智貫達諸法實相獨善其身斷諸佛種菩薩禪中無此事欲集一切諸佛法故於諸禪中不忘衆生乃至蜫蟲常加慈念如釋迦文尼佛本爲螺髻仙人名尚闍梨常行第四禪出入息斷在一樹下坐兀然不動鳥見如此謂之爲木即於髻中生卵是菩薩從禪覺知頂上有鳥卵即自思惟若我起動鳥母必不復來鳥母不來鳥卵必壞即還入禪至鳥子飛去爾乃起復次除菩薩餘人欲界心不得次第入禪菩薩行禪波羅蜜於欲界心次第入禪何以故菩薩世世修諸功德結使心薄心柔輭故復次餘人得總相智慧能離欲如無常觀苦觀不淨觀菩薩於一切法中能別相分別離欲如五百仙人飛行時聞緊陀羅女歌聲心著狂醉皆失神足一時墮地如聲聞聞緊陀羅王屯崙摩彈本歌聲以諸法實相讚佛是時須彌山及諸樹木皆動大迦葉等諸大弟子皆於座上不能自安天鬚菩薩問大迦葉汝最耆年行頭陀第一今何故不能制心自安大迦葉答曰我於人天諸欲心不傾動是菩薩無量功德報

聲又復以智慧變化作聲所不能忍若八方風起不能令須彌山動劫盡時毗藍風至吹須彌山令如腐草以是故知菩薩於一切法中別相觀得離諸欲諸餘人等但得禪之名字不得波羅蜜復次餘人知菩薩入出禪心不能知住禪心所緣所到知諸法深淺阿羅漢辟支佛尚不能知何況餘人譬如象王度水入時出時足跡可見在水中時不可得知若得初禪同得初禪人能知而不能知菩薩入初禪有人得二禪觀知得初禪心了了知不能知菩薩入初禪心乃至非有想非無想處亦如是復次超越三昧中從初禪起入第三禪三禪中起入虛空處虛空處起入無所有處二乘唯能超一不能超二菩薩自在超從初禪起或入三禪如常法或時入第四禪或入空處識處無所有處或非有想非無想處或入滅受想定滅受想定起或入無所有處或識處空處四禪乃至初禪或時超一或時超二乃至超九聲聞不能超二何以故智慧功德禪定力薄故譬如二種師子一黃師子二白髦師子黃師子雖亦能踔不如白髦師子王如是等種種因緣分別禪波羅蜜復次爾時菩薩常入禪定攝心不動不生覺觀亦能為十方一切衆生以無量音聲說法而度脫之是名禪波羅蜜問曰如經中說先有覺觀思惟然後說法入禪定中無語覺觀不應得說法汝今云何言常在禪定中不生覺觀而為衆生說法答曰生死人法入禪定先以語覺觀然後說法法身菩薩離生死身知一切諸法常住如禪定相不見有亂法身菩

薩變化無量身爲衆生說法而菩薩心無所分別如阿脩羅琴常自出聲隨意而作無人彈者此亦無散心亦無攝心是福德報生故隨人意出聲法身菩薩亦如是無所分別亦無散心亦無說法相是無量福德禪定智慧因緣故是法身菩薩種種法音隨應而出慳貪心多聞說布施之聲破戒瞋恚懈怠亂心愚癡之人各各聞說持戒忍辱禪定智慧之聲聞是法已各各思惟漸以三乘而得度脫復次菩薩觀一切法若亂若定皆是不二相餘人於亂求定何以故以亂法中起瞋想於定法中生著想如鬱陀羅伽仙人得五通日日飛到王宫中食王大夫人如其國法接足而禮夫人手觸即失神通從王求車乘駕而出還其本處入林樹間更求五通一心專至垂當得時有鳥在樹上急鳴以亂其意捨樹至水邊求定復聞魚鬭動水之聲此人求禪不得即生瞋恚我當盡殺魚鳥此人久後思惟得定生非有想非無想處於彼壽盡下生作飛狸殺諸魚鳥作無量罪墮三惡道是爲禪定中亂著心因緣外道如此佛弟子中亦有一比丘得四禪生增上慢謂得四道得初禪時謂是須陀洹第二禪時謂是斯陀含第三禪時謂是阿那含第四禪時謂得阿羅漢恃是而止不復求進命欲盡時見有四禪中陰相來便生邪見謂無涅槃佛爲欺我惡邪生故失四禪中陰便見阿鼻泥犂中陰相命終即生阿鼻地獄諸比丘問佛某甲比丘阿蘭若命終生何處佛言是人生阿鼻泥犂中諸比丘皆大驚怪此人坐禪持戒所由爾耶

佛言此人增上慢得四禪時謂得四道故臨命終時見四禪中陰相便生邪見謂無涅槃我是阿羅漢今還復生佛爲虚誑是時即見阿鼻泥犁中陰相命終即生阿鼻地獄中是時佛説偈言

多聞持戒禪　未得無漏法　雖有此功德
此事不可信

是比丘受是惡道苦是故知取亂相能生瞋等煩惱取定相能生著菩薩不取亂相亦不取禪定相亂定相一故是名禪波羅蜜如初禪相離欲除蓋攝心一處是菩薩利根智慧觀故於五蓋無所捨於禪定相無所取諸法相空故云何於五蓋無所捨貪欲蓋非内非外亦不兩中間何以故若内法有不應待外生若外法有於我亦無患若兩中間有兩間則無處所亦不從先世來何以故一切法無來故如童子無有欲若先世有者小亦應有以是故知先世不來亦不至後世不從諸方來亦不常自有非一分中非遍身中亦不從五塵來亦不從五情出無所從生無所從滅是貪欲若先生若後生若一時生是事不然何以故若先有生後有貪欲是中不應貪欲生未有貪欲故若後有生先有貪欲則生無所生若一時生則無生者無生處生者生處無分別故復次是貪欲貪欲者不一不異何以故離貪欲貪欲者不可得離貪欲者貪欲不可得是但從和合因緣生和合因緣生法即是自性空如是貪欲貪欲者異不可得若一貪欲貪欲者則無分別如是等種種因緣貪欲生不可得若法無生是法亦無滅不生

不滅故則無定無亂如是觀貪欲蓋則與禪爲一餘蓋亦如是若得諸法實相觀五蓋則無所有是時便知五蓋實相即是禪實相禪實相即是五蓋菩薩如是能知五欲及五蓋禪定及枝相無所依入禪定是爲禪波羅蜜復次若菩薩行禪波羅蜜時五波羅蜜和合助成是名禪波羅蜜復次菩薩以禪波羅蜜力得神通一念之頃不起於定能供養十方諸佛華香珍寶種種供養復次菩薩以禪波羅蜜力變身無數遍入五道以三乘法教化衆生復次菩薩入禪波羅蜜中除諸惡不善法入初禪乃至非有想非無想定其心調柔一一禪中行大慈悲以慈悲因緣拔無量劫中罪得諸法實相智故爲十方諸佛及大菩薩所念復次菩薩入禪波羅蜜中以天眼觀十方五道中衆生見生色界中者受禪定樂味還墮禽獸中受種種苦復見欲界諸天七寶池中華香自娱後墮鹹沸屎地獄中又見人中多聞世智辯聰不得道故還墮猪羊畜獸中無所別知如是等身種種失大樂得大苦失大利得大衰失尊貴得卑賤於此衆生生悲心漸漸增廣得成大悲不惜身命爲衆生故勤行精進以求佛道復次不亂不味故名禪波羅蜜如佛告舍利弗菩薩般若波羅蜜中住具足禪波羅蜜不亂不味故問曰云何名亂答曰亂有二種一者微二者麤微者有三種一愛多二慢多三見多云何愛多得禪定樂其心樂著愛味云何慢多得禪時自謂難事已得而以自高云何見多以我見等入禪定分別取相是實餘妄語是三名爲微細

亂從是因緣於禪定退起三毒是爲麤亂味者初得禪定一心愛樂是爲味問曰一切煩惱皆能染著何以但名愛爲味答曰愛與禪相似何以故禪則攝心堅住愛亦專著難捨又初求禪時心專欲得愛之爲性欲樂專求欲與禪定不相違故既得禪定染著不捨則壞禪定譬如施人物必望現報則無福德於禪愛身愛著於禪亦復如是是故但以愛名味不以餘結爲味

大智度論卷第十七

音釋

駛踈士切疾也　餉式亮切饋也　銜胡讒切口含物也　翳於計切蔽也　胤羊晉切嗣也　黜丑律切貶斥也　眴舒閏切目動也　麚麀古瑕切牡鹿也於尤切牝鹿也　蓏郎果切蔓生曰蓏　曀於計切暗噎也　躄彼戟切足偏也躄不能行也　撞傳江切擊也　甑子孕切甗也甗音彥　滓側氏

切渴也　兀五骨切不動貌　髦莫交切　踔楚教切跳也

大智度論卷第十八

龍樹菩薩造
姚秦三藏法師鳩摩羅什譯

釋初品中般若波羅蜜

經　於一切法不著故應具足般若波羅蜜

論　問曰：云何名般若波羅蜜答曰諸菩薩從初發心求一切種智於其中間知諸法實相慧是般若波羅蜜問曰若爾者不應名爲波羅蜜何以故未到智慧邊故答曰佛所得智慧是實波羅蜜因是波羅蜜故菩薩所行亦名波羅蜜因中說果故是般若波羅蜜在佛心中變名爲一切種智菩薩行智慧求度彼岸故名波羅蜜佛已度彼岸故名一切種智問曰佛一切諸煩惱及習已斷智慧眼淨應如實得諸法實相諸法實相即是般若波羅蜜菩薩未盡諸漏慧眼未淨云何能得諸法實相答曰此義後品中當廣說今但略說如人入海有始入者有盡其源底者深淺雖異俱名爲入佛菩薩亦如是佛則窮盡其底菩薩未斷諸煩惱習勢力少故不能深入如後品中說譬喻如人於暗室然燈照諸器物皆悉分了更有大燈益復明審則知後燈所破之闇與前燈合住前燈雖與暗共住而亦能照物若前燈無暗則後燈無所增益諸佛菩薩智慧亦如是菩薩智慧雖與煩惱習合而能得諸法實相亦如前燈亦能照物佛智慧盡諸煩惱習亦得諸法實相如後燈倍復明了問曰云何是諸法實相答曰衆人各各說諸法實相自以爲是此中實相者不可破壞常住不異無能作者如後品中佛語須菩提

若菩薩觀一切法非常非無常非苦非樂非我非無我非有非無等亦不作是觀是名菩薩行般若波羅蜜是義捨一切觀滅一切言語離諸心行從本已來不生不滅如涅槃相一切諸法相亦如是是名諸法實相如讚般若波羅蜜偈言

般若波羅蜜　實法不顛倒　念想觀已除
言語法亦滅　無量衆罪除　清淨心常一
如是尊妙人　則能見般若　如虛空無染
無戲無文字　若能如是觀　是即爲見佛
若如法觀佛　般若及涅槃　是三則一相
其實無有異　諸佛及菩薩　能利益一切
般若爲之母　能出生養育　佛爲衆生父
般若能生佛　是則爲一切　衆生之祖母
般若是一法　佛說種種名　隨諸衆生力
爲之立異字　若人得般若　議論心皆滅
譬如日出時　朝露一時失　般若之威德
能動二種人　無智者恐怖　有智者歡喜
若人得般若　則爲般若主　般若中不著
何況於餘法　般若無所來　亦復無所去
智者一切處　求之不能得　若不見般若
是則爲被縛　若人見般若　是亦名被縛
若人見般若　是則得解脫　若不見般若
是亦得解脫　是事爲希有　甚深有大名
譬如幻化物　見而不可見　諸佛及菩薩
聲聞辟支佛　解脫涅槃道　皆從般若得
言說爲世俗　憐愍一切故　假名說諸法
雖說而不說　般若波羅蜜　譬如大火炎
四邊不可取　無取亦不取　一切取已捨
是名不可取　不可取而取　是即名爲取

般若無壞相　過一切言語　適無所依止
誰能讚其德　般若雖叵讚　我今能得讚
雖未脫死地　則爲已得出

釋般若相義

問曰何以獨稱般若波羅蜜爲摩訶而不稱五波羅蜜答曰摩訶此言大般若言慧波羅蜜言到彼岸以其能到智慧大海彼岸到一切智慧邊窮盡其極故名到彼岸一切世間十方三世諸佛第一大次有菩薩辟支佛聲聞是四大人皆從般若波羅蜜生是故名爲大復次能與衆生大果報無量無盡常不變異所謂涅槃餘五波羅蜜不能爾布施等離般若波羅蜜但能與世間果報是故不得名大問曰何者是智慧答曰般若波羅蜜攝一切智慧故所以者何菩薩求佛道應當學一切法得一切智慧所謂聲聞辟支佛佛智慧是智慧有三種學無學非學非無學非學非無學智者如乾慧地不淨安那般那欲界繫四念處煖法頂法忍法世間第一法等學智者苦法智忍慧乃至向阿羅漢第九無礙道中金剛三昧慧無學智者阿羅漢第九解脫智從是已後一切無學智如盡智無生智等求辟支佛道智慧亦如是問曰若辟支佛道亦如是者云何分別聲聞辟支佛答曰道雖一種而用智有異若諸佛不出佛法已滅是人先世因緣故獨出智慧不從他聞自以智慧得道如一國王出在園中遊戲清朝見林樹花果蔚茂甚可愛樂王食已而臥王諸夫人婇女皆共取華毀折林樹王覺已見林毀壞而自覺悟一切世間無常變壞皆亦如是

思惟是已無漏道心生斷諸結使得辟支佛道具六神通即飛到閑靜林間如是等因緣先世福德願行果報今世見少因緣成辟支佛道如是爲異復次辟支佛有二種一名獨覺二名因緣覺因緣覺如上說獨覺者是人今世成道自覺不從他聞是名獨覺辟支迦佛獨覺辟支迦佛有二種一本是學人在人中生是時無佛佛法滅是須陀洹已滿七生不應第八生自得成道是人不名佛不名阿羅漢名爲小辟支迦佛與阿羅漢無異或有不如舍利弗等大阿羅漢者二大辟支佛於一百劫中作功德增長智慧得三十二相分或有三十一相或三十相或二十九相乃至一相於九種阿羅漢中智慧利勝於諸深法中總相別相能入久修習定常樂獨處如是相名爲大辟支迦佛以是爲異求佛道者從初發心作願願我作佛度脫衆生得一切佛法行六波羅蜜破魔軍衆及諸煩惱得一切智成佛道乃至入無餘涅槃隨本願行從是中間所有智慧總相別相一切盡知是名佛道智慧是三種智慧盡能知盡到其邊以是故言到智慧邊問曰若如所說一切智慧盡應入若世間若出世間何以但言三乘智慧盡到其邊不說餘智答曰三乘是實智慧餘者皆是虛妄菩薩雖知而不專行如除摩黎山一切無出栴檀木若餘處或有好語皆從佛法中得自非佛法初聞似好久則不妙譬如牛乳驢乳其色雖同牛乳抨則成酥驢乳抨則成糞佛法語及外道語不殺不盜慈愍衆生攝心離欲觀空雖同然外道語初雖似

妙窮盡所歸則爲虚誑一切外道皆著我見若實有我應墮二種若壞相若不壞相若壞相應如牛皮若不壞相應如虚空此二處無殺罪無不殺福若如虚空雨露不能潤風熱不能乾是則墮常相若常者苦不能惱樂不能悅若不受苦樂不應避禍就福若如牛皮爲風雨所壞則墮無常若無常則無罪福外道語若實如是何有不殺爲福殺生爲罪問曰外道戒福所失如是其禪定智慧復云何答曰外道以我心逐禪故多愛見慢故不捨一切法故無有實智慧問曰汝言外道觀空觀空則捨一切法云何言不捨一切法故無有實智慧答曰外道雖觀空而取空相雖知諸法空而不自知我空愛著觀空智慧故問曰外道有無想定心心數法都滅都滅故無有取相愛著智慧答曰無想定力强令心滅非實智慧力又於此中生涅槃想不知是和合作法以是故墮顛倒中是中心雖暫滅得因縁還生譬如人無夢睡時心想不行寤則還有問曰無想定其失如是更有非有想非無想定是中無一切妄想亦不如强作無想定滅想是中以智慧力故無想答曰是中有想細微故不覺若無想佛弟子復何縁更求實智慧佛法中是非有想非無想中識依三衆住是四衆屬因縁故無常無常故苦無常苦故空空故無我空無我故可捨汝等愛著智慧故不得涅槃譬如尺蠖屈安後足然後進前足所縁盡無復進處而還外道依止初禪捨下地欲乃至依非有想非無想處捨無所有處上無所復依則不能捨非有想非

無想處以更無依處恐懼失我畏墮無所得中故復次外道經中有聽殺盜婬妄語飲酒言爲天祠呪殺無罪爲行道故若遭急難欲自全身而殺小人無罪又有急難爲行道故除金餘者得盜取以自全濟後當除此殃罪除師婦國王夫人善知識妻童女餘者逼迫急難得邪婬爲師及父母爲牛爲身爲媒故聽妄語寒鄉聽飲石蜜酒天祠中或聽嘗一滴二滴酒佛法中則不然於一切衆生慈心等視乃至蟻子亦不奪命何況殺人一針一縷不取何況多物無主婬女不以指觸何況人之妻女戲笑不得妄語何況故作妄語一切酒一切時常不得飲何況寒鄉天祠汝等外道與佛法懸殊有若天地汝等外道法是生諸煩惱處佛法則是滅諸煩惱處是爲大異諸佛法無量有若大海隨衆生意故種種說法或說有或說無或說常或說無常或說苦或說樂或說我或說無我或說勤行三業攝諸善法或說一切諸法無作相如是等種種異說無智聞之謂爲乖錯智者入三種法門觀一切佛語皆是實法不相違背何等是三門一者蜫勒門二者阿毗曇門三者空門問曰云何名蜫勒云何名阿毗曇云何名空門答曰蜫勒有三百二十萬言佛在世時大迦栴延之所造佛滅度後人壽轉減憶識力少不能廣誦諸得道人撰爲三十八萬四千言若人入蜫勒門論議則無窮其中有隨相門對治門等種種諸門隨相門者如佛說偈

諸惡莫作　諸善奉行　自淨其意　是諸佛教

是中心數法盡應說今但說自淨其意則知

諸心數法已說何以故同相同緣故如佛說四念處是中不離四正勤四如意足五根五力何以故四念處中四種精進則是四正勤四種定是爲四如意足五種善法是爲五根五力佛雖不說餘門但說四念處當知已說餘門如佛於四諦中或說一諦或二或三如馬星比丘爲舍利弗說偈

諸法從緣生　是法緣及盡　我師大聖主
是義如是說

此偈但說三諦當知道諦已在中不相離故譬如一人犯事舉家受罪如是等名爲隨相門對治門者如佛但說四顛倒常顛倒樂顛倒我顛倒淨顛倒是中雖不說四念處當知已有四念處義譬如說藥已知其病說病則知其藥若說四念處則知已說四倒四倒則是邪相若說四倒則已說諸結所以者何說其根本則知枝條皆得如佛說一切世間有三毒說三毒當知已說三分八正道若說三毒當知已說一切諸煩惱毒十五種愛是貪欲毒五種瞋是瞋恚毒十五種無明是愚癡毒諸邪見憍慢疑屬無明如是一切諸使皆入三毒以何滅之三分八正道若說三分八正道當知已說一切三十七品如是等種種相名爲對治門是等諸法名爲蜫勤門云何名阿毗曇門或佛自說諸法義或佛自說諸法名諸弟子種種集述解其義如佛說有比丘於諸有爲法不能正憶念欲得世間第一法無有是處若不得世間第一法欲入正位中無有是處若不入正位欲得須陀洹斯陀含阿那含阿羅漢無有是處有比丘於諸有

爲法正憶念得世間第一法斯有是處若得世間第一法入正位入正位得須陁洹斯陁含阿那含阿羅漢必有是處如佛直說世間第一法不說相義何界繫何因緣何果報從世間第一法種種聲聞所行法乃至無餘涅槃一一分別相義是名阿毗曇門空門者生空法空如頻婆娑羅王迎經中佛告大王色生時但空生色滅時但空滅諸行生時但空生滅時但空滅是中無吾我無人無神無人從今世至後世除因緣和合名字等衆生凡夫愚人逐名求實如是等經中佛說生空法空者如佛說大空經中十二因緣無明乃至老死若有人言是老死若言誰老死皆是邪見生有取受愛觸六入名色識行無明亦如是若有人言身即是神若言身異於神是二雖異同爲邪見佛言身即是神如是邪見非我弟子身異於神亦是邪見非我弟子是經中佛說法空若說誰老死當知是虛妄是名生空若說是老死當知是虛妄是名法空乃至無明亦如是復次佛說梵網經中六十二見若有人言神常世間亦常是爲邪見若言神無常世間無常是亦邪見神及世間常亦無常神及世間非常亦非非常皆是邪見以是故知諸法皆空是爲實問曰若言神常應是邪見何以故神性無故若言世間常亦應是邪見何以故世間實皆無常顛倒故言有常若言神無常亦應是邪見何以故神性無故不應言無常若言世間無常不應是邪見何以故一切有爲法性實皆無常答曰若一切法實皆無常佛云何說世間無常是名邪

見是故可知非實是無常問曰佛處處說觀有爲法無常苦空無我令人得道云何言無常墮邪見答曰佛處處說無常處處說不滅如摩訶男釋王來至佛所白佛言是迦毗羅人衆殷多我或值奔車逸馬狂象鬬人時便失念佛心是時自念我今若死當生何處佛告摩訶男汝勿怖勿畏汝是時不生惡趣必至善處譬如樹常東向曲若有斫者必當東倒善人亦如是若身壞死時善心意識長夜以信戒聞施慧熏心故必得利益上生天上若一切法念念生滅無常佛云何言諸功德熏心故必得上生以是故知非無常性問曰若無常不實佛何以說無常答曰佛隨衆生所應而說法佛破常顛倒故說無常以人不知不信後世故說心去後世上生天上罪福業因緣百千萬劫不失是對治悉檀非第一義悉檀諸法實相非常非無常佛亦處處說諸法空諸法空中亦無無常以是故說世間無常是邪見是故名爲法空復次毗耶離梵志名論力諸利昌等大顧其寶物令與佛論取其顧已即以其夜思撰五百難明旦與諸利昌至佛所問佛言一究竟道爲衆多究竟道佛言一究竟道無衆多也梵志言佛說一道諸外道師各各有究竟道是爲衆多非一佛言是雖名有衆多皆非實道何以故一切皆以邪見著故不名究竟道佛問梵志鹿頭梵志得道不答言一切得道中是爲第一是時長老鹿頭梵志比丘在佛後扇佛佛問梵志汝識是比丘不梵志識之慚愧低頭是時佛說義品偈

各各謂究竟　而各自愛著　各自是非彼
是皆非究竟　是人入論衆　辯明義理時
各各相是非　勝負懷憂喜　勝者墮憍坑
負者墜憂獄　是故有智者　不隨此二法
論力汝當知　我諸弟子法　無虛亦無實
汝欲何所求　汝欲壞我論　終已無此處
一切智難勝　適足自毀壞

如是等處處聲聞經中說諸法空摩訶衍空門者一切諸法性常自空不以智慧方便觀故空如佛爲須菩提說色色自空受想行識識自空十二入十八界十二因緣三十七品十力四無所畏十八不共法大慈大悲薩婆若乃至阿耨多羅三藐三菩提皆自空問曰若一切諸法性常自空無所有者云何不墮邪見邪見名無罪無福無今世後世與此無異答曰無罪無福人不言無今世但言無後世如草木之類自生自滅或人生或人殺止於現在更無後世生而不知觀身内外所有自相皆空以是爲異復次邪見人多行衆惡斷諸善事觀空人善法尚不欲作何況作惡問曰邪見有二種有破因破果有破果不破因如汝所說破果不破因破果破因者言無因無緣無罪無福則是破因無今世後世罪福報是則破果觀空人言皆空則罪福因果皆無與此有何等異答曰邪見人於諸法斷滅令空摩訶衍人知諸法眞空不破不壞問曰是邪見三種一者破罪福報不破罪福破因緣果報不破因緣破後世不破今世二者破罪福報亦破罪福破因緣果報亦破因緣破後世亦破今世不破一切法三者破一切

法皆令無所有觀空人亦言眞空無所有與第三邪見人有何等異答曰邪見破諸法令空觀空人知諸法眞空不破不壞復次邪見人言諸法皆空無所有取諸法空相戲論觀空人知諸法空不取相不戲論復次邪見人雖口說一切空然於愛處生愛瞋處生瞋慢處生慢癡處生癡自誑其身如佛弟子實知空心不動一切結使生處不復生譬如虛空煙火不能染大雨不能濕如是觀空種種煩惱不復著其心復次邪見人言無所有不從愛因緣出眞空名從愛因緣生是爲異四無量心諸清淨法以所緣不實故猶尚不與眞空智慧等何況此邪見復次是見名爲邪見眞空見名爲正見行邪見人今世名爲弊惡人後世當入地獄行眞空智慧人今世致譽後世得作佛譬如水火之異亦如甘露毒藥天食須陀以比臭糞復次眞空中有空空三昧邪見空雖有空而無空空三昧復次觀眞空人先有無量布施持戒禪定其心柔輭諸結使薄然後得眞空邪見中無此事但欲以憶想分別邪心取空譬如田舍人初不識鹽見人以鹽著種種肉菜中而食問言何以故爾語言此鹽能令諸物味美故此人便念此鹽能令諸物美自味必多便空抄鹽滿口食之鹹苦傷口而問言汝何以言鹽能作美人言癡人此當籌量多少和之令美云何純食鹽無智人聞空解脫門不行諸功德但欲得空是爲邪見斷諸善根如是等義名爲空門若人入此三門則知佛法義不相違背能知是事即是般若波羅蜜力於一切法無所罣

礙若不得般若波羅蜜法入阿毗曇門則墮有中若入空門則墮無中若入蜫勒門則墮有無中復次菩薩摩訶薩行般若波羅蜜雖知諸法一相亦能知一切法種種相雖知諸法種種相亦能知一切法一相菩薩如是智慧名爲般若波羅蜜問曰菩薩摩訶薩云何知一切法種種相云何知一切法一相答曰菩薩觀諸法一相所謂有相因是有諸法中有心生如是等一切有問曰無法中云何有心生答曰若言無是事即是有復次菩薩觀一切法一相所謂無相如牛中無羊相羊中無牛相如是諸法中各各無他相如先言因有故有心生是法異於有異故應無若有法是牛羊亦應是牛何以故有法不異故若異則無如是等一切皆無復次菩薩觀一切法一因是一法諸法中一心生諸法各各有一相合衆一故名爲二名爲三一爲實二三爲虛復次菩薩觀諸法有所因故有如人身無常何以故生滅相故一切法皆如是有所因故有復次一切法無所因故有如人身無常生滅故因生滅故知無常此因復應有因如是則無窮若無窮則無因若是因更無因是無常因亦非因如是等一切無因復次菩薩觀一切法有相無有法無相者如地堅重相水冷濕相火熱照相風輕動相虛空容受相分別覺知是爲識相有此有彼是爲方相有久有近是爲時相濁惡心惱衆生是爲罪相淨善心愍衆生是爲福相著諸法是爲縛相不著諸法是爲解脫相現前知一切法無礙是爲佛相如是等一切各有相復次菩薩觀

一切法皆無相是諸相從因緣和合生無自性故無如地色香味觸四法和合故名地不但色故名地亦不但香但味但觸故名爲地何以故若但色是地餘三則不應是地地則無香味觸香味觸亦如是復次是四法云何爲一法一法云何爲四法以是故不得以四爲地亦不得離四爲地問曰我不以四爲地但因四法故地法生此地在四法中住答曰若從四法生地地與四法異如父母生子子則異父母若爾者今眼見色鼻知香舌知味身知觸地若異此四法者應更有異根異識知若更無異根異識知則無有地問曰若上說地相有失應如阿毗曇說地相地名四大造色但地種是堅相地是可見色答曰若地但是色先已說失又地爲堅相但眼見色如水中月鏡中像草木影則無堅相堅相身根觸知故復次若眼見色是地堅相是地種眼見色亦是水火濕熱相是水火種若爾者風風種亦應分別而不分別如說何等是風風種何等風種風若是一物不應作二種答若是不異者地及地種不應異問曰是四大各各不相離地中有四種水火風各有四種但地中地多故以地爲名水火風亦爾答曰不然何以故若火中有四大應都是熱無不熱火故若三大在火中不熱則不名爲火若熱則捨自性皆名爲火若謂細故不可知則與無無異若有麤可得則知有細若無麤亦無細如是種種因緣地相不可得若地相不可得一切法相亦不可得是故一切法皆一相問曰不應言無相何以故於諸法無相即是

相若無無相則不破一切法相何以故無無相故若有是無相則不應言一切法無相答曰以無相破諸法相若有無相相則墮諸法相中若不入諸法中則不應難無相皆破諸法相亦自滅相譬如前火木然諸薪已亦復自然是故聖人行無相無相三昧破無相故復次菩薩觀一切法不合不散無色無形無對無示無說一相所謂無相如是等諸法一相云何觀種種相一切法攝入二法中所謂名色色無色可見不可見有對無對有漏無漏有爲無爲等二百二法門如千難品中說復次有二法忍辱柔和又二法親敬供養二施財施法施二力慧分別力修道力二具足戒具足正見具足二相質直相柔軟相二法定智二法明解脫二法世間法第一義法二法念巧慧二諦世諦第一義諦二解脫待時解脫不壞心解脫二種涅槃有餘涅槃無餘涅槃二究竟事究竟願究竟二見知見斷見二具足義具足語具足二法少欲知足二法易養易滿二法法隨法行二智盡智無生智如是等無量二法門復次知三道見道修道無學道三性斷性離性滅性三修戒修定修慧修三菩提佛菩提辟支迦佛菩提聲聞菩提（更不復學智滿足之名也）三乘佛乘辟支迦佛乘聲聞乘三歸依佛法僧三住梵住天住聖住三增上自增上他增上法增上諸佛三不護身業不護口業不護意業不護三福處施戒善心三器杖聞器杖離欲器杖慧器杖三輪變化輪示他心輪教化輪三解脫門空解脫門無相解脫門無作解脫門如是等無量三法門

復知四法四念處四正勤四如意足四聖諦四聖種四沙門果四知四信四道四攝法四依四通達善根四道四天人輪四堅法四無所畏四無量心如是等無量四法門復知五無學衆五出性五解脫處五根五力五大施五智五阿那含五淨居天處五治道五智三昧五聖分支三昧五如法語道如是等無量五法門復知六捨法六愛敬法六神通六種阿羅漢六地見諦道六隨順念六三昧六定六波羅蜜如是等無量六法門復知七覺意七財七依止七想定七妙法七知七善人去處七淨七財福七非財福七助定法如是等無量七法門復知八聖道分八背捨八勝處八大人念八種精進八丈夫八阿羅漢力如是等無量八法門復知九次第定九名色等滅（從名至生死爲九也）九無漏智九無漏地九地思惟道如是等無量九法門復知十無學法十想十智十一切入十善大地佛十力如是等無量十法門復知十一助聖道法復知十二因緣法復知十三出法十四變化心十五心見諦道十六安那般那行十七聖行十八不共法十九離地思惟道中一百六十二道思惟道能破煩惱賊百七十八沙門果八十九有爲果八十九無爲果如是等種種無量異相法生滅增減得失垢淨悉能知之菩薩摩訶薩知是諸法已能令諸法入自性空而於諸法無所著過聲聞辟支佛地入菩薩位中入菩薩位中已以大悲憐愍故以方便力分別諸法種種名字度衆生令得三乘譬如工巧之人以藥力故能令銀變爲金金變爲銀問

曰若諸法性眞空云何分別諸法種種名字何以不但說眞空性答曰菩薩摩訶薩不說空是可得可著若可得可著不應說諸法種種異相不可得空者無所罣礙若有罣礙是爲可得非不可得空若菩薩摩訶薩知不可得空還能分別諸法憐愍度脫衆生是爲般若波羅蜜力取要言之諸法實相是般若波羅蜜問曰一切世俗經書及九十六種出家經中皆說有諸法實相又聲聞法三藏中亦有諸法實相何以不名爲般若波羅蜜而此經中諸法實相獨名般若波羅蜜答曰世俗經書中爲安國全家身命壽樂故非實外道出家墮邪見法中心愛著故是亦非實聲聞法中雖有四諦以無常苦空無我觀諸法實相以智慧不具足不利不能爲一切衆生不爲得佛法故雖有實智慧不名般若波羅蜜如說佛入出諸三昧舍利弗等乃不聞其名何況能知何以故諸阿羅漢辟支佛初發心時無大願無大慈大悲不求一切諸功德不供養一切三世十方佛不審諦求知諸法實相但欲求脫老病死苦諸菩薩從初發心弘大誓願有大慈悲求一切諸功德供養一切三世十方諸佛有大利智求諸法實相除種種諸觀所謂淨觀不淨觀常觀無常觀樂觀苦觀空觀實觀我觀無我觀捨如是等妄見心力諸觀但觀外緣中實相非淨非不淨非常非非常非樂非苦非空非實非我非無我如是等諸觀不著不得世俗法故非第一實義周遍清淨不破不壞諸聖人行處是名般若波羅蜜問曰已知般若體相是無相無得

法行者云何能得是法答曰佛以方便說法行者如所說行則得譬如絕崖嶮道假梯能上又如深水因船得度初發心菩薩若從佛聞若從弟子聞若於經中聞一切法畢竟空無有決定性可取可著第一實法滅諸戲論涅槃相是最安隱我欲度脫一切衆生云何獨取涅槃我今福德智慧神通力未具足故不能引導衆生當具足是諸因緣行布施等五波羅蜜財施因緣故得大富法施因緣故得智慧能以此二施引導貧窮衆生令入三乘道以持戒因緣故生人天尊貴自脫三惡道亦令衆生免三惡道以忍辱因緣故障瞋恚毒得身色端正威德第一見者歡喜敬信心伏況復說法以精進因緣故能破今世後世福德道法懈怠得金剛身不動心以是身心破凡夫憍慢令得涅槃以禪定因緣故破散亂心離五欲罪樂能爲衆生說離欲法禪是般若波羅蜜依止處依是禪般若波羅蜜自然而生如經中說比丘一心專定能觀諸法實相復次知欲界中多以慳貪罪業閉諸善門行檀波羅蜜時破是二事開諸善門欲令常開故行十善道尸羅波羅蜜未得禪定智慧未離欲故破尸羅波羅蜜以是故行忍辱知上三事能開福門又知是福德果報無常天人受樂還復墮苦猒是無常福德故求實相般若波羅蜜是云何當得必以一心乃當可得如貫龍王寶珠一心觀察能不觸龍則價直閻浮提一心禪定除却五欲五蓋欲得心樂大用精進是故次忍辱說精進波羅蜜如經中說行者端身直坐繫念在前專精

求定正使肌骨枯朽終不懈退是故精進修禪若有財而施不足爲難畏墮惡道恐失好名持戒忍辱亦不爲難以是故上三度中不說精進今爲般若波羅蜜實相從心求定是事難故應須精進如是行能得般若波羅蜜

問曰要行五波羅蜜然後得般若波羅蜜亦有行一二波羅蜜得般若耶答曰諸波羅蜜有二種一者一波羅蜜中相應隨行具諸波羅蜜二者隨時別行波羅蜜多者受名譬如四大共合雖不相離以多者爲名相應隨行者一波羅蜜中具五波羅蜜是不離五波羅蜜得般若波羅蜜隨時得名者或因一因二得般若波羅蜜若人發阿耨多羅三藐三菩提心布施是時求布施相不一不異非常非無常非有非無等如彼布施中說因布施實相解一切法亦如是是名因布施得般若波羅蜜或有持戒不惱衆生心無有悔若取相生著則起諍競是人雖先不瞋衆生於法有憎愛心故而瞋衆生是故若欲不惱衆生當行諸法平等若分別是罪是無罪則非行尸羅波羅蜜何以故憎罪愛不罪心則自高還墮惱衆生道中是故菩薩觀罪者不罪者心無憎愛如是觀者是爲但行尸羅波羅蜜得般若波羅蜜菩薩作是念若不得法忍則不能常忍一切衆生未有逼迫能忍苦來切已則不能忍譬如因畏杖楚而就死苦以是因緣故當生法忍無有打者駡者亦無受者但從先世顛倒果報因緣故名爲受是時不分別是忍事忍法忍者深入畢竟空故是名法忍得是法忍常不復瞋惱衆生法忍相應慧

是般若波羅蜜精進常在一切善法中能成就一切善法若智慧籌量分別諸法通達法性是時精進助成智慧又知精進實相離身心如實不動如是精進能生般若波羅蜜餘精進如幻如夢虚誑非實是故不說若深心攝念能如實見諸法實相諸法實相者不可以見聞念知能得何以故六情六塵皆是虚誑因緣果報是中所知所見皆亦虚誑是虚誑知都不可信所可信者唯有諸佛於阿僧祇劫所得實相智慧以是智慧依禪定一心觀諸法實相是名禪定中生般若波羅蜜或有離五波羅蜜但聞讀誦思惟籌量通達諸法實相是方便智中生般若波羅蜜或從二或三四波羅蜜生般若波羅蜜如聞說一諦而成道果或聞二三四諦而得道果有人於

苦諦多惑故爲說苦諦而得道餘三諦亦如是或有都惑四諦故爲說四諦而得道如佛語比丘汝若能斷貪欲我保汝得阿那含道若斷貪欲當知恚癡亦斷六波羅蜜中亦如是爲破多慳貪故說布施法當知餘惡亦破爲破雜惡故具爲說六是故或一一行或合行普爲一切人故說六波羅蜜非爲一人復次若菩薩不行一切法不得一切法故得般若波羅蜜所以者何諸行皆虚妄不實或近有過或遠有過如不善法近有過罪善法久後變異時著者能生憂苦是遠有過罪譬如美食惡食俱有雜毒食惡食即時不悅食美食即時甘悅久後俱奪命故二不應食善惡諸行亦如是問曰若爾者佛何以說三行梵行天行聖行答曰行無行故名爲聖行何以

故一切聖行中不離三解脫門故梵行天行中因取衆生相故生雖行時無過後皆有失又即今求實皆是虛妄若賢聖以無著心行此二行則無咎若能如是行無行法皆無所得顛倒虛妄煩惱畢竟不生如虛空淸淨故得諸法實相以無所得爲得如無所得般若中說色等法非以空故空從本已來常自空色等法非以智慧不及故無所得從本已來常自無所得是故不應問行幾波羅蜜得般若諸佛憐愍衆生隨俗故說行非第一義問曰若無所得無所行行者何以求之答曰無所得有二種一者世間欲有所求不如意是無所得二者諸法實相中決定相不可得故名無所得非無有福德智慧增益善根如凡夫人分別世間法故有所得諸善功德亦如是隨世間心故說有所得諸佛心中則無所得是略說般若波羅蜜義後當廣說

大智度論卷第十八

音釋

抨 披庚切 蠖 烏郭切蟲名 逼迫 逼彼側切驅也迫陌切窘急也

蜫勒 蜫古魂切 勒盧得切

大智度論卷第十九

龍樹菩薩造

姚秦三藏法師鳩摩羅什譯

釋初品中三十七品

【經】菩薩摩訶薩以不住法住般若波羅蜜中不生故應具足四念處四正勤四如意足五根五力七覺分八聖道分

【論】問曰三十七品是聲聞辟支佛道六波羅蜜是菩薩摩訶薩道何以故於菩薩道中說聲聞法答曰菩薩摩訶薩應學一切善法一切道如佛告須菩提菩薩摩訶薩行般若波羅蜜悉學一切善法一切道所謂乾慧地乃至佛地是九地應學而不取證佛地亦學亦證復次何處說三十七品但是聲聞辟支佛法非菩薩道是般若波羅蜜摩訶衍品中佛說四念處乃至八聖道分是摩訶衍三藏中亦不說三十七品獨是小乘法佛以大慈故說三十七品涅槃道隨衆生願隨衆生因緣各得其道欲求聲聞人得聲聞道種辟支佛善根人得辟支佛道求佛道者得佛道隨其本願諸根利鈍有大悲無大悲譬如龍王降雨普雨天下雨無差別大樹大草根大故多受小樹小草根小故少受問曰三十七品雖無處說獨是聲聞辟支佛道非菩薩道以義推之可知菩薩久住生死往來五道不疾取涅槃是三十七品但說涅槃法不說波羅蜜亦不說大悲以是故知非菩薩道答曰菩薩雖久住生死中亦應知實道非實道是世間是涅槃知是已立大願衆生可愍我當拔出著無爲處以是實法行諸波羅蜜能到佛道

菩薩雖學雖知是法未具足六波羅蜜故不取證如佛說譬如仰射空中箭箭相拄不令落地菩薩摩訶薩亦如是以般若波羅蜜箭射三解脫門空中復以方便箭射般若箭令不墮涅槃地復次若如汝所說菩薩久住生死中應受種種身心苦惱若不得實智云何能忍是事以是故菩薩摩訶薩求是道品實智時以般若波羅蜜力故能轉世間爲道果涅槃何以故三界世間皆從和合生和合生者無有自性無自性故是則爲空空故不可取不可取相是涅槃以是故說菩薩摩訶薩以不住法住般若波羅蜜中不生故應具足四念處復次聲聞辟支佛法中不說世間即是涅槃何以故智慧不深入諸法故菩薩法中說世間即是涅槃智慧深入諸法故如佛告須菩提色即是空空即是色受想行識即是空空即是受想行識空即是涅槃涅槃即是空中論中亦說

涅槃不異世間　世間不異涅槃
涅槃際世間際　一際無有異故

菩薩摩訶薩得是實相故不猒世間不樂涅槃三十七品是實智之地問曰四念處則能具足得道何以說三十七若汝以略說故四念處廣說故三十七此則不然何以故若廣應無量答曰四念處雖具足能得道亦應說四正勤等諸法何以故衆生心種種不同結使亦種種所樂所解法亦種種佛法雖一實一相爲衆生故於十二部經八萬四千法聚作分別說若不爾初轉法輪說四諦則足不須餘法以有衆生猒苦著樂爲是衆生故說

四諦身心等諸法皆是苦無有樂是苦因緣由愛等諸煩惱是苦所盡處名涅槃方便至涅槃是名爲道有衆生多念亂心顛倒故著此身受心法中作邪行爲是人故說四念處如是等諸道法各各爲衆生說譬如藥師不得以一藥治衆病衆病不同藥亦不一佛亦如是隨衆生心病種種以衆藥治之或說一法度衆生如佛告一比丘非汝物莫取比丘言知已世尊佛言云何知比丘言諸法非我物不應取或以二法度衆生定及慧或以三法戒定慧或以四法四念處是故四念處雖可得道餘法行異分別少異觀亦異以是故應說四正勤諸餘法復次諸菩薩摩訶薩信力大故爲度一切衆生故是中佛爲一時說三十七品若說異法道門十想等皆攝在三十七品中是三十七品衆藥和合足療一切衆生病是故不用多說如佛雖有無量力但說十力於度衆生事足是三十七品十法爲根本何等十信戒思惟精進念定慧除喜捨信者信根信力戒者正語正業正命精進者四正勤精進根精進力精進覺正精進念者念根念力念覺正念定者四如意足定根定力定覺正定慧者四念處慧根慧力擇法覺正見是諸法念隨順智慧緣中正住是時名念處破邪法正道中行故名正勤攝心安隱於緣中故名如意足軟智心得故名根利智心得故名力修道用故名覺見道用故名道問曰應先說道何以故行道然後得諸善法譬如人先行道然後得所至處今何以顛倒先說四念處後說八正道答曰不顛倒也三

十七品是初欲入道時名字如行者到師所聽道法時先用念持是法是時名念處持已從法中求果故精進行是時名正勤多精進故心散亂攝心調柔故名如意足心調柔已生五根諸法實相甚深難解信根故能信是名信根不惜身命一心求道是名精進根常念道不念餘事是名念根常攝心在道是名定根觀四諦實相是名慧根是五根增長能遮煩惱如大樹力能遮水是五根增長時能轉入深法是名爲力得力已分別道法有三分擇法覺精進覺喜覺此三法行道時若心沒能令起除覺定覺捨覺此三法若行道時心動散能攝令定念覺在二處能集善法能遮惡法如守門人有利者令入無益者除却若心沒時念三法起若心散時念三法攝無學實覺此七事能到故名爲分得是法安隱具足已欲入涅槃無爲城故行是諸法是時名爲道問曰何等是四念處答曰身念處受心法念處是爲四念處觀四法四種觀身不淨觀受是苦觀心無常觀法無我是四法雖各有四種身應多觀不淨受多觀苦心多觀無常法多觀無我何以故凡夫人未入道時是四法中邪行起四顛倒諸不淨法中淨顛倒苦中樂顛倒無常中常顛倒無我中我顛倒破是四顛倒故說是四念處破淨倒故說身念處破樂倒故說受念處破常倒故說心念處破我倒故說法念處以是故說四不少不多問曰云何得是四念處答曰行者依淨戒住一心行精進觀身五種不淨相何等五一者生處不淨二者種子不淨三者自性不

淨四者自相不淨五者究竟不淨云何名生處不淨頭足腹脊脇肋諸不淨物和合名爲女身内有生藏熟藏屎尿不淨外有煩惱業因緣風吹識種令入二藏中間若八月若九月如在屎坑中如說

是身爲臭穢　不從華開生　亦不從瞻蔔又不出寶山

是名生處不淨種子不淨者父母以妄想邪憶念風吹婬欲火故肉髓膏流熱變爲精宿業行因緣識種子在赤白精中住是名身種如偈說

是身種不淨　非餘妙寶物　不由淨白生但從屎道出

是名種子不淨自性不淨者從足至頂四邊薄皮其中所有不淨充滿飾以衣服澡浴華香食以上饌衆味餚饍經宿之間皆爲不淨假令衣以天衣食以天食以身性故亦爲不淨何況人衣食如偈說

地水火風質　能變除不淨　傾海淨此身不能令香潔

是名自性不淨自相不淨者是身九孔常流不淨眼流眵淚耳出結聹鼻中洟流口出涎吐厠道水道常出屎尿及諸毛孔汗流不淨如偈說

種種不淨物　充滿於身内　常流出不止如漏囊盛物

是名自相不淨究竟不淨者是身若投火則爲灰若蟲食則爲屎在地則腐壞爲土在水則脖脹爛壞或爲水蟲所食一切死屍中人身最不淨不淨法九想中當廣說如偈說

審諦觀此身　終必歸死處　難御無反復
背恩如小人
是名究竟不淨復次是身生時死時所近身物所安身處皆爲不淨如香美淨水隨百川流既入大海變成鹹苦身所食噉種種美味好色好香細滑上饌入腹海中變成不淨是身如是從生至終常有不淨甚可患猒行者思惟是身雖復不淨若少有常者猶差而復無常雖復不淨無常有少樂者猶差而復大苦是身是衆苦生處如水從地生風從空出火因木有是身如是內外諸苦皆從身出內苦名老病死等外苦名刀杖寒熱飢渴等有此身故有是苦問曰身非但是苦性亦從身有樂若令無身隨意五欲誰當受者答曰四聖諦苦聖人知實是苦愚夫謂之爲樂聖實可依愚惑宜棄是身實苦以止大苦故以小苦爲樂譬如應死之人得刑罰代命甚大歡喜罰實爲苦以代死故謂之爲樂復次新苦爲樂故苦爲苦如初坐時樂久則生苦初行立卧亦樂久亦爲苦屈伸俯仰視眴喘息苦常隨身從初受胎出生至死無有樂時若汝以受婬欲爲樂婬病重故求外女色得之愈多患至逾重如患疥病向火揩炙當時小樂大痛轉深如是小樂亦是病因緣故有非是實樂無病觀之爲生慈愍離欲之人觀婬欲者亦復如是愍此狂惑爲欲火所燒多受多苦如是等種種因緣知身苦相苦因行者知身但是不淨無常苦物不得已而養育之譬如父母生子子復弊暴以從已生故要當養育成就身實無我何以故不自在故譬如病

風之人不能俯仰行來病咽塞者不能語言以是故知身不自在如人有物隨意取用身不得爾不自在故審知無我行者思惟是身如是不淨無常苦空無我有如是等無量過惡知是等種種觀身是名身念處得是身念處觀已復思惟衆生以何因緣故貪著此身以樂受故所以者何從内六情外六塵和合故生六種識六種識中生三種受苦受樂受不苦不樂受是樂受一切衆生所欲苦受一切衆生所不欲不苦不樂受不取不棄如偈說

若作惡人及出家　諸天世人及蠕動
一切十方五道中　無不好樂而惡苦
狂惑顛倒無智故　不知涅槃常樂處

行者觀是樂受以實知之無有樂也但有衆苦何以故樂名實樂無有顛倒一切世間樂受皆從顛倒生無有實者復次是樂受雖欲求樂能得大苦如偈說

若人入海遭惡風　海浪崛起如黑山
若入大陣鬪戰中　經大險道惡山間
豪貴長者降屈身　親近小人爲色欲
如是種種大苦事　皆爲著樂貪心故

以是故知樂受能生種種苦復次雖佛說三種受有樂受樂受少故名爲苦如一斗蜜投之大河則失氣味問曰若世間樂顛倒因緣故苦諸聖人禪定生無漏樂應是實樂何以故此樂不從愚癡顛倒有故此云何是苦答曰非是苦也雖佛說無常即是苦爲有漏法故說苦何以故凡夫人於有漏法中心著以有漏法無常失壞故生苦無漏法心不著故

雖無常不能生憂悲苦惱等故不名為苦亦諸使不使故復次若無漏樂是苦者佛不別說道諦苦諦攝故問曰有二種樂有漏樂無漏樂有漏樂下賤弊惡無漏樂上妙何以故於下賤樂中生著上妙樂中而不生著上妙樂中生著應多如金銀寶物貪著應重豈同草木答曰無漏樂上妙而智慧多智慧多故能離此著有漏樂中愛等結使多愛為著本實智慧能離以是故不著復次無漏智慧常觀一切無常觀無常故不生愛等諸結使譬如羊近於虎雖得好草美水而不能肥如是諸聖人雖受無漏樂無常空觀故不生染著脂復次無漏樂不離三三昧十六聖行常無衆生相若有衆生相則生著心以是故無漏樂雖復上妙而不生著如是種種因緣觀世間樂受是苦觀苦受如箭不苦不樂受觀無常壞敗相如是則樂受中不生欲著苦受中不生恚不苦不樂受中不生愚癡是名受念處行者思惟以樂故貪身誰受是樂思惟已知從心受衆生心狂顛倒故而受此樂當觀是心無常生滅相一念不住無可受樂人以顛倒故謂得受樂何以故初欲受樂時心生異樂生時心異各各不相及云何言心受樂過去心已滅故不受樂未來心不生故不受樂現在心一念住疾故不覺受樂問曰過去未來不應受樂現在心一念住時應受樂云何言不受答曰我已說去疾故不覺受樂復次諸法無常相故無住時若心一念住第二念時亦應住是為常住無有滅相如佛說一切有為法三相住中亦有滅相若無滅者不

應是有爲相復次若法後有滅當知初已有滅譬如人著新衣初著日若不故第二日亦不應故如是乃至十歲應常新不應故而實已故當知與新俱有微故不覺故事已成方乃覺知以是故知諸法無有住時云何心住時得受樂若無住而受樂是事不然以是故知無有實受樂者但世俗法以諸心相續故謂爲一相受樂問曰云何當知一切有爲法無常答曰我先已說今當更答是有爲法一切屬因緣故無常先無今有故今有後無故無常復次無常相常隨逐有爲法故有爲法無有增積故一切有爲法相侵剋故無常復次有爲法有二種老常隨逐故一者將老二者壞老有二種死常逐故一者自死二者他殺以是故知一切有爲法皆無常於有爲法中心無常最易知如佛說凡夫人或時知身無常而不能知心無常若凡夫言身有常猶差以心爲常是大惑何以故身住或十歲二十歲是心日月時頃須臾過去生滅各異念念不停欲生異生欲滅異滅如幻事實相不可得如是無量因緣故知心無常是名心念處行者思惟是心屬誰誰使是心觀已不見有主一切法因緣和合故不自在不自在故無自性無自性故無我若無我誰當使是心問曰應有我何以故心能使身亦應有我能使心譬如國主使將將使兵如是應有我使心有心使身爲受五欲樂故復次各各有我心故知實有我若但有身心顛倒故計我者何以故不他身中起我以是相故各各有我答曰若心使身有我使心應更有使我者若

更有使我者是則無窮又更有使我者則有兩神若更無我我能使心亦應但心能使身若汝以心屬神除心則神無所知若無所知云何能使心若神有知相復何用心爲以是故知但心是識相故自能使身不待神也如火性能燒物不假於人問曰火雖有燒力非人不用心雖有識相非神不使答曰諸法有相故有是神無相故無汝雖欲以氣息出入苦樂等爲神相是事不然何以故出入息等是身相受苦樂等是心相云何以身心爲神相復次或時火自能燒不待於人世但以名故名爲人燒汝論墮負處何以故神則是人不應以人喻人又復汝言各各有我心故知實有我若但有身心顛倒故計我者何以不他身中起我汝於有我無我未了而問何以不他身中起我自身他身皆從我有我亦不可得若色相若無色相若常無常有邊無邊有去者不去者自在者不自在者如是等我相皆不可得如上我聞品中說如是等種種因緣觀諸法和合因緣生無有實法有我是名法念處是四念處有三種性念處共念處緣念處云何爲性念處觀身智慧是身念處觀諸受智慧是名受念處觀諸心智慧是名心念處觀諸法智慧是名法念處是爲性念處云何名共念處觀身爲首因緣生道若有漏若無漏是身念處觀受觀心觀法爲首因緣生道若有漏若無漏是名受心法念處是爲共念處云何爲緣念處一切色法所謂十入及法入少分是名身念處六種受眼觸生受耳鼻舌身意觸生受是名受念處六種識

眼識耳鼻舌身意識是名心念處想衆行衆及三無爲是名法念處是名緣念處是性念處智慧性故無色不可見無對或有漏或無漏有漏有報無漏無報皆有爲因緣生三世攝名攝外入攝以慧知有漏是斷知無漏非斷知有漏是可斷無漏非可斷是修法無垢是果亦有果一切非受法非四大造有上法有漏念處是有無漏念處是非有皆是相應因四念處攝六種善中一種行衆善分行衆善分攝四念處不善無記漏中不相攝或有四念處非有漏或有漏非四念處或有四念處亦有漏或非四念處亦非有漏有四念處非有漏者是無漏性四念處有漏非四念處者除有漏性四念處餘殘有漏分四念處亦有漏法者有漏性四念處非四念處非有漏

法者除無漏性四念處餘殘無漏法無漏四句亦如是共念處是共念處中身業口業是爲色餘殘非色一切不可見皆無對或有漏或無漏皆有爲有漏念處有報無漏念處無報因緣生三世攝身口業色攝餘殘名攝心意識內入攝餘殘外入攝以慧知有漏是斷知無漏非斷知有漏可斷無漏非可斷皆修法皆無垢是果亦有果一切非受法身口業是四大造餘殘非四大造皆有上法有漏念處是有無漏念處是非有身口業及心不相應諸行是非相應因餘殘是相應因五善分攝四念處四念處亦攝五善分餘殘不相攝不善無記漏法不攝或有四念處非有漏或有漏非四念處或有四念處亦有漏或非四念處亦非有漏有四念處非有漏者無漏四

念處有漏非四念處者除有漏四念處餘殘有漏法四念處亦有漏者有漏四念處非四念處非有漏者虛空數緣盡非數緣盡或有四念處非無漏或有無漏非四念處或有四念處有無漏或非四念處非無漏有四念處非無漏者有漏四念處有無漏非四念處者三無爲法有四念處有無漏者無漏四念處非四念處非無漏者除有漏四念處餘殘有漏法是緣念處緣念處中一念處是色三念處非色三不可見一當分別身念處有可見有不可見可見者一入不可見者九入及一入少分三無對一當分別身念處有對十入無對一入少分身念處有漏十入及一入少分無漏一入少分受念處有漏意相應是有漏無漏意相應是無漏心念處亦如是法念處有漏想衆行衆是有漏無漏想衆行衆及無爲法是無漏三是有爲一當分別法念處想衆行衆是有爲三無爲法是無爲不善身念處及善有漏身念處是有報無記身念處及無漏是無報受念處心念處法念處亦如是三從因緣生一當分別法念處有爲從因緣生無爲不從因緣生三三世攝一當分別法念處有爲是三世攝無爲非三世攝一念處攝色三攝名一念處內入攝受念處法念處外入攝一當分別身念處或內入攝或外入攝五內入是內入攝五外入及一入少分是外入攝以慧知有漏者是一斷見無漏者非斷見有漏者可斷無漏者非可斷修當分別身念處善應修不善及無記不應修受心念處亦如是法念處有爲善法應修不善及

無記及數緣盡不應修垢當分別身念處隱沒是垢不隱沒非垢受心法念處亦如是三念處是果亦有果一當分別法念處或果非有果或果亦有果或非果非有果數緣盡是果非有果有爲法念處是果亦有果虛空非數緣盡是非果非有果三不受一當分別身念處隨身數是受不隨身數非受三非四大造一當分別身念處九入及二入少分四大造一入少分非四大造三念處有上一當分別法念處有爲及虛空非數緣盡是有上涅槃是無上四念處若有漏是有若無漏是非有二念處相應因一念處不相應因一當分別受念處心念處相應因身念處不相應因法念處想衆及相應行衆是相應因餘殘是不相應因四念處分攝六善法六善法亦攝四念處分不善分無記分亦如是隨種相攝三漏攝一念處分一念處分亦攝三漏有漏攝四念處分四念處分亦攝有漏無漏攝四念處分四念處分亦攝無漏如是等義千難中廣說問曰何等爲內身何等爲外身如內身外身皆已攝盡何以復說內外身觀答曰內名自身外名他身自身有二種一者身內不淨二者身外皮毛爪髮等復次行者觀死屍膖脹爛壞取是相自觀身亦如是相如是事我未離此法死屍是外身行者身是內身如行者或時見端正女人心著即時觀其身不淨是爲外自知我身亦爾是爲內復次眼等五情爲內身色等五塵爲外身四大爲內身四大造色爲外身覺苦樂處爲內身不覺苦樂處爲外身自身及眼等諸根是爲內身

妻子財寶田宅所用之物是爲外身所以者何一切色法盡是身念處故行者求是内身有淨常樂我不審悉求之都不可得如先説觀法内觀不可得外或當有耶何以故外物是一切衆生著處外身觀特亦不可得復作是念我内觀不得外或有耶外觀亦復不得自念我或誤錯今當總觀内外觀内觀外是爲别相一時俱觀是爲總相總觀别觀了不可得所觀已竟問曰身念處可得内外諸受是外入攝云何分别有内受外受答曰佛説有二種受身受心受身受是外心受是内復有五識相應受是外意識相應受是内十二入因緣故諸受生内六入分生受是爲内外六入分生受是爲外麤受是爲外細受是爲内二種苦内苦外苦内苦有二種身苦心苦身苦者身痛頭痛等四百四種病是爲身苦心苦者憂愁瞋怖嫉妬疑如是等是爲心苦二苦和合是爲内苦外苦有二種一者王者勝已惡賊師子虎狼蚖蛇等逼害二者風雨寒熱雷電霹靂等是二種苦名爲外受樂受不苦不樂受亦如是復次緣内法是爲内受緣外法是爲外受復次一百八受是爲内受餘殘是外受問曰心是内入攝云何言觀外心答曰心雖内入攝緣外法故名爲外心緣内法故是爲内心意識是内心五識是外心攝心入禪是内心散亂心是外心内五蓋内七覺相應心是爲内心外五蓋外七覺相應心是爲外心如是等種種分别内外是爲内外心問曰法念處是外入攝云何言觀内法答曰除受餘心數法能緣内法心數法是内

法緣外法心數法及無爲心不相應行是爲外法復次意識所緣法是名爲内法如佛所說依緣生意識是中除受餘心數法是爲内法餘心不相應行及無爲法是爲外法四正勤有二種一者性二者共正勤性正勤者爲道故四種精進遮二種不善法集二種善法四念處觀時若有懈怠心五蓋等諸煩惱覆心離五種信等善根時不善法若已生爲斷故未生不令生故勤精進信等善根未生爲生故已生爲增長故勤精進精進法於四念處多故得名正勤問曰何以故於七種法中此四名正勤後八名正道餘者不名正答曰四種精進心勇發動畏錯誤故言正勤行道趣法故畏墮邪法故言正道性者四種精進性共者四種精進各爲首因緣生道若有漏若無漏若色若無色如上說行四正勤時心小散故以定攝心故名如意足譬如美食少鹽則無味得鹽則味足如意又如人有二足復得好馬好車如意所至行者如是得四念處實智慧四正勤中正精進精進故智慧增多定力少弱得四種定攝心故智定力等所願皆得故名如意足問曰四念處四正勤中已有定何以故不名如意足答曰彼雖有定智慧精進力多定力弱故行者不得如意願四種定者欲爲主得定精進爲主得定定因緣生道若有漏若無漏心爲主得定思惟爲主得定定因緣生道若有漏若無漏共善五衆名爲共如意欲生等四種定名爲性如意四正勤四如意足如性念處共念處中廣分别說五根者信道及助道善法是名信

根行是道助道法時勤求不息是名精進根念道及助道法更無他念是名念根一心念不散是名定根爲道及助道法觀無常等十六行是名慧根是五根增長不爲煩惱所壞是名爲力如五根中說是五根五力行衆中攝常共相應隨心行心數法共心生共心住共心滅若有是法必隨正定若無是法必墮邪定七覺如先說義問曰先雖說義非以阿毗曇法說答曰今當更說如四念處義是七覺分無色不可見無對無漏有爲因緣生三世攝名攝外入攝慧知非斷見非可斷修法無垢法是果亦有果非受法非四大造有上法非有相應因二善分攝七覺分七覺分攝二善分不善無記法有漏法不相攝無漏二分攝七覺分七覺分攝無漏二分如是等種

種如千難中廣說八聖道分如先說正見是智慧如四念處慧根慧力擇法覺中說正思惟觀四諦時無漏心相應思惟動發覺知籌量正方便如四正勤精進根精進力精進覺中說正念如念根念力念覺中說正定如如意足定根定力定覺中說正語正業正命今當說除四種邪命攝口業以無漏智慧除捨離餘口邪業是名正語正業亦如是五種邪命以無漏智慧除捨離是爲正命問曰何等是五種邪命答曰一者若行者爲利養故詐現奇特二者爲利養故自說功德三者爲利養故占相吉凶爲人說四者爲利養故高聲現威令人畏敬五者爲利養故稱說所得供養以動人心邪因緣活命故是爲邪命是八正道有三分三種爲戒分三種爲定分二種

爲慧分慧分定分分別如先說戒分今當說戒分是色性不可見無對無漏有爲無報因緣生三世攝色攝非名攝外入攝慧知非斷見不可斷修法無垢法是果亦有果非受法四大造有上法非有法非相應因一善分攝三正三正攝一善分不善無記法有漏不相攝無漏一法攝三正三正亦攝無漏一法如是等種種分別如阿毗曇廣說是三十七品初禪地具有未到地中三十六除喜覺第二禪中亦三十六除正行禪中間第三第四禪三十五除喜覺除正行三無色定中三十二除喜覺正行正語正業正命有頂中二十二除七覺分八聖道分欲界中二十二亦如是是爲聲聞法中分別義問曰摩訶衍所說三十七品義云何答曰菩薩摩訶薩行四念處

觀是內身無常苦如病如癰肉聚敗壞不淨充滿九孔流出是爲行廁如是觀身惡露無一淨處骨幹肉塗筋纏皮裹先世受有漏業因緣今世沐浴花香衣服飲食卧具醫藥等所成如車有兩輪牛力牽故能有所至二世因緣以成身車識牛所牽周旋往反是身四大和合造如水沫聚虛無堅固是身無常久必破壞是身相身中不可得亦不在外亦不在中間身不自覺無知無作如墻壁瓦石是身中無定身相無有作是身者亦無使作者是身先際後際中際皆不可得八萬户蟲無量諸病及諸飢渴寒熱形殘等常惱此身菩薩摩訶薩觀身如是知非我身亦非他有不得自在有作及所不作是身身相空從虛妄因緣生是身假有屬本業因緣菩薩自念我

不應惜身命何以故是身相不合不散不來不去不生不滅不依猗循身觀是身無我無我所故空空故無男女等諸相無相故不作願如是觀者得入無作智門知身無作無作者但從諸法因緣和合生是諸因緣作是身者亦從虚妄顛倒故有是因緣中亦無因緣相是因緣生亦無生相如是思惟知是身從本以來無有生相知是身無相無可取無生故無相無相故無生但誑凡夫故名爲身菩薩如是觀身實相時離諸染欲著心常繫念在身循身觀如是名爲菩薩身念處觀外身觀内外身亦如是菩薩云何觀諸受觀内受是受有三種若苦若樂若不苦不樂是諸受無所從來滅無所至但從虚誑顛倒妄想生是報果屬先世業因緣是菩薩如是求諸受不在過去不在未來不在現在知是諸受空無我無我所無常破壞法觀是三世諸受空無相無作入解脱門亦觀諸受生滅亦知諸受不合不散不生不滅如是入不生門知諸受不生故無相無相故不生如是知已繫心緣中若有苦樂不苦不樂來心不受不著不作依止如是等因緣觀諸受是名受念處觀外受觀内外受亦如是菩薩云何觀心念處菩薩觀内心是内心有三相生住滅作是念是心無所從來滅亦無所至但從内外因緣和合生是心無有定實相亦無實生住滅亦不在過去未來現在世中是心不在内不在外不在中間是心亦無性無相亦無生者無使生者外有種種雜六塵因緣内有顛倒心想生滅相續故强名爲心如是心中實心相

不可得是心性不生不滅常是淨相客塵煩惱相著故名爲不淨心心不自知何以故是心心相空故是心本末無有實法是心與諸法無合無散亦無前際後際中際無色無形無對但顛倒虛誑生是心空無我無我所無常無實是名隨順心觀知心相無生入無生法中何以故是心無生無性無相智者能知智者雖觀是心生滅相亦不得實生滅法不分別垢淨而得心清淨以是心清淨故不爲客塵煩惱所染如是等觀内心觀外心觀内外心亦如是菩薩云何觀法念處觀一切法不在内不在外不在中間不過去未來現在世中但從因緣和合妄見生無有實定無有是法是誰法諸法中法相不可得亦無法若合若散一切法無所有如虛空一切法虛誑

如幻諸法性淨不相汙染諸法無所受諸受無所有故諸法無所知心心數法虛誑故如是觀時不見有法若一相若異相觀一切法空無我是時作是念一切諸法因緣生故無有自性是爲實空實空故無有相無有相故無作無作故不見法若生若滅住是智慧中入無生法忍門爾時雖觀諸法生滅亦入無相門何以故一切法離諸相智者之所解如是觀時繫心緣中隨順諸法相不念身受心法知是四法無處所是爲内法念處外法念處内外法念處亦如是四正勤四如意足亦應如是分別觀空無處所云何爲菩薩所行五根菩薩摩訶薩觀五根修五根信根者信一切法從因緣生顛倒妄見心生如旋火輪如夢如幻信諸法不淨無常苦空無我如病

如癰如刺災變敗壞信諸法無所有如空拳誑小兒信諸法不在過去不在未來不在現在無所從來滅無所至信諸法空無相無作不生不滅無作無相而信持戒禪定智慧解脫解脫知見得是信根故不復退轉以信根爲首善住持戒住持戒已信心不動不轉一心信依業果報離諸邪見更不信餘語但受佛法信衆僧住實道中直心柔輭能忍通達無礙不動不壞得力自在是名信根精進根者晝夜常行精進除却五蓋攝護五根諸深經法欲得欲知欲行欲誦欲讀乃至欲聞若諸不善惡法起令疾滅未生者令不生未生諸善法令生已生令增廣亦不惡不善法亦不愛善法得等精進直進不轉得正精進定心故名爲精進根念根者菩薩常一心念欲具足布施持戒禪定智慧解脫欲淨身口意業諸法生滅住異智中常一心念一心念苦集盡道一心念分別根力覺道禪定解脫生滅入出一心念諸法不生不滅無作無說爲得無生智慧具足諸佛法故一心念不令聲聞辟支佛心得入常念不忘如是諸法甚深清淨觀行得故得如是自在念是名念根定根者菩薩善取定相能生種種禪定了了知定門善知入定善知住定善知出定於定不著不味不作依止善知所緣善知壞緣自在遊戲諸禪定亦知無緣定不隨他語不專隨禪定行自在出入無礙是名爲定根慧根者菩薩爲盡苦聖智慧成就是智慧爲離諸法爲涅槃以智慧觀一切三界無常爲三衰三毒火所燒觀已於三界中智慧亦不著一切

三界轉爲空無相無作解脫門一心求佛法如救頭然是菩薩智慧無能壞者於三界無所依於隨意五欲中心常離慧根力故積聚無量功德於諸法實相利入無疑無難於世間無憂於涅槃無喜得自在智慧故名爲慧根菩薩得是五根善知衆生諸根相知染欲衆生根知離欲衆生根知瞋恚衆生根亦知離瞋恚衆生根知愚癡衆生根亦知離愚癡衆生根知欲墮惡道衆生根知欲生人中衆生根知欲生天上衆生根知鈍衆生根知利衆生根知上中下衆生根知罪衆生根知無罪衆生根知逆順衆生根知常生欲界色界無色界衆生根知厚善根薄善根衆生根知正定邪定不定衆生根知輕躁衆生根知持重衆生根知慳貪衆生根知能捨衆生根知恭敬衆生根知不恭敬衆生根知淨戒不淨戒衆生根知瞋恚忍辱衆生根知精進懈怠衆生根知亂心攝心愚癡智慧衆生根知無畏有畏衆生根知增上慢不增上慢衆生根知正道邪道衆生根知守根不守根衆生根知求聲聞衆生根知求辟支佛衆生根知求佛道衆生根於知衆生根中得自在方便力故名爲知根菩薩行是五根增長能破煩惱度衆生得無生法忍是名五力復次天魔外道不能沮壞是名爲力七覺分者菩薩於一切法不憶不念是名念覺分一切法中求索善法不善法無記法不可得是名擇法覺分不入三界破壞諸界相是名精進覺分於一切作法不生樂著憂喜相壞故是名喜覺分於一切法中除心緣不可得故是名除覺分

知一切法常定相不亂不散是名定覺分於一切法不著不依止亦不見是捨心是名捨覺分菩薩觀七覺分空如是問曰此七覺分何以略說答曰七覺分中念慧精進定上已廣說三覺今當說菩薩行喜覺分觀是喜非實何以故是喜從因緣生作法有法無常法可著法若生著是無常相變壞則生憂凡夫人以顛倒故心著若知諸法實空是時心悔我則受虛誑如人闇中飢渴所逼食不淨物晝日觀知乃覺其非若如是觀於實智慧中生喜是爲眞喜得是眞喜先除身麤次除心麤然後除一切法相得快樂遍身心中是爲除覺分既得喜除捨諸觀行所謂無常觀苦觀空無我觀生滅觀不生不滅觀有觀無觀非有非無觀如是等戲論盡捨何以故無相無緣無作無戲論常寂滅是實法相若不行捨便有諸諍若以有爲實則以無爲虛若以無爲實則以有爲虛若以非有非無爲實則以有無爲虛於實愛著於虛恚憎生憂喜處云何不捨得如是喜除捨七覺分則具足滿八聖道分者正見正方便正念正定上已說正思惟今當說菩薩於諸法空無所得住如是正見中觀正思惟相知一切思惟皆是邪思惟乃至思惟涅槃思惟佛皆亦如是何以故斷一切思惟分別是名正思惟諸思惟分別皆從不實虛誑顛倒故有分別思惟相皆無菩薩住如是正思惟中不見是正是邪過諸思惟分別是爲正思惟一切思惟分別皆悉平等悉平等故心不著如是等名爲菩薩正思惟相正語者菩薩知一切語皆從虛妄

不實顛倒取相分別生是時菩薩作是念語中無語相一切口業滅知諸語實相是爲正語是諸語等無所從來滅亦無所去是菩薩行正語諸有所語皆住實相中說以是故諸經說菩薩住正語中能作清淨口業知一切語言眞相雖有所說不墮邪語正業者菩薩知一切業邪相虛妄無實皆無作相何以故無有一業可得定相問曰若一切業皆空云何佛說布施等是善業殺害等是不善業餘事動作是無記業答曰諸業中尚無有一何況有三何以故如行時已過則無去業未至亦無去業現在去時亦無去業以是故無去業問曰已過處則應無未至處亦應無今去處應是有去答曰今去處亦無去何以故除去業今去處不可得若除去業今去處可得

者是中應有去而不然除今去處則無去業除去業則無今去處是相與共緣故不得但言今去處有去復次若今去處有去業離去業應當有今去處離今去處應當有去業問曰若爾者有何咎答曰一時有二去業故若有二去業則有二去者何以故除去者則無去若除去者今去處不可得無今去處故亦無去者復次不去者亦不去故無去業若除去者不去者更無第三去者問曰不去者不去應爾去者何以言不去答曰除去業去者不可得除去者去業不可得如是等一切業空是名正業諸菩薩入一切諸業平等不以邪業爲惡不以正業爲善無所作不作正業不作邪業是名實智慧即是正業復次諸法等中無正無邪如實知諸業如實知已不造

不休如是智人常有正業無邪業是名爲菩薩正業正命者一切資生活命之具悉正不邪住不戲論智中不取正命不捨邪命亦不住正法中亦不住邪法中常住清淨智中入平等正命不見命不見非命行如是實智慧以是故名正命若菩薩摩訶薩能觀是三十七品得過聲聞辟支佛地入菩薩位中漸漸得成一切種智

大智度論卷第十九

音釋

拄（知庾切牚也支也）脊（資昔切背骨也）肋（盧得切脅骨也）眵（赤脂切目汁凝也）聹（乃挺切聤聹耳垢也）胮（匹江切）脹（知亮切）揩（口皆切擦也）纏（直連切縛也）裹（古火切包也）沮（在呂切過也）窒

大智度論卷第二十

龍　樹　菩　薩　造

姚秦三藏法師鳩摩羅什譯

釋初品中三三昧四禪四無量心四無色定

【經】空三昧無相三昧無作三昧四禪四無量心四無色定八背捨八勝處九次第定十一切處

【論】問曰何以故次三十七品後説八種法答曰三十七品是趣涅槃道行是道已得到涅槃城涅槃城有三門所謂空無相無作已説道次應説到處門四禪等是助開門法復次三十七品是上妙法欲界心散亂行者依何地何方便得當依色界無色界諸禪定於四無量心八背捨八勝處九次第定十一切處中試心知得柔輭自在隨意不譬如御者試馬曲折隨意然後入陣十一切處亦如是觀取少許青色視一切物皆能使青一切黄一切赤一切白皆如是復於八勝處緣中自在初二背捨觀身不淨第三背捨觀身還使淨四無量心慈觀衆生皆樂悲觀衆生皆苦喜觀衆生皆喜捨是三心但觀衆生無有憎愛復次有二種觀一者得解觀二者實觀實觀者是三十七品以實觀難得故次第説得解觀得解觀中心柔輭易得實觀用實觀得入三涅槃門問曰何等空涅槃門答曰觀諸法無我我所空諸法從因緣和合生無有作者無有受者是名空門復次空門如忍智品中説知是無我我所已衆生云何於諸法中心著行者思惟作是念諸法從因緣生無有實

法但有相而諸衆生取是相著我我所我今當觀是相有實可得不審諦觀之都不可得若男相女相一異相等是相實皆不可得何以故諸法無我我所故空空故無男無女一異等法我我所中名字是一是異以是故男女一異法實不可得復次四大及造色圍虚空故名爲身是中内外入因緣和合生識種身得是種和合作種種事言語坐起去來於空六種和合中强名爲男强名爲女若六種是男應有六男不可以一作六六作一亦於地種中無男女相乃至識種亦無男女相若各各中無和合中亦無如六狗各各不能生師子和合亦不能生無性故問曰何以無男女雖神無有别即身分别有男女之異是身不得離身分身分亦不得離身如見身分足知有有身分法名爲身足等身分異身身即是男女相答曰神已先破身相亦壞今當重說若有是有分名身爲各各分中具足有爲身分分在諸分中若諸分中具足有身者頭中應有脚何以故頭中具足有身故若身分分在諸分中是身與分無有異有分者隨諸分故問曰若足等身分與有分異是有咎今足等身分與有分身法不異故無咎答曰若足等身分與有分不異頭即是足何以故二事是身不異故又身分多有分一不應多作一一作多復次因無故果無非果無故因無身分與有分不異應果無故因無何以故因果一故若一若異中求身不可得身無故何處有男女若有男女爲即是身爲異身身則不可得若在餘法餘法非色故無男女之别

但二世因緣和合以顛倒心故謂爲男女如偈說

俯仰屈伸立去來　視瞻言語中無實
風依識故有所作　是識滅相念念無
彼此男女生我心　無智慧故妄見有
骨鏁相連皮肉覆　機關動作如木人
内雖無實外似人　譬如洋金投水中
亦如野火焚竹林　因緣合故有聲出

如是等諸相如先所說此中應廣說是名無相門無作者既知無相都無作是名無作門問曰是三種以智慧觀空觀無相無作是智慧何以故名三昧答曰是三種智慧若不住定中則是狂慧多墮邪疑無所能作若住定中則能破諸煩惱得諸法實相復次是道異一切世間與世間相違諸聖人在定中得實相說非是狂心語復次諸禪定中無此三法不名爲三昧何以故還退失墮生死故如佛說

能持淨戒名比丘　能觀空名行定人
一心常勤精進者　是名真實行道人
於諸樂中第一者　斷諸渴愛滅狂法
捨五衆身及道法　是爲常樂得涅槃

以是故三解脱門佛說名爲三昧問曰今何以故名解脱門答曰行是法得解脱到無餘涅槃以是故名解脱門無餘涅槃是真解脱於身心苦得脱有餘涅槃爲作門此三法雖非涅槃涅槃因故名爲涅槃世間有因中說果果中說因是空無相無作是定性是定相應心心數法隨行身業口業此中起心不相應諸行和合皆名爲三昧譬如王來必有大

臣營從三昧如王智慧如大臣餘法如營從餘法名雖不說必應有何以故定力不獨生不能獨有所作故是諸法共生共住共滅共成事互相利益是空三昧二行一者觀五受衆一相異相無故空二者觀我我所法不可得故無我無相三昧四行觀涅槃種種苦盡故名爲盡三毒等諸煩惱火滅故名爲滅一切法中第一故名爲妙離世間故名爲出無作三昧十行觀五受衆因緣生故無常身心惱故苦觀五受衆因四行煩惱有漏業和合能生苦果故名爲集以六因生苦果故名爲因四緣生苦果故名爲緣不多不少等因緣生果故名爲生觀五不受衆四行是八聖道分能到涅槃故道不顛倒故正一切聖人去處故迹愛見煩惱不遮故必到是三解脫門

在九地中四禪未到地禪中間三無色無漏性故或有說者三解脫門一向無漏三三昧或有漏或無漏以是故三昧解脫有二名如是說者在十一地六地三無色欲界及有頂地若有漏者繫在十一地無漏者不繫喜根樂根捨根相應初學在欲界中成就在色無色界中如是等成就不成就修不修如阿毗曇中廣說復次有二種空義觀一切法空所謂衆生空法空衆生空如上說法空者諸法自相空如佛告須菩提色色相空受想行識識相空問曰衆生空法不空是可信法自相空是不可信何以故若法自相空則無生無滅無生無滅故無罪無福無罪無福故何用學道答曰有法空故有罪福若無法空不應有罪福何以故若諸法實有自性則無可壞

性相不從因緣生若從因緣生便是作法若法性是作法則可破若言法性可作可破是事不然性名不作法不待因緣有諸法自性有自性有則無生者性先有故若無生則無滅生滅無故無罪福無罪福故何用學道若衆生有眞性者則無能害無能利自性定故如是等人則不知恩義破業果報法空中亦無法空相汝得法空心著故而生是難是法空諸佛以憐愍心爲斷愛結除邪見故說復次諸法實相能滅諸苦諸聖人眞實行處若是法空有性者說一切法空時云何亦自空若無法空性汝何所難以是二空能觀諸法空心得離諸法知世間虛誑如幻如是觀空若取是諸法空相從是因緣生憍慢等諸結使言我能知諸法實相是時應學無相門以

滅取空相故若於無相中生戲論欲分別有所作著是無相是時復自思惟我爲謬錯諸法空無相中云何得相取相作戲論是時應隨空無相行身口意不應有所作應觀無作相滅三毒不應起身口意業不應求三界中生身如是思惟時還入無作解脫門是三解脫門摩訶衍中是一法以行因緣故說有三種觀諸法空是名空於空中不可取相是時空轉名無相無相中不應有所作爲三界生是時無相轉名無作譬如城有三門一人身不得一時從三門入若入則從一門諸法實相是涅槃城城有三門空無相無作若人入空門不得是空亦不取相是人直入事辦故不須二門若入是空門取相得是空於是人不得爲門通塗更塞若除空相是時從無相

門入若於無相相心著生戲論是時除取無相相入無作門阿毗曇義中是空解脫門緣苦諦攝五衆無相解脫門緣一法所謂數緣盡無作解脫門緣三諦攝五衆摩訶衍義中是三解脫門緣諸法實相以是三解脫門觀世間即是涅槃何以故涅槃空無相無作世間亦如是問曰如經說涅槃一門今何以說三答曰先已說法雖一而義有三復次應度者有三種愛多者見多者愛見等者見多者爲說空解脫門見一切諸法從因緣生無有自性無自性故空空故諸見滅愛多者爲說無作解脫門見一切法無常苦從因緣生見已心猒離愛即得入道愛見等者爲說無相解脫門聞是男女等相無故斷愛一異等相無故斷見佛或一時說二門或一時說三門

菩薩應遍學知一切道故說三門更欲說行餘事故三解脫門義略說四禪有二種一者淨禪二者無漏禪云何名淨有漏善五衆云何名無漏無漏五衆是四禪中所攝身口業是色法餘殘非色法一切不可見無對或有漏或無漏有漏者善有漏五衆無漏者無漏五衆皆是有爲有漏者色界繫無漏者不繫禪攝身業口業及心不相應諸行是非心非心數法非心相應禪攝受衆想衆及相應行衆是心數法亦心相應禪攝心意識但心四禪或有隨心行非受相應或受相應非隨心行或隨心行亦受相應或非隨心行非受相應隨心行非受相應者四禪攝身業口業隨心行心不相應諸行及受受相應非隨心行者四禪攝心意識隨心行亦受相應者四禪

攝想衆及相應行衆非隨心行亦非受相應者除四禪中攝隨心行心不相應諸行餘殘心不相應諸行想行相應亦如是四禪三禪中二禪非隨覺行亦非觀相應初禪或有隨覺行非觀相應或觀相應非隨覺行或有隨覺行亦觀相應或有非隨覺行非觀相應隨覺行非觀相應者初禪攝身業口業及隨覺行心不相應諸行及觀觀相應非隨覺行者諸覺隨覺行亦觀相應者覺觀相應諸心心數法非隨覺行亦非觀相應者除隨覺行心不相應諸行餘殘心不相應諸行四禪皆有因緣亦與因緣四禪中初禪或次第非與次第緣或次第亦與次第緣或非次第亦非與次第緣次第非與次第緣者未來世中欲生心心數法次第亦與次第緣者過去現在心心數法非次第亦不與次第緣者除未來世欲生心心數法餘殘未來世中心心數法身業口業及心不相應諸行第二第三禪亦如是第四禪次第不與次第緣者未來世中欲生心心數法及無想定若生若欲生次第亦與次第緣者過去現在心心數法非次第亦非與次第緣者除未來世中欲生心心數法餘殘未來世心心數法除心次第心不相應諸行餘殘心不相應諸行及身業口業四禪中攝身業口業及心不相應諸行是與緣非緣餘殘亦緣亦與緣是四禪亦增上緣亦與增上緣如是等阿毗曇分中廣分別菩薩得禪方便及禪相禪枝禪波羅蜜中已廣說問曰是般若波羅蜜論議中但說諸法相空菩薩云何於空法中能起禪定答曰菩薩知諸

五欲及五蓋從因緣生無自性空無所有捨之甚易衆生顛倒因緣故著此少弊樂而離禪中深妙樂菩薩爲是衆生故起大悲心修行禪定繫心緣中離五欲除五蓋入大喜初禪滅覺觀攝心深入内清淨得微妙喜入第二禪以深喜散定故離一切喜得遍滿樂入第三禪離一切苦樂除一切憂喜及出入息以清淨微妙捨而自莊嚴入第四禪是菩薩雖知諸法空無相以衆生不知故以禪相教化衆生若實有諸法空是不名爲空亦不應捨五欲而得禪無捨無得故令諸法空相亦不可得不應作是難言若諸法空云何能得禪復次是菩薩不以取相愛著得故行禪如人服藥欲以除病不以美也爲戒清淨智慧成就故行禪菩薩於一一禪中行大慈觀空於禪無所依止以五欲麤誑顛倒故以細微妙虚妄法治譬如有毒能治諸毒四無量心者慈悲喜捨慈名愛念衆生常求安隱樂事以饒益之悲名愍念衆生受五道中種種身苦心苦喜名欲令衆生從樂得歡喜捨名捨三種心但念衆生不憎不愛修慈心爲除衆生中瞋覺故修悲心爲除衆生中惱覺故修喜心爲除衆生不悅樂故修捨心爲除衆生中愛憎故問曰四禪中已有四無量心乃至十一切處今何以故別說答曰雖四禪中皆說是法若不別說名字則不知其功德譬如囊中其寶物不開出則人不知若欲得大福德者爲說四無量心患猒色如在牢獄爲說四無色定於緣中不能得自在隨意觀所緣爲說八勝處若有遮道不得通達爲說八背

捨心不調柔不能從禪起次第入禪爲説九次第定不能得一切緣遍服隨意得解爲説十一切處若念十方衆生令得樂時心數法中生法名爲慈是慈相應受想行識衆是名心數法起身業口業及心不相應諸行是法和合皆名爲慈爲慈故是法生以慈爲主是故慈得名譬如一切心心數法雖皆是後世業因緣而但思得名於作業中思最有力故悲喜捨亦如是是慈在色界或有漏或無漏或可斷或不可斷亦在根本禪中亦禪中間三根相應除苦根憂根如是等阿毗曇分別説取衆生相故有漏取相已入諸法實相故無漏以是故無盡意菩薩問中説慈有三種一者衆生緣二者法緣三者無緣問曰是四無量心云何行答曰如佛處處經中説有比丘以慈相應心無恚無恨無怨無惱廣大無量善修慈心得解遍滿東方世界衆生慈心得解遍滿南西北方四維上下十方世界衆生以悲喜捨相應心亦如是慈相應心者慈名心數法能除心中憒濁所謂瞋恨慳貪等煩惱譬如淨水珠著濁水中水即清無恚恨者於衆生中若有因緣若無因緣而瞋若欲惡口罵詈殺害劫奪是名瞋待時節得處所有勢力當加害是名恨以慈除此二事故名無瞋恨無怨無惱恨即是怨初嫌爲恨恨久成怨身口業加害是名惱復次初生瞋結名爲瞋瞋增長籌量待著心中未決了是名恨亦名怨若心已定無所畏忌是名惱以慈心力除捨離此三事是名無瞋無恨無怨無惱此無瞋無恨無怨無惱佛以是讚歎慈心一

切衆生皆畏於苦貪著於樂瞋爲苦因緣慈是樂因緣衆生鬪是慈三昧能除苦能與樂故一心勤精進行是三昧以是故無瞋無恨無怨無惱廣大無量者一心分別有三名廣名一方大名高遠無量名下方及九方復次下名廣中名大上名無量復次緣四方衆生心是名廣緣四維衆生心是名大緣上下方衆生心是名無量復次破瞋恨心是名廣破怨心是名大破惱心是名無量復次一切煩惱心小人所行生小事故名爲小復小於此故名瞋恨怨惱破是小中之小是名廣大無量所以者何大因緣常能破小事故廣心者畏罪畏墮地獄故除心中惡法大心者信樂福德果報除惡心無量心者爲欲得涅槃故除惡心復次行者持戒清淨故是心廣禪定具足故是心大智慧成就故是心無量以是慈心念得道聖人是名無量心用無量法分別聖人故念諸天及人尊貴處故名爲大心念諸餘下賤衆生及三惡道是名廣心於所愛衆生中以慈念廣於念已故名爲廣心以慈念中人是名大心以慈念怨憎其功多故名無量心復次爲狹緣心故名爲廣爲小緣心故名爲大爲有量心故名爲無量如是等分別義善修者是慈心牢固初得慈心不名爲修非但愛念衆生中非但好衆生中非但益已衆生中非但一方衆生中名爲善修从行得深愛樂愛憎及中三種衆生正等無異十方五道衆生中以一慈心視之如父如母如兄弟姊妹子姪知識常求好事欲令得利益安隱如是心遍滿十方衆生中如是慈心

名衆生縁多在凡夫人行處或有學人未漏盡者行法縁者諸漏盡阿羅漢辟支佛諸佛是諸聖人破吾我相滅一異相故但觀從因縁相續生諸欲心慈念衆生時從和合因縁相續生但空五衆即是衆生念是五衆以慈念衆生不知是法空而常一心欲得樂聖人愍之令隨意得樂爲世俗法故名爲法縁無縁者是慈但諸佛有何以故諸佛心不住有爲無爲性中不依止過去世未來現在世知諸縁不實顛倒虛誑故心無所縁佛以衆生不知諸法實相往來五道心著諸法分別取捨以是諸法實相智慧令衆生得之是名無縁譬如給賜貧人或與財物或與金銀寶物或與如意眞珠縁衆生縁法縁無縁亦復如是是爲略說慈心義悲心亦如是以憐愍心

遍觀十方衆生苦作是念衆生可愍莫令受是種種苦無瞋無恨無怨無惱心乃至十方亦如是問曰有三種衆生有受樂如諸天及人少分有受苦如三惡道及人中少分有受不苦不樂五道中少分云何行慈觀一切衆生皆受樂行悲者觀一切衆生皆受苦答曰行者欲學是慈無量心時先作願願衆生受種種樂取受樂人相攝心入禪是相漸漸增廣即見衆生皆受樂譬如鑚火先以輭草乾牛屎火勢轉大能燒大濕木慈三昧亦如是初生慈願時唯及諸親族知識慈心轉廣怨親同等皆見得樂是慈禪定增長成就故悲喜捨心亦如是問曰悲心中取受苦人相喜心中取受喜人相捨心中取何等相答曰取受不苦不樂人相行者以是心漸漸增廣盡

見一切受不苦不樂問曰是三種心中應有福德是捨心於衆生不苦不樂有何等饒益答曰行者作是念一切衆生離樂時得苦苦時即是苦得不苦不樂則安隱以是饒益行者行慈喜心或時貪著衆生行悲心或時憂愁心生以是貪憂故心亂入是捨心除此貪憂貪憂除故名爲捨心問曰悲心捨心可知有別慈心令衆生樂喜心令衆生喜樂與喜有何等異答曰身樂名樂心樂名喜五識相應樂名樂意識相應樂名喜五塵中生樂名樂法塵中生樂名喜先求樂願令衆生得從樂因令衆生得喜如人憐愍貧人先施寶物是名樂後教令賣買得受五欲樂是名喜復次欲界樂願令衆生得是名樂色界樂願令衆生得是名喜復次欲界中五識相應樂初禪中三識相應樂三禪中一切樂是名樂欲界及初禪意識相應樂二禪中一切樂是名喜麤樂名樂細樂名喜因時名樂果時名喜初得樂時是名樂歡心內發樂相外現歌舞踊躍是名喜譬如初服藥時是名樂藥發遍身時是名喜問曰若爾者何以不和合二心作一無量而分爲二法答曰行者初心未攝未能深愛衆生故但與樂攝心深愛衆生故與喜以是故先樂而後喜問曰若爾者何以不慈喜次第答曰行慈心時愛衆生如兒子願與樂出慈三昧故見衆生受種種苦發深愛心憐愍衆生令得深樂譬如父母雖常愛子若得病急是時愛心轉重菩薩亦如是入悲心觀衆生苦憐愍心生便與深樂以是故悲心在中問曰若如是深愛衆生復何以行

捨心答曰行者如是觀常不捨衆生但捨是三種心何以故妨廢餘法故亦以是慈心欲令衆生樂而不能令得樂悲心欲令衆生離苦亦不能令得離苦行喜心時亦不能令衆生得大喜此但憶想未有實事欲令衆生得實事當發心作佛行六波羅蜜具足佛法令衆生得是實樂以是故捨是三心入是捨心復次如慈悲喜心愛深故捨衆生難入是捨心故易得出離問曰菩薩行六波羅蜜乃至成佛亦不能令一切衆生離苦得樂何以但言是三心憶想心生無有實事答曰是菩薩作佛時雖不能令一切衆生得樂但菩薩發大誓願從是大願得大福德果報得大報故能大饒益凡夫聲聞行是四無量爲自調自利故亦但空念衆生諸菩薩行是慈心欲令

衆生離苦得樂從此慈心因緣亦自作福德亦教他作福德受果報時或作轉輪聖王多所饒益菩薩或出家行禪引導衆主教令行禪得生清淨界受無量心樂若作佛時共無量阿僧祇衆生入無餘涅槃比於空心願益是爲大利乃至舍利餘法多所饒益復次若一佛盡度一切衆生餘佛則無所復度是則無未來佛爲斷佛種有如是等過以是故一佛不度一切衆生復次是衆生性從癡而有非實定法三世十方諸佛求衆生實不可得云何盡度一切問曰若空不可盡度者少亦俱空何以度少答曰我言三世十方佛求一切衆生不可得故無所度汝難言何以不盡度是爲墮負處汝於負處不能自拔而難言無衆生中多少一種何以度少是爲重墮負

處復次諸法實相第一義中則無衆生亦無度但以世俗法故說言有度汝於世俗中求第一義是事不可得譬如瓦石中求珍寶不可得復次諸佛從初發心乃至法盡於其中間所有功德皆是作法有限有量有初有後故所度衆生亦應有量不應以隨因緣果報有量法盡度無量衆生如大力士弓勢雖大箭遠必墮亦如劫盡大火燒三千世界明照無量雖久必滅菩薩成佛亦如是從初發意執精進弓用智慧箭深入佛法大作佛事亦必當滅菩薩得一切種智時身出光明照無量世界一一光明變化作無量身度十方無量衆生涅槃後八萬四千法聚舍利化度衆生如劫盡火照久亦復滅問曰汝自言光明變化作無量身度十方無量衆生今何以言有量因緣故所度亦應有量答曰無量有二種一者實無量諸聖人所不能量譬如虛空涅槃衆生性是不可量二者有法可量但力劣者不能量譬如須彌山大海水斤兩滴數多少諸佛菩薩能知諸天世人所不能知佛度衆生亦如是諸佛能知但非汝等所及故言無量復次諸法因緣和合生故無有自性自性無故常空常空中衆生不可得如佛說

我坐道場時　智慧不可得　空拳誑小兒
以度於一切　諸法之實相　則是衆生相
若取衆生相　則遠離實道　常念常空相
是人非行道　不生滅法中　而作分別相
若分別憶想　則是魔羅網　不動不依止
是則為法印

問曰若樂有二分慈心喜心悲心觀苦何以

不作二分答曰樂是一切衆生所愛重故作二分是苦不愛不念故不作二分又受樂時心輭受苦時心堅如阿育王弟韋陀輸七日作閻浮提王得上妙自恣五欲過七日已阿育王問言閻浮提主受樂歡暢不答言我不見不聞不覺何以故旃陀羅日日振鈴高聲唱七日中已爾許日過過七日已汝當死我聞是聲雖作閻浮提王上妙五欲憂苦深故不聞不見以是故知苦力多樂力弱若人遍身受樂得一處針刺衆樂都失但覺刺苦樂力弱故二分乃強苦力多故一處足明問曰行是四無量心得何等果報答曰佛說入是慈三昧現在得五功德入火不燒中毒不死兵刃不傷終不橫死善神擁護以利益無量衆生故得是無量福德以是有漏無量心緣衆生故生清淨處所謂色界問曰何以故佛說慈報生梵天上答曰以梵天衆生所尊貴皆聞皆識故佛在天竺國天竺國常多婆羅門婆羅門法所有福德盡願生梵天若衆生聞行慈生梵皆多信向行慈法以是故說行慈生梵天復次斷婬欲天皆名爲梵說梵皆攝色界以是故斷婬欲法名爲梵行離欲亦名梵若說梵則攝四禪四無色定復次覺觀難滅故不說上地名譬如五戒中口律儀但說一種不妄語則攝三事問曰慈有五功德悲喜捨何以不說有功德答曰如上譬喻說一則攝三事此亦如是若說慈則已說悲喜捨復次慈是眞無量慈爲如王餘三隨從如人民所以者何先以慈心欲令衆生得樂見有不得樂者故生悲心欲令衆生離苦心

得法樂故生喜心於三事中無憎無愛無貪無憂故生捨心復次慈以樂與衆生故增一阿含中説有五功德悲心於摩訶衍經處處説其功德如明網菩薩經中説菩薩處衆生中行三十二種悲漸漸增廣轉成大悲大悲是一切諸佛菩薩功德之根本是般若波羅蜜之母諸佛之祖母菩薩以大悲心故得般若波羅蜜得般若波羅蜜故得作佛如是等種種讃大悲喜捨心餘處亦有讃慈悲二事偏大故佛讃其功德慈以功德難有故悲以能成大業故問曰佛説四無量功德慈心好修善修修福極遍淨天悲心好修善修福極虚空處喜心好修善修福極識處捨心好修善修福極無所有處云何言慈果報應生梵天上答曰諸佛法不可思議隨衆生應度者如是説復次從慈定起迴向第三禪易從悲定起向虚空處從喜定起入識處從捨定起入無所有處易故復次慈心願令衆生得樂此果報自應受樂三界中遍淨最爲樂故言福極遍淨悲心觀衆生老病殘害苦行者憐愍心生云何令得離苦若爲除内苦外苦復來若爲除外苦内苦復來行者思惟有身必有苦唯有無身乃得無苦虚空能破色是故福極虚空處喜心欲與衆生心識樂心識樂者心得離身如鳥出籠虚空處心雖得出身猶繫心處空識處無量於一切法中皆有心識識得自在無邊以是故喜福極在識處捨心者捨衆生中苦樂苦樂捨故得真捨法所謂無所有處以是故捨心福極無所有處如是四無量但聖人所得非凡夫復次佛知未來

世諸弟子鈍根故分別著諸法錯說四無量相是四無量心衆生緣故但是有漏但緣欲界故無色界中無何以故無色界不緣欲界故爲斷如是人妄見故說四無量心無色界中佛以四無量心普緣十方衆生故亦應緣無色界中如無盡意菩薩問中說慈有三種衆生緣法緣無緣論者言衆生緣是有漏無緣是無漏法緣或有漏或無漏如是種種略說四無量心四無色定者虛空處識處無所有處非有想非無想處是四無色有三種一者有垢二者生得三者行得有垢者無色中攝三十一結及此結使中起心相應行生得者行是無色定業報因緣故生無色界得不隱沒無記四衆行得者觀是色麤惡重苦老病殺害等種種苦惱因緣如重病如癰瘡如毒刺皆是虛誑妄語應當除却如是思惟已過一切色相滅一切有對相不念一切異相入無邊虛空處定問曰云何能滅是三種相答曰是三種相皆從因緣和合生故無自性自性無故是三種虛誑無實易可得滅復次是色分別分分破散後皆無以是故若後無今亦無衆生顛倒故於和合色中取一相異相心著色相我今不應隨愚人學當求實事實事中無是一相異相復次行者作是念我若除却離諸法得利爲深我先捨財物妻子出家得清淨持戒心安隱不怖不畏離諸欲諸惡不善法離生喜樂得初禪離覺觀內清淨故得第二禪中大喜樂離喜在第三禪地於諸樂中最第一捨是樂得念捨清淨第四禪今捨是四禪應更得妙定以是故過是色

相滅有對相不念異相佛說三種色有色可見有對有色不可見有對有色不可見無對過色相者是可見有對色滅有對相者是不可見有對色不念異相者是不可見無對色復次眼見色壞故名過色耳聲鼻香舌味身觸壞故過有對相於二種餘色無教色種種分別故名異相如是觀離色界中染得無邊虛空處得三無色因緣方便如禪波羅蜜品中說是四無色一常有漏三當分別虛空處或有漏或無漏有漏者虛空處攝有漏四衆無漏者虛空處攝無漏四衆識處無所有處亦如是一切皆有爲善有漏虛空處是有報無記及無漏虛空處是無報識處無所有處亦如是非有想非無想處善非有想非無想處有報無記非有想無想處是無報善四無色是可修無記四無色定非可修隱沒者是有垢不隱沒者是無垢一是有三中有漏者有無漏者非有四無色定攝心心數法是相應因心不相應諸行是非相應因有善法非四無色中有四無色中非善法有亦善法亦四無色中有非善法亦非四無色中有善法非四無色者一切善色衆及四無色不攝善四衆及智緣盡有四無色中非善法者無記四無色有善法亦有四無色者善四無色非善法亦非四無色者一切不善五衆及無記色衆及四無色不攝無記四衆虛空及非智緣盡不善法中不相攝有無記法非四無色有四無色非無記法有亦無記法亦四無色有非無記亦非四無色有無記法非四無色者無記色衆及四無色不攝無記四衆虛空

及非智緣盡有四無色中非無記法者善四無色亦無記法亦四無色者無記四無色亦非無記法亦非四無色者不善五衆善色衆無色不攝善四衆及智緣盡或漏非四無色或四無色非漏或漏亦四無色或非漏亦非四無色漏非四無色者一漏及二漏少分四無色非漏者漏不攝四無色亦漏亦四無色者二漏少分非漏非四無色者色衆及漏以無色不攝四衆及無爲法或有漏非四無色或四無色非有漏或有漏亦四無色或非有漏非四無色有漏非四無色者有漏色衆及無色不攝有漏四衆四無色非有漏者三無色少分亦有漏亦四無色者一無色及三無色少分亦非有漏非四無色者無漏色衆無色不攝無漏四衆及三無爲或無漏非四無色或四無色非無漏或無漏亦四無色或非無漏亦非四無色無漏非四無色者無漏色衆及無色不攝無漏四衆及三無爲四無色非無漏者一無色及三無色少分亦無漏亦四無色者三無色少分非無漏非四無色者有漏色衆及無色不攝有漏四衆虛空處或見諦斷或思惟斷或不斷見諦斷者信行法行人用見諦忍斷何者是二十八使及二十八使相應虛空處及此起心不相應諸行思惟斷者學見道用思惟斷何者是思惟所斷三使及此相應虛空處及此起心不相應諸行及無垢有漏虛空處不斷者無漏虛空處識處無所有處亦如是非有想非無想處或見諦斷或思惟斷見諦斷者信行法行人用見諦忍斷何者是二十八使及此相應非有

想非無想處及此起心不相應諸行思惟斷者學見道用思惟斷何者是思惟所斷三使及此相應非有想非無想處及此起心不相應諸行及無垢非有想非無想處四無色中攝心不相應諸行是非心數非心數法非心相應受衆想衆及此相應行衆心數法亦心相應心意識獨心四無色或有隨心行非受相應或受相應非隨心行或隨心行亦受相應或非隨心行非受相應隨心行非受相應者隨心行心不相應諸行及受受相應不隨心行者心是隨心行亦受相應者想衆及此相應行衆非隨心行非受相應者除隨心行心不相應諸行餘殘心不相應諸行相相應行相應亦應如是說虛空處或從身見因不還與身見作因或從身見因亦還與身見作因或不從身見因亦不還與身見作因從身見因不還與身見作因者除過去現在見苦斷諸使及此相應虛空處亦除過去現在見集斷諸遍結及此相應虛空處及除未來世中身見相應虛空處亦除身見生老住滅餘殘有垢虛空處從身見因亦還與身見作因者上所除者是亦不從身見因亦不還與身見作因者無垢虛空處識處無所有處非有想非無想處亦如是四無色一切有因緣亦與因緣虛空處或次第不與次第緣或次第亦與次第緣或非次第亦非與次第緣次第不與次第緣者未來世中欲生心心數虛空處及阿羅漢過去現在最後滅時心心數虛空處次第亦與次第緣者除過去現在阿羅漢最後滅時心心數虛空處餘殘過去現在

心心數虛空處非次第亦不與次第緣者除未來世中欲生心心數虛空處餘殘未來世中心心數虛空處及心不相應諸行識處無所有處亦如是非有想非無想處或次第不與次第緣或次第亦與次第緣或非次第亦非與次第緣次第不與次第緣者未來世中欲生心心數非有想非無想處及阿羅漢過去現在最後滅時心心數非有想非無想處及滅受想若生若欲生次第亦與次第緣者除過去現在阿羅漢最後滅時心心數非有想非無想處餘殘過去現在心心數非有想非無想非次第亦非與次第緣者除未來世中欲生心心數非有想非無想處餘殘未來世中心心數非有想非無想處除心次第心不相應諸行餘殘心不相應諸行四無色中

攝諸心心數法有緣亦與緣緣四無色攝心不相應諸行非緣與緣緣四無色皆是增上亦與增上緣如是等種種分別四無色如阿毗曇分中說此中應廣說問曰摩訶衍中四無色云何答曰與諸法實相共智慧行是摩訶衍中四無色問曰何等是諸法實相答曰諸法諸法自性空問曰色法和合分別因緣故空此無色中云何空答曰色是眼見耳聞麤事能令空何況不可見無有對不覺苦樂而不空復次色法分別乃至微塵皆散滅歸空是心心數法在日月時節頃須臾乃至一念中不可得是名四無色定義如是等種種略說四無色

大智度論卷第二十

音釋

誑古況切詐也 謬靡幼切誤也 摩訶衍梵語也此云大乘衍以淺切 憒古對切心亂也 詈力置切罵也

大智度論卷第二十一

龍樹菩薩造

姚秦三藏法師鳩摩羅什譯

釋初品中八背捨八勝處九次第定十一切處

八背捨者內有色外亦觀色是初背捨內無色外觀色是第二背捨淨背捨身作證第三背捨四無色定及滅受想定是五合爲八背捨背是淨潔五欲離是著心故名背捨不壞內外色不內外滅色相以是不淨心觀色是名初背捨壞內色滅內色相不壞外色不滅外色相以是不淨心觀外色是第二背捨是二背觀不淨一者觀內觀外二者不見內但見外何以故衆生有二分行愛行見行愛多者著樂多縛在外結使行見多者多著身見等行爲內結使縛以是故愛多者觀外色不淨見多者觀自身不淨壞敗復次行者初心未細攝繫心一處難故內外觀漸習調柔能內壞色相但觀外問曰若無內色相誰當觀外答曰是爲得解道非實道行者念未來死火燒蟲噉埋著土中皆磨滅若現在觀亦分別是身乃至微塵皆無是名內無色相外觀色問曰二勝處見內外色六勝處但見外色一背捨見內外色二背捨但見外色何以故但內有壞色相外色不能壞答曰行者眼見是身有死相取是未來死相以況今身外四大不見滅相故難可觀無故不說外色壞復次離色界時是時亦不見外色淨背捨身作證者不淨中淨觀如八勝處說前八一切處觀清淨地水火風及青黃赤白觀青色如青

蓮華如金精山如優摩伽華如真青婆羅奈衣觀黄赤白各隨色亦如是總名淨背捨問曰若總是淨背捨不應說一切處答曰背捨是初行者勝處是中行一切處是久行不淨觀有二種一者不淨二者淨不淨觀中二背捨四勝處淨觀中一背捨四勝處八一切處問曰行者以不淨爲淨名爲顛倒淨背捨觀云何不顛倒答曰女色不淨妄見爲淨是名顛倒淨背捨觀一切實青色廣大故不顛倒復次爲調心故淨觀以久習不淨觀心猒以是故習淨觀非顛倒亦是中不著故復次行者先觀身不淨隨身法所有内外不淨繫心觀中是時生猒婬恚癡薄即自驚悟我爲無目此身如是云何生著攝心實觀無令復錯心既調柔想身皮肉血髓不淨除却唯有白骨繫心骨人若外馳散攝之令還深攝心故見白骨流光如珂如貝能照内外諸物是爲淨背捨初門然後觀骨人散滅但見骨光取外淨潔色想復次若金剛真珠金銀寶物若清淨地若淨水如無烟無薪淨潔火若清風無塵諸青色如金精山諸黄色如瞻蔔華諸赤色如赤蓮華諸白色如白雪等取是相繫心淨觀隨是諸色各有清淨光耀是時行者得受喜樂遍滿身中是名淨背捨緣淨故名爲淨背捨遍身受樂故名爲身證得是心樂背捨五欲不復喜樂是名背捨未漏盡故中間或結使心生隨著淨色復勤精進斷此著故如是淨觀從心想生譬如幻主觀所幻物知從已出心不生著能不隨所緣是時背捨變名勝處於淨觀雖勝未能廣大是時行者

還取淨相用背捨力及勝處力故取是淨地相漸漸遍滿十方虛空水火風亦爾取青相漸令廣大亦遍十方虛空黃赤白亦如是是時勝處復變爲一切處是三事一義轉變有三名問曰是三背捨八勝處十一切處是實觀是得解觀若實觀身有皮肉何以但見白骨人三十六物合爲身法何以分別散觀四大各自有相何以滅三大但觀一地大四色非盡是青何以都作青觀答曰有實觀亦有得解觀身相實是不淨是爲實觀外法中有淨相種種色相是爲實淨觀淨不淨是爲實觀以此少許淨廣觀一切皆是淨取是一水遍觀一切皆是水取是少許青相遍一切皆是青如是等是爲得解觀非實四無色背捨如四無色定中觀欲得背捨先入無色定無色定是背捨之初門背捨色緣無量虛空處問曰無色定亦爾有何等異答曰凡夫人得是無色定是爲無色聖人深心得無色定一向不迴是名背捨餘殘識處無所有處非有想非無想處亦如是背滅受想諸心心數法是名滅受想背捨問曰無想定何以不名背捨答曰邪見者不審諸法過失直入定中謂是涅槃從定起時還生悔心墮在邪見是故非背捨滅受想患猒散亂心故入定休息似涅槃法著身中身得故名身證八勝處者內有色相外觀色少若好若醜是色勝知勝觀是名初勝處內色相外觀色多若好若醜是色勝知勝觀是名第二勝處第三第四亦如是但以內無色相外觀色爲異內亦無色相外觀諸色青黃赤白是爲八勝處內色相外

觀色者內身不壞見外緣少者緣少故名少觀道未增長故觀少因緣觀多畏難攝故譬如鹿遊未調不中遠放若好若醜者初學繫心緣中若眉間若額上若鼻端內身不淨相內身中不淨相觀外諸色善業報故名好不善業報故名醜復次行者如從師所受觀外緣種種不淨是名醜色行者或時憶念忘故生淨相觀淨色是名好色復次行者自身內繫心一處觀欲界中色二種一者能生婬欲二者能生瞋恚能生婬欲者是淨色名為好能生瞋恚者是不淨色名為醜於緣中自在勝知勝見行者於能生婬欲端正色中不生婬欲於能生瞋恚惡色中不生瞋恚但觀色四大因緣和合生如水沫不堅固是名若好若醜勝處者行者住是不淨門中婬欲瞋恚等諸結使未能不隨是名勝處勝是不淨中淨顛倒等諸煩惱賊故問曰行者云何內色想外觀色答曰是八勝處深入定心調柔者可得行者或時見內身不淨亦見外色不淨不淨觀有二種一者三十六物等種種不淨二者除內外皮肉五藏但觀白骨如珂如雪三十六物等觀是名醜如珂如雪觀是名好行者內外觀時心散亂難入禪除自身相但觀外色如阿毗曇中說行者以得解脫觀見是身死死已轝出塚間若火燒若蟲噉皆已滅盡是時但見蟲火不見身是名內無色相外觀色行者如教受觀身是骨人若心外散還攝骨人緣中何以故是人初習行未能觀細緣故是名少色行者觀道轉深增長以此一骨人遍觀閻浮提皆是骨人是名為多還

復攝念觀一骨人以是故名勝知勝見復次隨意五欲中男女相淨潔相能勝故名爲勝處譬如健人乘馬擊賊能破名爲勝又能制御其馬是亦名勝行者亦如是能自於不淨觀中少能多多能少是爲勝處亦能破五欲賊亦名勝處內未能壞身外觀色若多若少若好若醜是初第二勝處內壞身無色相觀外色若多若少若好若醜是第三第四勝處攝心深入定中壞內身觀外淨緣青青色黃赤白白色是爲後四勝處問曰是後四勝處十一切處中青等四處有何等異答曰青一切處能普緣一切令青是勝處若多若少隨意觀不令異心奪觀勝是緣名爲勝處譬如轉輪聖王遍勝四天下閻浮提王勝一天下而已一切處普遍勝一切緣勝處但觀少色能勝不能遍一切緣如是等略說八勝處十一切處者背捨勝處已說此以遍滿緣故名一切處問曰何以無所有處非有想非無想處不名一切處答曰是得解之心安隱快樂廣大無量無邊虛空處是佛所說一切處中皆有識能疾緣一切法故一切法中皆是有識以是故二處立一切處無所有中無物可廣亦不得快樂佛亦不說是無所有無邊無量非有想非無想處心鈍難得取相令廣大復次虛空處近色界亦能緣色識處能緣緣色又識處起能超入第四禪第四禪起超入識處無所有處非有想非無想處遠無色因緣故非一切處是三種法皆行得勝處一切處是有漏初三背捨第七第八背捨是有漏餘殘或有漏或無漏初二背捨初四勝處初

禪二禪中攝淨背捨後四勝處八一切處第四禪中攝二一切處即名說空處空處攝識處識處攝前三背捨八勝處八一切處皆緣欲界後四背捨緣無色界及無漏法諸妙功德在根本中善無色根本不緣下地故滅受想定非心心數法故無緣非有想非無想處背捨但緣無色四陰及無漏法九次第定者從初禪心起次第入第二禪不令餘心得入若善若垢如是乃至滅受想定問曰餘者亦有次第何以但稱九次第定答曰餘功德皆有異心間生故非次第此中深心智慧利行者自試其心從一禪心起次入二禪不令異念得入此於功德心柔輭善斷法愛故能心心相次是次第二是有漏七或有漏或無漏禪中間未到地不牢固又是聖人所得又此大功德不在邊地是故無次第八背捨八勝處十一切處九次第定聲聞法中略說

釋初品中九想義

【經】九想脹想壞想血塗想膿爛想青想噉想散想骨想燒想

【論】問曰應當先習九想離欲然後得諸禪何以故諸禪定後方說九想答曰先讚果報令行者心樂九想雖是不淨人貪其果報故必習行問曰行者云何觀是脹想等九事答曰行者先持戒清淨令心不悔故易受觀法能破婬欲諸煩惱賊觀人初死之日辭訣言語息出不反奄忽已死室家驚慟號哭呼天言說方爾奄便那去氣滅身冷無所覺識此爲大畏無可免處譬如劫盡火燒無有遺脫如說

死至無貧富　無勤修善惡　無貴亦無賤
老少無免者　無祈請可救　亦無欺誑離
無捍挌得脫　一切無免處

死法名爲永離恩愛之處一切有生之所惡者雖甚惡之無得脫者我身不久必當如是同於木石無所別知我今不應貪著五欲不覺死至同於牛羊牛羊禽獸雖見死者跳騰哮吼不自覺悟我既得人身識别好醜當求甘露不死之法如說

六情身完具　智鑒亦明利　而不求道法
唐受身智慧　禽獸皆亦知　欲樂以自恣
而不知方便　爲道修善事　既已得人身
而但自放恣　不知修善事　與彼亦何異
三惡道衆生　不得修道業　已得此人身
當勉自益利

行者到死屍邊見死屍胮脹如韋囊盛風異於本相心生猒畏我身亦當如是未脫此法身中主識役御此身視聽言語作罪作福以此自恣爲何所趣而今但見空舍在此是身好相細膚姝媚長眼直鼻平額高眉如是等好令人心惑今但見胮脹好在何處男女之相亦不可識作此觀已呵著欲心此是屎囊胮脹可惡何足貪著死屍風熱轉大裂壞在地五藏屎尿膿血流出惡露已現行者取是壞相以況已身我亦如是皆有是物與此何異我爲甚惑爲此屎囊薄皮所誑如燈蛾投火但貪明色不知燒身已見裂壞男女相滅我所著者亦皆如是死屍已壞肉血塗漫或見杖楚死者青瘀黃赤或日曝瘀黑具取是相觀所著者若赤白之色淨潔端正與此何

異既見青瘀黃赤鳥獸不食不埋不藏不久膿爛種種蟲生行者見已念此死屍本有好色好香塗身衣以上服飾以華綵今但臭壞膿爛塗染此是眞實分先所飾綵皆是假借若不燒不埋棄之曠野爲鳥獸所食鳥挑其眼狗分其手脚虎狼剺腹分掣斷裂殘藉在地有盡不盡行者見已心生猒想思惟此屍未壞之時人所著處而今壞敗無復本相但見殘藉鳥獸食處甚可惡畏鳥獸已去風日飄曝筋斷骨離各各異處行者思惟本見身法和合而有身相男女皆可分別今已離散各在異處和合法滅身相亦無皆異於本所可愛著今在何處身既離散處處白骨鳥獸食已唯有骨在觀是骨人是爲骨想骨想有二種一者骨人筋骨相連二者骨節分離筋骨相連破男女長短如色細滑之相骨節分離破衆生根本實相骨想復有二種一者淨二者不淨淨者久骨白淨無血無膩色如白雪不淨者餘血塗染膏膩未盡行者到屍林中或見積多草木焚燒死屍腹破眼出皮色燋黑甚可惡畏須臾之間變爲灰燼行者取是燒想思惟此身未死之前沐浴香華五欲自恣今爲火燒甚於兵刃此屍初死形猶似人火燒須臾本相都失一切有身皆歸無常我亦如是觀是九想斷諸煩惱於滅婬欲最勝爲滅婬欲故說是九想問曰無常等十想爲滅何事故說答曰亦爲滅婬欲等三毒問曰若爾者二相有何等異答曰九想爲遮未得禪定爲婬欲所覆故十想能除滅婬欲等三毒九想如縛賊十想如斬殺九想爲初學

十想為成就復次是十想中不淨想攝九想有人言十想中不淨想食不淨想世間不可樂想攝九想復有人言十想九想同為離欲俱為涅槃所以者何初死想動轉言語須臾之間忽然已死身體膖脹爛壞分散各各變異是則無常若有著此法無常壞時是即為苦若無常苦無得自在者是則無我不淨無常苦無我則不可樂觀身如是食雖在口腦涎流下與唾和合成味而咽與吐無異下入腹中即是食不淨想以此九想觀身常變念念皆滅即是死想以是九想猒世間樂知煩惱斷則安隱寂滅即是斷想以是九想遮諸煩惱即是離想以是九想猒世間故知此五衆滅更不復生是處安隱即是盡想復次九想為因十想為果是故先九想後十想復次九想為外門十想為內門是故經言二為甘露門一者不淨門二者安那般那門是九想除人十種染著或有人染著色若赤若白若赤白若黃若黑或有人不著色但染著形容細膚纖指脩目高眉或有人不著容色但染著威儀進止坐起行住禮拜俯仰揚眉頓睫親近按摩或有人不著容色威儀但染著言語軟聲美辭隨時而說應意承旨能動人心或有人不著容色威儀軟聲但染著細滑柔膚軟肌熱時身涼寒時體溫或有人皆著五事或有人都不著五事但染著人相若男若女雖得上六種欲不得所著之人猶無所解捨世所重五種欲樂而隨其死死想多除威儀語言愛膖脹想壞想噉想散想多除形容愛血塗想青瘀想膿爛想多除色愛骨想燒

想多除細滑愛九想除雜愛及所著人愛敢想散想骨想徧除人愛敢殘離散白骨中不見有人可著以是九想觀離愛心瞋癡亦微薄不淨中淨顛倒癡故著是身今以是九想披析身內見是身相癡心薄癡心薄則貪欲薄貪欲薄則瞋亦薄所以者何人以貪身故生瞋今觀身不淨心猒故不復貪身不貪身故不復生瞋三毒薄故一切九十八使山皆動漸漸增進其道以金剛三昧摧碎結山九想雖是不淨觀依是能成大事譬如大海中臭屍溺人依以得渡問曰是九想有何性何所緣何處攝答曰取想性緣欲界身色想衆攝亦身念處少分或欲界攝或初禪二禪四禪攝未離欲散心人得欲界繫離欲人心得色界繫肨脹等八想欲界初禪二禪中攝淨

骨想欲界初禪二禪四禪中攝三禪中多樂故無是想是九想是開身念處門身念處開三念處門是四念處開三十七品門三十七品開涅槃城門入涅槃離一切憂惱諸苦滅五衆因緣生故受涅槃常樂問曰聲聞人如是觀心猒離欲疾入涅槃菩薩憐愍一切衆生集一切佛法度一切衆生不求疾入涅槃故觀是九想云何不墮二乘證答曰菩薩於衆生心生憐愍知衆生以三毒因緣故受今世後世身心苦痛是三毒終不自滅亦不可以餘理得滅但觀所著內外身相然後可除以是故菩薩欲滅是婬欲毒故觀是九想如人憐愍病者合和諸藥以療之菩薩亦如是爲著色衆生說是青瘀想等隨其所著分別諸相如先說是爲菩薩行九想觀復次菩薩

以大慈悲心行是九想作是念我未具足一切佛法不入涅槃是爲一法門我不應住此一法門我當學一切法門以是故菩薩行九想無所妨菩薩行是九想或時猒患心起如是不淨身可惡可患欲疾取涅槃爾時菩薩作是念十方諸佛說一切法相空空中無無常何況有不淨但爲破淨顛倒故習行不淨是不淨皆從因緣和合生無有自性皆歸空相我今不應取是因緣和合生無自性不淨法欲疾入涅槃經中亦有是說若色中無味相衆生不應著色以色中有味故衆生起著若色無過罪衆生亦無猒色者以色實有過惡故觀色則猒若色中無出相衆生亦不能於色得解脫以色有出相故衆生於色得解脫味是淨相因緣以是故菩薩不於不淨中沒早取涅槃九想義分別竟

釋初品中八念

【經】念佛念法念僧念戒念捨念天念入出息念死

【論】問曰何以故九想次第有八念答曰佛弟子於阿蘭若處空舍冢間山林曠野善修九想內外不淨觀猒患其身而作是念我云何擔是底下不淨屎尿囊自隨歘然驚怖及爲惡魔作種種惡事來恐怖之欲令其退以是故佛次第爲說八念如經中說佛告諸比丘若於阿蘭若處空舍冢間山林曠野在中思惟若有怖畏衣毛爲竪爾時當念佛佛是多陁阿伽度阿羅訶三藐三佛陁乃至婆伽婆恐怖則滅若不念佛當應念法佛法清淨巧出善說得今世報指示開發有智之人心力

能解如是念法怖畏則除若不念法則當念僧佛弟子衆修正道隨法行僧中有阿羅漢向阿羅漢乃至須陀洹向須陀洹四雙八輩是佛弟子衆應供養合掌恭敬禮拜迎送世間無上福田作如是念僧恐怖即滅佛告諸比丘釋提桓因與阿脩羅鬬在大陣中時告諸天衆汝與阿脩羅鬬時設有恐怖當念我七寶幢恐怖即滅若不念我幢當念伊舍那天子（帝釋左面天王）寶幢恐怖即除若不念伊舍那寶幢當念婆樓那天子（右面天王）寶幢恐怖即除以是故知爲除恐怖因緣故次第說八念問曰經中說三念因緣除恐怖五念復云何能除恐怖答曰是比丘自念布施持戒功德怖畏亦除所以者何若破戒心畏墮地獄若慳貪心畏墮餓鬼及貧窮中自念我有是淨戒布施若念淨戒若念布施心則歡喜作是言若我命未盡當更增進功德若當命終不畏墮惡道以是故念戒施亦能令怖畏不生念上諸天皆是布施持戒果報此諸天以福德因緣故生彼我亦有是福德以是故念天亦能令怖畏不生十六行念安那般那時細覺尚滅何況恐怖麤覺念死者念五衆身念念生滅從生已來常與死俱今何以畏死是五念佛雖不說亦能除恐怖所以者何念他功德以除恐怖則難自念己事以除恐怖則易以是故佛不說問曰云何是念佛答曰行者一心念佛得如實智慧大慈大悲成就是故言無錯謬麤細多少深淺皆無不實皆是實故名多陀阿伽度亦如過去未來現在十方諸佛於衆生中起大悲心行六波羅蜜得諸

法相來至阿耨多羅三藐三菩提中此佛亦如是是名多陀阿伽度如三世十方諸佛身放大光明遍照十方破諸黑闇心出智慧光明破衆生無明闇冥功德名聞亦遍滿十方去至涅槃此佛亦如是去以是故亦名多陀阿伽度有如是功德故應受一切諸天世人最上供養是故名阿羅訶若有人言何以故但佛如實說如來如去故應受最上供養以佛得正遍智慧故正名諸法不動不壞相遍名不爲一法二法故以悉知一切法無餘不盡是名三藐三佛陀是正遍智慧不從無因而得亦不從天得是中依智慧持戒具足故得正遍智慧智慧名菩薩從初發意乃至金剛三昧相應智慧持戒名菩薩從初發意乃至金剛三昧身業口業清淨隨意行是故名鞞闍遮羅那三般那若行是二行得善去如車有兩輪善去者如先佛所去處佛亦如是去故名修伽陀若有言佛自修其法不知我等事以是故知世間知世間因知世間盡知世間盡道故名爲路迦憊知世間已調御衆生於種種師中最爲無上以是故名阿耨多羅富樓沙曇藐婆羅提能以三種道滅三毒令衆生行三乘道以是故名貰多提婆魔㝹舍喃若有言以何事故能自利益無量復能利益他人無量佛一切智慧成就故過去未來現在盡不盡動不動一切世間了了悉知故名爲佛陀得是九種名號有大名稱遍滿十方以是故名婆伽婆經中佛自說如是名號應當作是念佛復次一切種種功德盡在於佛佛是劫初轉輪聖王摩訶三摩陀等種

閻浮提中智慧威德諸釋子中生貴姓憍曇氏生時光明遍三千大千世界梵天王持寶蓋釋提桓因以天寶衣承接阿那婆蹋多龍王婆伽多龍王以妙香湯澡浴生時地六種動行至七步安詳如象王觀視四方作師子吼我是末後身當度一切衆生阿私仙人相之告淨飯王是人足下千輻輪相指合縵網當自於法中安平立無能動無能壞者手中德字縵網莊嚴當以此手安慰衆生令無所畏如是乃至肉骨髻相如青珠山頂青色光明從四邊出頭中頂相無能見上若天若人無有勝者白毫眉間峙白光踰玻瓈淨眼長廣其色紺青鼻高直好甚可愛樂口四十齒白淨利好四牙上白其光最勝脣上下等不大不小不長不短舌薄而大輭赤紅色如天蓮華梵聲深遠聞者悅樂聽無猒足身色妙好勝閻浮檀金大光周身種種雜色妙好無比以如是等三十二相具足是人不久出家得一切智成佛佛身功德如是應當念佛復次佛身功德身力勝於十萬白香象寶是爲父母遺體力若神通功德力無量無限佛身以三十二相八十隨形好莊嚴內有無量佛法功德故視之無猒見佛身者忘世五欲萬事不憶若見佛身一處愛樂無猒不能移觀佛身功德如是應當念佛復次佛持戒具足清淨從初發心修戒增積無量與憐愍心俱不求果報不向聲聞辟支佛道不雜諸結使但爲自心清淨不惱衆生故世世持戒以是故得佛道時戒得具足應如是念佛戒衆復次佛定衆具足問曰持戒以身口業清淨故

可知智慧以分別說法能除衆疑故可知定者餘人修定尚不可知何況於佛云何得知答曰大智慧具足故當知禪定必具足譬如見蓮華大必知池亦深大又如燈明大者必知酥油亦多亦以佛神通變化力無量無比故知禪定力亦具足亦如見果大故知因亦必大復次有時佛自為人說我禪定相甚深如經中說佛在阿頭摩國林樹下坐入禪定是時大雨雷電霹靂有四特牛耕者二人聞聲怖死須臾便晴佛起經行有一居士禮佛足已隨從佛後白佛言世尊向者雷電霹靂有四特牛耕者二人聞聲怖死世尊聞不佛言不聞居士言佛時睡耶佛言不睡曰入無心想定耶佛言不也我有心想但入定耳居士言未曾有也諸佛禪定大為甚深有心想在禪定如是大聲覺而不聞如餘經中佛告諸比丘佛入出諸定舍利弗目揵連尚不聞其名何況能知何者是如三昧王三昧師子遊戲三昧等佛入其中能令十方世界六種震動放大光明化為無量諸佛遍滿十方如阿難一時心生念過去燃燈佛時時世好人壽長易化度今釋迦牟尼佛時世惡人壽短難教化佛事未訖而入涅槃耶清旦以是事白佛言已日出佛時入日出三昧如日出光明照閻浮提佛身如是毛孔普出光明遍照十方恒河沙等世界一一光中出七寶千葉蓮華一一華上皆有坐佛一一諸佛皆放無量光明一一光中皆出七寶千葉蓮華一一華上皆有坐佛是諸佛等遍滿十方恒河沙等世界教化衆生或有說法或有默然或以

經行或神通變化身出水火如是等種種方便度脫十方五道衆生阿難承佛威神悉見是事佛攝神足從三昧起告阿難見是事不聞是事不阿難言蒙佛威神已見已聞佛言佛有如是力能究竟佛事不阿難言世尊若衆生滿十方恒河沙等世界中佛壽一日用如此力必能究竟施作佛事阿難歎言未曾有也世尊諸佛法無量不可思議以是故知佛禪定具足復次佛慧衆具足從初發心於阿僧祇劫中無法不行世世集諸功德一心專精不惜身命以求智慧如薩陀波崙菩薩復次以善修大悲智慧故具足慧衆餘人無是大悲雖有智慧不得具足大悲欲度衆生求種種智慧故及斷法愛滅六十二邪見不墮二邊若受五欲樂若修身苦道若斷滅若

計常若有若無等如是諸法邊復次佛慧無上徹鑒無比從甚深禪定中生故諸麤細煩惱所不能動故善修三十七品四禪四無量心四無色定八背捨九次第定等諸功德故有十力四無所畏四無礙智十八不共法得無礙不可思議解脫故佛慧衆具足復次能降伏外道大論議師所謂優樓頻螺迦葉摩訶迦葉舍利弗目揵連薩遮尼揵子婆蹉首羅長爪等大論議師輩皆降伏是故知佛慧衆具足復次佛三藏十二部經八萬四千法聚見是語言多故知智慧亦大譬如居士清朝見大雨處語衆人言昨夜雨龍其力甚大衆人言汝何以知之答言我見地濕泥多山崩樹折殺諸鳥獸以此故知龍力爲大佛亦如是甚深智慧雖非眼見雨大法雨諸大論

師及釋梵天王皆以降伏以是可知佛智慧多復次諸佛得無礙解脫故於一切法中智慧無礙復次佛此智慧皆清淨出諸觀上不觀諸法常相無常相有邊相無邊相有去相無去相有相無相有漏相無漏相有爲相無爲相生滅相不生滅相空相不空相常清淨無量如虚空以是故無礙若觀生滅者不得觀不生滅觀不生滅者不得觀生滅若不生滅實生滅不實若生滅實不生滅不實如是等諸觀皆爾得無礙智故知佛慧衆具足復次念佛解脫衆具足佛解脫諸煩惱及習根本拔故解脫眞不可壞一切智慧成就故名爲無礙解脫成就八解脫甚深遍得故名爲具足解脫復次離時解脫及慧解脫故便具足成就共解脫成就如是等解脫故名具足解脫衆復次破魔軍故得解脫離煩惱故得解脫離遮諸禪法故得解脫於諸禪定入出自在無礙故復次菩薩於見諦道中得深十六解脫一苦法智相應有爲解脫二苦諦斷十結盡得無爲解脫如是乃至道比智思惟道中得十八解脫一或比智或法智相應有爲解脫二斷無色界三思惟結故得無爲解脫如是乃至第十八盡智相應有爲解脫及一切結使盡得無爲解脫如是諸解脫和合名爲解脫衆具足復次念佛解脫知見衆具足解脫知見衆有二種一者佛於解脫諸煩惱中用盡智自證知知苦已斷集已證盡已修道已是爲盡智解脫知見衆知苦已不復更知乃至修道已不復更修是爲無生智解脫知見衆二者佛知是人入空門得解脫是

人無相門得解脫是人無作門得解脫是人無方便可令解脫是人久久可得解脫是人不久可得解脫是人即時得解脫是人輭語得解脫是人苦教得解脫是人雜語得解脫是人見神通力得解脫是人說法得解脫是人婬欲多為增婬欲得解脫是人瞋恚多為增瞋恚得解脫如難陀優樓頻螺龍是如是等種種因緣得解脫如法眼中說於是諸解脫中了了知見是名解脫知見衆具足復次念佛一切智一切見大慈大悲十力四無所畏四無礙智十八不共法等念如佛所知無量不可思議諸功德是名念佛是念在七地中或有漏或無漏有漏者有報無漏者無報三根相應樂喜捨根行得亦果報得行者如此間國中學念佛三昧果報得者如無量壽佛國人生便自然能念佛如是等如阿毗曇中廣分別

大智度論卷第二十一

音釋

噉 徒濫切食也 珂 苦何切石次玉潔白如雪者 轝 羊恕切兩手對舉也 捍格 捍侯旰切格下革切捍格相抵捂也 胮脹 胮匹絳切脹知亮切 瘀 依倨切氣血積瘀也 刳 空胡切剖也 掣 昌列切挽也 爴 居縛切爪持也 燼 徐刃切火餘也 涎 夕連切口液也 睫 即葉切目傍毛也 析 先擊切分剖也 𣣯 所力切小怖也 鞞 騈迷切 憊 步拜切 貰 音世 㝹 奴侯切

大智度論卷第二十二

龍樹菩薩造

姚秦三藏法師鳩摩羅什譯

釋初品中八念之餘

【經】念法者如佛演說行者應念是法巧出得今世果無熱惱不待時能到善處通達無礙

【論】巧出者二諦不相違故所謂世諦第一義諦智者不能壞愚者不起諍故是法亦離二邊所謂若受五欲樂若受苦行復離二邊若常若斷若我若無我若有若無如是等二邊不著是名巧出諸外道輩自貴其法毀賤他法故不能巧出得今世果者離愛因緣世間種種苦離邪見因緣種種論議鬭諍身心得安樂如佛說

持戒者安樂　身心不熱惱　卧安覺亦安　名聲亦遠聞

復次此佛法中因緣展轉生果所謂持戒清淨故心不悔心不悔故生法歡喜法歡喜故身心快樂身心快樂故能攝心攝心故如實知如實知故得猒得猒故離欲離欲故得解脫得解脫果報得涅槃是名得今世果外道法空行苦無所得如闍浮阿羅漢得道時自說

我昔作外道　五十有五年　但食觀牛屎　裸形卧棘上

我受如是辛苦竟無所得不如今得見佛聞法出家三月所作事辦得阿羅漢以是故知佛法得今世果問曰若佛法得今世果何以故佛諸弟子有無所得者答曰行者能如佛所說次第修行無不得報如病人隨良醫教

將和治法病無不差若不隨佛教不次第行破戒亂心故無所得非法不良也復次諸未得道者今世雖不得涅槃後世得受福樂漸次當得涅槃終不虛也如佛所說其有出家爲涅槃者若遲若疾皆當得涅槃如是等能得今世果無熱惱者熱惱有二種身惱心惱身惱者繫縛牢獄考掠刑戮等心惱者婬欲瞋恚慳貪嫉妬因緣故生憂愁怖畏等此佛法中持戒清淨故身無是繫縛牢獄考掠刑戮等惱心離五欲除五蓋得實道故無是婬欲瞋恚慳貪嫉妬邪疑等惱無惱故無熱復次無漏禪定生喜樂遍身受故諸熱則除譬如人大熱悶得入清涼池中冷然清了無復熱惱復次諸煩惱若屬見若屬愛是名熱佛法中無此故名無熱惱不待時者佛法不待時而行亦不待時與果外道法日未出時受法日出時不受法或有日出時受日未出不受有晝受夜不受有夜受晝不受佛法中無受待時隨修八聖道時便得涅槃譬如火得薪便然無漏智慧生時便能燒諸煩惱不待時也問曰如佛說有時藥時衣時食若人善根未熟待時當得何以言無時答曰此時者隨世俗法爲佛法久住故結時戒若爲修道得涅槃及諸禪定智慧微妙法不待時也諸外道法皆待時節佛法但待因緣具足若雖持戒禪定而智慧未成就不能成道若持戒禪定智慧皆成就便得果不復待時復次久久得果名爲時即時得不名時譬如好染一入便成心淨人亦如是聞法即染得法眼淨是名不待時能到善處者是三十七無漏道

法能將人到涅槃譬如入恒河必得至大海諸餘外道法非一切智人所說邪見雜故將至惡處或將至天上還墮受苦皆無常故不名善處問曰無有將去者云何得將至善處答曰雖無將去者但諸法能將諸法去無漏善五衆斷五衆中强名衆生將去入涅槃如風吹塵如水漂草雖無將去者而可有去復次因緣和合無有作亦無有將去者而果報屬因緣不得自在是即名爲去通達無礙者得佛法印故通達無礙如得王印則無所留難問曰何等是佛法印答曰佛法印有三種一者一切有爲法念念生滅皆無常二者一切法無我三者寂滅涅槃行者知三界皆是有爲生滅作法先有今無今有後無念念生滅相續相似生故可得見知如流水燈炎長風相似相續故人以爲一衆生於無常法中常顛倒故謂去者常住是名一切作法無常印一切法無我諸法内無主無作者無知無見無生者無造業者一切法皆屬因緣屬因緣故不自在不自在故無我我相不可得故如破我品中說是名無我印問曰何以故但作法無常一切法無我答曰不作法無因無緣故不生不滅不生不滅故不名爲無常復次不作法中不生心著顛倒以是故不說是無常可說言無我有人說神是常遍知相以是故說一切法中無我寂滅者是涅槃三毒三衰火滅故名爲寂滅印問曰寂滅印中何以但一法不多說答曰初印中說五衆二印中說一切法皆無我第三印中說二印果是名寂滅印一切作法無常則破我所外五欲

等若說無我破内我法我我所破故是名寂滅涅槃行者觀作法無常便生猒世苦既知猒苦存著觀主謂能作是觀以是故有第二法印知一切無我於五衆十二入十八界十二因緣中内外分別推求觀主不可得不可得故是一切法無我作如是知已不作戲論無所依止但歸於滅以是故說寂滅涅槃印問曰摩訶衍中說諸法不生不滅一相所謂無相此中云何說一切有爲作法無常名爲法印二法云何不相違答曰觀無常即是觀空因緣如觀色念念無常即知爲空過去色滅壞不可見故無色相未來色不生無作無用不可見故無色相現在色亦無住不可見不可分別知故無色相無色相即是空空即是無生無滅無生無滅及生滅其實是一說有廣略問曰過去未來色不可見故無色相現在色住時可見云何言無色相答曰現在色亦無住時如四念處中說若法後見壞相當知初生時壞相以隨逐微細故不識如人著屐若初日新而無有故後應常新不應有故若無故應是常常故無罪無福無罪無福故則道俗法亂復次生滅相常隨作法無有住時若有住時則無生滅以是故現在色無有住住中亦有生滅是一念中住亦是有爲法故是名通達無礙如是應念法復次法有二種一者佛所演說三藏十二部八萬四千法聚二者佛所說法義所謂持戒禪定智慧八聖道及解脫果涅槃等行者先當念佛所演說次當念法義念佛所演說者佛語美妙皆眞實有大饒益佛所演說亦深亦淺觀實

相故深巧說故淺易語無失各各有義故佛所演說住四處有四種功德莊嚴一慧處二諦處三捨處四滅處有四種答故不可壞一定答二解答三反問答四置答佛所演說或時聽而遮或時遮而聽或聽而不遮或遮而不聽此四皆順從無違佛說得諸法相故無戲論有義理說故破有無論佛演說隨順第一義雖說世間法亦無咎與二諦不相違故隨順利益說於清淨人中爲美妙於不淨人中爲苦惡於美語苦語中亦無過罪佛語皆隨善法亦不著善法雖是垢法怨家亦不以爲高雖種種有所訶亦無有訶罪雖種種讚法亦無所依止佛言說中亦無增無減或略或廣佛語初善久久研求亦善佛語雖多義味不薄雖種種雜語義亦不亂雖能引人心亦不令人生愛著雖殊異高顯亦不令人畏難雖遍有所到凡小人亦不能解佛語如是有種種希有事能令人衣毛爲竪流汗氣滿身體戰慴亦能令諸天心猒聲滿十方六種震地亦能令人於無始世界所堅著者能令捨所不堅著者能令樂佛語罪惡人聞之自有罪故憂怖熱惱善一心精進入道人聞如服甘露味初亦好中亦好後亦好復次多會衆中各各欲有所聞佛以一言答各各得解各各自見佛獨爲我說於大衆中雖有遠近聞者聲無增減滿三千大千世界乃至十方無量世界應度者聞不應度者不聞譬如雷霆震地聾者不聞聰者得悟如是種種念佛言語何等是法義信戒捨聞定慧等爲道諸善法及三法印如通達中說一切有爲法無

常一切法無我寂滅涅槃是名佛法義是三印一切論議師所不能壞雖種種多有所說亦無能轉諸法性者如冷相無能轉令熱諸法性不可壞假使人能傷虛空是諸法印如法不可壞聖人知是三種法相於一切依止邪見各鬭諍處得離譬如有目人見羣盲諍種種色相愍而笑之不與共諍問曰佛說聲聞法有四種實摩訶衍中有一實今何以說三實答曰佛說三種實法印廣說則四種略說則一種無常即是苦諦集諦道諦說無我則一切法說寂滅涅槃即是盡諦復次有為法無常念念生滅故皆屬因緣無有自在無有自在故無我無常無我無相故心不著無相不著故即是寂滅涅槃以是故摩訶衍法中雖說一切法不生不滅一相所謂無相無相即寂滅涅槃是念法三昧緣智緣盡諸菩薩及辟支佛功德問曰何以故念佛但緣佛身中無學諸功德念僧三昧緣佛弟子身中諸學無學法餘殘善無漏法皆念法三昧所緣答曰迦旃延尼子如是說摩訶衍人說三世十方諸佛及諸佛從初發意乃至法盡於其中間所作功德神力皆是念佛三昧所緣如佛所說及所說法義從一句一偈乃至八萬四千法聚信戒捨聞定智慧等諸善法乃至無餘涅槃皆是念法三昧所緣諸菩薩辟支佛及聲聞衆除佛餘殘一切聖衆及諸功德是念僧三昧所緣念僧者是佛弟子衆戒衆具足禪定衆智慧衆解脫衆解脫知見衆具足四雙八輩應受供養恭敬禮事是世間無上福田行者應念如佛所讚僧若聲聞僧

若辟支佛僧若菩薩僧功德是聖僧五衆具足如上說問曰先以五衆讚佛云何復以五衆讚僧答曰隨弟子所得五衆而讚具足具足有二種一者實具足二者名具足如弟子所可應得者盡得而讚是名具足如佛所得而讚是實具足復次爲欲異於外道出家衆在家衆故作如是讚外道在家衆讚其富貴豪尊勢力出家衆讚其邪見苦行染著智慧執論諍競念僧衆中或有持戒禪定智慧等少不足稱以是故佛自讚弟子衆一切功德根本住處戒衆具足乃至解脱知見衆具足住是戒衆中不傾動引禪定弓放智慧箭破諸煩惱賊得解脱於是解脱中生知見譬如健人先安足挽弓放箭能破怨敵得出二怖免罪於王拔難於陣決了知見賊已破滅心生歡喜是故以五衆讚應供養者五衆功德具足故如富貴豪勢之人人所宗敬佛弟子衆亦如是有淨戒禪定智慧財富解脱解脱知見勢力故應供養恭敬合掌禮事世間無上福田者施主有二種貧者富者貧者禮事恭敬迎送而得果報富者亦能恭敬禮事迎送又以財物供養而得果報是故名爲世間無上福田譬如良田耕治調柔以時下種溉灌豐渥所獲必多衆僧福田亦復如是以智慧犂耕出結使根以四無量心磨治調柔諸檀越下信施穀子溉以念施恭敬清淨心水若今世若後世得無量世間樂及得三乘果如薄拘羅比丘鞞婆尸佛時以一訶梨勒果供養衆僧九十一劫天上人中受福樂果常無疾病今值釋迦牟尼佛出家漏盡得阿羅

漢如沙門二十億耳鞞婆尸佛時作一房舍以物覆地供養衆僧九十一劫天上人中受福樂果足不蹈地生時足下毛長二寸柔輭淨好父見歡喜與二十億兩金見佛聞法得阿羅漢於諸弟子中精進第一如是等少施得大果報是故名世間無上福田僧中有四雙八輩者佛所以說世間無上福田以有此八輩聖人故名無上福田問曰如佛告給孤獨居士世間福田應供養者有二種若學人若無學人學人十八無學人有九今此中何以故但說八答曰彼廣說故十八及九今此略說故八彼二十七聖人此八皆攝信行法行或向須陀洹攝或向斯陀含攝或向阿那含攝家家向斯陀含攝一種向阿那含攝五阿那含向阿羅漢攝信行法行入思惟道名信解脱見得是信解脱見得十五學人攝九種福田阿羅漢攝復次行者應念僧僧是我趣涅槃之真伴一戒一見如是應歡喜一心恭敬順從無違我先伴種種衆惡妻子奴婢人民等是入三惡道伴今得聖人伴安隱至涅槃佛如醫王法如良藥僧如瞻病人我當得清淨持戒正憶念如佛所說法藥我當順從僧是我斷諸結病中一因緣所謂瞻病人是故當念僧復次僧有無量戒禪定智慧等具足其德不可測量如一富貴長者信樂僧白僧執事人我次第請僧於舍食日日次請乃至沙彌執事不聽沙彌受請諸沙彌言以何意故不聽沙彌答言以檀越不喜請年少故便說偈言

鬚髮白如雪　齒落皮肉皺　僂步形體羸

樂請如是輩

諸沙彌等皆是大阿羅漢如打師子頭欻然從座起而說偈言

檀越無智人　見形不取德　捨是少年相
但取老瘦黑

上尊耆年之相者如佛說偈

所謂長耆相　不必以年耆　形瘦鬚髮白
空老內無德　能捨罪福果　精進行梵行
已離一切法　是名爲長老

是時諸沙彌復作是念我等不應坐觀此檀越品量僧好惡即復說偈

讚歎呵罵中　我等心雖一　是人毀佛法
不應不教誨　當疾到其舍　以法教語之
我等不度者　是則爲棄物

即時諸沙彌自變其身皆成老年鬚髮白如雪秀眉垂覆眼皮皺如波浪其脊曲如弓兩手負杖行次第而受請舉身皆振掉行止不自安譬如白楊樹隨風而動搖檀越見此輩歡喜迎入坐坐已須臾頃還復年少形檀越驚怖言

如是耆老相　還變成少身　如服還年藥
是事何由然

諸沙彌言汝莫生疑畏我等非非人汝欲平量僧是事甚可傷我等相憐愍故現如是化汝當深識之聖衆不可量如說

譬如以蚊觜　猶可測海底　一切天與人
無能量僧者　僧以功德貴　猶尚不分別
而汝以年歲　稱量諸大德　大小生於智
不在於老少　有智勤精進　雖少而是老
懈怠無智慧　雖老而是少

汝今平量僧是則爲大失如欲以一指測知大海底爲智者之所笑汝不聞佛說四事雖小而不可輕太子雖小當爲國王是不可輕蛇子雖小毒能殺人亦不可輕小火雖微能燒山野又不可輕也沙彌雖小得聖神通最不可輕又有四種人如菴羅菓生而似熟熟而似生生而似生熟而似熟佛弟子亦如是有聖功德成就而威儀語言不似善人有威儀語言似善人而聖功德不成就有威儀語言不似善人聖功德未成就有威儀語言似如善人而聖功德成就汝云何不念是言而欲稱量於僧汝若欲毀僧則爲是自毀汝爲大失已過事不可追方來善心除去諸疑悔聽我所說偈

聖衆不可量　難以威儀知　不可以族姓　亦不以多聞　亦不以威德　又不以耆年　亦不以嚴容　復不以辯言　聖衆大海水　功德故甚深

佛以百事讚是僧　施之雖少得果多　是第三寶聲遠聞　以是故應供養僧

不應分別是老少　多知少聞及明闇
如人觀林不分別　伊蘭瞻蔔及薩羅
汝欲念僧當如是　不應以愚分別聖
摩訶迦葉出家時　納衣價直十萬金
欲作乞人下賤服　更求麤弊不能得
聖衆僧中亦如是　求索最下小福田
能教施者十萬倍　更求不如不可得
衆僧大海中　結戒爲畔際　若有破戒者
終不在僧數　譬如大海水　不共死尸宿
檀越聞是事見是神通力身驚毛竪合手白

諸沙彌言諸聖人我今懺悔我是凡夫人心常懷罪我有少疑今欲請問而說偈言

大德已過疑　我今得遭遇　若復不諮問
則是愚中愚

諸沙彌言汝欲問者便問我當以所聞答檀越問言於佛寶中信心清淨於僧寶中信心清淨何者福勝答言我等初不見僧寶佛寶有增減何以故佛一時舍婆提乞食有婆羅門姓婆羅埵逝佛數數到其家乞食心作是念是沙門何以來數數如負其債佛時說偈

時雨數數墮　五穀數數成　數數修福業
數數受果報　數數受生法　故受數數死
聖法數數成　誰數數生死

婆羅門聞是偈已作是念佛大聖人具知我心慚愧取鉢入舍盛滿美食以奉上佛佛不受作是言我爲說偈故得此食我不食也婆羅門言是食當與誰佛言我不見天及人能消是食者汝持去置少草地著無蟲水中即如佛教持食著無蟲水中水即大沸烟火俱出如投大熱鐵婆羅門見已驚怖言未曾有也乃至食中神力如是還到佛所頭面禮佛足懺悔乞出家受戒佛言善來即時鬚髮自墮便成沙門漸漸斷結得阿羅漢道復有摩訶憍曇彌以金色上下衣寶奉佛佛知衆僧堪能受用告憍曇彌以此上下衣與衆僧以是故知佛寶僧寶福無多少檀越言若爲佛布施僧能消能受何以故婆羅埵逝婆羅門食佛不教令僧食諸沙彌答爲顯僧大力故若不見食在水中有大神力者無以知僧力爲大若爲佛施物而僧得受便知僧力爲大

譬如藥師欲試毒藥先以與雞雞即時死然
後自服乃知藥之威力爲大是故檀越當知
若人愛敬佛　亦當愛敬僧　不當有分別
同皆爲寳故
爾時檀越聞説是事歡喜言我某甲從今日
若有入僧數中若小若大一心信敬不敢分
別諸沙彌言汝心信敬於無上福田不久當
得道何以故
多聞及持戒　智慧禪定者　皆入僧數中
如萬川歸海　譬如衆藥草　依止於雪山
百穀諸草木　皆依止於地　一切諸善人
皆在僧數中
復次汝等曽聞佛爲長鬼神將軍讃三善男
子阿泥盧陀難提迦翅彌羅不佛言若一切
世間天及人一心念三善男子長夜得無量
利益以是事故倍當信敬僧是三人不名僧
佛説念三人有如是果報何況一心清淨念
僧是故檀越當住力念僧僧名如説偈
是諸聖人衆　則爲雄猛軍　摧滅魔王賊
是伴至涅槃
諸沙彌爲檀越種種説僧聖功德檀越聞巳
舉家大小皆見四諦得須陀洹道以是因緣
故應當一心念僧念戒者戒有二種有漏戒
無漏戒有漏復有二種一者律儀戒二者定
共戒行者初學念是三種戒學三種巳但念
無漏戒是律儀戒能令諸惡不得自在枯朽
折減禪定戒能遮諸煩惱何以故得內樂故
不求世間樂無漏戒能拔諸惡煩惱根本問
曰云何念戒答曰如先説念僧中佛如醫王
法如良藥僧如瞻病人戒如服藥禁忌行者

自念我若不隨禁忌三寶於我爲無所益又如導師指示好道行者不用導師無咎以是故我應念戒復次是戒一切善法之所住處譬如百穀藥木依地而生持戒清淨能生長諸深禪定實相智慧亦是出家人之初門一切出家人之所依仗到涅槃之初因緣如說持戒故心不悔乃至得解脫涅槃行者念清淨戒不缺戒不破戒不穿戒不雜戒自在戒不著戒智者所讚戒無諸瑕隙名爲清淨戒云何名不缺戒五衆戒中除四重戒犯諸餘重者是名缺犯餘罪是爲破復次身罪名缺口罪名破復次大罪名缺小罪名破善心迴向涅槃不令結使種種惡覺觀得入是名不穿爲涅槃爲世間向二處是名爲雜隨戒不隨外緣如自在人無所繫屬持是淨戒不爲愛等所拘是爲自在戒於戒不生愛慢等諸結使知戒實相亦不取是戒若取是戒譬如人在囹圄桎梏所拘雖得蒙赦而復爲金鏁所繫人爲恩愛煩惱所繫如在牢獄雖得出家愛著禁戒如著金鏁行者若知戒是無漏因緣而不生著是則解脫無所繫縛是名不著戒諸佛菩薩辟支佛及聲聞所讚戒若行是戒用是戒是名智所讚戒外道戒者牛戒鹿戒狗戒羅剎鬼戒啞戒聾戒如是等戒智所不讚唐苦無善報復次智所讚者於三種戒中無漏戒不破不壞依此戒得實智慧是聖所讚戒無漏戒有三種如佛說正語正業正命是三業義如八聖道中說是中應廣說問曰若持戒是禪定因緣禪定是智慧因緣八聖道中何以慧在前戒在中定在後答曰

行路之法應先以眼見道而後行行時當精勤精勤行時常念如導師所教念已一心進路不順非道正見亦如是先以正智慧觀五受衆皆苦是名苦苦從愛等諸結使和合生是名集愛等結使滅是名涅槃如是等觀八分名爲道是名正見行者是時心定知世間虛妄可捨涅槃實法可取決定是事是名正見知見是事心力未大未能發行思惟籌量發動正見令得力是名正思惟智慧既發欲以言宣故次正語正業正命戒行時精進不懈不令住色無色定中是名正方便用是正見觀四諦常念不忘念一切煩惱是賊應當捨正見等是我眞伴應當隨是名正念於四諦中攝心不散不令向色無色定中一心向涅槃是名正定是初得善有漏名爲煖法頂法忍法中義次第增進初中後心入無漏心中疾一心中具無有前後分別次第正見相應正思惟正方便正念正定三種戒隨是五分行正見分別好醜利益爲事正思惟發動正見爲事正語等持是智慧諸功德不令散失正方便驅策令速進不息正念七事所應行者憶而不忘正定令心清淨不濁不亂令正見七分得成如無風房中燈則照明了了如是無漏戒在八聖道中亦爲智者所讃問曰無漏戒應爲智者所讃有漏戒何以讃答曰有漏戒似無漏隨無漏同行因緣是故智者合讃如賊中有人叛來歸我彼雖是賊今來向我我當由之可以破賊何可不念諸煩惱賊在三界城中住有漏戒善根若煖法頂法忍法世間第一法與餘有漏法異故行者

受用以是因緣故破諸結使賊得苦法忍無漏法財以是故智者所讚是名念戒念捨者有二種捨一者施捨二者捨諸煩惱施捨有二種一者財施二者法施三種捨和合名爲捨財施是一切善法根本故行者作是念上四念因緣故得差煩惱病今以何因緣故得是四念則是先世今世於三寶中少有布施因緣故所以者何衆生於無始世界中不知於三寶中布施故福皆盡滅是三寶有無量法是故施亦不盡必得涅槃復次過去諸佛初發心時皆以少多布施爲因緣如佛說是布施是初助道因緣復次人命無常財物如電若人不乞猶尚應與何況乞而不施以是應施作助道因緣復次財物是種種煩惱罪業因緣若持戒禪定智慧種種善法是涅槃因緣以是故財物常應自棄何況好福田中而不布施譬如有兄弟二人各擔十斤金行道中更無餘伴兄作是念我何以不殺弟取金此曠路中人無知者弟復生念欲殺兄取金兄弟各有惡心語言視占皆異兄弟即自悟還生悔心我等非人與禽獸何異同生兄弟而爲少金故而生惡心兄弟共至深水邊兄以金投著水中弟言善哉善哉弟尋復棄金水中兄復言善哉善哉兄弟更互相問何以言善哉各答言我以此金故生不善心欲相危害今得棄之故言善哉二辭各爾以是故知財爲惡心因緣常應自捨何況施得大福而不布施如說偈

施爲行寶藏　亦爲善親友　始終相利益
無有能壞者　施爲好密蓋　能遮饑渴雨

施爲堅牢船　能度貧窮海　慳爲凶衰相
爲之生憂畏　洗之以施水　則爲生福利
慳惜不衣食　終身無歡樂　雖云有財物
與貧困無異　慳人之室宅　譬如丘冢墓
求者遠避之　終無有向者　如是慳貪人
智者所擯棄　命氣雖未盡　與死等無異
慳人無福慧　於施無堅要　臨當墮死坑
戀惜生懊恨　涕泣當獨去　憂悔火燒身
好施者安樂　終無有是苦　人修布施者
名聞滿十方　智者所愛敬　入衆無所畏
命終生天上　久必得涅槃

如是等種種訶慳貪讚布施是名念財施云何念法施行者作是念法施利益甚大法施因緣故一切佛弟子等得道復次佛說二種施中法施爲第一何以故財施果報有量法施果報無量財施欲界報法施三界報亦出三界報若不求名聞財利力勢但爲學佛道弘大慈悲心度衆生生老病死苦是名清淨法施若不爾者爲如市易法復次財施施多財物減少法施施多法更增益財施是無量世中舊法法施聖法初來難得名爲新法財施但能救諸饑渴寒熱等病法施能除九十八諸煩惱等病如是等種種因緣分別財施法施行者應念法施問曰何等是法施答曰佛所說十二部經清淨心爲福德與他說是名法施復有以神通力令人得道亦名法施如網明菩薩經中說有人見佛光明得道若生天者如是等雖口不說令他得法故亦名法施是法施應觀衆生心性煩惱多少智慧利鈍應隨所利益而爲說法譬如隨病服藥

則有益有婬欲重有瞋恚重有愚癡重有兩兩雜三三雜婬重者爲說不淨觀瞋重者爲說慈心癡重者爲說深因緣兩雜者說兩觀三雜者說三觀若入不知病相錯投藥者病則爲增若著衆生相者爲說但有五衆此中無我若言無衆生相者即爲說五衆相續有不令墮斷滅故求富樂者爲說布施欲生天者爲說持戒人中多所貧乏者爲說天上事惱患居家者爲說出家法著錢財居家者爲說在家五戒法若不樂世間爲說三法印無常無我涅槃依隨經法自演作義理譬喻莊嚴法施爲衆生說如是等種種利益故當念法施捨煩惱者三結乃至九十八使等皆斷除却是名爲捨念捨是法如捨毒蛇如捨桎梏得安隱歡喜復次念捨煩惱亦入念法中

問曰若入念法中今何以更說答曰捨諸煩惱是法微妙難得無上無量是故更別說復次念法與念捨異念法念佛法微妙諸法中第一念捨念諸煩惱罪惡捨之爲快行相別是爲異如是等種種因緣行者當念捨念捨者是初學禪智中畏生增上慢念天者有四天王天乃至他化自在天問曰佛弟子應一心念佛及佛法何以念天答曰知布施業因緣果報故受天上富樂以是因緣故念天復次是八念佛自說因緣念天者應作是念有四天王天是天五善法因緣故生彼中信罪福受持戒聞善法修布施學智慧我亦有是五法以是故歡喜言天以是五法故生富樂處我亦有是我欲生彼亦可得生我以天福無常故不受乃至他化自在天亦如是問曰

三界中清淨天多何以故但念欲天答曰聲聞法中說念欲界天摩訶衍中說念一切三界天行者未得道時或心著人間五欲以是故佛說念天若能斷婬欲則生上二界天中若不能斷婬欲生六欲天中是中有妙細清淨五欲佛雖不欲令人更生受五欲有衆生不任入涅槃爲是衆生故說念天如國王子在高危處立不可救護欲自投地王使人敷厚綿褥墮則不死差於墮地故復次有四種天名天生天淨天淨生天名天者如今國王名天子生天者從四天王乃至非有想非無想天淨天者人中生諸聖人淨生天者三界天中生諸聖人所謂須陀洹家家斯陀含一種或於天上得阿那含阿羅漢道淨生天色界中有五種阿那含不還是間即於彼得阿羅漢無色界中一種阿那含離色界生無色界是中修無漏道得阿羅漢入涅槃念是三種天生天淨生天如是等天是名念天念安那般那者如禪經中說念死者有二種死一者自死二者他因緣死是二種死行者常念是身若他不殺必當自死如是有爲法中不應彈指頃生信不死心是身一切時中皆有死不待老不應恃是種種憂惱凶衰身生心望安隱不死是心癡人所生身中四大各各相害如人持毒蛇篋云何智人以爲安隱若出氣保當還入入息保出睡眠復得還覺是皆難必何以故是身內外多怨故如說

或有胎中死　或有生時死　或年壯時死
或老至時死　亦如果熟時　種種因緣墮
當求免離此　死惡之怨賊　是賊難可信

捨時則安隱　假使大智人　威德力無上
無前亦無後　於今無脱者　亦無巧辭謝
無請求得脱　亦無捍挌處　可以得免者
亦非持淨戒　精進可以脱　死賊無憐愍
來時無避處

是故行者不應於無常危脆命中而信望活
如佛爲比丘説死想義有一比丘偏袒白佛
我能修是死想佛言汝云何修比丘言我不
望過七歲活佛言汝爲放逸修死想有比丘
言我不望過七月活有比丘言七日有言六
五四三二一日活佛言汝等皆是放逸修死
想有言從旦至食時有言一食頃佛言汝等
亦是放逸修死想一比丘偏袒白佛我於出
氣不望入於入氣不望出佛言眞是修死想
爲不放逸比丘一切有爲法念念生滅住時

甚少其猶如幻欺誑無智行者如是等種種
因緣念死想問曰法是三世諸佛師何以故
念佛在前是八念云何有次第答曰是法雖
是十方三世諸佛師佛能演出是法其功大
故譬如雪山中有寶山寶山頂有如意寶珠
種種寶物多有人欲上或有半道還者有近
而還者有一大德國王憐愍衆生爲作大梯
人民大小乃至七歲小兒皆得上山隨意取
如意珠等種種寶物佛亦如是世間諸法實
相寶山九十六種異道皆不能得乃至梵天
王求諸法實相亦不能得何況餘人佛以大
慈悲憐愍衆生故具足六波羅蜜得一切智
慧方便説十二部經八萬四千法聚梯阿若
憍陳如舍利弗目揵連摩訶迦葉乃至七歲
沙彌蘇摩等皆得諸無漏法根力覺道實相

雖妙一切衆生皆蒙佛恩故得以是故念佛在前次第念法次第念僧僧隨佛語能解法故第三餘人不能解僧能得解以是故稱爲寶人中寶者是佛九十六種道法中寶者是佛法一切衆中實者是僧復次以佛因緣故法出世間以法因緣故有僧行者念我云何當得法寶得在僧數中當除却一切麤細身口惡業是故次第說持戒復次云何分別有七衆以有戒故欲除心惡破慳貪故念捨欲令受者得樂故破瞋恚信福得果報故破邪見住持戒布施法中則爲住十善道中離十不善道十善道有二種果若上行得淨天中生中行得生天以是故戒施次第念天行禪定故得二種天滅諸惡覺但集善法攝心一處是故念天次第念安那般那念安那般那能滅諸惡覺如雨淹塵見息出入知身危脆由息入出身得存立是故念入出息次第念死復次行者或時恃有七念著此功德懈怠心生是時當念死死事常在前云何當懈怠著此法愛如阿那律佛滅度時說

有爲法如雲　智者不應信　無常金剛來
破聖主山王

是名八念次第問曰是說聲聞八念菩薩八念有何差別答曰聲聞爲身故菩薩爲一切衆生故聲聞但爲脫老病死故菩薩爲遍具足一切功德故是爲差別復次佛是中亦說告舍利弗菩薩摩訶薩不住法住般若波羅蜜中應具足檀波羅蜜乃至應具足八念不可得故初有不住後有不可得有此二印以是故異不住不可得義如先說

大智度論卷第二十二

音釋

掠 離灼切習也 **漂** 紕招切浮也 **研** 五堅切窮究也 **挽** 武綰切引也 **漑** 古代切澆灌也 **渥** 乙角切霑濡滂霈也 **僂** 力主切傴僂也 **欻** 許勿切忽也 **諮** 津私切訪問也 **隟** 綺戟切與隙同 **囹圄** 囹郎丁切圄魚巨切囹圄獄名 **桎梏** 桎之日切足械也梏古沃切手械也 **乎** 胡誤切與互同 **褥** 如欲切裀也

大智度論卷第二十三

龍樹菩薩造

姚秦三藏法師鳩摩羅什譯

釋初品中十想

【經】十想無常想苦想無我想食不淨想一切世間不可樂想死想不淨想斷想離欲想盡想

【論】問曰是一切行法何以故或時名爲智或時名爲念或時名爲想答曰初習善法爲不失故但名念能轉相轉心故名爲想決定知無所疑故名爲智觀一切有爲法無常智慧相應相是名無常想一切有爲法無常者新新生滅故屬因緣故不增積故復次生時無來處滅亦無去處是故名無常復次二種世間無常故說無常一者衆生無常二者世界無常如說

大地草木皆磨滅　須彌巨海亦崩竭
諸天住處皆燒盡　爾時世界何物常
十力世尊身光具　智慧明照亦無量
度脫一切諸衆生　名聞普遍滿十方
今日廓然悉安在

如是舍利弗目揵連須菩提等諸聖人轉輪聖王諸國王常樂天王及諸天聖德尊貴皆亦盡大火焰明忽然滅世間轉壞如風中燈如險岸樹如漏器盛水不久空竭如是一切衆生及衆生住處皆無常故名爲無常問曰菩薩何以故行是無常想答曰以衆生著常顛倒受衆苦不得免生死行者得是無常想教化衆生言諸法皆無常汝莫著常顛倒失行道時諸佛上妙法所謂四眞諦四諦中苦

諦爲初苦四行中無常行爲初以是故菩薩行無常想問曰有人見無常事至轉更堅著如國王夫人寶女從地中生爲十頭羅刹將度大海王大憂愁智臣諫言王智力具足夫人還在不久何以懷憂答言我所以憂者不慮我婦叵得但恐壯時易過亦如人好華好果見時欲過便大生著如是知無常乃更生諸結使云何言無常能令心猒破諸結使答曰如是見無常是知無常少分爲不具足與禽獸見無常無異以是故佛告舍利弗當具足修無常想問曰何等是具足無常想答曰觀有爲法念念生滅如風吹塵如山上水流如火炎隨滅一切有爲法無牢無强不可取不可著爲如幻化誑惑凡夫因是無常得入空門是空中一切法不可得故無常亦不可得所以者何一念中生住滅相不可得生時不得有住滅住時不得有生滅滅時不得有生住生住滅相性相違故無是無故無常亦無問曰若無無常佛何以苦諦中說無常答曰凡夫人生邪見故謂世間是常爲滅除是常見故說無常不爲無常是實故說復次佛未出世凡夫人但用世俗道遮諸煩惱今欲拔諸煩惱根本故說是無常復次諸外道法但以形離五欲謂是解脫佛說邪相因緣故縛觀無常正相故解脫復有一種觀無常相一者有餘二者無餘如佛說一切人物滅盡唯有名在是名有餘若人物滅盡名亦滅是名無餘復有二種觀無常相一者身死盡滅二者新新生滅復次有言持戒爲重所以者何依戒因緣故次第得漏盡有言多聞爲重

所以者何依智慧故能有所得有言禪定爲重如佛所說定能得道有言以十二頭陀爲重所以者何能淨戒行故如是各各以所行爲貴更不復勤求涅槃佛言是諸功德皆是趣涅槃分若觀諸法無常是爲眞涅槃道如是等種種因緣故諸法雖空而說是無常想復次無常想即是聖道別名佛種種異名說道或言四念處或言四諦或言無常想如經中說善修無常想能斷一切欲愛色愛無色愛掉慢無明盡能除三界結使以是故即名爲道是無常想或有漏或無漏正得無常是無漏初學無常是有漏摩訶衍中諸菩薩心廣大種種教化一切衆生故是無常想亦有漏亦無漏若無漏在九地若有漏在十一地緣三界五受衆四根相應除苦根凡夫聖人得如是等種種因緣說無常功德苦想者行者作是念一切有爲法無常故苦問曰若有爲法無常故苦者諸賢聖人有爲法無漏法亦應當苦答曰諸法雖無常愛著者生苦無所著者無苦問曰有諸聖人雖無所著亦皆有苦如舍利弗風熱病苦畢陵伽婆蹉眼痛苦羅婆那跋提音第一聲痔病苦云何言無苦答曰有二種苦一者身苦二者心苦是諸聖人以智慧力故無復憂愁嫉妬瞋恚等心苦已受先世業因緣四大造身有老病饑渴寒熱等身苦於身苦中亦復薄少如人了了知負他債償之不以爲苦若人不憶負債債主强奪瞋惱生苦問曰苦受是心心數法身如草木離心則無所覺云何言聖人但受身苦答曰凡夫人受苦時心生愁惱爲瞋使所使心

但向五欲如佛所說凡夫人除五欲不知更有出苦法於樂受中貪欲使所使不苦不樂受中無明使所使凡夫人受苦時內受三毒苦外受寒熱鞭杖等如人內熱盛外熱亦盛如經說凡夫人失所愛物身心俱受苦如二箭雙射諸賢聖人無憂愁苦但有身苦更無餘苦復次五識相應苦及外因緣杖楚寒熱等苦是名身苦餘殘名心苦復次我言有爲無漏法不著故非苦聖人身是有漏有漏法則苦有何咎是末後身所受苦亦微少問曰若無常即是苦者道亦是苦云何以苦離苦答曰無常即是苦爲五受衆故說道雖作法故無常不名爲苦所以者何是能滅苦不生諸著與空無我等諸智和合故但是無常而非苦如諸阿羅漢得道時說偈言

我等不貪生　亦復不樂死　一心及智慧
待時至而去

佛取涅槃時阿難等諸未離欲人未善修八聖道故皆涕泣憂愁諸離欲阿那含皆驚愕諸漏盡阿羅漢其心不變但言世間眼滅疾以得道力故雖從佛得大利益知重佛無量功德而不生苦以是故知道雖無常非苦因緣故不名爲苦但五受衆是苦何以故愛著故無常敗壞故如受念處中苦義此中應廣說復次苦者有身常是苦癡覆故不覺如說

騎乘疲極故　求索住立處　住立疲極故
求索坐息處　坐久疲極故　求索安臥處
衆極由作生　初樂後則苦　視眴息出入
屈申坐臥起　行立及去來　此事無不苦

問曰是五受衆爲一切皆苦爲苦想觀故苦

若一切皆苦佛云何說有三種受苦受樂受不苦不樂受若以苦想故苦云何說苦諦爲實苦答曰五受衆一切皆苦凡夫人四顛倒因緣爲欲所逼以五欲爲樂如人塗瘡大痛息故以爲樂瘡非樂也佛說三種受爲世間故於寶法中非是樂也若五受衆中實有樂何以故佛說滅五受衆名爲樂復次隨其所嗜樂心則生樂無定也樂若實定不待心著如火實熱不待著而熱也以樂無定故名爲苦復次世間顛倒樂能得今世後世無量苦果報故名爲苦譬如大河水中著少毒不能令水異世間顛倒毒樂於一切大苦水則不現如說

從天下生地獄時　憶本天上歡樂事
宮觀綵女滿目前　園苑浴池以娛志
又見獄火來燒身　似如大火焚竹林
是時雖見天上樂　徒自感結無所益

是苦想攝緣如無常想如是等種種分別苦名爲苦想無我想者苦則是無我所以者何五受衆中盡皆是苦苦想無有自在若無自在是則無我若有我自在者不應令身有苦如所說

諸有無智人　身心計是我
漸近堅著故　不知無常法
是身無作者　亦無有受者
是身爲無主　而作種種事
六情塵因緣　六種識得生
從三事和合　因緣觸法生
從觸法因緣　受念業法生
如珠日草薪　和合故火生
情塵識和合　所作事業成
相續相似有　如種有芽莖

復次我相不可得故無我一切法有相故則

知有如見烟覺熱故知有火於五塵中各各別異故知有情種種思惟籌量諸法故知有心心數法此我無相故知無我問曰有出入氣則是我相視眴壽命心苦樂愛憎精勤等是我相若無我誰有是出入息視眴壽命心苦樂愛憎精勤等當知有我在內動發故壽命心亦是我法若無我如牛無御有我故能制心入法不為放逸若無我者誰制御心受苦樂者是我若無我者為如樹木則不應別苦樂愛憎精勤亦如是我雖微細不可以五情知因是相故可知為有答曰是諸相皆是識相有識則有入出息視眴壽命等若識離身則無汝等我常遍故死人亦應有視眴入出息壽命等復次出入息等是色法隨心風力故動發此是識相非我相壽命是心不相應行亦是識相問曰若入無心定中或睡無夢時息亦出入有壽命何以故言皆是識相答曰無心定等識雖暫無不久必還生識不捨身故有識時多無識時少是故名識相如人出行不得言其家無主苦樂憎愛精勤等是心相應共緣隨心行心有故便有心無故便無以是故是識相非我相復次若有我者我有二種若常若無常如說

若我是常　則無後身　常不生故　亦無解脫
亦無忘無作　以是故當知　無作罪福者
亦無有受者　捨我及我所　然後得涅槃
若實有我者　不應捨我心　若我無常者
則應隨身滅　如大岸墮水　亦無有罪福

如是我及知者不知者作者不作者如檀波羅蜜中說不得是我相故知一切法中無我

若知一切法中無我則不應生我心若無我亦無我所心我我所離故則無有縛若無縛則是涅槃是故行者應行無我想問曰是無常苦無我爲一事爲三事若是一事不應說三若三事佛何以故說無常即是苦苦即是無我答曰是一事所謂受有漏法觀門分別故有三種異無常行相應是無常想苦行相應是苦想無我行相應是無我想無常不令入三界苦令知三界罪過無我則捨世間復次無常生猒心苦生畏怖無我拔出令解脱無常者佛說五受衆是無常苦者佛說無常則是苦無我者佛說苦即是無我無常者佛示五受衆盡滅相苦者佛示如箭入心無我者佛示捨離相無常者示斷愛苦者示斷我習慢無我者示斷邪見無常者遮常見苦者遮今世涅槃樂見無我者遮著處無常者世間所可著常法是苦者世間計樂處是無我者世間所可計我牢固者是是爲三想分別相無我想縁攝種種如苦想中說食猒想者觀是食從不淨因縁生如肉從精血水道生是爲膿蟲住處如酥乳酪血變所成與爛膿無異廚人汗垢種種不淨若著口中腦有爛涎二道流下與唾和合然後成味其狀如吐從腹門入地持水爛風動火煑如釜熟糜滓濁下沉清者在上譬如釀酒滓濁爲屎清者爲尿腰有三孔風吹膩汁散入百脉與先血和合凝變爲肉從新肉生脂骨髓從是中生身根從新舊肉合生五情根從此五根生五識五識次第生意識分別取相籌量好醜然後生我我所心生等諸煩惱及諸罪業觀食

如是本末因緣種種不淨知內四大與外四大無異但以我見故强爲我有復次思惟此食墾植耘除收穫蹂治舂磨淘汰炊煑乃成用功甚重計一鉢之飯作夫流汗集合量之食少汗多此食作之功重辛苦如是入口食之即成不淨無所一直宿昔之間變爲屎尿本是美味人之所嗜變成不淨惡不欲見行者自思如此弊食我若貪著當墮地獄噉燒鐵丸從地獄出當作畜生牛羊駱駝償其宿債或作猪狗常噉糞除如是觀食則生猒想因食猒故於五欲皆猒譬如一婆羅門修淨潔法有事緣故到不淨國自思我當云何得免此不淨唯當乾食可得清淨見一老母賣白髓餅而語之言我有因緣住此百日常作此餅送來當多與價老母日日作餅送之婆羅門貪著飽食歡喜老母作餅初時白淨後轉無色無味即問老母何緣爾耶母言癰瘡差故婆羅門問此言何謂母言我大家夫人隱處生癰以麪酥甘草拊之癰熟膿出和合酥餅日日如是以此作餅與汝是以餅好今夫人癰差我當何處更得婆羅門聞之兩拳打頭搥胷乾嘔我當云何破此淨法我爲了矣棄捨緣事馳還本國行者亦如是著是飲食歡喜樂噉見其好色細滑香美可口不觀不淨後受苦報悔將何及若能觀食本末如是生惡猒心因離食欲四欲皆捨於欲界中樂悉皆捨離斷此五欲於五下分結亦斷如是等種種因緣惡罪不復樂著是名食猒想

問曰無常苦無我想與無漏智慧相應食猒等四想與有漏智慧相應次第法應在前今

何以後說答曰佛法有二種道見道修道見道中用是三想破諸邪見等得聖果猶未離欲爲離欲故三想次第說是食猒等四想得離婬欲等諸煩惱初三想示見諦道中四想爲示學修道後三想示無學道初習身念處中雖有食猒想功用少故佛不說今爲須陀洹斯陀含度欲故無我想次第食猒等四想一切世間不可樂想者若念世間色欲滋味車乘服飾廬觀園宅種種樂事則生樂想若念世間衆惡罪事則心生猒想何等惡事惡事有二種一者衆生二者土地衆生有八苦之患生老病死恩愛别離怨憎同處所求不得略而言之五受衆苦衆生之罪婬欲多故不别好醜不隨父母師長教誨無有慚愧與禽獸無異瞋恚多故不别輕重瞋毒狂發乃至不受佛語不欲聞法不畏惡道杖楚橫加不知他苦入大闇中都無所見愚癡多故所求不以道不識事緣如擊角求乳無明覆故雖衆日照永無所見慳貪多故其舍如塜人不向之憍慢多故不敬賢聖不孝父母憍逸自壞永無所直邪見多故不信今世後世不信罪福不可共處如是等諸煩惱多故弊敗爲無所直惡業多故造無間罪或殺父母或傷害賢聖或要時榮貴讒賊忠貞殘害親戚復次世間衆生善好者少弊惡者多或時雖有善行貧賤鄙陋或雖富貴端正而所行不善或雖好布施而貧乏無財或雖富有財實而慳惜貪著不肯布施或見人有所思黙無所說便謂憍高自畜不下接物或見好下接物恩惠普潤便謂欺誑諂飾或見能語善論

便謂恃是小智以爲憍慢或見質直好人便共欺誑調投引挽淩易或見善心柔輭便共輕陵蹋蹴不以理遇若見持戒清淨者便謂所行矯異輕賤不數如是等衆生弊惡無一可樂土地惡者一切土地多衰無吉寒熱饑渴疾病惡疫毒氣侵害老病死畏無處不有身所去處衆苦隨之無處得免雖有好國豐樂安隱多爲諸煩惱所惱則不名樂土一切皆有二種苦身苦心苦無國不有如說

有國土多寒　或有國多熱　有國無救護
或有國多惡　有國常饑餓　或有國多病
有國不修福　如是無樂處

衆生土地有如是惡思惟世間無一可樂欲界惡事如是上二界死時退時大生懊惱甚於下界譬如極高處墮摧碎爛壞問曰無常想苦想無我想一切世間不可樂想有何等異而别説答曰有二種觀總觀别觀前爲總觀此中别觀復有二種觀法觀衆生觀前爲呵一切法觀此中觀衆生罪惡不同復次前者無漏道此中有漏道前見諦道今思惟道如是等種種差别一切地中攝緣三界法是名一切世間不可樂想死想者如死念中説不淨想者如身念處中説斷想離想盡想者緣涅槃相斷諸結使故名斷想離結使故名離想盡諸結使故名盡想問曰若爾者一想便足何以説三答如前一法三種説無常即是苦苦即是無我此亦如是一切世間罪惡深重故三種呵如伐大樹不可以一下斷涅槃微妙法昔所未得是故種種讚名爲斷想離想盡想復次斷三毒故名爲斷離愛故名

爲離滅一切苦故更不生故名爲盡復次行者於煖法頂法忍法世間第一法正智慧觀遠諸煩惱是名離想得無漏道斷諸結使是名斷想入涅槃時滅五受衆不復相續是名盡想斷想有餘涅槃盡想無餘涅槃離想無涅槃方便門是三想有漏無漏故一切地中攝

釋初品中十一智

【經】十一智法智比智他心智世智苦智集智滅智道智盡智無生智如實智

【論】法智者欲界繫法中無漏智欲界繫因中無漏智欲界繫法滅中無漏智爲斷欲界繫法道中無漏智及法智品中無漏智比智者於色無色界中無漏智亦如是他心智者知欲界色界繫見在他心心數法及無漏心心數法少分世智者諸有漏智慧苦智者五受衆無常苦空無我觀時得無漏智集智者有漏法因因集生緣觀時無漏智滅智者滅止妙出觀時無漏智道智者道正行達觀時無漏智盡智者我見苦已斷集已盡證已修道已如是念時無漏智慧見明覺無生智者我見苦已不復更見斷集已不復更斷盡證已不復更證修道已不復更修如是念時無漏智慧見明覺如實智者一切法總相別相如實正知無有罣礙是法智緣欲界繫法及欲界繫法因欲界繫法滅爲斷欲界繫法道比智亦如是世智緣一切法他心智緣他心有漏無漏心心數法苦智集智緣五受衆滅智緣智緣盡道智緣無漏五衆盡智無生智俱緣四諦十智者一有漏八無漏一當分別他

心智緣有漏心是有漏緣無漏心是無漏法智攝法智及他心智苦智集智滅智道智盡智無生智少分比智亦如是世智攝世智及他心智少分他心智攝他心智及法智比智世智道智盡智無生智少分苦智攝苦智及法智比智盡智無生智少分集智滅智亦如是道智攝道智及法智比智他心智盡智無生智少分盡智攝盡智及法智比智他心智苦智集智滅智道智少分無生智亦如是九智八根相應除慧根憂根苦根世智十根相應除慧根法智比智苦智空三昧相應法智比智滅智盡智無生智無相三昧相應法智比智他心智苦智集智道智盡智無生智無作三昧相應法智比智世智苦智盡智無生智無常想苦想無我想相應世智中四想相應法智比智滅智盡智無生智後三想相應有人言世智或與離想相應法智緣九智除比智比智亦如是世智他心智盡智無生智緣十智苦智集智緣世智及有漏他心智滅智無生智緣道智緣九智除世智法智比智十六相他心智四相苦集滅道各各四相盡智無生智俱十四相除空相無我相煖法頂法忍法中世智十六相世間第一法中世智四想除無相（相轉觀相也舊言十六聖行）初入無漏心成就一世智第二心增苦智法智第四心增比智第六心增集智第十心增滅智第十四心增道智若離欲者增他心智無學道增盡智得不壞解脫增無生智初無漏心中不修智第二心中現在未來修二智第四心中現在修二智未來修三智第六心中現在未來修

二智第八心中現在修二智未來修三智第十心中現在未來修三智第十二心中現在修二智未來修三智第十四心中現在未來修二智第十六心中現在修二智未來修六智若離欲修七智須陀洹欲離欲界結使十七心中修七智除他心智盡智無生智第九解脫心中修八智除盡智無生智信解人轉作見得雙道中修六智除他心智世智盡智無生智離七地欲時無礙道中修七智除他心智盡智無生智解脫道中修八智除盡智無生智離有頂欲時無礙道中修六智除他心智世智盡智無生智八解脫道中修七智除世智盡智無生智無學初心第九解脫不時解脫人修十智及一切有漏無漏善根若時解脫人修九智及一切有漏無漏善根如是等種種如阿毗曇門廣分別如實智分別相此般若波羅蜜後品廣說復次有人言法智者知欲界五衆無常苦空無我知諸法因緣和合生所謂無明因緣諸行乃至生因緣老死如佛為須尸摩梵志說先用法智分別諸法後用涅槃智比智者知現在五受衆無常苦空無我過去未來及色無色界中五受衆無常苦空無我亦如是譬如見現在火熱能燒以此比知過去未來及餘國火亦如是他心智者知他衆生心心數法問曰若知他心心數法何以故但名知他心答曰心是主故但名知他心若說心當知已說心數法世智者名為假智聖人於實法中知凡夫人但假名中知以是故名假智如棟梁椽壁名為屋但知是事不知實義是名世智若智者用

苦慧呵五受衆問曰五受衆亦無常亦苦亦空亦無我何以故但說苦智不說無常空無我智答曰爲苦諦故說苦智集諦故說集智滅諦故說滅智道諦故說道智問曰五受衆有種種惡何以但說苦諦不說無常諦空無我諦答曰若說無常空無我諦亦不壞法相以衆生多著樂畏苦故佛呵世間一切皆是苦欲令捨離故無常空無我中衆生不大畏故不說復次佛法中五受衆有異名名爲苦以是故但說苦是苦智或有漏或無漏若在煖法頂法忍法世間第一法是有漏若入見諦道是無漏何以故從煖法至世間第一法中四種觀苦故集智滅智道智亦如是復次苦智名知苦相實不生集智名知一切法離無有和合滅智名知諸法常寂滅如涅槃道智名知一切法常清淨無正無邪盡智名知一切法無所有無生智名知一切生法不實不定故不生如實智者十種智所不能知以如實智故能知十智各各相各各緣各各別異各各有觀法是如實智中無相無緣無別滅諸觀法亦不有觀十智中有法眼慧眼如實智中唯有佛眼十智阿羅漢辟支佛菩薩共有如實智唯獨佛有所以者何獨佛有不誑法以是故知如實智獨佛有復次是十智入如實智中失本名字唯有一實智譬如十方諸流水皆入大海捨本名字但入大海知如是等種種分別十一智義此中略說

【經】三三昧有覺有觀三昧無覺有觀三昧無覺無觀三昧

【論】一切禪定攝心皆名爲三摩提此言正心

行處是心從無始世界來常曲不端得是正心行處心則端直譬如蛇行常曲入竹筒中則直是三昧三種欲界未到地初禪與覺觀相應故名有覺有觀禪中間但觀相應故名無覺有觀從第二禪乃至有頂地非覺觀相應故名無覺無觀問曰三昧相應心數法乃至二十何以但說覺觀答曰是覺觀嬈亂三昧以是故說是二事雖善而是三昧賊難可捨離有人言心有覺觀者無三昧以是故佛說有覺有觀三昧但不牢固覺觀力小微是時可得有三昧是覺觀能生三昧亦能壞三昧譬如風能生雨亦能壞雨三種善覺觀能生初禪得初禪時發大歡喜覺觀故心散還失以是故但說覺觀問曰覺觀有何差別答曰麁心相名覺細心相名觀初緣中心發相名覺後分別籌量好醜名觀有三種麁覺欲覺瞋覺惱覺有三種善覺出要覺無瞋覺無惱覺有三種細覺親里覺國土覺不死覺六種覺妨三昧三種善覺能開三昧門若覺觀過多還失三昧如風能使船風過則壞船如是種種分別覺觀問曰經說三種法有覺有觀法無覺有觀法無覺無觀法有覺有觀地無覺有觀地無覺無觀地今何以但說三種三昧答曰妙而可用者取有覺有觀法者欲界未到地初禪中覺觀相應法若善若不善若無記無覺有觀法者禪中間觀相應法若善若無記無覺無觀法者離覺觀法一切色心不相應行及無為法有覺有觀地者欲界未到地梵世無覺有觀地者禪中間善修是地作大梵王無覺無觀地者一切光音一切

遍淨一切廣果一切無色地於中上妙者是三昧何等是三昧從空等三三昧乃至金剛及阿羅漢辟支佛諸三昧觀十方佛三昧乃至首楞嚴三昧從斷一切疑三昧乃至三昧王等諸佛三昧如是等種種分別略說三三昧義

【經】三根未知欲知根知根知已根

【論】未知欲知根者無漏九根和合信行法行人於見諦道中名未知欲知根所謂信等五根喜樂捨根意根信解見得人思惟道中是九根轉名知根無學道中是九根名知已根問曰何以故於二十二根中但取是三根答曰利解了了自在相是名為根餘十九根根相不具足故不取是三根利能直入至涅槃諸有為法中主故得自在能勝諸根復次十根但有漏自得無所利益故九根不定或有漏或無漏故不說菩薩應具足問曰十想亦有漏無漏何以故說應具足答曰十想皆是助道求涅槃法信等五根雖是善法不盡求涅槃如阿毗曇中說誰成就信等根不斷善根者復次若五根清淨變為無漏三根中已攝是三根中必有意根三受中必有一受以是故但說三根復次二十二根有善有不善有無記雜是故不說應具足是三根受衆行衆識衆攝未知欲知根在六地知根知已根在九地三根緣四諦六想相應未知欲知根三根因知根二根因知已根但知已根因未知欲知根次第生二根知根次第或生有漏根或生知根或生知已根知已根或生有漏根或生知已根如是等以阿毗曇門廣分別

説復次未知欲知根名諸法實相未知欲知故生信等五根是五根力故能得諸法實相如人初入胎中得二根身根命根爾時如叚肉未具諸根未能有所别知五根成就能知五塵菩薩亦如是初發心欲作佛未具足是五根雖有願欲知諸法實相不能得知菩薩生是信等五根則能知諸法實相如眼四大及四大造色和合名爲眼先雖有四大四大造色未清淨故不名眼根不斷善根人雖有信未清淨故不名爲根若菩薩得是信等五根是時能信諸法相不生不滅不垢不淨非有非無非取非捨常寂滅眞淨如虛空不可示不可説一切語言道過出一切心心數法所行如涅槃是則佛法菩薩以信根力故能受精進根力故懃行不退不轉念根力故不令不善法入攝諸善法定根力故心散五欲中能攝實相中慧根力故於佛智慧中少多得義味不可壞五根所依意根必與受俱若喜若樂若捨依是根入菩薩位乃至未得無生法忍果是名未知欲知根此中知諸法實相了了故名知從是得無生法忍果住阿鞞跋致地得受記乃至滿十地坐道場得金剛三昧於其中間名爲知根斷一切煩惱習得阿耨多羅三藐三菩提一切可知法智慧遍滿故名爲知已根

大智度論卷第二十三

音釋

叵 普火切不可也
愕 五各切驚懅也
眴 輸閏切目動也
滓 側氏切澱也
釀 女亮切作酒也
穫 胡郭切刈穫也
蹂 人又切踐也
淘汰 淘徒刀切汰徒蓋切
㲉 古候切取牛羊乳也
蹴 七六切迫蹙也
撓 奴巧切擾也

大智度論卷第二十四

龍樹菩薩造

姚秦三藏法師鳩摩羅什譯

釋初品中十力

【經】舍利弗菩薩摩訶薩欲遍知佛十力四無所畏四無礙智十八不共法大慈大悲當習行般若波羅蜜

【論】問曰是十力四無所畏等是佛無上法應當前說何以故先說九想八念等答曰六波羅蜜是菩薩所應用先已說三十七品乃至三無漏根是聲聞法菩薩行是六波羅蜜得力故欲過聲聞辟支佛地亦欲教化向聲聞辟支佛人令入佛道是故呵是小乘法捨一切衆生無所利益若諸聲聞人言汝是凡夫人未斷結使不能行是法是故空訶以是故佛言菩薩應具足三十七品等諸聲聞法不可得故雖行是諸法以不可得故爲衆生行邪行故行此正行常不捨是諸法不可得空亦不疾取涅槃證若菩薩不解不行是小乘而但呵者誰當肯信譬如釋迦牟尼佛若先不行六年苦行而呵言非道者無人信受以是故自行苦行過於餘人成佛道時呵是苦行道人皆信受是故六波羅蜜後次第行聲聞法復次此非但是聲聞法是法中和合不捨衆主意具足一切佛法以不可得空智故名菩薩法問曰若菩薩具足三十七品諸法者云何不入聲聞法位答曰具足者具足觀知而不取證了了觀知故名具足如佛說

一切畏杖痛　莫不惜壽命
恕己可爲喻　杖不加羣生

雖言一切畏杖痛無色界衆生無身色界雖有身而無鞭杖欲界中諸佛轉輪聖王夜摩天已上皆不畏杖楚爲畏得杖處者故言一切具足亦如是不爲求證著法故言具足復次我先説不捨衆生以不可得空智和合故不墮聲聞地問曰從六波羅蜜至三無漏根但言應具足自此已後何以故皆言欲得欲知是事當習行般若波羅蜜答曰聲聞法有量有限故言應具足自此已下是諸佛法甚深無量菩薩未得故言欲得是事當學般若波羅蜜復次聲聞法易解易知故言具足菩薩法佛法難解難知故言當學復次聲聞法總相但知苦知苦因知苦盡知盡苦道譬如二種醫一者但知病知病因知差病知差病藥而不知一切病不知一切病因不知一切病差不知一切差病藥或復但知治人病不知治畜生或能治一國土不能治餘國土有能治數十種病不悉知四百四種病病因病差差病藥亦如是二者於四種中悉皆遍知遍知藥遍知病聲聞人如小醫不能遍知菩薩摩訶薩如大醫無病不知無藥不識以是故聲聞法應具足菩薩法當學佛十力者是處不是處如實知一力也知衆生過去未來現在諸業諸受知造業處知因緣知果報二力也知諸禪解脱三昧定垢淨分別相如實知三力也知他衆生諸根上下相如實知四力也知他衆生種種欲五力也知世間種種無數性六力也知一切道至處相七力也知種種宿命共相共因緣一世二世乃至百千世劫初劫盡我在彼衆生中如是姓名飲食

苦樂壽命長短彼中死是間生是間死還生是間此間生名姓飲食苦樂壽命長短亦如是八力也佛天眼淨過諸天人眼見衆生死時生時端正醜陋若大若小若墮惡道若墮善道如是業因緣受報是諸衆生惡身業成就惡口業成就惡意業成就謗毀聖人邪見邪見業成就是因緣故身壞死時入惡道生地獄中是諸衆生善身業成就善口業成就善意業成就不謗聖人正見正見業成就是因緣故身壞死時入善道生天上九力也佛諸漏盡故無漏心解脫無漏智慧解脫現在法中自識知我生已盡持戒已立不作後有盡如實知十力也問曰是十力菩薩未得聲聞辟支佛所不能得今何以說答曰聲聞人雖不能得若聞是十力功德作是念佛有如是大功德自慶言我等善利蒙益不少得信心清淨入盡苦道諸菩薩者聞之勤修菩薩道當得如是十力等大功德果復次有聲聞人及菩薩修念佛三昧非但念佛身當念佛種種功德法身應作是念佛一切種一切法能解故名一切智人一切法如實善分別說故名一切見人一切法現前知故名一切知見無礙人等心一切衆生故名大慈悲人有大慈悲故名爲世救如實道來故名爲如來應受一切世間供養故名爲應供人成就不顛倒智慧故名正遍知戒定智慧成就故名明行成不復還故名善逝知世間總相別相故名世間解善說出世間安隱道故名無上調御師以三種教法度衆生故名天人師一切世間煩惱睡能自覺亦能覺人故名爲覺

人一切所願具足故名有德十力成就故名堅誓得四無畏故名人師子得無量甚深智故名大功德海一切記說無礙故名如風一切好醜無憎愛故名如地燒一切結使薪故名如火善斷一切煩惱習故名具足解脫最上住處故名爲世尊佛有如是等諸功德故應念佛以是故菩薩摩訶薩欲得佛十力四無所畏十八不共法當學般若波羅蜜復次佛在王舍城耆闍崛山中說是般若波羅蜜時佛四部衆及諸外道在家出家諸天龍鬼神等種種大衆集會佛入三昧王三昧放大光明遍照恒河沙等世界地六種震動說是般若波羅蜜六波羅蜜乃至三無漏根是中有衆生疑有何等力有幾種力故能作如是不可思議感動利益佛知衆生心有如是疑故言我有諸法實相智力是力有十種用是十種智故能作如是感動變化亦能過是所作以是故言欲得十力當學般若波羅蜜復次佛弟子世世植善根以少罪緣故墮外道諸外道常言佛非實有功德力是幻術力誑惑人心佛弟子墮外道者心疑若爾者佛非大人欲滅是惡謗故言我實有十力四無所畏故度衆生非是幻誑也復次諸菩薩修菩薩道苦行事難辦難成故欲懈息是故佛言行是十力當得無量果報譬如賈客主慰諭商人言汝等慎勿疲倦精勤努力得至寶山當得七寶如意寶珠佛亦如是安慰諸菩薩言無得疲猒當勤精進修菩薩道行是十力當得無量果報如是等種種利益因緣故說十力等問曰佛有無量力何以故但說十力

答曰諸佛雖有無量力度人因緣故說十力足成辦其事以是處不是處智力分別籌量衆生是可度是不可度以業報智力分別籌量是人業障是人報障是人無障以禪定解脫三昧智力分別籌量是人著味是人不著味以上下根智力分別籌量衆生智力多少以種種欲智力分別籌量衆生所樂以種種性智力分別籌量衆生深心所趣以一切至處道智力分別籌量衆生解脫門以宿命智力分別籌量衆生先所從來以生死智力分別籌量衆生生處好醜以漏盡智力分別籌量衆生得涅槃佛用是十種力度脫衆生審諦不錯皆得具足以是故佛雖有無量力但說此十力復次是處不是處力定知從是因緣出是果報是中總攝九力爲欲度衆生故於初力中分別有九種何以故是世間衆生現前見穀從種出而不能知何況心心數法因緣果報佛於內外因緣果報了了遍知故名爲力佛知是衆生業煩惱因緣故縛淨禪定三昧解脫因緣故解是一切衆生三世三種諸業諸煩惱輕重深淺麤細佛悉遍知故名力一切衆生諸禪定解脫三昧大小深淺解脫因緣佛悉遍知故名力衆生鈍根爲後身故作罪福業因緣利根人爲不生故集諸業佛悉知此上下根好醜相故名力知一切衆生二種欲作上下根因緣二種欲善惡種種別異佛悉遍知故名力二種欲由二種性因緣故遍知衆生深心所趣故名力一切衆生種種性因緣故行二種道所謂善道惡道種種門所至處佛悉遍知故名力過去未來

世中因緣果報智慧無礙是名宿命生死智力知過去未來因果已悉知方便壞因緣果報相續是名漏盡力佛知三世中二種因緣分別籌量衆生根欲性爲漏盡故說法是漏盡力問曰何等爲是處不是處力答曰佛知一切諸法因緣果報定相從是因緣生如是果報從是因緣不生如是果報所以者何如多性經中說是處不是處相女身作轉輪聖王無是處何以故一切女人皆屬男子不得自在故女人尚不得轉輪聖王何況作佛若女人得解脫涅槃亦因男子得無有自然得道二轉輪聖王一時出世無是處何以故無惡業成就故二轉輪聖王尚不同世何況二佛惡業得受樂報無是處惡業尚不能得世間樂何況出世樂若惡行生天無是處惡行尚不能得生天何況涅槃五蓋覆心散亂離修七覺而得涅槃無是處五蓋覆心離修七覺尚不能得聲聞道何況佛道心無覆蓋佛道可得何況聲聞道如是等是處不是處多性經中佛口自說諸論議師輩依是佛語更廣說是處不是處若言佛有闕失罪過若諸賢聖求外道師若諸賢聖自言我是佛若諸賢聖墮惡道若見諦所斷結更生若諸賢聖覆藏罪若須陀洹二十五有皆無是處如賢聖中分別廣說五逆人五種黄門墮四惡道衆生鬱多羅越人魔眷屬三障所遮若言得道皆無是處輕說法者輕法自輕破戒愚癡若言得具足善法無是處自言我是佛此身口惡不悔欲見佛若破僧罪不悔欲見佛邪定入正定正定入邪定正定入不定除佛法

别有眞得道人應得道身若死皆無是處除因縁生識出名色更有法無是處佛遣使事未訖若遮礙無是處入慈三昧若他因縁死入滅盡定在見諦道中若死皆無是處若害佛及佛毋無是處轉輪聖王女寶象馬主藏臣主兵臣若在胎中死毋子天喪皆無是處鬱多羅越人女寶佛毋命終次身入惡道皆無是處有爲常涅槃無常凡夫人能斷非有想非無想結使一切取相禪定中修聖道無漏道有漏因若地濕相水堅相火冷相風住相皆無是處無明不能生諸行乃至生不能生老死無有是處二心一時生五識衆能分别取相若著若離能起身業口業若眠若入禪定無有是處但五識相續生不生意識但五識衆中著有相續但五識衆能縁名能縁相能縁無色法能縁過去未來能縁離三世法但五識衆中有憎觸明觸修禪定若受善律儀不善律儀若憂喜鼻識舌識有隱沒無記若有無覺無觀若增益諸根皆無是處凡夫人第六識離我受心行無是處如是等無量無是處是處亦如是佛知是處無是處分别籌量可度者爲説法不可度者爲作因縁譬如良醫知病可治不可治聲聞辟支佛所知少少故或不應度者欲度如首羅應度而不度如舍利弗所不度者是佛無是事無能壞無能勝悉遍知故是初力業報智力者身口所作業及此生無作業所受戒業亦惡業日夜隨生業用生罪福業是業佛略説三處攝是名一切業用佛知一切衆生有業過去報亦過去有業過去報在現在有業過去報

在未來有業過去報在過去現在有業過去報在過去未來有業過去報在現在未來有業過去報在過去未來現在現在業亦如是復次善心中受善不善無記業報不善心無記心亦如是復次樂業因緣故受樂報苦業因緣故受苦報不苦不樂業因緣故受不苦不樂報現報業因緣故受現報生報業因緣故受生報後報業因緣故受後報不淨業因緣故受惱報淨業因緣故受無惱報雜業因緣故受雜報復次二種業必受報業不必受報業必受報業不可得離或待時待人待處受報如福人應共轉輪聖王受福待轉輪聖王好世出是時乃受是爲待時待人者人即是轉輪聖王待處者轉輪王所出處復次是必受報業不待技能功勳若醜若好不求自來如天上生人福樂自至地獄中人罪苦自追不待因緣此業深重故復次必受報業如毗瑠璃軍殺七萬二千諸得道人及無量五戒優婆塞如目連等大神通人所不能救如薄拘羅後母投著火中湯中水中而不死如佛遊諸國雖出家行乞不須膳供而五百乘車載王所食業中生粳米隨飯百味羹如是等善惡業必受餘者不必受欲界受三種業報處樂受業苦受業不苦不樂受業色界受二種業報處樂受業不苦不樂受業無色界受一種業報處不苦不樂受業或待事者依是事得受業報如弗迦羅婆王池中生千葉金色蓮華大如車輪因是大會快樂多人出家得道佛知一切衆生造諸業處或欲界色界無色界欲界在何道中若天道在何天中

若人中在何天下若閻浮提在何國若是國在何城何聚落若是城在何里何巷何舍在何處知是業何時作過去一世二世乃至百千萬世是業果報幾已受幾未受幾必受幾不必受知善不善所用事物所謂刀杖教勑殺等自殺遣人殺諸餘惡業亦如是善業亦如是知如布施持戒修善施中所施何等土地房舍衣服飲食醫藥卧具七寶財物戒中受戒自然戒心生戒口言戒一行戒少分戒多分戒滿分戒一日戒七善道戒十戒具足戒定共戒善福中修初禪二三四禪慈心悲喜捨心如是等業善因緣若慳貪若瞋恚若怖畏若邪見若惡知識等種種惡業因緣福業因緣若信若憐愍若恭敬若禪定若智慧若善知識等種種善業因緣是諸業自在一切天及人是諸業相無能轉者於億千萬世常隨逐衆生不捨如債主隨人得因緣具足便與果報如地中種子得因緣時節和合便生是業能令衆生六道中受生駛疾於箭一切衆生皆有諸業報分如父毋遺財諸子皆應得分是業果報時到不可遮止如劫盡火隨衆生應生處處安置如大國王隨其所應而與官職人命終時是業來蔭覆其心如大山映物是業能與種種身如工畫師作種種像若人以正行御業善法將養則與好報若以邪行御業不善將養則與惡報如人事王隨事得報如是等分別諸業相果報復次如分別業經中佛告阿難行惡人好處生行善人惡處生阿難言是事云何佛言惡人今世罪業未熟宿世善業已熟以是因緣故今雖

爲惡而生好處或臨死時善心心數法生是因緣故亦生好處行善人生惡處者今世善未熟過世惡已熟以是因緣故今雖爲善而生惡處或臨死時不善心心數法生是因緣故亦生惡處問曰熟不熟義可爾臨死時少許時心云何能勝終身行力答曰是心雖時頃少而心力猛利如火如毒雖少能成大事是垂死時心決定猛健故勝百歲行力是後心名爲大心以捨身及諸根事急故如人入陣不惜身命名爲健如阿羅漢捨是身著故得阿羅漢如是等種種罪福業報轉報亦應如是知聲聞人但知惡業罪報善業福報不能如是細分別佛悉遍知是業及業報智慧勢力無礙無盡無能壞無能勝是名第二力禪定解脫三昧淨垢分別智力者禪名四禪佛知是禪佐助道法名相義分次第重修有漏無漏學無學淨垢味不味深淺分別等八解脫如禪中分別相說禪攝一切色界定說解脫攝一切定禪波羅蜜即是諸解脫禪定解脫三昧皆名爲定定名爲心不散亂垢名愛見慢等諸煩惱淨名眞禪定不雜愛見慢等煩惱如眞金分別名諸定中有一心行不一心行常行不常行難入易入難出易出別取相總取相轉治不轉治轉治如婬欲中慈心瞋人不淨觀愚癡思惟邊無邊掉戲心中用智慧分別諸法沒心中欲攝心若不爾者名不轉治是定中應分別時及住處若身羸是非行定時如菩薩苦行時作是念我今不能生禪定若多人處亦非定處復次佛知是禪定爲失故是禪爲住故是禪爲增益故

是禪爲逹到涅槃故復次佛知是人難入定難出定易入易出易入難出難入易出佛知是人應得如是禪知是人失禪受五欲知是人受五欲已還得禪依是禪得阿羅漢如是等一切諸禪定解脱即是三昧是禪定佛以甚深智慧盡知無能壞無能勝是名第三力知衆生上下根智力者佛知衆生是利根鈍根中根利智名爲上鈍智名爲下佛用是上下根智力分别一切衆生是利根是中根是鈍根是人如是根今世但能得初果更不能得餘是人但能得第二第三第四果是人但能得初禪是人但能得第二第三第四禪乃至滅盡定亦如是是人當作時解脱證是人當作不時解脱證是人能得於聲聞中第一是人能得於辟支佛中第一是人具足六波羅蜜能得阿耨多羅三藐三菩提如是知已或爲略説得度或爲廣説得度或爲略廣説得度或以輭語教或以苦語教或以輭苦語教佛亦分别是人有餘根應令增生信根是人應令生精進念定慧根是人用信根入正位是人用慧根入正位是人利根爲結使所遮如鴦群梨摩羅等是人利根不爲結使所遮如舍利弗目連等知根雖鈍而無遮如周利般陀伽有根鈍而遮者知是人見諦所斷根鈍思惟所斷根利思惟所斷鈍見諦所斷利是人一切根同鈍同利是人一切根不同鈍不同利是人先因力大是人今緣力大是人欲縛而得解是人欲解而得縛譬如鴦羣棃摩羅欲殺母害佛而得解脱如一比丘得四禪增上慢故還入地獄知是人必墮惡道

是人難出是人易出是人疾出是人久久乃出如是等一切衆生上下根相皆悉遍知無能壞無能勝是名第四力知衆生種種欲智力者欲名信喜好樂好五欲如孫陀羅難陀等好名聞如提婆達等好世間財利如須彌剎多羅等好出家如耶舍等好信如跋迦利等好持戒如羅睺羅等好施如陀跋羅佛姑甘露女所生也好頭陀遠離如摩訶迦葉好坐禪如隸跋多等好智慧如舍利弗等好多聞如阿難等好知毗尼如優波離等如是佛弟子各各有所好凡夫人亦各各有所喜或有喜婬欲或有喜瞋恚復次佛知是人多欲多瞋多癡問曰何等是多婬多瞋多癡相答曰如禪經中說三毒相是中應廣說知如是相已多婬欲人不淨法門治多瞋人慈心法門治多愚癡人因緣法門治如是隨所欲說法所謂善欲隨心爲說如船順流惡欲以苦切語教如以楫出楫是欲智中佛悉遍知無能壞無能勝是名第五力性智力者佛知世間種種別異性性名積習相從性生欲隨性作行或時從欲爲性習欲成性性名染心爲事欲名隨緣起是爲欲性分別世間種種別異者各各性多性無量不可數是名世間別異有二種世間世界世間衆生世間此中但說衆生世間佛知衆生如是性如是欲從是處來成就善根不善根可度不可度定不定必不必行何行生何處在何地復次佛知是衆生種種性相所謂隨所趣向如是偏多如是貴如是染心事如是欲如是業如是行如是煩惱如是禮法如是定如是威儀如是知如是見如

是憶想分別爾所結使生爾所結使未生隨所著生欲隨欲染心隨染心趣向隨趣向貴重隨貴重常覺觀隨覺觀爲戲論隨戲論常念隨念發行隨發行作業隨作業果報復次佛用是種種性智力知是衆生可度是不可度是今世可度是後世可度是即時可度是異時可度是現前可度是眼不見可度是人佛能度是人聲聞能度是人共可度是人必可度是人必不可度是人略說可度是人廣說可度是人略廣說可度是人讚歎可度是人折伏可度是人將迎可度是人棄捨可度是人細法可度是人麤法可度是人苦切可度是人輭語可度是人苦輭可度是邪見是正見是著過去是著未來是著斷滅是著常是著有見是著無見是欲生是猒生是求富貴樂是著厚邪見是說無因無緣是說邪因緣是說正因緣是說無作業是說邪作業是說正作業是說不求是說邪求是說正求是貴我是貴五欲是貴得利是貴飲食是貴說戲樂事是樂衆是樂慣鬧是樂遠離是多行愛是多行見是好信是好慧是應守護是應捨是貴持戒是貴禪定是貴智慧是易悟是講說乃悟是可引導是句句解是利根是鈍根是中根是易出易拔是難出難拔是畏罪是重罪是畏生死是不畏生死是多欲是多瞋是多癡是多欲瞋是多欲癡是多瞋癡是多欲瞋癡是薄煩惱是厚煩惱是少垢是多垢是覆慧是略慧是廣慧是人善知五陰相十二入十八界十二因緣是處非是處苦集滅道善知入定出定住定復次佛知是欲界

衆生是色界是無色界衆生是地獄畜生餓鬼人天是卵生胎生濕生化生是有色是無色是有想是無想是短命是長命是但凡夫人未離欲是凡夫人離下地欲未離禪欲如是乃至非有想非無想是向道是得果是辟支佛是諸佛如是等種種分别五道四生三聚假名障衆入界善根不善根諸結使地業果是可度是不可度滅智分别以如是等分别知世間種種别異性得無礙解脱如是等種種别異佛悉遍知無能壞無能勝是名第六力一切至處道智力者有人言業即是道所以者何業因緣故遍行五道有業能斷業能有所至所謂三聖道分及無漏思以是故諸業是一切至處道復次有人言五分五智三昧住一切處利益事辦復有人言第四禪即是何以故第四禪一切諸定至處如諸經中說是善心定心不亂心攝心皆入第四禪中復次有人言如身念處即是至處道是諸道利益之本復有言一切聖道是用是聖道得隨意利益復有論者言一切善道一切惡道一切聖道各各知諸道至處如毛竪經中說佛悉遍知無能壞無能勝是名第七力宿命智力者宿命有三種有通有明有力凡夫人但有通聲聞人亦通亦明佛亦通亦明亦力所以者何凡夫人但知宿命所經不知業因緣相續以是故凡夫人但有通無有明聲聞人知集諦故了了知業因緣相續生以是故聲聞人亦有通亦有明若佛弟子先凡夫人時得宿命智入見諦道中知集因緣第八無漏心得斷見故故通變爲明所以者何明

名見根本若佛弟子先得聖道後宿命智生亦知集因緣力故通變爲明問曰若佛本爲菩薩時先得宿命智諸菩薩離無所有處煩惱後入聖道故云何佛說我初夜得初明答曰是時非明若佛在衆中說我彼時得是明示衆人言是明初夜得譬如國王未作王時生子後作王時人問王子何時生答言王子某時生是生時未作王以今是王故以彼爲王子言王子彼時生佛亦如是宿命智生爾時未是明但名通後夜時知集因緣故通變爲明後在衆中說言我初夜時得是明問曰通明義如是云何爲力答曰佛用是明知已身及衆生無量無邊世中宿命因緣所更種種悉遍知是爲力無能壞無能勝是名第八力生死智力者佛用天眼見衆生生死處凡

夫人用是天眼極多見四天下聲聞人極多傍見小千世界上下亦遍見問曰大梵王亦能見千世界有何等異答曰大梵王自於千世界中立則遍見若在邊立則不見餘處聲聞人則不爾在所住處常見千世界辟支佛見百千世界諸佛見無量無邊諸世界凡夫人天眼智是通而非明亦如是但見所有事不能見隨業因緣受生如宿命中說復次得天眼人中最第一者阿泥盧豆色界四大造色半頭清淨是天眼佛天眼四大造色遍頭清淨是爲差別復次聲聞人所住於三昧中得天眼即所住三昧中能見若有覺有觀三昧若無覺有觀三昧若無覺無觀三昧佛隨所入三昧中住欲見盡見若依無覺無觀三昧中得天眼入有覺有觀三昧若無覺有觀

三昧中亦能見復次聲聞人用是天眼見時所住三昧中心入餘三昧天眼則滅佛則不爾心雖入餘三昧天眼不滅是智慧遍知一切衆生生死所趣無能壞無能勝是名第九力漏盡智力者問曰九力智慧分別有差別漏盡則同一切聲聞辟支佛有何等異答曰雖漏盡是同智慧分別大差别聲聞極大力思惟所斷結生分住分滅分三時斷佛則不爾一生分時盡斷聲聞人見諦所斷結使生時斷思惟所斷三時滅佛則見諦所斷思惟所斷無異聲聞人初入聖道時入時與達時異佛則一心中亦入亦達一心中得一切智一心中壞一切障一心中得一切佛法復次諸聲聞人有二種解脱煩惱解脱少障解脱佛有一切煩惱解脱亦有一切法障解脱佛

自然得智慧諸聲聞人隨教道行得復有人言若佛以智慧斷一切衆生煩惱其智亦不耗不減譬如熱鐵丸著少綿上雖燒此綿而火熱勢不減佛智慧亦如是燒一切煩惱智力亦不減復次聲聞但知自盡漏諸佛自知盡漏亦知盡他人漏如淨經中説復次佛獨知衆生心中分别有九十八使一百九十六纏除佛無有知者佛亦獨知苦法智苦比智中斷爾所結使性乃至道比智亦如是思惟所斷九解脱道中亦爾佛悉遍知一切衆生如是事聲聞若少知少説皆隨佛語如是漏盡智慧力勢無能壞無能勝是名第十力問曰是十力何者最勝答曰各各於自事中大如水能漬火能燒各自有力有人言初力爲大能攝十力故或言漏盡力大事辦得涅槃

故論者言是十力皆以無礙解脱爲根本無礙解脱爲增上問曰若是十力獨是佛事弟子今世無人能得佛何以故説答曰斷人十力中疑故無智人令心決定堅牢故令四衆歡喜言我等大師獨有如是力不與一切衆生共又諸外道輩言憍曇氏沙門常寂靜處住智慧縮没以是故發至誠言我十種智力四無所畏安立具足在大衆中説眞智慧教化衆生如師子吼轉梵輪一切外道及天世人無能轉者爲止是謗故説是十力問曰好人法一事智慧尚不應自讚何況無我無所著人而自讚十力如説

自讚自毁　讚他毁他　如是四種　智者不行

答曰佛雖無我無所著有無量力大悲爲度衆生故但説十力不爲自讚譬如好賈客導師見諸惡賊誑諸賈客示以非道導師愍念故語諸賈客我是實語人汝莫隨誑惑者又如諸弊醫等誑諸病人良醫愍之語衆病者我有良藥能除汝病莫信欺誑以自苦困復次佛功德深遠若佛不自説無有知者爲衆生所説所益甚多以是故佛自説是十力復次有可度者必應爲説所應説中次第應説十力若不説彼不得度是故自説譬如日月出時不作是念我照天下當有名稱日月既出必自有名佛亦如是不自念爲有名稱故自説功德佛清淨語言説法光明破衆生愚闇自然有大名稱以是故佛自説十力等諸功德無有失力名能有所辦用是十種力增益智慧故能破論議師用是十種力增益智慧故能好説法用是十種力增益智慧故能

摧伏不順用是十種力增益智慧故於諸法中得自在如大國主於臣民大衆中得自在是爲以聲聞法略説十力義

大智度論卷第二十四

音釋

差（楚懈切病瘉也）駛（踈士切疾也）楔（先結切木櫼也）漬（疾智切漫潤也）

大智度論卷第二十五

龍樹菩薩造

姚秦三藏法師鳩摩羅什譯

釋初品中四無畏四無礙智

四無所畏者佛作誠言我是一切正智人若有沙門婆羅門若天若魔若梵若復餘衆如實言是法不知乃至不見是微畏相以是故我得安隱得無所畏安住聖主處如牛王在大衆中師子吼能轉梵輪諸沙門婆羅門若天若魔若梵若復餘衆實不能轉一無畏也佛作誠言我一切漏盡若有沙門婆羅門若天若魔若梵若復餘衆如實言是漏不盡乃至不見是微畏相以是故我得安隱得無所畏安住聖主處如牛王在大衆中師子吼能轉梵輪諸沙門婆羅門若天若魔若梵若復餘衆實不能轉二無畏也佛作誠言我說障法若有沙門婆羅門若天若魔若梵若復餘衆如實言受是障法不障道乃至不見是微畏相以是故我得安隱得無所畏安住聖主處如牛王在大衆中師子吼能轉梵輪諸沙門婆羅門若天若魔若梵若復餘衆實不能轉三無畏也佛作誠言我所說聖道能出世間隨是道能盡諸苦若有沙門婆羅門若天若魔若梵若復餘衆如實言行是道不能出世間不能盡苦乃至不見是微畏相以是故我得安隱得無所畏安住聖主處如牛王在大衆中師子吼能轉梵輪諸沙門婆羅門若天若魔若梵若復餘衆實不能轉四無畏也問曰以何事故說四無所畏答曰有人言佛自稱一切智一切見世間一切經書技術智

巧方便甚多無量若一切衆生共知一切事猶尚難況佛一人而有一切智或有是事有是事難佛將無有畏欲斷是疑妄斷是難故佛說四無所畏復次若佛未出世外道等種種因緣欺誑求道求福人或食種種果或食種種菜或食種種草根或食牛屎或食稊稗或日一食或二日或十日一月二月一食或噏風飲水或食水衣如是等種種食或衣樹皮樹葉草衣鹿皮或衣板木或在地臥或臥杵上杖上灰上棘上或寒時入水或熱時五熱自炙或入水死入火死投巖死斷食死如是等種種苦行法中求天上求涅槃亦教弟子令不捨是法如是引致少智衆生以得供養譬如螢火蟲日未出時少多能照若日出時千光明照月及衆星皆無有明豈況螢火若佛未出世諸外道輩小明照世得供養佛出世時以大智光明滅諸外道及其弟子皆不復得供養以失供養利故便妄語謗佛及佛弟子如孫陀利經中說自殺孫陀利而謗佛語衆人言世間弊人尚不爲是是人世間禮法尚不能知何況涅槃佛欲滅如是等誹謗故自說實功德四無所畏言我獨是一切智人無有能如實言佛不能知我不畏是事我獨一切諸漏及習盡無有能如實言佛漏未盡我不畏是事我說遮涅槃道法無有能如實言是法不能遮涅槃佛不畏是事佛說苦盡道達到涅槃無有能如實言是道不能到涅槃佛不畏是事略說是四無所畏體一者正知一切法二者盡一切漏及習三者說一切障道法四者說盡苦道是四法中若有

如實言不能盡遍知佛不畏是事何以故正遍知了了故初二無畏為自功德具足故後二無畏爲具足利益衆生故復次初第一第三無畏中說智第二第四無畏中說斷智斷具足故所爲事畢問曰十力皆名智四無所畏亦是智有何等異答曰廣說佛諸功德是力略說是無畏復次能有所作是力無所疑難是無畏智慧集故名力散諸無明故是無畏集諸善法故名力滅諸不善法故名無畏自有智慧故名力無能壞者故名無畏智慧猛健是力堪受問難是無畏集諸智慧是名力智慧外用是無畏譬如轉輪聖王七寶成就是力得是七寶已周四天下無不降伏是名無畏又如良醫善知藥方是名力合和諸藥與人是名無畏自利益是名力利益他是無畏自除煩惱是名力除他煩惱是無畏無能沮壞是名力不難不退是無畏自成已善是名力能成他善是無畏巧便智是名力用巧智是無畏一切智一切種智是名力一切智一切種智顯發是無畏十八不共法是名力十八不共法顯發於外是無畏遍通達法性是名力若有種種問難不復思惟即時能答是無畏得佛眼是名力佛眼見已可度者爲說法是無畏得三無礙智是名力得應辯無礙是無畏義無礙智是名力樂說無礙智是無畏一切智自在是名力種種譬喻種種因緣莊嚴語言說法是無畏破魔衆是名力破諸外道論議師是無畏如是等種種因緣分別力無畏問曰何等名無所畏答曰得無所疑無所忌難智慧不却不没衣毛不竪在

在法中如說即作是無畏問曰云何當知佛無所畏答曰若有所畏不能將御大衆能攝能捨能苦切治或輭語教如佛一時能驅遣舍利弗目連等還復憐愍心受若有所忌難者諸論議師輩住憍慢山頂以外智慧心狂醉皆言天下唯有我一人更無餘人自於經書決定知故破他經書論議以惡口呰毀如狂象無所護惜如是狂人菴跋吒長爪薩遮祇尼揵蜫盧坻等諸大論議師皆降伏若有所畏則不能爾及憍陳如等五出家人優樓頻螺迦葉等千結髮仙人舍利弗目揵連摩訶迦葉等於佛法中出家及百千釋子并諸閻浮提大王波斯匿大王頻婆娑羅王旃陀波殊提王優塡王弗迦羅婆利王梵摩達王等皆爲弟子諸在家婆羅門皆度一切世間智慧爲大國王所師仰梵摩喻弗迦羅婆利鳩羅檀陀等皆爲弟子有得初道有得第二第三第四道諸大鬼神阿羅婆迦鞞沙迦等諸大龍王阿波羅羅伊羅鉢多羅等鴦群梨摩羅諸惡人等皆降化歸伏若有所畏不能獨在樹下師子座處坐欲得阿耨多羅三藐三菩提時魔王軍衆化作師子虎狼熊羆之首或一眼或多眼或一耳或多耳擔山吐火四邊圍遶佛以手指按地眴息之頃即皆消滅諸天阿脩羅轉摩質帝隸釋提婆那民梵天王等引導其心皆爲弟子若有所畏不能在此大衆中說法以無所畏故能爲如是諸天鬼神大衆中說法故名無所畏復次佛於一切衆生最尊最上盡到一切法彼岸得大名聞故自說無所畏復次且置是佛功德佛

一切世間功德亦無能及者所畏法一切巳拔根本故所畏法者弊家生弊生處惡色無威儀麤惡語等弊家生者如首陀羅所謂擔死人除糞養雞猪捕獵屠殺沽酒兵伍等卑賤小家若在大衆中則多怖畏佛從本巳來常生轉輪聖王種中所謂頂生王快見王婆竭王摩訶提婆王如是等名日種王家中生亦以是故無所畏弊生處者安陀羅舍婆羅裸國也兜呿羅氏小月氏脩利安息大秦國等在此邊國中生若在大衆中則多怖畏佛在迦毗羅婆中國生故無所畏惡色者有人身色枯乾羸瘦人不喜見若在大衆則亦有畏佛金色光潤如火照赤金山有如是好色故無所畏無威儀者進止行步坐起無有人儀則有怖畏佛無是事麤惡語者有人惡音聲謇吃

重語無有次第人所不喜則多怖畏佛無是畏所以者何佛語眞實柔輭次第易了不疾不遲不少不多不沒不垢不調戲勝迦陵毗伽鳥音辭義分明不中傷物離欲故無染滅瞋故無礙除愚故易解法喜增長故可愛遮罪故安隱隨他心隨解說義深語妙有因緣故言有理譬喻故善顯示事訖故善會事觀種種衆生心故雜說久久皆入涅槃故一味如是等種種無量莊嚴語故佛於語中無所畏佛但以如是等世間法尚無所畏何況出世間法以是說佛有四無所畏問曰佛十力中有無所畏不若有無所畏不應但言四若有所畏云何言無畏成就答曰一智在十處名爲佛成就十力如一人知十事隨事受名是十力四處出用是無所畏是處不是處力

漏盡力即是初二無畏八力雖廣說是第三第四無畏以是故十力中有無畏别說亦無失正遍知者知一切法不顛倒正不邪如餘過去諸佛是名三藐三佛陀如佛告阿難一切世間天及人所不能知佛能遍知故名三藐三佛陀若有人言是法不知問曰是何人答曰是中佛說若沙門婆羅門若天若魔若梵乃至欲與佛論者論何等法有人言佛所不說外諸經書弊迦蘭那僧佉韋陀等十八種大經書有人言須彌山斤兩大地深淺一切草木頭數有人言是常無常有邊無邊十四難佛不能答有人言是法色法無色法可見不可見有對無對有漏無漏有爲無爲等佛但知一種道事因緣是異法種種因緣佛或不悉知沙門者說出家人婆羅門者說在家有智人天者說地天虛空天魔者說六欲天梵者說梵天王爲首及一切色界餘者除此更有餘人如實者若以現事若以因緣難乃至不見是微畏相者相名因緣我不見小小因緣如法能來破我者以不見故至誠言安立阿黎沙此言聖主住處佛至誠言我一切漏盡若有人言是漏不盡者無有畏也何等是漏漏名三漏欲漏有漏無明漏復次漏名六情中出垢心相應心數法復次如一切漏障經中分别說七漏障道法名諸有漏業及一切煩惱惡道報障爲世間故布施持戒修十善道受諸味禪略說若能障涅槃若善若不善若無記是名障道法有人言道名二法聖定聖慧是二事等達到涅槃有人言三聖道無漏戒定慧有人言四法所謂四聖諦有人

言出世間五根有言六出性有言七覺意有言八聖道達到涅槃論議師等言一切無漏道達到涅槃是中若有沙門婆羅門等來如實言是事不爾乃至不見微畏相以不見故至誠言安立阿黎沙住處問曰何以故佛至誠言安立阿黎沙住處答曰自功德具足亦令衆生得安樂利益若佛自得安樂住處不能利益衆生不名阿黎沙住處若但利益衆生不自具足功德亦不名阿黎沙住處若自有功德亦利益衆生以是故至誠言我安立阿黎沙住處復次佛自滅惡亦滅衆生惡滅二惡故第一清淨妙說法故安立阿黎沙住處復次四聖諦三轉十二行能轉能分別顯示敷演故至誠言我安立阿黎沙住處復次一切疑悔邪見能除却故言一切甚深問難悉能解釋故名安立阿黎沙住處阿黎沙第一最上極高不退不却不沒具足功德無所減少是名阿黎沙住處如是等因緣功德力故至誠言我安立阿黎沙住處衆中師子吼者衆名八衆沙門衆婆羅門衆剎利衆天衆四天王衆三十三天衆魔衆梵衆衆生於此八衆希望智慧是故經中但說是八衆此中佛師子吼亦在一切衆中以是故此經中言若復餘衆何以故聞佛音聲者盡皆是衆復次有人言佛獨屏處說法以是故說在衆中作是至誠言我有十力四無所畏是名衆中師子吼復次佛示我是至誠言我為一切世間師子一切智人諸有疑不信者悉來我當解釋以是故言衆中師子吼師子吼者如師子王清淨種中生深山大谷中住方頰大骨身肉肥滿頭大眼長光澤明淨眉高而

廣牙利白淨口鼻方大厚實堅滿齒密齊利吐赤白舌雙耳高上髦髮光潤上身廣大膺肉堅著脩脊細腰其腹不現長尾利爪其足安立巨身大力從住處出偃脊嚬呻以口扣地現大威勢食不過時顯晨朝相表師子王力以威麞鹿熊羆虎豹野猪之屬覺諸久睡降伏高强有力勢者自開行路而大哮吼如是吼時其有聞者或喜或怖穴處者隱縮水居者深入山藏者潛伏廐象振鎖狂逸而去鳥飛空中高翔遠逝佛師子亦如是從六波羅蜜古四聖種大姓中生寂滅大山深禪定谷中住得一切種智頭集諸善根頰無漏正見脩日光澤定慧等行高廣眉四無所畏牙白利無礙解脫具足口四正勤堅滿頰三十七品齒密齊利脩不淨觀吐赤白舌念慧

耳高上十八不共法髦髮光潤鮮白三解脫門上身肉堅著三示現脩脊明行具足腹不現忍辱腰纖細遠離行尾長四如意足安立無學五根爪利十種力勢無量無漏法衆具足身諸佛三昧王等住處出四無礙智嚬呻諸法地中著無礙解脫口依是十力廣大力度衆生時不過示一切世間天及人晨朝相顯諸法王德威諸外道論議師黨邪見之屬覺諸衆生四諦中睡降伏吾我著五衆者憍慢力開異學論議諸邪見道行邪者怖畏信正者歡喜鈍者令利安慰弟子破壞外道長壽諸天久受天樂則知無常如是衆生聞四諦師子吼皆生猒心猒心故得離得離故入涅槃是名衆中如師子吼復次佛師子吼及師子吼有差別師子吼者衆獸驚怖若死若

近死苦佛師子吼得免死畏師子吼怖世世死苦佛師子吼但令世死更無後苦師子吼者其聲麤惡物不喜聞生死怖畏佛師子吼其聲柔輭聞者無猒心皆深樂普遍遠聞能與二種樂生天樂涅槃樂是爲差別問曰佛師子吼亦今聞者生怖與師子吼有何等異答曰聞佛師子吼當時小怖後大利益著吾我心者渴愛世間樂人常顛倒所縛邪見心者生怖畏如經中言佛說四諦乃至上諸天悉皆怖畏作是念我等無常相苦相無我相空相何以故爲顛倒心故著常樂相是爲差別復次聞師子吼者除離欲人餘者皆怖畏佛師子吼求涅槃離欲人不離欲人皆怖師子吼者善人不善人皆怖佛師子吼者但善人怖復次師子吼一切時怖佛師子吼雖小怖畏衆生示世間惡罪令不樂世間生觀涅槃功德利益能除世間種種怖畏閉惡趣開善道能令人到涅槃城復次二十事故佛語名師子吼所謂依止十力故不縮故不畏故梵音故未曾有故能引大衆故惡魔驚怖故擾亂魔民故諸天歡喜故得出魔網故斷魔縛故破魔鉤故過魔界故自法增長故滅損他法故果報不誑故說法不空故凡夫人入聖道故入聖道者得具足漏盡故隨所應得三乘故以是故佛語名師子吼是名師子吼總相別相義轉梵輪者清淨故名梵佛智慧及智慧相應法是名輪佛之所說受者隨法行是名轉是輪以具足四念處爲轂五根五力爲輻四如意足爲堅牢輞四正勤爲密合輞三解脫爲楇禪定智慧爲調適無漏戒爲

塗輪香七覺意爲雜華瓔珞正見爲隨右轉信心清淨爲可愛喜正精進爲疾去無畏師子吼爲妙聲能怖魔輪破十二因緣節解輪壞生死輪離煩惱輪斷業輪障世間輪破苦輪能令行者歡喜天人敬慕是輪無能轉者是輪持佛法以是故名轉梵輪復次佛轉法輪如轉輪聖王轉寶輪問曰佛與轉輪聖王有何相似答曰如王清淨不雜種中生隨姓家業成就衆相莊嚴身王德具足能轉寶輪香湯灌頂受王位於四天下之首壞除一切賊法令無敢違寶藏豐溢軍容七寶以爲校飾以四攝法攝取衆生善用王法委任貴姓主兵大臣以治國政妙上珍寶樂以布施有所知念終始無異佛法王亦如是釋迦牟尼然燈寶華等佛諸佛清淨姓中生先佛威儀行業具足三十二相以自莊嚴聖主威德備具轉眞法輪智慧甘露味灌智首於三界中尊破壞一切煩惱賊學無學衆歡喜所結禁戒無敢違者無量法寶藏具足七覺分寶莊嚴八萬四千法聚軍出世間四攝法以攝衆生知方便說四聖諦法爲法王儀舍利弗彌勒等大將善治佛國法諸無漏根力覺種種妙寶樂以布施深求一切衆生善事爲所念堅固是爲相似復次佛於轉輪聖王有殊勝轉輪聖王不離諸煩惱佛已永離諸煩惱轉輪聖王沒在老死泥佛已出離轉輪聖王爲恩愛業佛已過出轉輪聖王行生死險道中佛已過度轉輪聖王在愚癡闇中佛住第一光明中轉輪聖王極自在四天下佛自在無量無邊世界轉輪聖王財寶自在佛心寶自

在轉輪聖王渴樂天樂佛乃至有頂樂已離轉輪聖王從他求樂佛自心生樂以是故佛於轉輪聖王爲最殊勝復次轉輪聖王手轉寶輪空中無礙佛轉法輪一切世間天及人中無礙無遮其見寶輪者衆毒皆滅遇佛法輪一切煩惱毒皆滅見寶輪者諸災惡害皆滅遇佛法輪一切邪見疑悔災害皆悉消滅王以是輪治四天下佛以法輪治一切世間天及人令得法自在是爲相似復次法輪於寶輪大有殊勝寶輪欺誑法輪堅實寶輪長三毒火法輪滅三毒火寶輪有漏法輪無漏寶輪樂五欲樂法輪樂法樂寶輪結使處法輪非結使處寶輪有量處行法輪無量國行寶輪以一心清淨布施故世世可得法輪無量阿僧祇劫集一切善業因緣及智慧故得寶輪王死後更不轉佛滅度法輪猶轉寶輪在一人法輪在一切可度者復次梵名廣佛轉法輪十方無不遍故名廣復次四梵行心說故名梵輪復次佛初得道時梵天王請轉法輪故名梵輪復次佛在波羅柰轉法輪阿若憍陳如得道聲徹梵天故名梵輪復次有人貴梵天欲令歡喜故名梵輪以是故名梵輪問曰佛或時名法輪或時名梵輪有何等異答曰說梵輪法輪無異復次有人言說梵輪者現四無量心說法輪者示四諦法復次梵輪因四無量心得道是名梵輪依餘法得道是名法輪梵輪示四禪法輪示三十七品梵輪示修禪定聖道法輪示修智慧聖道如是等分別梵輪法輪差別問曰何法是無畏性答曰佛初得道時得一切佛法十力四無

所畏等此中未來世得四無所畏智相應法名無所畏如布施時心中思相應捨法生又如四無量心相應名慈法問曰是四無畏中有何次第答曰初無畏中示人知一切法知一切法故我漏盡漏盡故知障漏盡法斷是障法故說道復次初無畏如示藥師一切藥草第二示一切病滅第三知禁忌第四示所應食復次初無畏中說一切種智第二無畏中說無一切煩惱習第三無畏中說法無謬失第四無畏中所說事辦得至涅槃問曰如般若波羅蜜中品品說五衆乃至十力四無所畏十八不共法皆空今云何分別說其相答曰佛法中不可得空於諸法無所礙因是不可得空說一切佛法十二部經譬如虛空無所有而一切物皆依以長成復次是十力

四無所畏不以取相著心分別故但爲度衆生知衆生從是因緣得解脫譬如藥草但爲差病不爲求藥草相如中論中說

若信諸法空　是則順於理　若不信法空
一切皆違失　若以無是空　無所應造作
未作已有業　不作有作者　如是諸法相
誰能思量者　唯有淨直心　所說無依止
離於有無見　心自然內滅

問曰聲聞法說十力四無所畏如是摩訶衍分別十力四無所畏復云何答曰是十力四無所畏中盡知遍知是摩訶衍中說十力四無所畏問曰聲聞法中亦說盡知遍知云何言摩訶衍中說盡知遍知答曰諸論議師說佛盡知遍知非佛自說今說摩訶衍中十力四無所畏故佛自說我盡知遍知復次爲聲

聞人説十力四無所畏合説四諦十二因緣等諸聲聞法皆爲到涅槃今説摩訶衍中十力四無所畏合大悲諸法實相不生不滅説問曰佛有十力四無所畏菩薩有不答曰有何者是一者發一切智心堅深牢固力二者具足大慈故不捨一切衆生力三者不須一切供養恭敬利故具足大悲力四者信一切佛法具足生一切佛法及心不猒故大精進力五者一心慧行威儀不壞故禪定力六者除二邊故隨十二因緣行故斷一切邪見故滅一切憶想分别戲論故具足智慧力七者成就一切衆生故受無量生死故集諸善根無猒足故知一切世間如夢故不猒生死力八者觀諸法實相故知無吾我無衆生故信解諸法不出不生故無生法忍力九者入空無相無作解脱門觀故知見聲聞辟支佛解脱故得解脱力十者深法自在故知一切衆生心行所趣故具足無礙智力是爲菩薩十力何等爲菩薩四無所畏一者一切聞持故諸陀羅尼得故憶念不忘故在衆説法無所畏二者一切法中得解脱故一切法藥分别知用故知一切衆生根故在大衆中隨應説法無所畏三者菩薩常離一切衆畏不作是念十方有來難我者我不能答不見是相在大衆中説法無所畏四者恣一切人來問難者一一皆答能斷疑惑在大衆中説法無所畏是爲菩薩四無所畏四無礙智者義無礙智法無礙智辭無礙智樂説無礙智義無礙智者用名字言語所説事各各諸法相所謂堅相地此中地堅相是義地名字是法以言

語說地是辭於三種智中樂說自在是樂說於此四事中通達無滯是名無礙智濕相水熱相火動相風心思相五衆無常相五受衆無常苦空相一切法無我相如是等總相別相分別諸法亦如是是名義無礙智法無礙智者知是義名字堅相名爲地如是等一切名字分別中無滯是名爲法無礙智所以者何離名字義不可得知義必由於名以是故次義有法問曰義之與名爲合耶爲離耶若合名說火時應燒口若離說火時水應來答曰亦不合亦不離古人假爲立名以名諸法後人因是名字識是事如是各各有名字是爲法是名字及義云何令衆生得解當以言辭分別莊嚴能令人解通達無滯是名辭無礙智說有道理開演無盡亦於諸禪定中得自在無滯是名樂說無礙智第一第四無礙智在九地中第二第三無礙智欲界及梵天上第二第三無礙世智第一十智第四九智是無礙三種上中下上諸佛中大菩薩下大阿羅漢問曰力無所畏無礙皆是智慧內有力外無所畏則具足何以復說無礙答曰力無畏已分別有人雖無所畏在大衆中說法而有礙以是故說四無礙智得是無礙智莊嚴四無所畏四無所畏莊嚴十力復次說無所畏或有疑者言云何一人於大衆中得無所畏佛以前有十力後有四無礙智是故在大衆中說法無所畏如是等分別四無礙智問曰摩訶衍中有菩薩四無礙智不答曰有何者是義無礙智者義名諸法實相不可言說義名字語言不別異前後中亦如是是名

義不應離名字語言別有義三事等故名爲義復次一切諸法義了了知通達無滯是名義無礙智法無礙智者法名一切義名字爲知義故復次菩薩入是法無礙智中常信法不信人常依法不依非法依法者無非法事何以故是人一切諸名字及語言知自相離故復次以是法無礙智分別三乘雖分別三乘而不壞法性所以者何法性一相所謂無相是菩薩用是語言說法知語言空如響相所說法示衆生令信知同法性所說名字言語通達無滯是名法無礙智辭無礙智者以語言說名字義種種莊嚴語言隨其所應能令得解所謂天語龍夜叉揵闥婆阿脩羅迦樓羅摩睺羅伽等非人語釋梵四天王等世主語人語一語二語多語略語廣語女語男語過去未來現在語如是等語言能令各各得解自語他語無所毀譽所以者何是一切法不在語中語是非實義若語是實義不可以善語說不善但爲入涅槃故說令解莫著語言復次用是語言能令衆生隨法義行所以者何言語皆入諸法實相中是名辭無礙智樂說無礙智者菩薩於一字中能說一切字一語中能說一切語一法中能說一切法於是中所說皆是法皆是實皆是眞皆隨可度者而有所益所謂樂脩妬路者爲說脩妬路樂祇夜者爲說祇夜樂弊迦蘭陀者爲說弊迦蘭陀樂伽陀優陀那尼陀那阿波陀那一筑多闍陀爲頭離頞浮陀達摩優波提舍皆爲說是經隨一切衆生根樂說若好信者爲說信根好精進者爲說精進根好勤念者

爲說念根好攝心者爲說定根好智慧者爲說慧根如五根等一切善根亦如是復次二萬一千婬欲人根爲是根故佛說八萬四千治法根隨是諸根樂說治法次第菩薩樂說二萬一千瞋恚人根爲是根故佛說八萬四千治法根隨是諸根樂說治法次第菩薩樂說二萬一千愚癡人根爲是根故佛說八萬四千治法根隨是諸根樂說治法次第菩薩樂說二萬一千等分人根爲是根故佛說八萬四千治法根隨是諸根樂說治法次第菩薩樂說是名樂說無礙智復次菩薩用是無礙智若一劫若半劫各各莊嚴說法亦不壞諸法相是菩薩或隱身不現而爲衆生用一切毛孔說法隨其所應不失本行是菩薩智慧無量一切論議師不能窮盡亦不能壞是菩薩得是無礙智轉身受生時一切五通仙人所有經書呪術智慧技能自然悉知所謂四韋陀六鴦伽呪術知日月五星經原夢經地動鬼語鳥語手語四足獸鬼著人語國王占相豐儉日月五星鬪相醫藥章算數卜歌舞妓樂如是等工巧技術諸經盡知明達過一切人及諸外道亦不自高亦不惱他知是俗事不爲涅槃是菩薩成就四無礙智故色力光明殊於諸梵諸梵恭敬愛樂尊重心無所著爲如是等一切諸天所尊重恭敬亦無所著但生無常苦空無我心亦以神通發起諸天令心渴仰而爲說法無盡無壞斷除疑悔令住阿耨多羅三藐三菩提是名摩訶衍中菩薩四無礙智力能度衆生是名四無礙智義

大智度論卷第二十五

音釋

稊稗 稊杜奚切 稗蒲拜切 噏 許及切 呷也 咤 陟駕切 蜫 古魂切

謇吃 謇居偃切 吃欺訖切 謇吃語言蹇難也 頻呻 頻毗賓切 呻失人切

濬 私閏切 疏通也 頤 以之切 頷也 筑 張六切 樂器也

大智度論卷第二十六

龍樹菩薩造

姚秦三藏法師鳩摩羅什譯

釋初品中十八不共法

十八不共法一者諸佛身無失二者口無失三者念無失四者無異想五者無不定心六者無不知已捨七者欲無減八者精進無減九者念無減十者慧無減十一者解脫無減十二者解脫知見無減十三者一切身業隨智慧行十四者一切口業隨智慧行十五者一切意業隨智慧行十六者智慧知過去世無礙十七者智慧知未來世無礙十八者智慧知現在世無礙問曰是三十六法皆是佛法何以故獨以十八爲不共答曰前十八中聲聞辟支佛有分於後十八中無分如舍利弗能分別諸法暢演一句通達無礙佛讃言善通法性阿泥盧豆天眼第一如是等諸聲聞皆有分於四無所畏有分者如佛說弟子中能師子吼第一賓徒羅叵羅墮逝舍利弗亦自誓言我七日七夜能演暢一義令無窮盡四分別慧諸阿羅漢舍利弗目揵連富樓那阿難迦旃延等亦如是義名字語言樂說以是故前十八不名不共問曰何以故佛無身失無口失答曰佛於無量阿僧祇劫來持戒清淨故身口業無失餘諸阿羅漢如舍利弗等極多六十劫不久習戒故有失佛無量阿僧祇劫集諸清淨戒成就故常行甚深禪定故得一切微妙智慧故善脩大悲心故無有失復次佛拔諸罪根因緣故無有失罪根本因緣有四種一者貪欲因緣二者瞋恚因

緣三者怖畏因緣四者愚癡因緣是罪根因緣及習皆已拔阿羅漢辟支佛雖拔罪因緣習不盡故或時有失佛於一切法中遍滿智慧常成就故若不知故有失如舍利弗與五百比丘遊行至一空寺宿是時說戒日不知內界外界事白佛佛言住處乃至一宿棄捨則無界又異時舍利弗目揵連將五百比丘還時高聲大聲故佛驅遣令出是爲口失又如舍利弗不知等食法佛言食不淨食如是等身口有失佛諸煩惱習盡故無如是失復次佛一切身口業隨智慧行故身無失口無失如是等種種因緣故身無失口無失念無失者四念處心長夜善修故善修甚深禪定心不散亂故善斷欲愛及法愛諸法中心不著故得第一心安隱處故若心憹忽忽念有忘失佛心無得失以是故無失復次佛宿命通明力三種莊嚴念故念則成就無失念多在過去用故復次念根力無邊無盡故念無失復次佛一切意業隨智慧行故念無失一一念隨意行故如是等名爲念無失如天問經中說

何人無過失　何人不失念　何人常一心應作者能作　正知一切法　一切障得脫諸功德成就　唯有佛一人

無異想者佛於一切衆生無分別無遠近異想是貴可爲說是賤不可爲說如日出普照萬物佛大悲光明一切憐愍等度恭敬者不恭敬者怨親貴賤一切悉等如客除糞人名尼陀佛化度之得大阿羅漢亦如德護居士火坑毒飯欲以害佛即以其日除其三毒滅

邪見火如是等無有異想復次佛於舍利弗彌勒菩薩等順佛法行亦不愛提婆達多富羅那外道六師邪見等亦不憎是爲佛於無量阿僧祇劫修熏心故是衆生中寶如真金不可令異復次佛以佛眼一日一夜各三時觀一切衆生誰可度者無令失時等觀衆生故無有異想復次佛種種因緣讚善法種種因緣訶不善法亦於善於惡心無增減但爲度衆生故有是分别是爲無有異想復次如一切不行經中說佛觀一切衆生如已身所作已辦無始無中無終是名無異想復次佛觀一切衆生及諸法從本已來至不生不滅常清淨如涅槃是名無異想復次不二入法門是諸法實相門異相即是二法二法即是邪道佛是無諍法人不應行諍法常行不二入法門諍法即是異相如是等名無異想無不定心者定名一心不亂亂心中不能得見實事如水波盪不得見面如風中燈不得好照以是故說佛無不定心問曰定名從未到地乃至滅盡定入此定中不能起身業口業佛若常定無不定心者云何得遊行諸國具四威儀爲大衆種種因緣譬喻說法如是事欲界繫心及梵世不入定可有是事答曰無不定心者有種種義定名常攝心善法中住佛於諸法實相中定不退不失是名無不定心復次欲界中有定入是定中可說法以是故阿毗曇中說欲界繫四聖種四念處四正勤四如意足五根五力無諍三昧願智四無礙智有如是等妙功德佛入欲界中定故名無不定心諸聲聞辟支佛從定起若入無記

心若入善心或退入垢心佛從定起入欲界定初無散亂心時以是故名無不定心復次如聲聞法化人說法化主不說化主說化人不說佛則不爾化主化人俱能說法定心亦應異聲聞入定則無說佛在定亦能說法亦能遊行如密迹經心密中說諸佛心常在定中心亦應說法復次散亂心法諸結使疑悔等佛皆無阿羅漢雖無四諦中疑一切法中處處有疑佛於一切法中常定無疑無不定智慧故復次聲聞有諸煩惱習氣故有退法故散亂佛於一切智處中智滿故無亂如瓶中水滿則無聲無動復次唯佛一人名不誑法三堅固人中最上苦樂心不異一相異相生滅相斷常相來去相如是等諸法相皆是誑法虛妄和合作法故佛安立於諸法實相中故心無不定無不定故心不異復次五種不可思議法中佛最不可思議是十八不共法是佛甚深藏誰能思議者以是故佛無不定心事必當爾佛雖常入定無覺觀麤心有不可思議智慧故亦能說法譬如天樂隨天所好種種聲應是亦無心亦無識法以諸天福德因緣故有是如天樂無心無識而能應物何況佛有心而不說法以是故說佛無不定心無不知已捨者衆生有三種受苦受樂受不苦不樂受苦受生瞋樂受生愛不苦不樂受生愚癡是三種受苦受生苦住苦滅樂受生樂住樂滅苦不苦不樂受不知爲苦不知爲樂餘人鈍根故多覺苦受樂受於不苦不樂受中不覺不知而有捨心是爲癡使所使佛於不苦不樂受中知覺生時覺住時

覺滅時以是故言佛無不知已捨心問曰此中何等爲捨不苦不樂即是捨耶爲七覺中捨四無量心中捨名爲捨答曰不苦不樂即是捨二處捨亦是捨何以故餘人於不苦不樂受中不覺念念中生時住時滅時久遠乃覺佛念念中盡皆了知七覺中捨若心正等不没不掉是時應捨若没時行精進想若掉時行攝心想諸聲聞辟支佛或時錯攝心掉心未平等便捨佛於念念心中麤細深淺無不悉知知已而捨問曰若爾者佛何以爲難陀說告諸比丘難陀於諸受生時覺住時覺滅時覺諸想諸覺亦如是答曰覺有二種一者覺心中苦受生知苦受生苦受住知苦受住苦受滅知苦受滅樂受生知樂受生樂受住知樂受住樂受滅知樂受滅不苦不樂亦如是但能知是總相不能別相知二者念念中苦樂不苦不樂受中悉覺悉知念念中心數法無不知而過以是故說佛無不知已捨

復次佛或時捨衆生入甚深禪定一月二月有人疑佛爲度衆生故出世何以故常入定佛言我種種因緣知故捨非是無知已捨問曰何等是知已捨因緣答曰於大衆中疲猒故小息復次佛世世常愛遠離行若菩薩在母胎母亦樂遠離行去城四十里嵐鞞尼林中生得道時漚樓頻螺林中獨在樹下成佛初轉法輪時亦在仙人住處鹿林中入涅槃時在娑羅林雙樹下長夜樂行遠離以是故佛入禪定復次佛常捨心成就故入禪定復次佛遠離憒閙及雜語處亦自觀諸佛功德藏亦受第一清淨樂故入禪定復次佛說法

已常教諸比丘當坐禪無令後悔口之所說身亦自行故入禪定復次猒惡供養故知衆生應得度者入禪定作化人往度復次有衆生定少慧多者身示行禪以教化之復次有人常見佛生猒想故小遠離令其飢虛故復次佛欲爲諸天說法故在閑靜處復次佛爲後世作法故坐禪又佛自轉法輪已以事付弟子故入禪定復次現二種道攝衆生故一者禪定二者智慧佛在大衆說法爲現智慧靜處攝心爲現禪定復次衆生於六塵中三種行見好色生喜樂見惡色生憂苦見不苦不樂色生捨心乃至法亦如是佛於六塵中自在於喜樂憂苦處能生捨心如聖如意中說如是等種種因緣故入禪定非不知已捨欲無滅者佛知善法恩故常欲集諸善法故欲無滅修習諸善法心無猒足故欲無滅譬如一長老比丘目闇自縫僧伽梨針袵脫語諸人言誰樂欲福德者爲我袵針爾時佛現其前語言我是樂欲福德無猒足人持汝針來是比丘斐亹見佛光明又識佛音聲白佛言佛無量功德海皆盡其邊底云何無猒足佛告比丘功德果報甚深無有如我知恩分者我雖復盡其邊底我本以欲心無猒足故得佛是故今猶不息雖更無功德可得我欲心亦不休諸天世人驚悟佛於功德尚無猒足何況餘人佛爲比丘說法是時肉眼即明慧眼成就問曰如佛相斷一切善法中欲今云何言欲無滅答曰言斷一切善法中欲者是未得欲得得已欲增佛無如是欲佛一切功德具足無不得者亦無增益今言欲者如

先說佛雖具得一切功德欲心猶不息譬如馬寶雖到至處去心不息至死不已佛寶亦如是又如劫盡大火燒三千大千世界悉盡火勢故不息佛智慧火亦如是燒一切煩惱照諸法已智慧相應欲亦不盡復次佛雖一切善法功德滿足衆生未盡故欲度不息問曰若佛欲度衆生未息何以入涅槃答曰度衆生有二種或有現前得度或有滅後得度如法華經中說藥師爲諸子合藥與之而捨是故入涅槃復次有衆生鈍根德薄故不能成大事但可種福德因緣是故入涅槃問曰佛滅度後亦有得阿羅漢者何以言但可種福德因緣答曰雖有得阿羅漢者少不足言如佛一說法時十方無量阿僧祇衆生得道佛滅後不爾譬如大國征伐雖少有所得不名爲得以是故雖衆生未盡而入涅槃復次摩訶衍首楞嚴經中說於莊嚴世界壽七百阿僧祇劫度脱衆生以是故說佛欲無減精進無減者如欲中說欲義即是精進問曰若爾者無有十八不共法復次欲精進心數法中各别云何言欲即是精進答曰欲爲初行欲增長名精進如佛說一切法欲爲根本欲如人渴欲得飲精進如因緣方便求飲欲爲心欲得精進爲成其事欲屬意業精進屬三業欲爲内精進爲外如是等差别復以是精進諸佛所樂如釋迦牟尼佛精進力故超越九劫疾得阿耨多羅三藐三菩提復次如說一時佛告阿難汝爲諸比丘說法我背痛小息爾時世尊四褺鬱多羅僧敷下以僧伽梨枕頭而卧是時阿難說七覺義至精進覺佛

驚起坐告阿難汝讚精進義阿難言讚如是至三佛言善哉善哉善修精進乃至得阿耨多羅三藐三菩提何況餘道以是義故佛精進無減病時猶尚不息何況不病復次佛為度衆生故捨甚深禪定樂種種身種種語言種種方便力度脫衆生或時過惡險道或時食惡食或時受寒熱或時值諸邪難問惡口罵詈忍受不猒佛世尊雖於諸法中自在而行是事不生懈怠如佛度衆生已於薩羅林中雙樹下臥梵志須跋陀語阿難我聞一切智人今夜當滅度我欲見佛阿難止之言佛為衆人廣說法疲極佛遥聞之告阿難聽須跋陀入是我末後弟子須跋陀得入問佛所疑佛隨意說法斷疑得道先佛入無餘涅槃諸比丘白佛言世尊甚為希有乃至末後憐愍外道梵志而共語言佛言我非但今世末後度先世未得道時亦末後度乃往過去無量阿僧祇劫有大林樹多諸禽獸野火來燒三邊俱起唯有一邊而隔一水衆獸窮逼逃命無地我爾時為大身多力鹿以前脚跨一岸以後脚距一岸令衆獸蹈脊上而渡皮肉盡壞以慈愍力忍之至死最後一兎來氣力已竭自强努力忍令得過過已脊折墮水而死如是久有非但今也前得度者今諸弟子最後一兎須跋陀是佛世世樂行精進今猶不息是故言精進無減念無減者於三世諸佛法一切智慧相應故念滿足無減問曰先已說念無失今復說念無減念無失念無減為一為異若一今何以重說若異有何差別答曰失念名誤錯減名不及失念名威儀俯

仰去來法中失念無減名住禪定神通念過去現世通達無礙問曰何以故念無減獨是佛法答曰聲聞辟支佛善修四念處故念牢固念雖牢固猶亦減少礙不通達如宿命智力中說聲聞辟支佛念宿命極多八萬劫於廣有減亦於見諦道中不能念念分別佛於念念中皆分別三相佛心無有一法過而不念者以是故獨佛有念無減復次宿命智力隨念知佛於是中有力聲聞辟支佛尚無是念力何況餘人復次佛以一切智無礙解脫守護念是故無減如是等因緣故佛念無減

慧無減者佛得一切智慧故慧無減三世智慧無礙故慧無減復次十力四無所畏四無礙智成就故慧無減復次譬如酥油豐饒燈炷清淨光明亦盛佛亦如是三昧王等諸三昧禪定注念無減清淨炷是因緣故慧光明無量無減復次從初發心無量阿僧祇劫集一切智慧故深心爲法故頭目髓腦悉捨內外所有而布施入火投山剝皮釘身如是等無苦不受故一心爲集智慧故慧無減復次佛智慧以一切功德持戒禪定等助成故慧無減復次世世求一切經書世俗法佛法麤細善不善悉皆學知故慧無減復次從十方無量諸佛所聞法讀誦思惟修習問難故慧無減復次爲一切衆生故爲增益一切善法故破一切處無明故慧無減復次是智慧實知諸法相不生不滅不淨不垢無作無行不分別是智非智知諸法一等清淨如虛空無染無著不以二法故得不二入法相不二入法相無量無邊以是故慧無減如是等種種

因縁慧無減解脫無減者解脫有二種有爲解脫無爲解脫有爲解脫名無漏智慧相應解脫無爲解脫名一切煩惱習都盡無餘佛於二解脫無減何以故聲聞辟支佛智慧不大利故煩惱不悉盡故智慧有減佛智慧第一利故煩惱習永盡無餘故解脫無減復次如漏盡力中說佛與聲聞解脫有差別佛得漏盡力故解脫無減二乘無力故有減解脫知見無減者佛於諸解脫中智慧無量無邊清淨故名解脫知見無減問曰佛一切法中無減何以故但六事中無減答曰一切自利他利中四事能具足欲求一切善法之根本精進能行念能守護知守門人善者聽入惡者遮慧照一切法門斷一切煩惱用是四法事得成辦是四法果報有二種一者解脫二者解脫知見解脫義如先說解脫知見者用是解脫知見知是二種解脫相有爲無爲解脫知諸解脫相所謂時解脫不時解脫慧解脫俱解脫壞解脫不壞解脫八解脫不可思議解脫無礙解脫等分别諸解脫相牢固不牢固是名解脫知見無減如念佛中佛成就五無學衆解脫知見衆此中應廣說問曰解脫知見者但言知何以復言見答曰言知言見事得牢固譬如繩二合爲一則牢固復次若但說知則不攝一切慧如阿毗曇所說慧有三種有知非見有見非知有亦知亦見有知非見者盡智無生智五識相應智有見非知者八忍世間正見五邪見有亦知亦見者餘殘諸慧若說知則不攝見若說見則不攝知是故說知見則具足復次如從人誦讀分

別籌量是名知自身得證是名見譬如耳聞其事猶尚有疑是名知親自目覩了了無疑是名見解脫中知見亦如是差別復次有人言阿羅漢自於解脫中疑不能自了是阿羅漢非阿羅漢以是故佛爲破如是邪見故說諸聖人於解脫中亦知亦見諸阿羅漢雖得解脫知見解脫知見有減不得一切智故上上智慧根不成就故諸法念念生滅時不知別相分別故佛上上智慧根成就知諸法念念別相生滅故解脫知見無減復次法眼清淨具足成就故如法眼義中說知是衆生空解脫門入涅槃是衆生無相解脫門入涅槃是衆生無作解脫門入涅槃知是衆生觀五衆門十二入十八界如是種種法門得解脫佛於解脫知見盡知遍知是故說佛解脫知見無減一切身業一切口業一切意業隨智慧行者佛一切身口意業先知然後隨知行諸佛身口意業一切行無不利益衆生故名先知然後隨智慧行如經中說諸佛乃至出息入息利益衆生何況身口意業故作而不利益諸怨惡衆生聞佛出入息氣香皆得信心清淨愛樂於佛諸天聞佛氣息香亦皆捨五欲發心修善以是故言身口意業隨智慧行聲聞辟支佛無是事心故作善然後身口業善意業或時無記不隨智慧而自生何況餘人如憍梵波提比丘雖得阿羅漢自食吐而更食是業不隨智慧又如摩頭波斯吒比丘阿羅漢跳上梁棚或壁上樹上又如畢陵伽婆蹉罵恒神言小婢如是等身口業先無智慧亦不隨智慧行佛無是事問曰若爾者

佛或時身口業亦似不隨智慧行何以故入外道衆中說法都無信受者又復一時在大衆中說法現胷腹示尼揵子又復爲人疑不見二相故在大衆中現舌相陰藏相又復罵諸弟子汝狂愚人罵提婆達汝是狂人死人啾唾人佛結戒八種鉢不應畜聽比丘用二種鉢若瓦若鐵而自用石鉢有時外道難問佛默然不答又佛處處說有我處處說無我處處說諸法有處處說諸法無如是等身口業似不隨智慧行身口業不離意業意業亦應有不隨智慧行云何言常隨智慧行答曰是事不然於是諸事皆先有智慧然後諸業隨智慧行何以故佛入外道衆中雖知今世不信不受以種後世大因緣故又復爲止外道謗言佛自高憍以是故自往入其衆中又外道言佛自言有大悲普濟一切而但自爲四衆說法我等亦是出家求道而不爲說又如此經佛往外道衆中說法不言不信受佛遙見外道大會高聲論義欲至餘處迴往趣之論議師輩遙見佛來自語其衆汝等皆默佛是樂寂靜人見汝等靜默或能來此中衆即默然佛入其衆說婆羅門三諦外道衆皆默然佛作是念狂人輩皆爲惡魔所覆是法微妙乃至無有一人試作弟子者作是念已從座而去是人魔蔽得離便自念我等得聞妙法云何不以自利即皆往詣佛所爲佛弟子得道離苦復次外道弟子難其師故不敢到佛所是故佛自入其衆中衆得聞法信受堅固不復難師得爲弟子或得道跡如是等有種種智慧因緣是故往入外道衆復次薩

遮祇尼揵子銅鍱鍱腹自誓言無有人得我難而不流汗破壞者大象乃至樹木瓦石聞我難聲亦皆流汗作是誓已來至佛所與佛論議佛質問之皆不能得答汗流淹地舉體如漬佛告尼揵汝先誓言無有聞我難者而不流汗汝今汗流淹地汝試觀佛見有汗相不佛時脫鬱多羅僧示之言汗在何處復次有人言或有頭汗身不汗者佛頭雖不汗身必有汗以是故佛脫鬱多羅僧示其身因是外道大得信向皆入佛法中是智慧因緣身業隨行佛現舌相陰藏相者有人疑佛身二相而是人應得道疑故不得以是故現二相出舌覆面舌雖大還入口中而亦無妨見者疑斷有人見出舌相若生輕慢心出舌如小兒相見還入口說法無妨便起恭敬歎未曾有有人疑佛陰藏不現爾時世尊化作寶象寶馬指示之言陰藏相不現正如是有人言佛出陰藏相但示一人斷其疑故論議師輩言佛大慈悲心若有人見佛陰藏相能集善根發阿耨多羅三藐三菩提及能大歡喜信敬心生者皆令得見斷其疑心除是皆不得見佛以大悲為度眾生故從三種覆出暫現如電光是眾生見已信佛有大悲心實於戒法不取不著如是等因緣故現二相非戲非無羞佛苦切語諸比丘汝狂愚人者苦切語有二種一者垢心瞋罵二者憐愍眾生欲教化故離欲人無有垢心瞋罵何況佛佛憐愍教化故有苦切語有眾生輭語善教不入道檢要須苦切麤教乃得入法如良馬見鞭影便去鈍驢得痛手乃行亦如有瘡得輭藥唾

呪便差有瘡刀破出其惡肉塗以惡藥乃愈若復次苦切語有五種一者但綺語二者惡口亦綺語三者惡口亦綺語妄語四者惡口亦綺語妄語兩舌五者無煩惱心苦切語爲教弟子分別善不善法故拔衆生於苦難地故具四種惡語者其罪重三二一轉轉輕微佛弟子白衣得初道若二道使令奴婢故有惡口非不善道攝律儀有二種若綺語若惡口綺語阿那含阿羅漢無煩惱起惡口但以淨心須惡言教化故惡口綺語阿那含阿羅漢尚無煩惱所起惡口何況佛復次佛若有苦切語不應疑不應難謂佛惡心起苦切語所以者何佛惡心久已滅但以深心念衆生如慈父教子雖有苦言爲成就子故非是惡心佛爲菩薩時三毒未盡作仙人名羼提被惡王截其耳鼻手足而不生惡心不出惡言爾時未得道尚無惡心何況得阿耨多羅三藐三菩提三毒已盡於一切衆生大慈悲具足云何疑佛有惡心苦切語復次佛若言狂愚人是輭語實語所以者何三毒發故名爲狂愚亦以善事利益而不肯受不解佛心不受佛語是爲狂愚復次佛内常行無我智慧外常觀諸法空如是者云何有惡口是衆生不解佛心故求佛語短若衆生解佛以深心憐愍者假令教入大火即時歡喜而入如人熱悶時入清涼池何況但語而不受衆生爲惡魔覆故不知佛以深心念之是故不受佛語以是故言汝是狂愚人復次有人得苦切語便歡喜言親愛我故如是言以是故佛言狂愚人佛語提婆達汝狂人死人噉唾人狂

人者以提婆達罪重當入阿鼻地獄故三種苦語死人者似人而不能集諸善法故亦以提婆達剃頭法服似如聖人內無慧命故名死人如死人種種莊嚴轉轉爛壞終不可令活提婆達亦如是佛日日種種教化惡心轉劇惡不善法日日轉增乃至作三逆罪如是故名爲死人唌唾人者提婆達貪利養故化作天身小兒在阿闍世王抱中王嗚其口與唾令嗽以是故名嗽唾人問曰提婆達得禪定已離欲云何復嗽他唾答曰是人惡心亦深其根亦利離欲故能變化嗽唾時便失利根故求時便得以是故名嗽唾人狂義如先說復次以提婆達白佛佛已老矣常樂閑靜可入林中以禪自娛僧可付我佛言舍利弗目揵連等有大智慧善軟清淨人尚不令僧

屬何況汝狂人死人嗽唾人如是等因緣故佛於諸法雖無所著而爲教化故現苦切語而不聽比丘用八種鉢者金銀等寶鉢以寶物人貪故難得故貪著故不聽畜此寶物乃至不得手舉名寶亦不得畜若作淨施得用價不貴故木鉢受垢膩不淨故不聽畜三種鉢無如是事問曰瓦鐵鉢皆亦受垢膩與木鉢無異何以聽畜答曰瓦鐵鉢不熏亦不聽以熏不受垢膩故石有麤細細者不受垢膩故世尊自畜所以不聽比丘畜者以其重故佛乳哺力勝一萬白香象是故不以爲重慈愍諸比丘故不聽問曰侍者羅陀彌善迦須那剎羅多那伽娑婆羅阿難等常侍從世尊執持應器何以不憐愍答曰侍者雖執持佛鉢以佛威德力故又恭敬尊重佛故不覺爲

重又阿難身力亦大故復次以細石鉢難得故麤者受垢膩故不聽用佛鉢四天王四山頭自然生故餘人無此自然鉢若求作甚難多所妨廢是故不聽又欲令佛與弟子異故佛用石鉢又如國王人所尊重食器亦異有人見佛鉢異倍加尊重供養信心清淨問曰若鉢應異衣何以同答曰佛衣亦異佛初成道時知迦葉衣應佛所著迦葉衣價直十萬兩金次後耆域上佛染摩根羯簸衣價亦直十萬兩金佛勅阿難持此衣去割截作僧伽梨作已佛受著是為異問曰佛因是告諸比丘從今日若有比丘一心求涅槃背捨世間者若欲著聽著價直十萬兩金衣亦聽食百味食衣異而後聽鉢獨不聽答曰我先已說石鉢因緣今當更說佛鉢不從人受佛初得道欲食時須器四天王知佛心念持四鉢上佛三世佛法皆應四天王上鉢爾時未有衆僧云何言聽後若聽無人與石鉢又閻浮提不好石鉢故無人與復次佛說比丘常應覆功德若受石鉢人謂從天龍邊得若令人作其工既難又恐人言此比丘欲與佛齊功所以不聽衣者若有人言佛在僧中受檀越好衣獨著而不聽比丘是故佛聽著比丘亦自無著者以施者難有著者難得故若不清淨比丘人所不與清淨比丘少欲知足故不著佛斷人疑故聽著衣鉢中無望是故不聽問曰如經中說佛金剛身不恃仰食何以畜鉢答曰佛法有二道一者聲聞道二者佛道聲聞法中佛隨人法有所食噉摩訶衍法中方便為人故現有所噉其實不食問曰云何是

方便答曰佛欲度人示行人法若不爾者人以佛非人我等云何能行其法復次有人因布施得度爲是人故佛受其食便作是念我食得助益佛身心大歡喜以歡喜故信受佛語如大國王臣下請食王雖不須爲攝彼人故多少爲食令其歡喜如是等因緣佛現受食問曰若佛不食所受者在何處答曰佛事不可思議不應致問復次有人得佛食而度者有聞聲見色觸身聞香而得度須食得度者佛以食與之如密迹金剛經說佛以食著口中有天求佛道者持至十方施之問曰若爾者念僧中說佛食無有衆生能食者此義云何答曰佛不與者無有能食令佛施之是故得食何以知之佛食馬麥時以食與阿難有沙門二十億以好羮上佛佛以殘羮與頻婆娑羅王以是故知佛受已與則得食不與則不能消復次爲佛設食佛未食者人不能消已食殘者佛與能消以是故雖實不食爲度人故現受食畜鉢佛不答十四難者佛有四種答一者定答二者分別義答三者反問答四者置答此十四難法應置答又復若有所利益事則答外道所問不爲涅槃增長疑惑故以置答知必有所益者分別爲答必無所益置而不答以是因緣故知佛是一切智人復次若佛說三種法有爲法無爲法不可說法則爲已說一切法竟復次是諸外道依止常見依止滅見故問以常滅實相無故佛不答如外道所見常相無常相無是事何以故外道取相著是常滅故佛雖說常無常相但爲治用故復次若人說無者爲有有者爲

無如是人則是過罪佛不答則無咎如日照天下不能令高者下下者高但以顯現而已佛亦如是於諸法無所作諸法有者說有無者說無如說生因緣老死乃至無明因緣諸行有佛無佛是因緣法相續常在世間諸佛出世為衆生顯示此法復次若答常滅則為有咎如問石女黄門兒脩短黑白何類此問則不應答十四難亦如是但以常滅為本故問無常滅故佛不答如是等種種因緣故佛不答十四難無咎佛處處說有我處處說無我者若人解佛法義知假名者說言有我若人不解佛法義不知假名者說無我復次佛為衆生欲墮斷滅見者說言有我受後世罪福若人欲墮常見者為說言無我無作者受者離是五衆假名更無一法自在者問曰若爾者何等為實答曰無我是實如法印中說一切作法無常一切法無我寂滅是安隱涅槃法印名為諸法實相若人善根未熟智慧不利佛不為說是深無我法若為說衆生即墮斷滅見中問曰若爾者如迦葉問中佛說我是一邊無我是一邊離此二邊名為中道今云何言無我是實有我為方便說答曰說無我有二種一者取無我相著無我二者破我不取無我亦不著無我自然捨離如先說無我則是邊後說無我是中道復次佛說有我無我有二因緣一者用世俗說故有我二者用第一實相說故無我如是等說有我無我無咎佛處處說諸法有處處說諸法無問曰不應別說有無有即是有我無即是無我何以更說答曰不然佛法有二種空一者衆

生空二者法空說無我示衆生空說無有我所法示法空說有我示知假名相不著我者說有我於五衆中著我相者爲破是著我故說但有五衆無常苦空無我寂滅涅槃是名有復次有二種斷見一者無後世受罪福苦樂者爲說有我從今世至後世受罪福果報二者一切法皆空無著是邪見爲是衆生故說有一切法所謂有爲無爲法復次不大利根衆生爲說無我利根深智衆生說諸法本末空何以故若無我則捨諸法如說

若了知無我　有如是人者　聞有法不喜
無法亦不憂

說我者一切法所依止處若說無我者一切法無所依止復次佛法二種說若了了說則言一切諸法空若方便說則言無我是二種

說法皆入般若波羅蜜相中以是故佛經中說趣涅槃道皆同一向無有異道復次有我有法多爲在家者說有父母罪福大小業報所以者何在家人多不求涅槃故著於後果報爲出家人多說無我無法所以者何出家人多向涅槃故求涅槃者不受一切法故自然滅是涅槃復次有人信等諸根未成就故先求有所得然後能捨爲是人故佛說諸善法捨諸惡法有人信等諸根成就故於諸法不求有所得但求遠離生死道爲是人故佛說諸法空無所有此二皆實如無名指亦長亦短觀中指則短觀小指則長長短皆實有說無說亦如是說有或時是世俗或時是第一義說無或時是世俗或時是第一義佛說是有我無我皆是實問曰若是二事皆實佛

何以故多讃歎空而毀呰有答曰空無所有是十方諸佛一切賢聖法藏如般若波羅蜜囑累品中說般若波羅蜜是三世十方諸佛法藏般若波羅蜜即是無所有空佛或說有法爲教化衆生故久後皆當入無所有法藏中問曰若爾者云何般若波羅蜜言若觀五衆空無所有非是道答曰是般若波羅蜜中說有無皆無如長爪梵志經中說三種邪見一者一切有二者一切無三者半有半無佛告長爪梵志是一切有見爲欲染爲瞋恚愚癡所縛一切無見爲不染不瞋不癡不著不縛半有半無有者同上有縛無者同上無縛於三種見中聖弟子作是念若我受一切有見則與二人共諍所謂一切無者半有半無者若我受一切無見亦與二人共諍所謂一切有者半有半無者諍若我受半有半無者亦與二人共諍所謂一切無者一切有者鬪諍故相謗相謗故致惱見是諍謗惱故捨是無見餘見亦不受不受故即入道若不著一切諸法空心不起諍但除結使是名爲實智若取諸法空相起諍不滅諸結使依止是智慧是爲非實智如佛所說爲度衆生故有所說無不是實但衆生於中有著不著故有實不實如是種種因緣故佛身口意業無有過失是故說佛身口意先知然後隨智慧行問曰初說身無失口無失念無失今復說身口意業隨智慧行義有何差別答曰先三種無失不說因緣今說因緣隨智慧行故不失若先不籌量而起身口意業則有失佛先以智慧起身口意業故無失復次佛成就三種淨

業三種寂靜業三不護業有人疑言佛何因緣成就如是業以是故佛言我一切身口意業先以智慧然後隨智慧行佛以智慧知過去未來現在世通達無礙者此三種智慧於三世通達無礙故三業隨智慧行問曰過去諸法已滅已盡無所復有未來世諸法今不來不生未和合現在乃至一念中無住時云何能知三世通達無礙答曰佛說過去未來現在通達無礙此言豈虛復次若無過去未來但有現在一念頃佛亦不得成就無量功德如十種智是十力是時亦不得一心有十智若爾者佛亦不得具足十力以是因緣故知有過去未來問曰若過去未來現在皆有者何等是無佛說四諦苦諦觀無常等相無常名生滅敗壞不可得若過去法今實有不名為無常敗壞不可得復次若過去未來現在皆有者便墮常何以故是法在未來世中定有轉來現在從現在轉入過去如人從一房入一房不名失人答曰若不失有何咎問曰若無無常無罪無福無生無死無縛無解罪名殺等十不善道若無無常無殺等罪如分別邪見中說刀在身七分中過無所惱害福名不殺等十善道無常名分別生死若無無常亦無邪見亦無縛亦無解如是等無量過咎答曰諸法三世各各有相過去法有過去相未來法有未來相現在法有現在相若過去未來有現在相者應有是難而今過去未來現在各自有相復次若實無過去未來亦無出家律儀所以者何若現在惡心中住過去復無戒是為非比丘又賢聖人心在世

俗中是時應當是凡夫無過去未來現在道故如是亦無五逆等諸罪是凡夫無過去等諸罪所以者何是五逆罪業已過去及死時入地獄是五逆罪未來無業故無報現在身不爲逆罪若無過去則無逆罪若無逆罪何有餘罪福亦如是若無罪福是爲邪見與禽獸無異復次我不說過去未來如現在相有我說過去雖滅可生憶想能生心心數法如昨日火滅今日可生憶想念不可以憶想念故火便有若見積薪知當然火亦生心想念明日火如過去火不可以令心念火火便有未來世事亦如是現在心雖一念時不住相續生故能知諸法內以現在意爲因外以諸法爲緣是因緣中生意識用意識自在知過去未來現在法但不自知現在心心數法餘者悉知問曰般若波羅蜜如相品中三世一相所謂無相云何言佛智慧知三世通達無礙答曰諸佛有二種說法先分別諸法後說畢竟空若說三世諸法通達無礙是分別說若說三世一相無相是說畢竟空復次非一切智人於三世中智慧有礙乃至觀世音文殊師利彌勒舍利弗等諸賢聖於三世中智慧皆有礙以是因緣故說佛智慧於三世中通達無礙不爲空事故說復次有人於三世中生邪見謂過去法及衆生有初無初若有初則有新衆生諸法亦無因無緣而生若無初亦無後若無初無後中亦無初名有中有後無前後名有初有中無後中名有初有後若衆生及諸法無初亦無中無後若無三世則都無所有復次若無初云何有一切智人

破如是等邪見故說三世諸法一相所謂無相不為破三世佛智慧問曰無相是為有邊答曰若無相即是無邊不可說不可難法云何言有邊若無相中取相非是無相是無相名為不可得空是中無相亦不可得空亦不可得是故名不可得空復次佛有二種道一者福德道有人聞佛十力四無所畏四無礙智十八不共法等生恭敬信樂心二者智慧道有人聞說諸法因緣和合生故無有自性便捨離諸法於空中心不著如月能潤物日能熟物二事因緣故萬物成就福德道智慧道亦如是福德道能生諸功德智慧道能於福德道中離諸邪見著以是故佛雖說諸法畢竟空亦說三世通達無礙而無咎如是等略說佛十八不共法義問曰若爾者迦旃延尼子何以言十力四無所畏大悲三不共意止名為十八不共法若前說十八不共法是眞義者迦旃延尼子何以故如是說答曰以是故名迦旃延尼子若釋子則不作是說釋子說者是眞不共法佛法無量是三十六法於佛法中如大海一滴法亦不少何以重數為十八復次諸阿羅漢辟支佛菩薩亦能知是處不是處分別三世業果報及諸禪定乃至漏盡智等云何言不共法問曰聲聞辟支佛菩薩不能盡知遍知但有通明無有力獨佛能盡遍知故言不共如十力中說答曰佛說十力義不言盡知遍知直言知是處不是處言盡知遍知者是諸論議師說問曰汝先自言摩訶衍經中說佛為菩薩故自說盡知遍知答曰摩訶衍經中說何益於汝汝不信

摩訶衍不應以爲證汝自當說聲聞法爲證復次十力佛雖盡知遍知而聲聞辟支佛有少分十八不共法中始終都無分以是故名眞不共法問曰十八不共法二乘亦應有分但佛身口念常無失二乘身口念亦有無失如是等皆應有分答曰不然所以者何常無失故名爲不共不以不失爲不共聲聞辟支佛於常無失中無分復次諸阿羅漢說有力無有處說有不共法汝不信摩訶衍故不受眞十八不共法而更重數十力等是事不可如汝所信八十種好而三藏中無何以不更說問曰我等分別十八不共法不重數也何等十八一者知諸法實相故名一切智二者佛諸功德相難解故功德無量三者深心愛念衆生故名大悲四者得無比智故智慧中自在五者善解心相故定中自在六者得度衆生方便故變化自在七者善知諸法因緣故記莂無量八者說諸法實相故記莂不虛九者分別籌量說故言無失十者得十力成就智慧無減十一者一切有爲法中但觀法聚無我故常放捨行十二者善知時不時安立於三乘常觀衆生故十三者常一心故不失念十四者無量阿僧祇劫深善心故無煩惱習十五者得眞淨智故無有能如法出其失十六者世世敬重所尊故無能見頂十七者修大慈悲心故安詳下足足下柔軟衆生遇者即時得樂十八者得神通波羅蜜故轉衆生心令歡喜得度故如入城時現神變力答曰如是十八不共法非三藏中說亦諸餘經所不說以有人求索是法故諸聲聞論議

師輩處處撰集讚佛功德如言無失慧無減念不失皆於摩訶衍十八不共法中取已作論議雖有無見頂足下柔輭如是甚多不應在十八不共法中不共法皆以智慧爲義佛身力如十萬白香象力及神通力等皆不說以是故當知十八不共法中但說智慧功德等不說自然果報法復次是十八不共法阿毗曇分別五衆攝身口無失身口隨智慧行是色衆攝無異想是想衆攝無不定心是識衆攝餘者行衆攝皆在四禪中佛四禪中得道得涅槃故有人言四色不共法色界欲界中攝餘九地中攝皆是善皆是無漏法四色法二緣生因緣增上緣餘殘四緣生四無緣十四有緣四隨心行不與心相應十三與心相應亦隨心行一不與心相應亦不隨心行如是等種種阿毗曇分別說初如是分別入般若波羅蜜諸法實相中盡皆一相所謂無相入佛心皆一寂滅相

大智度論卷第二十六

音釋

懅其據切慙懼也 袵汝鴆切襟也 斐敷尾切 亹武匪切 褺徒協切重衣也 棚蒲庚切閣也 鍱與涉切金鐵鍱也 羼提梵語也此云忍辱羼初限切 簸補過切

大智度論卷第二十七

龍樹菩薩造

姚秦三藏法師鳩摩羅什譯

釋初品中大慈大悲

經 大慈大悲當習行般若波羅蜜

論 大慈大悲者四無量心中已分別今當更略說大慈與一切衆生樂大悲拔一切衆生苦大慈以喜樂因緣與衆生大悲以離苦因緣與衆生譬如有人諸子繫在牢獄當受大辟其父慈惻以若干方便令得免苦是大悲得離苦已以五所欲給與諸子是大慈如是等種種差別問曰大慈大悲如是何等是小慈小悲因此小而名爲大答曰四無量心中慈悲名爲小此中十八不共法次第說大慈悲名爲大復次諸佛心中慈悲名爲大餘人心中名爲小問曰若爾者何以言菩薩行大慈大悲答曰菩薩大慈者於佛爲小於二乘爲大此是假名爲大佛大慈大悲眞實最大復次小慈但心念與衆生樂實無樂事小悲名觀衆生種種身苦心苦憐愍而已不能令脫大慈者念令衆生得樂亦與樂事大悲憐愍衆生苦亦能令脫苦復次凡夫人聲聞辟支佛菩薩慈悲名爲小諸佛慈悲乃名爲大復次大慈從大人心中生十力四無所畏四無礙智十八不共法大法中出能破三惡道大苦能與三種大樂天樂人樂涅槃樂復次是大慈遍滿十方三世衆生乃至蜫蟲慈徹骨髓心不捨離三千大千世界衆生墮三惡道若人一一皆代受其苦得脫苦已以五所欲樂禪定樂世間最上樂自恣與之皆令滿

足比佛慈悲千萬分中不及一分何以故世間樂欺誑不實不離生死故問曰法在佛心中一切皆大何以故但說慈悲爲大答曰佛所有功德法應皆大故問曰若爾者何以但說慈悲爲大答曰慈悲是佛道之根本所以者何菩薩見衆生老病死苦身苦心苦今世後世苦等諸苦所惱生大慈悲救如是苦然後發心求阿耨多羅三藐三菩提亦以大慈悲力故於無量阿僧祇世生死中心不猒没以大慈悲力故久應得涅槃而不取證以是故一切諸佛法中慈悲爲大若無大慈大悲便早入涅槃復次得佛道時成就無量甚深禪定解脱諸三昧生清淨樂棄捨不受入聚落城邑中種種譬喻因緣說法變現其身無量音聲將迎一切忍諸衆生罵詈誹謗乃至自作妓樂皆是大慈大悲力復次大慈大悲大名非佛所作衆生名之譬如師子大力不自言力大皆是衆獸名之衆生聞佛種種妙法知佛爲祐利衆生故於無量阿僧祇劫難行能行衆生聞見是事而名此法爲大慈大悲譬如一人有二親友以罪事因緣故繫之囹圄一人供給所須一人代死衆人言能代死者是爲大慈悲佛亦如是世世爲一切衆生故以頭目髓腦布施盡爲一切衆生一切衆生聞見是事即共名之爲大慈大悲如尸鞞王爲救鴿故盡以身肉代之猶不與鴿等復以手攀秤欲以身代之是時地爲六種震動海水波盪諸天香華供養於王衆生稱言爲一小鳥所感乃爾眞是大慈大悲佛因衆生所名故言大慈大悲如是等無量本生經

中悉應廣說問曰禪定等諸餘功德人不知故不名爲大智慧說法等能令人得道何以不稱言大答曰佛智慧所能無有遍知者大慈大悲故世世不惜身命捨禪定樂救護衆生人皆知之於佛智慧可比類知不能了了知慈悲心眼見耳聞處處變化大師子吼是故可知復次佛智慧細妙諸菩薩舍利弗等尚不能知何况餘人慈悲相可眼見耳聞故人能信受智慧深妙不可測知復次是大慈大悲一切衆生所愛樂譬如美藥人所樂服智慧如服苦藥人多不樂人多樂故稱慈悲爲大復次智慧者得道人乃能信受大慈悲相一切雜類皆能生信如見像若聞說皆能信受多所饒益故名爲大慈大悲復次大智慧名捨相遠離相大慈悲爲憐愍利益相是憐愍利益法一切衆生所愛樂以是故名爲大是大慈大悲如持心經中說大慈大悲有三十二種於衆生中行是大慈大悲攝相緣如四無量心說復次佛大慈悲等功德不應一切如迦旃延法中分別求其相上諸論議師雖用迦旃延法分别顯示不應盡信受所以者何迦旃延說大慈悲一切智慧是有漏法繫法世間法是事不爾何以故大慈悲名爲一切佛法之根本云何言是有漏法繫法世間法問曰大慈悲雖是佛法根本故是有漏如淤泥中生蓮華不得言泥亦應妙大慈悲亦如是雖是佛法根本不應是無漏答曰菩薩未得佛時大慈悲若言有漏其失猶可今佛得無礙解脱智故一切諸法皆清淨一切煩惱及習盡聲聞辟支佛不得無礙解脱

智煩惱習不盡處處中疑不斷故心應有漏諸佛無是事何以故說佛大慈悲應是有漏問曰我不敢不敬佛以慈悲心爲衆生故生應是有漏答曰諸佛力勢不可思議諸聲聞辟支佛不能離衆生想而生慈悲諸佛能離衆生想而生慈悲所以者何如諸阿羅漢辟支佛十方衆生相不可得而取衆生相生慈悲今諸佛十方求衆生不可得亦不取衆生相而能生慈悲如無盡意經中說有三種慈悲衆生緣法緣無緣復次一切衆生中唯佛盡行不誑法若佛於衆生中取相而行慈悲心不名行不誑法何以故衆生畢竟不可得故聲聞辟支佛不名爲盡行不誑法故聲聞辟支佛於衆生於法若取相若不取相不應難不悉行不誑法故一切智能斷一切諸漏

能從一切有漏法中出能作無漏因緣是法云何自是有漏問曰無漏智各各有所緣無有能悉緣一切法者唯有世俗智能緣一切法以是故說一切智是有漏相答曰汝法中有是說非佛法中所說如人自持斗入市不與官斗相應無人用者汝亦如是自用汝法不與佛法相應無人用者無漏智慧何以故不能緣一切法有漏智是假名虛誑勢力少故不應眞實緣一切法汝法中自說能緣一切法復次是聲聞法中十智摩訶衍法中有十一智名爲如實智是十智入是如實智中都爲一智所謂無漏智如十方水入大海水中都爲一味是大慈大悲佛三昧王三昧師子遊戲三昧所攝如是略說大慈大悲義

經菩薩摩訶薩欲得道慧當習行般若波羅

蜜菩薩摩訶薩欲以道慧具足道種慧當習行般若波羅蜜

【論】道名一道一向趣涅槃於善法中一心不放逸道隨身心念道復有二道惡道善道世間道出世間道定道慧道有漏道無漏道見道修道學道無學道信行道法行道向道果道無礙道解脫道信解道見得道慧解脫道俱解脫道如是無量二道間復有三道地獄道畜生道餓鬼道三種地獄熱地獄寒地獄黑闇地獄三種畜生道地行水行空行三種鬼道餓鬼食不淨鬼神鬼三種善道人道天道涅槃道人有三種作罪者作福者求涅槃者復有三種人受欲行惡者受欲不行惡者不受欲不行惡者天有三種欲天色天無色天涅槃道有三種聲聞道辟支佛道佛道聲聞道有三種學道無學道非學非無學道辟支佛道亦如是佛道有三種波羅蜜道方便道淨世界道佛復有三道初發意道行諸善道成就衆生道復有三道戒道定道慧道如是等無量三道門復有四種道凡夫道聲聞道辟支佛道佛道復有四種道聲聞道辟支佛道菩薩道佛道聲聞道有四種苦道集道滅道道道復有四沙門果道復有四種道觀身實相道觀受心法實相道復有四種道爲斷未生惡不善令不生道爲斷生惡令疾滅道爲未生善法令生道爲巳生善法令增長道復有四種道欲增上道精進增上道心增上道慧增上道復有四聖種道不擇衣食卧具醫藥樂斷苦修定復有四行道苦難道苦易道樂難道樂易道復有四修道一爲今世

樂修道二生死智修道三爲漏盡故修道四分別慧修道復有四天道所謂四禪復有四種道天道梵道聖道佛道如是等無量四道門復有五種道地獄道畜生餓鬼人天道復有五無學衆道無學戒衆道乃至無學解脫知見衆道復有五種淨居天道復有五欲天道復有五如法語道復有五非法語道復有五道凡夫道聲聞道辟支佛道菩薩道佛道復有五道分別色法道分別心法道分別心數道分別心不相應行道分別無爲法道復有五種道苦諦所斷道集諦所斷道滅諦所斷道道諦所斷道思惟所斷道如是等無量五法道門復有六種道地獄道畜生餓鬼人天阿修羅道復有捨六塵道復有六和合舊云六種道六神通道六種阿羅漢道六地修道六定道六波羅蜜道二一波羅蜜各各有六道如是等無量六道門復有七道七覺意道七地無漏道七想定道七淨道七善人道七財富道七法福道七助定道如是等無量七道門復有八道八正道八解脫道八背捨道如是等無量八道門復有九道九次第道九地無漏道九見斷道九阿羅漢道九菩薩道所謂六波羅蜜方便成就衆生淨佛世界如是等無量九道門復有十道所謂十無學道十想道十智道十一切處道十不善道十善道乃至一百六十二道如是等無量道門知是諸道盡知遍知是爲道種慧問曰般若波羅蜜是菩薩第一道一相所謂無相何以說是種種道答曰是道皆入一道中所謂諸法實相初學有種種別後皆同一無有差別譬如

劫盡燒時一切所有皆同虛空復次爲引導衆生故菩薩分別說是種種道所謂世間道出世間道等問曰云何菩薩住一相無相中而分別是世間是出世間道答曰世間名但從顛倒憶想虛誑二法生如幻如夢如轉火輪凡夫人强以爲世間是世間皆從虛妄中來今亦虛妄本亦虛妄其實無生無作但從内外六情六塵和合因緣生隨凡夫所著故爲說世間是世間種種邪見羅網如亂絲相著常往來生死中如是知世間何等是出世間道如實知世間即是出世間道所以者何智者求世間出世間二事不可得若不可得當知假名爲世間出世間但爲破世間故說出世間世間相即是出世間更無所復有所以者何世間相不可得是世間出世間相常空世間法定相不可得故如是行者不得世間亦不著出世間若不得世間亦不著出世間愛慢破故不共世間諍何以故行者久知世間空無所有虛誑故不作憶想分別世間名五衆五衆相假令十方諸佛求之亦不可得無來處無住處亦無去處若不得五衆來住去相即是出世間行者爾時觀是世間出世間實不可見不見世間與出世間合亦不見出世間與世間合離世間亦不見出世間離出世間亦不見世間如是則不生二識所謂此世間出世間若捨世間不受出世間是名出世間若菩薩能如是知則能爲衆生分別世間出世間道有漏無漏一切諸道亦如是入一相是名道種慧

【經】欲以道種慧具足一切智當習行般若波

羅蜜欲以一切智具足一切種智當習行般若波羅蜜

【論】問曰一切智一切種智有何差別答曰有人言無差別或時言一切智或時言一切種智有人言總相是一切智別相是一切種智因是一切智果是一切種智略說一切智廣說一切種智一切智者總破一切法中無明闇一切種智者觀種種法門破諸無明一切智譬如說四諦一切種智譬如說四諦義一切智者如說苦諦一切種智者如說八苦相一切智者如說生苦一切種智者如說種種衆生處處生復次一切法名眼色乃至意法是諸阿羅漢辟支佛亦能總相知無常苦空無我等知是十二入故名爲一切智聲聞辟支佛尚不能盡別相知一衆生生處好醜事業多少未來現在世亦如是何況一切衆生如一閻浮提中金名字尚不能知何況三千大千世界於一物中種種名字若天語若龍語如是等種種語言名金尚不能知何況能知金因緣生處好惡貴賤因而得福因而得罪因而得道如是現事尚不能知何況心心數法所謂禪定智慧等諸法佛盡知諸法總相別相故名爲一切種智復次後品中佛自說一切智是聲聞辟支佛事道智是諸菩薩事一切種智是佛事聲聞辟支佛但有總一切智無有一切種智復次聲聞辟支佛雖於別相有分而不能盡知故總想受名佛一切智一切種智皆是眞實聲聞辟支佛但有名字一切智譬如畫燈但有燈名無有燈用如聲聞辟支佛若有人問難或時不能悉答不

能斷疑如佛三問舍利弗而不能答若有一切智云何不能答以是故但有一切智名勝於凡夫無有實也是故佛是實一切智一切種智有如是無量名字或時名佛爲一切智人或時名爲一切種智人如是等略說一切智一切種智種種差別問曰如經中說行六波羅蜜三十七品十力四無所畏等諸法得一切智何以故此中說但用道種智得一切智答曰汝所說六波羅蜜等即是道知是道行是道得一切智何所疑復次初發心乃至坐道場於其中間一切善法盡名爲道此道中分別思惟而行是名道智如此經後說道智是菩薩事問曰佛道事已備故不名道智阿羅漢辟支佛諸功德未備何以不名道智答曰阿羅漢辟支佛道自於所行亦辦是故不名道智道是行相故復次此經中說聲聞辟支佛聲聞中攝三道故不說佛道大故名爲道智聲聞辟支佛道小故不名道智復次菩薩摩訶薩自行道亦示衆生各各所行道以是故說名菩薩行道智得一切智問曰何等是一切智所知一切法答曰如佛告諸比丘爲汝說一切法何等是一切法所謂眼色耳聲鼻香舌味身觸意法是十二入名一切法復有一切法所謂名色如佛說利衆經中偈

若欲求眞觀　但有名與色　若欲審實知
亦當知名色　離癡心多想　分別於諸法
更無有異事　出於名色者

復次一切法所謂色無色法可見不可見有對無對有漏無漏有爲無爲心非心心相應

非心相應共心生不共心生隨心行不隨心行從心因不從心因如是等無量三法門攝一切法如阿毗曇攝法品中說復次一切法所謂善法不善法無記法見諦所斷思惟所斷不斷法有報法無報法非有報非無報法如是等無量三法門攝一切法復次一切法所謂過去法未來法現在法非過去未來現在法欲界繫法色界繫法無色界繫法不繫法從善因法從不善因法從無記因法從非善非不善非無記因法有緣緣法無緣緣法有緣緣亦無緣緣法非有緣緣非無緣緣法如是等無量四法門攝一切法復次一切法所謂色法心法心數法心不相應諸行法無爲法四諦及無記無爲如是等無量五法門攝一切法復次一切法所謂五衆及無爲苦諦所斷法集諦滅諦道諦思惟所斷法不斷法如是等無量六法門攝一切法七八九十等諸法門是阿毗曇分別義復次一切法所謂有法無法空法實法所緣法能緣法聚法散法等復次一切法所謂有法無法亦有亦無法空法實法非空非實法所緣法能緣法非所緣非能緣法復次一切法所謂有法無法亦有亦無法非有非無法空法不空法空不空法非空非不空法生法滅法生滅法非生非滅法不生不滅法非不生非不滅法不生不滅亦非不生非不滅法非不生非不滅亦非不不生亦非不不滅法復次一切法所謂有法無法有無法非有非無法捨是四句法空不空生滅不生不滅五句皆亦如是如是等種種無量阿僧祇法門所攝諸法以是

無礙智慧盡遍知上諸法名爲一切智一切種智問曰一切衆生皆求智慧云何獨佛一人得一切智答曰佛於一切衆生中第一故獨得一切智如佛所說無足二足四足多足有色無色有想無想非有想非無想等一切衆生中佛最第一譬如須彌山於衆山中自然最第一如四大中火最有力能照能燒佛亦如是於一切衆生中最第一故得一切智問曰佛何以故於一切衆生獨最第一答曰如先答得一切智故今當更說佛自利益亦利益他故於衆生中最第一如一切照中日爲第一一切人中轉輪聖王最第一一切蓮華中青蓮爲第一一切陸生華須曼色第一一切木香中牛頭栴檀爲第一一切珠中如意珠爲第一一切諸戒中聖戒爲第一一切解脫中不壞解脫爲第一一切清淨中解脫爲第一一切諸觀中空觀爲第一一切諸法中涅槃爲第一如是等無量各各第一佛亦如是於一切衆生最爲第一第一故獨得一切智復次佛從初發意以大誓莊嚴一切衰沒衆生欲拯濟故盡遍行諸善道無善不集無苦不行皆集一切諸佛功德如是等種種無量因緣故佛於一切衆生中獨第一問曰三世十方諸佛亦有是功德何以故言佛獨第一答曰除諸佛爲餘衆生故言佛獨第一諸佛等一切功德復次薩婆若多者薩婆此言一切若此言智多此言相一切如先說名色等諸法佛知是一切法一相異相漏相非漏相作相非作相等一切法各各相各各力各各因緣各各果報各各性各各得各各失一切智慧力故一

切世一切種盡遍解知以是故說欲以道種智具足得一切智當習行般若波羅蜜欲以一切智具足一切種智當習行般若波羅蜜問曰如佛得佛道時以道智得具足一切智一切種智今何以言以一切智得具足一切種智答曰佛得道時以道智雖具足得一切智一切種智而未用一切種智如大國王得位時境土寶藏皆已得但未開用

【經】欲以一切種智斷煩惱習當習行般若波羅蜜舍利弗菩薩摩訶薩應如是學般若波羅蜜

【論】問曰一心中得一切智一切種智斷一切煩惱習今云何言以一切智具足得一切種智以一切種智斷煩惱習答曰實一切智一時得此中為令人信般若波羅蜜故次第差別品說欲令衆生得清淨心是故如是說復次雖一心中得亦有初中後次第如一心有三相生因緣住住因緣滅又如心心數法不相應諸行及身業口業以道智具足一切智以一切智具足一切種智以一切種智斷煩惱習亦如是先說一切種智即是一切智道智名金剛三昧佛初發心即是一切智一切種智是時煩惱習斷一切智一切種智相先已說斷一切煩惱習者煩惱名略說則三毒廣說則三界九十八使是名煩惱煩惱習者名煩惱殘氣若身業口業不隨智慧似從煩惱起不知他心者見其所起生不淨心是非實煩惱久習煩惱故起如是業譬如久鏁脚人卒得解脫行時雖無有鎖猶有習在如乳母衣久故垢著雖以淳灰淨浣雖無有垢垢

氣猶在衣如聖人心垢如諸煩惱雖以智慧水浣煩惱氣猶在如是習氣諸餘賢聖雖能斷煩惱不能斷習如難陀婬欲習故雖得阿羅漢道於男女大衆中坐眼先視女衆而與言語說法如舍利弗瞋習故聞佛言舍利弗食不淨食即便吐食終不復受請又舍利弗自說偈言

覆罪妄念人　無智而懈怠　終不欲令此妄來近我住

如摩訶迦葉瞋習故佛滅度後集法時勑令阿難入突吉羅罪懺悔而復自牽阿難手出不共汝漏未盡不淨人集法如畢陵伽婆蹉常罵恒神為小婢如摩頭婆私咤掉戲習故或時從衣架上梁從梁至棚從棚至閣如憍梵鉢提牛業習故常吐食而呞如是等諸聖人雖漏盡而有煩惱習如火焚薪已灰炭猶在火力薄故不能令盡若劫盡時火燒三千大千世界無復遺餘火力大故佛一切智火亦如是燒諸煩惱無復殘習如一婆羅門以五百種惡口衆中罵佛佛無異色亦無異心此婆羅門心伏還以五百種語讚佛佛無喜色亦無悅心於此毀譽心色無變又復旃遮婆羅門女帶盂謗佛佛無慚色事情既露佛無悅色轉法輪時讚美之聲滿於十方心亦不高孫陀利死惡聲流布心亦不下阿羅毗國土風寒又多蒺䔧佛於中坐卧不以為苦又在天上歡喜園中夏安居時坐劒婆石柔輭清潔如天綩綖亦不以為樂受大天王䟦奉天食不以為美毗蘭若國食馬麥不以為惡諸大國王供奉上饌不以為得入薩羅

聚落空鉢而出不以爲失提婆達多於耆闍崛山推石壓佛佛亦不憎是時羅睺羅敬心讚佛佛亦不愛阿闍世縱諸醉象欲令害佛佛亦不畏降伏狂象王舍城人益加恭敬持香華瓔珞出供養佛佛亦不喜九十六種外道一時和合議言我等亦皆是一切智人從舍婆提來欲共佛論議爾時佛以神足從齋放光光中皆有化佛國王波斯匿亦命之令來於其座上尚不能得動何況能得與佛論議佛見一切外道賊來心亦無退破是外道諸天世人倍益恭敬供養心亦不進如是等種種因緣來欲毀佛佛不可動譬如眞閻浮檀金火燒不異捶打磨斫不敗不異佛亦如是經諸毀辱誹謗論議不動不異以是故知佛諸煩惱習都盡無餘問曰諸阿羅漢辟支佛同用無漏智斷諸煩惱習何以有盡不盡答曰先已說智慧力薄如世間火諸佛力大如劫盡火今當更答聲聞辟支佛集諸功德智慧不久或一世二世三世佛智慧功德於無量阿僧祇劫廣修廣習善法久熏故於煩惱習無復餘氣復次佛於一切諸功德皆已攝盡故乃至諸煩惱習氣永盡無餘何以故諸善法功德消諸煩惱故諸阿羅漢於此功德不盡得故但斷世間愛直入涅槃復次佛斷結使智慧刀甚利用十力爲大刀以無礙智直過故斷諸結使盡無復遺餘譬如人有重罪國王大瞋誅其七世根本令無遺餘佛亦如是於煩惱重賊誅拔根本令無遺餘以是故說欲以一切種智斷一切煩惱習當習行般若波羅蜜問曰但斷習亦除煩惱答曰

有人言斷煩惱及習俱盡如先說習盡無餘阿羅漢辟支佛但斷煩惱不能斷習菩薩斷一切煩惱及習令盡無餘有人言佛久已遠欲如佛說我見定光佛已來已離欲以方便力故現有生死妻子眷屬有人言從得無生法忍來得諸法實相故一切煩惱及習盡有人言佛從初發意來有煩惱至坐道場於後夜時斷一切煩惱及習問曰如是種種說何者爲實答曰皆是佛口所說故無有不實聲聞法中佛以方便力故現受人法有生老病寒熱饑渴等無人生而無煩惱者是故佛亦應隨人法有煩惱於樹王下外先破魔軍內滅結使賊破外內賊故成阿耨多羅三藐三菩提人皆信受是人能爲是事我等亦當學習是事若言久來無煩惱從然燈佛得無生法忍未斷煩惱盡是亦方便說令諸菩薩歡喜故若菩薩久已斷一切煩惱成佛時復何所爲問曰佛有種種事斷結使是一事餘有淨佛國土成就衆生等未具以具足衆事故名爲佛答曰若爾者佛言斷結使是末後身人若都無結使云何得生問曰從得無生法忍已來常得法性生身變化不答曰化法要有化主然後能化若得無生法忍斷一切結使死時捨是肉身無有實身誰爲變化以是故知得無生已來不應盡結使復次聲聞人言菩薩不斷結使乃至坐道場然後斷是爲大錯何以故汝法中說菩薩已滿三阿僧祇劫後更有百劫中常得宿命智自憶迦葉佛時作比丘名鬱多羅修行佛法云何今六年苦行修邪道法日食一麻一麥後身菩薩一

日尚不應謬何況六年瞋亦如是從久遠世時作毒蛇獵者生剝其皮猶尚不瞋云何最後身而瞋五人以是故知聲聞人受佛義爲錯佛以方便力欲破外道故現六年苦行汝言瞋五人者是爲方便亦是瞋習非煩惱也今當如實說菩薩得無生忍法煩惱已盡習氣未除故因習氣受及法性生身能自在化生有大慈悲爲衆生故亦爲滿本願故還來世間具足成就餘殘佛法故十地滿坐道場以無礙解脫力故得一切智一切種智斷煩惱習摩訶衍人言得無生法忍菩薩一切煩惱及習都盡亦是錯若都盡與佛無異亦不應受法性生身以是故菩薩得無生法忍捨生身得法性生身若言至坐道場一切煩惱及習俱斷是語亦非所以者何若菩薩具有三毒者云何能集無量佛法譬如毒瓶雖著甘露皆不中食菩薩集諸純淨功德乃得作佛若雜三毒云何能具足清淨佛法問曰觀法實相及修悲心故能令三毒薄薄故能集清淨功德答曰薄三毒可得轉輪聖王諸天王身欲得佛功德身無有是事三毒斷習未盡可得集諸功德復次薄名如離欲人斷下地結猶有上地煩惱又如須陀洹見諦所斷結盡思惟所斷結未盡是名爲薄如佛說斷三結薄婬怒癡名爲斯陀含汝若言薄應當是斷以是故得無生忍法時斷煩惱得佛時斷煩惱習是則實說

【經】復次舍利弗菩薩摩訶薩欲上菩薩位當學般若波羅蜜

【論】菩薩位者無生法忍是得此法忍觀一切

世間空心無所著住諸法實相中不復染世間復次般舟般三昧是菩薩位得是般舟般三昧悉見現在十方諸佛從諸佛聞法斷諸疑網是時菩薩心不動揺是名菩薩位復次菩薩位者具足六波羅蜜生方便智於諸法實相亦不住自知自證不隨他語若魔作佛形來心亦不惑復次入菩薩法位力故得名阿鞞跋致菩薩復次菩薩摩訶薩入是法位中不復墮凡夫數名爲得道人一切世間事欲壞其心不能令動閉三惡趣門墮諸菩薩數中初生菩薩家智慧清淨成就復次住頂不墮是名菩薩法位如學品中説上位菩薩不墮惡趣不生下賤家不墮聲聞辟支佛地亦不從頂墮問曰云何爲頂墮答曰如須菩提語舍利弗若菩薩摩訶薩無方便心行六波羅蜜入空無相無作中不能上菩薩位不墮聲聞辟支佛地愛著諸功德法於五衆無常苦空無我取相心著言是道非道是應行是不應行如是等取相分別是菩薩頂墮何等是住頂如上所説諸法愛斷於愛斷法亦復不取如住頂義中説若菩薩摩訶薩行般若波羅蜜時内空中不見外空外空中不見内空外空中不見内外空内外空中不見外空乃至無法有法空亦如是復次上位菩薩得無等等心亦不自高知心相眞空諸有無等戲論滅問曰何以故聲聞法中名爲正位此菩薩法中但名位答曰若言正位亦無咎所以者何若言菩薩法位是則爲正聲聞法中但言位不言聲聞位以是故言正位復次學聲聞人無大慈悲心智不利故未生猒

心多求諸法生種種邪見疑悔菩薩摩訶薩大慈愍一切故多求度脱衆生老病死苦不求分别種種戲論譬如長者有一子愛之甚重其子得病但求良藥能差病者不求分别諸藥名字取之時節合和分數以是故諸菩薩從果觀十二因緣不從因觀見多者從因觀愛多者從果觀諸聲聞人因邪位故有正位菩薩邪位薄故但名菩薩位問曰聲聞法中從苦法忍乃至道比忍名爲正位如經中說三惡道中不可得三事所謂正位聖果漏盡破戒邪見五逆罪等亦如是從得何法名爲菩薩位答曰發意修行大悲方便具足行是四法得入菩薩位如聲聞法中先具說四種善根煖法頂法忍法世間第一法然後入苦法忍正位問曰修行皆攝四法何以故差别爲四答曰初發意雖有修行不久修故不名修行如在家雖終日不住不名爲行復次發意時但有意願行時造作以財與人受持禁戒如是等行六波羅蜜是名修行修行巳以般若波羅蜜知諸法實相以大悲心愍念衆生不知是諸法實相染著世間虚誑法受種種身苦心苦是更受大悲名故不名修行方便者具足般若波羅蜜故知諸法空大悲心故憐愍衆生於是二法以方便力不生染著雖知諸法空方便力故亦不捨衆生雖不捨衆生亦知諸法實空若於是二事等即得入菩薩位如聲聞人於定慧二法等故是時即得入正位是法雖有行更有餘名字不名修行從初發意乃至坐道場於其中間所行皆名修行小小差别有異名字爲易解故譬

如有人初發阿耨多羅三藐三菩提意欲度脫一切衆生老病死等身心諸苦作大誓莊嚴功德慧明二事因緣故所願皆滿是二事有六分修行名爲六波羅蜜布施持戒忍辱是功德分精進禪定智慧是慧明分修行六波羅蜜知是諸法相甚深微妙難解難知作是念衆生著三界諸法以何因緣令衆生得是諸法相當以具足諸功德清淨智慧成就佛身三十二相八十隨形好光明具足神通無量以十力四無所畏十八不共法四無礙智觀應可度者說法開化譬如金翅鳥王普觀諸龍命應盡者以翅搏海令水兩闢取而食之佛亦如是以佛眼觀十方世界五道衆生誰應得度初現神足次爲示其心趣以此二事除三障礙而爲說法拔三界衆生得佛力無量神通假令虛妄猶尚可信何況實說是名方便復次菩薩以般若波羅蜜知諸法相念其本願欲度衆生作是思惟諸法實相中衆生不可得當云何度復作是念諸法實相中衆生雖不可得而衆生不知是諸法相故欲令知是實相復次是實法相亦不礙衆生實法相者名爲無所除壞亦無所作是名方便具足是四法得入菩薩位

【經】欲過聲聞辟支佛地住阿鞞跋致地當學般若波羅蜜

【論】問曰菩薩入法位時即已過聲聞辟支佛地住阿鞞跋致地何以故復說答曰雖二事一時諸法各各相應當次第讚如一心中一時得無漏五根而各各分別說其相菩薩入法位時斷若干結使得若干功德過是地住

是地唯佛能知亦欲引導諸菩薩故佛種種讚說如此經始佛在耆闍崛山與五千比丘俱皆是阿羅漢諸漏盡所作已辦等阿羅漢即是漏盡漏盡者即是所作已辦等亦爲引導餘人令心清淨故種種讚說無咎此亦如是入法位即是過阿羅漢辟支佛地住阿鞞跋致地復次因入法位故得過阿羅漢辟支佛地住阿鞞跋致地問曰入法位中過老病死及斷諸結使破三惡道等如先說何以但說過聲聞辟支佛地亦住種種功德何以故作說住阿鞞跋致地答曰捨諸惡事得諸功德後當次第說及所住功德說法當須次第不可一時頓說復次菩薩初發意時所可怖畏無過聲聞辟支佛地正使墮地獄無如是怖畏不永破大乘道故阿羅漢辟支佛於此大乘以爲永滅譬如空地有樹名舍摩梨枛枝廣大衆鳥集宿一鴿後至住一枝上其枝及枛即時壓折澤神問樹神大鳥鵰鷲皆能任持何至小鳥便不自勝樹神答言此鳥從我怨家尼俱盧樹上來食彼樹果來栖我上必當放糞子墮地者惡樹復生爲害必大以是故於此一鴿大懷憂畏寧捨一枝所全者大菩薩摩訶薩亦如是於諸外道魔衆及諸結使惡業無如是畏如阿羅漢辟支佛何以故聲聞辟支佛於菩薩邊亦如彼鴿壞敗大乘心永滅佛業以是故但說過聲聞辟支佛地住阿鞞跋致地者從初發意已來常喜樂住阿鞞跋致地聞諸菩薩多退轉故發意時作願何時當得過聲聞辟支佛地住阿鞞跋致地以是故說住阿鞞跋致地問曰何等是

阿鞞跋致地答曰若菩薩能觀一切法不生不滅不不生不不滅不共非不共如是觀諸法於三界得脫不以空不以非空一心信忍十方諸佛所用實相智慧無能壞無能動者是名無生忍法無生忍法即是阿鞞跋致地復次入菩薩位是阿鞞跋致地過聲聞辟支佛亦名阿鞞跋致地復次住阿鞞跋致地世世常得果報神通不失不退若菩薩得此二法雖得諸法實相而以大悲不捨一切衆生復有二法一者清淨智慧二者方便智慧復有二法一者深心念涅槃二者所作不離世間譬如大龍尾在大海頭在虛空震電雷霆而降大雨復次阿鞞跋致菩薩得是諸法實相智慧世世不失終不暫離於諸佛深經終不疑亦不作礙何以故我未得一切智慧故不知何方便何因緣故如是說阿鞞跋致菩薩常以深心終不生惡阿鞞跋致以深心集諸善淺心作諸不善問曰若阿鞞跋致相得無生法忍云何以淺心作諸不善答曰有二種阿鞞跋致一者得無生忍法二者雖未得無生忍法佛知其過去未來所作因緣必當作佛爲利益傍人故爲其受記是菩薩生死肉身結使未斷於諸凡夫中爲最第一是亦名阿鞞跋致相若得無生忍法斷諸結使此則清淨末後肉身盡得法性生身結使所不礙不須教戒如大恒中船不須將御自至大海復次有初發意生大心斷諸煩惱知諸法實相便得阿鞞跋致有但行檀波羅蜜便具足六波羅蜜乃至般若波羅蜜亦如是有行六波羅蜜未得阿鞞跋致於衆生中生大悲

心是時便得阿鞞跋致有得悲心而作是念若諸法皆空則無衆生誰可度者是時悲心便弱或時以衆生可愍於諸法空觀弱若得方便力於此二法等無偏黨大悲心不妨諸法實相得諸法實相不妨大悲生如是方便是時便得入菩薩法位住阿鞞跋致地如往生品中說復次阿鞞跋致相如後阿鞞跋致二品中說

大智度論卷第二十七

音釋

盪 徒朗切搖動貌 淤 依據切濁泥也 拯 之肯切救也 鏁 蘇果切與鎖同 浣 合管切洗滌也 踔 楚教切跳也 呞 超之切食已復出而嚼也 蒺蔾 蒺秦悉切蔾郎奚切蒺蔾草名 跽 巨綺切長跪也 臍 祖奚切與臍同 翅搏 翅式利切翼也搏補各切擊也 柧 古胡切 鵰 都聊切鷙鳥也

大智度論卷第二十八

龍樹菩薩造

姚秦三藏法師鳩摩羅什譯

釋初品中六神通等

【經】菩薩摩訶薩欲住六神通當學般若波羅蜜

【論】問曰如讚菩薩品中言諸菩薩皆得五神通今何以言欲住六神通答曰五通是菩薩所得今欲住六神通是佛所得若菩薩得六神通可如來難問曰㚲生品中說菩薩住六神通至諸佛國云何言菩薩皆得五通答曰第六漏盡神通有二種一者漏習俱盡二者漏盡而習不盡習不盡故言皆得五通漏盡故言住六神通問曰若菩薩漏盡云何復生云何受生一切受生皆由愛相續故有譬如米雖得良田時澤終不能生諸聖人愛糠已脫故雖有有漏業生因緣不應得生答曰先已說菩薩入法位住阿鞞跋致地末後肉身盡得法性生身雖斷諸煩惱有煩惱習因緣故受法性生身非三界生也問曰阿羅漢煩惱已盡習亦未盡何以不生答曰阿羅漢無大慈悲無本誓願度一切衆生又以實際作證已離生死故復次先已答有二種漏盡此中不說菩薩得漏盡通自言欲得六神通者當學般若波羅蜜六神通義如後品中佛所說上讚菩薩品亦已說菩薩五神通義問曰神通有何次第答曰菩薩離五欲得諸禪有慈悲故爲衆生取神通現諸希有奇特之事令衆生心清淨何以故若無希有事不能令多衆生得度菩薩摩訶薩作是念已繫心身

中虛空滅麤重色相常取空輕相發大欲精進心智慧籌量心力能舉身未籌量已自知心力大能舉其身譬如學趠常壞色麤重相常修輕空相是時便能飛二者亦能變化諸物令地作水水作地風作火火作風如是諸大皆令轉易令金作瓦礫瓦礫作金如是諸物各能令化變地爲水相常修念水令多不復憶念地相是時地相如念即作水如是等諸物皆能變化問曰若爾與一切入有何等異答曰一切入是神通初道先已一切入背捨勝處柔伏其心然後易入神通復次一切入中一身自見地變爲水餘人不見神通則不然自見實是水他人亦見實水問曰一切入亦是大定何以不能令作實水已身他人皆見答曰一切入觀處廣但能令一切是水相而不能令實是水神通不能遍一切而能令地轉爲水便是實水以是故二定力各別問曰二定變化事爲實爲虛若實云何石作金地作水若虛云何聖人而行不實答曰皆實聖人無虛也三毒已拔故以一切法各各無定相故可轉地或作水相如酥膠蠟是地類得火則消爲水則成濕相水寒則結成氷而爲堅相石汁作金金敗爲銅或還爲石衆生亦如是惡可爲善善可爲惡以是故知一切法無定相故用神通力變化實而不誑若本各各定相則不可變三者諸賢聖神通於六塵中隨意自在見好能生猒想見醜能生樂想亦能離好醜想行捨心是名三種神通此自在神通唯佛具足菩薩得是神通遊諸佛國於諸異國語言不同及在遠微細衆生

不聞故求天耳通常憶念種種多衆大聲取相修行常修習故耳得色界四大造清淨色得已便得遠聞於天人音聲麤細遠近通達無礙問曰如禪經中說先得天眼見衆生而不聞其聲故求天耳通既得天眼天耳見知衆生身形音聲而不解語言種種憂喜苦樂之辭故求辭無礙智但知其辭而不知其心故求知他心智知其心已未知本所從來故求宿命通既知所來欲治其心病故求漏盡通得具足五通已不能變化故所度未廣不能降化邪見大福德人是故求如意神通應如是次第何以故先求如意神通答曰衆生麤者多細者少是故先以如意神通如意神通能兼麤細度人多故是以先說復次諸神通得法異數法異得法者多先求天眼以易得故行者用日月星宿珠火取是等光明相常勤精進善修習故晝夜無異若上若下若前若後等一明徹無所罣礙是時初得天眼神通餘次第得如先說復次佛如所自得爲人說次第佛初夜分得一通一明所謂如意通宿命明中夜分得天耳通天眼明後夜分得知他心智通漏盡明求明用功重故在後說通明次第得如四沙門果大者在後問曰若天眼易得故在前菩薩何以不先得天眼答曰菩薩於諸法皆易無難餘人鈍根故有難有易復次初夜時魔王來欲與佛戰菩薩以神通力種種變化令魔兵器皆爲瓔珞降魔已續念神通欲令具足生心即入便得具足神通降魔已自念一身云何得大力便求宿命明自知世世積福德力故中夜時魔即

遠去寂寞無聲慈愍一切故念魔衆聲生天耳神通及天眼明用是天耳聞十方五道衆生苦樂聲聞聲已欲見其形而以障弊不見故求天眼後夜時既見衆生形欲知其心故求他心智知衆生心皆欲離苦求樂是故菩薩求漏盡神通於諸樂中漏盡最勝令衆生得之問曰菩薩已得無生法忍世世常得果報神通今何以自疑既見衆生而不知其心答曰有二種菩薩一者法性生身菩薩二者爲度衆生故方便受人法身生淨飯王家出四城門問老病死人是菩薩坐樹王下具六神通復次菩薩神通先有而未具足今於三夜所得是佛神通行人法故自疑無咎問曰六神通次第常初天眼後漏盡通亦有不爾耶答曰多先天眼後漏盡智或時隨所好修或先天耳或先神足有人言初禪天耳易得有覺觀四心故二禪天眼易得眼識無故心攝不散故三禪如意通易得身受快樂故四禪諸通皆易得一切安隱處故宿命等三神通義如十力中說

經欲知一切衆生意所趣向當學般若波羅蜜

論問曰六通中已說知他心通今何以重說答曰知他心通境界少但知欲界色界現在衆生心心數法不知過去未來及無色界衆生心心數法凡夫通於上四禪地隨所得通處已下遍知四天下衆生心心數法聲聞通於上四禪地隨所得通處已下遍知千世界衆生心心數法辟支佛通於上四禪地隨所得通處已下遍知百千世界衆生心心數法

上地鈍根者不能知下地利根者心心數法凡夫不知聲聞心心數法聲聞不知辟支佛心心數法辟支佛不知佛心心數法以是故說欲知一切衆生心所趣向當學般若波羅蜜問曰以何智能知一切衆生心心數法答曰諸佛有無礙解脫入是解脫中能知一切衆生心心數法諸大菩薩得相似無礙解脫亦能知一切衆生心心數法新學菩薩欲得是大菩薩無礙解脫及佛無礙解脫以此無礙解脫知一切衆生心心數法大菩薩欲得佛無礙解脫以是故雖已說知他心通更說欲知一切衆生心所趣向當學般若波羅蜜問曰心所趣向心爲去爲不去若去此則無心猶若死人若不去云何能知如佛言依意緣法意識生意若不去則無和合答曰心不去不住而能知如般若波羅蜜中說一切法無來無去相云何言心有來去又言諸法生時無所從來滅時無所去若有來去即墮常見諸法無有定相以是故但以内六情外六塵和合生六識及生六受六想六思以是故心如幻化能知一切衆生心心數法無有知者無有見者如歎摩訶衍品中言若一切衆生心心數法性實有不虛誑者佛不能知一切衆生心心數法以一切衆生心心數法性實虛誑無來無去故佛知一切衆生心心數法譬如比丘貪求者不得供養無所貪求則無所乏短心亦如是若分別取相則不得實法不得實法故不能通達知一切衆生心心數法若不取相無所分別則得實法得實法故能通達知一切衆生心心數法無所罣礙

問曰一切衆生諸心可得悉知不若悉知則衆生有邊若不知何以故説欲知一切衆生心所趣向云何佛有一切種智答曰一切衆生心心數法可得悉知何以故如經中説一切實語中佛最第一若不能悉知一切衆生心得其邊際者佛何以言悉知亦不名一切智人而佛語皆實必應實有一切智人復次衆生雖無邊一切種智亦無邊譬如函大蓋亦大若智慧有邊衆生無邊者應有是難今智慧及衆生俱無邊故汝難非也復次若言有邊無邊此二於佛法中是置答是十四事虚妄無實無益故不應以爲難問曰若有邊無邊二俱不實而佛處處説無邊如衆生有癡愛已來無始無邊十方亦無邊際答曰衆生無邊佛智慧無邊是爲實若人著無邊取相戲論故佛説是邪見譬如世間常無常二俱顛倒入十四難中而佛多以無常度衆生少用有常若著無常取相戲論佛説是邪見虚妄若不著無常知無常即是苦苦即是無我無我即是空能如是依無常觀入諸法空便是實以是故知無常入眞諦中是實十四難中以著因緣故説是邪見是故説無常以明無邊無邊故衆生猒生死長久譬如波梨國四十比丘俱行十二淨行來至佛所佛爲説猒行佛問比丘五恒河伽藍牟佛薩羅由阿脂羅婆提摩醯從所來處流入大海其中間水爲多少比丘言甚多佛言但一人一劫中作畜生時屠割剥刺或時犯罪截其手足斬其身首如是等血多於此水如是無邊大劫中受身出血不可勝數啼哭流淚及飲毋

乳亦如是計一劫中一人積骨過於鞞浮羅大山(此山天竺人常見以易信故說)如是無量劫中受生死苦諸比丘聞是已猒患世間即時得道復次聞十方衆生無邊故心生歡喜受不殺戒得無邊福德以是因緣故初發意菩薩一切世間衆生皆應供養何以故爲度無邊世界衆生故功德亦無邊有如是等益故說無邊以是故說悉知一切衆生心所趣向如日照天下一時俱至無不遍明

【經】菩薩摩訶薩欲勝一切聲聞辟支佛智慧當學般若波羅蜜

【論】問曰何等是聲聞辟支佛智慧答曰以揔相別相觀諸法實相是聲聞智慧如經中說初以分別諸法智慧後用涅槃智慧分別諸法智慧是別相涅槃智慧是揔相復次知是法爲解是法爲縛是流轉是來還是生是滅是味是患是逆是順是此岸是彼岸是世間是出世間如是等分別二門諸法名爲聲聞智慧復次三種智慧知五受衆如是集如是散如是出是味是患是離三解脫門相應智如是等分別三門諸法復次四種智慧四念處智法智比智他心智世智苦智集智滅智道智不淨智無常智苦智無我智無常智苦智空智無我智法智比智盡智無生智如是等分別四門諸法復次從苦法智忍慧乃至空空三昧無相無相三昧無作無作三昧智於其中間所有智慧盡是聲聞智慧略說猒世間念涅槃離三界斷諸煩惱得最上法所謂涅槃是名聲聞智慧復次如般若波羅蜜義品中說智慧相是聲聞智慧是一智慧但

無方便無大誓莊嚴無大慈大悲不求一切佛法不求一切種智知一切法但猒老病死斷諸愛繫直趣涅槃爲異問曰聲聞如是辟支佛智慧云何答曰聲聞智慧即是辟支佛智慧但時節利根福德有差别時名佛不在世亦無佛法以少因緣出家得道名辟支佛利根名異法相是同但智慧深入得辟支佛道福德名有相或一相二相乃至三十一相若先佛法中得聖法法滅後成阿羅漢名爲辟支佛身無有相有辟支佛第一疾者四世行乆者乃至百劫行如聲聞疾者三世乆者六十劫此義先已廣説問曰如佛説有四種沙門果四種聖人須陀洹乃至阿羅漢五種佛子須陀洹乃至辟支佛三種菩提阿羅漢菩提辟支佛菩提佛菩提果中聖中佛子中菩提中皆無菩薩云何言菩薩勝一切聲聞辟支佛智慧答曰佛法有二種一者聲聞辟支佛法二者摩訶衍法聲聞法小故但讃聲聞事不説菩薩事摩訶衍廣大故説諸菩薩摩訶薩事發心修行十地入位淨佛世界成就衆生得佛道此法中説菩薩次佛應如供養佛能如是觀諸法相是爲福田能勝聲聞辟支佛如是摩訶衍經中處處讃菩薩摩訶薩智慧勝聲聞辟支佛如寶頂經中説轉輪聖王少一不滿千子雖有大力諸天世人所不貴重有眞轉輪聖王種處在胎中初受七日便爲諸天所貴重所以者何九百九十九人不能嗣轉輪聖王種令世人得二世樂是雖在胎必能紹冑聖王是故恭敬諸阿羅漢辟支佛雖得根力覺道六神通諸禪智慧力

於實際得證爲衆生福田十方諸佛所不貴重菩薩雖在諸結使煩惱欲縛三毒胎中初發無上道意未能有所作而爲諸佛所貴以其漸漸當行六波羅蜜得方便力入菩薩位乃至得一切種智度無量衆生不斷佛種法種僧種不斷天上世間淨樂因緣故又如迦羅頻伽鳥在𣪘中未出發聲微妙勝於餘鳥菩薩摩訶薩亦如是雖未出無明𣪘說法議論之音勝於聲聞辟支佛及諸外道如明網經中說慧命舍利弗白佛言世尊是諸菩薩所說若能解者大得功德何以故是諸菩薩乃至得聞其名字得大利益何況聞其所說世尊譬如人種樹不依於地而欲得其根莖枝葉成其果實是難可得諸菩薩行相亦如是不住一切法而現住生死在諸佛世界於中自恣樂說智慧法誰有聞是大智慧遊戲自恣樂說法而不發阿耨多羅三藐三菩提意者爾時會中有普華菩薩語舍利弗佛說耆年於諸弟子中智慧第一今耆年於諸法法性不得耶何以不以大智慧自恣樂說法舍利弗言諸佛弟子如其境界則能有說普華菩薩復問法性有境界不舍利弗言無也若法性無境界云何耆年言如其境界則能有說舍利弗言隨所得法說普華又問耆年以無量相法性爲證耶舍利弗言爾普華言今云何言隨所得而說如所得法性無量說亦應無量法性無量非量相舍利弗語普華言法性非得相普華言若法性非得相汝離法性得解脫不舍利弗言不也何以故法性不壞相故普華言汝所得聖智亦如法性耶

舍利弗言我欲聞法非説時也普華言一切法定在法性中有聞者説者不舍利弗言無也普華言汝何以言我欲聞法非説時舍利弗言佛説二人得福無量一心説者一心聽者普華言汝入滅盡定中能聽法不舍利弗言善男子滅盡定中無聽法也普華言汝信受一切法常滅相不舍利弗言信是事普華言法性常滅無聽法也何以故諸法常滅相故舍利弗言汝能不起于定而説法不普華言無有法非定相者舍利弗言若爾者今一切凡夫皆是禪定普華言爾一切凡夫皆是禪定舍利弗言以何等禪定故一切凡夫皆是普華言以不壞法性三昧故一切凡夫皆是禪定舍利弗言若爾者凡夫聖人無有差別普華言我亦不欲令凡夫聖人有差別何以故諸聖人無有滅法凡夫人亦無生法是二皆不出法性等相舍利弗言善男子何等是法性等相答言耆年得道時所知見者是又問生聖法耶不也滅凡夫法耶不也得聖法耶不也見知凡夫人法耶不也耆年以何知見故得聖道舍利弗言凡夫人如比丘得解脱如比丘入無餘涅槃如是如一如如無別普華言舍利弗是名法性相如不壞如用是如當知一切法皆如舍利弗白佛言世尊譬如大火聚無物不燒是諸上人所説亦如是一切法皆入法性又如毗摩羅詰經中説舍利弗等諸聲聞皆自説言我不堪任詣彼問疾各各自説昔爲毗摩羅詰所呵如是等處處經中説菩薩智慧勝於聲聞辟支佛問曰何因緣故菩薩智慧勝聲聞辟支佛答曰

如一本生經中說菩薩智慧於無量阿僧祇劫已來合集衆智於無量劫中無苦不行無難不為為求法故赴火投巖受剥皮若出骨為筆以血為墨以皮為紙書寫經法如是等為法故受無量苦以智慧故世世供養其師視之如佛一切所有經書悉皆誦讀解說於無量阿僧祇劫常思惟籌量尋求諸法好醜深淺善不善漏不漏常不常有無等思惟分别問難為智慧故供養諸佛及菩薩聲聞聽法問難信受正憶念如法行如是智慧因緣具足故云何不勝阿羅漢辟支佛復次菩薩智慧五波羅蜜佐助莊嚴有方便力於一切衆生有慈悲心故不為邪見所妨住十地中故智慧勢力深大大因故勝於聲聞辟支佛以大因故小者自壞阿羅漢辟支佛無是事以是故言欲勝聲聞辟支佛智慧當學般若波羅蜜

【經】欲得諸陀羅尼門諸三昧門當學般若波羅蜜

【論】陀羅尼如讚菩薩品中說門者得陀羅尼方便諸法是如三三昧名解脫門何者是方便若人欲得所聞皆持應當一心憶念令念增長先當作意於相似事繫心令知所不見事如周利槃陀迦繫心拭革屣物中令憶禪定除心垢法如是初學聞持陀隣尼三聞能得心根轉利再聞能得成者一聞能得得而不忘是為聞持陀隣尼初方便或時菩薩入禪定中得不忘解脫不忘解脫力故一切語言說法乃至一句一字皆能不忘是為第二方便或時神呪力故得聞持陀隣尼或時先

世行業因緣受生所聞皆持不忘如是等名聞持陀羅尼門復次菩薩聞一切音聲語言分別本末觀其實相知音聲語言念念生滅音聲已滅而衆生憶念取相念是已滅之語作是念言是人罵我而生瞋恚稱讚亦如是是菩薩能如是觀衆生雖復百千劫罵詈不生瞋心若百千劫稱讚亦不歡喜知音聲生滅如響相又如鼓聲無有作者若無作者是無住處畢竟空故但誑愚夫之耳是名入音聲陀羅尼復次有陀羅尼以是四十二字攝一切語言名字何者是四十二字阿羅波遮那等阿提此言初阿耨波桊此言不生行陀羅尼菩薩聞是阿字即時入一切法初不生如是等字字隨所聞皆入一切諸法實相中是名字入門陀羅尼如摩訶衍品中說諸字門復次菩薩得是一切三世無礙明等諸三昧於一一三昧中得無量阿僧祇陀羅尼如是等和合名爲五百陀羅尼門是爲菩薩善法功德藏如是名爲陀羅尼門諸三昧門者三昧有二種聲聞法中三昧摩訶衍法中三昧聲聞法中三昧者所謂三三昧復次三三昧空空三昧無相無相三昧無作無作三昧復有三三昧有覺有觀無覺有觀無覺無觀復有五支三昧五智三昧等是名諸三昧復次一切禪定亦名定亦名三昧四禪亦名禪亦名定亦名三昧除四禪諸餘定亦名定亦名三昧不名爲禪十地中定名爲三昧有人言欲界地亦有三昧何以故欲界中有二十二道品故知有三昧若無三昧不應得是深妙功德復次千問中亦有是問四聖種幾欲界繫幾

色界繫幾無色界繫幾不繫答曰一切當分別四聖種或欲界繫或色界繫或無色界繫或不繫四念處四正勤四如意足亦如是以是義故當知欲界有三昧若散亂心云何得此上妙法以是故是三昧在十一地中如是等諸三昧阿毗曇中廣分別摩訶衍三昧者從首楞嚴三昧乃至虛空際無所著解脫三昧又如見一切佛三昧乃至一切如來解脫修觀師子頻呻等無量阿僧祇菩薩三昧如有三昧名無量淨菩薩得是三昧者能示現一切清淨身有三昧名威相菩薩得是三昧能奪日月威德有三昧名炎山菩薩得是三昧奪諸釋梵威德有三昧名出塵菩薩得是三昧滅一切大衆三毒有三昧名無礙光菩薩得是三昧能照一切佛國有三昧名不忘一切法菩薩得是三昧一切諸佛所說法皆能憶持復爲他人講說佛語有三昧名聲如雷音菩薩得是三昧能以梵聲滿十方佛國有三昧名能娛樂一切衆生菩薩得是三昧能令一切深心歡喜有三昧名喜見無猒菩薩得是三昧一切衆生見聞喜樂無有猒足有三昧名功德報不可思議一緣中樂菩薩得是三昧成就一切神通有三昧名知一切音聲語言菩薩得是三昧能說一切音聲語言於一字中說一切字於一切字中說一字有三昧名集一切福德業果報生菩薩得是三昧常默然入禪定而能令一切衆生聞佛法衆聞聲聞辟支佛六波羅蜜之聲而是菩薩實無一言有三昧名出高一切陀羅尼王菩薩得是三昧得入無量無邊諸陀羅尼有

三昧名一切樂說菩薩得是三昧樂說一切字一切音聲語言譬喻因緣如是等無量力勢三昧問曰是三昧即是三昧門不答曰三昧即是三昧門問曰若爾者何以不但說三昧而復說三昧門答曰佛諸三昧無量無數如虛空無邊菩薩云何盡得菩薩聞是心則退沒以是故佛說三昧門入一門中攝無量三昧如牽衣一角舉衣皆得亦如得蜜蜂王餘蜂盡攝復次展轉為門如持戒清淨一心精進初夜後夜勤修思惟離五欲樂繫心一處行是方便得是三昧是名三昧門復次欲界繫三昧未到地三昧門未到地三昧是初禪門初禪及二禪邊地三昧是二禪三昧門乃至非有想非無想處三昧亦如是煖法定是頂法三昧門頂法是忍法三昧門忍法是世間第一法三昧門世間第一法是苦法忍三昧門苦法忍乃至金剛三昧門略說一切三昧有三相入住出相是出相入相名為門住相是三昧體如是等法是聲聞法中三昧門摩訶衍法中三昧門如禪波羅蜜義中諸三昧分別廣說復次尸羅波羅蜜是三昧門何以故三支是佛道所謂戒支定支慧支清淨戒支是定支門能生是定定支能生慧支是三支能斷煩惱能與涅槃以是故尸羅波羅蜜及智慧三昧近門餘三波羅蜜雖是門義名遠門如布施因緣得福德福德故所願皆得如所願故心柔輭慈悲心故知畏罪念衆生觀世間空無常故攝心行忍辱忍辱亦是三昧門精進者於五欲中制心除五蓋攝心不亂心去則攝不令馳散是三昧門復次

初地二地三昧門如是展轉乃至九地是十地三昧門十地是無量諸佛三昧門如是等名爲諸三昧門問曰陀羅尼門三昧門爲同爲異若同何以重説若異有何義答曰先以説三昧門陀羅尼門異今當更説三昧但是心相應法也陀羅尼亦是心相應亦是心不相應問曰云何知陀羅尼是心不相應答曰如人得聞持陀羅尼雖心瞋恚亦不失常隨人行如影隨形是三昧修行習久後能成陀羅尼如衆生久習欲便成其性是諸三昧共諸法實相智慧能生陀羅尼如坏瓶得火燒熟能持水不失亦能令人得度河禪定無智慧亦如坏瓶若得實相智慧如坏瓶得火燒成熟能持菩薩二世無量功德菩薩亦因之而度得至佛如是等三昧陀羅尼種種差別

問曰聲聞法中何以無是陀羅尼名但大乘中有答曰小法中無大汝不應問大法中無小者則可問如小家無金銀不應問也復次聲聞不大慇懃集諸功德但以智慧求脫老病死苦以是故聲聞人不用陀羅尼持諸功德譬如人渴得一掬水則足不須瓶器持水若共大衆人民則須瓶甕持水菩薩爲一切衆生故須陀羅尼持諸功德復次聲聞法中多説諸法生滅無常相故諸論議師言諸法無常若無常相則不須陀羅尼何以故諸法無常相則無所持唯過去行業因緣不失如未來果報雖無必生過去行因緣亦如是摩訶衍法生滅相不實不生不滅相亦不實諸觀諸相皆滅是爲實若持過去法則無咎以持過去善法善根諸功德故須陀羅尼陀羅

尼世世常隨菩薩諸三昧不爾或時易身則失如是等種種分別陀羅尼諸三昧以是故言欲得諸陀羅尼諸三昧門當學般若波羅蜜

大智度論卷第二十八

音釋

趠（刀教切與踔同跳也）礫（郎擊切小石也）㲉（苦角切）屣（所綺切履屬）坏（鋪杯切未燒陶器也）

大智度論卷第二十九

龍樹菩薩造

姚秦三藏法師鳩摩羅什譯

釋初品中隨喜回向等

【經】一切求聲聞辟支佛人布施時欲以隨喜心過其上者當學般若波羅蜜一切求聲聞辟支佛人持戒時欲以隨喜心過其上者當學般若波羅蜜一切求聲聞辟支佛人三昧智慧解脫解脫知見欲以隨喜心過其上者當學般若波羅蜜

【論】隨喜心者如隨喜品中說復次隨喜名有人作功德見者心隨歡喜讚言善哉在無常世界中爲癡闇所蔽能弘大心建此福德譬如種種妙香一人賣一人買傍人在邊亦得香氣於香無損二主無失如是有人行施有人受者有人在邊隨喜功德俱得二主不失如是相名爲隨喜以是故菩薩但以隨喜心過於求二乘人上何況自行問曰菩薩云何能以隨喜心過聲聞辟支佛人以財布施上答曰聲聞辟支佛行是布施菩薩於傍見之一心念隨喜讚言善哉以此隨喜福德回向阿耨多羅三藐三菩提爲度一切衆生故以此爲得無量佛法故以二種功德過求聲聞辟支佛人所行布施上復次以諸法實相智慧心隨喜故過求聲聞辟支佛人布施上復次菩薩以隨喜心生福德果報回向供養三世十方諸佛過聲聞辟支佛布施上譬如人以少物獻上國王得報甚多又如吹貝用氣甚少其音甚大復次菩薩以隨喜功德和合無量諸餘功德乃至法滅亦不盡譬如少水

置大海中窮劫乃盡持戒三昧智慧解脫解脫知見亦如是問曰諸佛次第有菩薩菩薩次第有聲聞辟支佛今言菩薩欲過求聲聞辟支佛人布施等有何奇特答曰不以聲聞辟支佛布施持戒等福德比菩薩功德但以隨喜心能勝何況菩薩自行功德求聲聞辟支佛人勤身作功德疲勞菩薩默然隨喜智慧力福德過其上譬如工匠但以智心指授而去執斤斧者疲苦終日計功受賞匠者三倍又如征伐鬭者冒死主將受功問曰若隨喜心故勝於布施持戒者何以但說菩薩隨喜勝答曰凡夫人煩惱覆心吾我未斷著世間樂云何能勝求聲聞辟支佛者聲聞辟支佛利雖勝鈍同在聲聞地故不說問曰聲聞辟支佛功德功德法甚多何以故但說六事答曰此六法中攝一切聲聞辟支佛法若說布施已說信聞等功德何以故先聞已能信信已布施是施有二種財施法施持戒攝三種戒律儀戒禪戒無漏戒定攝諸禪定解脫三昧等慧攝諸聞慧思慧修慧解脫攝二種解脫有爲解脫無爲解脫解脫知見攝盡智自知漏已盡於三界得解脫於是中了了知見是中助道法聖道法已說復次若不向涅槃功德是中不說過上以其功德薄故問曰勝名力勢相奪今菩薩不與聲聞辟支佛競云何言勝答曰勝名俱於一事中以智慧方便心力故得福多譬如人於一華中但取色香蜂但取味以成蜜亦如取水器大者得多器小得少如是等喻可知以隨喜心深利智慧相應勝聲聞辟支佛布施等諸功德是六

法初布施如檀波羅蜜義中分別聲聞辟支佛法說持戒如尸羅波羅蜜義品中分別聲聞辟支佛法說三昧智慧解脫解脫知見如念佛義中分別說

經一切求聲聞辟支佛人諸禪定解脫三昧欲以隨喜心過其上者當學般若波羅蜜

論禪定者四禪九次第定解脫三昧者八背捨三解脫門慧解脫共解脫時解脫不時解脫有爲解脫無爲解脫等有覺有觀三昧無覺有觀三昧無覺無觀三昧空三昧無相三昧無作三昧如是等諸三昧問曰上六事中三昧即是禪定解脫三昧今何以復說答曰有二種三昧一種慧解脫分二種共解脫分前者慧解脫分不能入禪定但說未到地中三昧此中說共解脫分具有禪定解脫三昧彼是略說此則廣說彼但說名此中分別義復次前勝三昧者有人謂一二三昧非深三昧今此中具說禪定解脫甚深三昧復次禪定解脫三昧有二種一者離欲時得二者求而得離欲得者前已說求難得者此中說復次禪定解脫三昧得之甚難精勤求之乃得菩薩但持隨喜心便得過其上是爲未曾有法是故重說問曰彼中三昧智慧解脫解脫知見亦難得何以言此爲難得答曰先已答是慧解脫分不盡甚深義共解脫阿羅漢三明阿羅漢難得故更說復次是三昧智慧解脫解脫知見雖難得而不廣周悉直爲涅槃此間明阿羅漢欲得現世禪定樂所謂滅盡定頂際禪願智無諍三昧等如是事非直爲涅槃以是故更廣說何以故如前者直爲涅

槃彼中說解脫解脫知見相次故當知一向直爲涅槃問曰若以禪定解脫三昧難得故重說者智慧於一切法中最難微妙何以不重說答曰上言欲過聲聞辟支佛慧當學般若波羅蜜中已說此禪定未說故重說禪定智慧是法最妙有此二行所願皆得如鳥有兩翼能有所至解脫從此二法得解脫知見即是智慧布施持戒是身口業麤行易得故不重說問曰菩薩以隨喜心勝於聲聞辟支佛布施持戒智慧可爾所以者何布施持戒眼見耳聞智慧亦是聞法可得生隨喜心如禪定解脫三昧是不可見聞法云何隨喜答曰菩薩以知他心智而隨喜問曰知他心智法有漏知他心智知他有漏心無漏知他心智知他無漏心菩薩未成佛云何知聲聞辟支佛無漏心答曰汝聲聞法中爾摩訶衍法中菩薩得無生忍法斷諸結使世世常不失六神通以有漏他心智能知無漏心何況以無漏知他心智復有人言初發意菩薩未得法性生身若見若聞聲聞辟支佛布施持戒此知當得阿羅漢隨喜心言此人得諸法實相離三界我所欲度一切衆生生老病死彼已得脫則是我事如是等種種因緣隨喜以是故隨喜無咎

【經】菩薩摩訶薩欲行少施少戒少忍少進少禪少智欲以方便力回向故而得無量無邊功德者當學般若波羅蜜

【論】問曰前已說六波羅蜜今何以復說答曰上揔相說此欲別相說彼說因緣此說果報問曰不爾彼中說六波羅蜜廣普具足此言

少施乃至少智似不同上六波羅蜜義答曰不然即是六波羅蜜何以故六波羅蜜義在心不在事多少菩薩行若多若少皆是波羅蜜如賢劫經說八萬四千諸波羅蜜此經中亦說有世間檀波羅蜜有出世間檀波羅蜜乃至般若波羅蜜亦有世間出世間問曰菩薩何以故少施答曰有種種因緣故少施或有菩薩初發意福德未集貧故少施或有菩薩聞施無多少功德在心以是故不求多物布施但求好心或有菩薩作是念若我求多集財物破戒失善心必散亂多惱衆生若惱衆生以供養佛佛所不許破法求財故若施凡人奪彼與此非平等法如菩薩法等心一切皆如兒子以是故少施復次菩薩有二種一者敗壞菩薩二者成就菩薩敗壞菩薩者本發阿耨多羅三藐三菩提心不遇善緣五蓋覆心行雜行轉身受大富貴或作國王或大鬼神王龍王等以本造身口意惡業不清淨故不得生諸佛前及天上人中無罪處是名為敗壞菩薩如是人雖失菩薩心先世因緣故猶好布施多惱衆生刼奪非法取財以用作福成就菩薩者不失阿耨多羅三藐三菩提心慈愍衆生或有在家受五戒者有出家受戒者在家菩薩雖行業成就有先世因緣貧窮聞佛法有二種施法施財施出家人多應法施在家者多應財施我今以先世因緣故不生富家見敗菩薩輩作罪布施心不喜樂聞佛不讚多財布施但美心清淨施以是故隨所有物而施又出家菩薩守護戒故不畜財物又自思惟戒之功德勝於布施以

是因緣故隨所有而施復次菩薩聞佛法中本生因緣少施得果報多如薄拘羅阿羅漢以一訶梨勒果藥布施九十一劫不墮惡道受天人福樂身常無病末後身得阿羅漢道又如沙門二十億於鞞婆尸佛法中作一房舍給比丘僧布一羊皮令僧蹈上以是因緣故九十一劫中足不蹈地受人天中無量福樂末後身生大長者家受身端正足下生毛長二寸色如青瑠璃右旋初生時父與二十億兩金後猒世五欲出家得道佛説精進比丘第一又如須曼耳比丘先世見鞞婆尸佛塔以耳上須曼華布施以是因緣故九十一劫中常不墮惡道受天上人中樂末後身生時須曼在耳香滿一室故字爲須曼耳後猒世出家得阿羅漢道菩薩如是等本生因緣少施得大報便隨所有多少而布施復次菩薩亦不一定常少物布施隨所有多則多施少則少施復次佛欲讚般若波羅蜜功德大故言少施得大果功德無量問曰如薄拘羅阿羅漢等亦少施而得大報何用般若波羅蜜答曰薄拘羅等雖得果報有劫數限量得小道入涅槃菩薩以般若波羅蜜方便回向故少施福德無量無邊阿僧祇問曰何等是方便回向以少布施而得無量無邊功德答曰雖少布施皆回向阿耨多羅三藐三菩提菩薩作是念我以是福德因緣不求人天中王及世間之樂但求阿耨多羅三藐三菩提如阿耨多羅三藐三菩提無量無邊是福德亦無量無邊又以是福德爲度一切衆生如衆生無量無邊故是福德亦無量無邊復次

是福德用大慈悲大慈悲無量無邊故是福德亦無量無邊復次菩薩福德諸法實相和合故三分清淨受者與者財物不可得故如般若波羅蜜初爲舍利弗說菩薩布施時與者受者財物不可得故具足般若波羅蜜用是實相智慧布施故得無量無邊福德復次菩薩皆念所有福德如相法性相實際相故以如法性實際無量無邊故是福德亦無量無邊問曰若菩薩摩訶薩觀諸法實相知如法性實際是無爲滅相云何更生心而作福德答曰菩薩久習大悲故大悲心爾時發起衆生不知是諸法實相當令得是實相以精進波羅蜜力故還行福德業因緣以精進波羅蜜助大悲心譬如火欲滅遇得風薪火則然熾復次念本願故亦十方佛來語言汝念初發心時又汝始得是一法門如是有無量法門汝未皆得當還集諸功德如漸備經七地中說問曰施多少可爾戒中有五戒一日戒十戒少多亦可知色法可得分別故餘四波羅蜜云何知其少多答曰是皆可知如忍有二種一者身忍二者心忍身忍者雖身口不動而心不能令不起少忍故不能制心心忍者身心俱忍猶如枯木復次少忍者若人撾罵不還報大忍者不分別罵者忍者忍法復次衆生中忍是爲少忍法忍是爲大忍如是等分別少忍少進者有二身進心進身進爲少心進爲大外進爲少內進爲大身口進爲少意進爲大如佛說意業大力故如大仙人瞋時能令大國磨滅復次身口作五逆罪大果報一劫在阿鼻泥犂中意業力大得生

非有想非無想壽八萬大劫亦在十方佛國壽命無量以是故知身口精進爲少意精進爲大復次如經說若身口意業寂滅不動是爲大精進動者爲少精進如是等名爲少進少禪者欲界定未到地不離欲故名爲少亦觀二禪初禪則少乃至滅盡定有漏爲少無漏爲大阿鞞跋致未得無生忍法禪是爲少得阿鞞跋致得無生法忍禪是爲大乃至坐道場十六解脫相應定爲少十七金剛三昧爲大復次若菩薩觀一切法常定無散亂者無依止無分別是爲大餘者皆爲少慧有二種一者世間慧二者出世間慧世間慧爲少出世間慧爲大淨慧雜慧相慧無相慧分別慧不分別慧隨法慧破法慧爲生死慧爲涅槃慧爲自益慧爲益一切衆生慧等亦如是復次聞慧爲少思慧爲大思慧少修慧大有漏慧爲少無漏慧爲大發阿耨多羅三藐三菩提心慧爲少修行六度慧爲大修慧爲少方便慧爲大諸地中方便展轉有大小乃至十地如是等分別多少佛歎菩薩奇特於少事中得無量無邊功德豈況大事餘人多捨財身口勤苦得福少持戒忍辱精進禪定智慧亦如是不及菩薩少而報大如先說譬口氣出聲聲則不遠聲入角中聲則能遠如是布施等因少餘人行是所得福報則少菩薩摩訶薩以般若波羅蜜方便力回向故得無量無邊福以是故說欲行少施少戒少忍少進少禪少智

【經】菩薩摩訶薩欲行檀波羅蜜尸羅波羅蜜羼提波羅蜜毗梨耶波羅蜜禪波羅蜜當學

般若波羅蜜

論諸波羅蜜義如先說問曰五波羅蜜相即是般若波羅蜜相不若是般若波羅蜜相不應五名差別若異何以言欲行檀波羅蜜當學般若波羅蜜答曰亦同亦異異者般若波羅蜜名觀諸法實相故不受不著一切法檀名捨內外一切所有以般若波羅蜜心行施是時檀得名波羅蜜復次五波羅蜜植諸功德般若波羅蜜除其著心邪見如一人種穀一人耘除衆穢令得增長果實成就餘四波羅蜜亦如是問曰今云何欲行檀波羅蜜當學般若波羅蜜答曰檀有二種一者淨二者不淨不淨者憍慢故施作是念劣我者尚與我豈不能嫉妬故施作是念我之怨憎施故得名如是勝我今當廣施要必勝彼貪報故施作是念我施少物千萬倍報是故布施爲名故施作是念我今好施爲人所信好人數中爲攝人故施作是念我今施之人必歸我如是等種種雜結行施是名不淨淨者無是雜事但以淨心信因緣果報敬愍受者不求今利但爲後世功德復有淨施不求後世利益但以修心助求涅槃後有淨施生大悲心爲衆生故不求自利早得涅槃但爲阿耨多羅三藐三菩提是名淨施以般若波羅蜜心故能如是淨施以是故說欲行檀波羅蜜當學般若波羅蜜復次般若波羅蜜力故捨諸法著心何況我心而不捨捨吾我心故身及妻子視如草土無所戀惜盡以布施以是故說欲行檀波羅蜜當學般若波羅蜜餘波羅蜜亦如是以般若波羅蜜心助成故復次諸

餘波羅蜜不得般若波羅蜜不得波羅蜜名字亦不牢固如後品中說五波羅蜜不得般若波羅蜜無波羅蜜名字又如轉輪聖王無輪寶者不名轉輪聖王不以餘寶爲名亦如羣盲無導不能有所至般若波羅蜜亦如是導五波羅蜜令至薩婆若譬如大軍無健將不能成辦其事又如人身餘根雖具若無眼者不能有所至又如人無命根則餘根皆滅有命根故餘根有用般若波羅蜜亦如是五波羅蜜不得般若波羅蜜則不得增長得般若波羅蜜故餘波羅蜜得增益具足以是故佛言欲行檀波羅蜜當學般若波羅蜜

【經】菩薩摩訶薩欲使世世身體與佛相似欲具足三十二相八十隨形好當學般若波羅蜜

【論】問曰聲聞經中說菩薩過三阿僧祇劫後百劫中種三十二相因緣今云何說世世與佛身體相似有三十二相八十隨形好答曰迦旃延子阿毗曇鞞婆沙中有如是說非三藏中所說何以故三十二相餘人亦有何足爲貴如難陀先世時一浴衆僧因作願言使我世世端正淨潔又於異世值辟支佛塔飾以彩畫莊嚴辟支佛像作願言使我世世色相嚴身以是因緣故世世得身相莊嚴乃至後身出家作沙門衆僧遥見謂其是佛悉皆起迎難陀小乘種少功德尚得此報豈況菩薩於無量阿僧祇劫中修立功德世世形體而不似佛又如彌勒菩薩白衣時師名婆跋犁有三相一眉間白毛相二舌覆面相三陰藏相如是等非是菩薩亦皆有相菩薩豈當

三阿僧祇後乃種相好復次是摩訶衍中有菩薩從初發心乃至阿耨多羅三藐三菩提初不生惡心世世報得五通身體似佛問曰菩薩未得佛道何得身相如佛答曰菩薩爲度衆生故或作轉輪聖王身或作帝釋身或作梵王身或作聲聞身辟支佛身菩薩身佛身如首楞嚴經中文殊師利自說七十二億反作一緣覺而般涅槃又現作佛號龍種尊時世未應有佛而衆生見佛身歡喜受化問曰菩薩若能作佛身說法度衆生者與佛有何差別答曰菩薩有大神力住十住地具足佛法而住世間廣度衆生故不取涅槃亦如幻師自變化身爲人說法非真佛身雖爾度脫衆生有量有限佛所度者無量無限菩薩雖作佛身不能遍滿十方世界佛身者普能遍滿無量世界所可度者皆現佛身亦如十四日月雖有光明猶不如十五日有如是差別或有菩薩得無生法忍法性生身在七住地住五神通變身如佛教化衆生或初發意菩薩行六波羅蜜行業因緣得身相似佛教化衆生問曰三十二相布施等果報般若波羅蜜無所有如虛空云何說欲得相好當學般若波羅蜜耶答曰三十二相有二種一者具足如佛二者不具足如轉輪聖王難陀等般若波羅蜜與布施和合故能具足相好如佛餘人但行布施等相不具足問曰云何布施等得三十二相答曰如檀越布施時受者得色力等五事益身故施者具手足輪相如檀波羅蜜中廣說戒忍等亦如是各具三十二相何等是三十二相一者足下安立相餘

如讚菩薩品中說問曰何因緣得足安立相
答曰佛世世一心堅固持戒亦不令他破戒
以是業因緣故得是初相初相者自於法中
無能動者若作轉輪聖王自於國土無能侵
者以如法養護人民及出家沙門等以是業
因緣故得千輻輪相是轉法輪初相若作轉
輪聖王得轉寶輪離殺生業因緣故得長指
相離不與取業因緣故得足跟滿相以四攝
法攝衆生業因緣故得手足縵網相以上妙
衣服飲食卧具供養尊長業因緣故得手足
柔輭相修福轉增業因緣故得足趺高相一
一孔一毛生相毛上向相如法遣使爲福和
合因緣及速疾誨人故得妙腨相如伊泥延
鹿王如法淨物布施不惱受者故得平立手
過膝相方身相如尼拘盧陀樹多修慚愧及
斷邪婬以房舍衣服覆盖之物用布施故得
陰藏相如馬王修慈三昧信淨心多及以好
色飲食衣服卧具布施故得金色相丈光相
常好問義供給所尊及善人故得肌皮細輭
相如法斷事不自專執委以執政故得上身
如師子相腋下滿相肩圓相恭敬尊長迎逆
侍送故得身直廣相布施具足充滿故得七
處滿相一切捨施無所遺惜故得方頰車相
離兩舌故得四十齒相齒齊相齒密相常修
行慈好思惟故得白牙無踰相離妄語故得
舌廣薄相美食布施不惱受者故得味中最
上味相離惡口故得梵聲相善心好眼視衆
生故得眼睫紺青相眼睫如牛王相禮敬所
尊及自持戒以戒教人故得肉髻相所應讚
歎者而讚歎故得眉間白毫相是爲用聲聞

法三十二相業因緣摩訶衍中三十二相業因緣者問曰十方諸佛及三世諸法皆無相相今何以故說三十二相一相尚不實何況三十二答曰佛法有二諦一者世諦二者第一義諦世諦故說三十二相第一義諦故說無相有二種道一者令衆生修福道二者慧道福道故說三十二相慧道故說無相爲生身故說三十二相爲法身故說無相佛身以三十二相八十隨形好而自莊嚴法身以十力四無所畏四無礙智十八不共法諸功德莊嚴衆生有二種因緣一者福德因緣二者智慧因緣欲引導福德因緣衆生故用三十二相身欲以智慧因緣引導衆生故用法身有二種衆生一者知諸法假名二者著名字爲著名字衆生故說無相爲知諸法假名衆生故說三十二相問曰是十力四無所畏功德亦各有別相云何說法身無相答曰一切無漏法十六行三三昧相應故皆名無相佛欲令衆生解故種種分別說說一切諸佛法以空無相無作印故皆入如法性實際而爲見色歡喜發道心者現三十二相莊嚴身復次爲一切衆生中顯最勝故現三十二相而不破無相法如菩薩初生七日之中裹以白氎示諸相師相師以古聖相書占之以答王曰我讖記法若人有三十二相者在家當爲轉輪聖王出家當得作佛唯此二處無有三處諸相師出已菩薩寢息復有仙人名阿私陀白淨飯王言我以天耳聞諸天鬼神說淨飯王生子有佛身相故來請見王大歡喜此人仙聖故從遠來欲見我子勑諸侍人將太

子出侍人答王太子小睡是時阿私陀言聖王常請一切施以甘露不應睡也即從座起詣太子所抱著臂上上下相之相已涕零不能自勝王大不悅問相師曰有何不祥涕泣如是仙人答言假使天雨金剛大山不能動其一毛豈有不祥太子必當作佛我今年已晚暮當生無色天上不得見佛不聞其法故自悲傷耳王言諸相師說不定一事若在家者當作轉輪聖王若出家者當得作佛阿私陀言諸相師者以世俗比知非天眼知諸聖相書又不具足遍知於相揔觀不能明審是故或言在家當為轉輪聖王出家當為佛今太子三十二相正滿明徹甚深淨潔具足必當作佛非轉輪王也以是故知三十二相於一切衆生中最為殊勝言無相法者為破常淨樂相我相男女生死等相故如是說以是故佛法雖無相相而現三十二相引導衆生令知佛第一生淨信故說三十二相無咎問曰何以故說三十二相不多不少答曰若說多若說少俱當有難復次佛身丈六若說少相則不周遍不具莊嚴若過三十二相則復雜亂譬如嚴身之具雖復富有珠璣不可重著瓔珞是故三十二相不多不少正得其中復次若少不端嚴則留八十隨形好處過則雜亂問曰共須八十隨形好何不皆名為相而別為好答曰相大嚴身若說大者則已攝小復次相麤而好細衆生見佛則見相好則難見故又相者餘人共得好者或共或不共以是故相好別說問曰佛畢竟斷衆生相吾我相具足空法相何以故以相莊嚴如取相

者法答曰若佛但以妙法莊嚴其心身無相好者或有可度衆生心生輕慢謂佛身相不具不能一心樂受佛法譬如以不淨器盛諸美食人所不喜如臭皮囊盛諸寶物取者不樂以是故佛以三十二相莊嚴其身復次佛常於大衆中作師子吼言我於衆生中一切功德最爲第一若佛生身不以相好莊嚴或有人言身形醜陋何所能知佛以三十二相八十隨形好莊嚴其身衆生猶有不信何況不以相好莊嚴復次佛法甚深常寂滅相故狂愚衆生不信不受謂身滅盡無所一取以是故佛以廣長舌梵音聲身放大光爲種種因緣譬喻說上妙法衆生見佛身相威德又聞音聲皆歡喜信樂復次莊嚴物有內外禪定智慧諸功德等是內莊嚴身相威德持戒具足是外莊嚴佛內外具足復次佛愍念一切衆生出興於世以智慧等諸功德饒益利根衆生身相莊嚴饒益鈍根衆生心莊嚴開涅槃門身莊嚴開天人樂門身莊嚴故置衆生於三福處心莊嚴故置衆生入三解脱門身莊嚴故拔衆生於三惡道心莊嚴故拔衆生於三界獄如是等無量利益因緣故以相好莊嚴生身

經欲生菩薩家欲得鳩摩羅伽地欲得不離諸佛當學般若波羅蜜

論菩薩家者若於衆生中發甚深大悲心是爲生菩薩家如生王家無敢輕者亦不畏饑渴寒熱等入菩薩道中生菩薩家亦如是以佛子故諸天龍鬼神諸聖人等無敢輕者益加恭敬不畏惡道人天賤處不畏聲聞辟支

佛人外道論師來沮其心復次菩薩初發意一心作願從今日不復隨諸惡心但欲度脱一切衆生當得阿耨多羅三藐三菩提復次菩薩若能知諸法實相不生不滅得無生法忍從是以往常住菩薩道如佛所説持心經中我見錠光佛時得諸法無生忍初具足六波羅蜜自爾之前都無布施持戒等復次若菩薩作是念如恒河沙等劫爲一日一夜用是日夜三十日爲月十二月爲歲如是歲數過百千萬億劫乃有一佛於是佛所供養持戒集諸功德如是恒河沙等諸佛然後受記作佛菩薩心不懈怠不没不猒悉皆樂行復次菩薩於諸邪定五逆衆生及斷善根人中而生慈悲令入正道不求恩報復次菩薩初發心已來不爲諸煩惱所覆所壞復次菩薩雖觀諸法實相於諸觀心亦不生著復次菩薩自然口常實言乃至夢中亦不妄語復次菩薩有所見色皆是佛色念佛三昧力故於色不著復次菩薩見一切衆生流轉生死苦中一切樂中心亦不著但作願言我及衆生何時當度復次菩薩於一切珍寶心不生著唯樂三寶復次菩薩常斷婬欲乃至不生念想況有實事復次衆生眼見菩薩者即得慈三昧復次菩薩能令一切法悉爲佛法無有聲聞辟支佛法凡夫之法種種差別復次菩薩分别一切法於一切法中亦不生法相亦不生非法相如是等無量因緣是名生菩薩家問曰從發心已來已生菩薩家今云何欲生菩薩家當學般若波羅蜜答曰有二種菩薩家有退轉家不退轉家名字家實家淨家

雜家有信堅固家不堅固家爲不退轉家乃至信堅固家欲得如是等家故言欲生菩薩家當學般若波羅蜜欲得鳩摩羅伽地者或有菩薩從初發心斷婬欲乃至阿耨多羅三藐三菩提常行菩薩道是名鳩摩羅伽地復次或有菩薩作願世世童男出家行道不受世間愛欲是名爲鳩摩羅伽地復次又如王子名鳩摩羅伽佛爲法王菩薩入法王位乃至十地故悉名王子皆住爲佛如文殊師利十力四無所畏等悉具佛事故住鳩摩羅伽地廣度衆生復次又如童子過四歲以上未滿二十名爲鳩摩羅伽地若菩薩初生菩薩家者如嬰兒得無生法忍乃至十住地離諸惡事名爲鳩摩羅伽地欲得如是地當學般若波羅蜜常欲不離諸佛者菩薩世世所生常值諸佛問曰菩薩當化衆生何故常欲值佛答曰有菩薩未入菩薩位未得阿鞞跋致受記莂故若遠離諸佛便壞諸善根沒在煩惱自不能度安能度人如人乘船中流壞敗欲度他人反自沒水又如少湯投大氷池雖消少處反更成冰菩薩未入法位若遠離諸佛以少功德無方便力欲化衆生雖少益利反更墜落以是故新學菩薩不應遠離諸佛問曰若爾者何以不說不離聲聞辟支佛聲聞辟支佛亦能利益菩薩答曰菩薩大心聲聞辟支佛雖有涅槃利益無一切智故不能教導菩薩諸佛一切種智故能教導菩薩如象沒泥非象不能出菩薩亦如是若入非道中唯佛能救同大道故故說菩薩常欲不離諸佛復次菩薩作是念我未得佛眼故如盲

無異若不爲佛所引導則無所趣錯入餘道設聞佛法異處行者未知教化時節行法多少復次菩薩見佛得種種利益或眼見心清淨若聞所說心則樂法得大智慧隨法修行而得解脫如是等值佛無量益利豈不一心求欲見佛譬如嬰兒不應離母又如行道不離粮食如大熱時不離涼風冷水如大寒時不欲離火如度深水不應離船譬如病人不離良醫菩薩不離諸佛過於上事何以故父母親屬知識人天王等皆不能如佛益利佛益利諸菩薩離諸苦處住世尊之地以是因緣故菩薩常不離佛問曰有爲之法欺誑不真皆不可信云何得如願不離諸佛答曰福德智慧具足故乃應得佛何況不離諸佛衆生有無量劫罪因緣故不得如願雖行福德

而智慧薄少雖行智慧而福德薄少故所願不成菩薩求佛道故要行二忍生忍法忍行生忍故一切衆生中發慈悲心滅無量劫罪得無量福德行法忍故破諸法無明得無量智慧二行和合故何願不得以是故菩薩世世常不離諸佛復次菩薩常愛樂念佛故捨身受身恒得值佛譬如衆生習欲心重受婬鳥身所謂孔雀鴛鴦等習瞋恚偏多生毒蟲中所謂惡龍羅刹蜈蚣毒蛇等是菩薩心不貴轉輪聖王人天福樂但念諸佛是故隨心所重而受身形復次菩薩常善修念佛三昧因緣故所生常值諸佛如般舟般三昧中說菩薩入是三昧即見生阿彌陀佛國便問其佛何業因緣故得生彼國佛即答言善男子以常修念佛三昧憶念不廢故得生我國問

曰何者是念佛三昧得生彼國答曰念佛者念佛三十二相八十隨形好金色身身出光明遍滿十方如融閻浮檀金其色明淨又如須彌山王在大海中日光照時其色發明行者是時都無餘色想所謂山地樹木等但見虛空中諸佛身相如真瑠璃中赤金外現亦如比丘入不淨觀但見身體膖脹爛壞乃至但見骨人是骨人無有作者亦無來去以憶想故見菩薩摩訶薩入念佛三昧悉見諸佛亦復如是以攝心故心清淨故譬如人莊嚴其身照淨水鏡無不悉見此水鏡中亦無形相以明淨故見其身像諸法從本以來常自清淨菩薩以善清淨心隨意悉見諸佛問其所疑佛荅所問聞佛所說心大歡喜從三昧起作是念言佛從何所來我身亦不去即時便知諸佛無所從來我亦無所去復作是念三界所有皆心所作何以故隨心所念悉皆得見以心見佛以心作佛心即是佛心即我身心不自知亦不自見若取心相悉皆無智心亦虛誑皆從無明出因是心相即入諸法實相所謂常空得如是三昧智慧已二行力故隨意所願不離諸佛如金翅鳥王二翅具足故於虛空中自在所至菩薩得是三昧智慧力故或今身隨意供養諸佛命終亦復值遇諸佛以是故說菩薩常不離諸佛當學般若波羅蜜

大智度論卷第二十九

音釋

撾（陟瓜切打也）腨（市兖切腓腸也）讖（楚譖切驗也）沮（在呂切止遏也）

大智度論卷第三十

龍樹菩薩造

姚秦三藏法師鳩摩羅什譯

釋初品中善根供養

【經】欲以諸善根供養諸佛恭敬尊重讚歎隨意成就當學般若波羅蜜

【論】菩薩既得不離諸佛當應供養若得值佛而無供具甚為不悅如須摩提菩薩(此言妙意)見然燈佛無供養具周旋求索見賣華女以五百金錢買得五莖青蓮華以供養佛又薩陀波崙菩薩為供養師故賣身血肉如是等菩薩既得見佛心欲供養若無供具其心有礙譬如庶民遇見君長不持禮贄則為不敬是故諸菩薩求供養具供養諸佛佛雖不須菩薩心得具足譬如農夫遇好良田而無種子雖欲加功無以肆力心大愁憂菩薩亦如是得遇諸佛而無供具設有餘物不稱其意心便有礙諸善根者所謂善根果報華香瓔珞衣服旛蓋種種珍寶等所以者何或時以因說果如言日食千兩金金不可食因金得食故言食金或時以果說因如見好畫言是好手手非是畫見畫妙故說言好手善根果報亦如是以善根業因緣得供養之具名為善根問曰若爾者何不即說華香等而說其因答曰供養具有二種一者財供養二者法供養若但說華香等供養則不攝法供養今說善根供養當知則財法俱攝供養者若見若聞諸佛功德心敬尊重迎逆侍送旋遶禮拜曲躬合手而住避坐安處勸進飲食華香珍寶等種種稱讚持戒禪定智慧諸功德有所

說法信受教誨如是善身口意業是為供養尊重者知一切衆生中德無過上故言尊敬畏之心過於父母師長君王利益重故故言重恭敬者謙遜畏難故言恭推其智德故言敬讃歎者美其功德爲讃讃之不足又稱揚之故言歎隨意成就者若須華供養如意即至或求得或不求而得有自然出者或變化生乃至妓樂供養之具悉皆如是問曰菩薩遇得便以供養何以隨意求索答曰福德從心於所愛重持用供養得福增多如阿育王小兒時以所重土持用奉佛得閻浮提王一日之中起八萬塔若大人雖以多土投鉢而無所得非所重故有人偏貴重華以其所貴持供養佛得福增多乃至寳物亦如是復次隨時所宜若寒時應以薪火上衣温室被褥及以飲食熱時應以氷水扇蓋涼室生薄之服上妙之食風雨之時就送供具如是等隨時供養又隨土地所宜隨愛者所須皆持供養復次隨意供養者有菩薩知佛無所須又知諸物虚誑如幻一相所謂無相爲教化衆生故隨衆生國土所重引導故供養復有菩薩得甚深禪定生菩薩神通以神通力故飛到十方佛前或於佛國若須遍雨天華即滿三千世界持供養佛或雨天旃檀或雨真珠光相鮮發或雨七寳或雨如意珠大如須彌或雨妓樂音聲清妙或以身如須彌以爲燈炷供養諸佛如是等名爲財供養又菩薩行六波羅蜜以法供養諸佛或有菩薩行一地法供養諸佛乃至十地行法供養或時菩薩得無生法忍自除煩惱及衆生煩惱是法供

養或時菩薩住於十地以神力故令地獄火滅於餓鬼道皆得飽滿令畜生得離恐怖令生人天漸住阿鞞跋致地如是等大功德力名為法供養以是故說欲得善根成就當學般若波羅蜜

【經】欲滿一切衆生所願衣服飲食卧具塗香車乘房舍牀榻燈燭等當學般若波羅蜜

【論】問曰有何次第欲滿一切衆生願答曰菩薩業有二種一為供養諸佛二為度脫衆生以供養諸佛得無量福德持是福德利益衆生所謂滿衆生願如賈客主入海採寶安隱出還利益所親及知識等菩薩如是入諸佛法海得無量功德之寶利益衆生如小王供養大王能令歡喜與其所願職位財帛還其本國利益人物除却怨賊菩薩供養諸佛法王故得受記莂以無量善根珍寶得無盡智力來入衆生善人供養貧者隨其所須而給與之魔民邪見外道之屬悉皆破壞是為供養諸佛次滿衆生所願問曰菩薩實能滿一切衆生願不若悉滿衆生願餘佛菩薩何所利益若不悉滿是中何故說欲滿一切衆生願當學般若波羅蜜答曰有二種願一者可得願二者不可得願不可得願者有人欲籌量虛空盡其邊際及求時方邊際如小兒求水中月鏡中像如是等願皆不可得可得願者鑽木求火穿地得水修福得人天中生及得阿羅漢辟支佛果乃至得諸佛法王如是等名皆可得願可得願有二種一謂世間二謂出世間是中世間願故滿衆生願云何得知以飲食牀卧乃至燈燭所須之物皆給與

之問曰菩薩何以故與衆生易得願不與難者答曰願有下中上下願令致今世樂因緣中願後世樂因緣上願與涅槃樂因緣是故先與下願次及中願然後上願復次衆生多著今樂少求後樂涅槃樂者轉復少也若說多者少亦攝之復次此經前後多說後世涅槃道少說今世利事菩薩法者常與衆生種種益利不應有捨所以者何初心但欲令諸衆生行大乘法以不堪受化次與聲聞辟支佛道若復不能當與十善四梵行等令修福德若衆生都不樂者如是衆生不應遺捨當與今世利益所謂飲食等也復次凡夫雖能與人飲食等滿彼願者皆有因緣若今世事若後世事聲聞辟支佛雖無因緣滿衆生願而所益甚少菩薩摩訶薩行檀波羅蜜等因

緣故得爲國王或爲大長者財富無量四方衆生若來求者盡滿足之如頻頭居士爲大檀越坐七寶大牀金剛爲脚敷以天褥以赤眞珠上爲帳幔左右立侍各八萬四千皆莊嚴奇妙開四大門恣所求者晝夜六時鳴鼓又放光明十方無量衆生有聞鼓聲光明觸身者無不悉來欲得種種飲食者長者見其大集即時默然仰視虛空於時空中雨種種百味之食隨意皆得若衆生不自取者左右給使分布與之足滿乃止須飲食衣被卧具寶物等皆亦如是恣衆生所欲巳然後說法令離四食皆住阿鞞跋致地如是等菩薩神通力故能滿衆生願問曰佛在世時衆生尚有饑餓天不降雨衆生困弊佛猶不能滿一切衆生之願云何菩薩能滿其願答曰菩薩

住於十地入首楞嚴三昧於三千大千世界或時現初發意行六波羅蜜或現阿鞞跋致或現一生補處於兜率天上爲諸天說法或從兜率天上來下生淨飯王宫或現出家成佛或現大衆中轉法輪度無量衆生或現入涅槃起七寶塔遍諸國土令衆生供養舍利或時法都滅盡菩薩利益如是何況於佛而佛身有二種一者眞身二者化身衆生見佛眞身無願不滿佛眞身者滿於虛空光明遍照十方說法音聲亦遍十方無量恒河沙等世界滿中大衆皆共聽法說法不息一時之頃各隨所聞而得解悟如劫盡已衆生行業因緣故大雨澍下間無斷絶三大所不能制唯有劫盡十方風起更互相對能持此水如是法性身佛有所說法除十住菩薩三乘之人皆不能持唯有十住菩薩不可思議方便智力悉能聽受衆生其有見法身佛無有三毒及衆煩惱寒熱諸苦一切皆滅無願不滿如如意珠尚令衆生隨願皆得豈況於佛珠與一切世間之願佛與一切出世間願若言佛不能悉滿衆生所願是語不然復次釋迦牟尼佛王宫受身現受人法有寒熱饑渴睡眠受諸誹謗老病死等内心智慧神德眞佛正覺無有異也欲滿衆生所願悉皆能滿而不滿者以無數世來常滿衆生衣食之願而不免苦今但以涅槃無爲常樂益之如人憐愍所親不與雜毒美食如是世間願者生諸結使又離時心生大苦是故不以爲要復次有人言釋迦牟尼佛已滿衆生所願而衆生自不能得如毗摩羅詰經說佛以足指按地

即時國土七寶莊嚴我佛國如是爲多怨害者現佛國異又如龍王等心降雨在人爲水餓鬼身上皆爲炭火問曰若能滿一切衆生願者則衆生有邊無有受饑寒苦者何以故一切衆生皆滿所願願離苦得樂故答曰滿一切者名字一切非實一切如法句偈說

一切皆懼死　莫不畏杖痛　恕己可爲譬

勿殺勿行杖

雖言一切畏杖痛如無色衆生無身故則無杖痛色界衆生雖可有身亦無杖痛欲界衆生亦有不受杖痛而言一切謂應得杖者說言一切非實一切以是故菩薩滿一切衆生所願謂應可得者然菩薩心無齊限福德果報亦無有量但衆生無量阿僧祇劫罪厚障故而不能得如舍利弗弟子羅頻周比丘持戒精進乞食六日而不能得乃至七日命在不久有同道者乞食持與鳥即持去時舍利弗語目揵連汝大神力守護此食令彼得之即時目連持食往與始欲向口變成爲泥又舍利弗乞食持與而口自合最後佛來持食與之以佛福德無量因緣故令彼得食是比丘食已心生歡喜倍加信敬佛告比丘有爲之法皆是苦相爲說四諦即時比丘漏盡意解得阿羅漢道有薄福衆生罪甚此者佛不能救又知衆生不可得故深達法性故諸佛無有憶想分別是可度是不可度心常寂滅意無增減以是故菩薩欲滿一切衆生願彼以罪故而不能得菩薩無咎飲食者略說麤細二種餅飯等百味之食經雖說四食衆生久住而此但說摶食餘者無色不可相與若

說摶食則與三食何以故因摶食故增益三食如經所說檀越施食則與受者五事利益飲揔說二種一者草木酒所謂蒲萄甘蔗等及諸穀酒二者草木漿甘蔗漿蒲萄漿石蜜漿安石榴漿梨柰漿波盧沙果漿等及諸穀漿如是和合人中飲食及天飲食所謂修陁甘露味天果食等摩頭摩陁婆漿等衆生各各所食或食穀者或食肉者或食淨者不淨者來皆飽滿衣服者衣有二種或從衆生生所謂綿絹毛毳皮革等或從草木生所謂布氎樹皮等有諸天衣無有經緯自然樹出光色輕輭卧具者牀榻被褥幃帳枕等塗香者有二種一者旃檀木等摩以塗身二者種種雜香擣以爲末以塗其身及熏衣服并塗地壁乘者所謂象馬車轝等房舍者所謂土木寶物所成樓閣殿堂宮觀等以障寒熱風雨賊盜之屬燈燭者所謂脂膏酥油漆蠟明珠等諸物者是一切衆生所須之物不可具說故略言諸物問曰此中何以不說燒香妙華答曰說諸物者皆已攝之問曰若爾者但應略說三種飲食衣服莊嚴之具答曰此諸物是所須要者若慈念衆生以飲食爲先次以衣服以身垢臭須以塗香次以卧具寒雨須房舍黑闇須燈燭問曰華香亦能除臭何故不說答曰華非常有亦速萎爛利益少故是故不說燒香者寒則所須熱時爲患塗香寒熱通用寒時雜以沉水熱時雜以旃檀以塗其身是故但說塗香問曰若行檀波羅蜜得無量果報能滿一切衆生所願何故言欲滿衆生願當學般若波羅蜜答曰先已說以般

若波羅蜜和合故得名檀波羅蜜今當更說所可滿衆生願者非謂一國土一閻浮提都欲滿十方世界六趣衆生所願非但布施所能辦故以般若波羅蜜破近遠相破一切衆生相非一切衆生相除諸礙故彈指之頃化無量身遍至十方能滿一切衆生所願如是神通利益要從般若出生以是故菩薩欲滿一切衆生願當學般若波羅蜜

經復次舍利弗菩薩摩訶薩欲使如恒河沙等世界衆生立於檀波羅蜜立於尸羅羼提毗梨耶禪般若波羅蜜當學般若波羅蜜

論問曰是義次第有何因緣答曰利有三種今世利後世利畢竟利復有三種樂今世後世出世樂前說今世利樂此說後世出世利樂以是故令衆生住六波羅蜜菩薩愍念衆生過於父母念子慈悲之心徹於骨髓先以飲食充足其身除饑渴苦次以衣服莊嚴其身令得受樂菩薩心不滿足復作是念衆生已得今世樂復更思惟令得後樂若以世間六波羅蜜教之則得人天中樂久後還來輪轉生死當復以出世間六波羅蜜令得無爲常樂復次先以衣服華香等莊嚴其身今以功德莊嚴其心若有三種莊嚴則爲具足無有過者一者衣服七寶等二者福德三者道法菩薩欲具足三種莊嚴衆生故先說功德果報今說功德因緣復次前說雖有大施而衆生罪故不能悉得如餓鬼經說雖與其食而不得噉變成炭火不淨之物又菩薩不捨一切當作方便令衆生得衣食益利是故教修福業自行自得菩薩善知因緣不可強得

教令得之以是故次第教衆生住六波羅蜜問曰菩薩志願令十方一切衆生住六波羅蜜何故但說如恒河沙世界衆生答曰爲聽法者聞恒河沙故又於新發意菩薩以無邊無量爲多多則致亂若大菩薩不以恒河沙爲數復次說如恒河沙者是無邊無量數如後品中說復次如恒河沙者已說十方諸世界此中亦不言一恒河沙不應爲難以是故說如恒河沙世界無咎恒河沙世界義如先說衆生者於五衆十八界十二入六種十二因縁等衆多法中假名衆生是天是人是牛是馬衆生有二種動者靜者動者生身口業靜者不能有色衆生無色衆生無足二足四足多足衆生世間出世間衆生大者小者賢聖凡夫邪定正定不定衆生樂苦不苦不樂

衆生上中下樂衆生學無學非學非無學衆生有想無想非有想非無想衆生欲界色界無色界衆生欲界衆生者有三種以善根有上中下故上者六欲天中者人中富貴下者人中卑賤以面類不同故四天下別異不善亦有三品上者地獄中者畜生下者餓鬼復次欲界衆生有十種三惡道人及六天地獄有三種熱地獄寒地獄黑闇地獄畜生有三種空行陸行水行晝行夜行晝夜行如是等差別鬼有二種弊鬼餓鬼弊鬼如天受樂但與餓鬼同住即爲其主餓鬼腹如山谷咽如針身唯有三事黒皮筋骨無數百歲不聞飲食之名何況得見復有鬼火從口出飛蛾投火以爲飲食有食糞涕唾膿血洗器遺餘或得祭祀或食産生不淨如是等種種餓鬼六

欲天者四王天等於六天中間別復有天所謂持瓔珞天戲忘天心恚天鳥足天樂見天此諸天等皆六天所攝有人言欲界衆生應有十一種先說五道今益阿修羅道問曰阿脩羅即爲五道所攝是阿脩羅非天非人地獄苦多畜生形異如是應鬼道所攝答曰不然阿脩羅力與三十三天等何以故或爲諸天所破或時能破諸天如經中說釋提桓因爲阿脩羅所破四種兵衆入藕根孔以自藏翳受五欲樂與天相似爲佛弟子如是威力何得餓鬼所攝以是故應有六道復次如阿脩羅甄陁羅乾沓婆鳩槃茶夜叉羅刹浮陁等大神是天阿脩羅民衆受樂小減諸天威德變化隨意所作是故人疑言是脩羅非脩羅脩羅（此言不飲酒）說者言是阿脩羅非脩羅阿脩羅道初得名餘者皆同一道問曰經說有五道云何言六道答曰佛去久遠經法流傳五百年後多有別異部部不同或言五道或言六道若說五者於佛經迴文說五若說六者於佛經迴文說六又摩訶衍中法華經說有六趣衆生觀諸義意應有六道復次分別善惡故有六道善有上中下故有三善道天人阿脩羅惡有上中下故地獄畜生餓鬼道若不爾者惡有三果報而善有二果是事相違若有六道於義無違問曰善法亦有三果下者爲人中者爲天上者涅槃答曰是中不應說涅槃但應分別衆生果報住處涅槃非報故善法有二種一者三十七品能至涅槃二者能生後世樂今但說受身善法不說至涅槃善法世間善有三品上分因緣故天道

果報中分因緣故人道果報下分因緣故阿脩羅道果報問曰汝自說阿脩羅與天等力受樂與天不異云何今說善下分爲阿脩羅果報答曰人中可得出家受戒以至於道阿脩羅道結使覆心得道甚難諸天雖隨結使心直信道阿脩羅衆心多邪曲不時近道以是故阿脩羅雖與天相似以其近道難故故在人下如龍王金翅鳥力勢雖大亦能變化故在畜生道中阿脩羅道亦如是問曰若龍王金翅鳥力勢雖大猶爲畜生道攝阿脩羅亦應餓鬼道攝以何更作六道答曰是龍王金翅鳥雖復受樂傍行形同畜生故畜生道攝地獄餓鬼形雖似人以其大苦故不入人道阿脩羅力勢既大形似人天故別立六道是爲略說欲界衆生色無色界衆生如後品

中說立檀波羅蜜者菩薩語諸衆生當行布施貧爲大苦無以貧故作諸惡行墮三惡道作諸惡行墮三惡道則不可救衆生聞已捨慳貪心行檀波羅蜜如後品中廣說復次菩薩於衆生前種種因緣種種譬喻而爲說法毀呰慳貪夫慳貪者自身所須惜不能用見告求者心濁色變即於現身聲色醜惡種後世惡業故受形醜陋先不種布施因緣故今身貧賤慳著財物多求不息開諸罪門專造惡事故墮惡道中復次生死輪轉利益之業無過布施今世後世常得隨意便身之事悉從施得施爲善導能開三樂天上人中涅槃之樂所以者何好施之人聲譽流布八方信樂無不愛敬處大衆中無所畏難死時無悔其人自念我以財物植良福田人天中樂涅

槃之門我必得之所以者何施破慳結慈念受者滅除瞋惱嫉妬心息恭敬受者則除憍慢決定心施疑網自裂知施果報則除邪見及滅無明如是等諸煩惱破則涅槃門開復次非但開三樂而已乃能開無量佛道世尊之處所以者何六波羅蜜是佛道檀爲初門餘行皆悉隨從如是等布施有無量功德以是因緣故令衆生立檀波羅蜜檀波羅蜜義如先檀中說立尸羅者菩薩於衆生前讃說戒行汝諸衆生當學持戒持戒之德拔三惡趣及人中下賤令得天人尊貴乃至佛道戒爲一切衆樂根本譬如大藏出諸珍寶戒爲大護能滅衆怖譬如大軍破賊戒爲莊嚴如著瓔珞戒爲大船能度生死巨海戒爲大乘能致重寶至涅槃城戒爲良藥能破結病戒爲善知識世世隨逐不相遠離令心安隱譬如穿井已見濕泥喜慶自歡無復憂患戒能成就利益諸行譬如父母長育衆子戒爲智梯能入無漏戒能驚怖諸結譬如師子能令羣獸懾伏戒爲一切諸德之根出家之要修淨戒者所願隨意譬如如意珠應念時得如是等種種讃戒之德令衆生歡喜發心住尸羅波羅蜜住羼提者於衆生前讃歎忍辱忍爲一切出家之力能伏諸惡能於衆中現奇特事忍能守護令施戒不毀忍爲大鎧衆兵不加忍爲良藥能除惡毒忍爲善勝於生死險道安隱無患忍爲大藏施貧善人無極大寶忍爲大舟能渡生死此岸到涅槃彼岸忍爲礠礰能瑩明諸德若人加惡如猪揩金山益發其明求佛道度衆生之利器忍爲最妙

行者當作是念我若以瞋報彼則爲自害又我先世自有是罪不得如意要必當償若於此人不受餘亦害我俱不得免云何起瞋復次衆生爲煩惱所牽起諸惡事不得自在譬如人爲非人所持而罵辱良醫良醫是時但爲除鬼不嫌其罵行者亦如是衆生加惡向己不嫌其瞋但爲除結復次行忍之人視前罵辱者如父母視嬰孩見其瞋罵益加慈念愛之逾深又復自念彼人加惡於我是業因緣前世自造今當受之若以瞋報更造後苦何時解已若今忍之永得離苦是故不應起瞋如是種種因緣訶瞋恚生慈悲入衆生忍中入衆生忍中已作是念十方諸佛所說法皆無有我亦無我所但諸法和合假名衆生如機關木人動雖能動作內無有主身亦如是但皮骨相持隨心風轉念念生滅無常空寂無有作者無罵者亦無受者本末畢竟空故但顛倒虛誑故凡夫心著如是思惟已則無衆生無衆生已法無所屬但因緣和合無有自性如衆生和合强名衆生法亦如是即得法忍得是衆生忍法忍故能得阿耨多羅三藐三菩提何況諸餘利益衆生聞是已住羼提波羅蜜立毗梨耶者教衆生言汝莫懈怠若能精進諸善功德悉皆易得若懈怠者見木有火而不能得何況餘事是故勸令精進若人隨方便精進無願不得凡得勝法非無因緣皆從精進生精進有二相一能集生諸善法二能除諸惡法復有三相一欲造事二精進作三不休息復有四相已生惡法斷之令滅未生惡法能令不生未生善法能令

發生巳生善法能令增長如是等名精進相精進故能助成一切善法譬如火得風助其然乃熾又如世間勇健之人能越山渡海道法精進乃至能得佛道何況餘事衆生聞巳皆立精進波羅蜜復次菩薩見有未發阿耨多羅三藐三菩提者爲讃歎阿耨多羅三藐三菩提法於一切諸法中最爲第一極爲尊貴能益一切令得諸法實相不誑之法有大慈悲具一切智金色身相第一微妙三十二相八十隨形好無量光明無量戒定智慧解脫解脫知見三達無礙於一切法無礙解脫得如是者一切衆生中最爲尊上應受一切世閒供養若人但心念佛尚得無量無盡福德何況精進布施持戒供養承事禮拜者語衆生言佛事如是汝等當發無上道心勤修精進行如法者得之不難衆生聞是巳便發無上道心若發心者不可但空爾而得當行檀波羅蜜行檀波羅蜜次行尸羅波羅蜜羼提波羅蜜禪波羅蜜般若波羅蜜行五波羅蜜則是毗梨耶波羅蜜若不發大乘心者當教辟支佛道若無辟支佛道者教行聲聞道若無聲聞道者教令離色受無色定寂滅安樂若無無色定者教令離欲受色界種種禪定樂若無禪者教令修十善道人天中受種種樂莫自懈怠空無所得貧窮下賤種種勤苦甚爲可患懈怠法者最爲弊惡破壞今世後世利益善道衆生聞巳集諸善法勤行精進立禪者菩薩於衆生前讃歎禪定清淨樂内樂自在樂離罪樂今世後世樂聖所受樂梵天王樂遍身受樂深厚妙樂汝諸衆生何

以著五欲不淨樂與畜生同受諸罪垢樂而捨是妙樂若汝能捨小樂則得大樂汝不見田夫棄少種子後獲大果如人獻王少物而得大報如少鉤餌而得大魚所捨甚少而所獲大多智者亦如是能棄世間之樂得甚深禪定快樂既得此樂反觀欲樂甚爲不淨如從獄出如病疢得差更不求藥復次禪定名實智初門令智慧澄靜能照諸法如燈在密室其明得用若依禪定得四無量背捨勝處神通辯才等諸甚深功德悉皆具得能令瓦石變成如意珠何況餘事隨意所爲無不能作入地如水履水如地手捉日月身不燋終化爲種種禽獸之身而不受其法或時變身充滿虛空或時身若微塵或輕如鴻毛或重若太山或時以足指按地天地大動如動草葉如是等神通變化力皆從禪得衆生聞是已立於禪波羅蜜立般若波羅蜜者菩薩教諸衆生當學智慧智慧者其明第一名爲慧眼若無慧眼雖有肉眼猶故是盲雖云有眼與畜生無異若有智慧自別好醜不隨他教若無智慧隨人東西如牛駱駝穿鼻隨人一切有爲法中智慧爲上聖所親愛能破有爲法故如經中說於諸寶中智慧寶爲最一切利器中慧刀利爲最住智慧山頂無有憂患觀諸苦惱衆生無不悉見智慧刀能斷無始煩惱生死連鎖智慧力故能具六波羅蜜得不可思議無量佛道成一切智何況聲聞辟支佛及世間勝事是智慧增長清淨不可沮壞名爲波羅蜜衆生聞已住般若波羅蜜復次菩薩或時不以口教或現神足光明令衆

生住六波羅蜜或現種種餘緣乃至夢中爲作因緣使其覺悟令衆生住六波羅蜜是故經言欲令衆生住六波羅蜜當學般若波羅蜜

【經】欲植一善根於佛福田中至得阿耨多羅三藐三菩提不盡者當學般若波羅蜜

【論】善根者三善根無貪善根無瞋善根無癡善根一切諸善法皆從三善根生增長如藥樹草木因有根故得生成增長以是故名爲諸善根今言善根者善根因緣供養之具所謂華香燈明及法供養持戒誦經等因中說果何以故香華不定以善心供養故名爲善根布施非即是福但能破慳貪開善法門善根名爲福如針導綖縫衣縫非針也一者若華若香若燈明若禮敬若誦經持戒若禪定若智慧等一一供養及法供養植於諸佛田中佛田者十方三世諸佛若佛在世若形像若舍利若但念佛植者專心堅著問曰經言種種福田何以獨言植於佛田答曰雖有種種福田佛爲第一福田以十力四無畏十八不共法如是等無量佛法具足是故獨說植於佛田法寶雖爲佛師若佛不說法爲無用如雖有好藥若無良醫藥則無用以是故法寶雖上而前說佛寶何況僧寶復次佛田能獲無量果報餘者雖言無量而有差降以是故佛田第一不盡者諸佛成就無盡功德故於中植福福亦無盡復次佛功德無量無邊無數無等故植福者福亦不盡復次佛爲菩薩時緣一切衆生如衆生無量無邊故福亦無盡復次佛田清淨拔愛等諸煩惱穢草淨

戒為平地大慈悲為良美除諸惡邪鹹土三十七品為溝塍十力四無所畏四無礙智等為垣墻能出生三乘涅槃果報植種於此無上無比田者其福無盡問曰一切有為法無常相故皆歸於盡福從因緣生何得不盡答曰亦不言常不盡自言乃至得佛中間不盡復次一切有為法雖念念生滅相續不斷果報不失故名為不盡如然燈雖炎炎生滅不名為滅脂盡炷滅乃可稱滅福亦如是深心種於良田故乃至法盡而亦不盡復次菩薩知諸法實相如涅槃不盡福德入諸法實相故而亦不盡問曰若爾者涅槃不盡福德亦應常不盡云何言乃至佛中間不盡答曰是福者以智慧力故令是功德如涅槃畢竟空不生不滅以是故喻如涅槃非即涅槃若見涅槃不應為喻若是涅槃云何果報成佛而不盡譬如三解脫門空無相無作如解脫畢竟空相是空解脫門觀世間亦畢竟空如解脫無相相是無相解脫門觀世間亦無相相如解脫無作相是無作解脫門觀世間亦無作相以是故說欲植一善根於佛福田乃至阿耨多羅三藐三菩提而不盡者當學般若波羅蜜

【經】復次舍利弗菩薩摩訶薩欲令十方諸佛稱讚其名當學般若波羅蜜

【論】問曰菩薩若觀諸法畢竟空內無吾我已破憍慢云何欲令諸佛稱讚其名又菩薩法應供養諸佛云何反求諸佛供養答曰佛法有二門一為第一義門二為世俗法門以世俗門故欲令諸佛讚歎雖為諸佛所讚歎而

不見我不取衆生相世間假名故說汝言云何反求佛供養者如後品中佛所讚歎菩薩畢竟阿鞞跋致阿耨多羅三藐三菩提令是菩薩欲得決定知是阿鞞跋致以不以是故求佛讚歎非求供養復次餘人餘衆生貪欲瞋恚愚癡覆心故不能如實讚歎何以故若偏有所愛不見實過但見功德若偏有所瞋但見其過不見其德若愚癡多不能如實見其好醜諸天世人雖有智慧三毒薄者亦不能得如實讚猶有謬失無一切智故結使不盡故聲聞辟支佛三毒雖盡亦不能如實讚猶有餘氣未盡又智慧不具足故唯佛一人三毒及氣永盡成就一切智故能如實讚不增不減以是故行者欲得諸佛所讚知其實德不求餘人稱讚問曰諸佛出於三界不著世間無有我及我所視於外道惡人大菩薩阿羅漢一等無異云何讚歎菩薩答曰佛雖無吾我無有憎愛於一切法心無所著憐愍衆生以大慈悲心引導一切故分別善人而有所讚亦欲壞破惡魔所願以佛讚歎故無量衆生愛樂菩薩恭敬供養後皆成就佛道以是故諸佛讚歎菩薩問曰云何讚歎答曰如佛於大衆中說法欲令衆生入甚深法讚是菩薩如薩陀波崙等復次佛讚歎菩薩言是菩薩能觀諸法畢竟空亦能於衆生有大慈悲能行生忍亦不見衆生雖行法忍於一切法而不生著雖觀宿命事不墮邪見雖觀衆生入無餘涅槃而不墮邊見雖知涅槃是無上實法亦能起身口意善業雖行生死中而深心樂涅槃雖住三解脫門觀於涅槃亦

不斷本願及善行如是等種種奇特功德甚爲難有復次若菩薩未得無生忍未得五神通生死肉身有大慈悲心能爲衆生故内外所有所貴惜者悉能施與外謂所著妻子上妙五欲如意珠最上妙寶安隱國土等内謂身體肌肉皮膚骨血頭目髓腦耳鼻手足如是等施甚爲難有是故諸佛讚歎其德若菩薩入法位得神通行苦行不足爲難以是菩薩生身肉眼志願弘曠有大悲心愛樂佛道行如是事甚爲希有復次若菩薩持戒清淨具足無所分別持戒破戒於一切諸法畢竟不生常空法忍精進不休不息不著不猒精進懈息一相不異無量無邊無數劫勤修精進都欲受行甚深禪定無所依止定亂不異不起於定而能變身無量遍至十方說法度人行深智慧觀一切法不生不滅非不生非不滅亦非不生亦非不滅非非不生非非不滅過諸語言心行處滅不可壞不可破不可受不可著諸聖行處淨如涅槃亦不著是觀意亦不没能以智慧而自饒益如是菩薩諸佛讚歎復次菩薩未得授記未得無生法忍生不值佛不見賢聖以正思惟故能觀諸法實相雖觀實相心亦不著如是菩薩十方諸佛皆共讚歎復次菩薩聞甚深無量無邊不可思議佛法雖自未得智慧未及而能定心信樂不生疑悔若魔作佛來誑説其意意無增減如是菩薩諸佛所讚復次有諸菩薩一時發心中有疾成佛者佛則讚歎有大精進力故如釋迦牟尼佛與彌勒等諸菩薩同時發心釋迦牟尼佛精進力故超越九劫復次

若有菩薩具足菩薩事所謂十地六波羅蜜十力四無所畏四無礙智十八不共法等無量清淨佛法爲衆生故久住生死不取阿耨多羅三藐三菩提而廣度衆生如是菩薩諸佛讃歎何者是如文殊師利毗摩羅詰觀世音大勢至遍吉等諸菩薩之上首出於三界變化無央數身入於生死敎化衆生故如是希有事皆從甚深般若波羅蜜生以是故說欲得諸佛稱歎其名當學般若波羅蜜

【經】復次舍利弗菩薩摩訶薩欲一發意至十方如恒河沙等世界當學般若波羅蜜

【論】菩薩得身通變化力作十方恒河沙等身於十方恒河沙等世界一時能到問曰如經說彈指頃有六十念若一念中能至一方恒河沙等世界尚不可信何況十方恒河沙等世界時少而所到處多答曰經說五事不可思議所謂衆生多少業果報坐禪人力諸龍力諸佛力於五不可思議中佛力最不可思議菩薩入於禪定生不可思議神通故一念中悉到十方諸佛世界如說四種神通中唯佛菩薩有如意疾遍神通若金翅鳥子始從㲉出從一須彌至一須彌諸菩薩亦如是以無生忍力故破諸煩惱無明㲉即時一念中作無量身遍至十方復次菩薩一切無量世罪悉已消滅以智慧力故能轉一切諸法所謂小能作大大能作小能以千萬無量劫爲一日又能以一日爲千萬劫是菩薩世間之主所欲自在何願不滿如毗摩羅詰經所說以七夜爲劫壽以是因緣故菩薩乘神通力能速疾超越十方世界問曰前五不可思議

中無有菩薩今何以說菩薩不可思議答曰或時因中說果如日食百斤金金不可食因金得食故言食金是為因中說果或時果中說因如見好畫言是好手是為果中說因諸菩薩亦如是菩薩為因諸佛為果若說佛力不可思議當知已說菩薩以是故言欲一發意到十方恒河沙世界者當學般若波羅蜜

【經】復次舍利弗菩薩摩訶薩欲發一音使十方如恒河沙等世界聞聲當學般若波羅蜜

【論】菩薩得六神通增長梵聲相過三千大千世界至十方恒河沙等諸世界問曰若爾者與佛音聲何異答曰菩薩音聲有恒河沙等之數佛音聲所到無有限數如密跡經中所說目連試佛音聲極至西方猶聞佛音若如對面問曰若爾者佛常在國土聚落說法教化而閻浮提內人不至佛邊則不得聞何以知之多有從遠方來欲聽說法者故答曰佛音聲有二種一為口密音聲二為不密音聲密音聲先已說不密音聲至佛邊乃聞是亦有二種弟子一為出世聖人二為世間凡夫出世聖人如目揵連等能聞微密音聲凡夫人隨其所近乃聞復次諸菩薩得入王位離生死身得法性真形能見十方無量佛身及遍照光明亦能得聞諸佛六十種極遠無量音聲諸大菩薩雖未具足如佛音聲於佛音聲中並得其分是佛菩薩音聲有三種一者先世種善音聲因緣故咽喉中得微妙四大能出種種妙好遠近音聲所謂一里二里三里十里百千里乃至三千大千世界音聲遍滿二者神通力故咽喉四大出聲遍滿三千

大千世界及十方恒河沙世界三者佛音聲常能遍滿十方虚空問曰若佛音聲常能遍滿令衆生何以不得常聞答曰衆生無量劫以來所作惡業覆是故不聞譬如雷電霹靂聾者不聞雷聲無減佛亦如是常爲衆生說法如龍震大雷聲衆生罪業自不得聞如今世人精進持戒者於念佛三昧心得定時罪垢不障即得見佛聞佛說法音聲清了菩薩於三種音聲中欲得二種是二種音聲甚難希有故如業果音聲自然可得故以是故說菩薩摩訶薩欲以一音使十方恒河沙等世界聞聲者當學般若波羅蜜

【經】復次舍利弗菩薩摩訶薩欲使諸佛世界不斷者當學般若波羅蜜

【論】佛世界不斷者菩薩欲令國國相次皆使衆生發心作佛問曰言次第者爲一國前後相次爲十方世界次第若一國相次者大悲普覆一切衆生何以不及餘國若十方一切世界次第者餘佛菩薩何所利益答曰菩薩心願欲令一切世界皆悉作佛大心曠遠無有齊限以是心集諸智慧無量福德神通力故又隨衆生種作佛因緣者是菩薩皆悉令作若一切世界皆種作佛因緣者餘佛菩薩不應有益但是事不然復次十方世界無量無邊不應一菩薩盡得遍諸世界令佛種不斷諸餘菩薩各隨因緣皆有其分以慈悲大故願亦無量利益之心無有齊限衆生種無量故非一佛一菩薩所可盡度問曰若事不稱心何故作願耶答曰欲令心願曠大清淨故如行慈三昧雖不能令衆生離苦但自欲

令心曠大清淨成利益願如諸佛大菩薩力皆能度一切而衆生福緣未集未有智慧因緣不會故而不得度如大海水一切衆生取用水不窮竭但衆生不能得用如餓鬼衆生自罪因緣不得見水設得見之即時乾竭或爲烊銅或成膿血佛亦如是有大慈悲智慧無量無邊悉能滿足衆生而衆生罪業因緣故而不值佛設得值佛如餘人無異或生瞋恚或起誹謗以是因緣故不見佛威相神力雖得值佛而無利益復次二因二緣發於正見所謂内因外緣佛外因緣具足有三十二相八十隨形好無量光明莊嚴其身種種神力種種音聲隨意說法斷一切疑但衆生内因緣不具足先不種見佛善根而不信敬不精進持戒鈍根深厚著於世樂以是故無有利益非爲佛咎佛化度衆生神器利用悉皆備足譬如日出有目則覩盲者不見設使有目而無日者則無所覩是故日無咎也佛明亦如是問曰云何佛世界因緣不斷答曰菩薩於衆生中種種因緣讃歎佛道令衆生發阿耨多羅三藐三菩提心漸漸行六波羅蜜然後於諸世界各各作佛若於一國次第作佛或於異國各自作佛是名不斷佛國復次菩薩疾集智慧具足作佛度無量衆生欲入涅槃時爲菩薩受記我滅度後汝次作佛展轉皆悉如是令不斷絶若佛不記菩薩者則斷佛國譬如王立太子展轉如是國祚不斷問曰何以貴有佛世界賤無佛國答曰是事不應致問佛是莊嚴十方世界主何況一國若離有佛國者雖受人天樂而不知是佛恩

力之所致與畜生無異若一切諸佛不出世者則無三乘涅槃之道常閉在三界獄永無出期若世有佛衆生得出三界牢獄譬如二國之間無日之處是中衆生從冥中生從冥中死若佛生時光明暫照各各相見乃見日月所照衆生知彼爲大福我等有罪如是或時佛以光明遍照諸佛國無佛國衆生見佛光明則大歡喜念言我等黒闇彼爲大明復次有佛之國衆生知有罪福人受三歸五戒八齋及出家五衆等種種甚深禪定智慧四沙門果有餘涅槃等如是種種善法以是因縁故佛國爲貴若佛國衆生雖不見佛值遇經法修善持戒布施禮敬等種涅槃因縁乃至畜生皆能種福德因縁若無佛之國乃至天人不能修善以是故菩薩生願欲使佛世界不斷

大智度論卷第三十

音釋

鑚 祖官切穿也 擣 都皓切舂也 萎 於爲切蔫也 懾 章涉切懼也 磫礭 磫即容切礭巨俱切磫礭青礪石也 瑩 縈定切潔也 疢 恥忍切疾也 綖 私箭切與線同 塍 視陵切田封也

大智度論卷第三十一

龍樹菩薩造

姚秦三藏法師鳩摩羅什譯

釋初品中十八空

【經】復次舍利弗菩薩摩訶薩欲住內空外空內外空空空大空第一義空有爲空無爲空畢竟空無始空散空性空自相空諸法空不可得空無法空有法空無法有法空當學般若波羅蜜

【論】內空者內法內法空內法者所謂內六入眼耳鼻舌身意眼空無我無我所無眼法耳鼻舌身意亦如是外空者外法外法空外法者所謂外六入色聲香味觸法色空者無我無我所無色法聲香味觸法亦如是內外空者內外法內外法空內外法者所謂內外十二入十二入中無我無我所無內外法問曰諸法無量空隨法故則亦無量何以但說十八若略說應一空所謂一切法空若廣說隨一一法空所謂眼空色空等甚多何以但說十八空答曰若略說則事不周若廣說則事繁譬如服藥少則病不除多則增其患應病投藥令不增減則能愈病空亦如是若佛但說一空則不能破種種邪見及諸煩惱若隨種種邪見廣說空空則過多人愛著空相墮在斷滅說十八空正得其中復次若說十五俱亦有疑此非問也復次善惡之法皆有定數若四念處四正勤三十七品十力四無所畏四無礙智十八不共法五衆十二入十八界十二因緣三毒三結四流五蓋等諸法如是各有定數以十八種法中破著故

說有十八空問曰般若波羅蜜空十八空爲異爲一若異者離十八空以何爲般若空又如佛說何等是般若波羅蜜所謂色空受想行識空乃至一切種智空若不異者云何言欲住十八空當學般若波羅蜜答曰有因緣故言異有因緣故言一異者般若波羅蜜名諸法實相滅一切觀法十八空則十八種觀令諸法空菩薩學是諸法實相能生十八種空是名異一者十八空是空無所有相般若波羅蜜亦空無所有相十八空是捨離相般若波羅蜜一切法中亦捨離相是十八空不著相般若波羅蜜亦不著相以是故學般若波羅蜜則是十八空不異故般若波羅蜜有二分有小有大欲得大者先當學小方便門欲得大智慧當學十八空住是小智慧方便門能得十八空何等是方便門所謂般若波羅蜜經讀誦正憶念思惟如說修行譬如人欲得種種好寶當入大海若人欲得內空等三昧智慧寶當入般若波羅蜜大海問曰行者云何學般若波羅蜜時住內空外空內外空答曰世間有四顛倒不淨中有淨顛倒苦中有樂顛倒無常中有常顛倒無我中有我顛倒行者爲破四顛倒故修四念處十二種觀所謂初觀內身三十六種不淨充滿九孔常流甚可猒患淨相不可得淨相不可得故名內空行者既知內身不淨觀外所著亦復如是俱實不淨愚夫狂惑爲婬欲覆心故謂之爲淨觀所著色亦如我身淨相不可得是爲外空行者若觀已身不淨或謂外色爲淨若觀外不淨或謂已身爲淨令俱觀內外我

身不淨外亦如是外身不淨我亦如是一等無異淨相不可得是名內外空行者思惟知內外身俱實不淨而惑者愛著深故由以受身身爲大苦而愚以爲樂問曰三受皆外入所攝云何言觀內受答曰六塵初與六情和合生樂是名外樂後貪著深入生樂是名內樂復次內法緣樂是名內樂外法緣樂是名外樂復次五識相應樂是名外樂意識相應樂是名內樂麤樂名爲外樂細樂名爲內樂如是等分別內外樂苦受不苦不樂受亦如是復次行者思惟觀是內樂實不可得不即分別知實不可得但爲是苦強名爲樂何以故是樂從苦因緣生亦生苦果報樂無猒足故苦復次如人患疥搔雖小樂後轉傷身則爲大苦愚人謂之爲樂智者但見其苦如是世間樂顛倒病故著五欲樂煩惱轉多以是故行者不見樂但見苦如病如癰如瘡如刺復次樂少苦多少樂不現故名爲苦如大河水投一合鹽則失鹽相不名爲鹹復次樂不定故或此以爲樂彼以爲苦彼以爲樂此以爲苦著者爲樂失者爲苦愚以爲樂智以爲苦見樂患爲苦不見樂過者爲樂不見樂無常相爲樂見樂無常相爲苦不離欲人以爲樂離欲人以爲苦如是等觀樂爲苦觀苦如箭入身觀不苦不樂無常變異相如是等觀三種受心則捨離是名觀內受空觀外受內外受亦如是行者作是念苦樂即是苦誰受是苦念已則知心受然後觀心爲實爲虛觀心無常生住滅相苦受心樂受心不苦不樂受心各各異念覺樂心滅而苦心生苦心爾

所時住住已還滅次生不苦不樂心知爾所時不苦不樂心住住已還滅滅已還生樂心三受無常故心亦無常復次知染心無染心瞋心無瞋心癡心不癡心散心攝心縛心解脫心如是等心各各異相故知心無常無一定心常住受苦受樂等心從和合因緣生因緣離散心亦隨滅如是等觀內心外心內外心無常相問曰心是內入攝云何爲外心答曰觀內身名爲內心觀外身名爲外心復次緣內法爲內心緣外法爲外心復次五識常緣外法不能分別故名爲外心意識能緣內法亦分別好醜故名爲內心復次意識初生未能分別決定是爲外心意識轉深能分別取相是名內心如是等分別內外心行者心意轉異知身爲不淨相知受爲苦相知心不住爲無常相結使未斷故或生吾我如是思惟若心無常誰知是心心爲屬誰誰爲心主而受苦樂一切諸物誰之所有即分別知無有別主但於五衆取相故計有人相而生我心以我心故生我所我所心生故有利益我者生貪欲違逆我者而生瞋恚此結使不從智生從狂惑生故是名爲癡三毒爲一切煩惱之根本悉由吾我故作福德爲我後當得亦修助道法我當得解脫初取相故名爲想衆因吾我起結使及諸善行是名行衆是二衆則是法念處於想行衆法中求我不可得何以故是諸法皆從因緣生悉是作法而不牢固無實我法行如芭蕉葉葉求之中無有堅想如遠見野馬無水有水想但誑惑於眼如是等 觀內法外法內外法問曰法是外入

攝云何爲內法答曰內法名爲內心相應想衆行衆外法名爲外心相應想衆行衆及心不相應諸行及無爲法一時等觀名爲內外法復次內法名爲六情外法名爲六塵復次身受心及想行衆總觀爲法念處何以故行者旣於想衆行衆及無爲法中求我不可得還於身受心法中求亦不可得如是一切法中若色若非色若可見若不可見若有對若無對若有漏若無漏若有爲若無爲若遠若近若麤若細其中求我皆不可得但五衆和合故强名爲衆生衆生即是我我不可得故亦無我所我所不可得故一切諸煩惱皆爲衰薄復次身念處名一切色法行者觀內色無常苦空無我觀外色觀內外色亦如是受心法亦爾四念處內觀相應三昧名內空四念處外觀相應三昧名外空四念處內外觀相應三昧名內外空問曰是空爲是三昧力故空爲是法自空答曰有人言名爲三昧力故空如經說三三昧三解脫門空無相無作是空三昧緣身受心法不得我我所故名爲空問曰四念處空法皆應觀無常苦空無我何以故身觀不淨受觀是苦心觀無常法觀無我答曰雖四法皆觀無常苦空無我而衆生身中多著淨顛倒受中多著樂顛倒心中多著常顛倒法中多著我顛倒以是故行者觀身不淨觀受是苦觀心無常觀法無我復次內外空者無有內外定法互相因待故謂爲內外彼以爲外我以爲內我以爲外彼以爲內隨人所繫內法爲內隨人所著外法爲外如人自舍爲內他舍爲外行者觀是內外

法無定相故空復次是內外法無有自性何以故和合生故是內外法亦不在和合因緣中若因緣中無者餘處亦無內外法因緣亦無因緣無故內外法空問曰內外法定有云何言無如手足等和合故有身法生是名內法如梁椽壁等和合故有屋法生是名爲外是身法雖有別名亦不異足等所以者何若離足等身不可得故屋亦如是答曰若足不異身者頭應是足足與身不異故若頭是足者甚爲可笑問曰若足與身不異者有如是過今應足等和合故更有法生名爲身身雖異於足等應當依於足住如衆縷和合而能生氎是氎依縷而住答曰是身法爲足等分中具有爲分有若具有頭中應有脚何以故身法具有故若分有與足分無異又身是一法所因者多一不爲多多不爲一復次若除足等分別有身者與一切世間皆相違背以是故身不得言即是諸分亦不得言異於諸分以是故則無身身無故足等亦無如是等名爲內空房舍等外法亦如是空名爲外空問曰破身舍等是爲破一破異破一破異是破外道經佛經中實有內外法所謂內六情外六塵此云何無答曰是內外法和合假有名字亦如身如舍復次略說有二種空衆生空法空小乘弟子鈍根故爲說衆生空我我所無故則不著餘法大乘弟子利根故爲說法空即時知世間常空如涅槃聲聞說內空於內法中無我無我所無常無作者無知者無受者是名內空外空亦如是不說內法相外法相即是空大乘說內法中無內法相外

法中無外法相如般若波羅蜜中說色色相空受想行識識相空眼眼相空耳鼻舌身意意相空色色相空聲香味觸法法相空如是等一切諸法自法空問曰此二種說內外空何者是實答曰二皆是實但爲小智鈍根故先說衆生空爲大智利根者說法空如人閉獄破壞桎梏傷殺獄卒隨意得去又有怖畏盜穿牆壁亦得免出聲聞者但破吾我因緣不生諸煩惱離諸法受畏怖老病死惡道之苦不復欲本末推求了了壞破諸法但以得脫爲事大乘者破三界獄降伏魔衆斷諸結使及滅習氣了知一切諸法本末通達無礙破散諸法令世間如涅槃同寂滅相得阿耨多羅三藐三菩提將一切衆生令出三界問曰大乘云何破壞諸法答曰佛說色從種種因緣生無有堅實如水波浪而成泡沫暫見即滅色亦如是今世四大先世行業因緣和合故而得成色因緣滅故色亦俱滅行無常道轉入空門所以者何諸法生滅無有住時若無住時則無可取復次有爲相故生時有滅滅時有生若巳生生無所用若未生生無所生法與生亦不應有異何以故生若生法應有生生如是復應有生是則無窮若生生更無生者生亦不應有生若生無有生者法亦不應有生如是生不可得滅亦如是以是故諸法空不生不滅是爲實復次諸法若有者終歸於無若後無者初亦應無如人著屐初巳有故微細不覺若初無故則應常新若後有故相初亦有故法亦如是後有無故初亦有無以是故一切法應空以衆生顛倒著

內六情故行者破是顛倒名爲內空外空內外空亦如是空空者以空破內空外空內外空破是三空故名爲空空復次先以法空破內外法復以此空破是三空是名空空復次空三昧觀五衆空得八聖道斷諸煩惱得有餘涅槃先世業因緣身命盡時欲放捨八道故生空空三昧是名空空問曰空與空空有何等異答曰空破五受衆空空破空問曰空若是法空爲已破空若非法空何所破答曰空破一切法唯有空在空破一切法已空亦應捨以是故須是空空復次空緣一切法空空但緣空如一健兒破一切賊復更有人能破此健人空空亦如是又如服藥藥能破病病已得破藥亦應出若藥不出則復是病以空滅諸煩惱病恐空復爲患是故以空捨空

是名空空大空者聲聞法中法空爲大空如雜阿含大空經說生因緣老死若有人言是老死是人老死二俱邪見是人老死則衆生空是老死是法空摩訶衍經說十方十方相空是爲大空問曰十方空何以名爲大空答曰東方無邊故名爲大亦一切處有故名爲大徧一切色故名爲大常有故名爲大益世間故名爲大令衆生不迷悶故名爲大如是大方能破故名爲大空餘空破因緣生法作法麤法易破故不名爲大是方非因緣生法非作法微細法難破故名爲大空問曰若佛法中無方三無爲虛空智緣盡非智緣盡亦所不攝何以言有方亦是常是無爲法非因緣生法非作法微細法答曰是方法聲聞論義中無摩訶衍法中以世俗諦故有第一義

中一切法不可得何況方如五衆和合假名衆生方亦如是四大造色和合中分別此間彼間等假名爲方日出處是則東方日没處是則西方如是等是方相是方自然常有故非因緣生亦不先無今有今有後無故非作法非現前知故是微細法問曰方若如是云何可破答曰汝不聞我先說以世俗諦故有第一義故破以俗諦有故不墮斷滅中第一義破故不墮常中是名略說大空義問曰第一義空亦能破無作法無因緣法細微法何以不言大空答曰前已得大名故不名爲大今第一義名雖異義實爲大出世間以涅槃爲大世間以方爲大以是故第一義亦是大空復次破惡時大邪見故名爲大空如行者以慈心緣東方一國土衆生復緣一國土衆生如是展轉緣時若謂盡緣東方國土則墮邊見若謂未盡則墮無邊見生是二見故即失慈心若以方空破是東方則滅有邊無邊見若不以方空破東方者則隨東方心隨心不已慈心則滅邪心則生譬如大海潮時至其常限水則旋還魚若不還則漂在露地有諸苦患若魚有智則隨水還永得安隱行者如是若隨心不還則漂在邪見若隨心還不失慈心如是破惡時大邪見故名爲大空第一義空者第一義名諸法實相不破不壞故是諸法實相亦空何以故無受無著故若諸法實相有者應受應著以無實故不受不著若受著者即是虛誑復次諸法中第一法名爲涅槃如阿毗曇中說云何有上法一切有爲法及虛空非智緣盡云何無上法智緣盡

智縁盡即是涅槃涅槃中亦無涅槃相涅槃空是第一義空問曰若涅槃空無相云何聖人乘三種乘入涅槃又一切佛法皆爲涅槃故說譬如衆流皆入于海答曰有涅槃是第一寶無上法是有二種一有餘涅槃二無餘涅槃愛等諸煩惱斷是名有餘涅槃聖人今世所受五衆盡更不復受是名無餘涅槃不得言涅槃無以衆生聞涅槃名生邪見著涅槃音聲而作戲論若有若無以破著故說涅槃空若人著有是著世間若著無則著涅槃破是凡人所著涅槃不破聖人所得何以故聖人於一切法中不取相故復次愛等諸煩惱假名爲縛若修道解是縛得解脱即名涅槃更無有法名爲涅槃如人被械得脱而作戲論是械是脚何者是解脱是人可笑於脚械外更求解脱衆生亦如是離五衆械更求解脱法復次一切法不離第一義第一義不離諸法實相能使諸法實相空名爲第一義空如是等種種名爲第一義空有爲空無爲空者有爲法名因縁和合生所謂五衆十二入十八界等無爲法名無因縁常不生不滅如虛空今有爲法二因縁故空一者無我無我所及常相不變異不可得故空二者有爲法有爲法相空不生不滅無所有故問曰我我所及常相不可得故應空云何言有爲法有爲法相空答曰若無衆生法無所依又無常故無住時無住時故不可得知是故法亦空問曰有爲法中常相不可得不可得者爲是衆生空爲是法空答曰有人言我心顛倒故計我爲常是常空則入衆生空有人言以

心爲常如梵天王說是四大四大造色悉皆無常心意識是常是常空則入法空或有人言五衆即是常如色衆雖復變化而亦不滅餘衆如心說五衆空即是法空是故常空亦入法空中復次有爲法無爲法空者行者觀有爲法無爲法實相無有作者因緣和合故有皆是虛妄從憶想分別生不在内不在外不在兩中間凡夫顛倒見故有智者於有爲法不得其相知但假名以此假名導引凡夫知其虛誑無實無生無作心無所著復次諸賢聖人不緣有爲法而得道果以觀有爲法空故於有爲法心不繫著故復次離有爲則無無爲所以者何有爲法實相即是無爲無爲相者則非有爲但爲衆生顛倒故分別說有爲相者生滅住異無爲相者不生不滅不住不異是爲入佛法之初門若無爲法有相者則是有爲有爲法生相者則是集諦滅相者則是盡諦若不集則不作若不作則無滅是名無爲法如實相若得是諸法實相則不復墮生滅住異相中是時不見有爲法與無爲法合不見無爲法與有爲法合於有爲法無爲法不取相是爲無爲法所以者何若分別有爲法無爲法則於有爲無爲而有礙若斷諸憶想分別滅諸緣以無緣實智不墮生數中則得安隱常樂涅槃問曰前五空皆別說今有爲無爲空何以合說答曰有爲無爲法相待而有若除有爲則無無爲若除無爲則無有爲是二法攝一切法行者觀有爲法無常苦空等過知無爲法所益處廣是故二事合說問曰有爲法因緣和合生無自性故

空此則可爾無爲法非因緣生法無破無壞常若虚空云何空答曰如先説若除有爲則無無爲有爲實相即是無爲如有爲空無爲亦空以二事不異故復次有人聞有爲法過罪而著無爲法以著故生諸結使如阿毗曇中説八十九有爲法緣六無爲法緣三當分别欲界繫盡諦所斷無明使或有爲緣或無爲緣何者有爲緣盡諦所斷有爲法緣使相應無明使何者無爲緣盡諦所斷有爲法緣使不相應無明使色無色界無明亦如是以此結使故能起不善業不善業故墮三惡道是故言無爲法空無爲緣使疑邪見無明疑者於涅槃法中有耶無耶邪見者若生心言定無涅槃是邪疑相應無明及獨無明合爲無明使問曰若云無爲法空與邪見何異答曰邪見人不信涅槃然後生心言定無涅槃法無爲空者破取涅槃相是爲異復次若人捨有爲著無爲以著故無爲即成有爲以是故雖破無無爲而非邪見是名有爲無爲空畢竟空者以有爲空無爲空破諸法無有遺餘是名畢竟空如漏盡阿羅漢名畢竟清淨阿那含乃至離無所有處欲不名畢竟清淨此亦如是内空外空内外空十方空第一義空有爲空無爲空更無有餘不空法是名畢竟空復次若人七世百千萬億無量世貴族是名畢竟貴不以一世二三世貴族爲眞貴也畢竟空亦如是從本已來因緣無有定實不空者有人言今雖空最初不空如天造物始及冥初微塵是等皆空何以故果無常因亦無常如虚空不作果亦不作因天及微塵等

亦應如是若是常不應生無常若過去無定相未來現在世亦如是於三世中無有一法定實不空者是名畢竟空問曰若三世都空乃至微塵及一念無所有者則是大可畏處諸智慧人以禪定樂故捨世間樂以涅槃樂故捨禪定樂今畢竟空中乃至無有涅槃依止何法得捨涅槃答曰有著吾我人以一異相分別諸法如是之人則以爲異如佛說凡夫人大驚怖處所謂無我無我所復次有爲法有三世以有漏法故生著處涅槃名一切愛著斷云何於涅槃而求捨離復次如比丘破四重禁是名畢竟破戒不任得道又如作五逆罪畢竟閉三善道若取聲聞證者畢竟不得作佛畢竟空亦如是於一切法畢竟空無復有餘問曰一切法畢竟空是事不然何

以故三世十方諸法乃至法相法住必應有實以有一法實故餘法爲虛妄若無一法實者亦不應有諸虛妄法是畢竟空答曰無有乃至一法實者何以故若有乃至一法實者是法應有若有爲若無爲若是有爲有爲空中已破若是無爲無爲空中亦破如是世間出世間若世間内空外空内外空大空已破若出世間第一義空已破色法無色法有漏無漏法等亦如是復次一切法皆畢竟空是畢竟空亦空空無有法故亦無虛實相待復次畢竟空者破一切法令無遺餘故名畢竟空若小有遺餘不名畢竟若言相待故應有是事不然問曰諸法不盡空何以故因緣所生法空而因緣不空譬如梁椽因緣和合故名舍舍空而梁椽不應空答曰因緣亦空因

緣不定故譬如父子父生故名爲子生子故名爲父復次最後因緣無依止故如山河樹木衆生之類皆依止地地依止水水依止風風依止虛空虛空無所依止若本無所依止末亦無所依止以是故當知一切法畢竟空問曰不然諸法應有根本如神通有所變化所化雖虛而化主不空答曰凡夫人見所化物不久故謂之爲空化主久故謂之爲實聖人見化主復從前世業因緣和合生今世復集諸善法得神通力故能作化如般若波羅蜜後品中說有三種變化煩惱變化業變化法變化法法身也是故知化主亦空問曰諸不牢固者不實故應空諸牢固物及實法不應空如大地須彌山大海水日月金剛等色實法牢固故不應空所以者何地及須彌常住竟劫衆川有竭海則常滿日月周天無有窮極又如凡人所見虛妄不眞故應空聖人所得如及法性眞際涅槃相應是實法云何言畢竟皆空復次有爲法因緣生故不實無爲法不從因緣生故應實復云何言畢竟空答曰堅固不堅固不定故皆空所以者何有人以此爲堅固有人以此爲不堅固如人以金剛爲牢固帝釋手執如人捉杖不以爲牢固又不知破金剛因緣故以爲牢固若知著龜骨上以山羊角打破則知不牢固如七尺之身以大海爲深羅睺阿脩羅王立大海中膝出水上以兩手隱須彌頂下向觀忉利天善見城此則以海水爲淺若短壽人以地爲常久牢固長壽者見地無常不牢固如佛說七日喻經佛告諸比丘一切有爲法無常變異皆

歸磨滅劫欲盡時大旱積久藥草樹木皆悉燋枯有第二日出諸小流水皆悉乾竭第三日出大河流水亦都涸盡第四日出閻浮提中四大河及阿那婆達多池皆亦空竭第五日出大海乾涸第六日出大地須彌山等皆悉烟出如陶燒器第七日出悉皆熾然無復烟氣地及須彌乃至梵天火皆然滿爾時新生光音天者見火怖畏言既燒梵宫將無至此先生諸天慰喻後生天言曾已有此正燒梵宫於彼而滅不來至此燒三千大千世界已無復灰炭佛語比丘如此大事難信之者唯有眼見乃能信耳又比丘過去時須涅多羅外道師離欲行四梵行無量弟子亦得離欲須涅多羅作是念我不應與弟子同生一處今當深修慈心此人以深思慈故生光音天佛言須涅多羅者我身是也我是時眼見此事以是故當知牢固實物皆悉歸滅問曰汝說畢竟空何以說無常事畢竟空今即是空無常今有後空答曰無常則是空之初門若諦了無常諸法則空以是故聖人初以四行觀世間無常若見所著物無常無常則能生苦苦故心生猒離若無常空相則不可取如幻如化是名爲空外物既空内主亦空是名無我復次畢竟空是爲眞空有二種衆生一多習愛二多習見愛多者喜生著以所著無常故生憂苦爲是人說汝所著物無常壞故汝則爲之生苦若此所著物生苦者不應生著是名説無作解脱門見多者爲分别諸法以不知實故而著邪見爲是人故直說諸法畢竟空復次若有所說皆是可破可破故

空所見既空見主亦空是名畢竟空汝言聖人所得法應實者以聖人法能滅三毒非顛倒虛誑能令衆生離老病死苦得至涅槃是雖名實皆從因緣和合生故先無今有今有後無故不可受不可著故亦空非實如佛說栰喻經善法尚應捨何況不善

復次聖人有爲無漏法從有漏法緣生有漏法虛妄不實緣所生法云何爲實離有爲法無無爲法如先說有爲法實相即是無爲法以是一切法畢竟不可得故名爲畢竟空無始空者世間若衆生若法皆無有始如今生從前世因緣有前世復從前世有如是展轉無有衆生始法亦如是何以故若先生後死則不從死故生生亦無死若先死後有生則無因無緣亦不生而有死以是故一切法則無有始如經中說佛語諸比丘衆生無有始無明覆愛所繫往來生死始不可得破是無始法故名爲無始空問曰無始是實不應破何以故若衆生及法有始者即墮邊見亦墮無因見遠離如是等過故應說衆生及法無始今以無始空破是無始則還墮有始見答曰今已無始空破無始見又不墮有始見譬如救人於火不應著深水中今破是無始亦不著有始中是則行於中道問曰云何破無始答曰以無窮故若無窮則無後無窮無後則亦無中若無始則爲破一切智人所以者何著世間無窮則不知其始不知始故則無一切智人若有一切智人不名無始復次若取衆生相又取諸法一相異相以此一異相從今世推前世從前世復推前世如是展轉

衆生及法始不可得則生無始見是見虛妄以一異爲本是故應破如有爲空破有爲法是有爲空即復爲患復以無爲空破無爲法今以無始破有始無始即復爲患復以無始空破是無始是名無始空問曰若爾者佛何以說衆生往來生死本際不可得答曰欲令衆生知久遠已來往來生死爲大苦生猒患心如經說一人在世間計一劫中受身被害時聚集諸血多於海水啼泣出淚及飲母乳皆亦如是積集身骨過於毗浮羅山譬喻斬天下草木爲二寸籌數其父祖曾祖猶不能盡又如盡以地爲泥丸數其母及曾祖母猶亦不盡如是等無量劫中受生死苦惱初始不可得故心生怖畏斷諸結使如無常雖爲邊而佛以是無常而度衆生無始亦如是雖爲是邊亦以是無始而度衆生爲度衆生令生猒心故說有無始非爲實有無始所以者何實有無始不應說無始空問曰若無始非實法云何以度人答曰實法中無度人諸可說法語言度人皆是有爲虛誑法佛以方便力故說是無始以無著心說故受者亦得無著無著故則生猒離復次以宿命智見衆生生死相續無窮是時爲實若以慧眼則見衆生及法畢竟空以是故說無始空如般若波羅蜜中說常觀不實無常觀亦不實苦觀不實樂觀亦不實而佛說常樂爲倒無常苦爲諦以衆生多著常樂不著無常苦是故以無常苦諦破是常樂倒以是故說無常苦爲諦若衆生著無常苦者說無常苦亦空有始無始亦如是無始能破著始倒若著無始復以

無始爲空是名無始空問曰有始法亦是邪見應當破何以但破無始答曰有始是大惑所以者何若有始者初身則無罪福因緣而生善惡處若從罪福因緣而生不名爲初身何以故若有罪福則從前身受後身故若世間無始無如是咎是故菩薩先已捨是麤惡邪見菩薩常習用無始念衆生故說無始常行因緣法故言法無始未得一切智故或於無始中錯謬是故說無始空復次無始已破有始不須空破有始今欲破無始故說無始空問曰若無始破有始者有始亦能破無始汝何以言但以空破無始答曰是二雖皆邪見而有差別有始起諸煩惱邪見因緣無始起慈悲及正見因緣所以者何念衆生受無始世界苦惱而生悲心知從身次第生身相續不斷便知罪福果報而生正見若人不著無始即是助道善法若取相生著即是邪見如常無常見有始見雖破無始見不能畢竟破無始無始能畢竟破有始是故無始爲勝如善破不善不善破善雖互相破而善能畢竟破惡如得賢聖道永不作惡惡法則不然勢力微薄故如人雖起五逆罪斷善根墮地獄久不過一劫因緣得脫地獄終成道果無始有始優劣不同亦如是以無始力大故能破有始是故不說有始空散空者散名別離相如諸法和合故有如車以輻輞轅轂衆合爲車若離散各在一處則失車名五衆和合因緣故名爲人若別離五衆人不可得問曰若如是說但破假名而不破色亦如離散輻輞可破車名不破輻輞散空亦如是但離散

五衆可破人而不破色等五衆答曰色等亦是假名破所以者何和合微塵假名色故問曰我不受微塵今以可見者爲色是實爲有云何散而爲空答曰若除微塵四大和合因緣生出可見色亦是假名如四方風和合扇水則生沫聚四大和合成色亦如是若離散四大則無有色復次是色以香味觸及四大和合故有色可見除諸香味觸等更無別色以智分別各各離散色不可得若色實有捨此諸法應別有色而更無別是故經言所有色皆從四大和合有和合有故皆是假名假名故可散問曰色假名故可散四衆無色云何可散答曰四陰亦是假名生老住無常觀故散而爲空所以者何生時異老時異住時異無常時異故復次三世中觀是四衆皆亦散滅復次心隨所緣緣滅則滅緣破則破復次此四衆不定隨緣生故譬如火隨所燒處爲名若離燒處火不可得因眼緣色生眼識若離所緣識不可得餘情識亦如是如經中說佛告羅陀此色衆破壞散滅令無所有餘衆亦如是是名散空復次譬如小兒聚土爲臺殿城郭閭里宮舍或名米或名爲麪愛著守護日暮將歸其心捨離蹋壞散滅凡夫人亦如是未離欲故於諸法中生愛著心若得離欲見諸法皆散壞棄捨是名散空復次諸法合集故各有名字凡夫人隨逐名字生顛倒染著佛爲說法當觀其實莫逐名字有無皆空如迦旃延經說觀集諦則無無見觀滅諦則無有見如是種種因緣是名散空性空者諸法性常空假來相續故似若不空譬如

水性自冷假火故熱止火停久水則還冷諸法性亦如是未生時空無所有如水性常冷諸法衆緣和合故有如水得火成熱衆緣若少若無則無有法如火滅湯冷如經說眼空無我無我所何以故性自爾耳鼻舌身意色乃至法等亦復如是問曰此經說我我所空是爲衆生空不說法空云何證性空答曰此中但說性空不說衆生空及法空性空有二種一者於十二入中無我無我所二者十二入相自空無我無我所是聲聞論中說摩訶衍法說十二入我我所無故空十二入性無故空復次若無我無我所自然得法空以人著我及我所故佛但說無我無我所如是應當知一切法空若我我所法尚不著何況餘法以是故衆生空法空終歸一義是名性空

復次性名自有不待因緣若待因緣則是作法不名爲性諸法中皆無性何以故一切有爲法皆從因緣生因緣生則是作法若不從因緣和合則是無法如是一切諸法性不可得故名爲性空問曰畢竟空無所有則是性空今何以重說答曰畢竟空者名爲無有遺餘性空者名爲本來常爾如水性冷假火故熱止火則還冷畢竟空如虚空常不生不滅不垢不淨云何言同復次諸法畢竟空何以故性不可得故諸法性空何以故畢竟空故復次性空多是菩薩所行畢竟空多是諸佛所行何以故性空中但有因緣和合無有實性畢竟空三世清淨有如是等差別復次一切諸法性有二種一者總性二者別性總性者無常苦空無我無生無滅無來無去無入

無出等别性者如火熱性水濕性心爲識性如人喜作諸惡故名爲惡性好集善事故名爲善性如十力經中説佛知世間種種性如是諸性皆空是名性空何以故若無常性是實應失業果報所以者何生滅過去不住故六情亦不受塵亦無積習因緣若無積習則無誦經坐禪等以是故知無常性不可得無常尚不可得何況常相復次苦性亦不可得若實有是苦則不應生染著心若人猒畏苦痛於諸樂中亦應猒畏佛亦不應説三受苦樂不苦不樂亦不應苦中生瞋樂中生愛不苦不樂中生癡若一相者樂中應生瞋苦中應生愛但是事不然如是等苦性尚不可得何況樂性虚妄而可得復次空相亦不可得所以者何若有空相則無罪福無罪福故亦無今世後世復次諸法相待有所以者何若有空應當有實若有實應當有空空性尚無何況有實復次若無我者則無縛無解亦無從今世至後世受罪福亦無業因緣果報如是等因緣知無我性尚不可得何況我性復次無生無滅性亦不實何以故若實則墮常見若一切法常則無罪無福若有者常有無者常無若無者不生有者不失如不生不滅性不可得何況生滅性無來無去無入無出等諸總性亦如是復次諸法别性是亦不然何以故如一火能燒造色能照二法和合故名爲火若離是二法有火者應别有用而無别用以是故知火是假名亦無有實若實無火法云何言熱是火性復次熱性從衆緣生内有身根外有色觸和合生身識覺知有熱

若未和合時則無熱性以是故知熱非火性復次若火實有熱性云何有人入火不燒及人身中火而不燒身雲中火水不能滅以火無有定熱性故神通力故火不能燒身業因緣五藏不熱神龍力故水不能滅復次若熱性與火異火則非熱若熱與火一云何言熱是火性餘性亦如是是總性別性無故名爲性空復次性空者從本已來空如世間人謂虛妄不久者是空如須彌金剛等物及聖人所知以爲眞實不空欲斷此疑故佛說是雖堅固相續久住皆亦性空聖人智慧雖度衆生破諸煩惱性不可得故是亦爲空又人謂五衆十二入十八界皆空但如法性實際是其實性佛欲斷此疑故但分別說五衆如法性實際皆亦是空是名性空復次有爲性三相生住滅無爲性亦三相不生不住不滅有爲性尚空何況有爲法無爲性尚空何況無爲法以是種種因緣性不可得名爲性空自相空者一切法有二種相總相別相是二相空故名爲相空問曰何等是總相何等是別相答曰總相者如無常等別相者諸法雖皆無常而各有別相如地有堅相火爲熱相問曰先已說性今說相性相有何等異答曰有人言其實無異名有差別說性則爲說相說相則爲說性譬如說火性即是熱相說熱相即是火性有人言性相小有差別性言其體相言可識如釋子受持禁戒是其性剃髮割截染衣是其相梵志自受其法是其性頂有周羅執三岐杖是其相如火熱是其性烟是其相近爲性遠爲相相不定從身出性則言

其實如見黄色爲金相而内是銅火燒石磨知非金性如人恭敬供養時似是善人是爲相罵詈毁辱忿然瞋恚是其性性相内外遠近初後有如是差别是諸相皆空名爲相空如説一切有爲法皆是無常相所以者何生滅不住故先無今有已有還無故屬諸因緣故虚誑不眞故無常因緣生故衆合因緣起故如是等因緣故一切有爲法是無常相能生身心惱故名爲苦身四威儀無不苦故苦聖諦故聖人捨不受故無時不惱故無常故如是等因緣名爲苦相離我所故空因緣和合生故空無常苦空無我故名爲空始終不可得故空誑心故名爲空賢聖一切法不著故名爲空以無相無作解脱門故名爲空諸法實相無量無數故名爲空斷一切語言道故名爲空滅一切心行故名爲空諸佛辟支佛阿羅漢入而不出故名爲空如是等因緣故是名爲空無常苦空故無我不自在故無我無主故名爲無我諸法無不從因緣生從因緣生故無我無相無作故無我假名字故無我身見顛倒故無我斷我心得道故無我以是種種名爲無我如是等名總相别相者地堅相火熱相水濕相風動相眼識依處名眼相耳鼻舌身亦如是識覺相智慧相慧智相捨爲施相不悔不惱爲持戒相心不變異爲忍相發勤爲精進相攝心爲禪相無所著爲智慧相能成事爲方便相織作生滅爲世間相無織爲涅槃相如是等諸法各有别相知是諸相皆空是名自相空如性空中説問曰何以不但説相空而説自相空答曰若説

相空不說法體空說自相空即法體空復次衆法和合故一法生是一法空知是等一一法皆空令和合因緣法展轉皆亦空一切法各各自相空以是故名爲自相空問曰若一切法各各自相空云何復有所說答曰衆生顚倒故以一相異相總相別相等而著諸法爲斷是故而有所說如是等因緣名爲自相空一切法空者一切法名五衆十二入十八界等是諸法皆入種種門所謂一切法有相知相識相緣相增上相因相果相總相別相依相問曰云何一切法有相答曰一切法有好有醜有內有外一切法有心生故名爲有問曰無法中云何言有相答曰若無法不名爲法但以遮有故名字爲無法若實有無法則名爲有是故說一切法有相知相者苦法智苦比智能知苦諦集法智集比智能知集諦滅法智滅比智能知滅諦道法智道比智能知道諦及世俗善智能知苦能知集能知滅能知道亦能知虛空非智緣滅是名一切法知相識相者眼識能知色耳識能知聲鼻識能知香舌識能知味身識能知觸意識能知法能知眼能知色能知眼識能知耳能知聲能知耳識能知鼻能知香能知鼻識能知舌能知味能知舌識能知身能知觸能知身識能知意能知法能知意識是名識相緣相者眼識及眼識相應諸法能緣色耳識及耳識相應諸法能緣聲鼻識及鼻識相應諸法能緣香舌識及舌識相應諸法能緣味身識及身識相應諸法能緣觸意識及意識相應諸法能緣法能緣眼能緣色能緣眼識能緣

耳能縁聲能縁耳識能縁鼻能縁香能縁鼻識能縁舌能縁味能縁舌識能縁身能縁觸能縁身識能縁意能縁法能縁意識是名縁相增上相者一切有爲法各各增上無爲法亦於有爲法有增上是名增上相因果相者一切法各各爲因各各爲果是名因果相總相別相者一切法中各各有總相別相如馬是總相白是別相如人是總相若失一耳則是別相如是各各展轉皆有總相別相是爲總相別相依相者諸法各共相依止如草木山河依止於地地依止水是一切各各相依是名依止相如是等一法門相攝一切法復次二法門攝一切法所謂色無色法可見不可見法有對無對法有漏法無漏法有爲法無爲法内法外法觀法縁法有法無法如是等種種二法門相三四五六乃至無量法門相攝一切法是諸法皆空如上説問曰若皆空者何以説一切法種種名字答曰凡夫人於空法中無明顛倒取相故生愛等諸煩惱因煩惱故起種種業起種種業故入種種道入種種道故受種種身受種種身故受種種苦樂如蠶出絲無所因自從已出而自纏裹受燒煑苦聖人清淨智慧力故分別一切法本末皆空欲度衆生故説其著處所謂五衆十二入十八界等汝但以無明故而生五衆等自作自著若聖人但説空者不能得道以無所因無所猒故問曰汝言一切法空是事不然何以故一切法各各自相攝故如地堅相水濕相火熱相風動相心爲識相慧爲知相如是一切法各自住其相云何言空答曰

性空自相空中已破今當更說相不定故不應是相如酥蜜膠蠟等皆是地相與火合故自捨其相轉成濕相金銀銅鐵與火合故亦自捨其相變爲水相如水得寒成冰轉爲地相如人醉睡入無心定凍冰中魚皆無心識捨其心相無所覺知如慧爲知相入諸法實相則無所覺知自捨知相是故諸法無有定相復次若謂諸法定相是亦不然所以者何如未來法相不應來至現在若至現在則捨未來相若不捨未來相入現在者未來則是現在爲無未來果報若現在入過去則捨現在相若不捨現在相入過去過去則是現在如是等過則知諸法無有定相復次若謂有爲法定有三相生住滅無爲法亦有三相不生不住不滅汝以未來世中非智緣滅法是有爲法而無有爲相若汝謂以非智緣盡是滅相是亦不然所以者何無常盡是名滅相非以非智緣滅故名爲滅相如是等種種無有定相若有定相而不空者是事不然問曰應實有法不空所以者何凡夫聖人所知各異凡夫所知是虛妄聖人所知是實依實聖智故捨虛妄法不可依虛妄捨虛妄答曰爲破凡夫所知故名爲聖智若無凡夫法則無聖法如無病則無藥是故經言離凡夫法更無聖法凡夫法性即是聖法復次聖人於諸法不取相亦不著是故聖法爲眞實凡夫於諸法取相亦著故以凡夫人法爲虛妄聖人雖用而不取相不取相故則無定相如是不應爲難於凡夫地著法分別是聖法是凡夫法若於賢聖地則無所分別爲斷衆生病故

言是虛是實如說佛語非虛非實非縛非解不一不異是故無所分別清淨如虛空復次若法不悉空不應說不戲論爲智人相亦不應說不受不著無所依止空無相無作名爲眞法問曰若一切法空即亦是實云何言無實答曰若一切法空假令有法已入一切法中破若無法不應致難問曰若一切法空是實佛三藏中何以多說無常苦空無我法如經說佛告諸比丘爲汝說法名爲第一義空何等是第一義空眼生無所從來滅亦無所去但有業有業果報作者不可得耳鼻舌身意亦復如是是中若說生無所從來滅亦無所去是常法不可得故無常但有業及業果報而作者不可得是爲聲聞法中第一義空云何言一切法空答曰我是一切諸煩惱根本先著五衆爲我然後著外物爲我所我所縛故而生貪恚貪恚因緣故起諸業如佛說無作者則破一切法中我若說眼無所從來滅亦無所去則說眼無常若無常即是苦苦即是非我我所我我所無故於一切法中心無所著心無所著故則不生結使不生結使何用說空以是故三藏中多說無常苦空無我不多說一切法空復次衆生雖聞佛說無常苦無我而戲論諸法爲是人故說諸法空若無我亦無我所若無我無我所是即入空義問曰佛何以說有業有果報若有業有果報是則不空答曰佛說法有二種一者無我二者無法爲著見神有常者故爲說無作者爲著斷滅見者故爲說有業有業果報若人聞說無作者轉墮斷滅見中爲說有業有業

果報此五衆能起業而不至後世此五衆因緣生五衆受業果報相續故說受業果報如母子身雖異而因緣相續故如母服藥兒病則差如是今世後世五衆雖異而罪福業因緣相續故從今世五衆因緣受後世五衆果報復次有人求諸法相著一法若有若無若常若無常等以著法故自法生愛他法生恚而起惡業爲是人故說諸法空諸法空則無有法所以者何所可愛法能生結使能生結使則是無明因緣若生無明云何是實是爲法空復次衆生有二種一者著世間二者求出世間求出世間有上中下上者利根大心求佛道中者中根求辟支佛道下者鈍根求聲聞道求佛道者說六波羅蜜及法空爲求辟支佛者說十二因緣及獨行法爲求聲聞者說衆生空及四眞諦法聲聞畏惡生死聞衆生空及四眞諦無常苦空無我不戲論諸法如圍中有鹿既著毒箭一向求脫更無他念辟支佛雖猒老病死猶能少觀甚深因緣亦能少度衆生譬如犀在圍中雖被毒箭猶能顧戀其子菩薩雖猒老病死能觀諸法實相究盡深入十二因緣通達法空入無量法性譬如白香象王在獵圍中雖被箭射顧視獵者心無所畏及將營從安步而去以是故三藏中不多說法空或有利根梵志求諸法實相不猒老病死著種種法相爲是故說法空所謂先尼梵志不說五衆即是實亦不說離五衆是實復有强論梵志佛答我法中不受有無汝何所論有無是戲論法結使生處及雜阿含中大空經說二種空衆生空法空

羅陀經中說色衆破裂分散令無所有栰喻經中說法尚應捨何況非法波羅延經利衆經中說智者於一切法不受不著若受著法則生戲論若無所依止則無所論諸得道聖人於諸法無取無捨若無取捨能離一切諸見如是等三藏中處處說法空是名爲一切法空不可得空者有人言於衆界入中我法常法不可得故名爲不可得空有人言諸因緣中求法不可得如五指中拳不可得故名爲不可得空有人言一切法及因緣畢竟不可得故名爲不可得空問曰何以故名不可得空爲智力少故不可得爲實無故不可得答曰諸法實無故不可得非智力少也問曰若爾者與畢竟空自相空無異今何以故更說不可得空答曰若人聞上諸空都無所有心懷怖畏生疑今說因緣求索不可得故爲說不可得空斷是疑怖故佛說不可得空所以者何佛言我從初發心乃至成佛及十方佛於諸法中求實不可得是名不可得空問曰何事不可得答曰一切法乃至無餘涅槃不可得故名爲不可得空復次行者得是不可得空不得三毒四流四縛五蓋六愛七使八邪九結十惡諸弊惡垢縛等都不可得故名爲不可得空問曰若爾者行是不可得空得何等法答曰得戒定慧得四沙門果五根五無學衆六捨法七覺分八聖道分九次第定十無學法得如是等是聲聞法若得般若波羅蜜則具足六波羅蜜及十地諸功德地諸功德趣問曰上言一切法乃至涅槃不可得今何以言得戒定慧乃至十地諸功德法

答曰是法雖得皆趣不可得空無受著故是名不可得爲無爲法故名不可得聖諦故名不可得第一義諦故名不可得聖人雖得諸功德入無餘涅槃故不以爲得凡夫人以爲大得如師子雖有所作不自以爲奇餘衆生見以爲希有聖人雖有所得而不以爲得是名爲不可得空無法空有法空無法有法空者無法名法已滅是滅無故名無法空有法空者諸法因緣和合生故有法有法無故名有法空無法有法空者取無法有法相不可得是爲無法有法空復次觀無法有法空故名無法有法空復次行者觀諸法生滅若有門若無門生門生喜滅門生憂行者觀生法空則滅喜心觀滅法空則滅憂心所以者何生無所得滅無所失除世間貪憂故是名無法有法空復次十八空中初三品空破一切法後三空亦破一切法有法空破一切法生時住時無法空破一切法滅時無法有法空生滅一時俱破復次有人言過去未來法空是名無法空現在及無爲法空是名有法空何以故過去法滅失變異歸無未來法因緣未和合未生未有未出未起以是故名無法觀知現在法及無爲法現在是名有法是二俱空故名爲無法有法空復次有人言無爲法無生住滅是名無法有爲法生住滅是名有法如是等空名爲無法有法空是爲菩薩欲住内空乃至無法有法空當學般若波羅蜜

大智度論卷第三十一

音釋

搔蘇曹切手爬也　椽重緣切榱也　桎梏桎職日切梏姑沃切　屐竭戟切木履也　械下介切　蹹達合切踐也　岐翹移切

大智度論卷第三十二

龍　樹　菩　薩　造

姚秦三藏法師鳩摩羅什譯

釋初品中四緣義

【經】菩薩摩訶薩欲知諸法因緣次第緣緣緣增上緣當學般若波羅蜜

【論】一切有爲法皆從四緣生所謂因緣次第緣緣緣增上緣因緣者相應因共生因自種因徧因報因是五因名爲因緣復次一切有爲法亦名因緣次第緣者除阿羅漢過去現在末後心心數法諸餘過去現在心心數法能與次第是名次第緣緣緣增上緣者一切法復次菩薩欲知四緣自相共相當學般若波羅蜜問曰如般若波羅蜜中四緣皆不可得所以者何若因中先有果是事不然因中先無亦不然若先有則無因若先無以何爲因若先無而有者亦可從無因而生復次見果從因生故名之爲因若先無果云何名因復次若果從因生果則屬因因不自在更屬餘因若因不自在者云何言果但從此因生如是種種則知無因緣又過去心心數法都滅無所能作云何能爲次第緣現在有心則無次第若與未來欲生心次第者未來則未有云何與次第如是等則無次第緣如一切法無相無緣云何言緣緣若一切法無所屬無所依皆平等云何言增上緣如是四緣不可得云何說欲知四緣當學般若波羅蜜答曰汝不知般若波羅蜜相以是故說般若波羅蜜中四緣皆不可得般若波羅蜜於一切法無所捨無所破畢竟清淨無諸戲論如佛

說有四緣但以少智之人著於四緣而生邪論爲破著故說言諸法實空無所破如心法從内外處因緣和合生是心如幻如夢虚誑無有定性心數法亦如是是心共生心數法所謂受想思等是心數法同相同緣故名爲相應心以心數法相應爲因心數法以心相應爲因是名相應因相應因者譬如親友知識和合成事共生因者一切有爲法各有共生因以共生故更相佐助譬如兄弟同生故互相成濟自種因者過去善種現在未來善法因過去現在善種未來善法因不善無記法因亦如是如是一切法各有自種因徧因者苦諦集諦所斷結使一切垢法因是名徧因報因者行業因緣故得善惡果報是爲報因是五因名爲因緣心心數法次第相續無間故

名爲次第緣心心數法緣塵故生是名緣緣諸法生時不相障礙是爲無障復次心心數法從四緣生無想滅盡定從三緣生除緣緣諸餘心不相應諸行及色從二緣生除次第緣緣緣有爲法性羸故無有從一緣生報生心心數法從五因生不隱没無記非垢法故除徧因諸煩惱亦從五因生除報因何以故諸煩惱是隱没報是不隱没故除報因報生色及心不相應諸行從四因生非心心數法故除相應因不隱没無記法故除徧因染汙色及心不相應諸行亦從四因生非心心數法故除相應因垢故除報因諸餘心心數法除初無漏心皆從四因生除報因徧因所以者何非無記故除報因非垢故除徧因諸餘不相應法所謂色心不相應諸行若有自種

因則從三因生除相應因報因徧因若無自種因則從二因生共生因無障因初無漏心心數法從三因生相應因共生因無障因是初無漏心中色及心不相應諸行從一因生共生因無障因無有法從一因生若六因生是名四緣菩薩行般若波羅蜜如是觀四緣心無所著雖分别是法而知其空皆如幻化幻化中雖有種種别異智者觀之知無有實但誑於眼爲分别知凡大人法皆是顛倒虚誑而無有實故有四緣如是云何爲實賢聖法因從凡夫法生故亦是不實如先十八空中說菩薩於般若波羅蜜中無有一法定性可取故則不可破以衆生著因緣空法故名爲可破譬如小兒見水中月心生愛著欲取而不能得心懷憂惱智者教言雖可眼見不可手捉但破可取不破可見菩薩觀知諸法從四緣生而不取四緣中定相四緣和合生如水中月雖爲虚誑無所有要從水月因緣生不從餘緣有諸法亦如是各自從因緣生亦無定實以是故說菩薩欲如實知因緣次第緣增上相當學般若波羅蜜問曰若欲廣知四緣義應學阿毗曇云何此中欲知四緣義當學般若波羅蜜答曰阿毗曇四緣義初學如得其實求之轉深入於邪見如上破四緣義中說復次諸法所因因於四緣四緣復何所因若有因則無窮若無窮則無始若無始則無因若然者一切法皆應無因若有始始則無所因若無所因而有則不待因緣若然者一切諸法亦不待因緣而有復次諸法從因緣生有二種若因緣中先有則不待因

緣而生則非因緣若因緣中先無則無各各因緣以戲論四緣故有如是等過如般若波羅蜜不可得空無如是等失如世間人耳目所覩生老病死是則爲有細求其相則不可得以是故般若波羅蜜中但除邪見而不破四緣是故言欲知四緣相當學般若波羅蜜

經 欲知諸法如法性實際當學般若波羅蜜舍利弗菩薩摩訶薩應如是住般若波羅蜜

論 諸法如有二種一者各各相二者實相各各相者如地堅相水濕相火熱相風動相如是等分別諸法各自有相實相者於各各相中分別求實不可得不可破無諸過失如自相空中說地若實是堅相者何以故膠蠟等與火會時捨其自性有神通人入地如水又分散木石則失堅相又破地以爲微塵以方破塵終歸於空亦失堅相如是推求地相則不可得若不可得其實皆空空則是地之實相一切別相皆亦如是是名爲如法性者如前說各各法空空有差品是爲如同爲一空是爲法性是法性亦有二種一者用無著心分別諸法各自有性二者名無量法所謂諸法實相如持心經說法性無量聲聞人雖得法性以智有量故不能無量說如人雖到大法以器小故不能取無量水是爲法性實際者以法性爲實證故爲際又如阿羅漢名爲住於實際問曰如法性實際是三事爲一爲異若一云何說三若三今應當分別說答曰是三皆是諸法實相異名所以者何凡夫無智於一切法作邪觀所謂常樂淨實我等佛弟子如法本相觀是時不見常是名無常不

見樂是名苦不見淨是名不淨不見實是名空不見我是名無我若不見常而見無常者是則妄見見苦空無我不淨亦如是是名爲如如者如本無能敗壞以是故佛說三法爲法印所謂一切有爲法無常印一切法無我印涅槃寂滅印問曰是三法印般若波羅蜜中悉皆破壞如佛告須菩提若菩薩摩訶薩觀色常不行般若波羅蜜觀色無常不行般若波羅蜜苦樂我無我寂滅非寂滅亦如是如是云何名法印答曰二經皆是佛說如般若波羅蜜經中了了說諸法實相有人著常顚倒故捨常見不著無常相是名法印非謂捨常著無常者以爲法印我乃至寂滅亦如是般若波羅蜜中破著無常等見非謂破不受不著得是諸法如已則入法性中滅諸觀不生異信性自爾故譬如小兒見水中月入水求之不得便愁智者語言性自爾莫生憂惱善入法性是爲實際問曰聲聞法中何以不說是如法性實際而摩訶衍法中處處說答曰聲聞法中亦有說處但少耳如雜阿含中說有一比丘問佛十二因緣法爲是佛作爲是餘人作佛告比丘我不作十二因緣亦非餘人作有佛無佛諸法如法相法位常有所謂是事有故是事有是事生故是事生如無明因緣故諸行諸行因緣故識乃至老死因緣故有憂悲苦惱是事無故是事無是事滅故是事滅如無明滅故諸行滅諸行滅故識滅乃至老死滅故憂悲苦惱滅如是生滅法有佛無佛常爾是處說如如雜阿含舍利弗師子吼經中說佛問舍利弗一句義三問

三不能答佛少開示舍利弗已入於靜室舍利弗集諸比丘語諸比丘言佛未示我事端未即能答今我於此法七日七夜演説其事而不窮盡復有一比丘白佛佛入靜室後舍利弗作師子吼而自讚歎佛語比丘舍利弗語實不虛所以者何舍利弗善通達法性故聲聞法中觀諸法生滅相是爲如滅一切諸觀得諸法實相是處説法性問曰是處但説如法性何處復説實際答曰此二事有因緣起故説實際無因緣故不説實際問曰實際即是涅槃爲涅槃故佛説十二部經云何言無因緣答曰涅槃種種名字説或名爲離或名爲妙或名爲出如是等則爲説實際但不説名字故言無因緣復次諸法如者如諸法未生時生時亦如是生已過去現在亦如是諸法三世平等是名爲如問曰若未生法名爲未有生法現在則有法可用因現在法有事用相故追憶過事是名過去三世各異不應如實爲一云何言三世平等是名爲如答曰諸法實相中三世等一無異如般若波羅蜜如品中説過去如未來如現在如如來如一如無有異復次先論議中已破生法若無生者未來現在亦無生云何不等又復過去世無始未來世無後現在世無住以是故三世平等名爲如行是如已入無量法性中法性者法名涅槃不可壞不可戲論法性名本分種如黄石中有金性白石中有銀性如是一切世間法中皆有涅槃性諸佛賢聖以智慧方便持戒禪定教化引導令得是涅槃法性利根者即知是諸法皆是法性譬如神通

人能變瓦石皆使爲金鈍根者方便分别求之乃得法性譬如大冶鋼石然後得金復次如水性下流故會歸於海合爲一味諸法亦如是一切總相别相皆歸法性同爲一相是名法性如金剛在山頂漸漸穿下至金剛地際到自性乃止諸法亦如是智慧分别推求已到如中從如入自性如本末生滅諸戲論是名爲法性又如犢子周憧鳴呼得母乃止諸法亦如是種種别異取捨不同得到自性乃止無復過處是名法性實際者如先說法性名爲實入處名爲際復次一一法有九種一者有體二者各各有法如眼耳雖同四大造而眼獨能見耳無見功又如火以熱爲法而不能潤三者諸法各有力如火以燒爲力水以潤爲力四者諸法各自有因五者諸法各自有緣六者諸法各自有果七者諸法各自有性八者諸法各有限礙九者諸法各各有開通方便諸法生時體及餘法凡有九事知此法各各有體法具足是名世間下如知此九法終歸變異盡滅是名中如譬如此身生從不淨出雖復澡浴嚴飾終歸不淨是法非有非無非生非滅滅諸觀法究竟清淨是名上如復次有人言是九事中有法者是名如譬如地法堅重水法冷濕火法熱照風法輕動心法識解如是等法名爲如如經中說有佛無佛如法相法位常住世間所謂無明因緣諸行常如本法法性者是九法中性實際者九法中得果證復次諸法實相常住不動衆生以無明等諸煩惱故於實相中轉異邪曲諸佛賢聖種種方便說法破無明等諸

煩惱令衆生還得實性如本不異是名爲如實性與無明合故變異則不清淨若除却無明等得其眞性是名法性清淨實際名入法性中知法性無量無邊最爲微妙更無有法勝於法性出法性者心則滿足更不餘求則便作證譬如行道日日發引而不止息到所至處無復去心行者住於實際亦復如是如羅漢辟支佛住於實際縱復恒沙諸佛爲其說法亦不能更有增進又不復生三界若菩薩入是法性中玄知實際若未具足六波羅蜜教化衆生爾時若證妨成佛道是時菩薩以大悲精進力故還修諸行復次知諸法實相中無有常法無有樂法無有我法無有實法亦捨是觀法如是等一切觀法皆滅是爲諸法實如涅槃不生不滅如本未生譬如水是冷相假火故熱若火滅熱盡還冷如本用諸觀法如水得火若滅諸觀法如火滅水冷是名爲如如實常住何以故諸法性自爾譬如一切色法皆有空分諸法中皆有涅槃性是名法性得涅槃種種方便法亦名爲法性若得證時如法性則是實際復次法性者無量無邊非心心數法所量是名法性妙極於此是名眞際

經 復次舍利弗菩薩摩訶薩欲數知三千大千世界中大地諸山微塵當學般若波羅蜜菩薩摩訶薩析一毛爲百分欲以一分毛盡舉三千大千世界中大海江河池泉諸水而不擾水性當學般若波羅蜜三千大千世界中諸火一時皆然譬如劫盡燒時菩薩摩訶薩欲一吹令滅當學般若波羅蜜三千大千

世界中諸大風起欲吹破三千大千世界及諸須彌山如摧腐草菩薩摩訶薩欲以一指障其風力令不起者當學般若波羅蜜

【論】問曰佛何以不讚歎諸菩薩六度等諸功德而讚歎此大力答曰衆生有二種一者樂善法二者樂善法果報爲樂善法者讚歎諸功德爲樂善法果報者讚歎大神力復次有人言四大之名其實亦無邊無盡常在世故無能悉動量其多少人雖造作城郭臺殿所用甚少地之廣大載育萬物最爲牢固爲是故佛說三千大千世界中地及須彌諸山微塵皆欲盡知其數及一一微塵中衆生業因緣各各有分欲知其多少當學般若波羅蜜問曰一石土之微塵尚難可數何況三千大千世界地及諸山微塵之數是不可信答曰聲聞辟支佛智慧尚不能知何況凡夫是事諸佛及大菩薩所知如法華經說譬喻三千大千世界地及諸山末以爲塵東方過千世界下一塵如是過千世界復下一塵如是盡三千世界諸塵佛告比丘是塵數世界筭數籌量可得知不諸比丘言不可得知佛言所可著微塵不著微塵諸國盡皆末以爲塵大通慧佛出世已來劫數如是如是無量恒沙等世界微塵佛大菩薩皆悉能知何況一恒河等世界復次無量者隨人心說如大海水名爲無量而深八萬由旬大身羅睺阿脩羅王量其多少尚不以爲難問曰云何行般若波羅蜜得是智慧答曰有人行般若波羅蜜滅諸煩惱及邪見戲論入菩薩甚深禪定念智清淨增廣故則能分別一切諸色微塵知

其量數復次諸佛及大菩薩得無礙解脱故過於是事尚不以爲難何況於此復次有人謂地爲牢堅心無形質皆是虚妄以是故佛説心力爲大行般若波羅蜜故散此大地以爲微塵以地有色香味觸重故自無所作水少香故動作勝地火少香味故勢勝於火風少色香味故動作勝火心無四事故所爲力大又以心多煩惱結使繫縛故令心力微少有漏善心雖無煩惱以心取諸法相故其力亦少二乘無漏心雖不取相以智慧有量及出無漏道時六情隨俗分别取諸法相故不盡心力諸佛及大菩薩智慧無量無邊常處禪定於世間涅槃無所分别諸法實相其實不異但智有優劣行般若波羅蜜者畢竟清淨無所罣礙一念中能數十方一切如恒河沙等三千大千世界大地諸山微塵何況十方各一恒河沙世界復次若離般若波羅蜜雖得神通則不能如上所知以是故説欲得是大神力當學般若波羅蜜復有人言一切諸物中水爲最大所以者何大地上下四邊無不有水若護世天主不節量天龍雨又無消水珠者則天地漂没又以水因緣故世間衆生數非衆生數皆得生長以是可知水爲最大是故佛説菩薩欲知水渧多少渧渧分散令無力者當學般若波羅蜜復有人言火爲最大所以者何除香味故又以水出處甚多而火能滅之大火之力能燒萬物能照諸闇以是故知火爲最大是故佛説菩薩欲吹滅大火者當學般若波羅蜜問曰火因於風乃得然熾云何相滅答曰雖復相因過則相

滅問曰若爾者火多無量口風甚少何能滅之答曰菩薩行般若波羅蜜因禪定得神通能變身令大口風亦大故能滅之又以神力小風能滅譬如小金剛能摧破大山以是故諸天世人見此神力皆悉崇伏復次菩薩以火爲害處廣憐愍衆生故以神力滅之又以三千世界成立甚難菩薩福德智慧故力能制之復有人言於四大中風力最大無色香味故動相最大所以者何如虚空無邊風亦無邊一切生育成敗皆由於風大風之勢摧破三千大千世界諸山以是故佛說能以一指障其風力當學般若波羅蜜所以者何般若波羅蜜實相無量無邊能令指力如是

【經】菩薩摩訶薩欲一結加趺坐悉滿三千大千世界中虚空者當學般若波羅蜜

【論】問曰菩薩以何因緣故如是結加趺坐答曰以梵天王主三千世界生邪見心自以爲大見菩薩結加趺坐徧滿虚空則憍慢心息又於神通力中巧方便故一能爲多多能爲一小能作大大能作小亦爲欲現希有難事故坐徧虚空亦爲遮諸鬼神龍王惱亂衆生故坐滿虚空令衆生安隱如難陀婆難陀龍王兄弟欲破舍婆提城雨諸兵仗毒蛇之屬是時目連端坐徧滿虚空變諸害物皆成華香瓔珞以是故說菩薩摩訶薩欲一結加趺坐徧滿三千大千世界虚空當學般若波羅蜜

【經】菩薩摩訶薩欲以一毛舉三千大千世界中諸須彌山王擲過他方無量阿僧祇諸佛世界不擾衆生

論問曰菩薩何以故舉須彌山及諸山擲過他方無量世界答曰不必有舉者此明菩薩力能舉之耳復次諸菩薩爲佛當說法故先莊嚴三千大千世界除諸山令地平整如法華經中說佛欲集諸化佛故先平治地亦欲現希有事令衆生見故所以者何一須彌山高八萬四千由旬若舉此一山已爲希有何況三千大千世界百億須彌山若以一毛舉三千大千世界百億須彌山尚難何況以一毛頭擲百億須彌山過無量阿僧祇世界衆生見菩薩希有事皆發阿耨多羅三藐三菩提心作是念言是菩薩未成佛道神力乃爾何況成佛以是故如是說

經欲以一食供養十方各如恒河沙等諸佛及僧當學般若波羅蜜欲以一衣華香瓔珞末香塗香燒香燈燭幢旛華蓋等供養諸佛及僧當學般若波羅蜜

論問曰菩薩若以一食供養一佛及僧尚是難事何況十方如恒河沙等諸佛及僧答曰供養功德在心不在事也若菩薩以一食大心悉供養十方諸佛及僧亦不以遠近爲礙是故諸佛皆見皆受問曰諸佛有一切智故皆見皆受僧無一切智云何得見云何得受答曰僧雖不見不知而其供養施者得福譬如有人遣使供養彼人彼人雖不得而此人已獲施福如慈三昧於衆生雖無所施而行者功德無量復次諸菩薩無量無盡功德成就以一食供養十方諸佛及僧皆悉充足而亦不盡譬如湧泉出而不竭如文殊尸利以一鉢歡喜丸供養八萬四千僧皆悉充足而

亦不盡復次菩薩於此以一鉢食供養十方諸佛而十方佛前飲食之具具足而出譬如鬼神得人一口之食而千萬倍出復次菩薩行般若波羅蜜得無量禪定門及得無量智慧方便門以是故無所不能以般若波羅蜜無礙故是菩薩心所作亦無礙是菩薩能供養十方千萬億恒河沙等諸佛及僧何況各如一恒河沙衣服華香瓔珞末香塗香燒香燈燭幢旛華蓋等亦如是

【經】復次舍利弗菩薩摩訶薩欲使十方各如恒河沙等世界中衆生悉具於戒三昧智慧解脱解脱知見令得須陀洹果斯陀含果阿那含果阿羅漢果乃至令得無餘涅槃當學般若波羅蜜

【論】五衆義如先説須陀洹果有二種一者佛説三結斷得無爲果又如阿毗曇説八十八結斷得無爲須陀洹果二者信行法行人住道比智中得須陀洹果證者是復次須陀名流即是八聖道分般那名入入是八聖道分流入涅槃是名初觀諸法實相得入無量法性分墮聖人數中息忌名一伽彌名來是人從此死生天上天上一來得盡衆苦阿那名不伽彌名來是名不來相是人欲界中死生色界無色界中於彼漏盡不復來生問曰今世滅阿那伽彌中陰滅阿那伽彌此亦不生色無色界何以名爲阿那伽彌答曰阿那伽彌多生色無色界中現在滅者少以少從多故中間滅者亦欲生色界見後身可患即取涅槃以是故因多得名阿羅漢盡一切煩惱故應受一切天龍鬼神供養是阿羅漢有九

種退法不退法死法護法住法勝進不壞法慧解脫共解脫九種義如先說及八背捨八勝處十一切處滅盡定無諍三昧願智等阿羅漢諸妙功德及得無餘涅槃無餘涅槃名阿羅漢捨此五衆更不復相續受後五衆身心若皆悉永滅後三道果如初道說

【經】復次舍利弗菩薩摩訶薩行般若波羅蜜布施時應作是分別如是布施得大果報如是布施生刹利大姓婆羅門大姓居士大家如是布施生四天王天處三十三天夜摩天兜率陀天化自樂天他化自在天因是布施得入初禪二禪三禪四禪無邊空處無邊識處無所有處非有想非無想處因是布施能生八聖道分因是布施能得須陀洹道乃至佛道當學般若波羅蜜

【論】菩薩摩訶薩知諸法實相無取無捨無所破壞行不可得般若波羅蜜以大悲心還修福行福行初門先行布施菩薩行般若波羅蜜智慧明利能分別施福施物雖同福德多少隨心優劣如舍利弗以一鉢飯上佛佛即迴施狗而問舍利弗汝以飯施我我以飯施狗誰得福多舍利弗言如我解佛法義佛施狗得福多舍利弗者於一切人中智慧最上而佛福田最爲第一不如佛施狗惡田得福極多以是故知大福從心不在田也如舍利弗千萬億倍不及佛心問曰如汝說福田妙故得福多而舍利弗施佛不得大福答曰良田雖復得福多而不如心所以者何心爲內主田是外事故或時布施之福在於福田如億耳阿羅漢昔以一華施於佛塔九十一劫

人天中受樂餘福德力得阿羅漢又如阿輸迦王小兒時以土施佛王閻浮提起八萬塔最後得道施物至賤小兒心淨但以施田妙故得大果報當知大福從良田生若大中之上三事都具心物福田三事皆妙如般若波羅蜜初品中說佛以好華散十方佛復次又如以般若波羅蜜心布施無所著故得大果報復次為涅槃故施亦得大報以大悲心為度一切衆生故布施亦得大報復次大果報者如是中說生剎利家乃至得佛者是問曰云何布施得生剎利家乃至得佛答曰若有人布施及持戒故得人天中富貴如有人至心布施持戒故生剎利家剎利者王及大臣若著於智慧經書而不惱衆生布施持戒故生婆羅門家若布施持戒減少而樂著世樂生居士大家居士者小人而巨富若布施持戒清淨小勝猒患家業好樂聽法供養善人生四天王處所以者何在彼有所須欲心生皆得常見此間賢聖善人心生供養以近修福處故若布施持戒清淨供養父母及其所尊心欲求勝生三十三天若布施持戒清淨而好學問心意柔和生夜摩天若布施持戒清淨令二事轉勝好樂多聞分别好醜愛樂涅槃心著功德生兜率天若布施深心持戒多聞好樂學問自力生活生化樂天若布施時清淨持戒轉深好樂多聞自貴情多不能自苦從他求樂生他化自在天他所思惟勤心方便化作女色五欲奪而自在譬如庶民苦身自業强力奪之復次布施時以願因緣故生天上如經說有人少行布施持戒不知

禪定是人聞有四天王天心常志願佛言是人命終生四天上必有是處乃至他化自在天亦如是復次有人布施持戒修布施時其心得樂若施多樂亦多如是思惟捨五欲除五蓋入初禪乃至非有想非無想天亦如是四禪四無色定義如上說復次有人布施佛及佛弟子從其聞說道法是人因此布施故心得柔輭智慧明利即生八聖道分斷三結得須陁洹果乃至佛道亦如是因是布施聞其說法便發阿耨多羅三藐三菩提心復次未離欲布施生人中富貴及六欲天中若離欲心布施生梵世天上乃至廣果天若離色心布施生無色天中離三界布施爲涅槃故得聲聞道布施時惡猒憒閙好樂閑靜喜深智慧得辟支佛布施時起大悲心欲度一切第一甚深畢竟清淨智慧得成佛道

【經】復次舍利弗菩薩摩訶薩行般若波羅蜜布施時以慧方便力故能具足檀波羅蜜尸羅波羅蜜羼提波羅蜜毗梨耶波羅蜜禪波羅蜜般若波羅蜜舍利弗白佛言世尊菩薩摩訶薩云何布施時以慧方便力故具足檀波羅蜜乃至般若波羅蜜佛告舍利弗施人受人財物不可得故能具足檀波羅蜜罪不罪不可得故具足尸羅波羅蜜心不動故具足羼提波羅蜜身心精進不懈怠故具足毗梨耶波羅蜜不亂不味故具足禪波羅蜜知一切法不可得故具足般若波羅蜜

【論】具足義先已廣說慧方便今此中說所謂三事不可得者更問曰慧方便者能成就其事無所破壞更無所作今破此三事應墮斷

滅云何言慧方便答曰有二種不可得一者得不可得二者不得不可得得不可得者墮於斷滅若不得不可得者是爲慧方便不墮斷滅若無慧方便布施者取三事相若以三事空則取無相有慧方便者從本以來不見三事相以是故慧方便者不墮有無中復次布施時壞諸煩惱是名慧方便復次於一切衆生起大悲心布施是名慧方便復次過去未來無量世所修福德布施迴向阿耨多羅三藐三菩提亦名慧方便復次於一切十方三世諸佛及弟子所有功德憶念隨喜布施迴向阿耨多羅三藐三菩提是名慧方便如是等種種力是爲慧方便義乃至般若波羅蜜慧方便亦如是

【經】復次舍利弗菩薩摩訶薩欲得過去未來現在諸佛功德當學般若波羅蜜

【論】問曰過去佛功德已滅未來佛功德未有現在佛功德不可得又三世中佛功德皆不可得云何言欲得三世佛功德當學般若波羅蜜答曰不言欲得三世佛功德自欲得如三世佛功德無所減少耳所以者何一切佛功德皆等無多無少問曰若爾者何以言阿彌陀佛壽命無量光明千萬億由旬無量劫度衆生答曰諸佛世界種種有淨不淨有雜如三十三天品經說佛在三十三天安居自恣時至四衆久不見佛愁思不樂遣目連白佛言世尊云何捨此衆生住彼天上時佛告目連汝觀三千世界目連以佛力故觀或見諸佛爲大衆說法或見坐禪或見乞食如是種種施作佛事目連即時五體投地是時須

彌山王𡸣峨大動諸天皆大驚怖目連涕泣稽首白佛佛有大悲不捨一切作如是種種化度衆生佛告目連汝所見甚少過汝所見東方有國純以黃金爲地彼佛弟子皆是阿羅漢六通無礙復過是東方有國純以白銀爲地彼佛弟子皆學辟支佛道復過是東方有國純以七寶爲地其地常有無量光明彼佛所化弟子純諸菩薩皆得陀羅尼諸三昧門住阿毗跋致地目連當知彼諸佛者皆是我身如是等東方恒河沙等無量世界有莊嚴者不莊嚴者皆是我身而作佛事如東方南西北方四維上下亦復如是以是故當知釋迦文佛更有清淨世界如阿彌陀國阿彌陀佛亦有嚴淨不嚴淨世界如釋迦文佛國諸佛大悲徹於骨髓不以世界好醜隨應度者而教化之如慈母愛子子雖沒在廁溷勤求拯拔不以爲惡

大智度論卷第三十二

音釋

膠蠟（膠居肴切黏膏也蠟落合切蜜滓也）錮（古慕切鑄也）析（先的切分也）渧（丁歷切水點也）憒閙（憒古外切閙女教切不靜也）𡸣峨（𡸣普火切峨五何切）廁溷（廁初吏切溷胡困切廁溷圂也）

大智度論卷第三十三

龍樹菩薩造

姚秦三藏法師鳩摩羅什譯

釋初品中到彼岸等

經 復次舍利弗菩薩摩訶薩欲到有爲無爲法彼岸當學般若波羅蜜

論 彼岸者於有爲無爲法盡到其邊云何是彼岸以大智慧悉知悉盡有爲法總相別相種種悉解無爲法中從須陀洹至佛悉皆了知有爲無爲法相義如先說

經 菩薩摩訶薩欲知過去未來現在諸法如諸法法相無生際者當學般若波羅蜜

論 問曰上已說如今何以更說答曰上直言諸法如今言三世皆如上略說此廣說上說一此說三法相即是法性無生際即是實際過去法如即是過去法相未來現在亦如是復次過去法如即是未來現在法如現在法如即是過去未來法如未來法如即是過去現在法如所以者何如相非一非異故復次如先說二種如一者世間如二者出世間如用是世間如三世各各異用是出世間如三世爲一復次法相名諸法業諸法所作力因緣果報如火爲熱相水爲濕相如是諸法中分別因緣果報各各別相如是處非處力中說是名世間法相若是諸法相推求尋究入無生法中更無過是者是名無生際問曰如法相可分別有三世無生際是未來法云何有過去現在如阿毗曇說生法者過去現在是無生法者未來及無爲法是云何欲令過去現在有無生答曰如先種種說破生法一

切法皆無生何但未來無生如一時義中已破三世三世一相所謂無相如是則無生相復次無生名爲涅槃以涅槃不生不滅故涅槃者末後究竟不復更生而一切法即是涅槃以是故佛說一切法皆是無生際

【經】復次舍利弗菩薩摩訶薩欲在一切聲聞辟支佛前欲給侍諸佛欲爲諸佛内眷屬欲得大眷屬欲得菩薩眷屬欲淨報大施當學般若波羅蜜

【論】問曰若菩薩未得漏盡云何在漏盡聖人前答曰菩薩初發意時已在一切衆生前何況積劫修行是菩薩功德智慧大故世世常大能利益聲聞辟支佛衆生知菩薩恩故推崇敬重乃至畜生中亦爲尊重如菩薩昔作鹿其色如金其角七寶五百鹿隨逐崇事若在人中好世作轉輪聖王惡世恒作大王護持佛法利益衆生若出家值有佛法則爲世作大度師與顯佛法若無佛法則爲外道大師行四無量羅漢辟支佛雖有無漏利益事少譬如一升酥雖精不如大海水酪菩薩雖有漏智慧及其成熟利益無量復次羅漢辟支佛四事供養助道之具多由菩薩得如首楞嚴經說文殊師利七十二億作辟支佛化辟支佛人令其成道以是故在聲聞辟支佛前欲爲諸佛給使者如釋迦文佛未出家時車匿給使優陀耶戲笑瞿毗耶耶輸陀等諸婇女爲内眷屬出家六年苦行時五人給侍得道時彌喜羅陀須那剎多羅阿難密跡力士等是名内眷屬大眷屬者舍利弗目揵連摩訶迦葉須菩提迦旃延富樓那阿泥盧豆

等諸聖人及彌勒文殊師利颰陀婆羅諸阿毗跋致一生補處菩薩等是名大眷屬復次佛有二種身一者法性生身二者隨世間身世間身眷屬如先說法性生身者有無量無數阿僧祇一生補處菩薩侍從所以者何如不可思議解脫經說佛欲生時八萬四千一生補處菩薩在前導菩薩從後而生譬如陰雲籠月又如法華經說從地涌出菩薩等皆是内眷屬大眷屬菩薩眷屬者有佛純以菩薩爲眷屬有佛純以聲聞爲眷屬有佛菩薩聲聞雜爲眷屬是故言但欲得菩薩爲眷屬者當學般若波羅蜜眷屬有三上中下下者純聲聞中者雜上者但菩薩淨報大施者有人言菩薩多集福德未除煩惱受人信施未能淨報佛言菩薩行般若波羅蜜諸法皆空不可得何況諸結使菩薩入法性中故不證眞際是故能淨報施福復次菩薩功德廣大從發心已來欲代一一衆生受一切苦欲以一切功德與一切衆生然後當自求佛道但是事不可得故而自成佛度一切衆生又菩薩志願不以阿僧祇爲拘如世間如及法性實際虛空等久住菩薩心住世間利益衆生故亦如是久住無有窮已是人不能淨報施福者誰能淨畢如父母雖有結使諸惡以一世利益子故受其供養令得大福何況菩薩無諸結使而住無邊世中利益衆生而不淨畢又復菩薩但有悲心而無般若尚能利益何況行般若波羅蜜問曰若菩薩無結使云何世間受生答曰先已答菩薩得無生法忍得法性生身處處變化以度衆生莊嚴世界

是功德因緣故雖未得佛能淨報施福

經　復次舍利弗菩薩摩訶薩欲不起慳心破戒心瞋恚心懈怠心亂心癡心當學般若波羅蜜

論　是六種心惡故能障蔽六波羅蜜門如菩薩行布施時若有慳心起令施不清淨所謂不能以好物施若與好物不能多與若與外物則不能內施若能內施不能盡與皆由慳心故菩薩行般若波羅蜜知一切法無我無我所諸法皆空如夢如幻以身頭目骨髓布施如施草木是菩薩雖未得道欲常不起是慳心當學般若波羅蜜諸餘人離欲得道故不生破戒心菩薩行般若波羅蜜故不見破戒事所以者何戒爲一切諸善功德住處譬如地爲一切萬物所依止處破戒尚不得餘道何況阿耨多羅三藐三菩提以是故不生破戒心復作是念菩薩法者安樂衆生若破戒者惱亂一切以是故菩薩不生破戒心何況破戒小乘及諸凡夫尚不應生瞋恚心何況菩薩發阿耨多羅三藐三菩提意身爲苦器法自受惱譬如犯罪之人自致刑戮自作自受不應怨人但當自護其心不令起惡譬如人遭風雨寒熱亦無所瞋復作是念菩薩求佛以大悲爲本若懷瞋恚則喪志願瞋恚之人尚不得世間樂何況道樂瞋恚之人自不得樂何能以樂與人懈怠之人世間勝事尚不能成何況阿耨多羅三藐三菩提譬如鑽火數息無得火期散亂之心譬如風中燈燈雖有光明不能照物亂心中智慧亦復如是智慧是一切善法根本若欲成就是智先

當攝心然後可成譬如狂醉之人自利他利好醜之事都不覺知散亂之心亦如是世間好事尚不能善知何況出世間法愚癡人心一切成敗事皆不能及何況微妙深義譬如無目之人或墜溝坑或入非道無智之人亦復如是無智慧眼故受著邪法不受正見如是之人世間近事尚不能成何況阿耨多羅三藐三菩提菩薩行般若波羅蜜力故能障是六蔽淨六波羅蜜以是故說若欲不起六蔽當學般若波羅蜜

經 復次舍利弗菩薩摩訶薩欲使一切衆生立於布施福處持戒福處修定福處勸導福處欲令衆生立於財福法福處當學般若波羅蜜

論 問曰云何名爲福處答曰阿毗曇言福者善有漏身口意業復有人言不隱沒無記是所以者何善有漏業因緣果報故得是不隱沒無記福是果報亦名爲福如世間人說能成大事多所成辦是名福德人是福略說三種布施持戒修定何等是布施有人以衣服卧具飲食華香瓔珞等與人是名布施問曰飲食等物便是布施爲更有布施答曰飲食等物非布施以飲食等物與時心中生法名捨與慳心相違是名布施福德是或有漏或無漏常是善心數法心相應隨心行共心生無色無形能作緣業相應隨業行業共生非先業果報得修行修慧證身證凡夫人得亦聖人得有人言是捨法相應思是名布施福德所以者何業能生果報故思即是業身口不名爲業從思生故得名業此布施有二種

一者淨二者不淨不淨者直施而已或畏失財故與或惡訶罵故與或無用故與或親愛故與或爲求勢故與以施故多致勢援或死急故與或求善譽故與或求與貴勝齊名故與或妬嫉故與或憍慢故與小人愚賤尚施我爲貴重大人云何不與或爲呪願福德故與或求吉除凶故與或求入伴黨故與或不一心不恭敬輕賤受者而與如是種種因緣爲今世事故施與淨相違名爲不淨淨施者如經中說治心故施莊嚴意故施爲得第一利故施生清淨心能分別爲助涅槃故施譬如新華未萎色好且香淨心布施亦復如是如說諸天不淨心布施者宮殿光明薄少若淨心布施者宮殿光明增廣此布施業雖過去乃至千萬世中不失譬如券要問曰此布

施福云何增長答曰應時施故得福增長如經說饑餓時施得福增多或遠行來時若曠路險道中施若常施不斷或時常念施故施得增廣如六念中念捨說若大施故得福多若施好人若施佛若施者受者清淨故若決定心施若自以力致財施若隨所有多少能盡施若交以物施若以園田使人等施如是布施唯有菩薩能以深心行之如韋羅摩菩薩十二年布施已嚴飾乳牛七寶鉢及婇女各有八萬四千及諸餘物飲食之屬不可稱數又如須帝拏拏菩薩下善勝白象施與怨家入在深山以所愛二子施十二醜婆羅門復以妻及眼施化婆羅門爾時地爲大動天爲雷震空中雨華又如薩婆達多王自縛其身施婆羅門如尸毗王爲一鴿故自持其身

以代鴿肉又如菩薩曾爲兔身自炙其肉施與仙人如是等菩薩本生經中所說復有聲聞人布施如須彌陀比丘尼與二同學爲迦那伽牟尼佛作精舍於無數千萬世受轉輪聖王及天王福如施婆羅門持一瓶酪施僧世世受樂今得阿羅漢諸受樂中受樂第一如末利夫人供養須菩提故得今世果報爲波斯匿王后如尸婆供養迦旃延故得今世報爲旃陀波周陀王后如鬱伽陀居士供養舍利弗等五百阿羅漢故即日得報五百賈客得其餘食人人以珠瓔與之卒得大富遂號爲卒鬱伽陀如是等布施得今世報當知布施論議說不可盡持戒福處者佛說五戒福者是問曰云何殺罪相答曰知是衆生故奪命得殺罪非不故安隱快心得殺罪非散亂狂心奪命得殺罪非作瘡死已得殺罪非未死身業是殺罪非口教身作是殺罪非但心生惡如是等罪止不作是初戒善相或有人言謂是不隱沒無記或欲界繫或不繫是非心非心數法非心相應非隨心行或共心生或不共心生非業相應非隨業行或共業生或不共業生非先業果報得修行修身證慧證或思惟斷或不斷離欲界欲時得斷知凡夫聖人共有是名說不殺生戒相餘戒亦如是隨義分別諸戒讚歎論議如尸羅波羅蜜中說修定福處者雖經中說修慈是修定福亦說有漏禪定能生果報者總名修定福以欲界多瞋多亂故先說慈心爲修定福得慈方便願與衆生樂後實見受樂是心相應法名爲慈法是法或色界繫或不繫是爲

眞慈是方便慈欲界繫常隨心行隨心生無形無對能緣法非業業相應而隨業行共業生非先業果報得修行修身證慧證或思惟斷或不斷離色界欲時得斷知有覺有觀亦無覺有觀亦無覺無觀或有喜或無喜或有息或無息亦凡夫人亦聖人或樂受相應或不苦不樂受相應先緣得解相後緣實義根本四禪中亦過四禪依止四禪得者牢固有力慈應言親愛無怨無諍故名爲親愛能緣無量衆生故名爲無量能利益衆生能離欲故名爲梵行慈心餘論議如四無量中說問曰修定福中佛何以但說慈心不說餘答曰四無量中慈心能生大福德悲心憂愁故捨福德喜心自念功德故福德不深捨心放捨故福亦少復次佛說慈心有五利不說餘何等五一者刀不傷二者毒不害三者火不燒四者水不没五者於一切瞋怒惡害衆生中見皆歡喜悲心等事不爾以是故說修定福爲慈餘者隨從及諸能生果報有漏定勸導福處者若比丘不能坐禪不能誦經教化勸導修立福德或有比丘能坐禪誦經見諸比丘衣食乏少力能引致亦行勸導及諸菩薩憐愍衆生故以福德因緣勸化之又出家人若自求財於戒有失是故勸導以爲因緣財福者衣服飲食卧具醫藥金銀車馬田宅等問曰上言布施福處此言財福有何等異答曰布施者總攝一切施財施法施俗施道施今欲分别法施財施法施者如佛以大慈故初轉法輪無量衆生得道後舍利弗逐佛轉法輪餘諸聖人雖非轉法輪亦爲衆生說法

得道亦名法施復有徧吉菩薩觀世音得大
勢文殊師利彌勒菩薩等以二種神通力果
報神通修得神通住是中以福德方便力光
明神足等種種因緣開度衆生亦名法施諸
辟支佛飛騰虛空而說一偈引導衆生令植
善根亦名法施又佛弟子未得聖道者坐禪
誦經不壞諸法相教化弟子皆名法施如是
等種種名爲法施相以是故說菩薩欲立衆
生於六種施福者當學般若波羅蜜

【經】復次舍利弗菩薩摩訶薩欲得五眼當學
般若波羅蜜何等五肉眼天眼慧眼法眼佛
眼

【論】肉眼見近不見遠見前不見後見外不見
內見晝不見夜見上不見下以此礙故求天
眼得是天眼遠近皆見前後內外晝夜上下
悉皆無礙是天眼見和合因緣生假名之物
不見實相所謂空無相無作無生無滅如前
中後亦爾爲實相故求慧眼得慧眼不見衆
生盡滅一異相捨離諸著不受一切法智慧
自內滅是名慧眼但慧眼不能度衆生所以
者何無所分別故以是故生法眼法眼令是
人行是法得是道知一切衆生各各方便門
令得道證法眼不能徧知度衆生方便道以
是故求佛眼佛眼無事不知覆障雖密無不
見知於餘人極遠於佛至近於餘幽闇於佛
顯明於餘爲疑於佛決定於餘微細於佛爲
麤於餘甚深於佛甚淺是佛眼無事不聞無
事不見無事不知無事爲難無所思惟一切
法中佛眼常照後品五眼義中當廣說

【經】菩薩摩訶薩欲以天眼見十方如恒河沙

等世界中諸佛欲以天耳聞十方諸佛所說法欲知諸佛心當學般若波羅蜜

【論】天眼法所見不過三千大千世界今以般若波羅蜜力故見十方恒河沙等國中諸佛所以者何般若波羅蜜中無近無遠無所罣礙故問曰如般舟經說以般舟三昧力故雖未得天眼而能見十方現在諸佛此菩薩以天眼故見十方諸佛有何等異答曰此天眼不隱沒無記般舟三昧離欲人未離欲人俱得天眼但是離欲人得般舟三昧憶想分別常修常習故見天眼修神通得色界四大造色眼四邊得徧明相是爲差別天眼功易譬如日出見色不難三昧功難如夜然燈見色不易天耳亦如是知諸佛心者問曰如上地鈍根不能知下地利根心菩薩一佛心尚不應知何況恒河沙等十方諸佛心答曰以佛神力故令菩薩知如經說一切衆生無知佛心者若佛以神力令知乃至蜫蟲亦能知以是故知佛以神力故令菩薩知佛心復次般若波羅蜜無礙相麤細深淺愚聖都無差別諸佛心如菩薩心如一如無異菩薩隨是如故能知諸佛心復次希有難事不應知而知以是故言欲得是者當學般若波羅蜜

【經】欲聞十方諸佛所說法聞已乃至阿耨多羅三藐三菩提不忘當學般若波羅蜜

【論】問曰一佛所說猶尚難持何況無量諸佛所說欲憶而不忘答曰菩薩以聞持陀羅尼力故能受堅憶念陀羅尼力故不忘復次此中說以般若波羅蜜力畢竟清淨無所著譬如大海含受衆流菩薩從十方諸佛所聞法

以般若波羅蜜器大故能受無量法持而不忘復次是般若波羅蜜不可譬喻如虛空如劫燒盡已大雨彌滿是雨除虛空更無處能受十方諸佛說法雨從佛口出除行般若波羅蜜菩薩更無能受者以是言欲聞十方諸佛說法當學般若波羅蜜

【經】復次舍利弗菩薩摩訶薩欲見過去未來諸佛世界及見現在十方諸佛世界當學般若波羅蜜

【論】問曰若見十方佛則已見世界今何以復說欲見世界答曰菩薩未深入禪定若見十方世界山河草木心則散亂故但觀諸佛如念佛義中說行者但觀諸佛不觀土地山河樹木得禪定力已隨意廣觀復次清淨佛國難見故言欲見諸佛國當學般若波羅蜜又一佛有無量百千種世界如先說有嚴淨有不嚴淨有雜有畢竟清淨世界難見故以般若波羅蜜方乃能得見譬如天子聽正殿則外人可見內殿深宮無能見者問曰十方現在世界可見過去未來諸佛世界云何得見答曰菩薩有見過去未來三昧入是三昧已見過去未來事如夢中所見復次菩薩有不滅除三昧入是三昧已不見諸佛有滅者問曰此二法非眼云何能見答曰此是智慧假名爲眼如轉法輪中於四諦得眼智明覺復次菩薩見十方現在佛世界定知過去未來諸佛世界亦爾所以者何一切諸佛功德同故是事如先說復次是般若波羅蜜中如現在過去未來等無異一如一法性故以是故不應難

【經】復次舍利弗菩薩摩訶薩欲聞十方諸佛所說十二部經修多羅祇夜受記經伽陀優陀那因緣經阿波陀那如是語經本生經廣經未曾有經論議經諸聲聞等聞與不聞盡欲誦受持當學般若波羅蜜

【論】先說盡欲聞十方諸佛所說法者當學般若波羅蜜所說法者即此十二部經諸經中直說者名修多羅所謂四阿含諸摩訶衍經及二百五十戒經出三藏外亦有諸經皆名修多羅諸經中偈名祇夜衆生九道中受記所謂三乘道六趣道此人經爾所阿僧祇劫當作佛若記爾所歲當作佛記聲聞人今世後世得道記辟支佛人但後世得道記餘六道亦皆後世受報諸佛法欲與衆生受記先皆微笑無量種光從四牙中出所謂青黃赤白縹紫等從上二牙出者光照三惡道從其光明演無量法說一切作法無常一切法無我安隱涅槃衆生得遇斯光聞說法者身心安樂得生人中天上從是因緣皆得畢苦從下二牙出者上照人天乃至有頂禪若聾盲瘖瘂狂病皆得除愈六欲天人及阿脩羅受五欲樂遇佛光明聞說法聲皆猒患欲樂身心安隱色界諸天受禪定樂時遇佛光明聞說法聲亦生猒患來詣佛所此諸光明復至十方徧照六道作佛事已還遶身七帀若記地獄光從足下入若記畜生光從腨入若記餓鬼光從脞入若記人道光從齋入若記天道光從胷入若記聲聞光從口入若記辟支佛光從眉間相入若記得佛光從頂入若欲受記先現此相然後阿難等諸弟子發問一

切偈名祇夜六句三句五句句多少不定亦名祇夜亦名伽陀優陀那者名有法佛必應說而無有問者佛略開問端如佛在舍婆提毗舍佉堂上陰地經行自說優陀那所謂無我無我所是事善哉爾時一比丘合掌白佛言世尊云何無我無我所是事善哉佛告比丘凡夫人未得無漏道顛倒覆心故於無我無我所心大驚怖若佛及佛弟子聞好法者歡喜奉行無顛倒故不復更作如是等雜阿含中廣說又如般若波羅蜜品中諸天子讚須菩提所說善哉善哉希有世尊難有世尊是名優陀那又如佛涅槃後諸弟子抄集要偈諸無常偈等作無常品乃至婆羅門偈等作婆羅門品亦名優陀那諸有集衆妙事皆名優陀那如是等名優陀那經相尼陀那者說諸佛法本起因緣佛何因緣說此事修多羅中有人問故為說是事毗尼中有人犯是事故結是戒一切佛語緣起事皆名尼陀那阿波陀那者與世間相似柔輭淺語如中阿含中長阿波陀那經長阿含中大阿波陀那毗尼中億耳阿波陀那二十億阿波陀那解二百五十戒經中欲阿波陀那一部菩薩阿波陀那出一部如是等無量阿波陀那如是語經者有二種一者結句言我先許說者今已說竟二者三藏摩訶衍外更有經名一目多迦有人言目多迦目多迦名出三藏及摩訶衍何等是如佛說淨飯王强令出家作佛弟子者佛選擇五百人堪任得道者將至舍婆提所以者何以其未離欲若近親里恐其破戒故將至舍婆提令舍利弗目連等教化

之初夜後夜專精不睡勤修精進故得道得道已佛還將至本生國一切諸佛法還本國時與大會諸天衆俱住迦毗羅婆仙人林中此林去迦毗羅婆城五十里是諸釋遊戲園此諸釋子比丘處舍婆提時初夜後夜專精不睡故以夜爲長從林中來入城乞食覺道里長遠爾時佛知其心有一師子來禮佛足在一面住佛以是三因緣故說偈

不寐夜長　疲惓道長　愚生死長　莫知正法

佛告比丘汝未出家時其心放逸多睡眠故不覺夜長今初夜後夜專精求道減省睡眠故覺夜爲長此迦毗羅婆林汝本駕乘遊戲不覺爲遠今著衣持鉢步行疲極故覺道長是師子鞞婆尸佛時作婆羅門師見佛說法來至佛所爾時大衆以聽法故無共語者即生惡念發惡罵言此諸禿輩與畜生何異不別好人不知言語以是惡口業故從鞞婆尸佛乃至今日九十一劫常墮畜生中此人爾時即應得道以愚癡故自作生死長久今於佛所心清淨故當得解脫如是等經名爲出因緣於何處出於三藏摩訶衍中出故名爲出何名因緣是三事之本名爲因緣本生經者昔者菩薩曾爲師子在林中住與一獼猴共爲親友獼猴以二子寄於師子時有鷲鳥飢行求食值師子睡故取猴子而去住於樹上師子覺已求猴子不得見鷲持在樹上而告鷲言我受獼猴寄託二子護之不謹令汝得去孤負言信請從汝索我爲獸中之王汝爲鳥中之主貴勢同等宜以相還鷲言汝不知時吾今飢乏何論同異師子知其叵得自

以利爪摑其脇肉以貿猴子又過去世時人民多病黃白瘻熱菩薩爾時身爲赤魚自以其肉施諸病人以救其疾又昔菩薩作一鳥身在林中住見有一人入於深水非人行處爲水神所羂水神羂法著不可解鳥知解法至香山中取一藥草著其羂上繩即爛壞人得脫去如是等無量本生多有所濟是名本生經廣經者名摩訶衍所謂般若波羅蜜經六波羅蜜經華手經法華經佛本起因緣經雲經法雲經大雲經如是等無量阿僧祇諸經爲得阿耨多羅三藐三菩提故說鞞佛略泰言未曾有經如佛現種種神力衆生怪未曾有所謂佛生時身放大光明照三千大千世界及幽闇之處復照十方無量諸佛三千大千世界是時於佛母前有清淨好池以浴菩薩梵王執蓋帝釋洗身二龍吐水又生時不須扶持而行七步足跡之處皆有蓮華而發是言我是度一切衆生老病死者地大震動天雨衆華樹出音聲作天妓樂如是等無量希有事是名未曾有經論議經者答諸問者釋其所以又復廣說諸義如佛說四諦何等是四所謂四聖諦何等是四所謂苦集滅道聖諦是名論議何等爲苦聖諦所謂生苦等八種苦何等是生苦所謂諸衆生各各生處是中受苦如是等問答廣解其義是名優波提舍如摩訶衍中佛說六波羅蜜何等六所謂檀波羅蜜乃至般若波羅蜜何等是檀波羅蜜檀波羅蜜有二種一者具足二者不具足何等是具足與般若波羅蜜和合乃至十住菩薩所得是名具足不具足者初發菩

薩心未得無生忍法未與般若波羅蜜和合是名不具足乃至禪波羅蜜亦如是般若波羅蜜具足者有大方便力未具足者無方便力復次佛所說論議經及摩訶迦旃延所解修多羅乃至像法凡夫人如法說者亦名優波提舍聲聞所不聞者佛獨與菩薩說法無諸聲聞聽者又佛以神通力變身無數徧至十方一乘世界說法又復佛爲欲天色天說法無諸弟子故不得聞問曰諸六通阿羅漢若佛說時雖不在坐以天耳天眼可得見聞若以宿命通并知過去事何以不聞答曰諸聲聞神通力所不及處是故不聞復次佛爲諸大菩薩說不可思議解脫經舍利弗目連在佛左右而不得聞以不種是聞大乘行法因緣故譬如坐禪人入一切處定中能使一切皆水皆火而餘人不見如不可思議解脫經中廣說盡欲受持者聞而奉行爲受久久不失爲持

大智度論卷第三十三

音釋

颰蒲廢切　戮力竹切殺也　鑽祖官切　萎邕危切蔫也　劵區願切契也　炙之夜切燔肉也　蜫公渾切蟲之揔名也　縹普沼切青白色也　腨乳兗切腓腸也　齎音齊　國瓜俱縛切瓜持也　貿莫候切市易也　痿邕危切痺濕病　罥規縣切　鞞佛略梵語也此云方廣鞞頻脂切略力夜切

大智度論卷第三十四

龍樹菩薩造

姚秦三藏法師鳩摩羅什譯

釋初品中信持

【經】十方如恒河沙等世界中諸佛所說法已說今說當說聞已欲一切信持自行亦爲人說當學般若波羅蜜

【論】問曰上已說十方諸佛所說欲憶持不忘當學般若今何以復說信持三世佛法答曰上說欲憶持十方諸佛法未知是何法故說十二部經是佛法及聲聞所不聞者上但言恒河沙等世界諸佛今言恒河沙三世諸佛法又上但說受持不忘不說受持利益今言自爲亦爲他人說是故復說

【經】復次舍利弗菩薩摩訶薩過去諸佛說已未來諸佛當說欲聞聞已自利亦利他人當學般若波羅蜜

【論】問曰十方現在佛所說法可受可持過去已滅未來未有云何可聞答曰此義先已答今當更說菩薩有三昧名觀三世諸佛三昧菩薩入是三昧中悉見三世諸佛聞其說法譬如外道神仙於未來世事未有形兆未有言說以智慧力故亦見亦聞復次諸菩薩力不可思議未來世雖未有形未有言說而能見能聞或以陀羅尼力或以今事比知過去未來諸事以是故言欲得是者當學般若波羅蜜

【經】十方如恒河沙等諸世界中間闇處日月所不照欲持光明普照當學般若波羅蜜

【論】菩薩從兜率天上欲降神母胎爾時身放

光明徧照一切世界及世間幽冥之處次後生時光明徧照亦復如是初成道時轉法輪時般涅槃時放大光明皆亦如是及於餘時現大神通放大光明如欲說般若波羅蜜時現大神通以大光明徧照世間幽冥之處如是比處處經中說神通光明問曰此是佛力何以說菩薩答曰今言菩薩欲得是者當學般若波羅蜜諸大菩薩能有是力如徧吉菩薩觀世音得大勢明網無量光菩薩等能有是力身出無量光明能照十方如恒河沙等世界又如阿彌陀佛世界中諸菩薩身出常光照十萬由旬問曰菩薩身光如是本以何業因緣得答曰身業清淨故身得莊嚴如經說有一鬼頭似豬臭蟲從口出身有金色光明是鬼宿世作比丘惡口罵詈客比丘身持淨戒故身有光明口有惡言故臭蟲從口出如經說心清淨優劣故光有上中下少光大光光音欲界諸天心清淨布施持戒故身有光明復次有人憐愍衆生故於闇處然燈亦爲供養尊像塔寺故亦以明珠戸向明鏡等明淨物布施故身有光明復次常修慈心徧念衆生心清淨故又常修念佛三昧念諸佛光明神德故得身光明復次行者常修火一切入又以智慧光明教化愚闇邪見衆生以是業因緣故得心中智慧明身亦有光如是等業因緣得身光清淨

經 十方如恒河沙等世界中無有佛名法名僧名欲使一切衆生皆得正見聞三寶音者當學般若波羅蜜

論 菩薩於先無佛法塔寺處於中起塔以是

業因緣後身得力成就於無佛法衆處讚歎三寶令衆生入於正見如經說有人於生無佛塔國土中修立塔廟得梵福德梵名無量福德以是因緣疾得禪定得禪定故得無量神通神通力故能至十方讚歎三寶正見者若先不識三寶功德因菩薩故得信三寶信三寶故信業因緣罪福信業因緣故信世間是縛涅槃是解讚歎三寶義如八念中說

【經】欲令十方如恒河沙等世界中衆生以我力故盲者得視聾者得聽狂者得念裸者得衣飢渴者得飽滿當學般若波羅蜜

【論】菩薩行無礙般若波羅蜜若得無礙解脫成佛若作法性生身菩薩如文殊尸利等在十住地有種種功德具足衆生見者皆得如願譬如如意珠所欲皆得法性生身佛及法性生身菩薩人有見者皆得所願亦復如是復次菩薩從初發意已來於無量劫中治一切衆生九十六種眼病又於無量世中自以眼布施衆生又智慧光明破邪見黑闇又以大悲欲令衆生所願皆得如是業因緣云何令衆生見菩薩身而不得眼餘事亦如是此諸義如放光中說

【經】復次舍利弗菩薩摩訶薩若欲令十方如恒沙等世界中衆生諸在三惡趣者以我力故皆得人身當學般若波羅蜜

【論】問曰自以善業因緣故得人身云何菩薩言以我力因緣故令三惡道中衆生皆得人身答曰不言以菩薩業因緣令衆生得人身但言菩薩恩力因緣故得菩薩以神通變化說法力故令衆生修善得人身如經中說二

因緣發起正見一者外聞正法二者內有正念又如草木內有種子外有雨澤然後得生若無菩薩衆生雖有業因緣無由發起以是故知諸佛菩薩所益甚多問曰云何能令三惡道中衆生皆得解脫佛尚不能何況菩薩答曰菩薩心願欲爾則無過咎又多得解脫故言一切如諸佛及大菩薩身徧出無量光明從是光明出無量化身徧入十方三惡道中令地獄火滅湯冷其中衆生心清淨故生天上人中令餓鬼道飢渴飽滿開發善心得生天人中令畜生道隨意得食離諸恐怖開發善心亦得生天人中如是名爲一切三惡道得解脫問曰如餘經說生天人中此何以但說皆得人身答曰於人中得修大功德亦受福樂天上多著樂故不能修道以是故願令皆得人身復次菩薩不願衆生但受福樂欲令得解脫常樂涅槃以是故不說生天上

【經】欲令十方如恒河沙等世界中衆生以我力故立於戒三昧智慧解脫解脫知見令得須陀洹果乃至阿耨多羅三藐三菩提當學般若波羅蜜

【論】問曰先已說此五衆道果今何以更說答曰上說但是聲聞法從須陀洹乃至無餘涅槃今雜說三乘聲聞辟支佛乃至阿耨多羅三藐三菩提

【經】復次舍利弗菩薩摩訶薩欲學諸佛威儀當學般若波羅蜜

【論】問曰何等是諸佛威儀答曰威儀名身四動立譬如象王迴身而觀行時足離地四指雖不蹈地而輪跡現不遲不疾身不傾動常

舉右手安慰衆生結加趺坐其身正直常偃右脇累膝而卧所敷草蓐齊整不亂食不著味美惡等一若受人請默然無言言辭柔軟方便利益不失時節復次法身佛威儀者過東方如恒河沙等世界以爲一步梵音說法亦復如是法身佛相義如先說

【經】菩薩摩訶薩欲得如象王視觀當學般若波羅蜜菩薩作是願使我行時離地四指足不蹈地我當共四天王天乃至阿迦膩吒天無量千萬億諸天衆圍遶恭敬至菩提樹下當學般若波羅蜜

【論】如象王視者若欲迴身觀時舉身俱轉大人相者身心專一是故若有所觀身心俱迴譬如師子有所搏撮不以小物故而改其壯勢佛亦如是若有所觀若有所說身與心俱常不分散所以者何從無數劫來集一心法以是業因緣故頭骨與身爲一無有分解又以世世破憍慢故不輕衆生觀則俱轉如尼他阿波阿那中說舍婆提國除糞人而佛以手摩頭教令出家猶不輕之足離地四指者佛若常飛衆生疑怪謂佛非是人類則不歸附若足到地則衆生以爲與常人不異不生敬心是故雖爲行地四指不到而輪跡現問曰如佛常放大光足不到地衆生何以故不盡敬附答曰衆生無量劫中積罪甚重無明垢深於佛生疑謂是幻師以術誑人或言足不蹈地生性自爾如鳥能飛有何奇特或有衆生罪重因緣故不見佛相直謂大威德沙門而已譬如人重病欲死名藥美食皆謂臭穢是故不盡敬附共四天王天乃至阿迦膩

吒無量千萬億諸天衆恭敬圍遶至菩提樹下者是諸佛常法佛爲世尊至菩提樹下欲破二種魔一者結使魔二者自在天子魔欲成一切智是諸天衆云何不恭敬侍送又諸天世世佐助擁護菩薩乃至出家時令諸宮人婇女淳惛而卧捧馬足踰城出今日事辦我當共侍送至菩提樹下問曰何以不說刹利婆羅門等無量人侍送而但說諸天答曰佛獨於深林中求菩提樹非是人行處是故不說又以人無天眼他心智故不知佛當成道是故不說復次諸天貴於人故但說天復次諸佛常樂閑靜處諸天能隱身不見不妨閑靜是故但說諸天侍從復次菩薩見五比丘捨菩薩而去而菩薩獨至樹下是故作是願

【經】我當於菩提樹下坐四天王天乃至阿迦膩吒天以天衣爲座當學般若波羅蜜

【論】問曰如經說佛敷草樹下坐而成佛道今云何願言以天衣爲座答曰聲聞經中說敷草摩訶衍經中隨衆生所見或有見敷草樹下或見敷天綩綖隨其福德多少所見不同復次生身佛把草樹下法性生身佛以天衣爲座或勝天衣復次佛於深林樹下成佛林中人見則奉佛草若貴人見者當以所貴衣服爲座但林中無貴人故時諸龍神天各以妙衣爲座四天王衣重二兩忉利天衣重一兩夜摩天衣重十八銖兜率陀天衣重十二銖化樂天衣重六銖他化自在天衣重三銖色界天衣無重相欲界天衣從樹邊生無縷無織譬如薄氷光曜明淨有種種色色界天

衣純金色光明不可稱知如是等寶衣敷座菩薩坐上成阿耨多羅三藐三菩提問曰何以但說諸天敷衣不說十方諸大菩薩爲佛敷座諸菩薩等佛將成道時皆爲佛敷座或廣長一由旬十百千萬億乃至無量由旬高亦如是此諸寶座是菩薩無漏福德生故是諸天目所不見何況手觸十方三世諸佛降魔得道莊嚴佛事皆悉照見譬如明鏡如是妙座何以不說答曰般若波羅蜜有二種一者與聲聞菩薩諸天共說二者但與十住具足菩薩說是般若波羅蜜中應說菩薩爲佛敷座所以者何諸天知佛恩不及一生二生諸大菩薩如是菩薩云何不以神通力而供養佛是中合聲聞說是故不說

經我得阿耨多羅三藐三菩提時行住坐卧處欲使悉爲金剛當學般若波羅蜜

論問曰何以故佛四威儀中地悉爲金剛答曰有人言菩薩至菩提樹下時於此處坐得阿耨多羅三藐三菩提爾時菩薩入諸法實相中無有地能舉是菩薩所以者何地皆是衆生虛誑業因緣報故有是故不能舉菩薩欲成佛時實相智慧身是時坐處變爲金剛有人言土在金輪上金輪在金剛上從金剛際出如蓮華臺直上持菩薩坐處令不陷没以是故此道場坐處名爲金剛有人言成佛道已四種威儀處悉變成金剛問曰金剛亦是衆生虛誑業因緣有云何能舉佛答曰金剛雖是虛誑所成於地最爲牢固更無勝者金剛下水諸大龍王以此堅固物奉獻於佛亦是佛宿世業因緣故得此安立處又復佛

變金剛及四大令爲虛空虛空不誑佛智慧亦不誑二事既同是故能舉

經　復次舍利弗菩薩摩訶薩欲出家日即成阿耨多羅三藐三菩提即是日轉法輪轉法輪時無量阿僧祇衆生遠塵離垢諸法中得法眼淨無量阿僧祇衆生一切法不受故諸漏心得解脫無量阿僧祇衆生於阿耨多羅三藐三菩提得不退轉當學般若波羅蜜

論　或有菩薩於惡世邪見衆生中爲除衆生邪見故自行勤苦甚難之行如釋迦文佛於漚樓頻螺樹林中食一麻一米諸外道言我等先師雖修苦行不能如是六年勤苦又復有人謂佛先世惡業今受苦報有菩薩謂佛爲實受是苦是故發心我當即以出家日成佛又有菩薩於好世出家如大通慧求佛道結加趺坐經十小劫乃得成佛菩薩聞是已發心言願我以出家日即得成佛有菩薩成佛已不即轉法輪如然燈佛成佛已十二年但放光明人無識者而不說法又如須扇多佛成佛已無受化者作化佛留住一劫說法度人自身滅度又如釋迦文佛成佛已五十七日不說法菩薩聞是已願我成佛已即轉法輪有佛度衆生有限數如釋迦文佛轉法輪時憍陳如一人得初道八萬諸天諸法中得法眼淨菩薩聞是已作是願我轉法輪時令無量阿僧祇人遠塵離垢諸法中得法眼淨以釋迦文佛初轉法輪時一比丘及諸天皆得初道而無一人得阿羅漢及菩薩道者是故菩薩願言我作佛時當使無量阿僧祇衆生一切法不受諸漏心得解脫及無量阿

僧祇衆生於阿耨多羅三藐三菩提得不退轉問曰若一切佛神力功德度衆生皆等此菩薩何以作此願答曰一佛能變作無量阿僧祇身而度衆生而世界有嚴淨者有不嚴淨者菩薩若見若聞是諸佛有苦行難得佛者有不即轉法輪者有如釋迦牟尼佛六年苦行成道又聞初轉法輪時未有得阿羅漢道者何況得菩薩道是故菩薩未聞諸佛力等故作是願然諸佛神力功德平等無量

【經】我得阿耨多羅三藐三菩提時以無量阿僧祇聲聞爲僧我一說法時便於座上盡得阿羅漢當學般若波羅蜜

【論】有佛以聲聞爲僧有數有限如釋迦牟尼佛千二百五十比丘爲僧彌勒佛初會僧九十九億第二會九十六億第三會九十三億如是等諸佛僧各各有限有數不同以是故菩薩願言我當以無量阿僧祇聲聞爲僧有佛爲衆生說法一說法得初道異時更說得二道三道第四道如釋迦牟尼佛爲五比丘說法得初道異日得阿羅漢道如舍利弗得初道經半月然後得阿羅漢道摩訶迦葉見佛得初道過八日已得阿羅漢如阿難得須陁洹道二十五歲供養佛已佛般涅槃後得阿羅漢如是等諸阿羅漢不一時得四道以是故菩薩願言我一說法時便於座上盡得阿羅漢

【經】我當以無量阿僧祇菩薩摩訶薩爲僧我一說法時無量阿僧祇菩薩皆得阿鞞跋致

【論】菩薩所以作此願者諸佛多以聲聞爲僧無別菩薩僧如彌勒菩薩文殊師利菩薩等

以釋迦文佛無別菩薩僧故入聲聞僧中次第坐有佛爲一乘說法純以菩薩爲僧有佛聲聞菩薩雜以爲僧如阿彌陀佛國菩薩僧多聲聞僧少以是故願以無量菩薩爲僧有佛初轉法輪時無有人得阿鞞跋致以是故菩薩願言我一說法無量阿僧祇人得阿鞞跋致

【經】欲得壽命無量光明具足當學般若波羅蜜

【論】諸佛壽命有長有短如鞞婆尸佛壽八萬四千歲如拘樓餐陀佛壽六萬歲迦那伽牟尼佛壽三萬歲迦葉佛壽二萬歲釋迦文佛壽百歲少有過者彌勒佛壽八萬四千歲如釋迦文佛常光一丈彌勒佛常光十里諸佛壽命光明各有二種一者隱藏二者顯現一者眞實二者爲衆生故隱藏眞實者無量顯現爲衆生者有限有量實佛壽不應短所以者何諸佛長壽業因緣具足故如婆伽梵宿世救一聚落人命故得無量阿僧祇壽命梵世中壽法不過半劫而此梵天壽獨無量以是故生邪見言唯我常住佛到其所破其邪見說其本緣救一聚落其壽乃爾何況佛世世救無量阿僧祇衆生或以財物救濟或以身命代死云何壽限不過百歲又不殺生戒是長壽業因緣佛以大慈衆生愛徹骨髓常能爲衆生故死何況殺生又以諸法實相智慧眞實不誑故亦是長壽因緣菩薩以般若波羅蜜和合持戒諸功德故得壽命無量何況佛世世具足此諸無量功德而壽命有限復次如一切色中佛身第一一切心中佛心

第一以是故一切壽命中佛壽亦應第一如世俗人言人生於世以壽爲貴佛爲人中之上壽亦應長問曰佛雖有長壽業因緣生於惡世故壽命便短以此短壽能具佛事何用長爲又佛以神通力故一日之中能具佛事何况百歲答曰此間閻浮提惡故佛壽應短餘處好故佛壽應長問曰若然者菩薩於此閻浮提淨飯王宮生出家成道是實佛餘處皆是神通力變化作佛以度衆生答曰此言非也所以者何餘處閻浮提亦各各言我國是實佛餘處爲變化何以知之若餘處國土自知是化佛則不肯信受教戒又如餘國土人壽命一劫若佛壽百歲於彼裁無一日衆生則起輕慢不肯受教彼則以一劫爲實佛以此爲變化如首楞嚴三昧經說神通徧照佛壽七百阿僧祇劫佛告文殊尸利彼佛則是我身彼佛亦言釋迦文佛則是我身以是故知諸佛壽命實皆無量爲度人故現有長短汝言釋迦文佛以神通力故所度衆生與久壽不異者則不須百歲一日之中可具足佛事如阿難一時心生是念如然燈世尊一切勝佛鞞婆尸佛出於好世壽命極多能具佛事我釋迦文佛出生惡世壽命極短將無世尊不能具足佛事耶爾時世尊入日出三昧從身變化出無量諸佛及無量光明普至十方一一化佛在諸世界各作佛事或有說法或現神通或現三昧或現飯食如是之比種種因緣施作佛事而度衆生從三昧起告阿難曰汝悉見聞是事不阿難言唯然已見佛告阿難佛以如是神力能具佛事不阿難

言假令佛壽一日大地草木悉爲可度衆生則能度盡何況百歲以是故知諸佛壽命皆悉無量爲度人故現有長短譬如日出影現於水隨水大小水大則影久水小則速滅若照瑠璃玻瓈珠山影則久住又如火燒草木然少則速滅然多則久住不可以滅處無火故謂多然處亦無無量光明長短義亦如是

經我成阿耨多羅三藐三菩提時世界中無有婬欲瞋恚愚癡亦無三毒之名一切衆生成就如是智慧善施善戒善定善梵行善不嬈衆生當學般若波羅蜜

論問曰若世界無三毒亦無三毒名者佛爲何等故出生其國答曰貪欲瞋恚愚癡名爲三不善根是欲界繫法佛若説貪欲瞋恚愚癡是欲界繫不善若説染愛無明是則通三界有佛世界純諸離欲人爲是衆生故菩薩願言我成佛時國無三毒及三毒之名復有清淨佛國純阿鞞跋致法性生身菩薩無諸煩惱唯有餘習是故言無三毒之名若有人言如菩薩願言我當度一切衆生而衆生實不盡度此亦如是欲令世界無三毒之名亦應實有三毒不盡若無三毒何用佛爲如地無大闇則不須日照如經所説若無三法則佛不出世若三法不斷則不得離老病死三法者則是三毒如三法經此中應廣説復次有世界衆生分別諸法是善是不善是縛是解等於一相寂滅法中而生戲論菩薩以是故願言令我世界衆生不生三毒知三毒實相即是涅槃問曰一切衆生如是智慧是何等智慧答曰智慧是世間正見世間正見中

說有布施有罪福有今世後世有阿羅漢信罪福故能善布施信有阿羅漢故能善持戒善禪定善梵行得正見力故能善不嬈衆生世間正見是無漏智慧根本以是故說國中無三毒之名貪欲有二種一者邪貪欲二者貪欲瞋恚有二種一者邪瞋恚二者瞋恚愚癡有二種一者邪見愚癡二者愚癡是三種邪毒衆生難可化度餘三易度無三毒名者無邪三毒之名善布施等五事如上放光品中說

經 使我般涅槃後法無滅盡亦無滅盡之名當學般若波羅蜜

論 問曰佛爲法主尚自滅度云何言法無滅盡答曰如上所說是菩薩願事不必實一切有爲法從因緣和合生云何常住而不滅佛如日明法如日没餘光云何日没而餘光不滅但久住故無能見滅者故名不滅復次菩薩見諸佛法住有多有少如迦葉佛法住七日如釋迦牟尼佛法住千歲是故菩薩發是願言法雖有爲願令相續不滅如火得薪相傳不絶復次諸法實相名爲佛法是實法相不生不滅不斷不常不一不異不來不去不受不動不著不依無所有如涅槃相法相如是云何有滅問曰法相如是者一切佛法皆應不滅答曰如所言諸法實相無有滅者有人憶想分别取諸法相壞實法相用二法說是故有滅實相法中無有滅也復次般若波羅蜜無礙法集無量功德故隨其本願法法相續無有見其滅者譬如仰射虛空箭去極遠人雖不見要必當墮

經我得阿耨多羅三藐三菩提時十方如恒河沙等世界中衆生聞我名者必得阿耨多羅三藐三菩提欲得如是等功德當學般若波羅蜜

論問曰有人生值佛世在佛法中或墮地獄者如提婆達俱迦梨訶多釋子等五不善法覆心故墮地獄此中云何言去佛如恒河沙等世界但聞佛名便得道耶答曰上已說有二種佛一者法性生身佛二者隨衆生優劣現化佛爲法性生身佛故說乃至聞名得度爲隨衆生現身佛故說雖共佛住隨業因緣有墮地獄者法性生身佛者無事不濟無願不滿所以者何於無量阿僧祇劫積集一切善本功德一切智慧無礙具足爲衆聖主諸天及大菩薩希能見者譬如如意寶珠難見難得若有見者所願必果如喜見藥其有見者衆患悉除如轉輪聖王人有見者無不富足如釋提桓因有人見者隨願悉得如梵天主衆生依附恐怖悉除如人念觀世音菩薩悉脫危難是事尚爾何況諸佛法性生身問曰釋迦文佛亦是法性生身分無有異體何以故佛在世時有作五逆罪人飢餓賊盜如是等惡答曰釋迦文佛本誓我出惡世欲以道法度脫衆生不爲富貴世樂故出若佛以力與之則無事不能又亦是衆生福德力薄罪垢深重故不得隨意度脫又今佛但說清淨涅槃而衆生譏論誹謗言何以多畜弟子化導人民此亦是繫縛法但以涅槃法化猶尚譏謗何況雜以世樂如提婆達欲令足下有千輻相輪故以鐵作模燒而烙之烙已足

壞身惱大號爾時阿難聞已涕泣白佛我兄欲死願佛哀救佛即伸手就摩其身發至誠言我看羅睺羅與提婆達等者彼痛當滅是時提婆達衆痛即除執手觀之知是佛手便作是言淨飯王子以此醫術足自生活佛告阿難汝觀提婆達不用心如是云何可度若好世人則無是咎如是衆生若以世樂不得度也是事種種因緣上已廣說以是故說聞佛名有得道者有不得者復次佛身無量阿僧祇種種不同有佛為衆生說法令得道者有佛放無量光明衆生遇之而得道者有以神通變化指示其心而得道者有佛但現色身而得道者有佛徧身毛孔出衆妙香衆生聞之而得道者有佛以食與衆生令得道者有佛衆生但念而得道者有佛能以一切草木之聲而作佛事令衆生得道者有佛衆生聞名而得道者為是佛故說言我作佛時其聞名者皆令得度復次聞名不但以名便得道也聞已修道然後得度如須達長者初聞佛名內心驚喜詣佛聽法而能得道又如貰夷羅婆羅門從雞泥耶結髮梵志所初聞佛名心即驚喜直詣佛所聞法得道是但說聞名聞名為得道因緣非得道也問曰此經言聞諸佛名即時得道不言聞名已修道乃得答曰今言即時不言一心中但言更無異事間之故言即時譬如經中說修慈心時即修七覺意難者言慈三昧有漏是緣衆生法云何即時修七覺答者言從慈起已即修七覺更無餘法故言即時即時有二種一者同時二者雖久更無異法即是心而得修七覺亦

名即時復次有衆生福德淳熟結使心薄應當得道若聞佛名即時得道又復以佛威力故聞即得度譬如熟癰若無治者得小因緣而便自潰亦如熟果若無人取微風因緣便自墮落譬如新淨白氎易爲受色爲是人故說若聞佛名即時得道譬如鬼神著人聞仙人呪名即時捨去問曰過如恒河沙等世界誰傳此名令彼得聞答曰佛以神力舉身毛孔放無量光明一一光上皆有寶華一一華上皆有坐佛一一諸佛各說妙法以度衆生又說諸佛名字以是故聞如放光品中說復次諸大菩薩以本願欲至無佛法處稱揚佛名如此品中說者是故得聞復有大功德人從虛空中聞佛名號如薩陀波崙菩薩又有從諸天聞或從樹木音聲中聞或從夢中聞

復次諸佛有不可思議力或自往語或以聲告又如菩薩作願誓度一切衆生以是故說我成佛時過如恒河沙等世界衆生聞我名皆得成佛欲得是者當學般若波羅蜜問曰上欲得諸功德及諸所願是諸事皆是衆行和合所成何以故但說當學般若波羅蜜答曰是經名般若波羅蜜佛欲解說其事是故品品中皆讚般若波羅蜜復次般若波羅蜜是諸佛母父母之中母功最重是故佛以般若爲母般舟三昧爲父三昧能攝持亂心令智慧得成而不能觀諸法實相般若波羅蜜能徧觀諸法分別實相無事不達無事不成功德大故名之爲母以是故行者雖行六波羅蜜及種種功德和合能具衆願而但說當學般若波羅蜜復次如般若後品中說若無

般若波羅蜜餘五事不名波羅蜜雖普修衆行亦不能滿具諸願如種種畫綵若無膠者亦不中用衆生從無始世界中來雖修布施持戒忍辱精進一心智慧受世間果報已而復還盡所以者何離般若波羅蜜故今以佛恩以般若波羅蜜修行六事故得名波羅蜜成就佛道使佛佛相續而無窮盡復次菩薩行般若波羅蜜時普觀諸法皆空空亦復空滅諸觀得無礙般若波羅蜜以大悲方便力還起諸功德業此清淨業因緣故無願不得餘功德離般若波羅蜜無有無礙智慧云何言欲得諸願當學檀波羅蜜等復次又以五波羅蜜離般若不得波羅蜜名字五波羅蜜如盲般若波羅蜜如眼五波羅蜜如坏瓶盛水般若波羅蜜如成熟瓶五波羅蜜如鳥無兩翼般若波羅蜜如有翼之鳥如是等種種因緣故般若波羅蜜能成大事以是故言欲得諸功德及願當學般若波羅蜜

大智度論卷第三十四 已上釋序品訖

音釋

裸 魯果切赤體也 摶撮 摶伯各切擊也撮宗括切捎取也 綩綖 綩於阮切綖夷然切綩綖坐褥也 銖 尚珠切十黍重曰銖 飧 音孫 嬈 與擾同 烙 力各切燒灼也 貰 始制切 潰 胡對切自壞也 崘 盧昆切 坏 鋪枚切未燒陶器也

大智度論卷第三十五

龍樹菩薩造

姚秦三藏法師鳩摩羅什譯

釋奉鉢品第二

【經】佛告舍利弗若菩薩摩訶薩行般若波羅蜜能作是功德是時四天王皆大歡喜意念言我等當以四鉢奉上菩薩如前天王奉先佛鉢

【論】問曰前品說已具足今何以重說答曰前雖讚歎般若波羅蜜事未具足聞者無猒是故復說復次初品但讚般若波羅蜜力今讚行者能作是功德四天王等歡喜奉鉢復次以菩薩能具諸願行故佛安慰勸進言有此果報終不虛也復次般若波羅蜜有二種果一者成佛度衆生二者雖未成佛受世間果報轉輪聖王釋梵天王主三千世界世間福樂供養之事悉皆備足今以世間果報以示衆生故說是事復次世間欲成大業多有壞亂者菩薩則不然內心既定外事亦應如是等因緣故說此品問曰菩薩增益六波羅蜜時諸天世人何因緣故喜答曰諸天皆因十善四禪四無量故生是諸功德皆由諸佛菩薩故有若佛出世增益諸天衆減損阿脩羅種若佛不在世阿脩羅種多諸天減少以種雜福不清淨故若諸佛出世能斷諸天疑網能成大事如釋提桓因命欲終時心懷怖畏求佛自救徧不知處雖見出家之人山澤閑處所供養者皆亦不能斷其疑網爾時毗首羯磨天白釋提桓因言尸毗王苦行奇特世所希有諸智人言是人不久當得作佛釋提

桓因言是事難辨何以知之如魚子菴羅樹華發心菩薩是三事因時雖多成果甚少今當試之帝釋自化爲鷹毗首羯磨化作鴿鴿投於王王自割身肉乃至舉身上稱以代鴿命地爲震動是時釋提桓因等心大歡喜散衆天華歎未曾有如是決定大心成佛不久復次凡人肉眼無有智慧苦身求財以自生活聞菩薩增益六波羅蜜成佛不久猶尚歡喜何況諸天問曰四天王天三十三天有阿脩羅難上諸天等無有此患何以歡喜答曰上諸天雖無阿脩羅患若佛不出世生其天上者少設有生者五欲不妙所以者何但修不淨福故色界諸天宮殿光明壽命亦復如是復次諸天中有智慧者能知禪味五欲悉皆無常唯佛出世能令得常樂涅槃以世間樂涅槃樂皆由佛菩薩得是故歡喜譬如甘美果樹茂盛成就人大歡喜以樹有種種利益有庇其蔭者有用其華食其果實菩薩亦如是能以離不善法蔭遮三惡苦熱能與人天富樂之華令諸賢聖得三乘之果是故歡喜問曰諸天供養事多何以奉鉢答曰四天王奉鉢餘天供養諸天供養各有定法如佛初生時釋提桓因以天衣奉承佛身梵天王躬自執蓋四天王四邊防護淨居諸天欲令菩薩生猒離心故化作老病死人及沙門形又出家時四天王勑使者捧舉馬足自四邊侍護菩薩天帝釋取髮於其天上城東門外立髮塔又持菩薩寶衣於城南門外立衣塔至佛樹下時奉上好草執金剛菩薩常執金剛衞護菩薩梵天王請佛轉法輪如是等各

有常法以是故四天王奉鉢四鉢義如先說問曰佛一身何以受四鉢答曰四王力等不可偏受一人又令見佛神力合四鉢爲一心喜信淨作是念我等從菩薩初生至今成佛所修供養功德不虛問曰四天王壽命五百歲菩薩過無量阿僧祇劫然後成佛今之四天非是後天何以故喜答曰同一姓故譬如貴姓胤流百世不以遠故爲異或時行者見菩薩增益六波羅蜜時心作是願是菩薩成佛時我當奉鉢是故得生復次四天王壽五百歲人間五十歲爲四天王處一日一夜亦三十日爲一月十二月爲一歲以此歲壽五百歲爲人間九百萬歲菩薩能作是功德者或近成佛初生四天王足可得值問曰如摩訶衍經中說有佛以喜爲食不食摶食如天王佛衣服儀容與白衣無異不須鉢食何以言四天王定應奉鉢答曰定者爲用鉢者故不說不用復次用鉢諸佛多不用鉢者少是故以多爲定

【經】三十三天乃至他化自在天亦皆歡喜意念言我等當給侍供養菩薩減損阿脩羅種增益諸天衆三千大千世界四天王天乃至阿迦尼吒天皆大歡喜意念言我等當請是菩薩轉法輪

【論】釋曰是諸天等以華香瓔珞禮拜恭敬聽法讚歎等供養亦作是念人修淨福阿脩羅種減增益三十三天我諸天亦得增益問曰上六種天已說何以故更說三千大千世界中乃至阿迦膩吒天歡喜供養答曰先說一須彌山上六天此說三千大千世界諸天先

但說欲界今此說欲界色界諸天請佛轉法輪上雖說淨居諸天種種供養勸助今請轉法輪事大故問曰三藏中但說梵天請轉法輪今何以說四天王乃至阿迦膩吒天答曰欲界天近故前來色界都名爲梵若說梵王請佛已說餘天又梵爲色界初門說初故後亦說復次衆生有佛無佛常識梵天以梵天爲世間祖父爲世人故說梵天法輪相如先說

【經】舍利弗是菩薩摩訶薩行般若波羅蜜增益六波羅蜜時諸善男子善女人各各歡喜意念言我等當爲是人作父母妻子親族知識

【論】問曰前已說能作是功德今何以復說增益六波羅蜜答曰先說總相今說別相復次前所說功德中（前品中功德也）種種無量聞者猒惓今但略說六波羅蜜則盡攝諸功德復次爲天說故能作諸功德爲人說故增益六波羅蜜何以知之如後說善男子善女人以是故知問曰四天王天乃至阿迦膩吒天何以不說善天而但人中說善男子善女人答曰諸天皆有天眼天耳他心智知供養菩薩故不別說其善人以肉眼無知善者能知供養以少故別說善者善者從佛聞法或從弟子菩薩聞或聞受記當作佛又聞佛讚歎其名者故知修善問曰何以但說男子女人善不說二根無根者善答曰無根所謂無得道相是故不說如毗尼中不得出家以其失男女相故其心不定以小因緣故便瞋結使多故著於世事多懷疑網不樂道法雖能少修福事

智慧淺薄不能深入本性轉易是故不說聲聞法如是說摩訶衍中譬如大海無所不容是無根人或時修善但以少故不說所謂少者於男女中是人最少是人修善者少譬如白人雖鬢髮黳黑不名黑人二根人結使多雜亦行男事亦行女事其心邪曲難可勉濟譬如稠林曳木曲者難出又如阿脩羅其心不端故常疑於佛謂佛助天佛為說五衆謂有六衆不為說一若說四諦謂有五諦不說一事二根人亦如是心多邪曲故不任得道以是故但說男子女人中善者善根者有慈悲心能忍惡罵如法句罵品中說能忍惡罵人是為人中上譬如好良馬可中為王乘復次以五種邪語及鞭杖打害縛繫等不能毀壞其心是名為善根復次三業無失樂於善人不毀他善不顯己德隨順衆人不說他過不著世樂不求名譽信樂道德之樂自業清淨不惱衆生心貴實法輕賤世事唯好直信不隨他誑為一切衆生得樂故自捨己樂令一切衆生得離苦故以身代之如是等無量名為善人相是相多在男女故說善男子善女人問曰善男子善女人何因能作是願答曰善男子善女人自知福薄智慧尠少習近菩薩欲求過度譬如沉石雖重依船得度又善男子善女人聞菩薩不從一世二世而得成道無央數世往來生死便作是念我當與為因緣復次菩薩積德厚故在所生處衆生皆來敬仰菩薩以蒙利益重故若見菩薩捨壽則生是願我當與菩薩作父母妻子眷屬所以者何知習近善人增益功德故譬如

積集衆香香氣轉多如菩薩先世爲國王太子見閻浮提人貧窮欲求如意珠入於大海至龍王宫龍見太子威德殊妙即起迎逆延前供養而問之言何能遠來太子答曰我憐愍閻浮提衆生故欲求如意實珠以饒益之龍言能住我宫受供一月當以相與太子即住一月爲龍王讚歎多聞龍即與珠是如意珠能雨一由旬龍言太子有相不久作佛我當作多聞第一弟子時太子復至一龍宫得珠雨二由旬二月讚歎神通力龍言太子作佛不久我當作神足第一弟子復至一龍宫得珠雨三由旬三月讚歎智慧龍言太子作佛不久我當作智慧第一弟子諸龍與珠已言盡汝壽命珠當還我菩薩許之太子得珠至閻浮提一珠能雨飲食一珠能雨衣服一珠能雨七寶利益衆生又如須摩提菩薩見然燈佛從須羅婆女買五莖華不肯與之即以五百金錢得五莖華女猶不與而要之言願我世世常爲君妻當以相與菩薩以供養佛故即便許之又妙光菩薩長者女見其身有二十八相生愛敬心住在門下菩薩既到女即解頸瑠璃珠著菩薩鉢中心作是願我當世世爲此人婦此女二百五十劫中集諸功德後生喜見婬女園蓮華中喜見養育爲女至年十四女工世智皆悉備足爾時有閻浮提王名爲財主太子名德主有大悲心時出城入園遊觀諸婬女等導引歌讚德主太子散諸寶物衣服飲食譬如龍雨無不周徧喜德女見太子自造歌偈而讚太子愛眼視之目未曾眴而自發言世間之事我悉知之

以我此身奉給太子太子問言汝爲屬誰若有所屬此非我宜爾時喜見婬女答太子言我女生年日月時節皆與太子同此女非我腹生我晨朝入園見蓮華中有此女生我因養育畜以爲女無以我故而輕此女此女六十四能無不悉備女工技術經書醫方皆悉了達常懷慙愧内心忠直無有嫉妬無邪婬想我女德儀如是太子必應納之德主太子答語女言姊我發阿耨多羅三藐三菩提心修菩薩道無所愛惜國財妻子象馬七珍有所求索不逆人意若汝生男女及以汝身有人求者當以施之莫生憂悔或時捨汝出家爲佛弟子淨居山藪汝亦勿愁喜德女答言假令地獄火來燒滅我身終亦不悔我亦不爲婬欲戲樂故而以相好我爲勸助阿耨多羅三藐三菩提故奉事正士女又白太子言我昨夜夢見妙日身佛坐道樹下共往觀之太子見女端正又聞佛出以此二因緣故共載一車俱詣佛所佛爲説法太子得無量陀羅尼門女得調伏心志太子爾時以五百寶華供養於佛以求阿耨多羅三藐三菩提太子白父王言我得見妙日身佛大得善利父王聞已捨所愛重之物以與太子與其官屬國内人民俱詣佛所佛爲説法王得一切法無闇燈陀羅尼時王思惟不可以白衣法攝治國土受於五欲而可得道作是思惟已立德主太子爲王出家求道是時太子於月十五日六寶來應喜德妻變爲寶女如不可思議經中廣説如是等因緣故知善男子善女人世世願爲菩薩父母妻子眷屬

【經】爾時四天王天乃至阿迦膩吒天皆大歡喜各自念言我等當作方便令是菩薩離於婬欲從初發意常作童真莫使與色欲共會若受五欲障生梵天何況阿耨多羅三藐三菩提以是故舍利弗菩薩摩訶薩斷婬欲出家者應得阿耨多羅三藐三菩提非不斷

【論】問曰諸天何以作是願答曰世間中五欲第一無不愛樂於五欲中觸爲第一能繫人心如人墮在深泥難可拯濟以是故諸天方便令菩薩遠離婬欲復次若受餘欲猶不失智慧婬欲會時身心荒迷無所省覺深著自没以是故諸天令菩薩離之問曰云何令離答曰如釋迦文菩薩在淨飯王宮欲出城遊觀淨居諸天化爲老病死人令其心猒又令夜半見諸宮人妓直惡露不淨涕唾流涎屎尿塗漫菩薩見已即便穢猒或時諸天令女人惡心妬忌不識恩德惡口欺誑無所省察菩薩見已即生念言身雖似人其心可惡即便捨之欲使菩薩從初發心常作童真行不與色欲共會何以故婬欲爲諸結之本佛言寧以利刀割截身體不與女色共會刀截雖苦不墮惡趣婬欲因緣於無量劫數受地獄苦人受五欲尚不生梵世何況阿耨多羅三藐三菩提或有人言菩薩雖受五欲心不著故不妨於道以是故經言受五欲尚不生梵世梵世無始衆生皆得生中受五欲者常所應得尚不得之何況阿耨多羅三藐三菩提本所不得而欲得之以是故菩薩應作童真修行梵行當得阿耨多羅三藐三菩提梵行菩薩不著世間故速成菩薩道若婬欲者譬

如膠漆難可得離所以者何身受欲樂婬欲根深是故出家法中婬戒在初又亦爲重

【經】舍利弗白佛言世尊菩薩摩訶薩要當有父母妻子親族知識耶佛告舍利弗或有菩薩有父母妻子親族知識或有菩薩從初發意斷婬欲修梵童眞行乃至得阿耨多羅三藐三菩提不犯色欲或有菩薩方便力故受五欲已出家得阿耨多羅三藐三菩提

【論】釋曰是三種菩薩初者如世間人受五欲後捨離出家得菩提道二者大功德牢固初發心時斷於婬欲乃至成佛是菩薩或法身或肉身或離欲或未離欲三者清淨法身菩薩得無生法忍住六神通爲教化衆生故與衆生同事而攝取之或作轉輪聖王或作閻浮提王長者刹利隨其所須而利益之

【經】譬如幻師若幻弟子善知幻法幻作五欲於中共相娛樂於汝意云何是人於此五欲頗實受不舍利弗言不也世尊佛告舍利弗菩薩摩訶薩以方便力故化作五欲於中受樂成就衆生亦復如是是菩薩摩訶薩不染於欲種種因緣毀呰五欲欲爲熾然欲爲穢惡欲爲毀壞欲爲如怨是故舍利弗當知菩薩爲衆生故受五欲

【論】問曰三種菩薩中何以獨爲一種菩薩作譬喻答曰一者如人法不斷婬欲二者常斷婬欲修於淨行三者亦修淨行現受婬欲以人不了故爲作譬喻問曰何以不以夢化等爲喻答曰夢非五情所知但內心憶想故生人以五情所見變失無常可以得解化雖五情所知而見者甚少佛爲度可度衆生幻是

衆人所信是故爲喻如幻師以幻術故於衆人中現希有事令人歡喜菩薩幻師亦如是以五神通術故於衆生中化作五欲共相娯樂化度衆生衆生有二種在家出家爲度出家衆生故現聲聞辟支佛及諸出家外道師在家衆生或有見出家者得度或有見在家同受五欲而可化度菩薩常以種種因緣毀呰五欲欲爲熾然者若未失時三毒火然若其失時無常火燒二火燒故名爲熾然都無樂時欲爲穢惡者諸佛菩薩阿羅漢等諸離欲者皆所穢賤譬如人見狗食糞賤而愍之不得好食而噉不淨受欲之人亦復如是不得內心離欲之樂而於色欲不淨求樂欲爲毀壞者著五欲因緣故天王人王諸富貴者亡國危身無不由之欲如怨者失人善利亦如刺客外如親善內心懷害五欲如是喪失善心奪人慧命五欲之生正爲破壞衆善毀敗德業故出又知五欲如鉤賊魚如弶害鹿如燈焚蛾是故說欲如怨怨家之苦不過一世著五欲因緣墮三惡道無量世受諸苦毒

【經】舍利弗白佛言菩薩摩訶薩云何應行般若波羅蜜佛告舍利弗菩薩摩訶薩行般若波羅蜜時不見菩薩不見菩薩字不見般若波羅蜜亦不見我行般若波羅蜜亦不見我不行般若波羅蜜何以故菩薩菩薩字性空空中無色無受想行識離色亦無空離受想行識亦無空空即是色色即是空空即是受想行識受想行識即是空何以故舍利弗但有名字故謂爲菩提但有名字故謂爲菩薩但有名字故謂爲空所以者何諸法實性無

生無滅無垢無淨故菩薩摩訶薩如是行亦不見生亦不見滅亦不見垢亦不見淨何以故名字是因緣和合作法但分別憶想假名說是故菩薩摩訶薩行般若波羅蜜時不見一切名字不見故不著

論問曰是事舍利弗上已問今何以重問答曰先因佛說欲以一切種知一切法當學般若波羅蜜故問非自意問復次舍利弗聞上種種讚般若功德心歡喜尊重般若故問云何應行如病人聞歎良藥便問云何應服問曰先已問住不住法行檀波羅蜜施者受者財物不可得故如是等爲行般若今何以復問行答曰上總問諸波羅蜜此但問般若上廣讚歎般若爲主此直問行般若復次上雖廣歎般若波羅蜜時會渴仰欲得是故舍利弗爲衆人故問行般若波羅蜜般若波羅蜜功德無量無盡佛智慧亦無量無盡若舍利弗不發問則佛讚歎無窮已若舍利弗不問者則無因緣故不應止問曰般若功德尊重若佛廣讚有何不可答曰讚歎般若聞者歡喜尊重則增其福德若聞說般若則增其智慧不但福德因緣故可成佛道要須智慧得成是故不須但讚歎人聞讚歎心已得清淨渴仰欲得般若如爲渴人廣讚歎美飲不解於渴即便與之如是等因緣故舍利弗今問行般若問曰如人有眼見方知所趣處然後能行菩薩亦如是先念佛道知般若見已身然後應行今何以言不見菩薩及般若若不見云何得行答曰此中不言常不見但明入般若觀時不見菩薩及般若波羅蜜般若波

羅蜜爲令衆生知實法故出此菩薩名字衆緣和合假稱如後品中廣説般若波羅蜜名字亦如是衆法和合故假名般若波羅蜜般若波羅蜜雖是假名而能破諸戲論以自性無故説言不可見如火從衆緣和合假名爲火雖無實事而能燒物問曰若入般若中不見出則便見何者可信答曰上言般若爲實法故出是則可信出般若波羅蜜不實故不可信問曰若入般若中不見出則見者當知非是常空以般若力故空答曰世俗法故言行者入般若波羅蜜諸觀戲論滅故無出無入若諸賢聖不以名字説則不得以教化凡夫當取説意莫著語言問曰若般若中貴一切法空此中何以先説衆生空破我答曰初聞般若不得便説一切法空我不以五情求得但憶想分別生我想無而謂有又意情中無有定緣但憶想分別顛倒因緣故於空五衆中而生我想若聞無我則易可解色等諸法現眼所見若初言空無則難可信今先破我次破我所法破我我所法故則一切法法盡空如是離欲名爲得道復次般若波羅蜜無一定法故不見我行般若不見不行者如凡夫不得般若故名不行菩薩則不然但行空般若故説不見不行復次佛爲法王觀餘菩薩其智甚少雜諸結使不名爲行譬如國王雖得少物不名爲得佛亦如是教諸菩薩雖有少行不名爲行復次行般若波羅蜜者生憍慢心言我有般若波羅蜜取是相若不行者心自懈沒而懷憂悴是故不見我行與不行復次不見我行般若波羅蜜者破著有

見不見我不行般若波羅蜜者破著無見復次不見我行般若波羅蜜者止諸法戲調不見我不行者止懈怠心故譬如乘馬疾則制之遲則鞭之如是等分別行不行復次佛自說因緣所謂菩薩字字性空是中雖但說菩薩字空而五衆亦空空中無色離色亦無空者空名法空法空中乃無一毫法何況麤色空亦不離色所以者何破色故有空云何言離色受想行識亦如是何以故佛自更說因緣所謂但有名字謂爲菩提但有名字謂爲菩薩但有名字謂爲空問曰先已說此事今何以重說答曰先說不見菩薩不見菩薩字不見般若波羅蜜今說不見是因緣所謂但有名謂爲菩提但名謂爲菩薩但名謂爲空上菩薩此菩薩義同菩薩字即如菩薩中說般若波羅蜜分爲二分成就者名爲菩提未成就者名爲空生相實不可得故名爲無生所以者何若先生後法若先法後生若生法一時皆不可得如先說無生故無滅若法不生不滅如虛空云何有垢有淨譬如虛空萬歲雨亦不濕火燒不熱煙亦不著所以者何本自無生故菩薩能如是觀不見離是不生不滅法有生有滅有垢有淨何以故佛自說因緣一切法皆憶想分別因緣和合故强以名說不可說者是實義可說者皆是名字菩薩行般若波羅蜜不見一切名字者先略說名字所謂菩薩菩薩字般若波羅蜜菩提空今廣說一切名字皆不可見不見故不著不著者不可得故如諸眼中慧眼第一菩薩以慧眼徧求不見乃至不見細微一法是故不

著問曰若菩薩一切法中不著何得不入涅槃答曰是事處處已說今此中略說大悲心故十方佛念故本願未滿故精進波羅蜜力故般若波羅蜜方便二事和合故所謂不著於不著故如是等種種因緣故說菩薩雖不著諸法而不入涅槃

釋習相應品第三之一 經作習應品

【經】佛告舍利弗菩薩摩訶薩行般若波羅蜜時應如是思惟菩薩但有字佛亦但有字般若波羅蜜亦但有字色但有字受想行識亦但有字舍利弗如我但有字一切我常不可得衆生壽者命者生者養育衆數人作者使作者起者使起者受者使受者知者見者是一切皆不可得不可得空故但以名字說菩薩摩訶薩亦如是行般若波羅蜜不見我不見衆生乃至不見知者見者所說名字亦不可見

【論】問曰第二品末已說空今何以重說答曰上多說法空今雜說法空衆生空行者觀外法盡空無所有而謂能知空者不空是故復說觀者亦空是衆生空聲聞法中多說一切佛弟子皆知諸法中無我佛後五百歲分爲二分有信法空有但信衆生空言五衆是定有法但受五衆者空以是故佛說衆生空以況法空復次我空易知法空難見所以者何我以五情求之不可得但以身見力故憶想分別爲我法空者色可眼見聲可耳聞是故難知其空是二事般若波羅蜜中皆空如十八空義中說問曰如我乃至知者見者爲是一事爲各各異答曰皆是一我但以隨事爲

興於五衆中我我所心起故名爲我五衆和合中生故名爲衆生命根成就故名爲壽者命者能起衆事如父生子名爲生者乳哺衣食因緣得長是名養育五衆十二入十八界等諸法因緣是衆法有數故名衆數行人法故名爲人手足能有所作名爲作者力能役他故名使作者能造後世罪福業故名能起者令他起後世罪福業故名使起者後身受罪福果報故名受者令他受苦樂是名使受者目覩色名爲見者五識知名爲知者復次用眼見色以五邪見觀五衆用世間出世間正見觀諸法是名見者所謂眼根五邪見世間正見無漏見是名見者餘四根所知及意識所知通名爲知者如是諸法皆説是神此神十方三世諸佛及諸賢聖求之不可得但憶想分別强爲其名諸法亦如是皆空無實但假爲其名問曰是神但有十六名字更有餘名答曰略説則十六廣説則無量隨事起名如官號差品工能智巧出家得道種種諸名皆是因緣和合生故無自性無自性故畢竟空生空故法空法空故生亦空

【經】菩薩摩訶薩作如是行般若波羅蜜除佛智慧過一切聲聞辟支佛上用不可得空故所以者何是菩薩摩訶薩諸名字法名字所著處亦不可得故舍利弗菩薩摩訶薩能如是行爲行般若波羅蜜譬如滿閻浮提竹麻稻葦諸比丘其數如是智慧如舍利弗目連等欲比菩薩行般若波羅蜜智慧百分不及一千分百千分乃至算數譬喻所不能及何以故菩薩摩訶薩用智慧度脫一切衆生故

論釋曰有二因緣故菩薩智慧勝聲聞辟支佛一者以空知一切法空亦不見是空空以不空等一不異二者以此智慧爲欲度脫一切衆生令得涅槃聲聞辟支佛智慧但觀諸法空不能觀世間涅槃爲一譬如人出獄有但穿墻而出自脫身者有破獄壞鎖既自脫身兼濟衆人者復次菩薩智慧入二法中故勝一者大悲二者般若波羅蜜復有二法一者般舟三昧二者方便復有二法一者常住禪定二者能通達法性復有二法一者能代一切衆生受苦二者自捨一切樂復有二法一者慈心無怨無恚二者乃至諸佛功德心亦不著如是等種種功德莊嚴智慧故勝聲聞辟支佛問曰諸鈍根者可以爲喻舍利弗智慧利根何以爲喻答曰不必以鈍根爲譬喻譬喻爲莊嚴論議令人信著故以五情所見以喻意識令其得悟譬如登樓得梯則易上復次一切衆生著世間樂聞道德涅槃則不信不樂以是故以眼見事喻所不見譬如苦藥服之甚難假之以蜜服之則易復次舍利弗於聲聞中智慧第一比諸佛菩薩未有現焉如閻浮提者閻浮樹名其林茂盛此樹於林中最大提名爲洲此洲上有此樹林林中有河底有金沙名爲閻浮檀金以閻浮樹故名爲閻浮洲此洲有五百小洲圍遶通名閻浮提問曰諸弟子甚多何以故說舍利弗目揵連等滿閻浮提中如竹麻稻葦答曰一切佛弟子中智慧第一者舍利弗神足第一者目揵連二人於佛法中大於外法中亦大富樓那迦絺那阿那律等於佛法中雖大於

外法不如又此二人常在大衆助佛揚化破諸外道富樓那等比丘無是功德是故不説復次若説舍利弗則攝一切智慧人若説目揵連則攝一切禪定人譬喻有二種一者假以爲喻二者實事爲喻今此名爲假喻所以不以餘物爲喻者以此四物叢生稠緻種類又多故舍利弗目連等比丘滿閻浮提如是諸阿羅漢智慧和合不及菩薩智慧百分之一乃至算數譬喻所不能及問曰何以不但説算數譬喻所不能及而説百分千分不及一答曰算數譬喻所不能及者是其極語譬如人有重罪先以打縛楚毒然後乃殺如聲聞法中常以十六不及一爲喻大乘法中則以乃至算數譬喻所不能及

【經】舍利弗置閻浮提滿中如舍利弗目連等若滿三千大千世界如舍利弗目連等復置是事若滿十方如恒河沙等世界如舍利弗目連等智慧欲比菩薩行般若波羅蜜智慧百分不及一千分百千分乃至算數譬喻所不能及

【論】釋曰此義同上閻浮提但以多爲異問曰舍利弗目連等雖多智慧無異何以故多爲喻答曰有人謂少無力多則有力譬如水少其力亦少又如絶健之人少衆力寡不能制之大軍攻之則伏有人謂一舍利弗智慧少則不及菩薩多或能及佛言雖多不及故以多爲喻如一切草木力不如火一切諸明勢不如日亦如十方世界諸山不如一金剛珠所以者何菩薩智慧是一切諸佛法本能令一切衆生離苦得樂如迦陵毗伽鳥子雖未

出鷇其音勝於衆鳥何況出鷇菩薩智慧亦如是雖未出無明鷇勝一切聲聞辟支佛何況成佛又如轉輪聖王太子雖未成就福祚威德勝於一切諸王何況作轉輪聖王菩薩亦如是雖未成佛無量阿僧祇劫集無量智慧福德故勝於聲聞辟支佛何況成佛

【經】復次舍利弗菩薩摩訶薩行般若波羅蜜一日修智慧出過一切聲聞辟支佛上

【論】問曰先已說除佛智慧過一切聲聞辟支佛上今何以復重說答曰非重說也上總相說今別相說先言一切聲聞辟支佛不及菩薩智慧今但明不及一日智慧何況千萬歲

【經】舍利弗白佛言世尊聲聞所有智慧若須陀洹斯陀含阿那含阿羅漢辟支佛智慧佛智慧是諸衆智無有差別不相違背無生性空若法不相違背無生性空是法無有別異云何世尊言菩薩摩訶薩行般若波羅蜜一日修智慧出過聲聞辟支佛上

【論】問曰上佛已說菩薩摩訶薩修智慧出過聲聞辟支佛上今舍利弗何以故問答曰不問智慧勢力能度衆生今但問佛及弟子智慧體性法中無有差別者以諸賢聖智慧皆是諸法實相慧皆是四諦及三十七品慧皆是出三界入三脫門成三乘果慧以是故說無有差別復次如須陀洹以無漏智滅結得果乃至佛亦如是如須陀洹用二種解脫果有爲解脫無爲解脫乃至佛亦如是如佛入涅槃須陀洹極遲不過七世皆同事同緣同行同果報以是故言無相違背所以者何不生性空故問曰破無明集諸善法故生智慧

是智慧心相應心共生隨心行是中云何說智慧無生性空無有別異答曰智慧緣滅諦是不生因緣和合故無有自性是名性空無所分別智慧隨緣得名如眼緣色生眼識或名眼識或名色識智慧雖因緣和合作法以緣無生性空故名爲無生性空問諸賢聖智慧皆緣四諦生何以但說滅諦答曰四諦中滅諦爲上所以者何是三諦皆屬滅諦故譬如人請天子并及群臣亦名供養天子復次滅諦故說無生三諦故說性空復次有人言是諸慧性自然不生性自空所以者何一切法皆因緣和合故無自性無自性故不生問曰若爾者智慧愚癡無有別異答曰諸法如入法性中無有別異如火各各不同而滅相無異譬如衆川萬流各各異色異味入於大海同爲一味一名如是愚癡智慧入於般若波羅蜜中皆同一味無有差別如五色近須彌山自失其色皆同金色如是內外諸法入般若波羅蜜中皆爲一味何以故般若波羅蜜相畢竟清淨故復次愚癡實相即是智慧若分別著此智慧即是愚癡如是愚癡智慧有何別異初入佛法是癡是慧轉後深入癡慧無異以是故是諸衆智無有別異不相違背不生性空故無咎

【經】佛告舍利弗於汝意云何菩薩摩訶薩行般若波羅蜜一日修智慧心念我行道慧益一切衆生當以一切種智知一切法度一切衆生諸聲聞辟支佛智慧爲有是事不舍利弗言不也世尊

【論】釋曰有四種論一者必定論二者分別論

三者反問論四者置論必定論者如衆生中世尊爲第一一切法中無我世間不可樂涅槃爲安隱寂滅業因緣不失如是等名爲必定論分別論者如無畏太子問佛佛能説是語令他人瞋不佛言是事當分別荅太子言諸尼揵子輩了矣佛或時憐愍心故出衆生於罪中而衆生瞋然衆生後當得利爾時無畏之子坐其膝上佛問無畏汝子或時吞諸瓦石草木汝聽咽不答言不聽先教令吐若不肯吐左手捉耳右手擿口縱令血出亦不置之佛言汝不愍之耶答曰愍之深故爲出瓦石雖當時痛後得安隱佛言我亦如是若衆生欲作重罪善教不從以苦言諫之雖起瞋恚後得安隱又如五比丘問佛受樂得道耶佛言不必定有受苦得罪受苦得樂有受樂得罪受樂得福如是等名爲分別論反問論者還以所問答之如佛告比丘於汝意云何是色常耶無常耶比丘言無常若無常是苦不答言苦若法是無常苦聞法聖弟子著是法言是法是我是我所不答曰不也世尊佛告比丘從今已後所有色若過去若未來若現在若內若外若好若醜是色非我所我非此色所如是應以正實智慧知受想行識亦如是如是等名反問論置論者如十四難世間有常世間無常世間有邊世間無邊如是等是名爲置論今佛以反問論答舍利弗以舍利弗智於事未悟佛反問事端令其得解菩薩度衆生智慧名爲道慧如後品中説薩婆若慧聲聞辟支佛事一切種智慧是諸佛事道種慧是菩薩事復次八聖道分爲實

道令衆生種種因緣入道是名道慧令衆生住於道中是爲利益聲聞種辟支佛種佛種又復一切智慧無所不得是名一切種若有爲若無爲用一切種智知得佛道已應度一切衆生利益一切衆生或大乘或聲聞乘或辟支佛乘若不入三乘道教修福德受天上人中富樂若不能修福以今世利益之事衣食卧具等若復不得當以慈悲心利益是名度一切衆生問曰若佛知一切聲聞辟支佛不能爲衆生何以故答曰佛意如是欲令舍利弗口自說諸聲聞辟支佛不如菩薩是故佛問舍利弗言不也世尊所以者何聲聞辟支佛雖有慈心本不發心願度一切衆生亦不迴善根向阿耨多羅三藐三菩提以是故菩薩一日修智慧過聲聞辟支佛上

【經】舍利弗於汝意云何諸聲聞辟支佛頗有是念我等當得阿耨多羅三藐三菩提度一切衆生令得無餘涅槃不舍利弗言不也世尊佛告舍利弗以是因緣故當知諸聲聞辟支佛智慧欲比菩薩摩訶薩智慧百分不及一乃至筭數譬喻所不能及

【論】問曰上已反問舍利弗事已定今何以復問答曰以舍利弗欲以須陀洹同得解脫故與諸佛菩薩等而佛不聽譬如有人欲以毛孔之空與虛空等以是故佛重質其事復次雖同一事義門各異先言智慧爲一切衆生故今言頗有是念我當得阿耨多羅三藐三菩提令一切衆生得無餘涅槃無餘涅槃義如先說復次一切聲聞辟支佛尚不作是念何況一切聲聞辟支佛

經舍利弗於汝意云何諸聲聞辟支佛頗有是念我行六波羅蜜成就衆生莊嚴世界具佛十力四無所畏四無礙智十八不共法度脫無量阿僧祇衆生令得涅槃不舍利弗言不也世尊

論釋曰先略說我當得阿耨多羅三藐三菩提今廣說得阿耨多羅三藐三菩提因緣所謂六波羅蜜乃至十八不共法六波羅蜜義如先說教化衆生淨佛世界後當說餘十力等如先說

經佛告舍利弗菩薩摩訶薩能作是念我當行六波羅蜜乃至十八不共法成阿耨多羅三藐三菩提度脫無量阿僧祇衆生令得涅槃譬如螢火蟲不作是念我力能照閻浮提普令大明諸阿羅漢辟支佛亦如是不作是念我等行六波羅蜜乃至十八不共法得阿耨多羅三藐三菩提度脫無量阿僧祇衆生令得涅槃

論釋曰所以十方恒河沙舍利弗目連不如一菩薩者譬如螢火蟲雖衆多各有所照不及於日螢火蟲亦不作是念我光明能照閻浮提諸聲聞辟支佛不作是念我智慧能照無量無邊衆生如螢火蟲夜能有所照日出則不能諸聲聞辟支佛亦如是未有大菩薩時能師子吼說法教化有菩薩出不能有所作

經舍利弗譬如日出時光明徧照閻浮提無不蒙明者菩薩摩訶薩亦如是行六波羅蜜乃至十八不共法得阿耨多羅三藐三菩提度脫無量阿僧祇衆生令得涅槃

論釋曰如日天子憐愍衆生故與七寶宮殿俱遶四天下從初至終常不懈息爲衆生除諸冷濕照諸闇冥令各得所菩薩亦如是從初發心常行六波羅蜜乃至十八不共法爲度衆生無有懈息除不善冷乾竭五欲泥破愚癡無明教導修善業令各得所又日明普照無憎無愛隨其高下深淺悉照菩薩亦如是出於世間住五神通處於虛空放智慧光明照諸罪福業及諸果報菩薩以智慧光明滅衆生邪見戲論譬如朝露見日則消

大智度論卷第三十五

音釋

胤羊進切嗣也　摶徒官切捏聚也　黶於檢切黑子也　曳羊逝切拖也
尠息淺切少也　眴詩閏切目動也　呰祖似切譏也　弶其向切　緻直利切密也
鷇苦角切　咽伊甸切吞也　擿他歷切

U0138139